악마를 탐하다

악마를 탐하다 1

신지은 장편소설

Terrace Book

| CONTENTS |

1권

2권

EPISODE 01

악마를 만나다

12명의 종족 대표들로 구성되어 있는 원탁회는 6개월에 한 번씩 종족 분쟁 관리국인 라오스(Laos) 본사에서 회의를 가졌다. 그건 올해도 마찬가지였고, 장소는 늘 그랬듯이 종족 분쟁 관리국인 라오스(Laos) 본사였다.

"오늘도 오시지 않을 모양이군요."

회의 시작 시간이 지났음에도 불구하고 여전히 비어 있는 수장 자리를 확인한 천족 대표인 가브리엘은 픽, 웃었다.

"도대체 얼굴을 본 것이 언제인지 기억나지도 않는군요. 수장이 이렇게 회의에 모습을 드러내지 않는다는 것이 말이 됩니까?"

"말이 안 될 건 뭐야?"

맞은편에 앉아 있던 마족 대표인 마몬이 시큰둥한 어조로 말했다.

"어차피 시답지 않은 이야기를 논의할 게 뻔한데 바쁘신 군주님이 이곳에 꼭 있어야 할 이유는 없잖아?"

"그렇게 바쁘면 수장의 자리를 내려놓으면 되겠군요."

마몬의 말을 기다렸다는 듯 가브리엘이 눈을 빛내며 대답했다.

"어차피 그는 회의에도 잘 참석하지 않고 원탁회 일에도 관심 없잖아요? 하물며 치명적인 흠도 있고요."

"가브리엘 님! 그건……!"

"어머, 왜 그리 놀라나요, 선?"

인어 일족의 대표가 화들짝 놀라며 소리치자 가브리엘은 어깨를 가볍게 으쓱였다.

"내가 틀린 말을 한 것도 아니잖아요? 현(現) 원탁의 수장이자 마계의 군주인 데미안 루시퍼에게 치명적인 흠이 있다는 건 모두가 알고 있는 사실……!"

"그래서 나를 수장의 자리에서 끌어내리고 싶은 건가?"

쨍그랑ㅡ.

형광등이 요란스럽게 깨지더니 깊은 어둠과 함께 거센 바람이 회의장 안에 휘몰아쳤다. 이에 당황하며 우왕좌왕하던 대표들은 어둠 속에서 저벅저벅 걸어 나오는 남자를 발견하고 그대로 굳어 버렸다.

그가 내딛는 걸음걸음마다 검은 불꽃이 춤을 추듯 흩날렸다.

남자는 회의장을 덮친 어둠보다 더 짙은 머리칼을 가지고 있었다. 눈동자 역시 어떤 빛도 통과하지 못할 것처럼 새카맸다. 그에 반해 너무나도 새하얀 피부가 대조적이었다.

"군주님!"

가장 먼저 정신을 차린 마몬이 남자, 데미안을 향해 무릎을 꿇고 인사했다. 뒤따라 다른 종족들의 대표들도 데미안에게 인사를 했지만 가브리엘만큼은 꼿꼿이 서 있었다.

"윽……."

그건 그녀의 의지가 아닌 어둠이 그녀의 팔과 다리를 속박한 탓이었다.

데미안의 충성스러운 신하인 어둠은 감히 주인의 심기를 건드린 그녀를 용서치 않고 가시 족쇄가 되어 가브리엘을 속박했다.

"말해봐, 가브리엘."

다른 이들에겐 매혹적인 목소리였지만 천사인 그녀에겐 괴롭고 끔찍한 음성이 되어 귀를 파고들었다.

"너는 내가 수장의 자리에서 물러나길 원하는 건가?"

당연히 원했다. 마족이자 마계의 군주인 데미안은 천족들의 적이었으니까. 하지만 두려움에 목이 잠겨 아무 말도 할 수 없었던, 가브리엘은 몸만 바르르 떨 뿐이었다.

"말할 기회를 줘도 대답하지 못하는군."

데미안이 입꼬리를 매끄럽게 말아 올리며 비웃자, 가브리엘은 얼굴을 붉히며 입술을 부들부들 떨었다.

"내가 수장의 자리에서 물러나길 원한다면 언제든지 덤비도록 해. 상대해 줄 테니까."

자리에 앉은 데미안은 다리를 꼬며 거만하게 말했다.

"단, 목숨은 보장하지 못한다는 것만 알아둬. 난 그다지 자비로운 군주가 아니라서 말이야."

그 말이 농담이 아니라는 건 그의 전적을 통해 고스란히 알 수 있었다. 주제도 모르고 그에게 덤볐던 자들 중 살아 있는 자는 단 한 명도 없었다.

잠깐의 소란을 뒤로하고 회의는 다시 진행됐다. 분위기는 평소보다 엄숙하고 긴장감이 넘쳤다. 모두들 데미안의 눈치를 살폈지만 정작 당사자는 관심 없다는 듯 무심한 눈으로 회의 자료를 볼 뿐이었다.

"그럼 마지막 안건은……."

마지막 안건 내용을 본 마몬의 얼굴이 딱딱하게 굳었다. 다른 대표들의 표정도 마찬가지였다.

"이 안건은 그냥 넘어가도록 하겠습니다."

마몬이 데미안의 눈치를 살피며 말했다. 다른 대표들도 수긍하는 분위기 속에서 느닷없이 인간 대표인 벤이 자리에서 일어서며 말했다.

"이번 안건은 절대 그냥 넘어갈 수 없습니다."

'저놈이 드디어 미쳤구나. 감히 인간 주제에.'

모두 공통된 생각을 하며 벤을 쳐다봤다.

다들 그만두라는 시선을 보냈지만 벤은 말하는 걸 멈추지 않았다.

"수장님, 수장님의 주기가 불규칙해진 탓에 그 주기가 언제인지 예측할 수가 없어 그때마다 제물을 마련하는 데 어려움을 겪고 있습니다."

태생적으로 육체가 감당하지 못할 만큼 강한 힘을 가지고 태어난 탓에 데미안은 주기적으로 힘을 밖으로 배출해줘야만 했다.

힘을 배출하는 방법에는 여러 가지가 있었지만 가장 확실하고 빠른 방법은 '접촉(接觸)'이었다. 그리고 접촉 부위가 은밀한 곳일수록 빠른 시간 내에 상대방에게 많은 힘을 건네줄 수 있었다.

데미안은 제물을 이용해서 주기를 해결했지만, 사용된 제물은 십중팔구 죽어버렸다. 그걸 알면서도 그에게 여태껏 제물을 가져다 바친 건 그가 폭주하면 상황이 더 위험해지기 때문이었다.

"하물며 이러다 시기를 놓쳐 폭주하게 될까 우려가 됩니다. 그러니 이에 대한 대책을 마련했으면 하는 바람입니다."

"대책이라……."

톡, 톡―.

데미안은 손끝으로 팔걸이를 두드리며 벤을 쳐다봤다.

부드럽게 흩날리는 검은 머리칼 아래로 보이는 새카만 눈동자에 벤의 얼굴이 가득 비쳤다.

"말하는 모양새를 보아하니 생각해둔 대책이 있나 보군."

"주기가 올 때마다 제물을 찾는 것이 아닌, 평소에도 계속 제물을 곁에 두고 지속적으로 힘을 해결하시는 것이 좋을 것 같습니다."

기다렸다는 듯 벤이 청산유수처럼 말을 늘어놓았다.

"그렇게 하신다면 자칫 주기를 놓쳐 터져 나오는 힘을 억제하지 못해 폭주하는 일도 없을 것이고, 제물도 단시간에 수장님의 어마어마한 힘을 받지 않아도 되니 쇼크사로 죽는 일도 없을 겁니다."

"그 말은, 귀찮게 계속 떨거지를 데리고 다니란 말인가?"

벤은 대답 대신 고개를 숙였다. 무언의 긍정이었다. 이에 데미안이 말을 꺼내려는 순간, 가브리엘이 손을 번쩍 들었다.

"저희 천족들도 인간의 의견에 동의하는 바입니다."

"그럼 저도……."

"저희 일족도 동의하는 바이며……."

가브리엘의 행동에 용기를 낸 대표들이 하나둘씩 찬성표를 던졌다. 12명의 대표 중 손을 든 대표는 총 7명. 그 말인즉, 다수결의 원칙에 따라 이 의견이 채택된다는 의미였다.

아무리 수장이라고 할지라도 원탁회의에서 나온 결과를 무작정 거부할 수는 없었다. 데미안 역시 본인의 주기가 점점 짧아지는 것에 대해 위기를 느끼고 있던 차인지라 더욱 거부할 이유가 없었다.

"어떻게 제물을 곁에 두라는 거지?"

단지 선뜻 받아들이기엔 몇 가지 걸리는 것이 있었다.

"그냥 아무 이유도 없이 제물을 질질 끌고 다닐 수는 없고. 설마, 신부로 들이라는 건 아니겠지?"

만약 그런 거라면 다수결이고 뭐고 엎으려고 했는데 그런 데미안의 마음을 알아차렸는지 벤이 옅게 웃으며 고개를 저었다.

"그럴 리가 있겠습니까. 그 편이 가장 좋을 것 같긴 하지만 수장님께서 싫어하시니 다른 좋은 방안을 생각해냈습니다."

"그게 뭐지?"

벤은 두 손을 공손히 모아 고개를 숙이며 대답했다.

"바로 제물을 비서로 들이는 겁니다, 수장님."

이른 아침부터 오후까지 세찬 빗줄기가 쉬지 않고 쏟아졌다. 요 며칠 기승을 부리던 더위를 물리쳐 준 고마운 빗줄기였다.

"오늘 아침에 뜬 끔찍한 뉴스 보셨어요?"

시연이 주문 받은 커피를 만들고 있는데 손님이 말을 걸어왔다. 안경을 쓴 지적으로 보이는 남자였다.

"인간이 늑대인간에게 공격을 당한 사건 말인가요?"

"네, 맞아요. 듣자하니 아직 범인도 안 잡힌 모양이더라고요. 그래서 라오스가 지금 초 비상사태래요."

그럴 만도 했다. 인간들은 다른 종족에 비해 힘은 없었지만 개체 수가 월등하게 많았으므로 인간들이 내뱉는 목소리는 꽤나 영향력이 있었다.

"세상이 많이 흉흉하니 시연 씨도 밤길 조심하세요."

"걱정해주셔서 감사합니다."

오지랖 넓은 걱정 따위, 성가셨다. 그리고 본인도 인간이면서 누굴 걱정한단 말인가.

그러나 손님에게 그렇게 말할 수 없는 시연은 짧막하게 형식적으로 대답하며 쟁반 위에 컵을 내려놓았다.

"주문하신 커피 나왔습니다. 빨대랑 홀더는 뒤편에 있어요."

"아, 잠시만요."

남자가 저를 향해 손을 뻗자 시연은 화들짝 놀라며 뒤로 물러났다. 겁에 질린 듯 눈동자가 떨렸다.

평범한 반응은 아니었다. 이에 기분이 상한 건지 남자는 미간을 살짝 찌푸리며 카페를 나가 버렸다.

"쯧쯧, 너도 참 중증이다."

한편에서 모든 상황을 지켜보고 있던 카페 사장이자 시연의 친구인 재희가 혀를 끌끌 내차며 그녀에게 다가왔다. 머리 위에서 팔랑이는 여우 귀가 인상적이었다.

"남자 기피증은 도대체 언제 고칠 거야? 아니지, 이야기는 잘 하니까 그냥 기피증이 아니라 남자 접촉 기피증인가?"

"……놀리는 거라면 그만둬."

"안타까워서 그래. 언제까지 그러고 살 거야? 네 나이도 벌써 27살인데, 너도 남자 만나서 연애하고 그래야지. 평생 혼자 살 건 아니잖아?"

"그건 네가 걱정할 문제가 아닌 것 같은데. 난 기피증 때문에 연애를 못한다고 해도 넌 기피증도 없는데 왜 못……."

"야!"

재희의 고함이 한적한 카페에 크게 울려 퍼졌다.

몇 안 되는 손님들의 시선이 두 사람 쪽으로 집중되자 민망해진 재희는 얼굴을 붉히며 헛기침을 했다.

"참고로 말하지만 난 못 하는 게 아니라 안 하는 거야. 나처럼 고귀한 여우 일족은 남자를 가려서 사귀어야 하니까."

"아닌 것 같지만 그렇다고 쳐줄게."

"이씨."

시연의 시큰둥한 대답에 재희는 발끈했지만 아까처럼 소리를 지르지는 않았다. 대신 아르바이트가 끝날 때까지 시연의 뒤를 졸졸 쫓아다니며 구시

렁거렸다.

데미안이 건물에서 나오자 그의 앞으로 검은 세단 한 대가 매끄럽게 멈춰 섰다. 데미안은 뒤따르던 남자들의 정중한 인사를 받으며 세단에 올라탔다. 그 뒤로 보이는 건물의 'THE NEW'라는 로고가 빗물에 젖어 유난스럽게 반짝였다.

"라오스에서 보내온 이력서들입니다."

조수석에 앉아 있던 베르가 데미안에게 서류 파일을 내밀었다.

"그 인간들 중 원하는 순서대로 채용하면 될 것 같다고 말했습니다."

곧 보내겠다는 이야기는 들었지만 이렇게 빨리 올 거라고는 생각지도 못했다. 어지간히 몸이 달았던 모양이었다.

과연 라오스에서 어떤 이들을 선발해서 보냈을지 궁금해진 데미안은 등받이에 느긋하게 기대어 이력서를 찬찬히 살펴보았다. 끝까지 다 확인해봤지만 딱히 특별한 점은 보이지 않았다.

"누가 먼저 오든 상관없다. 네가 보고 적당히 순서를 정하도록 해."

흥미를 잃은 데미안은 베르에게 이력서를 다시 넘겨준 뒤 창밖을 바라봤다. 만사가 귀찮은, 혹은 어느 것에도 관심이 없는 얼굴이었다. 지루함과 권태로움에 젖어 있던 그의 눈동자가 반짝인 건 아주 찰나였다.

"멈춰라."

데미안의 명에 운전기사는 바로 차를 갓길에 세웠다.

차가 서자마자 데미안은 바로 차 문을 열었다. 그의 몸 위로 빗물이 주룩주룩 떨어졌지만 단 한 방울도 그의 머리칼과 옷깃을 적시진 못했다. 반면 뒤따라 내린 베르의 몸은 볼썽사납게 비에 젖어들었다.

"왜 그러십니까, 데미안 님."

"비둘기가 있군."

'비둘기'는 마족들이 천족을 부를 때 쓰는 단어였다. 반면 천족들은 마족을 '까마귀'라고 부르며 서로를 적대시하고 있었다.

데미안의 말에 베르는 눈살을 찌푸리며 주변을 둘러봤지만 딱히 눈에 띄는 것은 없었다. 사람의 인기척도 거의 없는 고요한 동네였다.

"여기서 기다려라. 잠시 다녀오지."

"네? 굳이 군주님께서……."

움직일 필요가 없다고 말하려고 했지만 그 말이 채 떨어지기도 전에 데미안은 녹아들 듯 어둠 속으로 모습을 감췄다. 이에 베르는 머쓱한 듯 머리를 긁적이며 다시 차에 올라탔다.

줄곧 내린 비 때문인지 버스 정류장은 인산인해를 이뤘다. 평소엔 대중교통을 잘 이용하지 않는 이종족들도 몇몇 보였다.

'오늘은 걸어가야겠네.'

아르바이트 때문에 피곤하기도 했고, 비가 와서 그다지 걷고 싶진 않았지만 사람들에게 치이는 것보단 나았다.

비는 그쳤지만 길거리는 빗물로 흥건하게 젖어 있었다. 발을 내디딜 때마다 '찰박찰박'하는 소리가 들렸다.

집까지의 거리는 세 정거장 정도였다. 큰길 기준이었다. 안쪽 골목으로 가면 좀 더 빠르기 때문에 시연은 두 번째 정거장을 지나자마자 골목길 안으로 들어갔다.

골목길 맞은편에서 한 남자가 걸어오고 있었다. 그는 어두운 골목에서도 확연히 눈에 띄는 화려한 금발을 가지고 있었다. 인간은 아닌 것 같았다.

'느낌이 좋지 않아.'

이유를 알 수는 없지만 몰려오는 긴장감에 시연은 우산 손잡이를 꽉 잡았다. 그리고 빠른 걸음으로 남자의 옆을 스쳐 지나갔다.

"차시연 씨?"

남자는 그런 시연의 발걸음을 붙잡았다. 시연은 걸음을 멈추고 천천히 남자를 돌아봤다. 남자는 제법 미남이었다. 바다를 닮은 듯한 푸른색 눈동자가 특이했다. 하지만 아는 얼굴은 아니었다.

"저를 아시나요?"

"당연히 알고 있죠."

남자는 묘한 웃음을 짓더니 다가와 작은 목소리로 속삭였다.

"……!"

남자의 말을 들은 시연이 눈에 띄게 동요하자 남자의 입가에 핀 미소가 깊어졌다.

"역시 당신이 맞군……. 큭!"

남자의 중요한 부위를 세게 걷어찬 시연은 남자가 주저앉자 그 틈을 놓치지 않고 재빨리 도망쳤다.

"거기 서!"

남자는 생각보다 금세 정신을 차리고 쫓아왔다. 시연은 젖 먹던 힘까지 다해 힘껏 달렸지만 그를 따돌리는 건 무리였다.

거리는 점점 좁혀졌다. 잡히는 건 시간문제였다.

"아악!"

설상가상으로 발이 꼬인 시연은 그대로 넘어지고 말았다. 더러운 흙탕물이 옷에 잔뜩 묻고 우산까지 저만치 날아갔다.

"더는 도망칠 곳이 없습니다."

어느덧 따라온 남자가 말했다. 그렇게 뛰었음에도 불구하고 남자는 조금도 숨이 흐트러지지 않았다.

"그러니 포기하고 저와 함께 가시죠. 그분께서 당신을 기다리십니다."

아, 이 방법만큼은 쓰고 싶지 않았는데 어쩔 수가 없지.

수단과 방법을 가리지 않고 이 남자의 손에서 벗어나는 것이 우선이라고 생각한 시연이 남자의 손을 잡으려는 순간…….

"나도 그분한테 데려가주면 안 될까?"

어딘가에서 낮고 허스키한 목소리가 들리더니 한순간 어둠들이 응집되어 금발의 남자를 덮쳤다.

"끄아아악!"

곧이어 남자의 비명이 처절하게 울려 퍼졌다. 놀란 시연은 주저앉은 채로 뒷걸음질을 쳤다.

남자를 둘러싼 어둠 사이로 언뜻 붉은색이 보였다. 그의 주변에 있는 빗물이 붉게 물들었다. 그리고 비릿한 냄새가 코를 찔렀다.

타박, 타박—.

어둠 속에서 누군가 걸어오는 소리가 들리자 시연은 고개를 돌려 그쪽을 쳐다보았다. 그러자 어둠을 녹여놓은 듯한 새카만 머리칼에 검은 정장을 입고 있는 남자가 보였다. 그는 시연과 금발의 남자가 있는 쪽으로 천천히 다가왔다.

그의 주변엔 골목에 내려앉은 어두움보다 더 짙은 어둠이 맴돌고 있었다. 짙은 어둠들은 마치 그와 한 몸이라도 된 듯 그가 행동하는 대로 움직였다. 시연을 공격한 남자를 덮친 어둠도 그가 부리는 어둠인 듯했다.

—이 세상에는 많은 이종족이 있지만 가장 위험한 이종족은 '그들'이다.

심연의 어둠이 존재하는 마계에서 태어난 그들은 어둠을 몸의 일부분처럼 다룬다.

그 모습을 보자, 문득 예전에 읽었던 책의 내용이 떠올랐다. 시연은 넋을 놓은 듯 그를 바라보며 중얼거렸다.

"그들의 특기는 인간의 약점을 파고들어 현혹시키고 결국엔 영혼을 취하는 것이다."

—그러니까 그들을 만나면 무조건 도망가라. 만약 그렇지 않으면…….

"당신의 영혼을 그들, 악마(惡魔)에게 빼앗기고 말 테니까."

헛, 내가 지금 무슨 말을. 뒤늦게 정신을 차린 시연은 황급히 입을 틀어막았다. 다행히도 남자는 듣지 못한 것 같았다.

그사이 남자는 점점 거리를 좁혀왔다. 차마 그를 똑바로 쳐다볼 자신이 없는 시연은 길게 시선을 내리깔았다. 두려움에 손과 발이 바들바들 떨렸다.

'저 남자만 해도 골치 아픈데 악마까지 등장하다니.'

엎친 데 덮친 격이었다. 악마가 남자의 편은 아닌 것 같았지만 그렇다고 해서 그녀의 편도 아니었다.

시연은 혹시 악마가 자신을 공격하면 어쩌나 걱정하며 두 손을 꽉 움켜쥐었다. 그러나 걱정이 무색할 정도로 악마는 시연에게 관심을 주지 않았다. 그의 관심은 오로지 금발의 남자였다.

'지금이라면 도망칠 수 있을 거야. 그래, 그러자. 지금이 아니면 기회가 없을 수도 있으니까.'

악마의 눈치를 살피던 시연은 이내 자리에서 벌떡 일어나 뒤도 돌아보지 않고 달려갔다.

"흐음."

그런 시연을 바라보는 악마, 데미안의 눈이 묘하게 빛났다.

"뭐지, 저 인간은?"

기운도 그렇고 외모도 그렇고, 아주 평범했다. 딱히 특별해 보이는 건 없었다. 천족이 그녀를 왜 쫓은 건지 아무리 봐도 짐작이 되지 않았다.

데미안은 순간 붙잡을까 고민했지만 그러지 않는 쪽을 선택했다. 괜히 인간을 건드렸다가 라오스에서 알기라도 하면 꽤나 골치 아프게 될 테니까. 그리고 해답을 줄 수 있는 또 다른 자가 눈앞에 있으니 굳이 저 인간까지 잡을 필요는 없었다.

데미안이 가볍게 손짓하자 남자를 둘러싸고 있던 어둠이 잦아들었다.

피투성이가 된 남자는 가쁜 숨을 몰아쉬며 서 있었다.

"내가 궁금한 건 두 가지다."

데미안은 남자를 거만하게 내려다보며 말했다.

"하나는 저 인간을 왜 데리고 가려는 건지, 다른 하나는 네가 말하는 그분이 누구인지."

"······."

"침묵하겠다는 건가? 뭐, 좋아."

입을 열게 할 방법은 너무나도 많았다. 데미안은 손을 뻗어 남자의 등 뒤로 희미하게 보이는 여섯 장의 날개 중 하나를 잡았다.

"날개가 찢기는 고통은 불에 타 죽는 고통의 100배라고 하던데 정말일지 궁금하군."

"아아아악!"

형편없이 찢긴 날개는 이내 고운 가루가 되어 허공에 흩어졌다. 피가 흐르진 않았지만 고통이 어마어마한지 남자는 어깻죽지를 감싸 쥔 채 부들부들 떨며 바닥에 쓰러졌다.

"······그냥 죽여라."

꽉 다문 입술에서 피가 흘러내렸다. 데미안을 바라보는 푸른 눈동자에는 분노가 가득했다. 이런 상황에 어울리진 않았지만 데미안은 그런 남자의 눈빛이 매우 마음에 들었다.

"설령 죽는 한이 있더라도 너 같은 마족 따위에게 굴복하는 일은 없을 테니 그냥 죽여!"

살려둘까 하는 생각도 잠시 들었지만 그 생각은 이어지는 그의 말에 눈 녹듯이 사라졌다. 대신 말을 내뱉은 남자에 대한 살기가 피어올랐다.

『주인님이 화가 났다.』

데미안의 분노에 그의 충성스러운 신하인 어둠들이 술렁이기 시작했다.

『모두 저 남자 때문이야. 그러니까 처리하자. 처리해버리는 거야.』

어둠들은 감히 주인을 화나게 만든 이단자를 처리하기 위해 움직였다. 어둠에 휩싸인 천족의 손과 발, 그리고 볼품없는 몸뚱이는 점차 사라졌다.

"너처럼 충직한 자에게 죽음이라는 잔혹한 선물을 줄 수는 없지."

입꼬리는 웃고 있었지만 남자를 바라보는 시선은 차가웠다.

"대신 마계로 초대하지. 그곳에서 편히 즐기도록 해."

천족을 마계로 초대해놓고 편히 지내라니. 이 무슨 말도 안 되는 소리인가 싶었지만 여전히 아무 말도 할 수 없는 남자는 한마디도 반박하지 못했다.

이윽고 남자의 모습은 어둠 속으로 완전히 사라졌다. 그가 마계에서 살아남을 가능성은 제로이니 아마 다시 볼 일은 없을 것이다.

'역시 비둘기 놈들이 뭔가 꾸미고 있는 것 같은데.'

가브리엘이 선뜻 인간의 편을 들어준 것도 그렇고, 이번 일도 그렇고, 의심스러운 부분이 한두 가지가 아니었다.

'그 인간을 잡을 걸 그랬나.'

때늦은 후회였다. 물론 마음먹고 추적한다면 할 수 있겠지만 지금은 그럴 수가 없었다.

'몸이 무거워.'

마치 물 먹은 솜 같았다. 주기가 점차 가까워지고 있는데 힘까지 썼으니 몸 안에 있는 힘이 제멋대로 요동치기 시작하면서 그 힘을 가두고 있어야 할 육체가 고통을 호소하는 것이었다.

'빨리 베르에게 돌아가야겠어. 이러다 자칫 폭주하기라도 하면 정말 큰일 이니까.'

곧바로 어둠에 녹아든 데미안은 베르가 기다리는 차로 향했다.

허겁지겁 골목길을 빠져나온 시연은 갓길에 있던 택시에 냉큼 올라탔다.

"아저씨, 일단 출발이요! 목적지는 가다가 말씀드릴……."

한시라도 빨리 이곳에서 벗어나기 위해 정신없이 말하던 시연은 문득 제 옆에 누군가 앉아 있다는 것을 눈치채고 옆을 돌아봤다. 그러자 퍽이나 어 이없는 눈으로 자신을 보고 있는 남자가 보였다. 이 와중에도 감탄사가 나 올 만큼 남자의 외모는 매우 수려했다. 빛 한 점 통과하지 못할 것 같은 까 만 눈동자가 매우 인상적이었다.

'근데 어디서 본 것 같은데. 아니지, 지금은 이게 중요한 게 아니지.'

"어, 그러니까…… 손님이 타고 있었군요."

그러고 보니 '빈 차'란 글씨를 못 본 것 같았다. 평소대로라면 내려야 하는 것이 맞지만 쫓기는 입장이라 그럴 수가 없는 시연은 실례를 무릅쓰고 남 자에게 부탁했다.

"실례가 안 된다면 제가 먼저 타고 가도 될까요? 제가 지금 아주 급한 볼 일이 있거든요."

"……."

"아니면 그쪽이 가는 목적지까지만 절 태워다주세요. 돈은 제가 낼 테니까요."

"저기 아가씨, 이 차는 택시가 아닙니다."

"네?"

조수석에 앉아 있는 남자의 말에 시연은 당황하며 주변을 둘러봤다. 그러고 보니 미터기도 보이지 않았고, 택시치고는 차가 너무 고급스러웠다.

"헉, 죄송해요!"

택시가 아니었다니! 그제야 자신이 얼마나 큰 실수를 했는지 깨달은 시연이 내리려고 하자 남자가 덜컥 그녀의 손목을 잡았다.

'매, 맨살에 닿았어?'

남자와 맨살이 닿다니. 시연의 눈동자가 크게 흔들렸다. 조금 전, 악마를 만났을 때보다 더 큰 공포가 급습하면서 머릿속이 백지장처럼 하얗게 변했다.

"아, 아……."

초점 없이 흔들리는 눈동자에서 갑자기 후두둑 눈물이 떨어졌다. 벗어나야 했다. 남자와 맨살이 닿으면 안 된다. 그 생각만이 그녀의 머릿속을 가득 채우며 본능적으로 몸을 움직이게 만들었다.

"놔아아아!"

시연은 발악하며 마구 소리를 질렀다. 귀를 찢는 듯한 비명에 남자, 데미안은 눈살을 찌푸리며 시연의 입을 틀어막기 위해 손을 뻗었다.

짜악—.

하지만 그 손이 채 닿기도 전에 시연의 손이 매섭게 데미안의 뺨을 스치고 지나갔다.

데미안이 고작 인간 여자에게 맞다니. 베르는 경악하며 입을 벌렸다.

"놓으란 말이야. 놔아!"

시연은 데미안이 손을 놔주지 않자 다시 때리기 위해 손을 높게 치켜들었다. 그러나 두 번 당할 데미안이 아니었다. 그는 시연의 손을 가볍게 막고는 그녀의 뒷목을 내리쳤다.

"컥!"

외마디의 비명과 함께 시연은 데미안의 품으로 쓰러졌다.

"괜찮으십니까, 데미안 님?"

베르의 질문에 데미안은 대답 대신 가볍게 고개를 끄덕였다. 괜찮은 정도가 아니었다. 아까보다 몸 상태가 훨씬 나아졌다.

그 말인즉, 이 여자가 자신의 힘을 가져갔다는 의미였다.

'이유를 알 수가 없군. 난 이 여자에게 힘을 주려고 한 적이 없는데. 왜 내 의지와 상관없이 이 여자에게 내 힘이 넘어간 거지?'

의문이 꼬리에 꼬리를 물고 길게 늘어졌지만 나오는 답은 없었다.

"데미안 님?"

베르가 재차 부르는 소리에 그제야 혼자만의 생각에서 깨어난 데미안이 그를 쳐다봤다.

"괜찮으니 걱정할 것 없다."

"그럼 당장 그 여자를 치우겠습니다."

"됐다."

베르가 시연 쪽으로 손을 뻗자 데미안은 가볍게 손을 내저었다.

"치우기보다 돌봐줘야 할 것 같군. 이 여자, 내 걸 먹었어."

너무 팔팔해서 정말 먹었는지 조금 의심되긴 했지만 그의 몸이 나아진 걸 보면 그녀가 먹어버린 게 확실했다.

그렇다면 뒤탈이 없게 여자를 보살펴야 했다. 혹여 잘못되기라도 한다면 제물이 아닌 평범한 인간을 건드렸다는 이유로 라오스뿐만 아니라 원탁회에서도 난리가 날 테니까.

특히 데미안을 잡아먹지 못해서 안달이 난 가브리엘이 이 일을 걸고넘어질 것이 분명했다.

"알겠습니다."

베르도 같은 생각을 했기에 아무 말 없이 데미안의 명을 따랐다.

"으음."

한쪽 벽면을 전부 차지하고 있는 창을 통해 따사로운 햇볕이 방 안 가득
내리쬐고 있었다.

눈꺼풀을 간질이는 햇볕에 잠에서 깬 시연은 천천히 눈을 떴다.

눈을 뜨자마자 가장 먼저 보인 건 자신의 방에 있을 리가 없는 화려한 조
명이었다.

"여긴 어디······!"

몽롱했던 정신이 깨어나면서 어제 일이 떠오른 시연은 상체를 벌떡 일으
켜 세웠다.

"내, 내가 남자를 만졌어!"

핏기가 가신 입술이 부들부들 떨렸다. 이불을 꽉 쥔 손 역시 부질없이 떨
렸다. 마치 큰 죄를 저지른 사람 같았다.

'죽었겠지?'

잘 기억나진 않지만 꽤나 오래 접촉한 것 같았는데······ 분명 죽었을 것이
다. 아니면 혼수상태이거나.

어느 쪽이든 심각한 건 마찬가지였다.

"큰일 났다······."

어깨를 짓누르는 무거운 죄책감에 시연은 망연자실하며 머리를 감싸 쥐
었다.

시연이 이토록 절망하는 데는 이유가 있었다. 다른 사람들은 그녀가 이성 접촉 기피증 때문에 남자와 접촉하지 않는다고 생각하지만 사실은 다른 이유가 있었다. 그건 바로 그녀와 맨살이 닿은 자는 생명 에너지를 그녀에게 빼앗기기 때문이었다. 인간이든 이종족이든 상관없이 이성이라면 전부.

생명 에너지를 많이 빼앗긴 상대는 결국 죽게 된다.

조절을 할 수 있다면 좋겠지만 그럴 수가 없었기 때문에 시연은 병적으로 이성과의 접촉을 피했다.

'아, 이러고 있을 게 아니라 그 남자가 어떻게 됐는지 확인해봐야겠다.'

경찰서나 길거리가 아닌 이런 곳에서 깨어난 걸 보면 그 남자가 아직 무사할 가능성도 있으니까. 거기까지 생각이 미친 시연은 자리를 박차고 일어섰다.

"아, 일어나셨군요."

방을 나서자마자 들리는 목소리에 시연은 흠칫 놀라 옆을 돌아봤다. 그러자 어디서 본 듯한 남자가 주방에 서 있었다. 쓰고 있는 외알 안경 너머로 밝은 금색의 눈동자가 인상적이었다.

남자는 허리까지 내려오는 짙은 남색의 머리칼을 하나로 질끈 묶고 있었다. 입고 있는 옷에는 주름 하나 보이지 않았고, 꼿꼿하게 편 허리와 자세는 흐트러짐이 없었다.

'어디서 본 것 같은데. 어디서 봤지?'

곰곰이 생각하던 시연은 곧 깨닫고 작게 소리를 질렀다.

"아, 택시!"

"택시 아니라니까요. 제 이름은 베르입니다."

베르는 고개를 절레절레 저으며 시연에게 다가와 들고 있던 시원한 물을 내밀었다.

"마셔요."

마침 목이 말랐던 차라 시연은 거부하지 않고 물을 마셨다. 그러면서 눈으로 주변을 둘러보았다. 어제 그녀의 팔을 잡았던 그 남자는 어디에도 보이지 않았다.

'설마 진짜 무슨 일이 있는 건 아니겠지.'

아니, 그건 아닐 것이다. 만약 그런 거라면 이 남자가 이렇게 친절하게 대해줄 리가 없으니까. 그래도 그의 상태가 어떤지 궁금했다. 그리고 자신이 왜 여기 있는지도.

"저, 근데 여긴 어디죠?"

"호텔입니다."

"아니, 그러니까 제가 왜 이 호텔에 있는 거죠?"

"내가 데려왔다."

"……!"

또 한 번 느닷없이 들리는 목소리에 시연은 화들짝 놀라며 뒤를 돌아봤다. 그러자 언제부터 서 있었던 건지 알 수 없는 그 남자가 보였다.

"몸은 괜찮은 모양이군."

"네? 아, 네."

그건 내가 묻고 싶은 말인데. 상대가 너무 멀쩡하니 시연은 다른 의미로 당황하며 그를 쳐다봤다. 여태껏 많은 이성들과 접촉했었지만 저렇게 멀쩡한 사람은 처음이었다. 가벼운 접촉도 아니고 그렇게 오래 접촉했는데 어떻게 저리 멀쩡하단 말인가.

"어젯밤에 무슨 일이 있었는지 기억하나?"

데미안이 응접실 한편에 놓인 소파에 앉으며 물었다.

물론 기억은 전부 났다. 그의 뺨을 때리고 행패를 부린 것까지 모두.

"죄송하지만 무슨 일이 있었는지 기억이 잘 안 나요."

하지만 그걸 제 입으로 말할 수 없는 시연은 당황한 척하며 고개를 저었다. 이럴 땐 모르는 척하는 것이 좋았다.

"그럼 어디까지 기억하지?"

"어…… 택시인 줄 알고 그쪽 차에 올라탔다는 것까지요?"

"가장 재미있었던 일만 쏙 빼놓고 기억하는군."

비꼬는 건지, 아니면 자신이 모르는 무언가가 더 있는 건지 알 수 없는 말이었지만 어느 쪽이든 불쾌한 건 마찬가지였다. 어서 이 자리를 벗어나고 싶었다.

"그럼 전 이만 가보겠습니다."

남자가 멀쩡한 걸 눈으로 확인했으니 더 이 곳에 있을 이유가 없었다. 시연은 고개를 꾸벅 숙여 인사했다.

"아침은 먹고 가지 그래."

"아니에요. 더 이상 민폐를 끼칠 수는 없죠. 지금 입고 있는 옷도 더럽고……."

"앉아."

데미안은 베르가 가져다준 커피 잔을 들며 말했다.

"두 번 말하게 하지 마."

어째서일까. 시연은 데미안의 말을 거부할 수가 없었다.

머릿속에서는 어서 가야 한다고 생각하면서도 그녀의 몸은 데미안이 시키는 대로 착실히 움직이며 그의 맞은편 소파에 안착했다.

그사이 베르는 모습을 감췄다. 덕분에 데미안과 어색하게 둘만 남은 시연은 애꿎은 커피 잔만 만지작거리며 그의 눈치를 살폈다.

"어제 보아하니 쫓기고 있는 것 같던데."

데미안은 찻잔을 내려놓으며 물었다.

"무슨 일이 있었는지 물어봐도 되나?"

"아, 그게…… 저도 잘 모르겠어요. 갑자기 습격을 당한지라."

"갑자기라. 무슨 일로 당했는지 전혀 모른다는 건가?"

전혀는 아니었지만 대부분 모르는 건 맞았기 때문에 시연은 고개를 끄덕였다. 그러자 데미안이 '흠' 하고 숨을 뱉으며 등받이에 몸을 기댔다.

"넌 인간인 건가?"

"네, 보시다시피 손등에 문신이 없잖아요."

시연은 데미안 쪽으로 왼쪽 손등을 내밀었다. 이종족들은 각자의 종족을 나타내는 문신을 왼쪽 손등에 새기고 있었다.

"그쪽도 사람인가요?"

시연은 슬쩍 데미안의 손등을 쳐다봤다. 아무것도 없었다. 그건 이종족이 아니라는 의미일까? 그건 아닌 것 같은데.

"아니, 이종족이다."

"어, 근데 문신이……."

"이종족의 지배층은 문신을 새기지 않아."

그 말인즉, 이 남자가 지배층이라는 의미였다.

'생각지 못한 거물이었구나. 난 그런 사람의 뺨을 후려쳤고 말이야.'

그 사실을 자각하니 등골이 오싹해지면서 온몸에 소름이 돋아 시연은 팔을 쓰다듬었다.

"근데 지병이 있나?"

"예? 지병이요?"

"그래, 지병. 갑자기 정신을 놓거나 반쯤 미치는 병 말이야."

어제 일을 말하는 모양이었다.

시연은 어색하게 웃으며 변명을 늘어놓았다.

"아, 그게 제가 남자 접촉 기피증이 있어서요. 남자랑 접촉하면 정신이 약간 이상해져요."

오래전부터 그래 오긴 했지만 제 입으로 자신이 미쳤다고 말하는 건 여전히 민망했다. 그래도 그에게 오해 받지 않으려면 말해야 했다.

"제가 무슨 짓을 했는지는 모르지만, 죄송합니다."

"됐다. 덕분에 나 역시 재미있는 구경을 했으니까."

재미있는 구경이라니. 설마 뺨을 때린 걸 말하는 건 아닐 테고, 자신이 모르는 다른 일이 있는 것 같아 물어보려는 찰나, 베르가 돌아왔다.

"이건 아가씨 몫이고, 이건 대표님 몫입니다."

노릇노릇하게 잘 구워진 시연의 스테이크와 달리 데미안의 스테이크는 거의 굽지 않은 레어 상태라서 칼만 가져다 대도 피가 뚝뚝 떨어졌다.

'어우, 저런 걸 어떻게 먹어.'

안 그래도 입맛이 없었는데 더욱 입맛이 뚝 떨어졌다. 시연은 최대한 데미안 쪽은 보지 않고 제 것만 먹었다.

'흐음.'

먼저 식사를 마친 데미안은 커피를 마시며 시연을 물끄러미 바라봤다.

아무리 봐도 평범한 인간이었다.

천족이 왜 그녀를 쫓는 건지 짐작조차 할 수 없을 만큼. 게다가 그녀는 자신이 왜 쫓겼는지 전혀 모르는 눈치였다. 그녀를 추궁해봤자 얻을 수 있는 답은 아무것도 없을 것 같았다.

괜히 아까운 시간만 버렸다 싶어 가볍게 혀를 내차며 자리에서 일어선 데미안은 이렇다 할 말도 없이 곧장 객실을 나갔다.

"……?"

그런 데미안의 행동을 이해하지 못한 시연은 포크를 문 채 그가 나간 문을 쳐다봤다. 그러자 베르가 비어 있는 그녀의 커피 잔에 커피를 채워주며 말했다.

"식사 다 하시는 대로 가시면 됩니다."

"그냥 가면 되나요?"

"달리 하시고 싶은 것이 있으십니까?"

시연은 고개를 내저었다. 이곳을 떠나는 건 그녀도 원하는 바였다.

"그럼 지금 갈게요."

"마저 드시고 가셔도 됩니다."

"괜찮아요. 그럼 이만."

시연은 단호하게 객실을 나섰다. 이것으로 이들과의 인연이 끝이길 간절히 바라면서.

EPISODE 02

질긴 악연

푸드득―.

시작도 끝도 보이지 않는 절벽을 거슬러 올라오고 있는 건 연기로 이루어진 검은 말이 이끄는 사륜마차였다. 마부의 자리는 비어 있었다.

이윽고 절벽의 시작점에 도착한 마차를 기다리고 있는 건 검은 세단이었다. 하늘이 보이지 않을 정도로 울창한 숲과 세단은 전혀 어울리지 않았다.

달칵―.

세단의 조수석에서 베르가 내렸다. 거친 투레질을 하는 말을 뒤로한 채 마차의 앞으로 다가선 베르는 공손히 마차의 문을 두드렸다.

"모시러 왔습니다, 데미안 님."

그 말에 마차 문이 열리더니 데미안이 내렸다.

핏기가 가신 그의 얼굴은 매우 창백했고, 칠흑 같은 검은 머리칼은 땀에 흠뻑 젖어 있었다. 그러나 그보다 더 어두운 검은 눈동자는 섬뜩할 정도로 날카롭게 빛이 났다.

데미안은 제게 고개 숙여 인사하는 베르를 말없이 스쳐 지나갔다. 그가 밟은 땅은 독을 품은 듯 부글부글 검은 연기가 끓어올랐다. 풀은 시들었고 땅은 검은색으로 물들었다.

데미안이 세단에 올라타자 베르 역시 뒤따라 올라탔다. 곧이어 세단은 부드러운 엔진 소리를 내며 출발했고, 마차는 왔던 길을 되돌아갔다.

절벽을 등지고 거친 숲을 빠져나오니 난데없이 높은 빌딩과 정리가 잘된 아스팔트 도로가 나타났다. 세단은 조금의 어색함 없이 도로를 씽씽 내달리는 차들 사이로 매끄럽게 끼어들었다.

"바로 호텔로 모시겠습니다."

"호텔? 왜 집이 아니라 호텔이지? 그 여자가 호텔에 있나?"

"아니요. 이한나 씨는 일주일 전에 그만두었습니다."

이한나는 라오스에서 보낸 비서 명단 중에서 네 번째로 뽑힌 여자였다.

그녀를 비롯해서 데미안의 비서로 뽑혔던 여자들은 제물로 발탁됐다는 사실을 전혀 모른 채 비서가 되어 그의 힘을 지속적으로 받다가 결국 몸이 안 좋아져 회사를 그만두게 되었다.

"길어야 2주 정도 견딜 수 있는 건가. 쓸모없군."

"그래도 한 달 동안 주기가 한 번도 찾아오지 않았을 뿐더러 다들 쇼크사로 죽거나 하지 않았으니 확실한 대안이긴 한 것 같습니다."

"내가 없는 사이에 그들에게 물든 모양이군, 베르."

데미안이 비아냥거리자 베르는 말없이 웃었다.

"그렇다면 지금 가는 호텔에 있는 이는 누구지?"

"임시로 구해둔 자입니다. 라오스에서 쇼크사로 죽어도 탈 없을 제물을 구해두었습니다."

"그래?"

라오스에서 한 일이라면, 신경 쓸 필요가 없었다. 그저 한시라도 빨리 몸

안에서 들끓는 열기를 배출했으면 하는 바람이었다.

"한데, 여전히 생각이 없으신 겁니까?"

"뭘 말이지?"

선뜻 말하기 힘든 내용인지 베르는 잠시 주저하다가 입을 열었다.

"……반려를 들이는 것 말입니다."

우르르, 쾅—.

베르의 말이 끝나기 무섭게 가로수 위로 날벼락이 떨어졌다.

"기어오르는 것도 거기까지다, 베르. 네 주제를 파악하고 알아서 처신하도록 해."

어깨를 짓누르는 무거운 기운에 베르는 몸을 움츠렸다.

"죽고 싶은 것이 아니라면 말이…… 쿨럭."

데미안은 하려던 말을 다 하지 못하고 손을 흠뻑 적실 정도로 많은 양의 피를 토해냈다.

"데미안 님!"

당황한 베르는 더미에게 차를 갓길에 세우라고 명한 뒤 황급히 데미안을 돌아봤다.

많은 양의 검은 기운들이 그의 몸을 제멋대로 빠져나오고 있었다. 갈 곳을 잃은 기운들은 데미안의 주변을 부유했다.

"괜찮으십니까, 데미안 님!"

"……망할 놈의 저주받은 몸뚱이……."

그 말을 마지막으로 정신을 잃은 데미안은 뒷좌석에 쓰러졌다.

"야, 정말 괜찮겠어?"

시연은 토끼 귀를 팔랑이고 있는 친구를 걱정스러운 눈으로 쳐다봤다.

"운전자 보험, 너밖에 안 된다며. 근데 내가 운전했다가 사고라도 나면 어떡하려고 그래."

"괜찮아, 괜찮아. 여기서 집까지 고작 10분밖에 안 걸리는데 설마 사고가 나겠어?"

"사람 일 모르는 거다."

"그럼 괜찮겠네. 나는 사람이 아니라 토끼니까!"

지금 그걸 말이라고 하는 건지. 시연은 주먹을 불끈 움켜쥐었다.

"도대체 대리운전도 못 부르는 애가 술자리에 차는 왜 가져온 거야?"

"나도 마실 줄 몰랐어. 그러지 말고 해줘. 응? 안 그래도 남자 친구랑 헤어져서 꿀꿀해 죽겠는데, 너까지 이럴 거야? 자꾸 그러면, 내가 운전한다?"

"술 먹고, 미쳤어? 하아, 알았어. 키 줘."

"잘 부탁해요, 차 기사님."

억지를 부리는 말자에게 결국 두 손 두 발 다 든 시연은 운전석에 올라탔다. 경차인지라 여자 둘이 탔는데도 꽉 찬 느낌이 들었다.

['더 뉴(The New)'에서 당뇨병에 대한 신약 개발에 박차를 가하면서…….]

시동을 켜자마자 라디오에서 뉴스 속보가 나왔다. 요즘 가장 핫한 제약회사인 '더 뉴'에 대한 속보였다. 별 관심이 없기도 하거니와 내비게이션 안내 소리를 들어야 해서 시연은 바로 라디오를 껐다.

"내비에 집 찍으면 되지?"

그 사이 잠이 든 말자는 대답이 없었다.

'빨리 데려다주고 나도 어서 집에 가야겠다.'

팔자에도 없는 대리 기사 노릇에 한숨이 절로 나왔다. 시연은 내비게이션에 말자의 집 주소를 찍은 뒤 운전대를 잡았다.

술집이 밀집되어 있는 이곳은 시간이 늦었음에도 불구하고 차들로 빽빽

했다. 특히 취객을 태우려는 택시들이 난폭하게 운전을 하고 있었다.

시연이 운전하는 차가 경차이다 보니 더욱 그녀를 무시했다.

'아니, 여기서 갑자기 끼어들면 어쩌자는 거야, 저 택시는!'

시연은 울컥하고 치솟는 화를 참느라 '참을 인'자를 몇 번이나 새겨야 했다. 끼어들었던 택시는 옆 차선에 자리가 생기자 잽싸게 또 옮겨갔다. 칼치기 하는 택시가 너무 짜증이 난 시연은 그 택시를 한참이나 노려봤다.

하나, 그건 아주 잘못된 행동이었다.

끼이익ㅡ. 쾅ㅡ.

거친 괴성과 함께 몸이 흔들렸다. 안전벨트를 한 덕분에 몸이 앞으로 튕겨나가거나 하진 않았지만 충격이 고스란히 느껴졌다.

"윽……."

뒷목에서 느껴지는 뻐근한 통증에 시연은 낮게 신음을 뱉었다. 이 상황에서도 쿨쿨 자고 있는 말자가 신기했다.

'그새 신호가 적색으로 변했을 줄이야.'

택시를 보느라 미처 신호가 바뀐 것을 보지 못해 브레이크를 제때 밟지 않은 것이 화근이었다.

'아, 이래서 운전 안 하려고 했는데!'

시연은 울상을 지으며 머리를 손으로 헤집었다. 왜 운전대를 잡았는지 후회가 됐지만 때늦은 후회였다. 일단 사고부터 수습하는 것이 우선이기에 시연은 자신이 박은 차가 뭔지 확인했다.

'허, 허억, 저 은색 심벌은 벤츠잖아!'

시연은 아까보다 더 깊게 절망하며 핸들에 머리를 박았다. 하필이면 외제 차라니. 운도 더럽게 없었다.

'일단 개인 합의를 하자고 해야겠지?'

이런 경우엔 괜히 보험을 부르면 더 골치 아팠다. 상대방이 보험을 부르기 전에 어서 끝내야겠다고 생각한 시연은 메모지에 제 연락처와 이름을 쓴 뒤 우산을 쓰고 차에서 내렸다.

'그나마 차는 많이 안 부서졌네.'

도색만 하면 될 것 같지만 외제차인 데다가 보험 처리도 안 되니 돈이 많이 깨질 것이다. 덤터기만 안 쓰면 그나마 다행이었다.

똑똑—.

부디 차주가 착한 사람이길 바라며 시연은 조심스럽게 운전석 창문을 두드렸다. 그러자 창문이 반쯤 내려가면서 익숙한 얼굴이 보였다.

베르였다.

"어?"

베르를 곧바로 알아본 시연은 눈을 동그랗게 떴다. 설마 이렇게 다시 보게 되다니. 질긴 악연이었다.

"어, 저기…… 이렇게 다시 뵙네요?"

"그러게 말입니다."

상냥했던 그때와는 달리 베르는 퍽이나 짜증스러운 어조로 말했다. 뭔가 다급한 일이 있는 것처럼 보이기도 했다. 무슨 일인지는 모르겠지만 빨리 보내주는 것이 좋을 것 같아 시연은 바로 본론을 꺼냈다.

"제가 실수로 뒤에서 차를 박았는데요……."

"알고 있습니다. 차가 흔들렸으니까요."

"네, 네. 그래서 사고 처리를 해야 하는데 도색만 하면 될 것 같으니 괜히 번거롭게 보험 처리하지 말고 개인 합의를 했으면 해서……."

시연이 연락처와 이름을 적은 메모지를 내밀자 베르는 낚아채듯 메모지를 빼앗아갔다.

"알겠습니다. 견적서가 나오면 연락드릴 테니, 이만 가보세요."

'어, 진짜? 그냥 가도 되는 건가? 사진도 안 찍고?'

베르의 행동에 당황해서 우물쭈물하던 시연의 눈에 문득 한 남자의 모습이 들어왔다.

'그 남자다!'

그녀에게 뺨을 맞은 남자. 한데 어디가 아픈 건지 남자는 빨갛게 열이 오른 얼굴로 달뜬 신음을 뱉고 있었다.

그에게서 시선을 떼지 못하고 있던 시연은 불현듯 이쪽으로 고개를 돌린 그와 정면에서 시선이 마주쳤다.

블랙홀처럼 새카만 눈동자에 자신의 모습이 가득 비치자 등골이 오싹해짐과 동시에 알 수 없는 불안감에 심장이 부질없이 요동쳤다. 입안이 바짝바짝 마르고 숨을 쉬는 것이 점점 어려워졌다.

그럼에도 불구하고 그녀는 그에게서 시선을 뗄 수가 없었다. 마치 발이 늪에 빠진 기분이었다.

"……이쪽은…… 아, 네. 그거라면 알겠습니다."

반쯤 넋을 놓은 채 남자를 보고 있다가 베르가 대답하는 소리에 정신을 차린 시연은 숨을 헐떡이며 베르를 돌아봤다.

"이건 제 잘못이 아닙니다."

베르는 조금 성가시게 됐다는 듯 가볍게 혀를 차며 말했다.

"모든 건 그냥 가라는 제 말을 안 들은 아가씨의 책임입니다."

"네? 무슨…… 꺅!"

순간 뒷문이 열리더니 강한 힘이 그녀의 팔을 우악스럽게 잡아당겼다. 그 탓에 시연은 의지와 상관없이 차에 올라탔다. 그녀가 쓰고 있던 우산은 형편없이 바닥에 나뒹굴었다.

세단이 시연을 집어삼키는 순간 차를 중심으로 거대한 파동이 그려졌다. 파동은 순식간에 주변을 집어삼켰고, 하늘에서 내리던 빗줄기는 허공에 멈췄다.

시끄럽던 도로의 소음도 사라졌다. 길을 가던 사람들은 정지했고, 강한 바람에 날아가려던 시연의 우산은 약간 허공에 뜬 채 멈추었다. 신호는 노란색에서 바뀌지 않았다.

한편 강제로 차에 올라탄 시연은 연신 눈을 깜빡이며 자신이 처한 상황을 파악하기에 여념이 없었다.

'이, 이게 도대체 무슨 상황이지? 설마 납치인 건가? 아니면 인신매매?'

온갖 생각이 그녀의 머릿속을 스치고 지나갔지만 그리 오래가지 못한 건 데미안이 그녀의 팔을 잡고 있었기 때문이었다.

"아, 안 돼……."

머릿속이 새하얗게 비었다. 전과 마찬가지로 오로지 이 남자의 손에서 벗어나야 한다는 생각밖에 들지 않았다.

"놔, 놔주…… 읍!"

그래서 발버둥을 치며 소리를 지르려는 순간, 따뜻하면서도 이질적인 것이 그녀의 입술을 덮쳤다.

'뭐, 뭐지?'

덕분에 정신은 차렸지만 다른 의미로 충격을 받은 시연은 연신 눈을 깜빡였다. 남자치고는 긴 속눈썹이 바로 코앞에 보였다. 그의 숨결 역시 고스란히 느껴졌다.

'그러니까…… 지금 나 이 남자한테 키스 당한 거야? 미쳤구나, 미쳤어! 그냥 접촉해도 피해야 할 판국에 키스라니!'

하물며 생애 첫 키스인지라 그녀의 충격은 배가 됐다.

시연은 손에 힘을 주고 데미안을 밀어내려고 했지만 그는 밀리지 않았다.

그녀가 밀어내려고 하면 할수록 데미안은 되레 그녀의 허리를 더욱 세게 잡고는 품으로 끌어당겼다. 거미줄에 걸린 나비처럼 시연의 몸이 파르르 떨렸다. 시연은 몇 번이고 데미안의 손아귀에서 벗어나려고 했지만 그녀의 허리를 강하게 옥죄고 있는 손 때문에 그건 불가능했다.

"하아……."

입맞춤은 점점 깊어졌다. 온몸의 모든 감각이 자신의 입술을 차지한 그에게 집중되었다.

데미안은 허락도 없이 시연의 입안을 제멋대로 헤집고 다녔다.

'달아.'

농담이 아니라 데미안의 키스는 정말 달콤했다. 마치 초콜릿을 먹는 것 같았다. 그만큼 중독성도 강했고, 거부감도 조금씩 사라졌다. 약에 취한 듯 머릿속이 뿌옇게 흐려지고 정신이 몽롱해졌다.

어느덧 시연은 그를 밀어내야 한다는 사실도 잊은 채 그의 키스에 푹 빠져들었다. 그를 밀어내기 위해 대고 있던 손은 어느새 그의 옷깃을 꽉 붙들고 있었다.

그와의 키스가 깊어질수록 몸속 깊숙한 곳에 무언가가 가득 채워지는 기분이 들었다. 어떤 느낌인지 꼭 집어 설명할 순 없지만 굳이 설명하자면 태양이 뜨겁게 내리쬐는 사막을 정신없이 헤매던 중 오아시스를 찾은 기분이랄까. 그 청량감은 이루 말할 수 없을 만큼 좋으면서도 한편으로는 애가 달았다. 청량감을 계속 맛보고 싶어 시연은 되레 먼저 매달렸다.

그렇게 얼마나 지났을까.

"……!"

물벼락 맞은 것처럼 불현듯 정신이 든 시연은 화들짝 놀라며 데미안의 입술을 깨물었다.

"윽."

고통이 제법 심한지 데미안이 낮게 신음하며 뒤로 물러섰다. 시연은 그 틈을 놓치지 않고 데미안을 세게 밀쳐낸 뒤 바로 차에서 내렸다.

"잠깐……!"

그리고 시연은 자신을 붙잡으려는 움직임을 보이는 베르를 무시한 채 잽싸게 말자의 차에 올라탔다.

쾅―.

시연이 차에 타는 것과 동시에 소리가 사라졌던 세상에 소리가 돌아오기 시작했다. 허공에 멈춰 있던 빗줄기는 세차게 떨어졌고, 사람들은 다시 움직이기 시작했다. 줄곧 노란색이었던 신호등은 초록색으로 바뀌었고, 정차했던 차들도 하나둘씩 움직이기 시작했다.

부아앙―.

시연은 그 누구보다 빠르게 현장을 벗어났다. 그녀를 잡으려고 했던 베르는 닭 쫓던 개가 되어 허망하게 그 모습을 바라봤다.

'뭐지, 저 여자.'

주기를 해결했는데 저리 멀쩡하다니. 이해가 되지 않았다.

빵빵―.

"길거리에 서서 뭐 하는 거야! 안 비켜?"

"저 새끼 뭐야!"

멍하게 서 있던 베르는 터져 나오는 욕설에 그제야 정신을 차리고 황급히 차에 올라탔다. 그리고 데미안의 상태를 살폈다.

"주기는 완전히 해결하신 겁니까?"

"급한 불을 끄는 정도만."

"그럼 아직 제물이 필요하시겠군요. 바로 호텔로 모시겠습니다."

혹 데미안이 또 폭주를 하면 큰일이니 베르는 서둘러 호텔로 향했다.

끼익―.

거친 소리와 함께 차가 갓길에 멈춰 섰다.

넋을 놓은 듯 멍하니 앞만 바라보던 시연은 이내 두 손으로 머리를 움켜쥐며 소리를 질렀다.

"으아아악! 미쳤어, 차시연! 그게 뭐가 좋다고 매달려!"

아무래도 잠시 정신이 나갔던 모양이다. 아니, 정신이 나간 것이 확실했다. 그렇지 않고서야 자신이 그랬을 리가 없었다.

'아니, 그것보다 그 자식은 뭐야? 다른 놈들은 나랑 5분만 손을 잡아도 픽픽 쓰러지던데, 그 자식은 왜 안 쓰러져?'

그 남자가 사실은 여자가 아닐까 하는 의문이 들 정도로 데미안이 쓰러지지 않은 건 미스터리한 일이었다.

'어찌 됐건 제발 그놈들이랑 다시는 안 부딪혔으면 좋겠다!'

그리 간절하게 바라고 있지만 그건 이루어지지 않을 바람이었다. 견적서가 나오면 그쪽에서 분명 연락이 올 테니까.

"하아."

좌절의 연속에 씁쓸한 기분을 만끽하던 시연은 문득 말자를 돌아봤다. 그렇게 큰 소란이 있었음에도 불구하고 말자는 여전히 쿨쿨 자고 있었다. 그런 말자가 괜히 미운 시연은 말자의 토끼 귀를 잡아당겼다.

"아악!"

그러자 말자가 소리를 치며 눈을 번쩍 떴다.

"뭐야! 괴한이야?"

방어 태세를 취하며 주변을 둘러보던 말자는 어이없다는 듯 바라보고 있는 시연을 발견하고는 눈을 깜빡였다.

"시……연아?"

"술이 좀 깨냐, 이 만취 토깽아."

"어, 어? 아, 맞아. 나 술 취해서 잤었지. 그럼 여긴 우리 집이야? 벌써 도착한 거?"

"아니. 한참을 지나쳐 왔다."

"뭐? 왜? 그럼 도대체 여긴 어디……."

"나, 사고 냈어."

주변을 둘러보던 말자가 눈을 깜빡이며 시연을 쳐다봤다. 시연이 무슨 말을 하는지 전혀 이해하지 못한 얼굴이었다.

"사고? 무슨 사고? 설마 너, 애를……."

"이상한 소리 하지 말고. 차 사고 났다고."

시연이 말하는 차가 자신의 차라는 걸 한 박자 늦게 깨달은 말자는 당황하며 차에서 내렸다.

곧이어 찌그러진 앞 범퍼를 발견한 말자는 크게 소리를 질렀다.

"악! 도대체 어쩌다가 사고가 난 거야!"

다시 차에 탄 말자는 금방이라도 시연의 멱살을 잡을 것처럼 소리쳤다.

"어디다 박았어! 뭐랑 박은 거야!"

"차랑 박았지, 뭐랑 박긴."

"차? 그 차는 어디 있는데?"

"그게……."

그다지 이야기하고 싶지 않은 내용이었지만 차 주인인 말자도 알아야 하니 말해야 했다. 시연은 크게 숨을 뱉은 뒤 천천히 말문을 열었다.

호텔에 도착한 데미안은 곧장 베르가 미리 준비해둔 방으로 향했다. 그 방에는 베르가 준비해둔 제물, 인간 여자가 있었다.

맨살이 다 비칠 정도로 얇은 슬립을 입고 있는 여자는 데미안이 들어오자 기다렸다는 듯 그에게 다가왔다. 초점 없는 눈동자가 이질적으로 느껴졌다.

데미안은 여자의 손을 거칠게 움켜쥐고 그대로 벽에 밀쳤다. 데미안의 몸에서 검은 기운이 피어올랐다. 갈 곳을 찾지 못하고 주변을 배회하던 기운들은 데미안이 여자에게 입을 맞추자 기다렸다는 듯 여자의 몸속으로 들어갔다.

"하아."

그것이 최음제라도 되는 듯 여자의 입에서 달뜬 신음이 나왔다. 여자는 데미안 쪽으로 더욱 제 몸을 바짝 가져다 댔다. 새하얀 섬섬옥수가 데미안의 뺨을 스치고 지나갔다.

"좀 더……."

여자가 데미안에게 매달리면 매달릴수록 그녀의 몸은 풍선처럼 기이하게 부풀었다. 하지만 여자는 그 사실을 전혀 모르는 듯 데미안에게 맹목적으로 매달렸다. 검은 기운은 계속 여자의 몸속으로 들어갔고, 데미안의 주변을 부유하던 검은 기운들이 전부 사라졌을 때…….

펑―.

여자의 몸이 바늘에 찔린 풍선처럼 터졌다. 그 피와 이물질을 고스란히 뒤집어쓴 데미안의 얼굴은 볼썽사납게 구겨졌다. 입에서 비릿한 맛이 느껴지는 걸 보니 입안에도 들어간 모양이었다.

'진짜 짜증나는군.'

데미안은 한숨을 내쉬며 머리를 쓸어 올렸다. 몇십 번을 반복해도 도저히 익숙해지지 않는 행위였다. 그래서 하고 싶지 않았지만 살려면 어쩔 수가 없었다. 지금 그에게 남은 방법은 이 방법밖에 없었다.

데미안은 얼굴에 묻은 피를 닦아냈다. 벌써부터 진득하게 굳은 피는 잘 닦이지 않았다.

샤워를 해야 할 것 같아 데미안은 곧장 욕실로 들어갔다.

욕실 문이 닫히는 순간, 베르가 객실 문을 열고 들어왔다.

"아, 또 완전 개판이네."

난장판이 된 객실이 익숙하다는 듯 베르는 짜증스레 혀를 내차며 외투를 벗었다. 다른 놈들의 눈에 띄면 좋지 않으니 청소하려는 것이었다.

욕실에 들어갔던 데미안이 샤워를 끝마치고 나온 건 베르가 객실 청소를 절반쯤 끝냈을 무렵이었다.

열심히 청소하고 있는 베르를 곁눈질로 한 번 흘겨본 데미안은 발코니에 기대서 담배를 물었다.

"언제까지 이 생활을 해야 하는 건지……."

한탄 섞인 말에 베르는 하던 것을 멈추고 데미안을 바라봤다. 오늘따라 그의 뒷모습이 쓸쓸해 보였다.

"인간은 너무 나약해. 고작 이 정도 힘도 못 견디고 저리 산산조각이 나니까."

다른 종족이라도 데미안의 저 무식한 힘을 받아내면 똑같을 것 같았지만 베르는 구태여 말하지 않았다.

"내 힘을 견딜 만한 인간이 없을까, 베르?"

"그런 인간이 있을 리……!"

아니, 있었다. 말을 하던 베르는 문득 한 여자의 얼굴이 머릿속에 떠오르자 황급히 주머니에서 쪽지를 꺼냈다. 그리고 그 쪽지는 어느새 다가온 데미안의 손으로 넘어갔다. 그의 손에서 담배는 보이지 않았다.

"그러고 보니 이 여자, 멀쩡했었지."

아까는 정신이 없어서 생각지 못했는데 멀쩡한 지금 정신으로 생각해보니 참으로 이상했다.

그 여자에게 주기를 다 해결할 만큼 많은 힘을 주지는 않았다. 그래도 웬

만한 인간 제물들은 그의 힘을 받으면 기절하기 십상인데, 그 여자는 너무 팔팔하게 36계 줄행랑을 쳤다.

"이 여자, 내 힘을 견딜 수 있는 인간인 걸까?"

"글쎄요. 그건 한번 확인해봐야 하지 않을까요?"

"그럼 확인해보도록 하지."

데미안의 눈이 유난스럽게 반짝였다. 그는 쪽지를 베르에게 다시 돌려주며 말했다.

"지금 당장 내 눈앞에 이 여자를 데리고 오도록."

"헐! 그거 완전 개새끼잖아!"

모든 이야기를 들은 말자는 펄쩍 뛰며 소리쳤다.

"뭐 그런 새끼가 다 있어? 지가 영화 속 주인공이야? 어디서 로맨스 영화를 찍으려고 해!"

상대가 영화 속 주인공보다 더 잘생겼다는 말은 하지 않는 게 좋겠지.

"그래서 넌 괜찮아?"

"어?"

"남자 접촉 기피증 있잖아! 괜찮냐고!"

"아아, 뭐……."

차마 그보다 더 큰 충격을 받아서 괜찮다는 말을 할 수가 없는 시연은 어색하게 웃었다.

"야, 그 새끼가 연락해 오면 꼭 나한테 말해. 그리고 나랑 같이 보러 가자."

"같이 가서 뭐하게. 사고 낸 사람이랑 차 주인이 다르고 무보험이라는 거 소문내려고?"

"하아, 진짜. 미안하다."

정곡을 찌르자 말자가 토끼 귀와 어깨를 힘없이 축 늘어뜨렸다.

"나 때문에 이런 일을 겪다니. 내가 죽일 년이네."

"됐어. 다 알면서 운전대 잡은 내가 바보지. 네가 미안할 게 뭐가 있어."

"아니야. 내가 진짜 미안해. 나중에 합의금 나오면 나한테 꼭 말해라. 같이 갚아줄게."

자신만 믿으라는 듯 가슴을 치며 말하는 말자를 보며 시연은 말없이 웃었다.

그녀가 이런 말을 할 수 있는 건 자신이 사고 낸 상대방 차가 벤츠라는 사실을 전혀 모르기 때문이다.

안 그래도 경제적으로 힘든 그녀에게 부담을 주고 싶지 않아, 시연은 사고 차량이 벤츠라는 사실은 쏙 빼놓고 말했었다.

지이잉—.

그러니 됐다고 말하려는 순간 주머니에 있던 휴대폰이 울렸다. 모르는 번호였다. 스팸인 것 같아 시연은 무심하게 전화를 끊고 다시 휴대폰을 주머니에 넣었다.

"됐어. 상대 차도 경차였고, 그리 심하게 박은 것도 아니니 수리비 기껏해야 30만 원 정도 나올 거야. 신경 쓰지 마."

"그래도……."

"다음부턴 술 먹을 때 차 가져가지 않겠다고, 혹 가져간 날 먹게 되더라도 차를 두고 가겠다고 약속해."

말자는 말 잘 듣는 어린아이처럼 고개를 끄덕였다. 한 번 약속한 건 꼭 지키는 성격이니 이건 더 이상 걱정할 필요가 없을 것이다.

"그럼 차는 대충 여기 대놓고 택시 타고 집에 가자. 내일 술 다 깨면 공업사에 차 맡겨. 수리해야지."

"진짜 미안해, 시연아."

"미안하다는 말 그만해. 다 알고 받아들인 건 나니까."

"히잉."

"어서, 그만 울어. 네가 자꾸 울면 내가 뭐가 돼?"

말을 하는 와중에도 계속 휴대폰이 울렸다. 아까와 같은 번호였다. 아무래도 스팸은 아닌 모양이었다. 어디서 전화가 온 건가 싶어 시연은 의아해하며 전화를 받았다.

"여보세요?"

[이제야 전화를 받으시는군요.]

이 목소리는…….

"그 택시?"

[몇 번이고 말씀드리지만 택시가 아니라 베르입니다, 차시연 씨.]

"아, 아. 네. 안녕하세요."

설마 이 남자가 전화했을 줄이야. 순간 당황해서 전화기를 놓칠 뻔한 시연은 휴대폰을 고쳐 잡았다. 그나마 불행 중 다행인 건 그놈이 아니라 베르라는 사람이 전화를 해왔다는 것이었다. 만약 그놈이었다면 그녀는 바로 전화를 끊었을 것이다.

"이 밤에 무슨 일로……."

[저희 대표님께서 차시연 씨와 이야기를 하고 싶다고 하십니다.]

베르가 말하는 대표라는 사람은 그녀에게 무례하게 굴었던 그 남자를 말하는 것일 테다. 대표라고 불리는 걸로 보아 생각보다 직위가 높은 모양이었다. 하긴, 이종족의 지배자라고 제 입으로 말했을 정도니 별로 놀랄 일도 아니었다.

'그럼 뭐해? 인성이 글러먹었는데. 어우, 또 그 일이 생각나네.'

시연은 가볍게 고개를 저으며 머릿속에 떠오른 망상을 지웠다.

"이 밤에 꼭 이야기를 나눠야 하는 건가요? 내일 하면 안 되나요?"

[안타깝지만 내일은 대표님의 스케줄이 다 차서 지금 해야 할 것 같습니다만, 시간이 안 되시는 겁니까?]

"아니요. 그런 건 아닌데……."

[그럼 번거로우시겠지만 JS 호텔로 오셨으면 합니다. 오셔서 프런트에서 대표님을 찾으시면 직원이 안내해줄 겁니다.]

"네, 그…… 잠시만요, 호텔이요? 설마 룸에서 보자는 건가요?"

[그렇습니다만, 무슨 문제라도……?]

정말 모르겠다는 듯 베르가 되묻자 시연은 헛바람을 찼다. 그러나 그에게 따질 생각은 없었다. 그 당시 자동차 밖에 나가 있던 그가 아무것도 모르는 건 어찌 보면 당연했으니까.

"죄송하지만 그건 안 될 것 같네요. 할 말이 있다면 카페나 오픈된 장소에서 보도록 하죠."

[오픈된 장소에서 보자고 하는데요, 데미안 님.]

약간 멀어진 목소리가 수화기 너머에서 들렸다. 그 남자에게 보고를 하는 모양이었다. 데미안은 아마 그 남자의 이름일 터.

[네, 좋다고 하십니다. 호텔의 최상층에 위치한 스카이라운지로 오라고 말씀하시는군요.]

거기라면 큰 문제가 없을 것이다. 시연은 그러겠다고 대답했다.

[참고로 남은 시간은 30분입니다.]

"네?"

[30분 안에 호텔에 와서 대표님을 만나셔야 한다는 말입니다. 모든 건 차시연 씨가 전화를 늦게 받은 탓이니 저를 원망하진 마세요. 그럼 이만.]

뚝—.

전화는 거기서 끊겼다. 제 할 말만 하고 끊는 베르의 행동에 당황한 시연은 눈을 깜빡였다.

"뭐야? 상대가 뭐래?"

"어? 아, 30분 내로 JS 호텔로 오라는데?"

"뭐? 네가 무슨 똥개도 아니고 그딴 식으로 말해?"

말자는 노발대발했다. 그녀의 말대로 그들의 행동은 매우 무례했고, 그래서 가고 싶지 않았지만 갈 수밖에 없었다.

"나 갈게. 나중에 보자."

우산이 없었는데 다행히도 비는 그친 상태였다. 괜히 늦어서 트집 잡힐세라 시연은 허겁지겁 택시를 타고 JS 호텔로 향했다.

"30분 내로 오겠다고 차시연 씨가 대답했습니다."

사실 일방적으로 끊었지만 그 사실을 쏙 빼놓고 베르는 데미안에게 보고했다. 베르의 보고가 마음에 드는지 데미안이 작게 고개를 끄덕였다.

"그 일에 관한 조사는?"

그가 마계로 보낸 천족에 관한 조사를 말하는 것이었다.

"일단 아직 크게 눈에 띄는 건 찾지 못했습니다만, 확실한 건 최근 천계에서 공식적으로 인간계에 내려온 비둘기는 없습니다."

마계나 천계, 요정계 같이 특수한 차원에서 사는 이종족들은 인간계로 넘어올 때 라오스에 보고를 해야 했다. 하지 않으면 불법 체류로 큰 처벌을 받았다.

"그 말은 비둘기가 몰래 왔다는 의미인가?"

"아마 그런 것 같습니다. 천족 중에서 그 누구도 비둘기를 찾지 않는 걸 보면요."

마계로 넘어간 천족은 이미 죽은 지 오래였다. 누구든 그 녀석을 찾으면 시체를 던져 주려고 했는데 아무도 찾지 않는다니. 역시 뭔가 있었다.

"현재 신 놈의 이름이 뭐지?"

"마르스 디 알레테이아입니다."

"알레테이아. 진리라는 의미인가."

신다운 이름이었다. 아니, 그것보다 마르스라는 이름을 어디서 들어본 것 같은데 어디서 들은 건지 기억나지 않았다.

"그놈이 신의 자리에 오른 지 얼마나 됐지?"

"올해로 정확하게 26년하고도 7개월입니다."

"아직 애송이군."

베르는 마르스의 나이가 데미안보다 많다는 이야기는 꺼내지 않았다.

"일단 그놈들의 의중을 한번 떠봐야겠어. 조만간 신에게 저녁 만찬 한번 하자고 전해라."

천족의 수장인 신과 마족의 수장인 군주의 저녁 식사라. 또 엄청난 폭풍이 불 것 같은 예감이 들었다.

"알겠습니다."

부디 그 피해가 자신에게 오지 않길 바라며 베르는 고개를 숙여 대답했다.

약속했던 시간을 5분 정도 남기고 JS 호텔에 도착해 안으로 들어간 시연은 곧장 스카이라운지로 향했다.

"죄송하지만 손님, 영업 종료 시간입니다."

앞을 지키고 있던 직원이 안타까운 소식을 전했다.

현재 시각 밤 12시. 영업을 종료하는 것도 무리는 아니었다.

그 남자에게 다른 곳에서 봐야겠다고 전화하려는데 문득 직원이 자신을 유심히 보고 있다는 사실을 깨달은 시연은 직원을 쳐다봤다.

"저기 혹시, 손님 성함이 차시연 님이신가요?"

"그런데요?"

"아, 죄송합니다. 대표님의 손님인 줄 모르고 제가 실례를 범할 뻔했군요. 이쪽으로 오십시오. 대표님께서 기다리고 계십니다."

대표님이라니, 그 남자가 이 호텔의 대표라는 건가?

부자인 건 알았지만 설마 호텔의 대표일 줄이야. 새삼 그 남자가 얼마나 대단한지 피부에 와 닿았다.

"여기입니다."

직원이 안내해준 곳은 룸이었다. 오픈된 곳에서 보자고 했는데 이곳으로 초대한 데미안의 머릿속을 한번 들여다보고 싶었다.

그 남자와 밀폐된 공간에 단둘이 있는 건 절대 사절인지라 쉬이 들어가지 못하고 머뭇거리고 있는데 뒤에서 발걸음 소리가 들렸다.

"일찍 왔군."

그 남자였다. 금방 씻고 나온 건지 그의 머리는 축축하게 젖어 있었다.

"욱!"

성큼성큼 다가온 남자는 난데없이 시연의 턱을 잡더니 그녀를 이리저리 휘휘 둘러봤다. 손아귀의 힘이 제법 세서 눈물이 핑 돌았다.

"놔요!"

그 무례한 행동에 화가 나기도 하고, 또 남자랑 접촉했다는 사실에 시연은 기겁하며 소리쳤다. 이 남자는 몇 번이나 닿고도 멀쩡했었지만 그래도 모르는 일이었다.

"놓으라니까요!"

"정말이네."

동문서답이었다.

"정말로 아무렇지 않잖아."

시연의 턱을 잡고 있던 손이 점점 위로 올라와 그녀의 입술을 매만졌다. 곧 엄지가 입술을 가르고 안으로 들어오자 시연은 엄지를 세게 깨물었다.

"……아."

있는 힘껏 깨문 만큼 고통이 제법 심할 텐데 데미안이 뱉은 건 짧은 탄성이었다. 조금 놀란 것 같기도 했다.

"안 놓으면 한 번 더 물 거예요."

농담이 아니라는 걸 보여주기 위해 눈을 형형하게 빛내며 말하자 그제야 데미안은 작게 웃으며 떨어져나갔다. 시연은 시큰거리는 턱을 매만지며 데미안을 노려봤다.

"지금 이게 뭐 하는 거죠? 다짜고짜 사람 턱을 움켜쥐다니!"

"……."

"이봐요! 내 말 무시해요?"

"넌 뭐지?"

이번에도 동문서답이었다.

"왜 넌 멀쩡한 거지? 설마 또 비둘기가 보낸 건가?"

"네?"

'비둘기라니? 무슨 말이야?'

영문을 알 수 없는 말에 시연이 되묻자 남자는 "그건 아닌가." 하고 중얼거렸다. 그러더니 시연이 물었던 엄지를 혀로 가볍게 핥았다.

"달아. 아까도 달았지만 지금은 더 단 것 같군."

보기 불편한 그의 행동에 눈살이 저절로 찌푸려졌지만 심장은 유례없이 두근거려 머릿속이 복잡해졌다.

"입술 안은 얼마나 단지 한번 확인하고 싶은데."

데미안이 성큼 다가오자 시연은 반사적으로 뒤로 물러섰다. 하지만 바로 뒤가 벽인지라 물러날 공간은 얼마 없었다.

벽과 그 사이에 갇힌 시연은 어떻게든 이 위기를 모면하고자 생각을 거치지 않은 말을 주절주절 뱉었다.

"제, 제 입술은 좀 비싸거든요!"

생각을 거치지 않은 말은 참담했다. 제 입으로 말하고도 민망해서 시연은 얼굴을 확 붉혔다. 갈 곳을 잃은 시선은 애꿎은 땅만 파고 들어갔다.

"아, 그렇군."

뭐지, 통한 건가?

데미안이 뒤로 물러서자 시연은 고개를 번쩍 들며 그를 쳐다봤다.

"먼저 가격을 물었어야 했던 거군."

"네?"

"네 입술의 가격은 얼마지?"

데미안이 고개를 삐딱하게 기울이자 물기에 젖은 흑발이 부드럽게 흩날렸다.

"얼마를 주면 살 수 있지?"

이걸 진심으로 받아들여야 하는 걸까, 아니면 농담으로 받아들여 웃어야 하는 걸까.

어느 쪽인지 몰라 아무 말도 하지 않고 그를 가만히 쳐다보자 데미안이 손을 뻗었다. 시연은 아까처럼 당하지 않고 그의 손을 바로 쳐냈다.

그러자 데미안의 눈썹이 불만스럽게 움직였다. 그것도 잠시, 뭔가를 깨달았다는 듯 데미안은 낮게 탄성을 뱉으며 고개를 끄덕였다.

"아, 그러고 보니 남자 접촉 기피증이었지."

그의 손을 쳐낸 건 그 이유 때문은 아니었다. 하지만 굳이 그의 생각을 정정해줄 생각이 없는 시연은 입을 다물었다.

"이거 곤란하군. 앞으로 계속 만져야 하는데."

"뭐, 뭐라고요?"

다물었던 입이 벌어진 건 몇 초도 지나지 않아서였다.

"계속 만진다고요? 혹시, 저를요?"

"그럼 나를 만질까? 그런 취미는 없는데."

"아, 아니! 그 의미가 아니잖아요! 당신이 뭔데 저를 만져요!"

"값을 지불하길 원한다면 지불하도록 하지. 얼마지?"

이 남자는 미쳐도 단단히 미친 것 같았다. 대화가 통할 것처럼 보이지 않았다.

"화, 화장실 좀 다녀올게요."

도망치고 싶은 마음은 굴뚝같았지만 아직 사고 문제를 해결하지 않았으니 도망칠 수는 없었다. 그렇다고 그곳에 계속 있고 싶지도 않아 시연은 임시방편으로 화장실로 도망가는 것을 선택했다.

막 그곳에 도착한 베르는 그런 시연을 이상하게 쳐다봤다.

"흐음."

뒤 한 번 돌아보지 않고 도망치는 시연을 바라보는 데미안의 눈동자는 유례없이 반짝였다. 뭔가 대단히 재미있는 장난감을 발견한 어린아이의 얼굴이었다.

"저 인간에게 흥미가 있으신 모양이군요. 인간에겐 관심이 없는 줄 알았는데 의외입니다."

"특이하잖아. 내 기운을 받고도 저리 멀쩡하다니. 이 세상에 저런 인간은 몇 없을걸."

그건 그랬다. 베르는 데미안이 시연에게 관심을 가지는 까닭을 바로 이해했다.

"만약 저 인간이 천족과 관련되어 있으면 어떡하죠?"

"그때는 죽이겠지만 그 전까진 곁에 둬야겠군. 저렇게 편리한 제물을 버리긴 아까우니까."

"하지만 저 인간은 제물이 아닙니다. 어떻게 곁에 두시려는 겁니까?"

"제물이 아니면 제물로 만들면 되는 거 아닌가?"

데미안의 입꼬리가 유쾌하게 호선을 그렸다.

"그래서 하는 말인데 지금 당장 네가 해줘야 할 일이 있다, 베르."

"후우."

화장실에서 돌아온 시연은 문고리를 잡은 채 몇 번 심호흡을 한 뒤 문을 열었다.

한쪽 벽면은 유리창으로 되어 있었고, 그 너머로 서울의 아름다운 야경이 훤히 보였다. 중앙에는 고급스러워 보이는 원목 테이블이 있었다. 그 외장식들도 매우 고풍스럽고 화려했지만 그 무엇보다 강렬한 존재가 눈앞에 있는지라 다른 건 눈에 들어오지 않았다.

'잘생기긴 정말 잘생겼네.'

이 심각한 상황에서도 그런 생각이 들 정도로 데미안의 외모는 빛이 났다. 이 세상에 있는 모든 미사여구를 가져다 붙여도 저 남자의 외모를 설명하긴 부족할 듯싶었다.

그림을 감상하듯 그의 얼굴을 보던 시연의 시선이 그의 입술에서 멈췄다.

'내가 저 입술과 입을 맞췄단 말이지.'

그 사실이 부끄러운 시연은 얼굴을 붉히며 주춤 뒤로 물러섰다.

"생각보다 부끄러움이 많은 모양이군."

그런 시연의 모습을 본 데미안이 거만하게 다리를 꼬고 앉으며 웃었다.

"너무 열렬하게 매달려서 아닌 줄 알았는데 말이야."

"그, 그건 오해예요! 그런 일을 당하는 건 처음인지라……."

"처음? 그 말은, 첫 키스였다는 건가?"

입이 방정이었다. 시연은 주절주절 떠든 제 입을 흠씬 두들겨 패주고 싶은 걸 꾹 참으며 입을 다물었다.

"처음이라."

부디 잊었으면 하는 말을 데미안은 곱씹었다. 그에 대한 부끄러움은 온전히 그녀의 몫이었다. 특히 만족스럽다는 듯 휘어지는 그의 눈매가 가장 부담스러웠다.

"일단 앉지 그래. 계속 서서 이야기할 것이 아니라면 말이야."

"……근데 왜 아까부터 반말하세요? 아무리 제가 가해자이고 그쪽이 피해자라고 해도 초면부터 반말은 아닌 것 같은데."

"한국어를 반말로 배웠거든. 그러니까 존댓말은 못해."

퍽이나.

"왜? 영어로 말할까?"

"아니요. 아닙니다."

그건 반말을 듣는 것보다 더 싫었다. 시연은 고개를 휙휙 내저으며 의자에 앉았고, 그 순간 닫혔던 문이 열리면서 직원이 다과를 가지고 들어왔다. 그 뒤로 베르가 보였다.

"여기 견적서입니다."

드디어 시작인가. 시연은 약간 긴장하며 베르가 내민 견적서를 확인했다.

견적서에는 보기만 해도 눈이 핑핑 도는 어려운 영어들이 잔뜩 적혀 있었다. 그렇다고 해서 가격을 못 알아보는 건 아니었다.

"일, 십, 백, 천, 만, 십만, 백만…… 오천?"

"수리비에 렌트 비용까지 전부 합쳐서 나온 가격입니다."

도저히 믿기지 않는 숫자에 시연이 멍하니 견적서만 바라보고 있자 뒤에
서 있던 베르가 말을 덧붙였다.

"이번에 출시된 신제품인지라 아직 국내에 부품이 없어 교체하려면 독일
에서 공수해 와야 하거든요."

"도색만 해도 괜찮을 정도로 살짝 박았는데 부품 교체까지 한다고요?"

"살짝이라니요. 많이 부서졌던데요."

"네? 그럴 리가요."

"못 믿으시겠다면 이걸 보시죠."

베르가 내민 휴대폰 화면에는 조금 심하게 찌그러진 벤츠의 뒷범퍼가 찍혀
있었다. 만약 정말로 범퍼가 이 상태라면 교체하는 것도 무리는 아니었다.

"저, 정말로 차가 이 상태인가요? 제가 기억하기론 아닌데……."

"확실합니까?"

금색이었던 베르의 눈동자가 순간 보라색으로 물들었다. 참으로 아름다
운 눈동자였다. 가만히 바라보고 있던 시연은 이상하게도 정신이 흐려지는
걸 느꼈다.

"확실히 그렇게 기억하고 계신가요?"

"그러고 보니 아닌 것 같기도 하고……."

"네, 아닙니다. 이게 사실입니다."

"그렇군요."

어느덧 시연은 그 사진이 맞다고 생각하고 있었다.

"지불은 어떻게 하시겠습니까. 보험사를 불러도 상관없고, 개인 합의도
상관없습니다."

"어, 그게……."

원래는 개인 합의를 할 생각이었지만 이 어마어마한 돈을 지불할 능력이
없는 시연은 선뜻 대답하지 못하고 망설였다.

"아무래도 지불할 능력이 없는 모양이군요."

베르가 옅게 웃으며 말을 이었다.

"한데 보험사를 불러 해결하려고 하지 않는 걸 보니, 보험도 없으신 모양입니다."

정곡을 찌르는 말에 시연은 아무 말도 하지 못하고 입술만 지그시 깨물었다. 그 모습을 물끄러미 바라보던 데미안이 불쑥 입을 열었다.

"네 이름이 차시연인 건 알고 있고, 몇 살이지?"

"27살이요."

"대학은?"

"안 나왔어요. 고졸이에요."

"현재 직장은?"

"지금은 카페 아르바이트를 하고 있어요."

"원두 내릴 줄은 알겠군."

"그렇……죠?"

도대체 이 남자는 뭘 묻고 싶은 걸까. 의미를 알 수 없는 질문의 연속에 시연은 눈동자를 굴리며 데미안의 눈치를 살폈다.

"돈이 없으면 몸으로 갚으라는 말을 알고 있나?"

그 말에 반사적으로 입을 틀어막았더니 데미안의 눈이 유쾌하게 휘었다.

"그런 의미 말고."

그 말에 뻘쭘해진 시연은 쭈뼛쭈뼛 입을 막고 있던 손을 내렸다.

"그럼 뭘 하라는 건지……."

"바로 이겁니다."

베르가 대신 대답하며 시연의 앞에 서류 몇 장을 내려놓았다. 견적서는 아니었다.

"근로…… 계약서? 이걸 저한테 왜……?"

"저희 대표님께선 시연 씨가 저희 회사에서 일했으면 하십니다."

베르는 지갑에서 명함을 꺼내 시연 쪽으로 내밀었다.

"더 뉴?"

현재 제약 업계 1위를 달리고 있다는 그 회사? 발표하는 신약마다 전부 대박을 친다는 그 회사라고?

"아까 듣자하니 이 호텔의 대표도 저 남자라던데……."

"아, 이 호텔은 데미안 님 것이 아니라 데미안 님의 가문 것입니다. 호텔 경영은 전부 가문에 맡기고 있고 데미안 님은 현재 '더 뉴'의 경영만 맡고 계십니다."

"가문?"

"리암이라는 성에 대해 들어보셨습니까?"

고개를 저었더니 베르가 혀를 내차며 수첩에 무언가를 적었다.

"기본적인 상식이 부족함."

안 해도 되는 말을 굳이 하면서.

"뭐, 상식이야 천천히 쌓으면 되는 것이니 일 이야기를 하도록 하죠. 아까도 말씀드렸다시피 데미안 님은 차시연 씨께서 회사, '더 뉴'에서 비서로 일했으면 하십니다."

"도대체 왜요? 전 학벌도 좋지 않고, 능력도 부족한데……."

"능력이 왜 부족하지? 원두를 내릴 줄 알잖아."

대답한 건 데미안이었다.

"카페에서 오래 일했으니 커피도 잘 만들 거고, 글씨체도 반듯하니 예뻤지. 거기다……."

마지막 말은 작아서 잘 들리지 않았지만 유쾌하게 올라간 입꼬리를 봤을 때 나쁜 말은 아닌 듯했다.

"그것만으로도 비서가 될 자격은 충분하다. 내가 원하는 비서의 조건은 다 갖추고 있어."

"무슨 그런 말도 안 되는 이야기를……!"

"그럼 전부 현금으로 갚으면 되겠군. 적혀 있는 금액을 지금 당장 지불하도록. 그럼 이 제안은 없던 걸로 해주지."

놀리는 것이 분명한 말에 속이 부글부글 끓었다. 그에게 시원스레 욕을 퍼붓고 싶었지만 그럴 수 없는 현실을 한탄하며 시연은 깊은 한숨을 내쉬었다.

"후, 좋아요. 받아들이도록 할게요."

그의 제안을 받아들이는 것 말곤 돈을 갚을 길이 없으니 선택의 여지가 없었다.

"대신 아까처럼 허락 없이 제 몸에 함부로 손대지 말아주세요."

"허락이라. 뭐, 좋아. 어렵지 않지."

원하는 대답을 들었는데 찝찝한 기분이 드는 건 뭘까.

"사인하기 전에 근로 계약서를 확인해봐도 될까요?"

"얼마든지요. 참고로 차시연 씨 같은 경우는 특별한 경우인지라 일반적인 근로 계약서와는 조금 다릅니다. 우선 차시연 씨는 1년이 아닌 3개월 계약입니다."

계약서에도 분명히 그리 적혀 있었다.

"그동안 일을 잘 하시면 여기 견적서에 적힌 금액을 전부 청산하는 건 물론 5천만 원을 더 드리겠습니다."

"5천만 원을 준다고요? 농담이 아니라?"

"네. 그에 관한 건 계약서에 정확히 명시되어 있으니 믿으셔도 좋습니다."

시연은 황급히 계약서를 확인했다. 확실했다. 그가 말한 내용이 조항에 있었다.

"단, 돈을 많이 드리는 대신 조금 특이한 조건이 있습니다."

그럼 그렇지. 저런 어마어마한 돈을 그냥 줄 리가 없었다. 하지만 욕심이

나는 금액인 건 확실했다.

불법적인 일만 아니라면 뭐든 하겠다고 마음을 먹은 시연은 계약서 뒷장에 적혀 있는 문장을 발견하고는 경악했다.

"근무하는 동안 저 남자의 집에서 살아야 한다고요?"

"네, 그렇습니다."

놀라 입을 다물지 못하는 시연과 달리 베르는 뭘 그리 당연한 걸 되묻느냐는 듯 말했다.

"비서라는 직업이 원래 상사의 스케줄에 따라 근무 시간이 많이 유동적이에요. 집에서 쉬다가 갑자기 스케줄이 생겨 나가야 하는 경우도 태반이지요. 한데 집이 멀거나 기타 다른 이유로 늦으면 큰일이지 않습니까. 그래서 대표님께서 편의를 봐주기 위해 집에서 머물 수 있게 해주신 겁니다."

편의를 봐주기 위해서라기보다 언제든지 부려먹기 편하기 위해서 그런 것 같은 건 착각이겠지.

"그럼 당신도, 그러니까 베르 씨도 저 남…… 아니, 대표님과 함께 사시나요?"

"물론이죠. 정확히는 아래층에 사는 거지만요."

"아래층이요?"

"대표님이 사시는 곳이 오피스텔이거든요. 건물 전체가 대표님의 것입니다."

아, 그러니까 한집에 사는 것이 아니라 한 건물에 같이 산다는 의미인 모양이다.

"그렇군요."

어쩐지 이상하다고 생각했다. 아무리 일 때문이라곤 하지만 다 큰 성인 남녀가 덜컥 한집에 함께 사는 건 말이 되지 않으니까. 아래층에 사는 것 정도라면 문제 될 게 없었다.

그 외에는 달리 문제가 되는 건 없어 보였다. 되레 조건들이 하나같이 좋왔다. 그야말로 꿈의 직장이었다.

"좋아요. 할게요."

"그럼 사인을 해주시면 됩니다."

"여기다 하면 되는 건가요?"

"네. 그리고 여기도 사인을 하시고 여기는 인적 사항에 대해 적어주시면 됩니다."

그가 말한 것을 모두 적자 베르는 계약서를 가져갔다.

"근무는 언제부터 하실 수 있으십니까?"

"아, 일주일 후부터 할게요. 지금 하고 있는 아르바이트를 정리해야 하거 든요."

"그럼 그렇게 하는 걸로 알고 있겠습니다."

베르는 싱긋 웃으며 악수를 청했다. 악수 역시 맨살이 닿는 것이니 거부 감이 살짝 들었지만 잠시 접촉하는 거니 큰 문제는 없을 것 같았다.

탁―.

악수를 하려는데 데미안이 불쑥 끼어들어 방했다.

"접촉 기피증이라고 하더니, 악수는 괜찮은 모양이지?"

"아, 시연 씨 접촉 기피증이셨습니까? 몰랐군요. 죄송합니다."

"아니에요! 미리 말 안 한 제가 잘못한 거죠."

"아닙니다. 제가 먼저 주의했어야 했는데……."

베르와 시연이 서로 사과를 주거니 받거니 하자 그 모습을 바라보는 데미 안의 눈매가 얄팍하게 접혔다.

"그만 가."

그러더니 시연의 등을 문 쪽으로 떠밀었다. 그녀의 짐을 챙겨주는 것도 잊지 않았다.

"아, 저기……."

시연이 뭐라 말하려고 했지만 데미안은 그녀의 말은 듣지도 않고 문을 세게 닫았다.

"하."

볼일이 끝나니까 바로 문전박대하는 건 어느 나라 예법이지? 어이가 없는 시연은 헛바람을 차며 허리춤에 손을 올렸다. 마음 같아선 계약이든 뭐든 다 무르자고 소리치고 싶었지만 그러기엔 5천만 원이라는 어마어마한 돈이 눈앞에 아른거려서 그럴 수가 없었다.

'딱 3개월만 참자. 3개월 뒤면 이 관계가 끝나니까. 그때 폼나게 소리치며 그만두는 거야.'

그 모습을 상상하니 콧노래가 절로 나왔다. 막상 당일이 되면 못 할 가능성이 높았지만 그래도 상관없었다. 상상하는 것만으로 이미 즐거웠다.

모름지기 적을 알고 나를 알면 지피지기 백전백승이라고 했다. 집에 돌아온 시연은 곧바로 '더 뉴'에 대해서 검색했다.

검색창에 '더 뉴'라고 치자 연관 검색어에 데미안의 이름이 떴다. 그 이름을 클릭하니 그의 사진이 대문짝만 하게 보였다.

"그 남자, 대표 이사 맞구나."

명함을 받긴 했지만 반신반의하고 있었는데 이렇게 보니 확실히 믿음이 갔다. 베르의 이름도 심심치 않게 보였다.

대부분의 뉴스나 블로그엔 '더 뉴'에 대한 호평이 가득했다. 아무리 스크롤을 내려도 악평을 찾아볼 수가 없었다.

그건 데미안 역시 마찬가지였다. 사업가라면 악평이 하나쯤은 있을 법도 한데 너무 깨끗해서 다른 의미로 소름이 돋았다.

사람들은 하나같이 그를 '깨끗하고 예의 바른 남자'라고 말했다.

"결코 깨끗하고 예의 바른 남자로 보이진 않던데……."

다짜고짜 자신에게 키스를 한 것만 봐도 알 수가 있었다. 스카이라운지에서 데미안이 했던 행동 역시 예의가 바른 축에 속하지 않았다.

"돈을 써서 안 좋은 평들을 전부 숨기는 건가."

뭐든지 돈으로 해결하려고 하는 모습이 보였기 때문에 충분히 가능성은 있다고 생각하며 무심하게 스크롤을 내리던 시연의 눈에 불현듯 무언가가 들어왔다.

"리암……."

데미안의 성이었다. 베르가 기본 상식이 부족하다고 지적한 것이기도 했다. 도대체 뭐길래 그리 말한 건가 싶어 시연은 '리암 가'에 대해 검색했다.

'도깨비 일족의 대표 가문이네.'

그리고 호텔의 제왕이라는 호칭도 보였다. JS 호텔뿐만 아니라 이름만 대면 누구나 알 만큼 유명한 호텔들이 모두 리암 가의 소유였다.

한마디로 호텔 재벌인 것이다. 그뿐만 아니라 리조트, 항공, 선박 등 여행 관련 업계에서도 유명했다.

그러다가 10여 년 전, '더 뉴'가 제약 업계에서 비약적인 성장을 하면서 리암 가는 그 명성을 세계에 톡톡히 떨쳤다.

"근데 왜 하필 제약 회사지?"

관광 업계에 몸을 담고 있던 가문이 갑자기 제약 업계에 뛰어들다니. 그것만으로도 신기한데 10년 만에 비약적인 성장을 한 것도 조금 의아했다.

"뭔가 특별한 비밀이…… 어우, 내가 지금 무슨 생각을 하는 거야."

괜히 쓸데없는 생각하지 말자고 가볍게 고개를 털며 자리에서 일어선 시연의 시선이 문득 한편에 있는 방으로 향했다.

나무로 되어 있는 다른 방문과 달리 그곳만 이상하게 철제로 되어 있었다. 그뿐만 아니라 방문에는 크고 견고한 자물쇠가 몇 개나 달려 있었다. 그 누구도 쉬이 들어가지 못하고, 들어갔다고 해도 쉬이 못 나올 것처럼 보였다.

그 방을 바라보는 시연의 시선은 사뭇 진지했다. 한참 동안이나 가만히 서서 방문을 바라보던 시연은 이내 무거운 한숨을 내쉬며 침실로 향했다.

EPISODE 03

키스만 두 번째

"전임상시험(前臨床試驗)은 성공적으로 마쳤습니다."

이한진은 메마른 입술을 혀로 축이며 데미안에게 서류를 내밀었다. 최근 세간의 관심을 모은 당뇨병 치료제에 관한 보고서였다.

시험은 성공적으로 끝났고, 달리 흠잡힐 것도 없었지만 그에게 보고를 할 때마다 늘 긴장이 됐다. 상대가 자신보다 족히 10살은 더 어리다고 할지라도 말이다.

"서류가 아니라 결과를 직접 보고 싶은데. 지금 당장."

"바로 연락하겠습니다."

다소 무리한 요구였지만 그를 막을 순 없으니 한시라도 빨리 연구부에 알려주는 것이 그나마 그들을 도와주는 길이었다.

이한진이 허리 숙여 인사한 뒤 대표실을 나가자, 데미안은 자리에서 일어나 외투를 걸쳤다.

달칵—.

외투의 앞 단추를 다 잠갔을 무렵 베르가 들어왔다.

"라오스에서 결과가 왔습니다."

3일 전, 데미안은 시연을 새로운 제물로 요청한다는 요청서를 라오스에 보냈었다. 시연을 비서로 들이기 위해선 반드시 필요한 과정이었다.

"허락하겠다고 합니다."

"허락이라…… 건방지군."

요즘 가만히 내버려뒀더니 누가 더 위인지 구별을 못하는 모양이었다.

"그리고 신에게 요청한 저녁 만찬에 대한 답으로 이런 것이 왔습니다."

베르가 내민 것은 초대장이었다. 가브리엘의 436번째 생일을 기념하는 파티를 하니, 부디 그곳에 참석해달라는 내용이었다.

만찬을 열자고 했는데 생일 파티에 초대한 걸 보면 무슨 속셈이 있는 것이 분명했다.

"원하지 않으시면 거절 메시지를 보내겠습니다."

"아니, 참석하도록 하지."

걸어온 싸움을 피할 생각은 없었다.

그들이 뭘 계획하든 자신에겐 안 된다는 걸 이번에 확실히 보여줘야겠다고 생각하며 데미안은 비릿하게 웃었다.

가브리엘의 생일 파티는 N 호텔에서 열렸다. N 호텔은 인어 일족으로 구성된 네트로 가문이 운영하는 호텔이었다.

밤 8시부터 파티가 시작된다고 하였지만 이른 시간부터 연회장은 파티 참석자로 북적였다. 천족도 있었지만 그보단 다른 이종족들이 더 많이 참석한 파티였다. 인간들의 모습도 제법 눈에 띄었다.

"어, 왔다. 왔어."

"진짜로 왔어."

데미안이 베르를 대동하고 연회장에 모습을 드러낸 건 파티가 시작된 후 얼마 지나지 않아서였다. 천족의 생일 파티에 마족, 그것도 마계의 군주인 그가 나타난 것에 대해 다들 놀라워했지만 정작 데미안은 개의치 않고 주변을 살폈다.

그 어디에도 마르스는 보이지 않았다. 파티의 주인공인 가브리엘도 없었다. 아직 도착하지 않은 모양이었다.

원래 파티를 좋아하지도 않았고, 이런 파티에 머물고 싶은 마음은 더더욱 없었지만 목적은 달성하고 가야 하니 어쩔 수가 없었다. 세상에서 가장 지루한 시간을 보내며 데미안은 그들이 오기만을 기다렸다.

"가브리엘 님!"

"생신 축하드려요!"

이윽고 가브리엘이 등장했다. 그 뒤로 다른 천족들도 보였지만 마르스는 보이지 않았다.

"설마 안 온 건가?"

"그, 글쎄요."

"물어봐야겠군."

앞만 보고 전진하는 불도저처럼 가브리엘을 향해 걸어가던 데미안이 문득 걸음을 멈췄다. 그리고 물끄러미 서서 가브리엘 쪽을 응시했다.

"여기요, 가브리엘 님."

데미안이 바라보고 있는 건 가브리엘의 시중을 들고 있는 중급 천사였다. 달리 특별할 것 없는 평범한 중급 천사였지만 데미안은 뭔가 대단히 충격을 받은 얼굴로 그 중급 천사를 바라보고 있었다.

"데미안 님."

이에 걱정이 된 베르가 그를 불렀지만 데미안에게선 대답이 없었다.

"데미안 님!"

주변 사람들이 돌아볼 정도로 크게 말하자, 그제야 데미안은 베르를 돌아봤다. 약간 초점이 엇나간 눈동자가 이질적으로 느껴졌다. 금방이라도 무너질 것 같은 얼굴은 아슬아슬해 보였다.

"왜 그러십니까. 무슨 일 있으십니까?"

"……아니, 아무것도."

다행히도 데미안은 금세 포커페이스를 되찾았다. 아직 약간 불안한 감은 있었지만 아까처럼 심하지는 않았다.

"그냥 가도록 하지."

"예? 가브리엘이랑 이야기 안 하고요?"

"마르스가 없다면 할 필요 없어."

그건 그렇지만 너무 갑작스럽게 마음을 바꾸는 것 같아 의아했다.

"베르."

"네, 네. 갑니다."

베르는 어느덧 저 앞까지 가 있는 데미안의 뒤를 서둘러 쫓아갔다.

"인사도 없이 그냥 가는 겁니까, 수장님?"

그렇게 연회장을 나가려는데 가브리엘이 그들의 발목을 잡았다.

"모처럼 왔는데 말도 없이 그냥 가시다니, 파티가 마음에 들지 않는 모양입니다?"

"마음에 들고 말고 할 것도 없지. 애초에 내가 여기 온 건 파티를 즐기기 위해서가 아니니까."

"그럼 무슨 이유로? 아, 혹시 마르스 님을 만나러 오신 건가요?"

가브리엘이 꽤나 미안하다는 얼굴로 부채로 입을 가렸다.

"죄송하지만 마르스 님께선 오늘 못 오십니다. 아주 중요한 볼일이 생기셨거든요."

"사람을 초대해놓고 정작 당사자는 오지 않는다니, 이게 무슨 예절인지 모르겠군."

"너무 노여워하지 마세요. 마르스 님도 정말 오고 싶어 하셨거든요. 오늘 못 오는 대신 이걸 전해달라고 하셨습니다. ……소피아."

가브리엘의 부름에 아까 데미안이 넋을 놓고 본 중급 천사, 소피아가 공손히 다가와 데미안에게 편지를 내밀었다.

"마르스 님이 보내는 편지입니다. 오늘 못 온 것을 매우 유감스럽게 생각하며……."

가브리엘이 계속 뭐라고 말했지만 데미안은 그녀의 말을 귀담아 듣지 않았다. 아니, 듣지 못했다는 것이 더 바른 표현일 것이다.

그는 소피아가 내민 편지도 받지 않았다. 그저 아까와 마찬가지로 멍하니 소피아를 바라볼 뿐이었다.

"뭐지?"

"저 천사랑 아는 사이인가?"

"데미안 님."

이에 관중들이 수군거리자 베르는 아까와 마찬가지로 그의 이름을 부르며 팔을 잡았다. 그제야 정신이 든 건지 데미안이 짜증스레 눈살을 구기며 강탈하듯 편지를 가져갔다.

"이 일은 잊지 않도록 하지."

"마르스 님에게 전해두도록 하겠습니다."

가브리엘은 조금도 물러서지 않고 데미안에게 맞섰다. 그가 자신을 못 건드릴 거라는 확신이 있었기 때문이었다.

그런 가브리엘이 매우 못마땅한 데미안은 입매를 비틀며 돌아섰다. 아주 찰나였지만 데미안의 시선은 소피아에게 머물렀다가 떠났다. 곁에 있던 베르도 못 볼 정도로 찰나였지만 예리하게 그 사실을 눈치챈 가브리엘은 의미 모를 미소를 지었다.

"수장."

그리고 곧장 자리를 뜨려는 데미안의 발목을 다시 한 번 잡았다.

"궁금한 것이 있었는데, 물어봐도 될까요?"

데미안은 허락하지 않았지만 가브리엘은 섬뜩하게 웃으며 제멋대로 말을 이었다.

"당신은 환생에 대해 믿나요?"

쾅—.

현관문이 요란스럽게 닫혔다. 데미안은 입고 있던 외투를 아무렇게나 던지고 넥타이를 풀었다. 그래도 답답한 마음은 사라지지 않았다. 찬물을 마셔도 마찬가지였다. 누군가 심장을 꽉 쥐어 잡은 듯 속이 답답했다. 뇌에 산소가 공급되지 않는지 생각이라는 것이 없어졌다. 단 한 가지, 그 요망한 년의 말이 머릿속에 맴도는 것을 제외하고 말이다.

―당신은 환생에 대해 믿나요?

생각하지 않으려고 무던히 노력해도 머릿속에서 사라지지 않았다. 차오르는 분노를 이기지 못한 데미안은 유리잔을 쥔 손에 힘을 주었다. 연약한 유리는 그의 힘을 이기지 못하고 산산조각이 났다.

그것으로도 화가 풀리지 않는지 데미안은 눈앞에 보이는 건 전부 집어 던졌다.

깔끔했던 집 안이 순식간에 난장판이 되었다. 멀쩡한 건 하나도 없었다. 창문조차 깨져 더운 바람이 집 안으로 들어왔다.

한참 날뛴 후에야 진정이 된 건지 데미안은 그대로 자리에 주저앉았다. 초점을 잃고 공허해진 그의 눈동자에서 눈물 한 방울이 툭, 하고 떨어졌다.

"정말 너인 거냐…… 정말로……."

말은 채 이어지지 못하고 허공으로 흩어졌다. 어느 순간부터 데미안의 몸과 얼굴에 붉은 열꽃이 피어올랐다. 그뿐만 아니라 창백한 살결 아래로 한계까지 부풀어 오른 핏줄들이 선명하게 보였다. 아주 사소한 자극에도 터질 것만 같았다.

"데, 데미안 님?"

뒤늦게 집에 온 베르는 눈앞에 펼쳐진 광경을 보고 기함하며 입을 쩍 벌렸다. 집 안의 가구가 다 부서진 건 그렇다고 쳐도 데미안의 상태가 심상치 않아 보였다.

"설마 주기가 온 건가?!"

그것 말고 데미안의 상태를 설명할 수 있는 방법은 없었다.

"어, 얼른 라오스에 전화해서 제물을……!"

파앙―.

"큭!"

순간 손을 관통하는 날카로운 통증에 베르는 들고 있던 휴대폰을 떨어뜨렸다. 엄지손가락만 한 구멍이 뚫린 손에선 피가 주르륵 흘러내렸다.

"연락하지 마라."

베르를 공격한 건 데미안이었다.

"라오스에 연락하지 마."

"하지만 그러면 제물을 구할 수가 없습니다. 혹 라오스에서 주는 제물이 마음에 들지 않는 거라면 인간 여자를 사냥……."

"시끄러우니까 나가."

일순간 어둠이 몰려와 베르를 둘러쌌다. 어둠에 갇힌 베르는 아무것도 볼 수 없었고, 아무것도 들을 수가 없었다.

이윽고 어둠이 사라졌을 때 베르는 도로 위에 덩그러니 있었다. 집에서 쫓겨난 것이다.

"하아, 큰일이네."

다시 집으로 들어가면 그땐 목이 날아갈 것 같아 베르는 그러지 못했다. 아무리 데미안이 중요하다고 해도 목숨을 걸 만큼 중요하진 않았다. 그렇다고 해서 이대로 가만히 있을 수도 없었다. 데미안이 정말 폭주라도 하면 큰일이니까.

"하지만 어떻게 하면 좋을지……."

그가 마음을 바꿔 먹지 않는 한 제물을 아무리 그의 방에 밀어 넣는다 해도 소용없을 것이다. 그의 마음을 바꿔야 했다.

이유는 알 수 없지만 데미안은 주기가 온 걸 라오스에 알리고 싶어 하지 않는 듯했다. 그러니 그것만 해결하면 되는데, 문제는 그걸 해결하기가 어렵다는 것이었다.

제물이 된 인간이 멀쩡하면 어떻게든 숨길 수 있지만 만약 혼수상태가 되거나 죽기라도 하면 절대 라오스의 눈을 피할 수가 없기 때문이다.

"아……!"

순간 머릿속을 스치는 한 인물에 베르의 눈이 커졌다.

'왜 그 사람을 생각하지 못했던 걸까. 기껏 제물로 만들었는데 까맣게 잊고 있었다니.'

"부디 전화를 받아야 할 텐데……."

만약 그녀가 전처럼 전화를 안 받으면 여러모로 난감했다. 무엇보다 시간이 많이 없었다.

그녀가 전화를 빨리 받길 바라며 베르는 피가 흐르는 손으로 그녀의 번호를 눌렀다.

일을 마친 뒤 버스에 올라탄 시연은 문득 휴대폰에 부재중 통화가 3통 와 있는 것을 발견했다.

"베르 씨네?"

'이 밤중에 무슨 다급한 일이 있어서 이리 전화를 한 것일까?'

시연은 비어 있는 좌석에 엉덩이를 붙이고 베르에게 전화를 걸었다. 전화를 기다리고 있었는지 베르는 전화를 걸자마자 받았다.

[시연 씨, 도와주세요.]

"네?"

가타부타 설명도 없이 대뜸 도와달라는 말에 시연은 조금 당황하며 그에게 되물었다.

"무슨 말씀이세요? 뭘 도와달라는 거죠?"

[그건 오시면 말씀드릴게요. 지금 당장 이쪽으로 와주실 수 있으세요?]

"아니, 무슨 일인지 이야기를 해주셔야 제가 도와드릴지 말지 결정을 하죠. 제가 도움을 못 드리는 일일 수도 있잖아요."

[아니요. 시연 씨는 반드시 하실 수 있습니다. 이건 시연 씨 말고는 못하는 일이에요.]

'도대체 무슨 일이길래 이렇게 말하는 걸까?'

부담감이 어깨를 무겁게 짓눌렀다. 매정하게 거절하기엔 그가 너무 다급해 보여 그럴 수 없었고, 그렇다고 받아들이자니 여러모로 마음에 걸렸다.

[비서 일을 조금 더 일찍 하신다고 생각하시면 됩니다.]

시연이 고민하는 바가 무엇인지 알았다는 듯 베르가 말했다.

[어차피 이틀 뒤부터 저희랑 일하시잖아요. 그 일, 조금만 더 일찍 하신다고 생각하시면 됩니다. 시급은 다 쳐드릴게요.]

"시급을 쳐준다고요……?"

[네. 이건 계약보다 일찍 일을 시작하는 거니 시간 외 수당으로 내일 것까지 전부 수당을 쳐주겠습니다.]

그러니까 하루를 일해도 이틀을 일한 돈을 주겠다는 말이었다. 내일 것까지 치면 무려 4일이나 줄어드는 것이다. 빨리 그들과의 관계를 청산하고 싶은 시연에겐 희소식이나 다름없었지만 여전히 수상쩍은 냄새가 풀풀 나서 선뜻 대답이 나오지 않았다.

"무슨 일인지 간단하게라도 말해주시면 안 되나요?"

[말로 설명이 안 되는 일이라서 그렇습니다. 뭐, 정말 힘드시다면 다른 사람을 찾아…….]

"아, 안 하겠다는 게 아니라…… 해, 해요!"

저렇게 말하니 해야 할 것만 같아 시연은 대답했다.

[그럼 주소를 문자로 보내드리겠습니다. 그곳으로 오시면 됩니다.]

어지간히도 급했는지 끊겠다는 인사도 없이 베르는 전화를 끊어버렸다. 곧 주소가 적힌 문자가 도착했다.

"택시!"

베르가 빨리 와달라고 한 만큼 시연은 버스보다 택시를 타는 걸 선택했다. 문자에 적힌 주소지까진 정확하게 30분이 걸렸다.

부촌 동네에 위치한 거대한 오피스텔 앞에 선 시연은 멍하니 오피스텔을 바라봤다. 오피스텔 주제에 넓은 정원도 가지고 있었다. 높이는 그다지 높지 않았지만 대신 옆으로 길었다.

안으로 들어가려면 카드 키가 있거나 비밀번호를 알아야 했다. 베르가 보낸 문자에는 공동 현관 비밀번호도 적혀 있었다.

'비밀번호가 666666이네.'

장난치는 건 아닐까 하는 생각이 들 정도로 특이한 비밀번호였다. 반신반의하며 비밀번호를 누르니 문이 부드럽게 열렸다. 비밀번호를 설정한 사람이 누구인지는 모르지만 참 특이하다고 생각하며 시연은 오피스텔 안으로 들어갔다.

외관만큼 내부 역시 고급스러웠고 게다가 화려하기까지 했다. 바닥에 깔린 대리석은 밟기가 감히 황송할 정도였고, 천장을 수놓은 금은 진짜처럼 번쩍거렸다.

건물 높이가 5층 정도밖에 되지 않는데 엘리베이터도 있었다. 단숨에 5층에 도착한 시연은 넓은 복도에 단 하나밖에 없는 문 앞에 섰다. 그곳은 데미안의 집이었다.

'근데 왜 날 이곳으로 부른 거지?'

비서 일을 시킬 거라면 보통 회사로 부르지 않나?

여러 의심이 들었지만 여기까지 왔는데 그냥 돌아갈 수도 없고, 일단 베르는 만나봐야겠다는 생각에 시연은 초인종을 눌렀다.

시간이 지나도 안에선 답이 없었다. 초인종을 몇 번이나 눌러봤지만 마찬가지였다.

'아무도 없는 건가. 그럴 리가. 분명 여기가 맞는데.'

의아해하며 다시 초인종을 누르려는 순간…….

달칵―.

현관문이 안쪽에서부터 열리면서 셔츠를 아무렇게나 풀어헤친 데미안이 등장했다.

"뭐지?"

지독하게 낮고 허스키한 목소리에선 열기가 가득 느껴졌다. 얼굴도 붉었다.

"아, 저기 베르 씨가 불러서 왔는데요……."

"베르가?"

"예에. 근데 없는 모양이네요. 하하, 뭔가 착오가 있었나 봐요."

그 모습을 보니 전에 그가 제멋대로 입을 맞췄을 때가 떠올라 시연은 주춤 뒤로 물러섰다. 위험했다. 본능이 도망치라고 말하고 있었다.

"그, 그럼 안녕히 계세…… 읍!"

인사하고 도망치려는데 손목이 덜컥 붙잡히더니 이윽고 그의 입술이 닿았다.

"이, 이거 놔……!"

소리를 지르기 위해 벌어진 입술 사이로 물기 젖은 혀가 파고들었다. 발버둥 치며 뿌리치려고 해도 소용없었다. 데미안은 뱀처럼 그녀의 허리를 휘어잡고 깊게 입을 맞췄다.

"하아……."

시작은 벌처럼 쏘였다면 그 뒤는 젤리처럼 끈적끈적했다. 정제되지 않은 원초적인 신음이 절로 흘러나왔다. 그에게 유린당하고 있는 건 입술뿐인데 온몸에서 묘한 감각이 들끓었다.

그건 데미안 역시 마찬가지였다. 인간 여자와의 키스는 늘 똑같았고 다를 것이 하나도 없었는데, 시연은 달랐다. 아니, 그녀는 특별했다.

그녀의 입술은 물론 그 사이로 나오는 숨결마저 달았다. 어디서 이렇게 단맛이 나오는 건지 궁금해서 데미안은 그녀의 입술을 집요하게 파고들었다.

키스가 깊어질수록 데미안의 주변에 부유하고 있던 기운들은 시연의 몸 안으로 빠르게 흡수됐다.

보통 이쯤 되면 몸이 풍선처럼 부풀어 올라야 하는데 그런 일은 일어나지 않았다. 하지만 정신적으로는 부담이 가는지 얼마 지나지 않아 시연은 정신을 잃고 쓰러졌다. 그제야 입술을 뗀 데미안의 얼굴에 아쉬움이 묻어

났다.

데미안은 기절한 시연을 가뿐하게 안아 들었다. 그녀를 눕힐 곳이 필요했다. 집은 엉망진창이니 다른 곳으로 갈 필요가 있었다.

그대로 어둠 속에 녹아든 그가 다시 등장한 건 그의 가문이 소유하고 있는 호텔의 객실이었다.

귀찮게 체크인 같은 걸 할 필요는 없었다. 그 방은 오로지 그를 위한 방이었고, 언제든지 사용할 수 있게 준비되어 있었다.

침대 위에 시연을 내려놓은 데미안은 그녀를 물끄러미 내려다봤다. 시연은 미동도 없이 자고 있었다. 가슴이 오르내리지 않았다면 꼼짝없이 죽은 줄 알았을 것이다.

데미안은 손을 뻗어 그녀의 머리를 쓰다듬었다. 그 다음은 이마였다. 위에서부터 차례차례 훑으며 아래로 내려온 데미안의 손은 이윽고 시연의 입술에 닿았다. 적당히 익은 붉은 빛깔의 입술은 제법 먹음직스러워 보였다.

아니, 실제로 맛있었다. 그래서 한 번 더 맛보고 싶었지만 의식이 없는 여자에게 할 만큼 굶주리지는 않았다.

"빨리 일어났으면 좋겠군."

그래야 그녀의 입술을 다시 한 번 맛볼 수 있을 테니까.

데미안은 아쉬움을 감추며 그녀의 입술을 매만지던 손을 거뒀다.

데미안에게 보고를 하는 순간은 늘 긴장이 됐다.

"시간이 없어 조사는 많이 못 했습니다만……."

하물며 제대로 조사를 못 했을 땐 더 긴장이 됐다. 베르는 바짝 말라오는 입술을 혀로 축이며 데미안에게 조사한 자료를 넘겼다. 시연에 대한 자료였다. 데미안은 자료를 꼼꼼하게 살펴봤다.

"친부에 대한 기록은 없군."

"네. 미혼모였다고 합니다. 그리고 차시연 씨의 친모는 7년 전 행방불명 됐습니다."

"행방불명이라…… 혹시 그 일에 천족이 관련되어 있는 건 아닌가?"

"거기까진 조사하지 못했지만 시간을 주시면 조사해보겠습니다."

데미안이 고개를 끄덕였다. 조사하라는 의미였다. 전처럼 시간 제약을 걸지 않는 건 그다지 급하지 않은 일이라는 의미였다.

"아, 그리고 라오스에서 연락이 왔습니다."

"라오스에서? 무슨 일로?"

"이종족이 인간들을 무차별적으로 살해한 사건 때문입니다. 범인이 늑대 인간이라는 것까진 알아냈지만 아직 범인을 잡지 못해서 라오스 입장이 꽤 나 난처해진 모양입니다."

"한데 왜 나한테 도움을 요청하는 거지? 그들이 믿고 의지하는 건 비둘기 놈들일 텐데."

"알아본 바에 의하면 이미 도움 요청을 한 듯합니다."

"그런데도 나에게 도움 요청이 왔다는 건 그놈들이 도움 요청을 거부한 거겠지."

베르는 말없이 고개를 숙였다. 긍정이었다. 이에 데미안은 어이없다는 듯 크게 숨을 뱉으며 다리를 꼬았다. 일그러진 그의 얼굴에는 언짢음이 가득 했다.

"나도 거절하도록 하지. 감히 날 그 녀석들의 대타로 삼으려고 하다니. 제 정신이 아닌 모양이군."

"그래도 계속 요구를 하면 어떻게 할까요?"

"내가 처리하지. 또 그런 쓸데없는 전화가 오면 나에게 바로 연결해."

이보다 더 완벽한 해답은 없었다. 베르는 그러겠노라고 대답한 뒤 밖으로 나갔다.

베르가 나가자 데미안은 시연이 누워 있는 침대로 다가갔다. 꼬박 하루가 지났지만 시연은 여전히 정신을 차리지 못했다.

폭주한 데미안의 기운을 받았으니 무리도 아니었다. 평범한 인간이었다면 이미 죽었을 것이다. 그런데 시연은 죽지 않았고, 그것만으로도 그녀가 평범하지 않다는 것이 증명됐다.

'하지만 조사한 바에 의하면 이 여자는 평범한 인간인데…….'

도대체 이게 어떻게 된 일인지 의아했지만 깊게 생각하진 않았다. 중요한 건 그녀가 제물로 아주 유용하다는 것이었으니까. 이렇게 편한 제물을 놓치면 그게 더 바보였다.

'게다가 천족과 관련도 없는 것 같고.'

수상한 점이 있긴 했지만 시연을 곁에 둘 이유는 충분했다.

"윽……."

베르가 준 자료를 다시 한 번 확인하고 있는데 시연의 눈썹이 파르르 떨렸다. 곧 속눈썹이 매끄럽게 올라가면서 초점이 흐릿한 눈동자가 보인다.

정신을 차리려는 듯 눈꺼풀을 몇 번 깜빡이던 시연은 이내 눈살을 찌푸렸다. 강한 조명 때문에 눈이 아픈 듯했다. 이 모습을 본 데미안이 가볍게 손가락을 튕기자 조명이 은은하게 바뀌었다.

그 모습을 보며 시연은 작게 중얼거렸다.

"……역시 사람이 아니야."

"그걸 이제 안 건 아닐 텐데 새삼스럽게."

낮게 웃는 목소리에 시연은 가볍게 눈을 흘리며 몸을 일으켰다.

"지금 몇 시예요?"

"오후 3시."

"어? 저 그렇게 오래 잤어요?"

"오래 잤지. 하루하고 반나절을 잤으니까."

하루하고 반나절이라니. 데미안의 말에 놀란 시연은 화들짝 놀라며 침대 밖으로 나왔다.

"앗!"

그러나 어째서인지 발에 힘이 들어가지 않아 몸이 앞으로 쏠렸다. 시연이 넘어지려고 하자 데미안은 가뿐하게 손을 뻗어 시연을 부축했다. 그 순간에도 시연은 그와 맨살이 닿았다는 사실에 소스라치게 놀라며 몸을 뒤로 뺐다.

"윽!"

그 바람에 엉덩방아를 세게 찧은 시연은 신음을 흘리며 시큰하게 아파오는 엉덩이를 매만졌다. 그러자 데미안이 픽 웃음을 흘리며 어이없다는 듯 말했다.

"이제 이 정도 접촉은 익숙할 때도 되지 않았나? 두 번씩이나 키스한 사이인데."

"그, 그런다고 익숙해질 리가 없잖아요! 그리고 그 키스 이야기 좀 그만 해요!"

"키스."

"이봐요!"

"뭘 그리 부끄러워하는지 모르겠군. 두 번씩이나 키스를 한 사이면서."

"아이, 진짜!"

하지 말라니까 기다렸다는 듯이 더 하는 것 좀 봐! 도저히 예뻐해주려고 해도 예뻐해줄 수 없는 사람이었다.

"아무튼! 두 번 다시 그런 짓 하지 마세요! 참는 것도 세 번이 한계예요!"

더 말하면 가만히 있지 않겠다는 듯 시연이 양 주먹을 불끈 쥐고 소리치자 그제야 놀릴 생각이 사라졌는지 데미안은 더 이상 말을 꺼내지 않았다.

"그래서 당신은 괜찮은 거예요?"

"무슨 말이지?"

"아니, 어제…… 아니지, 그저께인가? 아무튼 엄청 아파 보이던데. 괜찮은 거냐고요."

그런 일을 당하고도 자신을 걱정하는 그녀가 귀여워서 데미안은 설핏 웃음을 터뜨렸다.

그걸 어떻게 받아들인 건지 시연이 매섭게 눈을 치켜뜨며 데미안을 노려봤다.

"뭐야, 왜 비웃어요? 나름 걱정해서 물어본 건데. 내 걱정 무시해요?"

"아니, 아무것도 아니다. 그것보다 씻어야 할 것 같은데."

데미안이 턱 끝으로 방 한편에 있는 문을 가리켰다.

"욕실은 저쪽이니 씻고 나와. 씻을 동안 갈아입을 옷을 준비해서 문 앞에 두도록 하지."

"아니요, 괜찮아요. 그냥 집에 갈게요."

"가면 안 되지. 지금은 근무 시간이니까."

"예?"

"약속한 일주일 다 됐잖아. 오늘부터 3개월간 나랑 일하기로 했을 텐데? 그러니 집에 가면 안 되지."

억지 같았지만 반박할 말이 없었다. 정말 시간이 하루 반나절이 흐른 건지 궁금했다.

"저기, 제 휴대폰은 어디 있죠?"

데미안은 말없이 협탁 위에 있는 휴대폰을 가리켰다. 휴대폰을 집어 든 시연은 가장 먼저 날짜부터 확인했다.

'진짜네.'

정말로 하루하고 반나절을 잔 것이다. 사람이 어떻게 그리 오래 잘 수 있단 말인가. 너무 피곤해서 기절하듯 잤을 때도 10시간 잔 것이 고작이었는데. 직접 확인하고도 도무지 믿기지 않았다.

'설마 이 남자가 나한테 무슨 짓을 한 건가?'

확실했다. 그것이 아니고서야 자신이 그리 오래 잤을 리가 없었다.

"그럼 씻도록 해."

그에 대해 물어보기도 전에 데미안은 짤막하게 말을 남긴 뒤 침실을 나갔다. 눈치 빠르긴. 시연은 가볍게 혀를 내찼다.

어쨌거나 그의 말대로 씻긴 해야 할 것 같아 시연은 욕실로 향했다. 수도꼭지를 여니 샤워기에서 온몸의 피로를 노곤하게 녹이는 뜨거운 물이 콸콸 쏟아졌다. 뿌연 수증기가 금세 욕실을 가득 채웠다.

'저 남자한테는 정말 내 능력이 안 통하는구나.'

몇 번이고 접촉했는데 저리 멀쩡한 걸 보면 확실했다. 좋아해야 할지, 아니면 싫어해야 할지 아직은 알 수 없었지만, 확실한 건 더 이상 그와 접촉하는 걸 무서워하지 않아도 된다는 것이었다.

샤워를 마친 시연은 조심스럽게 방을 나왔다. 조금 익숙한 거실 풍경은 이곳이 전에 왔었던 그 호텔이라는 것을 알려주었다.

"뭘 그리 멍하니 서 있어?"

"엄마야."

갑자기 뒤에서 데미안의 목소리가 들리자 시연은 화들짝 놀라며 뒤를 돌아봤다. 막 씻고 나온 듯 물기 젖은 머리칼의 데미안이 보였다.

"배는."

"네?"

"배 안 고파? 아무것도 안 먹고 하루 종일 잤잖아."

"그러고 보니……."

전혀 배고프지 않았다. 하루 반나절이나 굶었는데 배가 고프지 않다니.

"도대체 저한테 무슨 짓을 한 거예요?"

이쯤 되니 묻지 않을 수가 없었다.

"아니, 당신이랑 그 키……스를 한 뒤로 정신을 잃고 하루 반나절이나 잤어요. 거기다 그렇게 자고도 전혀 배가 고프지 않죠. 이거 좀 이상하다고 생각되지 않아요?"

시연은 나름 화를 내며 오목조목 따졌지만 데미안의 귀에는 하나도 들리지 않았다.

그의 머릿속을 차지한 건 앙다문 그녀의 입술이었다. 그 입술이 가지고 싶어, 데미안은 시연 쪽으로 천천히 허리를 숙였다.

탁―.

"또 얼렁뚱땅 속아 넘어가지 않아요."

그러나 시연이 막는 탓에 목적을 이룰 수가 없었다. 그것이 퍽이나 못마땅한 데미안은 입매를 비틀었다.

"세 번까지 허락해준다며."

"제가 언제요."

"아까 세 번까지 참는다고 했으면서."

"그런 의미로 한 말 아니니까 꿈 깨요."

시연은 단호하게 대답하며 데미안의 얼굴을 쭉 밀어냈다. 이에 콧잔등을 작게 실룩이던 데미안은 이내 이해했다는 듯 고개를 끄덕였다.

"그래, 이렇게 세 번째 기회를 날릴 순 없지."

"아니, 그러니까 기회를 줄 생각이……!"

"배고프군. 밥 먹으러 가지."

데미안은 서슴없이 손을 뻗어 시연의 팔을 잡았다.

"놔요!"

데미안과는 접촉을 해도 문제가 없었지만 그래도 그와 닿는 것이 싫은 시연은 그의 손을 뿌리쳤다.

"약속했을 텐데요. 허락 없이 만지지 않기로."

"아, 그랬지. 깜빡했어."

다 알면서 일부러 그러는 것 같은 건 기분 탓일까?

"그러니 밥 먹으러 가지."

"전 배 안 고파요."

"그래도 먹어. 지금은 깨어난 지 얼마 안 돼서 그런 거고, 조금 있으면 배고플 거야."

묘하게 설득력이 있는 말이었다. 그리고 막상 먹을 걸 생각하니 배가 조금 고픈 것 같기도 해서 시연은 순순히 고개를 끄덕였다.

데미안이 시연을 데리고 간 곳은 호텔 레스토랑이었다. 미슐랭 가이드에서 별 3개를 받은 레스토랑답게 이른 저녁 시간인데도 불구하고 빈자리는 보이지 않았다.

"이쪽으로 오십시오."

한데 직원은 데미안을 보자마자 바로 자리로 안내했다. 호텔 안쪽에 위치한 창가 자리였다. 전망이 훤히 보이는 만큼 사람들이 선호하는 자리이건만 여태 비어 있다는 것이 의아했다. 미리 예약이라도 해둔 걸까.

"뭘 먹을 거지?"

"그, 글쎄요."

시연은 작게 당황하며 메뉴판을 쳐다봤다. 한국이면 마땅히 한국어를 써야 하건만 메뉴판에 적혀 있는 건 전부 영어였다. 읽을 수가 없었다.

"A코스로 두 개 하지."

그녀가 아무 말도 하지 못하고 머뭇거리자, 데미안이 알아서 주문을 했다. 스테이크 굽기에 소스 선택 등 시연이 알아들을 수 없는 내용의 대화를 웨이터와 주고받은 데미안은 웨이터가 떠나자 시연을 돌아봤다.

"이런 곳에 처음 와본 건가?"

"네. 패밀리 레스토랑은 가봤지만요."

"남자 친구랑?"

"여자 친구요."

"보통 패밀리 레스토랑은 남자 친구랑 자주 가던데."

"어디서 그런 선입견이 나왔는지 모르겠지만, 아닙니다."

"아, 그러고 보니 첫 키스라고 했지. 깜빡했어."

왜 잊을 만하면 키스 이야기가 나오는 건지 모르겠다. 목이 타들어가는 것 같아 시연은 물을 벌컥벌컥 들이켰다.

얼마 지나지 않아 먹음직스러운 수프와 빵, 그리고 샐러드가 나왔다. 시연은 수프를 한 술 크게 떠서 먹었다.

"우와."

"맛있지?"

"네, 진짜 맛있어요."

시연이 환하게 웃으며 고개를 끄덕이자 데미안의 입가에도 미소가 그려졌다. 사람의 마음을 흔들어놓기 충분한 미소였다. 심장이 쿵쿵 뛰면서 괜히 부끄러워지자 시연은 애꿎은 샐러드만 쿡쿡 찌르며 시선을 아래로 내려뜨렸다.

그 뒤로 요리들이 줄줄이 나왔다. 배가 고프지 않았던 것치고 음식은 잘 들어갔다.

"근데 베르 씨가 안 보이네요."

"베르를 왜 찾지?"

"네? 그야 베르 씨가 데미안 씨 비서잖아요. 그러니 그분에게 앞으로 무슨 일을 해야 할지 배워야죠."

"그건 나한테 배우면 돼."

싫다는 말은 하지 못하고 시연은 들고 있던 포크를 내려놓고 자리에서 일어섰다.

"화장실 좀 다녀올게요."

시연은 화장실로 향하며 베르에게 전화를 걸었다. 일이 바쁜지 베르는 좀처럼 전화를 받지 않았다. 몇 번을 걸어도 마찬가지였다.

탁―.

문자라도 남기는 것이 좋을 것 같아 휴대폰 화면에 시선을 고정한 채 걸어가던 시연은 반대편에서 걸어오던 누군가와 부딪혔다.

"아, 죄송합니다."

앞을 제대로 보지 못한 제 잘못이니 시연은 황급히 사과했다. 부딪힌 상대는 화사한 금발에 푸른색의 눈동자를 가지고 있는 남자였다. 데미안보단 못했지만 외모가 제법 준수했다.

"저야말로 죄송합니다. 다친 곳은 없으신가요?"

데미안보다 매너는 있네. 시연은 고개를 끄덕였다.

"네, 괜찮아요. 그럼 이만."

"아, 저기……."

남자는 떠나가려는 시연의 팔을 덜컥 잡았다.

"……!"

남자와 맨살이 닿다니. 시연은 화들짝 놀라며 남자의 손을 뿌리치려고 했지만 어찌나 세게 잡았는지 남자는 좀처럼 떨어지지 않았다.

'안 돼…….'

몰려오는 공포에 몸이 딱딱하게 굳었다. 의식이 흐릿해지면서 눈앞이 캄캄해졌다.

"차시연?"

거의 정신을 놓기 직전, 그녀를 구해준 건 데미안이었다. 그의 목소리를 듣는 순간 멍해졌던 정신이 단번에 돌아왔다.

성큼성큼 다가온 데미안은 강제로 시연과 남자를 떼어놓은 뒤 남자를 노려봤다.

"넌 뭐지?"

금발에 시린 벽안(碧眼). 그리고 희미하지만 똑똑히 보이는 8장의 새하얀 날개.

남자는 천족, 그것도 무려 신을 지키는 7인의 대천사였다.

마계의 군주를 지키는 7명의 검이 있듯, 신에게도 그를 지키는 7인의 대천사가 있었다. 가브리엘도 그 대천사 중 한 명이었다.

신을 지키기 위해 존재하는 만큼 대천사들은 웬만하면 신의 곁을 떠나지 않았다. 한데 이 남자가 신의 곁이 아닌 인간계에 있다는 건 뭔가 특별한 이유가 있다는 의미였다.

그것도 시연과 연관이 있는 듯해 데미안은 더욱 남자를 경계했다.

"이 여자한테 볼일이 있는 건가?"

"……아니요, 그럴 리가 있겠습니까."

남자 역시 데미안이 누구인지 바로 알아본 건지 가볍게 웃으며 대답했다.

"그저 조금 세게 부딪힌 것 같아 어디 다치진 않았는지 물어보려고 했을 뿐입니다."

"정말인가?"

사실이었기 때문에 시연은 고개를 끄덕였다. 그것이 못마땅한지 데미안은 작게 혀를 내차며 다소 거칠게 시연의 팔을 잡아끌었다.

"가자."

그대로 레스토랑을 빠져나온 데미안은 주차장으로 향했다. 그곳엔 베르가 가져다둔 차가 있었다.

"다른 호텔로 가지."

"네? 집으로 안 가고요?"

"집은 지금 수리 중이야. 못 들어가."

아, 그래서 호텔에 머문 거였나?

시연은 그제야 데미안이 좋은 집을 두고 왜 호텔에 머물렀는지 이해했다.

"그럼 저도 그 오피스텔에 바로 못 들어가겠네요?"

"아니, 네가 머물 집은 멀쩡해. 바로 들어갈 수 있어."

"그럼 전 이만 가볼게요. 집에 가서 짐 챙겨 와야 하니까요."

"아직 일하는 중인데 어딜 가려고?"

눈 하나 깜빡하지 않고 말을 하는 데미안이 어이가 없어, 시연은 혀를 내둘렀다.

"도대체 무슨 일을 하고 있다는 거예요? 일은 전혀 안 하면서."

"나는 안 해도 너는 해야지. 나를 수행하는 게 비서인 네 역할 아닌가?"

"노는 것도 수행해야 하나요?"

"응. 베르는 하거든."

갑자기 이 세상에 존재하는 모든 비서들이 존경스러워졌다. 특히 저 말도 안 되는 비위를 맞추고 있는 베르가 가장 존경스러웠다.

"얼른 타."

데미안의 억지에 시연은 어쩔 수 없이 차에 올라탔다. 데미안은 익숙하게 안전벨트를 매고 운전대를 잡았다.

"일단 호텔로 가기 전에 너희 집부터 들르지. 짐을 챙겨 와야 하니까."

"그래도 상관없긴…… 한데 그런데 운전도 할 줄 아세요? 면허는 있으시고요?"

이종족들 중에서 면허를 따는 놈들은 흔치 않아 그리 물었는데 데미안이 고개를 끄덕였다.

"응. 20년 전에 땄어."

"20년 전……. 저기, 실례지만 몇 살이세요?"

"올해로 300살이었던가. 200살 이후론 잘 안 세어봐서 모르겠군."

"하하, 300년."

까마득한 숫자를 들은 시연은 헛웃음을 흘렸다.

외모만 보면 30대 초반 정도로밖에 보이지 않는데. 새삼 그가 이종족이라는 것이 와 닿았다.

"도깨비는 안 늙는 건가."

"도깨비?"

"리암 가, 도깨비 가문이잖아요. 아니에요?"

"아, 맞아."

그제야 리암 가의 성을 빌리고 있다는 것을 자각한 데미안은 고개를 끄덕였다.

수많은 이종족들이 인간들과 함께 공존해서 살고 있었지만 마족에 대한 거부감은 여전히 남아 있었다. 특히 인간들은 두려움에 아무것도 못 하고 벌벌 떨 정도로 마족을 싫어했다.

그래서 마족들은 마계에서 나와 인간 세상에 머물 때 다른 이종족의 성을 빌려 자신이 마족이라는 사실을 숨겨야 했다. 데미안이 리암의 성을 빌리고 있는 까닭이었다.

사소한 이야기를 나누는 사이, 차는 어느덧 목적지에 도착했다. 시연은 곧바로 차에서 내렸다.

"주차장이 어디 있지?"

"아, 저쪽에…… 어, 잠깐만. 저희 집에 들어오시게요?"

"그럼 여기까지 와서 차에 있으라고?"

"그건 아니지만……."

"금방 갈 테니 먼저 들어가 있어."

데미안의 차가 점차 멀어졌다.

"큰일 났다."

서둘러 집에 돌아온 시연은 신발도 제대로 벗지 않고 창고로 향했다.

먼지가 뽀얗게 쌓인 창고를 한참 뒤적이던 시연이 꺼낸 건 커튼이었다.

곧바로 철문 쪽으로 달려간 시연은 철문 위에 달려 있는 압축 봉에 커튼을 끼웠다.

길게 늘어진 커튼은 그 너머에 무엇이 있는지 완벽하게 가려주었다.

인테리어용 커튼이었기에 이런 곳에 걸어두어도 딱히 이상한 느낌은 없었지만 그걸로도 안심이 되지 않아 시연은 이동식 책장까지 그 앞에 가져다 뒀다.

딩동―.

"헉."

책장을 문 앞에 가져다 두는 순간 초인종 소리가 울렸다.

데미안이었다.

시연은 아무 일도 없었다는 듯 문을 열었다.

"빨리 여는군. 내가 오길 기다렸나?"

"설마요."

말도 안 되는 소리 하지 말라는 듯 딱 잘라 말하자 데미안이 낮게 웃으며 안으로 들어왔다.

"혼자 사는 건가?"

데미안은 조금 낡아 보이는 소파에 아무렇게나 앉으며 시연에게 물었다.

"네, 혼자 살아요."

시연은 그에게 줄 커피를 타며 대답했다.

"다른 가족은? 형제가 없는 건가?"

"외동이에요. 아빠는 어릴 적부터 없었고 엄마는 사정이 있어서 같이 안 살고 있어요."

"무슨 사정인지 물어보면 무례한 건가?"

시연은 침묵으로 대답을 대신하며 그의 앞에 커피를 내려놓았다.

"맛있군."

한 모금 마신 데미안이 고개를 끄덕였다.

"역시 비서를 잘 뽑은 것 같아."

"……진짜 원하던 것이 커피 잘 타는 비서예요?"

"처음에 말했을 텐데? 그걸 원한다고."

그렇긴 했지만 여전히 의심을 지울 수 없었다.

딩동ー.

불현듯 인터폰이 울렸다. 경비실이었다.

"네."

[아, 오늘은 계시네요. 어제는 하루 종일 안 계시더니.]

"무슨 일이신데요?"

[다름이 아니고 분리수거 문제 때문에 사인을 해야 하는데 지금 바로 내
려와서 해줄 수 있어요? 조금 있으면 구청 사람이 온다고 해서. 마음 같아
선 내가 올라가고 싶은데 나도 지금 자리를 못 비우는 상황인지라.]

"네, 그럴게요."

데미안을 혼자 집에 두고 가는 게 조금 걱정이 됐지만 잠깐인데 무슨 문
제가 있을까 싶어 시연은 흔쾌히 제안을 받아들였다.

"저 잠시 경비실에 다녀올게요. 금방 올 거예요."

시연은 서둘러 집을 나섰다. 그때까지 가만히 있던 데미안이 움직인 건
현관문이 닫힌 직후였다.

"흐음."

자리에서 일어선 데미안은 책장을 가볍게 옆으로 밀고 인테리어 커튼을

들어 올렸다. 그러자 커튼 뒤에 숨어 있던 철문이 나타났다. 일반 가정집에

선 볼 수 없는 문이었다.

그것만 해도 이상한데 더 특이한 건 문이 밖에서 잠그는 형태라는 것이었

다. 마치 누군가를 안에 가둬놓기 위해 만들어진 문 같았다.

'안에 뭐가 있는지 확인해봐야겠어.'

문이 잠겨 있었지만 문제가 될 건 없었다.

데미안이 문에 손을 가져다 대자 그의 몸이 어둠에 동화되어 천천히 녹

았다.

그가 다시 등장한 곳은 철문 안쪽이었다.

"……."

어두운 방 안에는 아무것도 없었다.

달리 장치가 있는 건가 싶어 바닥과 벽, 천장을 두들겨봤지만 그것도 아

니었다. 왜 이 방문만 철문인 건지 이해가 안 될 정도로 너무 깨끗했다.

'괜히 의심병이 도진 모양이군.'

천족, 그것도 대천사를 봐서 더욱 의심병이 커진 것 같았다.

다시 원상 복구한 데미안은 아무 일도 없었다는 듯 소파에 앉아서 커피

를 마셨다.

"그런데……."

커피가 반쯤 비었을 무렵, 데미안은 커피 잔을 내려놓고 굳게 현관문을

쳐다봤다. 매우 불만 가득한 얼굴을 하고서.

"왜 이렇게 안 오는 거지?"

경비실은 오피스텔 바깥쪽에 있었다. 그녀 말고도 사인을 하러 온 사람

이 있는 건지 사람들로 북적였지만 단순히 사인만 하면 되는 일이었기에 순서는 금방 찾아왔다.

"어?"

"안녕하세요."

사인을 하고 돌아서는데 한 남자가 시연에게 인사를 건넸다.

아까 호텔에서 봤던 남자였다.

이곳에서 또 만나다니.

단순한 우연이라고 보기엔 뭔가 미심쩍었기에 시연은 남자를 경계했지만 남자는 매우 반가운 얼굴로 시연에게 다가왔다.

"여기 사시는 모양이네요."

시연은 그가 다가온 만큼 뒤로 물러섰다.

"아, 그리 도망치지 말아요."

남자가 당혹스러운 얼굴로 손을 휘휘 내저었다.

"아까는 제가 정말 미안했어요. 아는 사람이랑 착각해서 그만."

"……."

"진짜예요. 아, 어떻게 하면 믿으시려나."

멋쩍게 웃으며 머리를 긁적이는 모습에서 거짓은 찾아볼 수 없었지만 그래도 미심쩍었다.

빨리 남자를 떨쳐내고 싶어 시연은 퉁명스럽게 대답했다.

"괜찮아요. 딱히 신경 안 써요. 제가 과민 반응한 것도 있으니까요."

"정말이죠?"

"네. 그러니까 이만 갈 길 가시죠."

"제 사과 안 받아주셨군요."

'아, 진짜 피곤한 타입이네.'

시연은 눈살을 찌푸렸다.

어서 빨리 떨쳐내고 집에 가고 싶은데 남자는 거머리처럼 달라붙어 떨어지지 않았다.

"괜찮다고 분명 말했을 텐데요?"

"그럼 통성명하죠. 전 가온이라고 합니다."

남자는 웃으며 손을 내밀었다. 그 손을 잡을 수 없는 시연은 가볍게 고개를 끄덕이며 대답했다.

"차시연이에요. 이제 됐죠?"

"악수도 안 받아주시는 건가요?"

"제가 다른 사람이랑 접촉하는 걸 별로 안 좋아해서요. 그럼 전 이만 가볼게요."

혹여 가온이 붙잡을세라 시연은 꾸벅 인사를 하고 돌아섰다.

가온은 어깨를 가볍게 으쓱이고는 해가 지고 있는 하늘을 올려다보며 중얼거렸다.

"아무래도 좀 힘들 것 같은데요?"

"뭐 하시는 거예요?"

시연이 집에 도착했을 때 데미안은 옷장을 들여다보고 있었다.

설마 철문 쪽도 건드린 건가 싶어 흘끗 그쪽을 확인해봤지만 다행히도 거긴 건드리지 않은 것 같았다.

"남의 옷장은 왜 들여다봐요?"

"하도 안 와서 대신 짐 싸주려고."

"뭐라고요?"

'이게 무슨 개풀 뜯어먹는 소리란 말인가.'

당치도 않은 말에 시연은 옷장 문을 쾅, 하고 닫았다. 그러자 데미안이 조금 불만스럽게 그녀를 쳐다봤다.

"그러길래 누가 늦게 오래? 금방 온다며?"

"10분밖에 안 지났거든요? 그리고 제가 아무리 늦게 온다고 해도 이렇게 남의 집 옷장을 마음대로 열어도 돼요?"

"우리가 남인가? 벌써 키스만 두……."

"아악!"

저놈의 키스!

시연은 소리를 지르는 것으로 그의 말을 자르며 데미안의 등을 떠밀었다.

"가서 소파에 얌전히 앉아 계세요. 제가 알아서 짐 쌀 테니까요."

"얼마나 걸리지?"

"10분이요. 10분이면 돼요."

"딱 10분만 기다리지."

1초라도 늦으면 참견하겠다는 의미였다.

그의 참견을 받고 싶지 않은 시연은 황급히 캐리어에 짐을 챙겼다. 짐을 다 챙겨 나오자 소파에 앉아 휴대폰을 바라보고 있던 데미안이 말했다.

"정확히 9분 42초 지났군."

그걸 또 세고 있었단 말인가.

여러모로 무서운 남자였다.

시연 쪽으로 느긋하게 걸어온 데미안은 그녀의 손에 있는 캐리어를 가져갔다.

"이런 건 남자가 들어야지."

"별로 안 무거운데요."

"그래도 내가 들어줄게."

별로 달갑지 않은 호의였기에 다시 가져가려고 했지만 그러기도 전에 이미 데미안은 저만치 걸어가고 있었다.

그 뒷모습을 물끄러미 바라보던 시연은 천천히 그의 뒤를 따라갔다. 어째서인지 두근거리는 심장을 꼭 부여잡은 채.

EPISODE 04

벗어날 수 없는 올가미

새로운 호텔에서 머물 객실은 늘 그랬듯이 스위트룸이었다. 직원이 룸 안쪽에 자신의 캐리어를 놓자 시연의 눈이 커졌다.

"설마 저도 여기서 묵나요?"

"그럼?"

"말도 안 돼. 어떻게 다 큰 성인 남녀가 한방을 써요!"

시연이 버럭 소리를 지르자 데미안이 턱을 쓰다듬었다.

"생각보다 고리타분하군. 첫 키스를 27살에 처음 해봐서 그런가."

"아이, 진짜 그 이야기 좀!"

키스 이야기가 나올 때마다 버럭하는 시연의 반응에 재미라도 들린 건지 데미안이 장난꾸러기처럼 웃었다. 시연의 얼굴은 더욱 붉어졌다.

"이 방을 쓰도록 해."

데미안은 방문 앞에 시연의 캐리어를 내려놓았다.

"바로 옆방이 베르 방이니 필요한 거 있으면 그에게 말하고."

베르도 같이 묵는다는 의미가 내포된 말에 그나마 안심이 된 시연은 작게 고개를 끄덕였다.

캐리어를 가지고 방으로 들어온 시연은 혹시 모를 사태에 대비해서 문을 꽁꽁 잠갔다.

"후우."

그리고 쓰러지듯 바닥에 주저앉았다. 카페에서 몇 시간 동안 일하는 것보다 데미안을 따라다니는 것이 더 힘들었다.

당장이라도 침대에 눕고 싶었지만 짐 정리가 우선이었다. 시연은 가지고 온 캐리어를 풀었다.

똑똑―.

한참 짐 정리에 집중하고 있는데 문 두드리는 소리가 들렸다.

"시연 씨."

베르였다.

그에게 하고 싶은 말이 굉장히 많았기에 시연은 곧바로 잠금 장치를 풀고 문을 열었다.

"도대체 이게 뭐예요?"

그리고 쏘아붙이듯 베르에게 물었다.

"비서 일이라고 생각하면 된다더니 도대체 그게 어딜 봐서 비서 일이에요? 도대체 당신들, 나한테 시키고 싶은 일이 뭐예요? 그때 저를 왜 여기로 부르신 거죠? 그 이유에 데미안 씨가 아픈 거랑, 그리고 제가 오래 잠들어 있었던 것이 연관 있는 것 맞죠?"

"별일 아니에요, 시연 씨."

언성을 높여 말하는 시연과 달리 베르는 차분하게 대답했다. 금색이었던 베르의 눈동자가 보라색으로 물들었다.

"정말 아무 일도 아니에요. 그렇죠?"

베르의 주 능력인 최면이 발동된 것이었다. 데미안의 시종으로는 대대로 최면을 사용하는 마족이 고용됐다. 데미안이 저지른 일을 수습해야 하기 때문이었다. 바로 지금처럼.

종족에 따라 최면이 잘 안 듣는 종족도 있었지만 다행스럽게도 인간은 최면이 잘 되는 종족이었다.

"그러네요. 아무 일도 아니에요."

그리고 인간인 시연에겐 베르의 능력이 완벽하게 먹혔다. 최면을 이용해서 위기의 순간을 잘 넘긴 베르는 씩 웃었다.

'하지만 능력을 쓰는 건 자제해야지.'

최면은 정신을 교란시키는 능력으로 자주 쓰면 정신적으로 무리가 왔기 때문에 되도록이면 쓰고 싶지 않았다.

"자, 그럼 쉬세요. 내일부터 더 힘드실 테니까요. 7시까지 준비하시고 나오시면 돼요."

시연은 말 잘 듣는 인형처럼 고개를 끄덕였다. 이에 한시름 덜었다고 생각하며 베르는 물러났지만.

"뭐지?"

안타깝게도 그것이 아니었다. 시연은 베르의 이상한 행동을 인지하고 있었다.

베르의 눈동자 색이 변하는 순간 머릿속이 안개가 낀 것처럼 흐릿해지면서 그의 말을 인정해야 할 것 같은 기분이 들었다. 그래서 인정하려는데 갑자기 찬물이라도 맞은 듯 정신이 번쩍 들었다. 이유는 알 수 없었다.

정신은 차렸으나 베르에게 지금 무슨 짓을 했느냐고 따지기보다 그가 원하는 대로 해주는 것이 나을 것 같아 시연은 순순히 그의 말에 따랐다.

베르가 무슨 능력을 사용하려고 했는지는 알 수 없지만 확실한 건 더 이상 베르도 믿을 수 없다는 것이었다. 즉, 이곳에 있는 것 자체가 위험하다는 의미였다.

'당장 나가야 돼.'

위험하다는 걸 알면서도 여기 계속 있는 건 바보 같은 행동이었다. 시연은 풀어놨던 짐을 마구잡이로 캐리어에 다시 집어넣고 밖의 동태를 살폈다. 다들 방에 들어간 건지 밖은 조용했다. 지금이라면 도망칠 수 있을 것 같아 캐리어를 품에 꼭 끌어안고 고양이처럼 살금살금 빠져나왔다.

빨리 걸으면 소리가 날까 봐 빨리 걷지도 못했다. 거북이가 기어가는 듯 아주 느릿하게 천천히 문 쪽으로 향하고 있는데 누군가 뒤에서 시연의 팔을 덥석 잡았다.

"꺄아아아악!"

놀란 시연은 들고 있던 캐리어를 상대를 향해 힘껏 휘둘렀다. '퍽'하는 소리와 함께 캐리어에 커다란 구멍이 나면서 그 안에 있던 물건들이 우수수 떨어졌다.

"정말이지……."

그녀의 팔을 잡은 건 데미안이었다. 어딜 나갈 생각인 건지 그는 말끔한 정장 차림이었다.

"평범한 물건을 흉기로 사용하는 것도 재주라면 재주군."

흉기라니. 되레 그의 손이 더 흉기인 것 같았다. 이렇게 튼튼한 캐리어가 고작 주먹 한 방에 박살이 나다니.

"저번엔 차로 들이박더니 이번엔 캐리어로 때리는군."

"이, 이건 당신이 잘못한 거잖아요! 누가 갑자기 뒤에서 팔을 잡으래요!"

"누가 도둑고양이처럼 몰래 나가길래 잡은 건데?"

데미안의 입꼬리가 비스듬하게 올라갔다.

"도망치려고 한 건가?"

"그, 그럴 리가 없잖아요!"

그에게 도망치려고 했다는 사실을 들키면 안 되니 시연은 애써 떨리는 마음을 진정시키며 아무것도 아닌 것처럼 말했다.

"그냥 집에 두고 온 물건이 있어서 가지러 가려고 했을 뿐이에요. 도망이라니, 제가 왜 그런 짓을 하겠어요?"

"그래? 그런데 이렇게 짐을 바리바리 싸서 들고 간다고?"

데미안의 시선이 바닥에 떨어진 시연의 물건 쪽으로 향했다. 그중에는 속옷도 있었기 때문에 시연은 크게 당황하며 속옷부터 집어 들었다.

"그, 그게…… 지, 짐을 잘못 가져왔지 뭐예요. 하하, 가서 바꿔 올 생각이에요."

"그렇군. 그럼 다시 돌아올 생각이었단 말이지?"

"그럼요."

믿어달라는 듯 시연은 고개를 크게 주억거렸다.

데미안은 무슨 생각을 하는지 알 수 없는 표정으로 "그래?" 하고 대답하더니 땅에 떨어진 물건을 주웠다.

"그럼 이건 내가 가지고 있지."

그건 시연의 지갑이었다. 신분증부터 카드까지 전부 저 안에 들어 있으니 저게 없으면 도망치는 것이 불가능했다.

"지, 지갑을 가져가면 저는 집에 어떻게 가요?"

"베르가 데려다주면 되잖아?"

기다렸다는 듯 뒤에 있던 베르가 앞으로 나왔다. 일이 점점 제게 불리하게 돌아가자 시연의 입꼬리가 작게 떨렸다.

"베, 베르 씨를 고생시킬 수는 없죠."

"아, 전 괜찮습니다, 시연 씨."

'제가 안 괜찮아요!'라는 말이 입안에 맴돌았다가 다시 목구멍 안으로 넘어갔다.

"사, 사실 중간에 친구를 만나고 올 생각이었거든요, 하하."

"친구? 누구?"

"말자요."

"아, 네가 운전한 그 차의 주인?"

데미안이 말자를 알고 있다는 사실에 놀란 시연의 눈이 커졌다.

"어떻게 말자를……."

"내가 그 정도 조사도 안 해봤을 것 같나?"

서늘하게 퍼지는 미소에 소름이 끼친 시연은 한 발 뒤로 물러섰다.

"그러지 않을 거라고 생각하지만 혹시나 해서 말하는 건데 도망칠 생각은 하지 않는 것이 좋을 거다."

데미안이 지갑을 꽉 움켜쥐자 지갑은 마술처럼 사라졌다.

"만약 도망치다가 잡히면 그땐 사정없이 물어뜯을 생각이니까."

소름 끼치는 말과 목소리에 몸이 저절로 굳었다. 농담이 아닌, 진심인 것 같아 심장이 절벽 아래로 뚝, 떨어졌다.

이 남자의 손에서 벗어나는 것이 쉬울 리 없는데 너무 쉽게 생각했었다.

"도망……치지 않아요."

도망치고 싶은 마음은 여전했지만 저런 이야기를 들은 이상 도망칠 수는 없었다. 벗어날 수 없는 올가미에 걸리고 말았다.

"정말, 정말 집에 갔다가 말자만 보고 다시 올 거예요."

아까는 그냥 변명거리로 말자의 이름을 말한 것이었지만 지금은 생각이 달라졌다.

말자를 반드시 만나야 했다. 만나서 그녀에게 모든 사실을 말하고 도망치라고 말해야만 했다. 아주 무서운 도깨비가 너를 노리고 있으니 지금 당장 무서운 도깨비의 손이 닿지 않는 곳으로 가라고.

"그래?"

"네."

거짓말은 아니었지만 그에게 숨기는 것이 있는 탓에 목소리가 살짝 떨렸다. 입술이 바짝바짝 타들어가는 것 같아 시연은 혀로 입술을 축였다.

"흠…… 뭐, 좋아."

데미안은 가볍게 고개를 끄덕이며 손을 내밀었다. 그러자 사라졌던 지갑이 다시 등장했다.

"그렇게 하도록 해. 그리고 오늘은 시간이 늦었으니 이곳으로 안 와도 좋아. 네 집에서 자도록 해."

아까만 해도 절대 안 될 것처럼 굴더니 갑자기 왜 마음을 바꾼 건지 의아해서 시연은 데미안을 바라봤다.

빛 하나 깃들어 있지 않던 새카만 눈동자에 이례적인 빛이 감돌고 있었다. 그 눈동자를 보는 순간, 시연은 알 수 있었다. 그가 지금 그녀를 시험하고 있다는 사실을.

만약 그녀가 여기서 도망치면 사정없이 물어뜯을 생각인 것이다. 그녀뿐이면 그나마 다행이고, 친구인 말자까지 물어뜯길 수 있었다.

"알……겠어요."

시연은 지갑을 쥔 손에 힘을 한가득 주며 말 잘 듣는 아이처럼 고개를 끄덕였다.

"혹시 돌아오고 싶다면 돌아와도 돼. 여기 카드 키."

그럴 생각은 조금도 없었지만 괜한 의심을 피하기 위해 시연은 말없이 카드 키를 받았다.

"이 짐은 어떻게 하지? 내 캐리어를 빌려줄까?"

"꽤, 괜찮아요. 이건 그냥 내버려두고 집에 있는 다른 캐리어에 물건 담아서 가지고 오면 돼요."

"좋을 대로."

"그럼 전 어서 정리하고 나갔다 올게요."

"도와드리겠습니다."

베르의 도움을 받아 빠르게 물건을 주운 시연은 물건들을 방에 가져다 둔 뒤 황급히 객실을 빠져나왔다.

시간이 늦은 만큼 하늘은 어두컴컴했다.

"택시!"

택시를 탄 시연은 손톱을 잘근잘근 깨물며 말자에게 전화를 걸었다. 아직 밤 10시도 안 됐는데 벌써 자는 건지 말자는 전화를 받지 않았다.

자는 애를 깨우는 건 좋지 않으니 보통 때라면 그냥 돌아갔겠지만 오늘은 아니었다.

"말자야, 말자야!"

말자의 집 앞에 도착한 시연은 말자의 집 문을 두드렸다. 토끼 일족인 말자는 잠귀가 밝은 편이었는데 오늘은 도통 답이 없었다.

오래된 다세대 주택인지라 방음도 잘 안 된다며 매번 투덜거리던 애가 이리 답이 없으니 다른 의미로 불안해졌다.

"말자……!"

"얼래, 시연 학생 아니여?"

그 순간 엉뚱한 곳에서 사람이 튀어나왔다. 옆집 아줌마였다. 같은 토끼 일족인 그녀는 말자의 어머니와 친구였고, 덕분에 말자와 그녀의 단짝 친구인 시연에 대해서도 잘 알고 있었다. 시연이 자주 말자의 집에 놀러왔기 때문이기도 했다.

"오랜만이네. 요즘 통 안 오더니. 근데 말자 찾는거? 없을 텐데."

"어디 갔어요?"

"그 왜, '더 뉴'에서 이번에 당뇨병 임상 실험자 구하잖아."

'더 뉴'라는 단어에 시연의 손이 반사적으로 작게 떨렸다.

"이번에 숙자가 당첨된 모양이여. 그래서 거기 간다고 하더라고. 말자도 함께. 뭐라더라. 한 달 정도 있다가 온다던데."

"뭐, 뭐라고요?"

그 말은 지금 말자와 말자의 어머니인 숙자가 '더 뉴', 그러니까 데미안의 손아귀에 있다는 의미가 아니던가.

'아줌마가 임상 실험자에 당첨된 건 우연이 아닐 거야.'

이건 필연이었다. 누군가 고의적으로 만든 필연.

그 누군가는 데미안이 분명했다.

그는 처음부터 시연이 이렇게 나올 줄 알고 미리 손을 써둔 것이다. 어떤 변수가 있더라도 사냥감을 절대 놓치지 않기 위해서.

"하, 하하……."

"왜 그랴? 괜찮아?"

충격을 이기지 못한 시연이 자리에 주저앉자 놀란 아줌마는 황급히 시연을 부축했다.

"어디가 안 좋은감? 병원 가봐야 하는 거 아녀?"

"아무것도 아니에요. 그럼 전 이만 가볼게요."

"정말 괜찮아?"

"네, 괜찮아요. 정말로……."

아니, 사실은 하나도 괜찮지 않았다. 아까 이른 저녁에 먹은 것들이 전부 올라올 만큼 속이 울렁거리고 현기증이 났다. 하지만 그걸 티 낼 순 없어 시연은 애써 괜찮은 척하며 그곳을 빠져나와 택시를 탔다.

"하."

얼마 지나지 않아 집에 도착한 시연은 집에 돌아오자마자 참았던 눈물을 왈칵 쏟아냈다. 축 늘어진 어깨가 가늘게 떨렸다.

"그 자식은 도대체 나한테 뭘 원하는 거야……."

시연은 데미안의 의중을 짐작하려고 했지만 아무리 생각해도 떠오르는
건 없었다.

외모, 재력, 능력 중에서 뭐 하나 빠지는 것 없는 데미안이 그중 단 하나
도 가진 것이 없는 그녀에게 원하는 게 있다는 것 자체가 매우 웃긴 일이었
다. 그래서 더욱 그가 무서웠고, 절망적이었다. 뭘 원하는지 알면 그걸 던져
주고 도망치면 되는데 그럴 수가 없으니 어떻게 하면 좋을지 막막했다.

온 세상의 슬픔을 가득 짊어진 듯 한참 동안 울던 시연은 이내 고개를 들
었다. 물기 젖은 눈동자에는 슬픔과 함께 또 다른 감정이 섞여 있었다.

"……그래, 한번 해보자."

그건 '악'이었다. 분노는 승화되고 악만 남은 것이었다. 시연은 이를 악물
었다.

"누가 이기는지 끝까지 해보자고."

그렇게 마음을 다잡으니 마냥 두렵고 무섭기만 했던 마음이 조금이나마
진정됐다. 시연은 크게 숨을 뱉으며 자리에서 천천히 일어섰다.

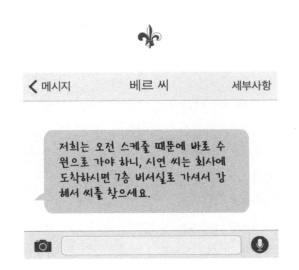

❮ 메시지　　　　　베르 씨　　　　　세부사항

저희는 오전 스케줄 때문에 바로 수
원으로 가야 하니, 시연 씨는 회사에
도착하시면 7층 비서실로 가서 강
혜서 씨를 찾으세요.

평소보다 훨씬 일찍 일어나 준비하고 회사로 향하고 있는데 베르에게서 문자가 왔다.

'오전엔 안 보겠네.'

그 사실이 이렇게 안심이 되다니. 시연은 휴대폰을 주머니에 집어넣으며 쓰게 웃었다.

회사에 도착한 시연은 문자에 적힌 대로 곧바로 7층으로 향했다.

"안녕하세요."

시연이 비서실 안으로 조심스레 들어가자 기다렸다는 듯 단발머리에 검은 뿔테 안경을 쓴 여자가 다가왔다. 목에 걸린 사원증에는 '강혜서'라는 이름이 큼지막하게 적혀 있었다.

"차시연 씨, 맞으시죠?"

"네, 맞습니다."

"기다리고 있었어요. 이쪽으로."

시연은 혜서를 따라 안쪽으로 들어갔다. 분주하게 업무 준비를 하던 직원들은 시연을 보며 작게 쑥덕였다.

'분위기가 영 안 좋네.'

시연은 머리를 긁적였다. 기분이 조금 나쁘긴 했지만 저들이 저러는 것도 이해는 됐다.

그들의 입장에서 자신은 낙하산일 테니까. 아무 능력도 없이 고작 인맥이 좋다는 이유로 취직한 낙하산을 좋아할 리가 없었다.

그러니 미움을 받아도 당연한 거라고 생각했는데 점심시간에 시연은 자신이 생각했던 것이 착각이라는 것을 알게 됐다.

"에이, 그런 거 아니에요."

"저희가 시연 씨를 왜 미워해요. 되레 시연 씨가 와서 좋은데."

"맞아, 맞아. 그동안 대표님 스케줄 분담해서 하느라 죽을 뻔했어요."

"어서 빨리 일 배워서 저희 일 덜어가세요."

거짓 하나 없는 격한 환영에 그제야 시연은 환하게 웃을 수 있었다.

"근데 시연 씨는 어떻게 대표님 비서가 된 거예요? 소개? 아니면 추천?"

올 것이 왔구나. 이 질문은 회사에 들어가면 꼭 받을 거라고 생각했던 예상 질문 중 하나였다. 그래서 어떻게 대답할 건지도 생각하고 있었다.

"베르 씨랑 아는 사이였는데 어쩌다 보니 부탁을 받았어요. 도와달라고."

데미안과 아는 사이라고 하는 것보다 베르와 아는 사이라고 하는 것이 사람들의 관심을 덜 끌 것 같았는데, 탁월한 선택이었다.

"그럼 걱정할 필요 없겠다. 실장님이 직접 데리고 왔다면 문제없겠지."

"그렇겠지?"

"문제라니요?"

영문을 알 수 없는 말에 시연이 의아하다는 듯 물어보자 혜서를 비롯한 직원들은 난감하다는 듯 웃었다. 뭔가 숨기는 것이 있는 것이 분명한 얼굴이었다.

"뭔데요? 뭐길래 다들 그래요?"

"아, 그게……."

"그냥 말해도 되지 않을까? 어차피 시연 씨도 나중에 알게 될 텐데 뭘."

서로의 눈치를 살피며 쑥덕이는 사람들 중에 총대를 멘 건 혜서였다.

"시연 씨, 대표님이 한국 지사에 오신 지 이제 약 4달째인데 그동안 바뀐 비서가 몇 명인 줄 알아요? 무려 4명이에요. 시연 씨가 5번째로 채용된 비서죠."

상사와 관련된 모든 업무를 보좌하고 심한 경우 개인 사생활까지 보좌해야 하니 비서의 수명은 그다지 길지 않았다. 하물며 대부분의 상사들이 젊고 예쁜 비서를 원하다보니 나이가 들거나 결혼을 하면 그만두는 경우가 대부분이었다.

그러나 4달 동안 비서가 4명이나 바뀐 건 비서에게 문제가 있다는 것이 아니라 상사에게 문제가 있다는 것이었다.

"근데 의아한 건 그만둔 사람들이 하나같이 대표님에겐 아무 문제가 없다고 말한다는 거예요. 다 자기 몸이 약해서 그런 거라고. 그중 가장 오래 견뎠던 이한나 씨는 만 하루 동안 잠에서 깨어나지 못했대요."

'이거다!'

시연의 눈이 번쩍 뜨였다.

이한나가 하루 동안 잠에서 깨지 못한 이유와 자신이 잠에서 깨지 못한 이유는 분명 같을 것이다. 그건 그녀와 만나 이야기를 나누면 뭔가 단서를 얻을 수 있을지도 모른다는 의미였다.

"혜서 씨, 혹시 이한나 씨 연락처 아세요?"

"알기는 알지만…… 왜요?"

"아, 몇 가지 물어볼 것이 있어서 그래요. 알려주세요."

혜서는 어색하게 웃으며 고개를 저었다.

"한나 씨한테 연락해봤자 소용없을 거예요. 안 받을 거니까요."

"예? 왜요?"

"그게……. 지금 병원에 있거든요."

"병원? 입원한 건가요?"

"네, 그것도……."

혜서는 주변의 눈치를 살피더니 천천히 말을 이었다.

"정신 병원에요. 지금 정신 병원에 입원해 있어요."

이한나가 정신 병원에 들어간 건 일주일 전. 병명은 우울증이었다.

'정말로 우울증 때문일까.'

다른 이유가 있는 것 같은데. 그게 뭔지 알아보려면 역시 이한나를 만나 봐야 했다. 이한나는 인천에 있는 새봄 정신 병원에 입원해 있다고 했으니, 마음만 먹으면 얼마든지 찾아갈 수 있었다.

"흐음, 어쩌지? 한번 가볼까?"

"어딜?"

"헉!"

불현듯 머리 위에서 데미안의 목소리가 들리자 시연은 기겁하며 자리에서 벌떡 일어섰다. 그 때문에 넘어진 의자 소리가 사무실 안에 요란스럽게 울려 퍼졌다.

"왜 그리 놀라지? 무슨 이상한 생각이라도 한 건가?"

"그게 아니라 뒤에서 갑자기 나타나면 당연히 놀라죠!"

"난 안 놀라."

"그건 당신이고요!"

"이제 당신이라고 부르는 건가? 호칭의 진화가 제법 빠르군."

도대체 결론이 왜 저렇게 되는 건지. 대답할 가치를 느끼지 못한 시연은 입을 다물었다.

"뭘 하고 있었지?"

"아무것도요. 한데 베르 씨는요?"

"다른 일 때문에 자리를 비웠어. 그러니 베르가 돌아올 때까지 네가 하도록 해."

"제가요? 저 아직 아무것도 모르는데……."

"오전에 다른 비서들에게 배웠을 텐데?"

그렇긴 하지만 아직은 아기가 막 걸음마를 뗀 수준이었다. 홀로서기를 할 수 있는 단계는 아니었다.

"그럼 부탁하지."

그 사실을 모르지 않을 텐데 데미안은 기어코 시연에게 일을 맡겼다.

"아, 미치겠다."

도대체 왜 이러는 건지. 시연은 절규하며 황급히 데미안의 다음 스케줄을 확인했다. N 사와 미팅이 있었다.

미팅이 있으면 비서는 뭘해야 하는 거지. 머릿속이 새하얗게 비었다.

"혜서 씨, 도와주세요!"

베르가 없는 지금 믿을 건 혜서밖에 없었다. 시연은 혜서에게 내선 전화를 걸어 이럴 땐 어떻게 해야 하는지 물어봤다. 덕분에 N 사와의 미팅은 실수 없이 잘 넘겼다.

하지만 문제는 그 뒤였다.

"차 비서, 이거 복사해서 6층 총무과에 가져다줘."

"차 비서, 이거 8층 영업 제 1팀에……."

"차 비서……."

시연은 데미안이 시킨 일을 하느라 발에 불이 날 정도로 뛰어다녀야만 했다.

그뿐이랴. 걸려오는 전화마다 입에 경련이 날 정도로 웃으며 응대해야 했고, 자료를 정리하느라 눈이 빠질 정도로 모니터를 봐야 했다.

"퇴근하고 싶다……."

시연은 쓰러지듯 책상에 엎어졌다. 퇴근하고 싶었지만 비서라는 직업의 특성상 상사가 퇴근하지 않으면 퇴근할 수가 없었다.

그나마 다행인 건 뒤에 잡힌 스케줄이 없다는 것이었다. 한데 퇴근할 생각이 없는지 데미안은 대표실에서 나오지 않았다.

'어떻게 할 건지 물어볼까?'

시연은 노크를 한 뒤 대표실 안으로 들어갔다.

"뭐지?"

서류에 파묻혀 있는 데미안이 보였다. 할 일이 많이 남은 모양이었다.

"그게, 더 시키실 일이 없나 해서……."

그런 사람에게 퇴근 안 하느냐고 물어볼 수가 없어 시연은 다른 질문을 했다. 데미안은 여전히 서류에 시선을 고정한 채 대답했다.

"없어. 그러니까 넌 퇴근하도록 해."

"네."

거절할 이유가 없는 시연은 냉큼 대답한 뒤 대표실을 나왔다. 퇴근할 수 있다는 사실에 콧노래가 절로 나왔다.

'근데 오늘도 그냥 내 집에 가면 되는 건가?'

별다른 이야기가 없었으니 그래도 될 것 같았다. 회사를 나선 시연은 저녁밥을 사기 위해 근처 도시락 가게에 들렀다.

"음, 뭘 먹지."

메뉴가 너무 많아서 고민이었다. 뭘 먹을지 고민하던 시연은 문득 데미안이 저녁을 먹지 않았다는 사실을 상기했다.

'점심도 안 먹은 것 같던데. 도시락 하나 사다 줄까?'

잠시 고민하던 시연은 제 몫과 더불어 데미안의 몫까지 산 뒤 다시 회사로 돌아갔다.

똑똑─.

"들어와."

여전히 짧고 간결한 대답이었다. 시연이 안으로 들어서자 데미안은 의아하다는 얼굴로 그녀를 쳐다봤다.

"무슨 일이지? 퇴근하라고 했을 텐데?"

입 아프게 설명하는 것보다 직접 보여주는 것이 나을 것 같아 시연은 테이블에 가져온 도시락을 내려놓았다.

"그건 뭐지?"

"도시락이에요. 저녁 안 드셨잖아요. 아무리 일이 바빠도 밥은 먹고 해야죠. 그러니까 드시고 하세요."

데미안은 마치 기이한 생명체를 보는 듯 시연을 바라봤다. 그 시선이 부담스럽기도 하고 이제 와서 이런 짓을 한 자신이 민망해서 시연은 헛기침을 하며 꾸벅 고개를 숙였다.

"그럼 전 이만 퇴근하겠습니⋯⋯!"

곧장 나가려는데 어느새 다가온 데미안이 그녀의 손목을 덜컥 잡았다. 이에 놀란 시연이 눈을 동그랗게 뜨며 쳐다보았다.

그러자 데미안은 사람들이 흔히 말하는 살인 미소를 입에 한껏 지으며 말했다.

"같이 먹지."

"아니, 전⋯⋯."

그와 같이 먹을 생각이 전혀 없었던 시연은 거절하려고 했지만 그러기도 전에 데미안이 시연의 도시락을 가져갔다.

"앉아."

그리고 너무나도 태연하게 소파에 앉아 도시락을 여는 것이 아닌가. 시연은 하는 수 없이 그의 맞은편에 앉았다.

"혹시 이한나 씨라고 아세요?"

이왕 이렇게 된 거 그에게 궁금한 걸 물어보리라. 그리 생각한 시연은 슬쩍 운을 띄웠다.

"이한나? 누구지?"

"그, 저 오기 전에 대표님 비서였다고 하던데요."

"아."

그제야 떠오른 건지 데미안이 고개를 끄덕였다.

"알고 있다. 그런데 왜?"

"아니, 아까 비서실 사람들이랑 밥 먹으면서 들은 이야기인데 이한나 씨가 정신 병원에 갇혀 있대요."

"그래?"

데미안은 무심하게 대답하며 일회용 젓가락을 뜯었다.

'뭐지, 저 무심한 반응은?'

관심이 없는 걸까, 아니면 그가 한 짓이기 때문에 별로 놀라지 않는 걸까.

어느 쪽인지 가늠할 수가 없어 그를 유심히 바라보고 있는데 데미안이 입을 열었다.

"몸은 어떻지?"

"네? 무슨…… 아, 제 몸이요?"

"그럼 내 몸에 대해서 너에게 물어볼까 봐?"

꼭 말을 해도 저렇게 하냐.

"괜찮아요. 아주 팔팔해요."

"그거 참 다행이군."

대화는 거기서 끊겼다. 시연도 데미안도 먹는 데 집중했다. 도시락은 금세 깨끗하게 비었다.

식사를 마친 데미안은 다시 책상으로 돌아가 앉아 서류를 보는 데 집중했다. 시연은 말없이 테이블을 정리했다.

"어라, 시연 씨. 아직 퇴근 안 했어요?"

테이블 정리가 끝날 무렵, 베르가 문을 열고 들어왔다.

"시간이 늦었는데 왜 아직 계세요."

"이제 가려고 했어요. 그럼 전 이만 퇴근하겠습니다."

시연은 서둘러 대표실을 나섰다. 베르는 휴지통에 있는 봉지를 한 번 흘겨본 뒤 데미안에게 다가갔다.

"집수리는 3일 뒤에 완료될 것 같습니다."

"그럼 그때 바로 이사를 시켜."

주어는 빠졌지만 그게 시연이라는 건 굳이 말하지 않아도 알 수 있었다. 베르는 머릿속으로 그날 저녁 스케줄을 가늠하며 고개를 끄덕였다.

"알겠습니다. 한데 시연 씨가 집에 들어와서 살면 더 이상 더미는 사용하지 못할 텐데 집안일은 누구한테 맡기죠?"

"대충 눈치껏 사용하다가 보면 최면 걸어."

"그러다 정신에 무리가 와서 시연 씨가 미치기라도 하면 어쩌시려고요."

"아."

그 말에 데미안은 낮게 탄성을 뱉으며 베르를 쳐다봤다.

"혹시 이한나라고 기억하나?"

"네, 당연히 기억합니다. 그 여자는 왜 물어보십니까?"

"그 인간이 정신 병원에 입원했다는군."

정확한 설명은 없었지만 그것만으로도 데미안이 뭘 물어보려고 하는 건지 눈치챈 베르는 조금 격하게 고개를 저었다.

"맹세코 이한나 씨에게 최면을 건 적은 단 한 번도 없습니다."

"알아."

짤막하게 대답한 데미안은 턱을 쓰다듬으며 잠시 생각에 잠겼다.

"혹시 지금까지 내가 사용한 제물들 중 목숨을 부지한 놈들이 어떻게 처리되고 있는지 알고 있나?"

뜬금없는 질문이었다. 그가 제물의 행방을 물은 건 처음이었다.

"그건 라오스의 소관이기 때문에 제가 알고 있는 건 없습니다."

"알아봐. 그리고 그 여자가 입원한 정신 병원도 알아보고."

갑자기 제물들의 행방을 알아보라는 것이 조금 의아했지만 그가 하라면 해야 했다. 베르는 그러겠노라고 대답하며 고개를 숙였다.

시연을 비서로 채용하긴 했지만 데미안의 외부 일정을 따라다니며 수행하는 건 온전히 베르의 몫이었다.

시연이 할 일은 회사의 잡일이었다. 그건 오늘도 마찬가지였다.

데미안과 베르는 외부 일정 때문에 아침 일찍부터 자리를 비웠고, 때문에 넓은 대표실에 혼자 남은 시연은 미리 베르가 시켜둔 서류 정리 작업을 하고 있었다.

그 다음에 할 일은 고객들의 기념일과 취향을 알아두는 것이었다. 기념일에 맞춰 선물을 보내기 위한 작업으로, 데미안의 이름으로 선물을 보낸다고 해도 준비하는 건 전부 비서의 몫이었다.

"곧 DS 그룹 대표 이사 생일이네. 보자, 좋아하는 건 술과 여자인가."

참으로 늑대인간다운 취향이었다. 그 외 다른 고객들의 취향도 파악하고 있는데 휴대폰이 울렸다. 베르였다.

"네, 베르 씨."

[시연 씨, 오늘은 이만 퇴근하셔도 돼요.]

"아."

그제야 시간이 벌써 6시가 넘었다는 걸 알아챈 시연은 짧게 탄성을 뱉었다. 정신없이 일을 하다 보니 시간이 이렇게 됐는지도 몰랐다.

[그리고 오늘부터 오피스텔에서 지내시면 돼요. 집수리가 다 됐거든요.]

"알겠어요."

드디어 오피스텔에서 사는 건가. 새로운 집에서 산다는 사실에 가슴이 설레면서도, 데미안과 같은 건물에 산다는 사실에 약간 긴장이 됐다.

[미안해요. 이사하는 거 도와줘야 하는데, 스케줄 때문에 바빠서.]

"괜찮아요. 혼자 할 수 있어요."

[그럼 나중에 봐요, 시연 씨.]

베르와 통화를 끝낸 시연은 마무리를 한 뒤 퇴근을 했다. 시간은 7시를 조금 넘어섰다.

'그 호텔로 가야겠지.'

짐 대부분이 거기에 있으니까. 만약 데미안이 있다면 꺼려졌겠지만 스케줄에 따르면 그는 지금 인천에 있었다. 스케줄을 아무리 빨리 끝내고 온다고 해도 9시가 넘을 테니 안심할 수 있었다.

얼마 지나지 않아 목적지에 도착한 시연은 전에 받아둔 카드 키로 문을 열려고 했다.

덜컥―.

한데 그러기도 전에 누군가 문을 열고 나왔다. 데미안이었다.

"왜, 왜 여기 계세요?"

그녀가 깜짝 놀라며 묻자 데미안은 픽 웃으며 대답했다.

"볼일이 일찍 끝나서. 너야말로 무슨 일이지?"

"아, 저기 짐을 가지러 왔어요."

"짐? 아……."

그제야 그녀가 짐을 두고 갔다는 사실을 떠올린 데미안은 한쪽으로 비켜섰다.

"들어와."

그가 있다는 걸 확인한 순간부터 들어가고 싶지 않았지만 여기까지 왔는데 그냥 돌아갈 수는 없었다.

"……그럼 실례하겠습니다."

얼른 짐만 가지고 나오자고 생각하며 시연은 곧장 짐이 있는 방으로 향했다. 아무도 건들지 않은 건지 짐은 그날 내버려둔 그대로였다.

'아, 캐리어를 안 가지고 왔네.'

그제야 캐리어가 박살 났다는 걸 상기한 시연은 아둔한 제 머리를 가볍게 쿵 때렸다. 데미안에게 도움을 받고 싶지 않았지만 어쩔 수 없었다.

시연은 미니 바에서 와인을 따르고 있는 데미안에게 조심스럽게 물었다.

"저기, 죄송한데 캐리어 좀 빌릴 수 있을까요?"

데미안은 말없이 턱 끝으로 방을 가리켰다. 알아서 가지고 가라는 의미였다.

시연은 그의 방으로 향했다. 방 주인이 누구인지 확실히 알 수 있을 정도로 방 안에서는 데미안의 체취가 물씬 느껴졌다. 머리가 어지러울 정도였다. 캐리어만 가지고 서둘러 방을 나왔는데도 그의 체취가 남아 있는 것 같아 기분이 오묘했다.

어차피 금방 풀 것이기도 하고 한시라도 빨리 그곳을 나가고 싶었기에 시연은 짐을 거의 쑤셔 넣다시피 캐리어에 넣고 나왔다. 데미안은 소파에 앉아서 와인을 마시고 있었다.

"그럼 이만 가보겠습니다."

"오피스텔로 가는 건가?"

"아, 네."

"그럼 같이 가지. 나도 가야 하니까."

혼자 가도 되는데. 그와 같이 가는 건 여러모로 불편했지만 마땅히 거절할 명분을 찾지 못한 탓에 어쩔 수 없이 함께 가야 했다. 시연은 남몰래 한숨을 내쉬었다.

차는 지하 주차장에 있었다. 이번에도 데미안이 운전할 거라고 생각했는데 뜻밖에도 데미안은 운전석도, 조수석도 아닌 뒷좌석에 올라탔다.

"혹시 제가 운전하나요?"

"그럼 비서가 있는데 내가 할까? 걱정하지 말고 해. 이 차는 보험이 들어 있으니까."

놀리는 것이 분명한 말에 순간 감정이 울컥 올라왔지만 시연은 애써 참고 운전석에 앉았다.

"그래도 사고는 내지 마."

진짜 말이나 못하면 밉지나 않지. 시연은 룸미러로 그를 흘겨보며 시동을 걸었다.

확실히 좋은 차라서 그런지 시동이 켜지는 소리부터 남달랐다. 시연은 자리를 제 몸에 맞게 조작한 뒤 내비게이션을 조작했다.

'저장이 안 되어 있네.'

집 주소는 보통 저장해두는 편인데 이상하게도 없었다. 최근 기록에 있는 건가 싶어 시연은 최근 기록 목록을 확인했다.

그러자 그가 오늘 하루 어딜 다녔는지 고스란히 보였다. 첫 번째 페이지에는 그의 집 주소가 보이지 않았다.

두 번째 페이지로 넘기자마자 시야에 들어오는 여섯 글자에 시연은 멈칫했다. 핏기가 가신 그녀의 손이 주륵 미끄러졌다.

"왜 그러지?"

"아, 아무것도 아니에요."

데미안의 질문에 그제야 정신을 차린 시연은 아무렇지 않은 척 웃으며 운전대를 잡았다.

'새봄 정신 병원에 가서 뭘 한 거지?'

운전할 땐 다른 생각을 하면 안 되지만 방금 전의 일로 머릿속이 복잡해져서 다른 생각을 하지 않을 수가 없었다.

'설마 이한나한테 무슨 짓을 한 걸까?'

가능성이 충분히 있었기 때문에 무서웠다. 핸들을 잡은 손에 힘이 들어갔다. 당장 내리고 싶은 마음을 억누르느라 시연은 입술을 무자비하게 씹었다.

무슨 정신으로 집에 도착한 건지 알 수 없었다. 이렇게 다른 생각을 하면서도 무사히 집에 도착한 것이 용할 따름이었다.

"도착했습니다."

"문 열어줘야지."

데미안의 요구에 어처구니가 없었지만 평소 베르가 그렇게 했다는 걸 상기한 시연은 손수 문을 열어주었다. 데미안은 그제야 차에서 내렸다. 이런 것도 비서의 시중을 받다니. 완전 상전이 따로 없었다.

"입술이 상했군."

어느새 피딱지가 앉은 입술 위에 데미안의 차가운 손이 내려앉자 시연은 살짝 당황하며 그를 바라봤다. 긴장감에 어깨가 딱딱하게 굳었다.

데미안이 전처럼 또 이상한 짓을 하면 중요한 부위를 걷어차는 한이 있어도 무조건 반항하리라고 생각했는데 그 생각을 읽은 건지 그는 아무 짓도 하지 않고 멀어졌다.

"예쁜 입술인데 그렇게 깨물지 말도록 해."

이상한 소리만 할 뿐.

"만약 깨무는 것이 좋다면 나한테 부탁해도 좋고."

"……정중히 사양하겠습니다."

시연이 한 발 뒤로 물러서며 말하자, 데미안이 퍽이나 아쉽다는 얼굴로 돌아섰다.

남자가 무거운 걸 들어야 한다는 미덕은 여기서도 발휘됐다. 데미안은 차에서 시연의 짐을 꺼내 들고 성큼성큼 걸음을 옮겼다.

거기까진 좋았지만 문제는 그 짐을 그의 집으로 가져간다는 것이었다. 때문에 시연은 덩달아 그의 집으로 갈 수밖에 없었다.

데미안은 시연의 짐을 거실 한편에 내려놓았다. 시연은 냉큼 달려가 캐리어를 챙긴 뒤 데미안에게 물었다.

"제가 머물 집은 어디죠? 바로 아래층인가요?"

"아."

시연의 질문에 제 방으로 향하던 데미안이 걸음을 멈추고 그녀를 돌아봤다. 그러고 보니 그녀는 아래층에 살기로 했는데 당연히 같이 산다고 생각하고 짐을 여기까지 들고 온 것이다.

'왜 그게 당연하다고 생각했지?'

데미안은 스스로에게 던진 질문에 스스로 답했다.

'그녀가 허튼짓을 하는지 안 하는지 감시하기 위해서.'

아주 흡족한 답이었다. 이보다 더 완벽한 답은 없었다.

그렇다면 좀 더 그녀를 붙잡아둘 필요성이 있었다. 적어도 베르가 돌아와 그녀에게 감시용 더미를 붙여둘 때까진 말이다.

"저녁을 만들도록 해."

"저녁이요?"

그래서 잘 먹지도 않는 저녁을 만들라고 했더니 시연이 어이없다는 듯 말했다.

"제가 왜 당신 저녁을…… 설마 이것도 비서가 해야 할 일인 건가요?"

"베르는 해."

그놈의 베르 타령. 시연은 얼굴을 와장창 구겼다.

도대체 베르가 안 하는 일이 뭔지 심각하게 궁금해졌다. 그가 사실 데미안의 비서가 아니라 시종이 아닐까 하는 의문도 들었다.

"당분간은 계속 그럴 것 같으니 가정부가 새로 구해질 때까지 가정부 일도 네가 대신 해."

"제가 왜……."

"받는 돈만큼 일해야지?"

저렇게 말하면 할 말은 없었다.

확실히 비서 일만 하고 받기엔 금액이 터무니없이 많았고, 그와 말씨름 해봤자 자신이 손해라는 것을 일찌감치 깨달은 시연은 체념하며 냉장고로 향했다.

"뭘 좋아하세요?"

그의 입맛을 맞춰야 할 것 같아 물었는데 돌아오는 대답은 없었다.

"……귀찮게."

뭐 하는 건가 싶어 거실 쪽을 쳐다보니 짜증스러운 얼굴로 전화를 하고 있는 그가 보였다.

방해하면 안 될 것 같아 시연은 잠시 기다렸다.

"알았다. 그럼 적당한 애로 준비……."

그를 빤히 보고 있던 시연은 불현듯 그녀 쪽을 바라본 그와 눈이 마주치자 화들짝 놀라며 고개를 돌렸다.

"……아니, 내가 준비하도록 하지."

통화를 끝낸 데미안은 곧바로 시연에게 다가왔다.

딱히 잘못한 게 없음에도 괜히 찔린 시연은 그의 눈을 똑바로 쳐다보지 못했다.

"내일은 회사로 출근하지 않아도 좋아."

"어, 정말요?"

"대신 내일 저녁에 나와 함께 파티에 참석하도록 해."

그럼 그렇지. 가정부 일도 시키려고 한 그가 휴일을 쉽게 줄 리가 없었다.

그것도 모르고 순간 좋아했던 자신의 멍청함을 탓하며 시연은 퉁명스럽게 물었다.

"무슨 파티인데요?"

"자선 파티. 안 가려고 했는데 베르가 꼭 참석해야 한다니 어쩔 수 없지."

정말 가고 싶지 않은지 데미안은 미간을 곱게 찌푸리며 말했다.

"행사는 6시부터지만 갈 준비를 해야 하니 4시까지 데리러 오지."

무슨 준비를 어떻게 하길래 2시간 전부터 데리러 온다는 건지. 이해는 안 됐지만 파티나 그런 쪽에 문외한인 시연은 뭐라 말을 덧붙이지 않고 고개를 끄덕였다.

"그럼 이만 가보도록 해. 네 방은 401호다."

"아, 저기 저녁은……."

"필요 없어."

데미안은 귀찮으니 어서 가라는 듯 손짓하며 돌아섰다.

이럴 거면 그냥 처음부터 보내줄 것이지 지금까지 왜 붙잡아둔 거지.

그가 얄밉기만 한 시연은 제게 등을 보이며 방으로 들어가는 데미안을 물끄러미 바라보며 혀를 쭉 내밀었다.

3개월 동안 살 집에 있는 침대는 감탄이 절로 나올 정도로 좋았다. 덕분에 시연은 잠자리가 바뀌었음에도 불구하고 뒤척이지 않고 푹 잘 수 있었다.

하물며 오늘은 아침 일찍 일어나지 않아도 됐으니 더욱 기분 좋게 꿀잠을 잘 수 있었다.

Rrrr—, Rrrr—, Rrrr—.

"으으……."

그것도 잠시, 요란스러운 소리에 단잠에서 깨어난 시연은 인상을 쓰며 베개로 귀를 틀어막았다.

이렇게 안 받으면 포기할 법도 한데 상대는 끊임없이 전화했다. 마치 누가 이기나 해보자는 듯이.

"여보세요!"

이 승부에서 진 건 시연이었다. 잠과 짜증에 가득 찬 시연의 목소리와 달리 상대방의 목소리는 깔끔했다.

[지금 당장 올라와.]

통화 내용 역시 간결했다. 그 한마디를 끝으로 전화가 끊기자 시연은 황망하다는 듯 휴대폰을 바라봤다.

발신자는 데미안. 그리고 현재 시각은 새벽 5시였다.

"미친……."

시연은 작게 욕설을 읊조리며 머리를 쓸어 올렸다. 회사에 출근할 때도 이 시간에 일어나지 않았는데 도대체 무슨 용건으로 이 새벽에 부른 건지 이해가 되지 않았다.

'설마 이제 와서 출근하라는 건 아니겠지. 아니면 어제 말했던 6시가 오후 6시가 아니라 새벽 6시였나?'

시연은 온갖 생각을 하며 5층으로 향했다. 시연을 가장 먼저 맞이한 건 베르였다.

"좋은 아침이네요, 시연 씨."

"아, 안녕하세요."

베르는 이른 새벽부터 외출 준비를 완벽하게 하고 있었다. 그에 반해 다 늘어진 트레이닝 복을 입고 있는 제 모습이 창피해 시연은 가볍게 헛기침을 했다.

"근데 이 새벽부터 무슨 일이에요?"

"일단 들어오세요."

베르는 어색하게 미소를 지으며 옆으로 비켜섰다. 그 미소가 뭔가 불길하긴 했지만 시연은 일단 안으로 들어섰다.

"왔군."

데미안은 거만하게 소파에 앉아 있었다. 그 역시 완벽하게 외출 준비를 마친 상태였다.

"왜 부르신 거예요?"

"커피 좀 타 와."

"……뭐라고요?"

시연은 제 귀를 의심하며 데미안에게 되물었다.

"저기 그러니까, 이 새벽부터 절 부른 이유가 커피를 타 오라고 시키기 위해서라는 건가요?"

"그런데?"

"아니, 그 정도는 당신이 할 수 있잖아요! 아니면 베르 씨한테 부탁하면 되죠!"

"네가 있는데 왜 그래야 하는 거지? 널 채용한 가장 큰 이유가 커피 때문인데."

물론 그렇긴 하지만 그렇다고 이 새벽에 부르다니. 시연은 욕이 나오려는 걸 가까스로 참아야 했다.

"커피는 언제 만들어 올 거지?"

"……지금 당장 타드리죠."

커피가 아니라 사약을 타주고 싶은 심정이었지만 그러지 못하는 것이 천추의 한이었다.

시연은 이를 바득바득 갈며 주방으로 들어갔다.

✤

시연의 수난은 커피에서 끝나지 않았다. 시연을 완벽하게 가정부로 부려먹을 생각인지 데미안은 출근하기 전, 그녀에게 청소, 빨래 등 집안일을 전부 맡겼다.

"그럼 그렇지. 그 남자가 그냥 편하게 쉬라고 할리가 없지."

진짜 못됐다니까. 시연은 이를 바득바득 갈며 변기를 닦았다.

간만에 늦잠 좀 자고 일어나서 이한나가 입원해 있는 정신 병원에 가보려고 했는데 늦잠은커녕 육체노동만 실컷 하고 있었다. 집이 원체 넓어 청소하는 데도 시간이 한참 걸렸다.

"아이고, 허리야. 아이고, 다리야."

겨우 청소를 끝낸 시연은 쑤셔오는 삭신을 토닥이며 소파에 쓰러지듯 누웠다. 그러자 잠이 미친 듯이 쏟아졌다. 피곤에 찌든 몸은 어서 자라고 시연을 유혹했다.

'잠들면 안 되는데…….'

어서 깨자고 생각하면서도 쏟아지는 잠을 도저히 뿌리칠 수가 없었다. 눈꺼풀이 무겁게 내려앉았다. 얼마 지나지 않아 거실에는 새근거리는 숨소리가 가득 울려 퍼졌다.

달칵ㅡ.

그 정적을 깬 건 현관문이 열리는 소리였다. 제법 크게 울려 퍼졌지만 시연은 미동도 하지 않았다.

"시연……."

"웟."

거실로 들어온 베르가 잠든 시연을 깨우기 위해 입을 열자 데미안이 단호하게 막아섰다. 그러더니 그는 시연에게 다가가 그녀를 공주님 안듯이 번쩍 들어 안았다. 뜻밖의 행동에 베르는 살짝 놀라며 그를 바라봤다.

"이만 가지."

"설마 그렇게 가실 생각이십니까?"

"안 되는 건가?"

안 될 건 없었다. 단지 데미안의 행동이 낯설어 조금 당혹스러울 따름이었다.

"시간이 얼마 없군. 얼른 가지."

당황해서 아무 말도 못하는 베르를 뒤로 한 채 데미안은 성큼성큼 걸어갔다. 그 모습을 물끄러미 바라보던 베르의 입가에 돌연 미소가 걸렸다.

베르는 유난스레 눈을 반짝이며 작게 읊조렸다.

"……가능성이 있어."

"헉!"

몸이 흔들리는 느낌에 부스스 잠에서 깬 시연은 자신이 그의 집이 아닌 차에 있다는 사실에, 그것도 데미안의 어깨에 기대 잠들어 있었다는 사실에 화들짝 놀라며 상체를 똑바로 세웠다.

"이, 이게 무슨……."

"잘 잔 건가?"

"잘 자긴 했는데…… 아니, 아니지. 여긴 어디예요?"

"차 안."

"제 질문은 그런 뜻이 아니잖아요! 제가 왜 여기 있는 거죠?"

"곤히 자길래 안 깨우고 그냥 데리고 나왔는데 무슨 문제라도?"

문제라면 아주 많았지만 저리 물으니 뭐라 대답해야 할지 알 수 없었다. 하물며 무슨 말을 해도 그에겐 먹히지 않을 것 같아 시연은 따지는 것을 포기하고 말을 돌렸다.

"근데 지금 어디 가는 거예요?"

"준비하러. 저녁에 파티가 있으니까."

"그때 말한 자선 파티요?"

"그래. 귀찮지만 가야지."

도대체 무슨 자선 파티이길래 저리 인상 쓰며 싫어하는 건지.

이야기를 나누는 사이, 차는 어느 고급스러운 매장 앞에 정차했다. 데미안을 따라 내리려던 시연은 자신의 차림이 이런 고급스러운 매장에 어울리지 않는다는 사실을 깨닫고 주춤했다.

애초에 다 늘어진 트레이닝복과 청소를 하느라 이것저것 묻은 더러운 티셔츠를 입고 돌아다니는 것 자체가 민망한 일이었다.

"가자."

그래서 선뜻 발을 못 내딛고 있는데 데미안이 거침없이 팔을 잡아끌었다. 매장 안으로 들어간 시연은 시선이 자신들 쪽으로 집중되자 창피함에 얼굴을 들지 못했다.

"어서 오세요, 대표님."

그를 알아본 직원들이 환하게 웃으며 데미안에게로 다가왔다. 그러면서도 그의 옆에 있는 시연을 흘겨봤다.

"자선 파티에 참석해야 하니 이 녀석을 좀 꾸며줘. 가능하겠지?"

"그럼요. 시간은 얼마나 있죠?"

"두 시간 남짓. 두 시간 뒤에 데리러 오지."

자신을 두고 간다는 말에 깜짝 놀란 시연은 그를 돌아보려고 했지만 그러기도 전에 직원이 잡아당겼다.

시연은 직원을 따라 탈의실로 들어갔다. 탈의실에서 대기하던 직원들은 시연이 들어오자마자 그녀의 옷을 벗겼다.

"제, 제가 벗을 수 있어요!"

시연은 직원들이 제 옷을 벗기려고 하자 다급하게 소리쳤지만 그 누구도 그녀의 말을 들어주지 않았다. 그들은 그저 미운 오리 새끼를 백조로 만드는 데 집중할 뿐이었다.

그렇게 지옥 같은 두 시간이 흐른 후, 데미안이 정확하게 시간 맞춰 돌아오자 매니저는 굉장히 자신만만한 얼굴로 그를 맞이했다.

"괜찮게 됐나 보군."

"그럼요. 이제 마무리 단계예요. 커피 한 잔 마시면서 기다리시겠어요?"

소파에 앉은 데미안은 직원이 가지고 온 커피를 한 모금 마시고 내려놓았다. 심각하게 맛없었다. 시연이 만든 것이 몇 배는 더 맛있었다.

"데미안 님."

그녀가 만든 커피를 먹고 싶다고 생각하고 있는데 뒤에서 매니저가 그를 불렀다. 이에 고개를 돌린 데미안은 시야를 장악하는 새하얀 풍경에 그대로 굳어버렸다.

몸을 부드럽게 감싼 새하얀 실크가 눈이 부시도록 아름다웠다. 가슴팍에 촘촘히 박혀 있는 자수들은 결코 천박하지 않으면서도 우아했다.

어울리지 않는 사람이 입었다면 촌스러웠겠지만 제 주인을 찾은 미니 드레스는 톡톡히 값어치를 하고 있었다. 하지만 정작 당사자는 부끄러워 어쩔 줄 몰라 하고 있었다. 어색하게 휜 눈꼬리는 파르르 떨렸고 수줍게 물든 뺨은 잘 익은 사과 같았다.

높게 틀어 올린 머리도 익숙하지 않은지 시연은 자꾸 머리를 매만졌다. 옆에서 직원이 말리지 않았다면 그녀는 고운 립스틱이 칠해진 입술을 뭉갰을 것이다.

"어떠세요?"

기대에 찬 매니저의 질문에 데미안은 작게 중얼거리며 자리에서 일어섰다.

"……그녀에게 새하얀 날개가 없는 것이 다행이군."

만약 날개가 있었다면 그 날개를 부러뜨려야 했을 테니까.

EPISODE 05

자선 파티

　무릎 위로 살랑거리는 치마의 감촉이 어색했다. 그 아래로 드러나는 다리를 감추고 싶어 치맛자락을 끌어내렸지만 그렇다고 짧은 치마가 늘어나는 건 아니었다.

　신경 쓰이는 건 다리뿐만이 아니었다. 드러난 어깨도 신경이 쓰였고, 머리 스타일도, 짙은 화장도, 차고 있는 액세서리들도 신경이 쓰였다.

　'그래도 가장 신경이 쓰이는 건 이 남자지.'

　시연은 옆에 앉아 있는 데미안을 곁눈질로 흘겨봤다. 말끔하게 넘긴 머리가 무서울 정도로 잘 어울렸다. 입고 있는 파티용 정장 역시 마찬가지였다. 그가 입고 있는 모든 것들은 마치 그를 위해 만들어진 것 같았다.

　"거의 다 도착했군요."

　베르의 말에 시연은 창밖으로 시선을 돌렸지만 눈에 보이는 건 짙은 어둠뿐이었다.

　"어?"

그 상태로 조금 더 달리니 갑자기 주변에 환한 불이 켜지면서 얼마 멀지 않은 곳에 웅장한 규모의 저택이 보였다.

"우와."

멀리서 볼 때도 아름다웠지만 가까이서 본 저택은 더 수려했다. 부드러운 곡선으로 이루어진 대문을 장식하고 있는 건 화려한 자태를 뽐내고 있는 색색의 넝쿨 장미들이었다.

"여긴 어디죠?"

"티타아니아 여왕의 저택이다."

"티타아니아? 요정들의 여왕을 말하는 건가요?"

"그래."

세상에, 요정들의 여왕이 사는 저택이라니. 뜻하지 않은 이야기를 들은 시연의 눈이 커졌다.

요정은 이종족 중에서도 손에 꼽힐 정도로 보기 힘든 종족이었다. 오죽하면 그들을 보면 1년 내내 행운이 따를 거라는 말도 있었다.

철컥ㅡ.

정문 앞에 차가 정차하자 문이 서서히 열리면서 위엄 있는 제복을 입은 요정들이 줄지어 나왔다. 저택의 경비원들이었다.

"초대장을 확인하겠습니다."

베르는 경비의 요구에 품에서 초대장을 꺼내 그들에게 건네주었다. 특수한 장치를 이용해서 초대장의 겉면에 적혀 있던 이름을 확인한 경비들의 얼굴이 한순간 딱딱하게 굳었다.

"죄, 죄송합니다!"

그러더니 그들은 뒷좌석을 향해 우렁차게 소리를 치며 꾸벅 고개를 숙였다. 그 소리가 어찌나 큰지 순간 귀가 먹먹해질 정도였다.

경비들은 순순히 비켜섰고, 차는 부드럽게 저택 안으로 들어갔다.

차가 다시 멈춰선 것은 저택의 문과 연결된 돌계단 앞이었다. 운전석에서 내린 베르는 늘 그랬듯이 뒷좌석 문을 공손히 열었다.

먼저 내린 데미안은 시연을 돌아보며 손을 내밀었다.

"내리지."

마치 동화 속에 나오는 공주님이 된 것 같아 기분이 묘했다. 저택 분위기 때문에 더 그런 느낌이 드는 것 같았다. 데미안의 손을 살포시 잡고 차에서 내린 시연은 그와 함께 긴 돌계단을 걸어 올라갔다.

거대한 문 앞에 서 있던 경비들은 그들이 돌계단의 끝에 도달하자 손수 문을 열어주었다.

"와아."

저택 내부를 본 시연은 터져 나오는 감탄을 숨기지 못했다. 저택 외부와 정원도 아름다웠지만 내부는 더 아름다웠다. 그야말로 꿈에서나 볼 것 같은 공간이었다.

"어서 오십시오, 수장님."

베르처럼 외알 안경을 쓰고 있는 요정이 다가와 공손히 인사했다. 저택의 집사였다.

"수장님께선 이번에도 B이십니까?"

"그래."

"허면 파트너님께선 어느 쪽이십니까?"

"네? 저요?"

갑자기 화살이 제게로 돌아오자 시연은 화들짝 놀라며 대답했다. 그러자 남자가 고개를 끄덕이며 다시 물었다.

"네. 파트너님께선 B와 S, 어느 쪽이십니까?"

B는 뭐고 S는 뭐란 말인가. 남자의 말을 전혀 알아듣지 못한 시연은 데미안을 향해 도와달라는 눈빛을 보냈다.

"아, 그렇군. 그러고 보니 설명을 안 해줬어."

그제야 깨달았다는 듯 데미안이 말을 덧붙였다.

"이 자선 파티에 참여하는 이들은 물건을 구매하는 Buyer, B와 물건을 판매하는 Seller, S 중 하나를 선택해야 돼. B는 S의 것을 사는 것으로 자선 파티에 기부를 하고 S는 자신의 것을 파는 것으로 자선 파티에 기부를 하거든."

"그럼 저도 B를 선택하면 되나요?"

"돈이 있다면. B는 반드시 S의 것 하나 이상을 사야 하니까."

"물건 가격이 보통 얼마나 하는데요?"

"글쎄. 저번 자선 파티에서 나왔던 최저가가 얼마였지, 베르?"

"정확히 3천 4백 5십만 원이었습니다."

실로 입이 떡하니 벌어지는 금액에 시연의 눈이 화등잔만큼 커졌다.

"도대체 뭘 팔길래 그런 금액…… 아니, 그것보다 제가 왜 이런 말도 안 되는 걸 선택해야 하는 거죠? 전 이 파티에 오고 싶어서 온 것이 아닌데요?"

"내 비서니까."

그놈의 비서. 그냥 사채를 써서 빚을 갚고 말지, 그의 제안을 받아들인 자신의 어리석음을 탓하며 시연은 낮게 한숨을 내쉬었다.

"……그럼 S는 뭘 팔아야 하는 건데요? 설마, 몸이라도 팔아야 하나요?"

"그래도 상관없어. 만약 그럴 생각이라면 내가 사주도록 하지."

저런 쓸데없는 말에 대답할 마음이 없는 시연은 그의 말을 싹 무시하며 베르를 쳐다봤다.

"베르 씨는 B와 S중 어느 쪽이에요?"

"저는 B입니다. 시연 씨도 B를 하시죠. 돈은 대표님께 빌리면 되니까요."

"……그건 사양할게요."

여기서 돈을 더 빌린다면 제 손으로 지옥문을 열고 들어가는 것과 다름없는데 그런 미친 짓을 할 리가 없었다.

그럼 결국 S가 되어야 한다는 소리인데, 그러자니 진짜 몸이라도 팔아야 할 것 같아 선뜻 그러기도 애매했다.

"노래나 춤을 파셔도 됩니다."

시연이 고민하자 남자가 가볍게 웃으며 조언했다.

"아주 특별한 노래를 알고 계시거나 춤을 알고 있으시다면 그걸 파셔도 됩니다."

그런 것이 있었다. 곰곰이 생각하던 시연은 문득 좋은 것이 하나 있다는 것을 떠올리고 고개를 끄덕였다.

"S 할게요."

"수장님."

데미안이 파티장 안으로 들어왔다는 소식을 듣자마자 티타아니아가 그를 찾아왔다.

"제가 주선하는 자선 파티에 참석해주셔서 정말 영광입니다."

파티의 주선자답게 티타아니아는 굉장히 화려하게 꾸몄다. 길게 내려앉은 속눈썹에는 보석 가루가 반짝였고, 은빛의 날개 역시 마찬가지였다.

"그런데 한 분이 안 보이시는군요. 아주 아름다운 레이디와 함께 왔다고 들었는데요."

"소식이 늦군."

데미안은 베르가 가져다준 와인을 가볍게 한 모금 마시며 말했다.

"그녀는 S를 선택했어."

S를 선택한 자들은 다른 장소에 모여 있다가 자선 경매가 시작되면 순서

에 맞춰 무대에 모습을 드러내는 것이 원칙이었다.

"어머, 수장님의 파트너가 S를요? 의외인데요."

"나도 의외야. 하지만 재미있을 것 같긴 해."

과연 시연이 팔려고 하는 물건이 뭘까. 가지고 있는 물건 중 희귀한 건 없으니 재능을 팔려는 것 같은데 그 재능이 무엇일지 상당히 궁금했다.

티타아니아의 자선 파티는 급이 높기로 유명했다. 어중이떠중이는 절대 참여할 수가 없었다. 그만큼 여기 있는 놈들은 하나같이 급이 높았고, 원탁회의 일원도 제법 보였다.

참석한 인물들을 하나하나 눈여겨보던 데미안의 시야에 벤이 포착됐다.

"실례."

데미안은 티타아니아를 뒤로한 채 벤에게 다가갔다. 다른 사람들과 대화를 하다가 뒤늦게 다가오는 데미안을 발견한 벤은 긴장한 기색이 역력한 얼굴로 고개를 숙였다. 그건 다른 사람들 역시 마찬가지였다.

"오랜만이군, 벤. 그동안 잘 지낸 것처럼 보이니 다행이야."

"수장님이야말로 잘 지내신 것처럼 보여 다행입니다."

"다행이라. 그리 생각하고 있다면 정말 다행이군."

여러 가지 의미를 포함하고 있는 대답에 벤의 얼굴이 좀 더 딱딱하게 굳었지만 이런 바닥에서 오래 구른 사람답게 금세 안정을 되찾았다.

"물론이죠. 요즘 수장님의 주기가 안정을 되찾은 것 같아 매우 다행으로 여기고 있습니다. 현재 수장님의 곁에 있는 제물도 꽤나 건강한 것 같고요."

"내 제물의 주변을 감시하고 있었나?"

"하하, 감시라니요. 당연히 해야 할 일입니다. 혹시 제물에게 문제라도 생기면 저희 쪽에서 처리를 해야 하니까요."

"처리라. 그리고 보니 궁금하군."

원하는 이야기가 나오자 데미안은 기다렸다는 듯 미끼를 던졌다.

"라오스에서 내 제물이 되었던 자들을 어떻게 처리하는지 말이야."

"갑자기 그런 걸 왜 궁금해하시는 겁니까."

"큰 의미는 없어. 그냥 지금까지 단 한 번도 문제가 없었던 것이 신기한 것뿐이니까."

그 말을 곧이곧대로 믿을 만큼 벤은 어리석지 않았다.

하지만 그렇다고 수장인 데미안에게 거짓말하지 말라고 대놓고 말할 수도 없는 입장인지라 그는 잠시 침묵을 유지했다가 입을 열었다.

"원탁회의 12가지 수칙 중 이런 게 있죠. 문제가 있지 않은 이상 상대의 영역은 건드리지 말자고. 저희 라오스는 수장님에게 도움이 되도록 끝까지 최선을 다할 겁니다. 허니 수장님께서도 저희 라오스의 뜻을 존중해주셨으면 하는 바람입니다."

그러니까 말 못 한다는 의미였다. 그렇게까지 궁금하진 않았는데 저리도 숨기니 궁금증이 확 일었다.

당장 벤의 멱살을 잡고 말하라고 협박하고 싶었지만 그렇게 하기엔 벤이 말한 12가지 수칙이 걸렸다. 종족의 화합을 위해 창조주가 만든 규칙인 만큼 그걸 어겨서 좋을 건 하나도 없었다.

다른 방법을 써야 했다.

뭐가 좋을까? 데미안이 턱을 쓰다듬으며 고민하고 있는 사이, 어느새 단상 위로 올라간 티타아니아가 마이크를 잡았다.

"오늘 제가 주최하는 자선 경매 파티에 오신 모두에게 감사의 인사를 드립니다. 그럼 오늘의 메인인 자선 경매를 시작하겠습니다. 오늘도 다양한 상품들이 준비되어 있으니 모쪼록 즐겨주시면 감사하겠습니다."

드디어 시작하는 모양이었다. 벤이 숨기고 있는 내용보다 시연이 경매에 내놓을 물건이 더 궁금한 데미안은 벤에 대한 생각을 잠시 미뤄두고 경매에 집중했다.

"첫 번째 참가 물품은 요정의 눈물입니다."

시작은 주선자가 내놓은 물건이었다. 자선 경매 파티에 참여하는 대부분의 사람들이 S보다 B를 선택했다. 따라서 S가 부족하지 않도록 주선자는 경매에 내놓을 물품을 일정량 이상 가지고 있다가 경매 초반부에 대부분 풀어놓았다.

"4500!"

"네! 4500만 원 나왔습니다! 더 부르실 분 없으십니까? 그럼 4500만 원에 낙찰하겠습니다! 자, 그럼 다음 물품은……"

시연 말고는 관심 없는 데미안은 무심한 눈으로 무대를 쳐다봤다. 그 사이 경매는 7번째까지 흘러왔다.

7번째 역시 주선자가 내놓은 물건으로 이종족이었다. 종족은 토끼. 경매에 내놓은 건 제 몸뚱이였다.

"참고로 말씀드리자면 이 아이는 이제 막 성인이 됐습니다."

"오오. 5천!"

"6천!"

이제 막 성인이 됐다는 말에 구매자들은 환장하며 손을 들었다. 덕분에 가격은 기하급수적으로 올랐다. 그것이 만족스러운지 상품은 거의 드러낸 가슴을 자랑스럽게 내밀며 웃었다.

"그럼 다음은 S 참가자입니다!"

드디어 S 참가자가 나오긴 했지만 시연은 아니었다. 기다리다 지친 데미안은 무심코 고개를 돌렸다가 뜻밖의 인물을 발견하고 얼굴을 딱딱하게 굳혔다.

그곳엔 그때 레스토랑에서 봤던 대천사가 있었다. 벤과 제법 친한 사이인지 그는 환하게 웃으며 벤과 대화를 나눴다.

라오스를 최초로 설립한 국장이 천족인 만큼 라오스가 천족과 친한 건 그다지 특별한 일이 아니었지만 어쩐지 눈에 거슬렸다. 저들이 무슨 이야기를 하는지 듣고 싶었다.

데미안이 그들을 주시하는 동안 경매는 계속 진행됐고, 어느덧 15번째 순서가 찾아왔다.

"이번 순서는 무려 수장님의 파트너이신 차시연 양입니다."

"수장님의 파트너가 S를 선택했다고?"

"특이하군."

다들 수군거리며 무대를 응시했다. 벤과 가온에게 온 신경을 곤두세우고 있던 데미안 역시 시연이 나온다는 말에 무대 쪽을 쳐다봤다.

잠시 후, 살짝 긴장한 것처럼 보이는 시연이 무대 위로 등장하자 뭇 남성들의 탄성이 터져 나왔다. 그만큼 시연이 아름다웠으니 그들이 그러는 것도 당연했다. 스포트라이트를 한 몸에 받고 있는 그녀는 더욱 아름다웠다.

"에, 그러니까 이 참가자가 팔 물건은 노래라고 합니다. 그럼 음악을······ 예? 음악이 준비되어 있지 않다고요?"

그만큼 시연이 준비해온 노래가 아주 특별하다는 의미였다. 참가자들의 관심은 더욱 시연에게 집중됐다.

"그럼 무반주로 불러야 할 것 같은데 괜찮으십니까, 차시연 양?"

"아, 네. 괜찮아요."

시연이 고개를 끄덕이자 그럼 1절만 부탁한다고 말하며 사회자는 뒤로 물러났다.

"흠, 흠."

시연은 가볍게 목을 풀며 마이크를 잡았다.

'이 노래를 불러보는 거 정말 오랜만이네.'

아니, 거의 처음이라고 봐도 무방했다. 항상 듣기만 했던 노래였으니까.

그만큼 그립고 아득했다. 그때를 생각하니 감정이 왈칵하고 치솟아 시연은 눈시울을 붉히며 천천히 입을 열었다.

"χρό, νοςεποχή……."

곧이어 그녀의 입에선 차분하고 고요한 음색이 흘러나왔다. 아름다운 노래일 것이 분명한데 그녀가 어느 나라 언어로 말하는 건지 몰라 참가자들은 웅성거렸다.

"……."

그 와중에도 데미안은 침묵을 유지하고 있었다. 아니, 정확히 말하자면 당황해서 아무 말도 하지 못하고 무섭게 가라앉은 얼굴로 시연을 바라보고 있었다.

팔짱을 낀 그의 손에는 시퍼런 힘줄이 돋아났다. 당장이라도 무대 위로 뛰어가고 싶은 발을 억지로 붙잡느라 다리에 힘이 들어갔다.

"데미안 님, 저 노래는 설마……."

"……그래."

데미안은 여전히 시선을 시연에게 고정한 채 천천히 입을 열었다.

"저 노래는 분명 마계의 자장가다."

여기 있는 대부분이 마계의 자장가에 대해 모를 정도로 마계의 자장가는 이종족들 사이에 알려진 노래가 아니었다. 아니, 애초에 마계의 언어 자체가 이종족들 사이엔 알려져 있지 않았다. 그런데 그 언어를 평범한 인간인 시연이 알고 있다니.

'천족이 아니라 마족과 관련되어 있었던 건가?'

그렇지 않고서야 시연이 마계의 자장가에 대해 알고 있는 것이 설명되지 않았다. 분명 마족 중 누군가가 그녀에게 마계의 자장가를 알려준 것이 틀림없었다.

'누가, 대체 무슨 목적으로?'

인간에게 마계의 자장가를 알려줘서 얻을 수 있는 이득은 없었다. 하물며 저 노래는 마족들 사이에서도 거의 부르지 않는 노래였다. 그런 쓸데없는 짓을 할 만한 인물이 누가 있을까.

데미안은 눈을 가늘게 뜨고 노래를 부르고 있는 시연을 유심히 쳐다봤다. 정확하게 배운 건 아닌지 단어는 제법 틀리는 부분도 있었지만 음정과 박자는 정확했다.

"와아, 목소리가 정말 아름다우시군요."

1절을 다 부른 시연이 노래 부르는 것을 멈추자 사회자가 박수를 치며 다시 등장했다.

"무반주인데 이렇게 아름다운 노래는 처음입니다. 한데 어느 종족의 언어인지 모르겠군요. 인간 언어는 아닌 것 같은데 실례가 안 된다면 어느 종족 언어인지 물어봐도 될까요?"

"아, 그건 저도 잘 몰라요. 들은 노래라서요."

"들은 노래라고요? 누가 불러준 노래인 모양이죠?"

시연은 대답 대신 웃었다. 더 말하고 싶지 않다는 의미였다. 눈치 빠른 사회자는 바로 대화의 주제를 돌렸다.

"그렇군요. 자, 그럼 더 늦기 전에 이 노래에 대한 자선 경매를 시작하겠습니다! 2절을 듣고 싶으신 분, 혹은 이 노래를 전체적으로 다시 듣고 싶으신 분은 가격을 불러주세요! 최소 금액은 100만 원입니다!"

분명 아름다운 노래이긴 했으나 어느 종족의 언어인지 모르니 선뜻 돈을 주고 사려는 참가자는 없었다.

"100."

그래서 데미안은 시연을 사는 일을 베르에게 맡겼다. 베르가 손을 들자 사회자는 눈에 띄게 안도하며 가슴을 쓸어내렸다. 안 팔리면 어쩌나 내심 걱정하고 있었던 모양이다.

"100만 원 나왔습니다. 더 부르실 분 없으십니까? 없으시면……."

"1000."

난데없는 불청객의 난입에 데미안을 포함해서 모두들 그쪽을 돌아봤다.

'천'을 부른 건 그 대천사였다. 데미안이 찌를 듯이 노려봤지만 대천사, 가온은 개의치 않고 여유롭게 웃었다.

"1000, 나왔습니다! 1000보다 더 부르실 분 계십니까?"

"2000."

'저놈이 저렇게 나온다면 나 역시 직접 나설 수밖에.'

데미안은 입매를 비틀며 손을 들었다.

"2000 나왔습니다!"

"5000."

지지 않겠다는 듯 가온이 금액을 껑충 높여 불렀다. 데미안의 얼굴은 불만스럽게 일그러졌다.

"1억."

"그럼 전 1억 2천 하죠."

"……1억 7천."

"2억이요."

운을 띄워야 하는 사회자는 살벌하기 그지없는 가온과 데미안 사이에 감히 끼어들지 못하고 있었다. 그건 다른 참가자도 마찬가지였다.

파티장을 순식간에 얼려버린 둘은 서로를 바라보며 자존심을 뜨겁게 불태웠다. 금액은 순식간에 5억대로 진입했다.

'이게 뭔 일이래.'

순식간에 5억짜리 노래를 불러야 할 입장이 된 시연은 눈을 깜빡이며 여전히 자존심 대결을 하고 있는 가온과 데미안을 쳐다봤다.

그나마 다행인 건 진짜 자신의 노래가 좋아서 저 돈을 내려는 것이 아니라는 것이었다. 만약 그랬더라면 엄청난 부담이 돼서 노래를 제대로 부르지 못했을 것이다.

"6억."

"이런, 제가 졌군요."

"네! 6억에 낙찰됐습니다!"

가온이 백기를 들자 기다렸다는 듯 사회자가 낙찰을 선언했다. 가온을 제외하고 데미안의 경쟁 상대가 될 놈은 없을 터이니 현명한 선택이었다.

결제를 위해 시종이 다가오자 데미안은 베르에게 손짓했다. 베르는 시종에게 건네받은 계좌로 바로 돈을 송금했고, 송금을 확인한 시종은 머리 위로 크게 동그라미를 그렸다.

"제정신이 아닌 것이 분명해요."

시종의 손에 인도되어 데미안의 앞에 선 시연은 어이없다는 투로 말했다.

"6억이라니. 누구 집 개 이름도 아니고, 그 돈을 그렇게 막 써도 돼요?"

"좋은 일에 쓰일 테니 막 쓰는 건 아니지."

"그래도……!"

"그럼 저놈에게 팔리게 내버려둘 걸 그랬나?"

그건 아니었다. 그렇다고 데미안에게 선뜻 고맙다고 인사하기도 싫어서 시연은 입을 삐죽이며 고개를 돌렸다.

"근데 정말 특이한 노래군. 누구한테 배운 거지?"

"아, 엄마요. 어렸을 때 엄마가 불러준 거예요."

그 말은 그 노래의 출처를 알고 있는 건 그녀의 모친이라는 의미였다.

'찾기 힘들겠군.'

그녀의 모친은 실종 상태였으니까. 7년이나 소식이 없는 걸 보면 이미 죽었을 가능성도 있었다.

경매는 계속 진행됐고, 베르는 인어의 비늘을 1억 4천만 원에 낙찰받았다.

"인어의 비늘은 불로장생의 효과가 있다고 알려져 있죠. 그러니 달여서 저희 아내들과 함께 먹을 겁니다."

"아내들? 베르 씨, 결혼했어요?"

"네. 했습니다. 아내가 3명 있어요."

결혼을 했다는 것도 놀라운데 아내가 3명이나 있다는 사실은 더 놀라웠다. 이종족 중에는 일부다처제를 하는 종족도 있다고 하더니 마족도 일부다처제인 모양이다.

"이거 참, 유감이군요."

경매가 끝난 뒤, 가온이 웃으며 다가왔다. 반기는 이가 아무도 없음에도 불구하고 그는 개의치 않고 싱글벙글 웃으며 말을 이었다.

"시연 씨의 노래, 제가 듣고 싶었는데 말이죠."

"취향이 독특하시네요. 5억이 넘는 돈을 들여 이런 싸구려 노래를 들으려고 하다니."

"아하하, 싸구려라뇨. 스스로를 너무 낮게 생각하시는군요. 시연 씨의 노래는 그 정도 가치가 충분히 있습니다. 안 그렇습니까, 수장님?"

의미심장한 말에 데미안은 가온을 물끄러미 바라봤다. 대부분의 이종족들이 마계의 언어를 잘 모르지만 천족인 그는 알고 있을 가능성이 높았다.

즉, 시연이 평범한 인간이 아니라는 걸 가온이 눈치챘을 가능성이 높다는 것이다.

"내 눈을 더 이상 더럽히지 않았으면 좋겠군."

그렇다면 시연에게 더 이상 접근하지 못하도록 하는 것이 좋았다.

"우리가 이렇게 웃으면서 이야기를 나눌 사이는 아닌 걸로 아는데."

날이 잔뜩 선 데미안의 목소리에 더 이상 접근하는 건 위험하다고 느꼈는지 가온이 가볍게 웃으며 한 발 뒤로 물러섰다.

"그리 경계하지 않아도 이만 갈 생각이었습니다. 어차피 다음에 또 뵙게 될 테니까요."

"무슨 의미지?"

"그걸 일일이 말해주면 인생이 재미없지 않겠습니까. 때로는 놀라는 일도 필요한 법이죠. 그럼 다음에 뵙겠습니다, 수장님. 그리고 시연 씨도."

"별로 안 보고 싶은데요."

"이거 참."

시연이 퉁명스럽게 대답하자 가온은 씁쓸한 미소를 지으며 퇴장했다. 반면 데미안은 만족스럽게 웃었다.

"이만 가지."

"아, 저 잠시 화장실 좀 다녀와도 될까요?"

"마음대로."

"그럼 빨리 다녀올게요."

화장실에 가려면 파티장을 나와 복도 끝까지 가야 했다. 시원하게 볼일을 본 시연은 세면대에서 손을 씻었다.

"어?"

그리고 화장실을 나서려는데 갑자기 조명이 꺼졌다. 앞이 하나도 보이지 않게 되자 잠시 당황하던 시연은 이내 침착하게 화장실 벽을 짚으며 밖으로 나왔다. 복도의 조명도 다 꺼진 건지 복도도 어두컴컴했다.

'파티장은 분명 화장실에서 오른쪽이었지.'

시연은 벽을 더듬고, 기억을 더듬으며 파티장으로 향했다. 주변이 어두우니 저절로 긴장이 됐다. 시각을 제외한 온몸의 감각이 예민하게 반응했다.

덕분에 시연은 어둠 저편에서 누군가 이쪽으로 걸어오는 발걸음 소리를 들을 수 있었다.

도망쳐야 할 것 같은 기분이 들어 시연은 때마침 갈림길이 나오자 그 안으로 숨었다. 혹시 숨소리가 새어 나갈세라 몸은 벽에 딱 붙인 채 손으로 입을 틀어막았다.

발소리는 시연이 있는 갈림길 바로 앞에서 멈췄다. 어둠속에서 흐릿하게 보이는 실루엣은 주변을 둘러봤다. 누군가를 찾는 것처럼 보였다. 상대가 찾는 인물이 왠지 자신일 것 같아 더욱 무서워졌다. 심장이 '쿵, 쿵' 뛰었다.

실루엣은 다시 천천히 앞으로 걸어갔다. 발걸음 소리가 점차 멀어지고 이윽고 완전히 사라지자 시연은 조심스럽게 고개를 밖으로 뺐다.

"……!"

그러자 번뜩이는 두 개의 붉은 눈동자가 바로 코앞에서 보였다. 너무 놀란 시연은 비명도 지르지 못한 채 주춤 물러섰다.

쾅―.

상대는 시연의 어깨를 세게 틀어잡고 그대로 벽으로 밀쳤다. 그러면서 다른 손으로는 시연의 목을 세게 졸랐다.

"캐, 캑!"

기도가 막히면서 얼굴에 피가 몰렸다. 시연은 벗어나기 위해 발버둥을 쳤지만 벗어나는 건 불가능했다.

하물며 상대는 여자였기 때문에 이상한 능력도 통하지 않았다. 여자가 목을 세게 조르면 조를수록 눈앞이 뿌옇게 흐려졌다.

숨이 막혀 죽기보다 목이 부러져 죽을 것 같은 예감이 들 즈음, 어디선가 검은 꼬챙이들이 날아와 상대의 몸을 날카롭게 꿰뚫었다.

"컥!"

여자는 단말마의 비명을 내지르며 바닥에 쓰러졌다. 덕분에 여자의 손에서 벗어날 수 있게 된 시연은 따끔거리는 목을 감싸 안고 거친 숨을 몰아쉬었다.

"비둘기는 아니군."

꼬챙이에 사지가 꽂혀 볼썽사나운 모습이 된 여자의 앞으로 누군가 다가왔다. 데미안이었다. 하나 시연은 데미안이 왔다는 사실을 전혀 알아차리지 못했다.

여자는 경매에 참가했던 앳된 토끼 일족의 암컷이었다.

"누가 시킨 거지?"

질문에 돌아오는 대답은 없었다. 처음부터 대답할 거라곤 생각지 않았기 때문에 데미안은 더 집요하게 묻지 않았다. 그리고 지금은 정보를 캐내는 것보다 시연이 무사한지 확인하는 것이 우선이었다. 데미안은 시연을 돌아봤다.

두려움에 잠식된 눈동자는 초점을 잃고 바닥을 응시하고 있었다. 시연의 얼굴은 보기 안쓰러울 정도로 창백하게 질려 있었지만 특별히 다친 곳이 있는 것처럼 보이진 않았다.

'어서 여길 벗어나야겠군.'

둘 다 챙길 수는 없으니 베르를 불러와야겠다고 생각하며 어둠에게 명을 내리려는데 갑자기 허벅지에 날카로운 통증이 느껴졌다. 기절한 줄 알았던 여자가 어느새 다가와 데미안의 허벅지를 세게 문 것이었다.

그러고 보니 초식 중의 초식인 토끼 일족의 특기는 은신하는 것이었다. 포식자에게서 살아남기 위한 수단이었다.

'그걸 역으로 사용해서 공격할 줄이야.'

데미안의 입꼬리가 섬뜩하게 올라가자 그의 뒤에 있던 또 다른 어둠이 여자의 머리통을 꿰뚫었다.

"쓸데없는 짓을 하는……!"

두근―.

난데없이 심장이 격하게 뛰면서 몸 안의 힘이 요동쳤다. 주기가 오려는 것이다.

고작 이 정도 힘을 사용했는데, 그리고 계속 시연과 접촉하면서 힘을 뺐는데 주기가 온다는 건 말이 되지 않았다. 누군가 강제로 몸 안의 힘을 폭주시키지 않은 이상 말이다.

'설마……?'

데미안은 여자에게 물렸던 허벅지를 내려다봤다. 아까부터 묘하게 화끈 거린다고 생각했는데 단순히 물려서가 아닌, 독이나 다른 이물질의 침투 때문인 듯했다.

'힘을 증폭시키는 독이 있다고?'

생전 들도 보도 못한 독이었다. 만약 그런 독이 있다면 그건 오로지 데미안을 저격해서 만든 독일 것이다. 그리고 그런 독을 만들 만한 놈은 아무리 생각해도 천족밖에 없었다.

"하아, 하아……."

숨이 점차 가빠졌다. 시간이 얼마 없다는 의미였다. 한시라도 빨리 주기를 해결하지 않으면 폭주하고 말 것이다.

마침 눈앞에 제물이 있으니 주기를 해결하는 건 어렵지 않았다. 데미안은 다소 성급하게 시연의 어깨를 잡았다.

"지금 당장……."

열기에 가득한 목소리가 무겁게 가라앉았다. 말을 하는 것조차 힘겨워서 데미안은 말을 채 잇지 못하고 거친 숨을 내쉬었다. 그의 힘이 요동치는 만큼 어둠도 요동쳤다.

제 어깨를 붙잡는 강한 힘에 조금이나마 정신이 돌아온 시연은 그제야 데미안이 왔다는 걸 알아채고 고개를 들었다.

"……!"

그런 시연의 시야에 들어온 건 새카만 어둠을 자신의 수족처럼 부리는 데미안의 모습이었다.

"당신……."

이 세상에 어둠을 부릴 수 있는 이종족은 단 한 종족뿐.

"악마……예요?"

시연의 말이 끝나기 무섭게 데미안의 등 뒤로 악마 특유의 검은 날개가 솟아났다. 눈을 감았다가 다시 떠도 날개는 사라지지 않았다.

'정말로 악마였다니!'

시연의 얼굴이 새하얗게 질렸다. 당장이라도 도망치고 싶었지만 그에게 양어깨가 잡힌 탓에 그건 불가능했다. 아니, 도망치지 못하는 건 비단 그 때문만은 아니었다. 악마가 내뿜는 아름다움에 매료됐기 때문이기도 했다.

종족을 불문하고 악마를 만나면 왜 그들에게 매료가 된다는 건지 확실하게 이해가 되는 순간이었다. 데미안이 내뿜는 아름다움에 매료된 시연은 어느덧 도망쳐야 한다는 것도 잊고 멍하니 그를 바라봤다.

"내가 널 원해."

악마의 유혹은 그 무엇보다 치명적이었다. 인간인 그녀가 거부할 수가 없었다.

"그러니까 날 받아들여."

그 증거로 데미안의 얼굴이 다가오자 시연은 눈을 지그시 감았다.

동시에 그녀의 뺨을 타고 눈물이 툭, 흘러내렸다. 약간 남아 있는 이성이 거부를 표현하는 것이었다.

그걸 알면서도 데미안은 시연의 입술 위에 제 입술을 겹쳤다.

'달아.'

전부터 느꼈지만 시연의 입술은 지독하게 달았다. 단 걸 좋아하는 편이 아닌데 그녀의 입술은 마음에 들었다. 초콜릿을 먹듯 가볍게 입술을 핥던 데미안은 곧 깊이 파고들었다. 조금씩 내쉬는 숨마저 삼켜버리겠다는 듯 데미안은 집요하게 시연의 입술을 탐했다.

입맞춤이 깊어지면 깊어질수록 데미안의 주변을 부유하던 검은 기운들이 시연의 몸으로 들어갔다. 그만큼 데미안의 상태 역시 점차 안정되어갔다.

파앗―.

주기를 절반 정도 해결했을 무렵, 꺼졌던 조명이 들어왔다. 동시에 이성도 돌아온 건지 시연은 거칠게 데미안을 밀어냈다. 제법 강한 힘이었다. 자신의 힘을 그렇게나 많이 흡수하고도 이렇게 밀어낼 수 있다는 것이 신기했다.

"하아, 하아……."

어찌 견디긴 했지만 몸을 가누긴 힘든지 시연은 거친 숨을 몰아 내쉬었다. 그러면서도 데미안을 매섭게 쏘아봤다.

"……왜……."

시연은 작게 떨리는 입술을 달싹이며 물었다.

"……거짓말을…… 한 거죠?"

"거짓말? 내가 언제?"

"했잖아요! 전에 분명 도깨비라고……!"

"리암 가가 도깨비 가문이라고 했지, 내가 도깨비라고 한 적은 없는 것 같은데."

얄밉긴 했지만 틀린 말은 아니었다. 말문이 막히기도 했고 몸이 물 먹은 솜처럼 무거워진 시연은 두 팔로 땅을 짚은 채 맥없이 상체를 숙였다.

"하아, 하아……."

그녀의 입에서 거친 숨이 연거푸 터져 나왔다. 숨을 크게 들이마시고 내쉬어도 좀처럼 진정되지 않았다.

"……나한테 무슨 짓을 한 거예요……?"

"내가 무슨 짓을 했다고 생각하는 건가?"

"그럼 아니라는 건가요? 전에도 분명 이런 적이……."

삐, 하고 시끄러운 이명이 들리면서 눈앞이 새카매지고 정신이 아득해졌다. 중력을 이기지 못한 그녀의 눈꺼풀은 맥없이 아래로 떨어졌다.

그대로 쓰러지는 시연을 데미안이 손을 뻗어 유연하게 받았다. 그는 고개를 돌려 바닥을 내려다보았다.

바닥에는 피와 살덩이가 낭자하게 흩어져 있었다.

'살려뒀어야 했는데.'

그래야 누가 시킨 건지 알아낼 수 있을 텐데 순간 화를 이기지 못하고 죽이고 말았다. 주기는 해결했지만 물린 허벅지는 아직 욱신거렸다.

'누군지 몰라도 상대를 잘못 선택했군.'

누가 이런 독을 만든 건지는 몰라도 절대 가만두지 않을 것이다. 차라리 죽여달라고 애원할 만큼 괴롭혀줄 생각이었다.

'아무리 생각해도 그놈이 범인인 것 같은데……'

데미안은 가온을 떠올렸다. 시연에게 필요 이상의 관심을 보이는 것도 그렇고 조명이 꺼졌을 타이밍에 사라진 것도 그렇고, 여러 정황들을 봤을 때 그가 배후인 것 같았지만 증거가 없었다.

일단 물증부터 잡기 위해 데미안은 부서진 잔해 속에 있는 송곳니를 챙긴 뒤 시연을 안고 성큼성큼 걸음을 옮겼다.

"수장님!"

곧바로 저택을 벗어나려는데 티타아니아가 그를 불렀다. 체면을 불구하고 허겁지겁 달려온 티타아니아는 데미안을 향해 허리를 깊이 숙였다. 보아하니 소식을 전해들은 모양이었다.

"죄, 죄송합니다! 제 불찰로 파트너분이 다치시다니……. 지금 당장 치료제를 준비해드리겠습니다."

"필요 없다."

그 여자가 티타아니아가 준비한 여자였기 때문에 혹시 관련이 있을지 모른다고 생각했는데 반응을 보아하니 그건 아니었던 모양이다.

"그것보다 배후를 알아봤으면 좋겠는데."

"다, 당연하지요! 빠른 시일 내에 조사해서 알려드리겠습니다."

"그래, 부탁하지."

티타아니아가 배후를 알아낼 수 있을 거라곤 생각지 않았지만 부탁해서 나쁠 건 없었다. 반드시 찾아내겠다는 다부진 티타아니아의 말을 뒤로한 채 데미안은 저택을 나왔다.

"데미안 님?"

저택의 입구에 차를 대기시켜놓고 기다리고 있던 베르는 데미안의 품에 기절해 있는 시연을 보고 깜짝 놀라며 눈을 크게 떴다.

"무슨 일이 있었던 겁니까?"

"나중에 이야기하지."

베르에게 무슨 일이 있었는지 말해주기에 그곳이 적당치 않다고 생각한 데미안은 가볍게 대꾸한 뒤 시연을 뒷좌석에 눕혔다.

그리고 조수석에 앉으려는데 문득 시선이 느껴져 뒤를 돌아봤다. 그러자 2층 발코니 난간에 기대서서 이쪽을 바라보고 있는 가온이 보였다.

그는 여유만만하게 웃고 있었다. 퍽이나 재수 없는 얼굴이었다. 당장 저 얼굴을 뭉개버리고 싶었지만 아무 이유 없이 대천사를 건드렸다간 바로 천마 전쟁이 일어날 테니 참아야 했다.

그 사실이 영 못마땅한 데미안은 얼굴을 구기며 조수석에 올라탔다. 뒤이어 운전석에 올라탄 베르는 곧장 시동을 켰다.

저택을 나와 한 치 앞도 보이지 않는 칠흑 같은 숲을 빠져나오자 거대한 빌딩의 그림자와 도시의 불빛이 차 위로 드리워졌다.

그때까지 입을 꾹 다문 채 룸미러로 시연을 주시하고 있던 데미안이 입을 열었다.

"누군가 시연을 습격했다."

"그때 상급 천사가 시연 씨를 습격한 것처럼 말입니까?"

"그래. 이번에는 비둘기가 아니라 토끼였지만 말이야."

"온순하기로 유명한 토끼 일족이 먼저 공격을 하다니. 누군가 시킨 것이 분명하군요. 그 누군가는 비둘기일 가능성이 높고요."

베르의 말에 동감하며 데미안은 여자한테 물렸던 허벅지를 가볍게 쓸었다. 물린 것 자체는 큰 상처가 아니었기 때문에 상처는 이미 사라진 지 오래였다.

"원탁회에 토끼 일족이 있었지, 분명."

그렇다고 그들을 용서해줄 생각은 없었다.

"원탁회에서 그들의 얼굴을 더 이상 안 봤으면 좋겠는데."

원탁회에서 내보내라는 의미였다. 원탁회에서 쫓겨나면 가지고 있는 모든 권력과 명예를 빼앗기게 되니 토끼 일족에겐 큰 타격일 테지만 베르는 그들을 동정하지 않았다.

"마몬은 지금 어디 있지?"

"아마 라오스 미국 본부에 있을 겁니다."

"지금 당장 이곳으로 오라고 해. 그리고 저 여자가 일어나는 대로 최면을 걸도록 하고. 그녀가 내가 악마라는 사실을 알아챘어."

"네?"

이건 좀 많이 놀라워서 베르는 순간 자신이 운전하고 있다는 사실도 잊은 채 데미안을 돌아봤다.

"도대체 무슨 일이 있었길래 시연 씨가 그걸 알게 된 겁니까?"

"거기까진 알 필요 없다. 넌 그저 그녀가 깨어나면 최면을 걸도록 해."

그렇게 말하며 데미안은 시연의 머리칼을 쓰다듬었다. 아주 소중하다는 듯이.

마몬이 데미안을 찾아온 건 다음 날 오후였다. 그때까지 시연은 눈을 뜨지 못했다.

"지금 뭐라고 하셨습니까?"

장시간의 비행으로 녹초가 되어 있던 마몬은 데미안의 말에 잠이 확 깨는 것을 느끼며 눈을 동그랗게 떴다.

"비둘기 새끼들이 감히 군주님을 노렸다고요?"

"아직 확실한 건 아니다. 단지 가능성이 높다는 것뿐이지."

"군주님께서 그리 생각하신다면 확실한 것이나 다름없지 않습니까. 그나저나 미친 새끼들. 감히 군주님을 노리다니."

마몬은 시퍼런 핏줄이 도드라질 정도로 주먹을 꽉 움켜쥐었다. 할 수만 있다면 당장이라도 천계에 쳐들어갈 기세였다.

"저를 부르신 이유가 무엇입니까. 설마 천마 전쟁을 일으키자는 건 아니실 테고요."

"이걸 조사해봤으면 한다."

데미안은 챙겨 왔던 여자의 송곳니를 마몬에게 건네주었다.

"나를 공격했던 놈의 이빨이다. 이빨에 독이 발라져 있었던 것 같으니 알아보도록 해."

마몬은 마족들 중에서도 독에 대해 가장 해박한 지식을 가지고 있었다. 게다가 믿을 수 있는 자였다.

"그 말씀은, 독에 당하셨다는 말씀이십니까?"

"뭐, 그렇지."

데미안은 대수롭지 않게 대답했지만 마몬과 베르의 눈은 더할 나위 없이 커졌다. 마몬은 자리에서 벌떡 일어서며 소리쳤다.

"다, 당장 치료를……!"

"그리 호들갑 떨 거 없다. 해독이 다 됐으니까."

"해독이 됐다고요?"

"그래. 그 독, 단순히 내 힘을 증폭시키는 역할만 하는 것 같아."

"그 말씀은…… 군주님을 저격해서 만든 독이라는 겁니까?"

데미안이 고개를 끄덕이자 마몬이 혀를 차며 다시 자리에 앉았다. 그의 얼굴은 아까보다 한층 더 심각해졌다.

미간에 깊은 주름을 잡은 채 뭔가를 곰곰이 생각하던 마몬은 데미안의 뒤에 우두커니 서 있는 베르를 바라봤다.

"넌 잠시 나가 있도록 해라."

베르는 곧장 나가는 대신 데미안의 눈치를 살폈다. 마몬이 군주를 모시는 7인의 검 중 하나이긴 하나 그의 주인은 엄연히 데미안이기 때문이다.

데미안은 마몬의 뜻대로 하라는 의미로 고개를 끄덕였다. 그제야 베르가 자리를 비키자 마몬은 깊은 한숨을 몇 번 내쉰 뒤 입을 열었다.

"이미 알고 계시겠지만 만약 정말로 그 독약을 만든 것이 비둘기 놈들이라면 상황이 보통 심각한 것이 아닙니다. 그들이 군주님의 치명적인 약점을 쥐고 있다는 의미가 되니까요."

"독에 안 당하면 되는 거 아닌가?"

"그게 말처럼 쉬운 일이 아닐 뿐더러 만약의 경우를 배제할 수 없습니다, 군주님."

"그래서 하고 싶은 말이 뭐지? 저들이 수를 쓰기 전에 먼저 치자는 말인가?"

"네."

일말의 망설임도 없이 떨어진 말에 데미안은 눈살을 찌푸렸다.

"내가 천마 전쟁을 하지 못하는 몸이라는 걸 잊은 건가, 마몬?"

"반려를 들이시면 하실 수 있지 않으십니까?"

안 그래도 싸늘했던 분위기가 더 싸늘하게 가라앉았다. 차가운 살기가 깃든 데미안의 눈동자에 마몬의 모습이 가득 담겼다.

데미안의 기분이 좋지 않은 만큼, 주변 기운들이 살벌하게 요동치며 마몬의 목을 졸랐다. 이에 마몬의 얼굴이 살짝 일그러졌다.

"전에 베르가 이상한 소리를 하길래 누가 그를 부추긴 건가 했더니 너인 모양이군."

"베르가 무슨 소리를 했는지는 모르지만 전 부추긴 적이 없습니다."

마몬은 제 의견을 말하는 걸 멈추지 않았다.

"그가 무슨 말을 했다면 그건 그의 바람을 말한 거겠지요. 군주님께서 반려를 들이는 건 모두의 소망이니까요."

마몬의 말은 거짓이 아니었다. 그의 말대로 마계 사람들 대부분은 데미안이 반려를 들이길 원하고 있었다.

그걸 모르지 않는 데미안은 낮게 신음하며 말을 이었다.

"내가 왜 반려를 들이지 않는지 알고 있을 텐데, 마몬."

"알고 있습니다. 그래서 여태까지 아무 말씀도 드리지 않았지만 지금은 상황이 다릅니다."

"……."

"저들이 저렇게 기고만장하며 그딴 독약을 만드는 것도 지금 군주님께서 천마 전쟁을 못 일으킬 거라는 걸 알고 있기 때문이 아니겠습니까?"

화가 나긴 했지만 구구절절 맞는 말이었기에 데미안은 반박할 수 없었다.

"그러니 반려를 들이십시오. 그럼 모든 것이 해결될 겁니다."

"……내가 반려를 들이고 싶다고 해서 들일 수 있는 게 아니다."

진정으로 반려를 사랑하는 마음이 있어야 가능한 일이었다. 그 마음이 없으면 반려를 들이고 싶어도 들일 수가 없었다.

'하지만 난 더 이상 누군가를 사랑할 수가 없어.'

데미안의 얼굴이 고통과 두려움으로 일그러졌다. 슬픔에 젖은 눈동자는 처연하게 가라앉았다. 그래서 더 이 이야기를 꺼내고 싶진 않았지만 상황이 이런 만큼 물러설 수 없었다.

굳게 마음을 먹은 마몬이 다시 입을 열려는 순간…….

"아아악!"

난데없이 비명이 들렸다. 고통에 찬 소리였다. 그 소리에 자리에서 벌떡 일어난 데미안은 가장 멀리 있는 방으로 달려갔다.

"차시연."

방문을 열고 들어가니 침대 구석에서 몸을 둥글게 만 채 떨고 있는 시연이 보였다.

비명을 지른 것도 그렇고 시연의 상태가 영 이상해 보여서 데미안이 다가가려고 하자 시연은 비명을 지르며 그를 향해 베개를 집어 던졌다.

"가! 가란 말이야!"

겁에 질린 눈동자는 부질없이 떨고 있었다. 그건 그녀의 몸 역시 마찬가지였다. 두려움에 숨을 쉬는 것도 힘든지 숨소리가 거칠었다.

"난 죽고 싶지 않아. 그러니까 제발……."

시연은 몸을 바들바들 떨며 온몸으로 그녀에게 다가오는 데미안을 거부했다.

"괜찮다."

시연의 거부 반응에도 개의치 않고 그녀에게 다가간 데미안은 그녀를 품에 가득 끌어안았다. 시연이 놔달라고 발악해도 그는 놓지 않았다.

"난 널 해치지 않아."

그리고 다정하게 시연의 등을 토닥여주었다. 나지막하게 속삭이는 목소리마저 다정했다.

"……정말로…… 나를 해치지 않을 건가요?"

믿기 힘든 말이었고, 악마를 믿는다는 것 자체가 바보 같은 행동이었지만 그녀는 믿고 싶었다. 그만큼 지금 그녀에게는 의지할 곳이 필요했다.

"나를 지켜줄 거예요?"

처음도 아니고 두 번씩이나 의문의 괴한으로부터 목숨의 위협을 당했다. 그건 앞으로도 계속 신변의 위협을 당할 수 있다는 말이었기에 시연에게는 자신을 지켜줄 방패가 너무나도 간절히 필요했다.

설령 그자가 악마라고 할지라도 상관없었다.

"그래."

시연의 간절한 마음을 알아챈 건지 데미안이 한층 굳은 얼굴로 말했다. 시연의 등을 감싼 데미안의 손에 힘이 들어갔다.

"널 지켜주도록 하지."

데미안의 대답에 불안감으로 물들어 있던 시연의 얼굴에 어느새 안도감이 서렸다.

"……다행이다."

시연은 옅게 웃으며 눈을 감았다. 그녀의 몸에서 힘이 빠졌다. 너무 울어서 탈진한 듯했다.

어느새 새근새근, 숨소리가 고요히 울려 퍼졌다.

데미안은 울다 잠이 든 시연을 침대 위에 고이 눕히고 이불을 잘 덮어주었다.

"……."

뒤늦게 문 앞에 마몬이 서 있는 걸 발견한 데미안은 살짝 놀란 듯 한쪽 눈을 찌푸렸다.

"……그 여자라면 가능할 것 같군요."

그때까지 말없이 데미안을 지켜보고 있던 마몬이 입을 열었다.

"그녀를 반려로 들이십시오, 군주님."

"이 여자는 단순히 제물일 뿐이다."

"정말 단순히 제물일 뿐이라면 그리 다정하게 대해줬을 리가 없죠."

그 말에 데미안이 아무 말도 하지 않자, 마몬이 그것 보라는 듯 웃으며 말을 이었다.

"저 여자를 지키기 위해서라도 반려로 들이십시오, 군주님. 그녀가 군주님의 반려가 된다면 비둘기 놈들이 함부로 그녀를 건드리지 못할 테니까요. 그럼 저 여자가 저리 울 일도 없을 겁니다. 평생 군주님과 함께 살 수도 있죠."

이어지는 마몬의 말에 데미안의 눈동자가 작게 흔들렸다. 데미안은 곤히 잠든 시연을 돌아봤다.

"아직은 여유가 좀 있으니 잘 생각해보십시오, 군주님."

마몬은 데미안을 좀 더 부추기고 싶었지만 그랬다간 괜한 반발심만 일어날 수도 있었다.

이런 일은 누군가의 강요가 아닌, 스스로 결정하는 것이 좋았기에 마몬은 한 발 뒤로 물러섰다. 다음번엔 부디 자신이 원하는 대답을 들을 수 있길 바라면서.

"다음에 군주님을 찾아뵐 때 다시 한 번 묻겠습니다."

정말 위험할 뻔했어

시연이 정신을 차린 것은 그로부터 꼬박 이틀이 지난 후였다.

막 정신이 들었을 땐 아무것도 기억나지 않았지만 곧 모든 것을 떠올린 시연은 작게 탄식을 내뱉으며 베개에 얼굴을 파묻었다.

"미쳤어, 미쳤어……!"

누군가의 도움이 간절하게 필요했다곤 하지만 악마한테, 그것도 데미안한테 도움을 요청하다니. 아무리 생각해도 제정신이 아니었다. 시연은 베개에 얼굴을 부비며 소리 없는 아우성을 내질렀다.

한참 뒤에야 진정이 된 시연은 주변을 크게 둘러봤다. 인테리어가 익숙한 걸로 보아 데미안의 집인 듯했다.

'나 얼마나 잔 거지?'

시간을 알고 싶어도 시계도 보이지 않고, 휴대폰도 보이지 않아 알 수가 없었다. 아무래도 나가봐야 할 것 같아 침대 밖으로 발을 내디뎠지만 걸을 수는 없었다. 발에 힘이 들어가지 않았기 때문이다.

'전과 똑같네.'

같은 일이 두 번씩이나 반복되는 건 결코 우연이 아니었다. 하물며 기절한 이유 역시 똑같으니 데미안이 무슨 짓을 한 것이 틀림없었다.

'도대체 무슨 짓을 한 거지?'

한 거라곤 키스밖에 없는데. 아니, 그것도 무슨 짓에 속하긴 하지만 키스를 했다고 기절까지 하는 건 이상했다.

'혹시 그 남자가 한 키스에 이상한 독이라도 있는 건가? 아니야. 처음 했을 땐 아무 이상 없었잖아. 그럼 도대체 뭐지?'

시연은 침대맡에 앉아 곰곰이 기억을 되짚었다. 그 남자와 처음 키스를 했을 때부터 지금까지 전부.

'그러고 보니 그 남자, 나랑 키스할 때마다 매번 아팠어.'

지독한 열병에 걸린 환자처럼 내뱉는 숨마다 뜨거웠고, 얼굴은 붉었다. 한데 자신과 입을 맞추고 나면 언제 그랬느냐는 듯 그의 상태는 다시 괜찮아졌다. 마치 상대방의 에너지를 흡수해서 몸을 회복한 것처럼.

'설마 그 남자, 나랑 비슷한 능력을 가지고 있는 건가?'

그렇게 생각하면 자신을 비서로 채용하려고 한 것부터 시작해서 지금까지 일어난 기이한 일들이 대부분 이해가 됐다.

'내가 쓰러진 건 내가 흡수한 힘보다 그가 흡수한 힘이 더 많아서겠지.'

거기다 상대방의 에너지를 흡수하기 전에 지독하게 아프거나 하는 걸 보면 뭔가 다른 이유가 더 있는 듯했다. 그것도 좋지 않은 쪽으로.

"조금은 불쌍하네……."

무심코 나온 말에 시연은 화들짝 놀라며 입을 틀어막았다. 세상에! 그 남자가 불쌍하다고 생각하다니, 정신이 나가도 한참 나간 것 같았다.

'일단 도망치는 건 보류할까?'

데미안에게 약점을 잡히기도 했고, 의문의 적이 노리고 있는 상황이니 데미안의 곁에 남아 그의 보호를 받는 편이 여러모로 안전할 수도 있었다. 적어도 그는 그녀를 해칠 것처럼 보이지는 않았으니까.

달칵—.

그래도 마냥 안심할 수는 없으니 다른 좋은 방법이 있을지 고민하던 시연은 문 열리는 소리가 들리자 그쪽을 쳐다봤다.

문을 열고 들어온 건 베르였다.

"일어나셨습니까, 시연 씨."

베르는 평소와 다를 것 없이 다정하게 인사를 건넸지만 느낌이 전혀 달랐다. 그건 그녀가 데미안이 악마라는 사실을 알았기 때문일 것이다.

베르 역시 악마일 가능성이 높았다.

"당신도…… 베르 씨도 악마인 건가요?"

"이런, 알면 안 되는 것을 알게 되셨군요."

혹시나 해서 물어봤는데 역시 그랬다. 시연은 베르가 묘하게 웃으며 다가오자 뒤로 주춤 물러섰다. 하나 바로 뒤가 벽인지라 물러설 곳은 많지 않았다.

"당신이 본 건 모두 꿈입니다."

금색이었던 눈동자는 어느 순간 보라색으로 바뀌어 있었다. 능력을 사용하려는 것이었다.

"모두 잊으세요. 꿈에서 본 걸 현실로 가져와서 좋을 건 없습니다."

"네, 꿈이군요."

베르의 능력은 그녀에게 전혀 통하지 않았지만 이번에도 시연은 내색하지 않았다. 시연의 연기에 껌뻑 속아 넘어간 베르는 옅게 웃으며 한 발 뒤로 물러섰다.

"그럼 어서 나오셔서 대표님께 커피를 타드리세요."

이 상황에도 커피 타령인가? 시연은 속으로 혀를 내차며 밖으로 나갔다.

베란다의 전면 창을 통해 눈부신 햇살이 집 안으로 들어왔다. 데미안은 그 햇살을 받으며 여유롭게 신문을 보고 있었다.

자신은 이런저런 생각을 하느라 머리가 아픈데 그는 저리도 여유롭다니. 괜히 울컥한 시연은 부엌 쪽으로 걸어가며 중얼거렸다.

"흥, 악마는 햇빛을 받아도 괜찮은 모양이지?"

"악마는 뱀파이어가 아니니까."

"……!"

바로 등 뒤에서 들리는 목소리에 시연은 황급히 뒤를 돌아봤다. 그러자 언제 다가온 건지 데미안이 보였다.

이에 놀란 시연이 뒷걸음질치자 데미안은 그녀의 팔을 끌어당겼다.

"앗!"

거리가 확 가까워지면서 그때 맡았던 자극적인 향이 느껴졌다. 달콤하고 유혹적이면서 맡는 순간 정신이 아득해지는 향.

"다 기억하고 있는 건가?"

향도 향이었지만 머리 위에서 나지막하게 울려 퍼지는 그의 목소리에, 시연은 조심성 없는 자신의 입을 탓하며 두 눈을 질끈 감았다.

'어떻게 하지. 어떻게 하면 이 난관을 극복할 수 있을까?'

시연은 빠르게 머리를 굴리며 생각했다.

"……지금 무슨 말씀을 하시는지 모르겠네요."

고민 끝에 시연이 선택한 건 발뺌하는 것이었다.

"뭘 기억하냐고 묻는 거죠? 아, 혹시 파티에서 있었던 일을 말하는 건가요?"

질문에 돌아오는 대답은 없었다. 그저 어디 한번 계속 말해보라는 듯 바라볼 뿐이었다.

"어제 무슨 일이 있었던 거죠? 이상한 여자한테 공격받은 것까지 기억이

나는데 그 뒤가 잘 기억이 안 나요."

그 시선이 부담스러워서, 그리고 여기서 말하는 걸 그만두면 정말 그에게 다 들킬 것만 같아서 시연은 주절주절 말을 계속했다.

"이상한 걸 본 것 같기도 하고. 글쎄, 데미안 씨의 등 뒤에 악마 날개가 있지 뭐예요. 하하, 웃기지 않아요? 도깨비인 데미안 씨가 악마일 리가 없는데……."

뱉은 말이 있으니 아예 모른다고 잡아떼면 의심할 테니 적당히 둘러댈 필요가 있었다.

"제가 꿈을 꾸었나 봐요. 그것도 아주 생생한 꿈. 어휴, 얼마나 생생했으면 아까 소파에 앉아 있는 데미안 씨가 순간 악마로 보였겠어요."

시연은 뻔뻔함과 연기력을 적절히 섞어 시연은 정말로 놀랐다는 듯 박수를 짝 치며 밝은 목소리로 말했다.

이번에도 돌아오는 대답은 없었다. 아까와 마찬가지로 물끄러미 그녀를 바라볼 뿐이었다. 그의 새카만 눈동자에는 일말의 감정도 깃들어 있지 않았다. 그래서 그가 더 무서웠지만 그녀는 전혀 아닌 척 애써 웃었다.

"그거 알고 있나?"

그 순간 데미안이 픽 웃으며 손을 뻗어 그녀의 귓불을 매만졌다.

"인간들은 거짓말을 할 때 특정 행동을 보이는데……."

귓불을 매만지는 차가운 손길에 소름이 끼쳤다. 시연은 두려움에 작게 떨리는 눈동자로 그를 바라봤다.

"넌 거짓말을 할 때 귀가 빨개진다는 거."

"……!"

"베르의 최면에 걸리지 않은 모양이군. 그렇지?"

데미안의 입가에 서늘한 미소가 번졌다. 모든 것을 다 알고 있다는 웃음이었다.

"……다 알고 있으면요?"

더 이상 발뺌해봤자 소용없다는 걸 깨달은 시연은 정면 돌파를 시도했다.

"제가 다 알고 있으면…… 저를 죽이실 건가요?"

"그럴 리가."

귓불을 쓰다듬던 그의 손이 그녀의 뺨으로 옮겨졌다. 데미안은 유리를 다루듯 시연의 뺨을 부드럽게 쓰다듬었다.

"이렇게 좋은 미끼를 쉽게 죽일 수는 없지."

그 손은 곧 시연의 목을 감쌌다. 다소 부드러운 손길이었지만 언제 세게 움켜쥘지 모르니 시연은 섣불리 움직일 수가 없었다.

"……왜 나죠?"

모래라도 씹은 듯 입안이 꺼끌꺼끌했다. 혀가 굳어 말이 잘 나오지 않았지만 꼭 물어봐야 했다.

"왜 날 미끼로 세우려는 거예요? 도대체 뭘 낚으려고…….."

"그건 낚아봐야 아는 일이지. 하지만 너에게도 나쁜 이야기는 아닐 거다. 널 공격한 놈들. 그놈들의 배후를 낚을 생각이니까."

놈들이라니. 티타아니아의 저택에서 시연을 공격한 상대는 분명 하나였다. 그런데 하나가 아닌 둘 이상을 지칭하는 말에 의아해하던 시연은 문득 머릿속을 스치는 생각에 눈을 크게 떴다.

"설마…… 그때 만났던 악마도 당신이었던 건가요?"

"그걸 이제 알았나 보군."

데미안의 나른하게 늘어지는 목소리가 귀에 꽂혔다. 의도치 않게 엄청난 사실을 알게 된 시연의 눈이 커졌다.

"그럼 처음부터 의도적으로 나에게 접근한 거예요?"

"말은 똑바로 해야지. 먼저 나한테 접근한 건 너였어."

물론 그렇긴 했다. 그걸 '접근'이라고 표현해도 될지 모르겠지만, 만약 그날 시연이 그의 차를 박지 않았더라면 그와 만날 일은 없었을 것이다.

"그들이 무슨 목적으로 널 노리는 건지 알 수 없지만, 목숨이 아깝다면 내 곁을 떠나지 않는 것이 좋을 거야. 그럼 적어도 안전할 테니까."

"……절 미끼로 쓰시겠다면서요. 그럼 위험한 거 아니에요?"

"뭐, 잠깐 위험할 수는 있지만 그들은 절대 널 죽이지 못할 거다. 그것 하나는 확신하지."

대단한 자신감이었다. 그만큼 그가 강하다는 의미이기도 했다.

그렇다고 그를 믿을 수 있는 건 아니었다.

"왜 그렇게 절 지켜주려고 하는 거죠?"

"뭔가 착각하는 것 같은데, 난 널 지켜주려고 하는 것이 아니야."

데미안은 픽 웃으며 시연의 턱을 잡았다. 그리고 부담스러울 정도로 얼굴을 바짝 들이댔다.

"그놈들을 잡으려는 거지. 그러려면 네가 살아 있어야 하니, 널 지키려는 것뿐이다."

"……만약 그놈들을 다 잡으면요? 그땐 어떻게 하실 건데요? 절 죽이실 건가요?"

"흐음, 글쎄."

전혀 생각지도 못했던 부분인지라 데미안은 바로 대답하지 못하고 잠시 고민했다.

뒤탈이 생기는 걸 방지하기 위해서 원래대로라면 볼일이 끝나는 즉시 죽이는 것이 마땅했다. 한데 어째서인지 그녀를 죽이는 것은 영 달갑지 않았다. 그렇다면 남은 방법은 하나. 시연을 반려로 들이면 되는 것이다.

'반려라……'

모래라도 씹은 듯 입안이 서걱거린다. 시연을 반려로 들이는 건 그다지 나쁘지 않을 것 같았지만 아직 반려를 들이는 것 자체에 거부감이 남아 있어 썩 내키지는 않았다.

"그건 그때 가서 결정하도록 하지."

고민해봤자 답이 나올 것 같지도 않고, 굳이 지금 결정을 내릴 필요는 없으니 데미안은 대답하는 걸 미래로 미뤘다. 그러자 시연은 입을 틀어막은 채 어깨를 가늘게 떨었다.

"푸흐흡……."

두려워서 그러는 건가 싶었는데 웃고 있었다.

"큭, 큭……."

뭐가 그리 웃긴 건지 시연은 좀처럼 웃음을 그치지 못했다. 그런 시연이 어이없는 데미안이 입매를 비틀며 물었다.

"실성한 건가?"

그제야 좀 진정이 된 건지 시연이 가볍게 헛기침을 하며 손을 내저었다.

"아, 미안해요. 안심이 돼서 그만."

"실성한 것이 맞군."

"다시 한 번 말하지만, 전 멀쩡해요."

"그런데 그런 말을 한다고?"

"왜요? 정말 안심이 돼서 그렇게 말했을 뿐인데, 뭐가 잘못됐나요?"

어느덧 두려움이 가신 눈동자에 이채가 띠며 빛이 났다. 여유로워 보이기까지 했다.

그게 거짓말이 아닌 진심이라는 건 붉게 변하지 않은 귓불을 보고 알 수 있었다.

"……도대체 뭐가 널 안심시킨 거지?"

데미안은 시연의 반응을 도저히 이해할 수가 없었다.

"설마 내가 널 못 죽일 거라고 생각하는 건가?"

"그건 아니지만 적어도 그놈들을 모두 잡기 전에 절 죽이진 않으실 거잖아요?"

"그게 거짓말일 거라곤 생각지 않는 건가?"

"만약 거짓말이었다면 그렇게 묻지도 않았을 것이고, 나중에 절 죽이겠냐는 질문에 아니라고 대답했겠죠. 절 안심시키기 위해서 말이에요."

그런데 데미안은 그러지 않고 생각한 그대로 말했다. 그래서 시연은 그가 거짓말을 하지 않는다는 걸, 적어도 적을 다 잡을 때까지 자신을 죽이지 않을 거라는 걸 안심하고 믿을 수 있었다.

'뭐, 나중에 그가 날 죽이려고 할 수도 있지만 그것 역시 확정된 건 아니니까.'

적어도 지금 당장 무서워하며 벌벌 떨 이유는 없었다.

"넌 진짜 특이한 인간이다."

"칭찬 고마워요."

칭찬이 아니라는 건 알지만 시연은 모르는 척 웃으며 어깨를 으쓱였다.

"근데 그놈들은 어떻게 잡을 거예요? 미리 말씀드리지만 전 그놈들에 대해 아는 것이 하나도 없어요. 그들이 왜 저를 노리는지도 모르고, 예상되는 인물도 전혀 없고요."

"예상되는 인물이라면 있어."

"네? 정말요? 그게 누군데요?"

"아직 확실한 건 아니니 좀 더 확실해지면 말해주지."

"그냥 말해줘요. 그래야 조심할 거 아니에요."

"그래서 말 안 해주는 거다. 네가 조심하는 순간부터 넌 미끼로서의 가치를 잃는 거니까. 넌 그냥 지금처럼 가만히 있으면 돼."

그의 제안을 받아들이긴 했지만, 그래도 기분이 언짢아 시연은 입을 삐죽였다.

"그거, 하지 말지."

"하, 왜요? 이것도 하면 미끼로서 가치를 잃는 건가요?"

"아니, 입술을 자꾸 그러면 키스하고 싶어져서."

이건 또 무슨 황당한 소리란 말인가. 당황한 시연이 두 손으로 입을 틀어막자 데미안은 낮게 웃었다. 저를 놀리는 것이 분명한 모습에 시연은 그를 향해 눈을 흘겼다.

"근데 제가 가만히 있는다고 그들이 쉽게 낚일 것 같진 않은데요. 뭔가 방법을 써서 자극하지 않는 이상."

"자극이라……."

그 말에 가장 먼저 떠오른 건 반려를 들이는 것이었다. 그렇게 한다면 그들은 무슨 수를 써서라도 막으려고 할 것이 분명했다.

그러니 그 방법을 쓰는 것이 가장 좋았지만 문제는 내키지가 않는다는 것이었다.

"후우."

반려에 대해 생각하니 갑자기 입안이 소태라도 문 듯 써서 달달한 와인이 당겼다. 한 잔 마시는 것이 좋을 것 같아 데미안은 주방 안쪽에 마련된 저장고에서 와인을 꺼내 잔에 따랐다. 피만큼이나 붉은 액체가 투명한 잔 안에 가득 채워졌다.

그걸 마시는 데미안의 모습이 마치 뱀파이어 같아서 시연은 물끄러미 그를 바라봤다. 그러자 데미안은 또 다른 와인 잔에 와인을 채워 시연에게 내밀었다.

"저도 마시라고요?"

"먹고 싶어서 본 거 아니었나?"

딱히 그런 건 아니었지만 내심 어떤 맛인지 궁금했던 시연은 기꺼이 와인을 마셨다.

"우, 쓰네요."

인상이 저절로 찌푸려지는 맛에 시연은 질색하며 고개를 저었다.

"이 정도면 단 편인데."

"에이, 설마요. 제가 지금까지 먹은 와인들은 이것보다 훨씬 달았는데요."

"여태껏 가짜 와인만 먹었군."

"그럴 리가요. 그것도 다 와인이라고 팔던데."

"보이는 게 전부는 아니야. 시중에 파는 와인 중에는 포도 주스인데 와인인 척하며 속여 파는…… 잠깐."

돌연 데미안은 하던 말을 멈추고 눈동자를 반짝이며 턱을 쓰다듬었다.

"그런 방법이 있었어."

"네? 뭐가요?"

"그들이 안달나지 않곤 못 버틸 방법 말이다."

데미안의 입가에 자신만만한 미소가 번졌다. 저게 허세인지, 아니면 진짜인지는 모르겠지만 왠지 후자일 가능성이 다분히 높아 보였다.

그래서 시연 역시 기분 좋게 웃으며 데미안에게 물었다.

"뭔데요? 어떤 방법인데요?"

"궁금한가?"

"당연하……!"

하지만 그 미소는 채 1분도 가지 못하고 사그라졌다. 데미안이 턱을 잡고 치켜 올리며 얼굴을 바짝 들이댔기 때문이었다.

숨결이 고스란히 느껴질 만큼 매우 가까운 거리였다. 그대로 입을 맞춘다고 해도 이상할 것이 없었다.

놀란 시연은 뒤로 몸을 빼려고 했다. 하지만 어느덧 그녀의 허리를 휘어감은 데미안은 그녀의 몸을 바짝 끌어당기며 더할 나위 없이 매혹적인 목소리로 말했다.

"네가 내 반려가 되면 돼."

반려(伴侶).

사전적인 '짝이 되는 동무'를 뜻하는 말이었다. 즉, 평생을 함께할 동반자라는 의미인 것이다.

"지, 지금 무슨 소리를 하는 거예요!"

한데 자신보고 그 반려가 되라고 하니 시연은 기함하며 그의 가슴팍을 세게 밀쳐냈다.

"제, 제가 왜 당신의 반려가 되어야 하는 건데요!"

"진짜 반려가 되라는 의미는 아니야. 반려인 '척'을 하자는 거지."

"반려인 척?"

"그래. 그렇게 한다면 그들은 필시 내가 반려를 들이는 것을 막으려고 움직일 거다. 이게 함정이라는 것을 알면서도 가만히 있을 수 없겠지."

그의 말을 다 이해할 수는 없었지만 어느 정도는 이해가 됐다.

'헛소문을 퍼트려 그들이 조바심을 내도록 만들자는 거구나.'

확실히 효과는 있을 것 같지만 그와 엮여 소문이 나는 것이니 영 찜찜해서 선뜻 하겠다는 말이 나오지 않았다.

"다시 말하지만 너에게 선택권은 없어."

대답을 주저하자 데미안이 초승달처럼 눈을 휘게 웃으며 말을 덧붙였다.

"하기 싫어도 넌 해야 할 거다. 몇 번이고 말했지만 넌 단순한 미끼니까. 낚시꾼인 내가 하자는 대로 해야지."

그냥 좋게 말해도 될 것을 굳이 저렇게 비꼬아서 말하는 이유가 뭔지 모르겠다. 더 빼봤자 자신만 손해라는 걸 깨달은 시연은 한숨을 내쉬며 고개를 끄덕였다.

"그래요. 마음대로 하세요."

"그럼 지금 당장 이곳으로 이사 오도록."

"이사는 이미 왔는데요?"

"그건 아랫집이지 이 집이 아니잖아."

그러니까 지금 한집에서 같이 살자는 의미였다. 얼토당토않은 그의 말에 시연은 펄쩍 뛰며 말했다.

"무슨 헛소리예요! 단순히 소문만 내는 거라면서 왜 내가 그쪽이랑 같이 살아요!"

"다른 놈들의 눈엔 진짜처럼 보일 필요가 있으니까. 가짜라는 걸 들키면 소문을 낸 의미가 없잖아?"

"그, 그건 그렇지만 그래도 굳이 같이 살 필요가……."

"갑자기 내가 널 반려로 들인다고 하면 주변에선 분명 의심을 할 거다. 그러니 그 의심을 잠재우기 위해서라도 그러는 편이 낫지. 내가 널 내 집에 들일 만큼 불같이 사랑한다는 걸 그들에게 보여줄 필요가 있어."

불같이 사랑한다는 말이 낯 뜨거워 시연은 볼을 붉히며 말했다.

"어차피 우린 같은 건물에 살아서 다른 사람의 눈엔 충분히 한집에 사는 것처럼 보일 테니 굳이 번거롭게 그럴 필요까진 없을 것 같은데요. 우리가 입만 잘 맞추면 아무도 우리가 따로 산다고 생각지 않을 거예요."

"베르는 알고 있잖아."

"베르 씨는 우리 편이잖아요. 그에게까지 속일 필요가 있나요?"

"우리 편?"

데미안의 입매가 비스듬하게 올라갔다.

그의 새카만 눈동자에는 살기가 일렁였지만 그 안에는 일말의 슬픔도 보였다.

자신이 뭔가 크게 잘못한 것 같은 기분이 들어 시연은 어깨를 움츠렸다.

"당부하는데, 너 자신 외에는 아무도 믿지 않는 것이 좋을 거다. 가족도, 지인도, 심지어 연인도 말이야."

"그건 당신도 믿지 말라는 건가요?"

"물론. 설마 나를 믿으려고 했나?"

가당치도 않다는 듯 데미안은 섬뜩하게 웃으며 말했다.

그런 그의 모습은 매우 무서워 보였다. 하지만 아이러니하게도 시연은 데미안이 무섭다기보다 가엽다고 생각했다. 저런 말을 한다는 건 그 역시 아무도 믿지 못한다는 증거였으니까.

"그래도 같이 사는 건 싫어요. 다른 건 당신 말을 따를 테니 이것만큼은 양보해줘요."

"그 말, 지키길 바라지."

아까처럼 계속 고집을 부릴 줄 알았는데 데미안은 생각보다 순순히 물러났다.

시연은 그걸 퍽이나 다행스럽게 여기며 자리를 피하기 위해 몸을 돌렸다. 그러자 이쪽으로 걸어오고 있는 베르가 보였다.

"베르, 원탁회를 소집해야 할 것 같다."

베르를 발견한 데미안은 기다렸다는 듯 말을 꺼냈다.

"원탁회를요? 무슨 일 때문에 그러시죠?"

"이유는 반려를 맞이하기 위함."

그 말에 베르의 눈동자가 커졌다. 데미안은 베르가 저런 반응을 보이는 까닭을 이해하며 말을 이었다.

"나, 데미안 딘 루시퍼는 차시연을 반려로 맞이하고자 한다."

하룻밤 묵는 데 수백만 원을 호가한다는 N 호텔의 최상층에 위치한 프레지던트 룸.

"지금 뭐라고?"

장정 여러 명이 들어가도 거뜬할 만큼 거대한 욕조에 누워 느긋하게 목욕을 즐기고 있던 가브리엘은 시종이 들고 온 소식에 눈살을 찌푸리며 그녀를 돌아봤다.

"누가 누구를 들인다고?"

"원탁회의 수장이신 데미안 님께서 반려를 들이겠다고 하셨습니다."

"하?"

이 무슨 터무니없는 소리란 말인가. 시종이 거짓말을 할 리는 없지만 도저히 믿기지가 않아 가브리엘은 직접 확인하기 위해 자리에서 일어섰다.

시종이 건넨 가운을 걸친 가브리엘은 허리끈도 제대로 묶지 않고 성큼성큼 욕실을 나섰다.

"가브리엘 님, 가온 님이…… 헉! 가브리엘 님!"

가온을 데리고 온 소피아는 가브리엘의 옷차림새를 보고 기겁하며 소리쳤지만 가브리엘은 개의치 않고 가온에게로 다가갔다. 신경 쓰지 않는 건 가온 역시 마찬가지였다.

"이야기는 들었겠지?"

"네, 들었습니다."

"그래? 그럼 내가 어떻게 할지도 알겠네?"

가온의 대답에 가브리엘은 입매를 비틀더니 손을 뻗어 거세게 그의 멱살을 잡았다.

짜악―.

그리고 자유로운 다른 손으로 가온의 뺨을 매섭게 때렸다. 여자라고 생각할 수 없을 만큼 무지막지한 힘에 가온의 몸이 크게 휘청거렸다.

"네가 전에 분명 말했지."

가브리엘은 거기서 멈추지 않고 또다시 손을 치켜들었다.

"그 자식을 무너뜨릴 뾰족한 수가 있으니 믿고 지켜봐달라고. 근데 결과가 왜 이따위일까, 응? 그 자식이 반려를 들인다는 건 무슨 소리냐고!"

가브리엘은 말을 하면서 계속해서 가온의 뺨을 때렸다. 가온의 뺨은 붉게 물들다 못해 시퍼런 멍이 들었고, 입가엔 핏방울이 송골송골 맺혔다.

그제야 화가 조금 풀리는지 가브리엘은 가온을 때리는 걸 멈췄다.

"막아."

가브리엘은 가온의 얼굴 쪽으로 제 얼굴을 바짝 들이밀며 말했다.

"무슨 수를 써서라도 그 자식이 반려를 들이는 걸 막아. 아니면 그때처럼 수작이라도 부리던가. 그거, 네 전문이잖아?"

"……."

"한낱 하급 천사였던 너를 이 자리까지 오를 수 있게 만든 원동력이기도 하고 말이야. 안 그래?"

비아냥거리는 것이 분명한 말과 행동에도 가온은 이렇다 할 반응을 보이지 않고 묵묵히 서 있었다. 그런 가온이 재미없는지 가브리엘은 혀를 가볍게 내차며 그의 멱살을 놔주었다.

가온은 구겨진 옷자락을 편 뒤 품에서 편지를 꺼내 가브리엘 쪽으로 내밀었다.

"이게 뭐지?"

"신님께서 주시는 것입니다."

"신님이?"

의아했지만 의심하진 않았다. 편지 정중앙에 찍혀 있는 것은 분명 신, 마르스의 문장이었기 때문이다.

가브리엘이 편지를 가져가자 가온은 공손히 한 발 뒤로 물러났다.

"그럼 전 이만 가보겠습니다."

"제가 배웅하겠습니다."

대답 없는 가브리엘을 대신해서 소피아가 나섰다. 가온은 소피아와 함께 객실을 나왔다.

"아아악! 이런 시……!"

객실 문이 닫히는 순간, 안에서 거친 고함과 함께 욕설이 들려왔다. 고귀한 대천사의 입에서 나올 만한 건 아니었다.

이에 놀란 소피아가 두려운 듯 몸을 가늘게 떨며 문을 바라보자 가온이 괜찮다고 말하며 소피아의 어깨를 부드럽게 감쌌다.

"참, 소피아에게 부탁할 것이 하나 있는데 들어주시겠습니까?"

"네? 무슨 부탁인데요?"

혹시 이상한 걸 시키는 건 아닌가 싶어 소피아가 조심스럽게 되묻자 가온은 옅게 웃으며 품에서 또 다른 편지를 꺼냈다.

"이걸 원탁회의 수장에게 전해주었으면 합니다."

"그것뿐인가요? 달리 부탁하실 건 없으시고요?"

"네. 없습니다. 아, 한 가지 원하는 것이 있다면 다른 사람은 모르게 그에게 편지를 건네줬으면 하는데, 가능하겠습니까?"

"물론이죠."

소피아가 자신만 믿으라는 듯 자신만만하게 말했다. 이에 가온의 입가에 핀 미소는 더욱 깊어졌지만 그녀를 바라보는 눈동자는 차갑게 가라앉았다.

데미안이 누군가를 반려로 맞이하기 위해선 세 개의 단계를 거쳐야 했다.

첫 번째 단계는 원탁회 일원의 동의, 두 번째 단계는 마계의 심판, 세 번째 단계는 창조주의 계시였다.

시연은 정식으로 반려가 되고자 하는 것이 아닌 척하는 것뿐이니 이 과정을 전부 거칠 필요는 없었다. 하지만 그들을 속이기 위해선 첫 번째 단계까지는 가야 할 것 같다고 데미안은 말했다. 즉, 원탁회의 일원을 만나야 한다는 의미였다.

'설마 내가 원탁회 일원들을 만나게 되는 날이 올 줄이야.'

TV 속에 있는 연예인보다 더 먼 존재가 바로 그들이었다. 그들과 만날 일이 생길 거라고곤 전혀 예상치 못했다.

원탁회의는 2주 뒤에 열린다고 했으니 시간은 많이 남았지만 벌써부터 긴장이 됐다. 시연은 두근거리는 심장을 진정시키기 위해 찬물을 벌컥벌컥 들이켜며 소파에 앉아 TV를 보고 있는 데미안을 흘겨봤다.

그가 보고 있는 건 코미디 프로그램이었다. 악마도 저런 걸 보는 건가 싶어 신기해서 계속 그를 보고 있는데 시연의 시선을 느낀 건지 불현듯 데미안이 그녀를 돌아봤다.

"캑."

갑작스럽게 데미안과 눈이 마주친 탓에 놀라 사레가 걸린 시연이 캑캑거리자 데미안이 가볍게 혀를 내차며 다가왔다.

"물 먹다가 사레 걸리는 놈은 처음 봐."

차가운 말과 달리 등을 두들겨주는 손은 다정했다. 말과 행동이 일치하지 않는다는 것은 바로 이런 경우를 두고 하는 말일 것이다.

그러는 동안 TV 프로그램이 끝나고 엔딩 노래가 나오고 있었다.

"그러고 보니 네 노래를 아직 듣지 못했군."

데미안은 문득 생각났다는 듯 중얼거리며 식탁 의자에 앉았다.

"노래 불러봐."

이 밤중에 갑자기 무슨 노래를 부르라는 건지 몰라 어리둥절하던 시연은 곧 자선 파티에서 그가 자신의 노래를 산 것을 상기하고 고개를 끄덕였다.

"참고로 말하지만 이 노래 2절은 몰라요. 제가 아는 건 1절뿐이에요."

"그럼 1절만 하도록 해."

평소였다면 사기 당했다는 둥, 왜 2절은 모르냐는 둥 시비를 걸었을 텐데 생각보다 데미안이 순순히 응하자 시연은 의아해하면서도 목을 풀며 노래 부를 준비를 했다.

"χρό, νοϛεποχή……."

곧이어 그녀가 입을 열자 맑고 청량한 목소리가 고요하고 나지막하게 울려 퍼졌다.

'아무리 들어도 마계의 자장가가 맞아.'

도대체 누가 이 노래를 시연의 모친에게 알려준 것일까? 궁금했지만 알아낼 방법은 없었다. 시연은 모르는 것 같았고, 실종된 그녀의 모친을 찾는 것도 불가능에 가까웠으니까.

"혹시 그 노래, 누가 네 모친에게 가르쳐줬는지 알고 있나?"

그래도 혹시 모르니 데미안은 시연에게 물어봤다.

"아니요. 몰라요. 근데 그건 왜 물어보시는 거죠?"

"아무것도 아니다."

그녀에게 이 노래가 마계의 자장가라는 걸 알려줄 필요는 없었다.

"이만 자도록 해."

데미안은 시연의 머리를 가볍게 쓰다듬어준 뒤 방으로 들어갔다.

두근, 두근―.

그런 데미안의 행동에 심장이 두근거렸다. 왜 이렇게 뛰는 건지 이해할 수가 없었다. 시연은 비이상적으로 뛰는 심장을 꼭 부여잡은 채 한참 동안 그 자리에 멍하니 서 있었다.

가짜 반려지만 반려 대접은 해주려는지 시연은 가정부 일에서 완전히 해방됐다. 비서 일은 아직 해야 했지만, 그녀의 몸이 완전히 다 낫지 않은 걸 감안해서 데미안은 하루 더 휴가를 줬다.

[죄송한데 부탁 하나만 할게요, 시연 님.]

덕분에 간만에 늦잠도 자고 편안하게 집에서 쉬고 있던 시연은 정오가 지날 무렵, 베르에게서 한 통의 연락을 받았다.

'한데 시연 님이라니.'

몇 번을 들어도 익숙해지지 않는 호칭에 시연은 어색하게 웃었다. '시연 님'이라고 부르지 않아도 된다고 몇 번이고 말했지만 데미안이 그녀를 반려로 맞이하겠다는 말을 한 순간부터 베르는 그건 절대 안 된다며 계속 이 호칭을 고집했다.

[대표님의 서재에 가시면 두 번째 책상 서랍에 갈색 봉투가 하나 있을 거예요. 그거 좀 가져다주시겠어요?]

"네, 물론이죠."

베르의 부탁을 흔쾌히 받아들인 시연은 서둘러 준비한 뒤 봉투를 챙겨 들고 집을 나섰다.

'아직 좀 덥네.'

이제 여름이 다 갔는데도 불구하고 더위는 여전했다. 반팔을 입지 않은 걸 조금 후회하며 시연은 지하철역으로 향했다.

아직 퇴근 시간이 아니니 사람들이 얼마 없을 거라고 생각했는데, 그건 잘못된 생각이었다.

'아, 미치겠다.'

어디서 행사라도 한 건지 사람들이 대거 올라탔다. 때문에 이리저리 치이게 된 시연은 최대한 이성과 맨살이 접촉하지 않게 주의했다.

"아……"

그러던 와중 돌연 한 여자가 시야에 들어왔다. 시연보다 어려 보이는 여자는 매우 곤란하다는 듯 몸을 가늘게 떨며 눈을 굴리고 있었다.

왜 저러나 싶어 빤히 보던 시연은 곧 그녀가 치한에게 당하고 있다는 것을 깨달았다. 여자는 소심한 성격인지 아무 말도 하지 못하고 우물쭈물하고 있었다.

'어떡하지.'

그냥 무시할 것인가, 아니면 도와줄 것인가. 고민하던 시연은 여자가 눈물을 보이자 참지 못하고 여자의 엉덩이를 무례하게 만지고 있는 놈의 팔목을 잡았다.

"이러시면 안 되죠, 아저씨. 변태처럼 여자의 엉덩이나 만지다니."

데미안에게 통하지 않는 능력은 남자에겐 확실히 통했다. 팔목을 잡은지 얼마 되지 않았는데 다리에 힘이 풀렸는지 남자는 풀썩 주저앉았다.

그제야 시연은 잡고 있던 손을 놨다. 더 이상 잡고 있으면 위험하기 때문이었다. 제아무리 파렴치한이라도 목숨을 빼앗을 수는 없었다.

"너, 너 뭐야! 인간 주제에 어째서……!"

시연의 손등에 문신이 없다는 걸 확인한 남자는 경악하며 소리쳤다. 이종족인 그가 고작 인간에게 당했다는 것이 믿기지 않는다는 얼굴이었다.

시연은 콧방귀를 뀌며 남자를 비웃어준 뒤 여자의 손을 잡고 지하철에서 내렸다.

목적지는 아니었지만 여기서부턴 택시를 타고 가도 되니 문제가 될 건 없었다.

"고, 고맙습니다."

여자는 살짝 떨리는 목소리로 말하며 시연에게 꾸벅 인사를 했다. 딱히 감사 인사를 받고자 한 일은 아니었기에 시연은 가볍게 손을 내저었다.

"다음부턴 이런 일이 있으면 그냥 소리 질러요, 알았죠?"

"네, 네."

"그럼 이만."

서둘러 역을 나온 시연은 곧장 택시를 타고 회사로 향했다.

"왔군."

회사 로비에서 시연을 기다리고 있던 건 베르가 아닌 데미안이었다. 데미안은 시연이 가지고 온 서류를 그 자리에서 바로 확인했다.

"제대로 가져왔군."

"그럼 이만 가볼게요."

"그냥 가는 건가?"

"네? 그럼요?"

뭔가 달리 해야 할 것이 있나 싶어 시연은 고개를 갸웃거리며 물었다. 그러자 데미안은 얄궂은 미소를 지으며 시연의 귓가에 대고 속삭였다.

"다른 사람들의 눈에 반려인 것처럼 보여야지. 그놈들은 나와 네가 불같이 사랑해서 널 반려로 맞이하는 줄 알고 있는데 이리 맹숭맹숭한 모습을 보이면 의심하지 않겠어?"

뭔가 찝찝했지만 틀린 말은 아니었다. 언제 어디서 그들이 지켜보고 있을지 모르는 일이었으니까.

"그럼 제가 뭘 하면 되죠?"

"글쎄. 뜨거운 포옹이나, 뺨에 뽀뽀 정도면 괜찮을 것 같은데."

"장난해요?"

"진심이라면?"

뱉는 말과 달리 입가에 걸린 미소에는 장난기가 가득했다.

자신을 놀리는 것이 분명한 데미안의 말과 행동에 시연이 얄밉다는 듯 눈을 흘기자, 데미안이 낮게 소리 내서 웃었다.

그런 둘의 모습은 다른 사람들의 눈에 막 연애를 시작한 풋풋한 연인처럼 보였다. 정작 당사자들은 전혀 모르는 것 같았지만 말이다.

"집에 데려다주지."

"아, 괜찮아요. 애도 아니고, 혼자 갈 수 있어요."

"애라면 그냥 끌고 갔을 거다. 그러니 군말 말고 따라와."

저리 말하는데 거절할 수는 없었다. 그리고 그러는 편이 보기 좋을 것 같기도 해서 시연은 그의 제안을 받아들였다.

그렇게 그와 함께 건물을 나서려는데 나란히 걷던 데미안이 뭔가를 보고 충격을 받은 듯 멈춰 섰다.

그의 얼굴엔 당황한 기색이 역력했다.

뭘 보고 저리 놀라는 건가 싶어 그쪽으로 고개를 돌린 시연은 로비 앞에 서 있는 한 사람을 발견하고 눈을 크게 떴다.

회사 정문에는 아까 지하철에서 구해준 여자가 서 있었다. 불안한 눈동자로 주변을 둘레둘레 살펴보던 여자는 시연과 눈이 마주치자 환하게 웃으며 그녀 쪽으로 쪼르르 달려왔다.

"저기…… 아."

곧 시연의 옆에 있는 데미안을 발견한 여자의 표정이 사뭇 굳었으나 그를 두려워하는 것처럼 보이진 않았다.

"오랜만에 뵙습니다, 데미안 님."

"……그렇군."

여자, 소피아의 인사에 데미안은 반 박자 늦게 대답했다. 그는 여전히 이 상황이 혼란스러운 듯했다.

"여긴 무슨 일이지?"

"아, 리엘 님의 전언이 있어 찾아왔습니다."

'리엘'은 가브리엘의 애칭이었다. 이름에서 너무 노골적으로 천족인 것이 드러나서 그녀는 밖에선 애칭을 사용했다.

"무슨 전언이지?"

"요람의 일인지라 이곳에서 이야기할 수는 없습니다."

'요람'은 원탁회를 비유하는 표현이었다. 데미안이 원탁회의 일원, 그것도 원탁회의 수장이라는 건 대중들에게 비밀이었기 때문에 비유적으로 표현한 것이다.

"그럼 다음에 찾아오도록 해. 지금은 시간이 없어."

"잠시면 됩니다. 1분만 시간을 내주세요. 수장님께 전언을 전하지 못하고 돌아가면 리엘 님에게 혼이 나니 제발……."

소피아가 애절한 표정으로 간곡하게 부탁하자 데미안은 더 이상 거절하지 못하고 고개를 끄덕였다.

"알았다. 차를 타고 가면서 이야기하지."

"정말입니까? 감사합니다!"

환하게 웃으며 고개를 꾸벅 숙이는 소피아를 바라보는 데미안의 눈동자에는 혼란이 가득했다. 그녀를 두려워하는 것 같기도 했다.

그러면서도 데미안은 소피아에게서 시선을 떼지 못했다. 그런 데미안을 보고 있으니 시연은 기분이 급격하게 가라앉는 것을 느꼈다. 심장이 욱신거리고 감정이 불안하게 요동쳤다.

"미안하지만 아무래도 혼자 돌아가야 할 것 같다."

뒤이은 데미안의 말에 불안하게 요동치던 감정은 점점 고조됐다. 꾹꾹 눌렀던 감정이 흘러넘치면서 시연은 저도 모르게 입을 열었다.

"지금 바람피우는 거예요?"

"뭐?"

시연의 말에 데미안은 황망하다는 듯 그녀를 바라봤다.

시연 역시 자신이 터무니없는 말을 뱉었다는 걸 알고 있었지만 이미 뱉기도 했고, 데미안도 반려 노릇을 하라고 했으니 얼굴에 철판을 깔고 뻔뻔하게 나섰다.

"아니, 그렇잖아요. 엄연히 반려가 될 저를 옆에 두고 다른 여자랑 단둘이 가겠다니. 이게 바람이 아니고 뭐예요?"

시연은 턱까지 치켜들고 거만하게 데미안을 쳐다봤다. 그런 시연을 멍하니 바라보던 데미안은 이내 가볍게 웃음을 터뜨렸다.

"그렇군. 내가 매우 무례한 짓을 할 뻔했어."

"아시니까 다행이네요."

"그럼 내 반려에게 허락을 구하도록 하지."

데미안은 정중한 신사처럼 가슴에 손을 얹고 말했다.

"난 저 여자에게 들어야 할 말이 있지만 너도 알다시피 스케줄 때문에 달리 시간을 뺄 수가 없다. 그러니 함께 차를 타고 가면서 이야기를 나눌 수 있도록 허락을 해줬으면 좋겠는데. 차에는 베르도 있으니 단둘이라는 걱정은 하지 않아도 좋아."

베르가 있다는 말에 안심이 되는 건 왜일까. 하물며 그가 저리도 정중히 나오니 더 이상 반박할 말을 찾지 못한 시연은 고개를 끄덕였다.

"그럼 집에서 보도록 하지."

시연은 데미안이 제 이마에 입을 맞추자 화들짝 놀라며 눈을 크게 떴다. 놀란 건 소피아를 비롯한 로비에 있던 다른 사람들 역시 마찬가지였다.

데미안과 시연에 관한 소문이 도는 건 순식간이었다. 멍하니 저를 바라보는 시연을 내버려둔 채 데미안은 소피아와 함께 베르가 기다리고 있을 지하 주차장으로 향했다.

"……"

지하 주차장에 거의 도착했을 무렵, 불현듯 데미안은 걸음을 멈추고 뒤를 돌아봤다. 덩달아 걸음을 멈춘 소피아는 의아하다는 듯 그를 바라봤다.

"왜 그러세요, 데미안 님?"

"……아니, 아무것도 아니다."

아무것도 아닌 것치고는 데미안의 입가에 그려진 옅은 미소가 의심스러웠다. 볼을 물들이고 있는 희미한 홍조 역시 그답지 않아 보였다.

그래서 소피아는 데미안에게서 시선을 떼지 못했지만, 그런 소피아의 시선을 전혀 느끼지 못했다는 듯 데미안은 손으로 입을 가리며 작게 중얼거렸다.

"정말 위험할 뻔했어."

뒤늦게 정신을 차린 시연은 도망치듯 회사를 나왔다. 아직도 그의 입술이 닿은 부분이 뜨거웠다.

사심이 있어서가 아닌, 단순히 주변 이목 때문에 한 짓이라는 건 알고 있었지만 그래도 자꾸만 신경이 쓰였다. 그리고 심장이 쿵쿵 뛰고 얼굴이 붉어졌다.

"정신 차리자, 차시연."

이러다 자칫 그 남자한테 마음 한 자락이라도 주면 어쩌려고.

그런 일은 절대 일어나선 안 되기에 시연은 가볍게 볼을 두드리며 정신을 차리기 위해 노력했다.

이것으로 볼일은 끝났지만 집에 돌아가긴 뭔가 아쉬웠다.

'혼자 영화라도 볼까?'

원래 혼자 잘 노는 편이라 혼자 영화를 보는 데 딱히 거부감은 없었다. 요즘 재미있는 영화가 뭐가 있을지 찾아보려는데 재희에게서 전화가 왔다.

"여보세요?"

[뭐 해? 지금 바빠?]

"아니, 그다지. 그냥 영화 보려고 했어."

[아, 그럼 잘됐다. 영화 보러 가지 말고 나한테 와라. 같이 와인이나 한 잔

마시자.]

"와인? 이 낮에? 아니, 그것보다 너 지금 카페 아니야?"

[오늘 쉰다. 망할 맞선 때문에.]

나지막하게 뱉는 한숨 속에는 짜증이 잔뜩 섞여 있었다. 재희가 뭐 때문에 그러는지 알 것 같아 시연은 어색하게 웃었다.

'또 일족이 찾아온 모양이네.'

재희가 여우 일족에 몇 안 남은 암컷 여우이다 보니 여우 일족은 어떻게든 그녀를 수컷 여우와 이어주려고 했다.

[내가 호텔 음식 사줄 테니까, 와. 비싼 와인도 준비해 뒀어.]

음식은 그다지 안 당겼지만 와인은 당겼다.

"알았어."

간만에 재희를 만나 노는 것도 나쁘지 않을 것 같아 시연은 흔쾌히 재희의 제안을 받아들였다.

소피아를 데리고 오긴 했지만 그녀와 마주하고 있는 건 괴로웠기에 어서 보내고 싶은 마음에 데미안은 단도직입적으로 물었다.

"무슨 일이지?"

"다음 주로 가브리엘 님의 임기가 만료됩니다."

모든 일족에게 공정한 기회를 주기 위해 수장을 제외한 원탁회 일원들은 10년에 한 번 교체가 되는 것이 원칙이었다. 단, 천족과 마족, 그리고 인간은 예외였다.

그들은 원한다면 임기를 갱신할 수 있었다. 천족과 마족은 원탁회의 규율로 그들을 묶어둘 필요성이 있었고, 인간은 원탁회 규율로 지켜야 하기 때문이었다.

그렇기에 천족의 대표인 가브리엘과 마족의 대표인 마몬은 30년 넘게 원탁회 일원의 자리를 차지하고 있었다. 물론 수장의 동의를 비롯해서 다른 원탁회 일원들의 동의가 있어야 가능한 일이었지만 지금껏 반대표가 나온 적은 단 한 번도 없었다.

"그래서 하고 싶은 말이 뭐지?"

이번에도 당연히 그럴 거라고 생각했는데 갑자기 이 이야기를 꺼내는 걸 보면 무슨 꿍꿍이가 있는 모양이었다. 데미안은 다리를 꼬며 등받이 깊숙이 몸을 묻었다.

"설마 원탁회에서 천족의 자리를 빼고 싶다는 건가?"

"아닙니다. 가브리엘 님이 비운 자리는 다른 대천사님께서 채우실 겁니다."

"그 말은 이미 정해졌다는 말이군. 누구지?"

"거기까진 저도 모르겠습니다."

가브리엘의 시종이긴 하나 중급 천사가 알 만한 내용은 아니었으니 모를 만도 했다. 그리고 예상되는 인물이 있었기에 굳이 집요하게 묻지 않았다.

'아마 가온, 그놈이겠지.'

가온이 가브리엘의 자리를 대신 할 대천사라면 인간계에 있는 것도 이해가 됐다.

그와 앞으로 부딪힐 생각을 하니 머리가 지끈거려 데미안은 작게 눈살을 찌푸렸다. 그녀도 마음에 들지 않았지만 가온은 더욱 마음에 들지 않았다.

"알았다. 이 일에 대해선 동의서를 써서 원탁회에 보내도록 하지."

"부탁드리겠습니다. 그리고……."

소피아는 말을 하다 말고 운전석에 앉아 있는 베르의 눈치를 살폈다. 그가 자리를 비켜줬으면 하는 눈치였다.

"베르, 잠시 나가봐."

데미안의 명에 베르는 차를 갓길에 세우고 내렸다. 그가 차에서 조금 멀어지자 소피아는 가방에서 편지를 꺼내 데미안에게 내밀었다.

"이게 뭐지?"

"가온 님이 보내는 편지입니다."

가온이 보낸 편지라니. 보고 싶지도, 받고 싶지도 않았다.

"편지를 받아주세요……."

데미안이 편지를 받지 않고 물끄러미 바라보자 소피아가 불안한 어조로 말했다. 이에 데미안이 깊은 한숨을 내쉬며 편지를 가져가자 소피아는 그제야 환하게 웃었다.

"수장님은 정말 다정하신 분이군요."

―다정하구나, 데미안은.

그런 소피아의 모습에서 과거의 잔상이 떠올랐다.

200년도 더 된 아주 오래된 기억.

아련하고 그립지만 두 번 다시는 꺼내고 싶지 않은 기억.

그래서 기억하지 않으려고 해도 한 번 떠오른 기억은 좀처럼 사라지지 않았다.

머리가 지독하게 아프고 욕지기가 차올라서 데미안은 낮게 욕설을 뱉으며 머리를 짚었다.

"괜찮으세요, 수장님?"

―괜찮아, 데미안?

저를 걱정하는 소피아의 모습조차 과거의 잔상과 겹쳐 보여서 데미안의 눈동자가 아련하게 젖어들어갔다.

"안느……."

두 번 다시는 입에 담을 일이 없다고 생각한 이름이 입에서 흘러나왔다.

뼈에 사무치는 그리움에 눈시울이 붉어졌다.

머리는 그래선 안 된다고 생각하면서도 가슴은 그녀의 잔상을 닮은 소피아를 좀 더 가까이 하고 싶어 했다.

치열하게 싸우는 두 감정 중에서 결국 승리한 건 후자였다. 머리는 이제 아프다 못해 멍했다. 아무 생각도 들지 않았다.

심연의 어둠이 자리 잡은 눈동자는 초점이 흐렸다. 데미안은 소피아에게 잡히지 않은 손을 뻗어 그녀의 뺨을 어루만졌다.

그런 데미안의 행동에 당황한 듯 긴 속눈썹을 파르르 떨던 소피아는 이내 눈을 감았다. 분위기는 더욱 야릇하게 흘러갔다.

데미안은 입을 맞출 듯 소피아를 향해 천천히 고개를 숙였다. 거리가 점차 가까워지면서 숨결이 닿을 정도로 가까워졌을 무렵…….

―지금 바람피우는 거예요?

불현듯 시연의 목소리가 들리면서 정신이 돌아온 데미안은 멈칫했다.

―엄연히 반려가 될 저를 옆에 두고 다른 여자랑 단둘이 가겠다니. 이게 바람이 아니고 뭐예요?

"하."

그제야 자신이 얼마나 어처구니없는 짓을 하려고 했는지 깨달은 데미안은 가볍게 혀를 차며 숙였던 몸을 일으켰다.

"미안하다. 내가 잠시 정신이 나갔던 모양이군."

"……아, 괘, 괜찮아요."

소피아는 얼굴을 붉히며 고개를 저었다. 그녀 역시 조금 전 그녀의 행동
이 부끄럽고 창피한 모양이었다.

"그럼 전 이만 가보겠습니다."

민망했는지 소피아는 후다닥 차에서 내렸다.

다시 차에 올라탄 베르는 허겁지겁 사라지는 소피아의 뒷모습을 의아하
다는 듯 바라봤다.

"무슨 이야기를 나누신 겁니까?"

"별일 아니다."

데미안은 무심하게 대답하며 창밖으로 시선을 돌렸다. 그러나 눈에 들어
오는 건 없었다. 다른 것이 머릿속을 가득 채우고 있었기 때문이었다.

그건 바로 소피아도, 오랜 기억의 잔상도 아닌 시연이었다.

조금 전, 당돌하게 자신의 반려라고 외치던 그녀의 모습이 머릿속을 가득
채워 사라지지 않았다.

그 덕분일까? 오래된 기억을 떠올렸는데도 기분이 좋아진 데미안은 입가
에 옅은 미소를 지었다.

"그래서 말이야. 내가……."

어지간히도 맞선 상대가 마음에 들지 않았는지 재희는 연거푸 술을 마시
며 분통을 터뜨렸다.

자랑하던 비싼 와인은 이미 바닥을 보인 지 오래였고, 그 외 술병이 몇 개
더 테이블 위를 굴러다녔다. 재희가 어떤 심정인지는 잘 알지만 슬슬 말려

야 할 것 같았다.

"이게 말이 되냐? 내가 무슨 씨받이도 아니고! 애만 낳아달라니! 진짜 하나같이 제정신이 아닌 것 같아!"

"내가 보기엔 지금 너도 제정신이 아닌 것 같은데……"

"뭐라고?"

"아니, 그놈들이 이상하다고. 자, 자, 그만 먹고 일어서자."

시연은 더 먹겠다고 난동을 피우는 재희를 억지로 데리고 자리에서 일어섰다. 얼마나 취했는지 재희는 똑바로 걷지 못했다.

"아, 나 화장실 가고 싶어."

카운터에 거의 다 왔을 무렵 재희가 중얼거렸다.

"지금 안 가면 쌀 것 같아."

친구가 아니라 원수라니까. 시연은 한숨을 푹 내쉬며 재희를 화장실로 데려갔다.

"들어가는 건 혼자 할 수 있지?"

"응."

조금 불안하긴 했지만 그녀가 볼일 보는 것까지 지켜보고 있을 생각은 없었다. 시연은 화장실 앞에서 재희가 나오길 기다렸다.

"아."

그렇게 얼마나 기다렸을까. 너무 안 나와서 들어가봐야 하나 심각하게 고민하고 있는데 누군가의 짧은 탄성과 함께 팔을 잡는 손길이 느껴졌다.

"맞군요!"

"어?"

시연의 팔을 잡은 건 소피아였다. 소피아는 눈을 반짝이며 그녀를 바라봤다. 동경이 가득한 시선이었다.

"안녕하세요."

"네, 안녕하세요. 여기서 뭐 하고 계시는 건가요, 영웅님?"

"영웅님이라니, 무슨……."

"절 구해주셨으니 영웅님이죠!"

"아, 그…… 그러니까 그렇게 부르지 마세요. 제 이름은 차시연이에요."

"그래도 전 영웅님이라고 부를래요. 그게 더 좋거든요."

말려도 말을 들을 것 같지 않아 시연은 포기해버렸다.

"친구 분이랑 여기서 점심을 드셨나 봐요."

"네."

"그럼 그 점심, 제가 살게요."

"네? 아, 아니요. 안 그래도 돼요."

"아니에요. 도움을 받아서 갚고 싶었는데 잘됐어요."

소피아는 기어코 계산서를 가져갔다. 당황한 시연이 서둘러 소피아를 쫓아가려는데 뒤에서 철푸덕, 하고 뭔가 엎어지는 소리가 들렸다. 재희였다.

"재, 재희야!"

아예 정신을 놓은 건지 재희는 바닥에 쓰러져 꼼짝도 하지 않았다. 그런 재희를 두고 소피아를 쫓아갈 수는 없어 시연은 재희에게로 달려갔다.

"어우, 진짜."

자신보다 큰 재희를 부축하는 건 보통 일이 아니었다. 결국 몇 걸음도 가지 못하고 자리에 주저앉은 시연은 염치없지만 직원에게 부탁을 해야 하나 심각하게 고민했다.

"도와드릴까요?"

그런 시연의 마음을 알아챈 건지 누군가 천사 같은 목소리로 제안했다.

"도와주시면 고맙……."

흔쾌히 제안을 받아들이려던 시연은 상대를 확인하고 말을 삼켰다.

부드럽게 흩날리는 금발과 푸른 눈동자.

"많이 힘들어 보이시는군요."

그는 바로 가온이었다. 이상할 정도로 그와 자주 마주치는 것이 영 꺼림칙한 시연은 가온을 경계했다.

"제가 도와드릴게요."

그럼에도 불구하고 가온은 서슴없이 다가와 재희를 부축했다.

"어디까지 가면 되나요?"

"……아, 택시요. 택시를 타면 되니 로비까지만 데려다주세요."

가온의 도움을 받는 건 껄끄러웠지만 달리 도와줄 사람이 보이지 않아 어쩔 수 없이 그의 도움을 받기로 했다.

"계산은 이미 완료가 됐습니다."

카운터 직원의 말에 시연은 헛웃음을 흘렸다. 소피아가 정말 계산을 한 것이다.

'나중에 데미안 씨한테 그분의 연락처를 물어봐야겠다.'

소피아와 데미안은 아는 사이인 것 같았으니까. 아무리 은혜를 갚는 것이라고 해도 이런 건 불편했다.

입구에 있는 의자에 재희를 눕힌 가온이 찌뿌듯하다는 듯 기지개를 켰다. 어플로 택시를 부른 시연은 가온을 향해 꾸벅 고개를 숙였다.

"죄송해요, 괜히 저 때문에 고생시켜서."

"아닙니다. 제가 먼저 도와주겠다고 한 일인걸요. 음, 그래도 밥 한 끼 사시겠다고 하면 거절은 하지 않겠습니다."

밥을 사라는 의미였다.

어떻게든 자신과의 연결 고리를 만들고 싶어 하는 가온의 속셈이 훤히 보여 시연은 싱긋 웃으며 대답했다.

"나중에 재희가 일어나면 재희한테 말해둘게요. 도움을 받은 건 정확히 제가 아니라 재희니까요."

"예? 아, 하하하하. 이거 한 방 먹었네요."

웃음소리가 맑게 울려 퍼졌다.

유쾌하게 웃고 있는 얼굴은 매우 아름다웠지만 그래도 여전히 그가 꺼림칙하게 느껴졌다.

"진짜 우연이네요. 이런 곳에서 만날 줄이야. 여기 묵으시는 건가요?"

"아니요. 그냥 친구 보러 왔어요."

"저랑 똑같네요. 저도 아는 사람 보러 왔어요. 정확히는 선배지만요."

가온은 묻지도 않은 사실을 주절주절 늘어놓았다.

그게 영 불편해서 시연은 적당히 웃는 걸로 대답을 대신하며 고개를 돌렸다.

"앗."

택시를 타기 위해 발을 내딛은 시연은 발에 뭐가 걸리는 바람에 그대로 고꾸라졌다.

"조심."

시연이 바닥에 부딪히기 전에 가온이 손을 뻗어 그녀의 허리를 휘감았다. 덕분에 넘어지진 않았지만 그의 품에 안기게 된 시연은 다른 의미로 당황하며 그를 바라봤다.

"미인은 조심성이 없다고 하던데, 사실인 모양이네요."

"네, 네? 그 무슨……."

"무슨 말이긴요, 시연 씨가 미인이라는 거죠. 그것도 세상에 다시없을 미인이요."

낯 뜨거운 말에 시연의 얼굴이 붉어졌다. 여전히 그의 손이 허리춤에 있기 때문이기도 했다.

맨살에 닿은 건 아니니 큰 문제는 없었지만 한시라도 빨리 그의 품을 벗어나고 싶어 시연이 바스락거리며 그를 밀어내려던 순간…….

"이게 도대체 무슨 일인지 궁금하군."

낮고 허스키한 목소리가 귀에 꽂혔다. 시연은 멍청한 얼굴로 고개만 돌려 뒤를 돌아봤다.

"내 반려가 다른 남자의 품에 안겨 있다니."

그러자 흉흉한 눈빛으로 이쪽을 바라보고 있는 데미안이 보였다.

EPISODE 07

두려워서 그런 거야

비스듬하게 올라간 입꼬리는 그의 기분이 좋지 않다는 걸 보여주었다. 이 자세로 더 있으면 안 될 것 같아 시연은 서둘러 가온의 품을 벗어났다.

품에서 벗어나기가 무섭게 성큼성큼 다가온 데미안이 시연의 팔을 잡아 당겼다. 순식간에 그의 품에 안기게 된 시연은 눈을 동그랗게 떴다.

쿵, 쿵─.

거세게 뛰면서도 뭔가 간질간질한 느낌이 심장을 두드렸다. 손끝과 발끝이 저릿저릿했지만 기분이 나쁘진 않았다. 가온에게 안겼을 때와는 사뭇 다른 느낌이었다.

"여긴 어떻게……."

"이 호텔에서 미팅이 있었거든. 내 스케줄 표를 가지고 있으면서 그것도 모르는 건가?"

분명 가지고 있긴 하나 오늘은 출근을 하지 않았으니 확인하지 못했다.

"그것보다 이게 어떻게 된 일인지 말해볼까, 시연?"

데미안이 시연의 팔을 부드럽게 매만지며 말했다.

"왜 저놈이랑 같이 있는 거지?"

"그게……."

"참으로 반려를 애지중지하시는군요, 데미안 님."

시연이 변명을 하려는데 그보다 앞서 가온이 입을 열었다. 데미안은 가온을 쳐다봤다.

"이런 데미안 님의 모습을 보게 될 거라곤 생각지도 못했는데. 200년 만에 맞이하는 반려라서 그런 건가요?"

그 말은 200년 전, 데미안이 반려를 맞이한 적이 있다는 의미였다. 시연은 깜짝 놀라며 그를 바라봤지만 데미안은 시연을 돌아보지 않았다. 그저 매우 짜증난다는 듯 눈매를 구기며 가온을 바라볼 뿐이었다.

"하고 싶은 말은 그게 다인가?"

"이런, 그럴 리가 있겠습니까. 앞으로 잘 부탁드린다는 말도 하고 싶습니다. 미우나 고우나 앞으로 10년간은 자주 볼 사이니까요."

"역시 네놈이었군."

혹시나 했는데 역시였다. 가온이 원탁회의 일원이 된다는 사실이 영 못마땅한 데미안은 입매를 비틀었다.

"손님, 택시는 어떻게 하겠습니까?"

택시를 불러놓고 타지도 않은 채 그들이 한창 이야기에 빠져 있자 직원이 조심스럽게 끼어들었다.

그제야 의자에 널브러져 있는 재희를 본 데미안은 베르를 쳐다보았다.

"저 여우를 집에 데려다주고 와."

"네, 알겠습니다."

"아, 아니에요! 제가 데려다줄게요!"

데미안과 계속 같이 있는 것도 껄끄러웠고 말자 때처럼 데미안이 재희에게 무슨 수를 쓸까 봐 덜컥 겁이 난 시연은 화들짝 놀라며 소리쳤다.

"넌 안 돼."

데미안이 단호하게 거절했다.

"넌 나랑 할 이야기가 있으니까."

그러곤 그녀의 팔을 잡은 채 성큼성큼 호텔 안으로 들어갔다. 그의 손에 꽉 잡힌 탓에 시연은 의지와 상관없이 호텔에 들어가야만 했다.

"거참."

베르는 재희를 데리고 사라졌고, 혼자가 된 가온은 머리를 긁적이며 중얼거렸다.

"생각보다 이르긴 하지만, 무대의 막을 올려야겠군."

데미안은 객실에 들어간 후에야 잡고 있던 시연의 팔을 놔주었다. 그리고 성큼성큼 안으로 들어섰다. 아직 입구 쪽에 서 있던 시연은 문을 돌아봤다.

밀면 언제든지 열리는 문이었지만 마치 굳건한 성벽을 눈앞에 둔 듯 숨이 턱 막혔다. 그와 단둘이라는 사실 때문이었다.

언제까지 그렇게 있을 수는 없어 안으로 들어서니 생수를 마시고 있는 데미안이 보였다.

"이제 가도 되지 않나요?"

그 말에 데미안이 생수병을 내리며 시연을 쳐다봤다.

"이쯤하면 충분한 것 같은데요."

"무슨 말이지?"

"그 남자한테 화낸 거, 저와 당신이 사랑하는 사이처럼 보이기 위해서 그런 거 아닌가요?"

"아니, 그건 아니야."

"아니라고요? 그럼 뭔데요?"

"그냥 네가 그놈의 품에 안겨 있는 것이 기분 나빠서 그랬는데."

그 한마디는 시연의 심장을 사정없이 두드렸다. 얼굴에 열이 올라 볼이 빨갛게 달아올랐다.

"더운 모양이군."

그걸 단순히 더워서 그러는 거라고 생각한 건지 데미안이 냉장고에서 새로운 생수병을 꺼내 시연에게 내밀었다.

그가 주는 건 뭐든 껄끄러웠지만 지금은 저 차가운 물이 간절했기 때문에 시연은 군말 없이 그가 내민 생수병을 받았다.

"그런데 아까 보니 남자 품에 잘 안겨 있던데."

극심한 갈증에 허덕이는 사막의 여행자처럼 물을 벌컥벌컥 마시는 시연을 물끄러미 바라보며 데미안이 말했다.

"남자 접촉 기피증은 고쳐진 건가?"

"캑."

그의 말에 당황한 시연은 헛기침을 하며 입에 대고 있던 물병을 뗐다. 그나마 다행인 건 물을 거의 다 마신 상태였다는 것이다. 만약 아니었다면 저 잘난 얼굴에 마시던 물을 전부 뿜어냈을 테니까.

"그, 그냥 당황해서 거부할 생각을 하지 못했던 거예요. 절대, 절대 아직 고쳐진 것이 아니에요."

"흐음, 그런 것치고 나랑은 접촉을 잘 하잖아?"

"그거야……."

당신은 나랑 같은 능력을 가지고 있기 때문이라고 말할 수 없는 시연은 말꼬리를 흐리며 고개를 돌렸다.

얼굴 옆면에 그의 시선이 집요하게 느껴져 따끔거렸다. 어서 말하라며 재촉하는 것 같았다.

"그, 그것보다 아까 그건 무슨 말이죠? 반려라니."

대화의 주제를 돌리기 위해서이기도 하고, 줄곧 궁금했던 거라 시연은 말을 꺼냈다.

"그 가온이라는 남자가 200년 만에 맞는 반려라고 했는데, 그럼 제가 두 번째인 건가요?"

아니면 세 번째일 수도 있었다. 어느 쪽이든 불쾌한 건 마찬가지였기에 미간을 찌푸리며 묻자 데미안이 눈매를 초승달처럼 휘며 그녀의 뺨을 가볍게 건드렸다. 마치 그런 시연의 행동이 귀엽다는 듯이.

"질투하는 건가?"

"지, 질투라니요! 아니에요!"

시연은 막 바다에서 올라온 생선처럼 팔딱팔딱 뛰며 소리쳤다.

"그, 그냥 궁금해서 그래요! 바, 반려를 맞이했다면 그 반려들은 전부 어디 갔는지 궁금해서 물어보는 거예요. 혹시 일부다처제인가 싶기도 하고……."

"부인을 여러 명 맞이할 수 있는 거라면 'YES'지만, 반려를 여러 명 맞이할 수 있는 거라면 'NO'다."

"무슨 말이죠?"

반려와 부인이 다른 말인가?

그의 말이 이해가 안 된 시연이 고개를 갸웃거리며 되묻자 데미안이 턱을 쓰다듬으며 말을 이었다.

"인간들의 상식에서 쉽게 설명하자면 황후와 후궁을 들 수 있겠군. 일국의 황후는 한 명밖에 둘 수 없지만 후궁은 여러 명을 들일 수 있는 것과 같은 원리다."

"반려가 황후고, 부인이 후궁이라는 의미인가요?"

"그래."

"그럼 당신도…… 부인은 여럿 있겠네요?"

베르에게 아내가 여럿 있다는 사실을 알았을 땐 전혀 신경 쓰이지 않았는데 데미안이 그럴지도 모른다고 생각하니 신경이 팍 쓰였다. 왜 신경이 쓰이는 건지는 이해가 되지 않았지만.

"아니, 없어. 여태까지 반려 말고 부인을 들인 적은 단 한 번도 없다."

"아까 들어보니 200년 만에 맞이하는 반려라고 하던데…… 그 말은 200년 동안 부인을 들이지 않았다는 건가요?"

"그래."

"왜요?"

질문에 돌아온 대답은 없었다. 그저 시릴 정도로 차가운 눈빛으로 그녀를 쳐다볼 뿐이었다.

"미안해요."

그 시선에서 묻지 말아야 할 걸 물었다는 걸 깨달은 시연은 바로 사과했다. 그러자 데미안의 눈동자에 깃든 한기가 조금 사라졌다.

"눈치가 빠르군."

"힘이 없으면 눈치라도 빨라야죠."

무겁게 가라앉은 분위기를 조금이나마 띄우고자 시연은 농담을 던졌다.

다행히도 통했는지 한기가 사라진 자리에 따뜻한 빛이 감돌았다. 데미안이 손을 뻗어 시연의 뺨을 만지려는 순간, 시연의 휴대폰이 요란스럽게 울었다. 누가 전화한 건지 확인한 시연의 얼굴이 딱딱하게 굳었다.

"잠시 전화 좀 받고 올게요."

"그냥 여기서 받아도 되는데?"

"사양할게요. 저도 사생활이라는 것이 있어서."

시연은 짤막하게 거절한 뒤 근처에 있는 방으로 들어갔다. 그 모습을 물끄러미 바라보며 데미안은 턱을 쓰다듬었다.

'흐음, 어떻게 하지.'

그녀의 표정이 딱딱하게 굳은 것이 신경 쓰였다. 그래서 전화 통화를 엿
들을 것인지 말 것인지 고민하던 데미안은 문득 주머니 안에 뭔가 있는 것
을 느끼고 그걸 꺼냈다.

주머니에 들어 있던 건 소피아가 준 가온의 편지였다. 아까 아무렇게나
주머니에 구겨 넣어놨었는데 지금까지 새카맣게 잊고 있었다.

'발신자가 없군.'

이름을 적든, 상징하는 인장을 찍든 보통 둘 중 하나는 하는 법인데 봉투
에는 두 개 다 없었다. 소피아가 가온이 보낸 거라고 말하지 않았다면 가온
이 보냈다곤 전혀 생각지도 못했을 것이다.

'애초에 그놈이 보낸 것이 맞는지도 의문이지만.'

데미안은 바로 봉투를 뜯었다.

새하얀 편지지에 적힌 건 단 한 문장.

SHOW TIME

'이게 뭐지?'

의미를 알 수 없는 글에 데미안은 작게 눈살을 찌푸렸다.

도대체 왜 이런 편지를 준 건지는 이해가 되지 않았지만 왠지 시연과 관련 있을 것 같아 데미안은 성급히 자리에서 일어나 시연이 있는 방으로 다가갔다.

달칵—.

데미안이 문고리에 손을 대기도 전에 문이 안쪽에서부터 열렸다.

시연이었다.

그녀는 문 앞에 서 있는 데미안을 보고 조금 놀란 듯 눈을 크게 떴다.

"여기서 뭐 하세요?"

"……아니, 아무것도."

시연은 달리 어디 아파 보이지도 않았고, 문제가 있어 보이지도 않았다.

'내가 헛다리를 짚은 건가?'

눈에 보이는 것이 없으니 마냥 의심할 수는 없었다.

시연이 무사하면 그걸로 만족한다고 생각하며 안심하고 돌아서려던 데미안은 문득 이상한 냄새를 맡았다.

'이건 화약 냄새?'

난데없이 화약 냄새가 나다니. 결코 범상치는 않았다. 우선 여기를 벗어나는 것이 좋을 것 같아 시연을 품에 끌어안는 순간…….

쿵—.

거센 폭음이 울리면서 온갖 파편이 튀었다. 동시에 데미안의 등 뒤로 거대한 검은 날개가 뻗어 나와 시연과 데미안을 감쌌다.

덕분에 몸에 상처 하나 입진 않았지만 여러모로 놀란 시연은 아무것도 하지 못하고 데미안의 품에 안겨 있었다.

가볍게 날갯짓을 하는 것으로 날개 위에 앉은 먼지와 돌멩이 조각을 털어낸 데미안은 시간이 지나도 아무 일이 일어나지 않자 날개를 거뒀다.

그리 큰 폭발은 아니었지만 인간인 시연이 맞았다면 치명상을 면치 못했을 것이다. 잘못 맞았으면 죽을 수도 있었다.

"이젠 이렇게 대놓고 나오는 건가……."

그렇다면 가만히 있을 이유가 없었다. 일단 가온, 그 자식부터 잡아 죽여야겠다고 생각하며 나가려는데 시연이 그의 옷깃을 잡았다.

"가, 같이 가요!"

"넌 여기 있는 것이 안전하다."

"아뇨. 안전하지 않아요! 방금처럼 이상한 일이 일어날 수도 있잖아요!"

시연은 격하게 고개를 저으며 데미안의 옷깃을 잡고 있는 손에 더욱 힘을 주었다.

"그러니까 같이 가요."

"……."

"나 지켜주겠다면서요. 근데 떼어놓고 가는 건 말이 안 되잖아요."

데미안을 바라보는 시연의 얼굴은 사뭇 진지했다. 그녀의 눈동자에는 데미안의 모습만 온전히 보였다.

그만큼 그를 믿고 있다는 의미였다. 믿지 말라고 말했는데, 이리도 저를 믿고 의지하다니.

"하."

그 사실이 너무 웃겨서 데미안은 작게 실소를 터뜨렸다. 기분이 나쁜 건 아니었다. 되레 좋았다. 누군가 저를 믿고 의지한다는 사실이 이리도 기분 좋은 일일 거라곤 단 한 번도 생각지 못했다.

"그래, 같이 가자."

"네!"

데미안이 허락하자 시연은 환하게 웃으며 고개를 끄덕였다. 그런 시연의 모습은 꽉 안아주고 싶을 정도로 너무나도 사랑스러웠다. 보고 있으면 행복해진다는 것이 어떤 느낌인지 알 수 있었다.

데미안은 어둠을 부려 가온의 위치를 추적했다. 불행인지 다행인지 가온은 아직 호텔에 있었다.

'그러고 보니 가브리엘이 묵는 호텔도 이곳이군.'

진작 알았다면 바로 집으로 갔을 거라고 생각하면서도 한편으로는 그놈을 빨리 잡을 수 있으니 나쁘지 않다고 생각하며 데미안은 시연과 함께 가온이 있는 해저 공원으로 향했다.

N 호텔의 지하 3층에 위치한 해저 공원은 VIP들만을 위한 특별한 공간이었다. 사방이 유리로 된 수족관은 진짜 바다 속에 들어간 것 같은 느낌을 주었기 때문에 인기가 특히 많았다.

N 호텔의 VIP가 아닌 데미안은 그곳에 들어갈 자격이 없었지만 그건 원탁회 일원의 카드를 보여주는 것으로 해결됐다.

"가온!"

지하 수족관이라서 그런지 데미안의 목소리가 쩌렁쩌렁하게 울렸다. 그제야 데미안과 시연을 알아챘다는 듯 가온은 약간 눈을 크게 뜨고 그들을 쳐다봤다.

"둘 다 여긴 어쩐 일이십니까."

"정말로 몰라서 묻는 건가?"

뻔뻔하게 되묻는 가온의 얼굴을 한 대 후려치고 싶은 걸 꾹 참으며 데미안은 주먹을 꽉 쥐었다.

"이렇게 속이 뻔히 보이는 짓을 하고도 네놈이 무사할 줄 알았나?"

"무슨 말씀을 하시는지 모르겠군요. 제가 뭘 했다고 그러십니까?"

정말 아무것도 모르겠다는 듯 가온이 고개를 갸웃거리며 말하자 데미안은 그에게 성큼성큼 다가가 말했다.

"시치미 떼지 마라. 방금 시연의 목숨을 노렸잖아!"

"제가요? 아니, 그것보다 제가 했다는 증거 있으십니까?"

증거는 없었다. 심증만 있을 뿐.

"그럼 이 편지를 왜 보낸 거지?"

데미안은 소피아가 준 편지를 팔랑이며 가온에게 보여주었다.

"그것도 이런 의미심장한 말을 적어서 말이야."

"정말이지, 하나같이 무슨 말인지 모르겠군요. 제가 언제 그런 편지를 보냈다고 그러시는 겁니까?"

"하, 이제 이것도 잡아떼는 건가? 네가 소피아라는 천족을 통해 편지를 보냈다는 것을 다 알고 있는데?"

"제가 소피아를 통해 편지를 보냈다고요?"

"그것도 아니라고 말하고 싶은 건가?"

데미안이 빈정거리며 묻자 가온이 픽 웃으며 데미안의 뒤쪽을 쳐다봤다. 뒤에 무언가 있나 싶어 데미안과 시연이 뒤를 돌아보자, 그곳엔 언제 왔는지 소피아가 서 있었다.

그녀는 뭔가 대단히 두려운 듯 몸을 바들바들 떨고 있었다.

"아……."

처음에는 데미안을 보고 두려워하는 건가 싶었는데 뒤늦게 그녀의 시선이 자신에게 꽂혀 있다는 것을 알게 된 시연은 고개를 갸웃거렸다.

"……어째서……."

그런 시연을 바라보는 소피아의 눈에 독기가 가득했다. 아까 봤을 때와는 사뭇 다른 모습이었다.

"어째서 죽지 않은 거죠……? 나약한 인간이면서 어째서 그 폭발에서 살아남을 수 있었던 거죠?"

그 말은 소피아가 저를 죽이려고 했다는 의미이므로 시연은 크게 당황하며 뒤로 물러났다. 데미안 역시 뭔가 일이 이상하게 흘러간다는 것을 눈치채고 소피아에게 물었다.

"지금 그게 무슨 말이지? 네가 시연을 죽이려고 한 건가?"

"나, 난…… 아아악!"

소피아는 괴성을 지르며 머리를 움켜쥐었다. 푸른색의 눈동자가 부질없이 흔들렸다. 뭔가 대단히 혼란스러운 것처럼 보였다.

"내, 내가 한 거 아니야……."

그대로 바닥에 주저앉은 소피아는 몸을 웅크리며 혼잣말하듯 말했지만 고요한 해저 공원에서는 그 어느 때보다 크게 들렸다.

"아, 아니…… 내가 한 건가? 그럼 역시 내가……."

횡설수설하며 제 머리를 쥐어뜯는 소피아의 모습은 퍽이나 가여워 보였지만 시연은 마냥 그녀를 동정할 수가 없었다. 그녀는 자신을 죽이려고 했으니까. 만약 데미안이 보호해주지 않았다면 어떻게 됐을지 생각만 해도 끔찍했다.

'근데 정말로 그녀가 범인일까?'

시연은 아닐지도 모른다고 생각했다. 그도 그럴 것이 해맑게 웃으며 자신을 영웅이라고 부르던 소피아가 이런 짓을 한다는 게 도저히 상상이 되지 않았다.

되레 뒤쪽에서 구겨진 옷깃을 다듬고 있는 가온이 더 의심스러웠다.

"어?"

가온 쪽을 돌아본 시연은 그제야 데미안의 얼굴이 보기 안쓰러울 정도로 창백하게 질려 있는 걸 발견했다.

형편없이 짓무른 입술에선 피가 흘러나왔다. 뭔가 대단히 충격을 받은 얼굴이었다. 아까 회사 로비에서도 비슷한 표정을 짓긴 했지만 그때보다 상태가 몇 배는 더 심해 보였다.

"왜 그래요?"

걱정이 된 시연은 서둘러 데미안에게로 달려갔다.

"이봐요. 이봐요!"

데미안은 초점 흐린 새카만 눈동자로 바닥만 줄곧 응시하고 있었다. 시연이 그의 어깨를 거칠게 흔들며 아무리 불러도 그는 대답이 없었다.

"안느……."

그저 영문을 알 수 없는 말만 할 뿐이었다. 안느. 누군가의 이름 같았다. 누구의 이름인지 신경이 쓰였지만 지금은 그것보다 그가 정신을 차리게 만드는 것이 우선이었다.

"데미안 씨! 데미안……!"

타박, 타박—.

데미안을 계속 흔들던 시연은 발걸음 소리가 들리자 뻣뻣하게 고개를 돌렸다.

가온이 이쪽으로 다가오고 있었다. 혹시 자신을 공격하려고 오는 건 아닌지 걱정했는데 다행스럽게도 그건 아니었다.

가온은 데미안과 시연을 무심하게 스쳐 지나가 바닥에 엎드려 울고 있는 소피아에게 다가갔다.

"무슨 일로 그러는 건가 싶었는데 소피아 때문이었군요."

"악!"

그는 대뜸 소피아의 머리채를 거칠게 움켜쥐었다.

"감히 수장의 반려를 노리다니. 이건 같은 일족으로서도 그냥 묵과하고 넘어갈 수 없는 문제군요."

"……."

"그런데 이 상황, 어디선가 많이 들어본 것 같네요. 그렇지 않으시나요, 수장님?"

가온의 말에 데미안의 몸이 크게 요동쳤다. 초점이 흐릿했던 데미안의 눈동자에는 분노가 가득 찼다.

데미안은 이를 바득 갈며 제 팔을 잡고 있는 시연의 손을 뿌리쳤다. 그 힘이 제법 세서 시연은 튕겨져 나가듯 몇 걸음 물러섰다.

"……그러고 보니 그 자식의 이름이었어."

데미안의 주변을 감싸고 있던 어둠들이 불안하게 요동쳤다.

"마르스……, 그때 그 대천사 놈의 이름이었어."

어떻게 그 이름을 잊고 있었을까. 아니. 잊고 있었던 것이 당연했다. 그날의 일은 두 번 다시 떠올리지 않도록 스스로 봉인을 했으니까.

그런데 소피아의 머리채를 잡고 있는 가온을 보니 그날의 일이 완벽하게, 너무나도 완벽하게 떠올랐다.

—데미안…….

과거 자신의 반려였던 안느의 머리채를 거칠게 휘어잡고 있던 마르스의 모습까지도.

고삐가 풀린 기억은 봇물 터지듯 머릿속을 가득 채우며 그를 괴롭혔다. 그가 괴로워하는 만큼 그의 힘은 마구 날뛰었다.

그 탓에 벽과 유리에 조금씩 금이 갔다. 그 사이로 새어 나온 물이 바닥을 축축하게 적셨다.

"자, 그럼 이제 어떻게 하셔야 할지도 아시겠군요."

그런 데미안의 모습은 매우 위압적이고 무서웠지만 전혀 상관하지 않는다는 듯 가온은 가볍게 웃으며 소피아를 데미안 쪽으로 거칠게 집어 던졌다.

소피아는 가벼운 종잇장처럼 맥없이 데미안과 가온의 사이에 쓰러졌다.

"지금 당장 그녀의 목을 베세요."

"모, 목을?"

다소 잔인한 말에 시연은 화들짝 놀라며 물었지만 돌아오는 대답은 없었다. 데미안도, 가온도 시연을 신경 쓰지 않았다. 오로지 서로만을 바라볼 뿐이었다. 그 사이에 낀 소피아는 애처롭게 울기만 했다.

"······네놈들이 무슨 생각을 하는지 알겠군."

데미안이 손을 뻗자 그 안으로 어둠이 모여들어 날카로운 한 자루의 검이 되었다.

"그날의 일을 떠올리게 만들어 나를 혼란스럽게 만들 계획이었겠지. 그럼 그때처럼 패닉에 빠진 내가 반려를 맞이하는 걸 그만둘 테니까."

하지만 그건 성공할 수 없는 계획이었다. 데미안은 애초에 시연을 반려로 들일 생각이 없었으니까.

보기 좋게 그들을 속인 건 통쾌했지만 마냥 웃을 수 없는 건 그들의 행동이 도가 지나쳤기 때문이었다.

감히 그날의 일을 걸고넘어지다니. 절대로 용서할 수가 없었다.

데미안은 검을 쥔 채 소피아 쪽으로 천천히 걸어갔다. 이번 기회에 확실하게 끊어낼 생각이었다. 자신을 우습게보고 이따위 일을 벌이는 천족들에게 본때를 보여주기 위해서라도 말이다.

'그러니까 여기서 다 끊어내는 거다.'

더 이상 과거의 망상에 사로잡히지 말자고 생각하며 데미안은 검을 더욱 세게 쥐었다. 소피아와의 거리를 두어 걸음 남기고 멈춘 데미안은 검을 옆으로 길게 뻗었다.

그 검을 높이 치켜드는 순간······.

"안 돼요!"

돌연 시연이 달려와 데미안의 등을 와락 끌어안았다.

데미안은 조금 당황하며 시연을 바라봤다. 그건 가온과 소피아 역시 마찬가지였다.

"이게 뭐 하는 짓이지?"

"죽이지 마세요."

"뭐?"

데미안은 어이없다는 듯 실소를 터뜨렸다. 분노가 가득한 그의 눈동자는 뜨거우면서도 냉소적이었다.

"지금 네가 무슨 소리를 하고 있는지 아는 건가? 저 여자는 널 죽이려고 했다. 그런데 살려두라고?"

"정말로 그렇게 생각하는 건가요? 저 여자가 나를 죽이려고 했다고?"

데미안의 눈썹이 미세하게 움직였다. 역시 데미안도 아니라고 생각하는 모양이었다.

"그러니까 죽이지 마세요."

"그럴 순 없어. 저 여자를 죽여야 모든 것이 끝나."

"끝나는 거 아니잖아요."

"뭐?"

"당신, 저 여자를 죽이면 후회할 거잖아요. 그것도 아주 깊이."

이번에도 정곡을 찔렀는지 데미안의 얼굴이 볼썽사납게 일그러졌다.

"나 때문에 누군가 죽는다면, 난 평생 이 일을 마음에 두고 살 것 같아요."

데미안의 기세는 굉장히 흉흉했지만 시연은 개의치 않고 말을 이었다.

"그러니까 죽이지 마요. 당신을 위해서가 아닌, 나를 위해서."

참으로 가소롭고 어이가 없는 말이었지만 어째서인지 화를 낼 수가 없었다. 오히려 머리끝까지 차올랐던 화가 조금씩 가라앉았고, 다른 의미로 어이가 없었다.

이윽고 화가 완전히 가라앉자 데미안은 검을 쥔 손에 힘을 풀었다. 검은 다시 어둠이 되어 사라졌다.

"전에도 말했지만 넌 정말 특이하다."

"그건 제가 하고 싶은 말인데요."

"하하."

그제야 시연은 데미안의 허리를 끌어안고 있던 손을 풀었다. 그를 막아설 땐 몰랐는데 지나고 나니 자신이 얼마나 무모한 짓을 했는지 확 와 닿아서 시연은 얼굴을 붉혔다.

데미안은 자신이 입고 있던 외투를 시연의 어깨에 걸쳐주며 가온을 쳐다 봤다.

상황이 뜻대로 흘러가지 않았기 때문인지 가온은 작게 인상을 쓰고 있었 다. 그런 가온의 모습을 보니 매우 통쾌했다.

시연의 말대로 소피아를 죽이지 않은 것이 더 나은 선택이었다. 애초에 누군가의 목숨을 담보로 이 지독한 악연을 끊어내려고 했던 자신의 어리석 음을 탓하며 데미안은 입을 열었다.

"이 여자의 신병은 우리 쪽에서 맡도록 하지."

"……죽이지 않겠다는 말씀이시군요."

"글쎄, 죽일지 안 죽일지는 좀 더 확실하게 알아보고 결정하겠다. 전과 같 은 실수를 반복하는 건 사양하고 싶거든."

가시가 듬뿍 담긴 말에 가온은 입술을 지그시 깨물었다. 퍽이나 곤란한 것처럼 보였다.

당연했다. 소피아를 데리고 가면 그녀가 사실 진범이 아니라는 것도, 그 리고 누가 진범인지도 알아낼 수 있을 테니까.

"그럼 그녀의 신병을 인도 받지."

데미안이 소피아의 신병을 구속하기 위해 어둠을 부리려는 순간…….

파앙―.

"……!"

그 순간, 어디선가 한 줄기의 빛이 날아와 소피아의 가슴을 날카롭게 꿰 뚫었다.

"컥."

소피아는 검붉은 피를 토하며 쓰러졌다. 바닥에 흥건히 고인 물 위로 피가 붉은 물감처럼 퍼져나갔다. 임무를 마친 빛은 허공에 흩어졌다.

"이봐요!"

크게 당황하며 소피아에게 달려간 시연은 옷이 젖는 것도 개의치 않고 걸치고 있던 데미안의 옷으로 황급히 소피아의 상처를 틀어막았다.

그러나 피는 좀처럼 멎지 않았다.

격하게 오르내리는 가슴과 힘없이 감긴 눈동자는 그녀의 생명이 얼마 남지 않았다는 것을 여실히 보여주었다.

"정신을 차려요!"

"……"

"이대로 정신을 잃으면 정말 죽는다고요! 그러니까 제발……!"

아무리 불러도 소피아는 눈을 뜨지 못했다. 격하게 오르내리던 가슴은 점점 잠잠해졌다.

"데미안 씨! 당장 병원에……!"

데미안에게 소피아를 데리고 병원에 가자고 말하려던 시연은 그의 시선이 자신도, 소피아도 아닌 좀 더 먼 곳을 향하고 있다는 사실에 그쪽을 돌아봤다.

"이게 무슨 일이람."

그러자 이곳으로 걸어오고 있는 한 여자가 보였다. 그 여자 역시 금발에 푸른 눈을 가지고 있었다.

눈이 휘둥그레질 정도로 굉장한 미인이었지만 지금 상황에서 그런 것이 눈에 들어올 리가 없었다. 정황상 그녀가 소피아를 죽인 것이 분명했으니까.

"오랜만에 뵙습니다, 수장."

가온의 곁까지 다가온 여자, 가브리엘은 데미안을 향해 꾸벅 인사했다.

소피아를 죽였음에도 불구하고 그녀는 전혀 아무렇지 않은 얼굴이었다.

"도대체 왜……."

그런 가브리엘의 행동에 화가 난 시연은 입을 열었다. 얼마나 화가 났으면 말도 제대로 나오지 않았다. 시연은 손톱이 살갗을 파고들 정도로 주먹을 꽉 움켜쥐며 말을 이었다.

"도대체 왜 그녀를 죽인 거죠? 그녀는 당신과 같은 일족일 텐데 도대체 왜……!"

"그렇기 때문이란다, 인간."

시리도록 차가운 벽안이 시연을 향해 꽂혔다. 데미안이 화를 낼 때처럼 살벌하지는 않았지만 그럼에도 불구하고 무섭다고 느껴지는 것은 시린 벽안에 일말의 감정도 깃들어 있지 않았기 때문이었다.

"우리 일족이 저지른 일이니, 그것도 내 시종이 저지른 일이니 내 손으로 해결하려는 거야. 괜히 일을 크게 키워 일족에게 피해를 줄 이유는 없잖아?"

"뭐라고요? 지금 그걸 말이라고……!"

"그만해, 시연."

시연이 발끈하자 데미안이 그녀의 어깨를 잡으며 고개를 저었다.

"원래 저런 놈들이다. 자기들에게 조금이라도 해가 된다 싶으면 같은 일족이라도 없애버리는 놈들이지."

"어머, 말을 너무 심하게 하시네요."

가브리엘이 긴 소매로 입을 가리며 설핏 웃었다.

"저희는 규율과 규칙을 철저히 지킬 뿐이랍니다. 죽을죄를 저질렀으니 죽이는 것뿐인데 그게 뭐가 잘못된 건지 모르겠군요."

뚫린 입이라고 말을 막 뱉어도 되는 건 아닌데 가브리엘은 그걸 모르는 듯했다. 분한 마음에 시연은 피가 흐를 정도로 입술을 세게 깨물었다.

"그렇다고 내가 이 일을 덮을 거라고 생각하진 마라."

"뭐, 그러서도 전 상관없지만 소피아는 조금 가엾네요. 죽어서도 평생 다른 놈들의 손가락질을 받을 테니까요. 마치……."

가브리엘은 가볍게 어깨를 으쓱이며 입꼬리를 부드럽게 말아 올렸다.

"그 여자, 안느처럼."

"……!"

시연의 어깨를 쥔 데미안의 손에 힘이 들어갔다. 데미안의 표정은 그보다 더 딱딱하게 굳었다.

"그럼 옷이 더 젖기 전에 가봐야겠네요."

반면 가브리엘의 얼굴에는 산뜻한 미소가 걸렸다.

"이 일에 대해선 제가 나중에 사죄의 선물을 보내드리겠습니다. 시종을 제대로 관리하지 못한 제 잘못도 있으니까요."

가브리엘은 여유롭게 웃으며 돌아섰다. 그 뒤를 따라 가온까지 떠나니 넓은 해저 공원에 남은 건 시연과 데미안, 그리고 여전히 눈을 뜨지 못하는 소피아뿐이었다.

"윽……."

충격과 공포만 남긴 가브리엘의 등장과 퇴장에 그녀의 뒤를 좇던 시연은 소피아가 낮게 신음을 뱉으며 눈을 뜨자 소피아를 쳐다봤다.

"괜찮아요? 정신이 들어요?"

"……영웅님."

같은 푸른색이지만 시리고 차가운 느낌만 주는 가온과 가브리엘의 벽안과 달리 소피아의 푸른 눈동자는 따뜻한 느낌이 들었다.

"고마……워요……."

피에 젖은 소피아의 손이 시연의 뺨에 닿았다. 시리고 차가웠다. 죽음이 소피아의 턱 끝까지 다가왔다는 것이 확 느껴졌다.

이제 목소리도 나오지 않는지 소피아는 입 모양으로 말했다. '절 믿어줘서 고마워요.'라고.

긴 속눈썹을 깜빡이며 다시 한 번 아름다운 미소를 짓던 소피아의 팔이 맥없이 떨어졌다.

파앗—.

팔이 바닥과 부딪치는 것과 동시에 소피아의 몸은 찬란한 빛이 되어 흩어졌다. 하늘에선 새하얀 빛을 닮은 깃털들이 꽃비처럼 떨어졌다.

소피아가 누워 있던 자리에 남은 건 붉은 핏자국과 엄지손톱만 한 푸른색의 보석이었다.

"죽었군."

데미안은 착잡한 어조로 말했다. 시연은 말없이 땅에 떨어진 보석을 집어 들었다.

시린 푸른색이 아닌 따스한 빛을 담고 있는 푸른색 보석은 소피아의 눈동자를 보는 것 같았다.

"……저 사람들이 당신이 예상하고 있는 적인가요?"

"그래."

"그렇군요."

시연은 보석을 쥔 손에 힘을 주며 천천히 자리에서 일어섰다. 뺨에 묻은 피 때문에 그녀가 흘리는 눈물은 마치 피눈물처럼 보였다.

"절대 지지 마요."

눈물을 쏟아내는 눈동자엔 굳은 의지가 서려 있었다.

"내가 할 수 있는 건 뭐든 다 도와줄 테니까 절대 저놈들에게 지지 말아 주세요."

시연은 좀처럼 눈물을 그치지 못했다. 그만큼 슬퍼하고 있다는 의미였다.

그 슬픔이 전염됐기 때문일까, 아니면 제 마음 역시 울적하기 때문일까.

어느 쪽인지는 확실히 알 수는 없지만 분명한 건 그녀를 위로해주고 싶다는 것이었다.

그녀만큼이나 슬픈 얼굴을 하며 데미안은 시연을 뒤에서 끌어안았다.

"그래, 약속하마."

해저 공원을 나온 가브리엘이 향한 곳은 그녀가 묵고 있는 룸이었다. 가온은 그 뒤를 말없이 따라갔다.

성큼성큼 들어간 가브리엘은 섹시하게 다리를 꼬며 담배를 물었다.

"이제 어떻게 된 일인지 설명해보실까."

가브리엘은 담배 연기를 가온 쪽으로 뱉으며 물었다. 그 담배 연기가 거슬리는 듯 미간을 찌푸리면서도 가온은 침착하게 대답했다.

"이미 다 알고 온 거 아니었습니까? 뭘 설명하라는 건지 모르겠군요."

"물론 이 사건에 대해선 거의 다 알지만 아직 내가 모르는 것이 하나 있잖아."

"모르는 것이 있다고요?"

"이 일의 주동자."

"……."

"뭐 대충 예상은 하고 있어. 이 세상에 대천사를 움직일 수 있는 자는 단 한 명뿐이니까."

가브리엘의 입매가 유쾌하게 말렸다.

가브리엘은 거의 다 피운 담배를 탁자 위에 아무렇게나 비벼 끄며 말을 이었다.

"신이지? 이번 일을 계획한 주동자는."

가온은 아무런 말도 하지 않았지만 그걸로 충분한 대답이 됐다. 가브리엘은 새로운 담배를 꺼내 물었다.

"그 아이, 대천사일 때도 과격한 건 알았지만 신이 돼서도 여전하네."

직급은 신인 마르스가 더 높았지만 나이는 가브리엘이 더 많았다. 하물며 마르스가 태어나던 순간도 지켜봤던지라 가브리엘은 종종 마르스를 '그 아이'라고 불렀다.

"그 아이의 성격상 이번 계획이 실패할 경우를 대비해서 분명 다음 계획을 세워놨을 테고…… 그래서 다음 계획이 뭐야? 그 아이의 수족인 넌 알고 있을 테지?"

"……무슨 소리를 하는지 모르겠습니다, 가브리엘. 이번 일은 소피아, 그 중급 천사 혼자서 저지른 일입니다. 신님의 이름이 왜 거론되는 건지 모르겠군요."

"끝까지 시치미를 떼겠다는 건가. 뭐, 좋아. 그렇다면 나도 생각이 있지."

가브리엘은 서랍을 열어 종이 한 장을 꺼내 가온에게 내밀었다. 가온은 말없이 가브리엘이 내민 종이를 받았다.

"……!"

종이에 적힌 내용을 읽은 가온의 눈이 커졌다. 가브리엘은 그럴 줄 알았다는 듯 웃으며 자리에서 일어섰다.

"생각할 시간이 필요하지? 아니, 정확히는 신에게 보고할 시간인가."

"……."

"일주일 뒤, 천계로 올라가기 전까지 시간을 주도록 하지. 부디 현명한 선택을 하길 바랄게, 가온."

가브리엘은 망부석이 된 듯 우두커니 서 있는 가온의 어깨를 툭툭 친 뒤 유유히 객실을 빠져나갔다. 하이 톤의 웃음소리가 긴 여운처럼 객실 가득 울려 퍼졌다.

바로 호텔을 떠나고 싶은 마음이 굴뚝같았지만 물에 빠진 생쥐 꼴을 하고 돌아다닐 수는 없었다.

하는 수 없이 다시 객실로 올라온 시연은 말끔하게 샤워를 하고 직원이 준비해 온 옷으로 갈아입었다.

그대로 욕실을 나온 시연은 문득 화장대 위에 있는 소피아의 보석을 보고 걸음을 멈췄다.

보석에 대해선 잘 모르지만 사파이어처럼 보이진 않았다. 그보다 좀 더 투명한, 그리고 보고 있으면 따뜻한 느낌이 드는 이상한 보석이었다.

'근데 안느라는 사람은 도대체 누굴까?'

시연은 보석을 매만지며 곰곰이 생각했지만 아무것도 떠올릴 수 없었다. 아니, 있을 리가 없었다. 그에 대해 알고 있는 건 거의 없었으니까.

'물어볼까. 아니야, 괜히 물어봤다가 화만 사면 어떡해.'

묻지 않는 편이 좋을 것 같지만 그러자니 마음이 답답해서 시연은 긴 한숨을 내쉬며 밖으로 나왔다.

그러자 퍽이나 피곤한 얼굴로 소파에 기대앉아 있는 데미안이 보였다. 혹시 어디 아픈 건 아닌가 싶어 걱정돼서 그에게 다가간 시연은 그의 얼굴이 비이상적으로 붉다는 것을 발견하고는 걸음을 멈췄다.

'이 모습은 그때랑 똑같아.'

그렇다면 뒤에 일어날 일이 뻔하기 때문에 시연은 숨을 삼키며 입을 틀어막았다.

"……훗."

그제야 시연이 온 걸 눈치챈 데미안은 두 손으로 입을 틀어막고 있는 시연을 발견하고 나지막한 웃음을 흘렸다.

"키스 안 할 테니, 손 좀 잡아줘."

"손……이요?"

"그래. 지금은 그 정도면 충분해."

사실 키스를 하는 편이 주기를 좀 더 빨리 해결할 수 있었지만 시연이 저리 거부하는 걸 보니 키스를 하고 싶다는 생각이 사라졌다. 그래서 데미안은 시연에게 손을 내밀었다.

'접촉을 해서 내 힘을 가져가려는 거구나.'

그걸 다른 의미로 받아들인 시연은 기꺼이 데미안의 손을 잡았다. 이렇게라도 그에게 도움이 될 수 있다면 기꺼이 그렇게 하고 싶었다.

'뜨거워.'

평소 그의 손은 차가웠지만 이럴 때만큼은 불에 덴 듯 뜨거웠다. 더불어 오묘한 기운이 공허하게 비어 있던 몸을 가득 채우는 것 같은 느낌이 들었다. 전에 그와 입을 맞췄을 때도 느꼈던 것이었다.

'왜지? 왜 힘을 빼앗기는데 차오르는 기분이 드는 걸까.'

의문이 들었지만 오래 생각할 수는 없었다. 머리가 핑글핑글 돌면서 속에서 뭔가 울컥하고 차올랐기 때문이었다.

"……컥."

결국 시연은 속에서 차오른 걸 입 밖으로 뱉었다.

검붉은 핏덩이였다. 그것도 한 번이 아닌, 연거푸 핏덩이를 토해냈다.

"너……."

그런 시연의 모습에 데미안은 퍽이나 당황해하며 자리에서 벌떡 일어섰다. 그러고는 곧바로 시연 쪽으로 손을 뻗었다.

하지만 시연이 이렇게 된 까닭이 자신 때문이라는 걸, 자신이 그녀에게 힘을 건네줬기 때문이라는 걸 자각하고 뻗은 손을 다시 거뒀다.

그뿐만 아니라 시연에게서 멀찍이 떨어졌다. 데미안이 떨어진 것이 효과가 있는지 시연은 더 이상 피를 토하지 않았다.

그건 다행이었지만 마냥 좋아할 수 없는 건 이로써 자신 때문이라는 것이 확실해졌기 때문이다. 그 사실이 너무나도 크게 다가와서 데미안은 눈을 질끈 감았다.

그사이 진정이 된 시연은 입가에 묻은 피를 손등으로 닦아냈다. 피를 토하는 건 태어나서 처음이었다. 아마도 데미안 때문일 터.

그러나 그녀는 그가 원망스럽거나 하지 않았다.

이번에 손을 잡은 건 제 의지이기도 했고, 피를 토하긴 했지만 몸이 무겁기는커녕 되레 무거운 짐을 내려놓은 듯 개운했으니까.

"세상에, 이게 무슨 꼴입니까."

뒤늦게 재희를 데려다주고 돌아온 베르는 시연이 피를 토한 걸 발견하고 당황하며 그녀에게 달려왔다.

"괜찮으십니까, 시연 님?"

"아, 네."

괜히 베르까지 걱정시킬까 봐 시연은 보란 듯이 멀쩡하게 자리에서 일어섰다. 시연이 어디 아픈 것처럼 보이진 않자 그제야 베르는 안도했다.

"여긴 제가 뒷정리할 테니 들어가서 씻고 오세요."

베르가 등을 떠민 탓에 시연은 어쩔 수 없이 화장실로 들어갔다. 베르는 수건을 가져와 바닥을 닦았다.

새하얀 수건은 금세 피로 물들었다.

쓰러지듯 다시 소파에 앉은 데미안은 지끈거리는 머리를 손으로 짚었다.

"무슨 일이 있었던 겁니까?"

걸레질을 마친 베르가 의아하다는 듯 묻자 데미안이 쓰게 웃으며 답했다.

"그 여자, 소피아가 죽었다."

"네?"

데미안의 대답에 베르는 깜짝 놀라며 눈을 깜빡였다.

조금 전만 해도 멀쩡했던 소피아가 죽었다고 하니 놀라는 건 당연했다. 하물며 소피아를 죽인 것이 데미안인 것 같아 더욱 놀랐다.

"어, 저기…… 괜찮으십니까?"

차마 소피아를 죽였느냐고 직접적으로 묻지는 못하고 베르는 말을 돌려 물었다.

베르가 묻는 바를 알아듣지 못한 건지, 아니면 대답하기 싫은 건지 데미안은 말이 없었다. 그저 피곤하다는 듯 눈을 지그시 감고 손으로 눈덩이를 눌렀다.

머릿속에선 시연이 피를 토하는 장면만이 끊임없이 반복됐다. 생각하고 싶지 않아도 계속 생각이 났다.

'한계가 온 건가.'

하긴 몇 번이고 주기를 해결했으니 한계가 온 것도 무리는 아니었다. 되레 반려도 아니면서 지금까지 버틴 것이 더 용했다.

조금 더 그녀를 제물로 삼아 주기를 해결한다면 시연은 결국 이전의 제물들처럼 죽게 될 것이다.

'비서를 새로 구해야겠군.'

더 이상 시연에게 주기를 해결하는 건 무리고, 그렇다고 그녀를 진짜 반려로 들일 생각은 없었다. 그렇다고 시연을 놓아줄 생각 역시 없었다.

"비서를 새로 구했으면 좋겠는데."

데미안에게 인간 비서가 필요한 이유는 단 하나, 주기를 해결할 제물이 필요하기 때문이었다. 즉, 반려가 있다면 비서는 더 이상 필요하지 않다는 의미였다.

한데 이력서를 보겠다는 건 비서를 새로 뽑겠다는 의미이기도 하고, 그렇다는 건 시연을 반려로 들이지 않는다는 의미이기도 하니 베르는 적잖이 당황하며 물었다.

"버리시는 겁니까."

끼익—.

때마침 다 씻고 밖으로 나온 시연은 작게 열린 문틈으로 들려오는 베르의 말에 다시 문을 닫고 화장실로 들어갔다.

그들 사이의 분위기가 심각해 보여서 감히 끼어들 수 없는 탓이었다.

"아니."

그녀는 문에 귀를 딱 붙이고 그들의 대화를 엿들었다.

워낙 방음이 잘 되어 있어서 잘 들리진 않았지만 귀를 기울이면 그래도 어느 정도는 들렸다.

"더 이상 필요가 없으니까."

특히 데미안의 말은 너무나도 잘 들렸다. 차가운 그의 말에 그녀의 손에 저절로 힘이 들어갔다.

무거운 돌덩이가 심장을 누른 듯 가슴이 답답해졌다.

"그러니 정리하는 것이 맞겠지."

정리하겠다는 말이 그녀를 말하는 건지, 아니면 가온 그 일당을 말하는 건지는 모르겠지만 전자의 내용을 봤을 때 그녀인 듯했다.

'하지만 왜? 아직 그놈들을 처리하지 못했잖아.'

조금 전에 반드시 이기자고 같이 의기투합해놓고 손바닥 뒤집듯 마음을 바꾸는 까닭을 알 수 없었다.

'혹시 내가 귀찮아진 건가?'

그럴 가능성이 다분히 높아서 시연은 마음이 착잡해졌다. 숨을 쉴 수 없을 정도로 심장이 아파서 그녀는 가슴을 꽉 움켜쥐었다.

"……두려워서 그런 거야.'

그대로 바닥에 주저앉은 시연은 입술을 지그시 깨물고 작게 중얼거렸다.

"그가 날 죽일까 봐 두려워서 그런 거야……."

그래, 그렇게 생각해야 했다.

그것이 아니라면 이 감정이 뜻하는 바가 단 하나밖에 없기에, 그건 도저히 인정할 수 없기에 시연은 그런 거라고 스스로에게 최면을 걸었다.

EPISODE 08
싫은데요?

　'더 뉴'에서 히트 친 의약품들은 많았지만 이번만큼 세기의 관심을 모으는 의약품은 없었다.

　불치병이라고 불리는 당뇨 치료제를 개발한다고 하니 세간의 이목이 '더 뉴'에 더 쏠릴 수 밖에 없었다.

　"이번 임상 실험은 매우 성공적이며……."

　이목이 집중된 만큼 연구원들은 치료제 개발에 몰두했지만, 그들이 힘을 쏟아부을 수밖에 없는 요인은 하나 더 있었다.

　"이건 성공이라고 볼 수 없지."

　바로 데미안이었다. 10년 전, 부도 직전까지 다다른 '더 뉴'를 일으켜 세운 장본인이자 총괄 책임자인 그가 채찍질하니 저절로 전력을 쏟게 되었다.

　"성공 확률이 95%밖에 되지 않잖아?"

　서릿발이라도 선 듯한 차가운 목소리에 회의실에는 차가운 한기가 감돌았다.

데미안의 기분이 평소보다 좋지 않은 것 같아 모두들 쉬이 입을 열지 못하고 눈치를 살폈다. 요즘 데미안의 기분이 좋지 않다는 걸 소문으로 들었기 때문에 더욱 눈치가 보였다.

그중 가장 가시방석인 건 발표를 담당한 직원이었다. 찌를 듯한 데미안의 시선에 직원의 얼굴은 새하얗게 변했다.

"어, 그러니까…… 혀, 현재 시중에 판매되는 대부분의 약품들에는 부작용이 있습니다. 복용하는 자의 체질과 몸 상태, 기타 여러 요인에 따라 부작용이 있는 건 당연한 일이니……."

"그래도 5%는 크지. 100명 중 5명에게 문제가 있다는 의미니까."

말대답하지 말라는 듯 데미안은 냉정하게 대꾸하며 들고 있던 서류를 테이블 위에 내려놓았다.

"99.5%로 줄여."

"허, 허나 그건 거의 무리에 가까운……."

"쉬잇."

한 직원이 눈치 없이 대꾸하려고 하자 다른 직원이 황급히 그의 입을 막았다. 데미안은 그런 그들에게 시선을 한 번 준 뒤 자리에서 일어나 곧장 회의실을 나갔다.

"하우."

"죽겠다."

그걸로 회의는 끝이었다. 그제야 숨통이 트인 직원들은 직급을 막론하고 하나같이 안도의 한숨을 내쉬었다.

"요즘 대표님, 왜 저렇게 기분이 안 좋으시지? 무슨 일이 있는 건가?"

"그게, 연인 때문이라는 소문이 있던데?"

"연인이라면 대표님 비서? 이름이 차시연이었던가."

이미 대부분의 직원들은 시연이 데미안의 연인이라는 사실을 알고 있었다. 회사 로비에서 그런 일이 있었는데 모르는 것이 더 이상했다.

"얼마 전만 해도 두 사람, 사이좋지 않았어? 로비에서 꽁냥꽁냥했다며?"

"원래 연인 사이라는 것이 좋다가도 금방 나빠지고 하는 거잖아. 어후, 다른 건 모르겠고 빨리 화해했으면 좋겠다. 이게 무슨 꼴이야. 괜히 우리만 피해 보잖아."

"그러게 말이야."

직원들끼리 이렇게 단합이 잘된 건 월급 인상을 위해 모였을 때를 제외하고 처음인 듯했다.

남녀노소 할 것 없이 직원들은 한마음 한뜻으로 시연과 데미안이 빨리 화해하길 바랐다.

직원들의 바람과 달리 시연과 데미안의 사이는 좀처럼 회복되지 않았다. 오히려 시간이 갈수록 냉랭해졌다.

꼭 필요한 말 외에는 주고받지 않았고, 그조차도 베르의 입을 빌려서 말해, 중간에 낀 베르의 입장만 난처해졌다.

처음부터 그들 사이가 이리 냉랭했던 건 아니었다. 시연은 어떻게든 데미안과의 관계를 회복하려고 노력했지만 데미안이 계속 거리를 두려고 한 탓에 결국 포기했고, 그 관계가 이렇게 된 것이었다.

"어머, 시연 씨?"

베르의 심부름을 다녀오던 시연은 자신을 부르는 소리에 뒤를 돌아봤다.

"아, 혜서 씨."

그녀와 만나는 건 참으로 오랜만이었다. 시연이 며칠 동안 회사를 나오지 않았기 때문이기도 하지만 혜서가 며칠 동안 출장을 다녀왔기 때문이기도 했다.

"출장 잘 다녀왔어요?"

"말도 말아요. 힘들어 죽는 줄 알았어. 거기다 해야 할 일은 어찌나 많은지, 귀국하자마자 바로 회사로 온 거예요."

정말 피곤하다는 듯 혜서는 가볍게 한숨을 내쉬었다.

"근데, 시연 씨. 신부 수업 받느라 그만둔 거 아니었어요?"

"시, 신부 수업이요?"

이건 또 무슨 소리인가. 뜬금없는 말에 시연이 눈을 동그랗게 뜨며 되묻자 혜서가 "아, 아닌가?" 하고 머리를 긁적였다.

"아니, 얼마 전에 대표님이랑 시연 씨랑 회사 로비에서 찐한 로맨스를 나눴다고 하던데?"

"누, 누가 그런 소리를……!"

"누구긴 누구야. 직원들이지."

어쩐지 회사에 들어올 때부터 직원들의 얄궂은 시선이 달라붙는다 했더니 그 소문 때문이었던 모양이다.

조금 과장되긴 했지만 소문의 대부분이 사실이라는 것과, 그 소문의 주인공이 자신이라는 사실이 부끄럽고 창피해서 시연은 볼을 붉히며 고개를 숙였다.

"아, 맞아. 혜서 씨, 저 궁금한 게 하나 있는데 물어봐도 괜찮을까요?"

혜서를 보니 잊고 있었던 것이 떠올라 시연은 운을 띄웠다. 혜서는 흔쾌히 고개를 끄덕였다.

"전에 이한나 씨가 새봄 정신 병원에 입원해 있다고 말씀하셨잖아요. 근데 전화해보니 없다고 하던데요."

"제가 그런 말을 했다고요? 언제요?"

"네?"

"전 그런 이야기 처음 듣는데요? 한나가 정신 병원에 입원했다고요?"

예상치 못한 대답에 당황한 시연은 눈을 크게 깜빡이며 혜서를 쳐다봤다. 정말 놀랐다는 듯 시연을 바라보는 혜서의 얼굴에서 거짓은 찾아볼 수 없었다. 그녀는 정말 한나가 병원에 입원한 사실을 모르고 있는 듯했다.

'뭐지, 도대체?'

이한나가 새봄 정신 병원에 입원했다고 말해준 건 분명 혜서였다. 한데 그 사실을 혜서가 전혀 기억 못하니 의아했다. 누군가 혜서의 머릿속에서 이 사실만 쏙 지운 것처럼.

'아, 설마 베르 씨가 손을 쓴 건가?'

가능성은 충분히 있었다. 새봄 정신 병원 간호사들도 이 일을 기억하지 못했으니 그들의 기억 역시 베르가 지웠을 것이다.

그럼 이 일은 여기서 묻는 것이 좋을 것이다. 괜히 깊게 파고들었다가 데미안의 눈 밖에 나서 좋을 건 없었다.

"아무래도 제가 다른 사람이랑 착각했나 봐요."

"그래요? 하긴 한나가 정신 병원에 입원했을 리가 없죠. 한나는 지금 미국에 가 있는걸요."

"미국이요?"

"네. 몸이 안 좋은 이유도 있지만 그것 때문에 비서 일을 그만뒀으니까요."

아무래도 정신 병원이 아닌 미국에 간 걸로 기억이 조작된 모양이었다.

더 이상 말을 꺼내봤자 좋을 것이 없다고 판단한 시연은 작게 고개를 끄덕이며 "그렇군요." 하고 대답했다.

"벌써 시간이 이렇게 됐네. 난 이만 가볼게요. 조금 이따 점심시간에 봐요, 시연 씨."

"네."

혜서와 헤어진 시연은 곧장 대표실로 향했다.

가는 내내 직원들의 집요한 시선이 달라붙었다. 혜서와 만나기 전에는 그런 그들의 시선이 의아했었는데 지금은 마냥 부끄럽고 창피해서 시연은 도망치듯 빠른 걸음으로 걸었다.

쾅―.

업무를 보고 있던 시연은 대표실 문이 갑작스레 벌컥 열리자 당황하며 그쪽을 바라봤다. 그러자 무언가 강한 힘에 떠밀린 듯 밖으로 내동댕이쳐진 중년 남자가 보였다.

바닥에 부딪힐 때 제법 큰 소리가 났지만 전혀 아프지 않은지 남자는 바로 자리에서 일어섰다. 그러곤 어느새 닫힌 문을 쾅쾅, 두드리며 소리쳤다.

"죄, 죄송합니다. 수장님! 다시 한 번만 기회를……!"

"이러시면 안 됩니다."

베르는 단호하게 말하며 남자의 팔을 잡아끌었다.

"지금 이러는 게 수장님의 화를 더 돋운다는 사실을 설마 모르시진 않겠지요?"

"하, 하지만 베르 경……."

"자자, 일단 진정하시고 다음에 또 찾아오세요. 오늘은 수장님의 기분이 그다지 좋지 못하거든요."

그제야 수긍한 건지 남자는 비척비척, 자리에서 일어섰다. 축 늘어진 토끼 귀가 안쓰러워 보였다.

그 모습이 마치 자신의 미래를 보는 듯 동질감이 들어 시연은 남자에게서 눈을 떼지 못했다.

"신경 쓰지 마세요."

어두운 표정의 시연의 눈앞에 불쑥 커피가 등장하자 그녀는 고개를 들었다. 베르였다.

"저자는 저런 일을 당해도 마땅한 일을 했으니까요. 뭐, 데미안 님이 요근래 잠을 제대로 못 주무셔서 좀 더 신경이 날카로워진 탓도 있지만요."

"잠을 제대로 못 주무셨다고요? 언제부터요?"

"음, 그 여자, 소피아가 죽은 이후부터인 것 같네요."

그럼 벌써 5일째 잠을 제대로 자지 못했다는 의미였다.

"괜찮은 건가요? 그렇게 오래 잠을 제대로 못 자도?"

"뭐, 인간이나 다른 종족처럼 큰 문제가 있는 건 아니겠지만 그래도 신경은 많이 날카로워지죠. 그래서 저렇게 행동하는 것이니 걱정하지 마세요."

"네, 알겠어요."

그런다고 걱정하지 않을 건 아니지만 베르까지 걱정시키고 싶지 않아 시연은 아무렇지 않은 척 태연하게 웃었다.

"그럼 전 이만."

베르는 결재용 서류를 들고 대표실 안으로 들어갔다. 데미안은 의자에 앉아 창밖을 바라보고 있었다. 얼굴에는 피곤함이 듬뿍 묻어났다.

"괜찮으십니까?"

"……그럭저럭."

하나도 안 괜찮다는 말이었다. 베르는 깊은 한숨을 내쉬며 그에게 다시 물었다.

"어제 얼마나 주무신 겁니까? 한 시간은 주무셨습니까?"

돌아오는 대답이 없는 걸 보니 그조차도 자지 못한 모양이었다.

"수면제라도 드시겠습니까?"

"아니, 괜찮다."

잠을 못 자는 것이 아니라 잠이 드는 것이 무서워 안 자는 것이었으니 수면제를 먹어도 소용없었다. 아마 이 현상은 정신이 피폐해져 의지로도 잠을 이길 수 없을 때까지 계속될 것이다.

"정말 괜찮으십니까?"

"그래. 그것보다 마몬 쪽은 어떻게 됐지?"

"아, 연락을 해봤습니다만……."

이야기의 주제는 곧 일 쪽으로 넘어갔다. 잠을 못 잔 탓에 정신이 흐릿했지만 데미안은 애써 정신을 붙잡고 베르의 보고를 경청했다.

"서류를 보시면 알겠지만……."

그러나 서류를 보는 것까진 무리였다. 뭐라고 적혀 있는지 하나도 눈에 들어오지 않았다. 그뿐만 아니라 조금씩 눈앞이 흐려졌다.

그 와중에도 아이러니한 것은 종이 위에 누군가의 형상이 보인다는 것이었다. 흐릿해서 누구인지는 눈에 잘 들어오지 않았지만 얼핏 봤을 때 여자인 것 같았다.

'안느인 걸까?'

똑똑, 달칵―.

"저기, 점심은 어떻게 하시겠어요?"

점심시간이 지났음에도 불구하고 그들의 이야기가 끝날 것 같지 않자 시연이 조심스럽게 문을 열고 들어와 물었다.

그제야 점심시간이라는 걸 알아챈 베르가 작게 탄성을 뱉으며 데미안을 돌아봤다.

"데미안 님?"

그런데 데미안의 상태가 이상했다. 시연을 바라보고 있는 검은 눈동자가 불안하게 흔들렸다.

단순히 잠을 못 자서 그런 것 같지는 않아 베르가 다시 한 번 그를 부르려는 순간…….

"……너……였네……."

영문을 알 수 없는 말을 남긴 채 데미안의 몸이 맥없이 무너져 내렸다.

데미안이 쓰러진 이유는 수면 부족 때문이었다. 5일 동안 제대로 자지 못했으니 쓰러진 것도 무리는 아니었다.

베르의 호들갑에 달려온 이종족 전문 의사가 푹 자고 나면 괜찮아질 거라고 말했다. 그제야 안심한 베르는 그보다 큰 데미안을 가뿐하게 들고 집으로 옮겼다.

"전 뒤에 남은 스케줄을 처리해야 합니다."

데미안을 침대에 눕힌 베르는 숨 돌릴 틈도 없이 나갈 준비를 했다.

"시연 님은 남아서 데미안 님을 보살펴주세요."

깊이 잠든 그를 따로 보살펴줄 필요가 있을까 싶었지만 잘 모를 땐 시키는 대로 하는 것이 가장 좋았기에 시연은 순순히 고개를 끄덕였다.

솔직히 데미안이 걱정되기 때문이기도 했다.

'잠시만, 내가 왜 저 남자를 걱정해?'

더 이상 필요 없다며 자신을 버리려고 한 남자였다. 하물며 언제 제 목숨을 노릴지 모르는 악마이기도 했다.

그러니 걱정할 필요가 없다고 생각하면서도 자꾸만 그가 괜찮을지 걱정이 돼서 마음이 뒤숭숭했다.

베르가 나간 뒤, 시연은 데미안이 누워 있는 침실을 바라봤다.

'이제 뭘 하면 좋지.'

청소라도 할까 싶었지만 시끄러운 소리에 그가 깰까 봐 걱정되기도 했고 어디 한 곳 손댈 곳 없이 완벽하게 청소가 되어 있어서 할 필요도 없었다.

"아."

뭘 하면 좋을지 곰곰이 생각하던 시연은 문득 머릿속을 스치는 생각에 박수를 쳤다.

"전복죽 만들어야겠다."

잠을 제대로 자지 못한 상태에서 여러 가지 일을 처리하느라 피곤할 그를 위한 특별 영양식이었다. 이런 걸 해주고 싶은 생각이 없을 만큼 데미안이 밉긴 했지만 그가 자칫 잘못되기라도 하면 당장 제 목숨이 위태로웠으니 어쩔 수 없었다.

전복죽을 만들기 위해서 냉장고에 없는 재료가 뭐가 있는지 확인한 시연은 장을 보러 가기 위해 서둘러 집을 나섰다.

"와아아아!"

"죽여라!"

귀를 찌르는 시끄러운 함성이 들렸다. 그 소리에 눈을 뜬 데미안은 자신이 사무실도, 제 집도 아닌 커다란 콜로세움의 한편에 서 있다는 사실에 놀라며 주변을 둘러봤다.

그러자 콜로세움의 관중석을 가득 메운 마계의 사람들이 보였다. 그들은 하나같이 누군가를 죽이라고 아우성치고 있었다. 어디선가 본 적이 있는 장면이었지만 기억이 잘 나지 않았다.

곰곰이 기억을 되새기며 주변을 둘러보던 데미안은 누군가 제 어깨에 손을 올리자 뒤를 돌아봤다.

"데미안."

그곳엔 슬픈 얼굴로 자신을 내려다보고 있는 여자가 있었다. 보라색 눈동자에는 눈물이 가득 고여 있었다.

"이 불쌍한 것을 어찌하면 좋을까……!"

여자는 왈칵 눈물을 쏟아내며 데미안을 꼭 끌어안았다. 그 행동도 행동이지만 데미안은 자신이 가냘픈 여자의 품에 쏙 들어간다는 사실에 놀라며 눈을 크게 떴다.

그제야 데미안은 자신이 작아졌음을 깨달았다.

'꿈인 건가?'

그것이 아니고서야 자신의 몸이 이리 작아졌을 리가 없었다. 데미안은 제 볼을 꼬집어도 아무 고통이 느껴지지 않는다는 것을 확인하고 꿈이라는 걸 확신했다.

'그러고 보니 여긴…… 그곳이잖아.'

모든 것이 끝나고 시작한 장소이자 자신이 군주가 된 날 가장 먼저 없애 버리라고 한 곳.

"안느가…… 처형당한 곳이야."

검은색이 아닌 보라색으로 빛나는 눈동자가 작게 흔들렸다. 뒤에서 수레 끄는 소리가 들리자 어린아이가 된 데미안은 황급히 여자의 품에서 나와 뒤를 돌아봤다.

"아, 아……!"

그러자 수레에 사지가 묶여 이곳으로 끌려오고 있는 안느가 보였다.

늘 찬란하고 아름답던 금색의 머리칼은 제멋대로 엉켜 있었다. 깨끗했던 피부에는 오물이 잔뜩 묻어 있었고, 입고 있는 옷 역시 더러웠다.

수레가 콜로세움의 정중앙에 있는 단두대 앞에 도착하자 간수들은 안느를 단두대 쪽으로 이끌었다.

"안느, 안느……!"

꿈이라는 걸 알면서도 안느가 죽는 걸 보고 싶지 않아 데미안은 안느 쪽으로 손을 뻗었다.

"안 된다, 데미안!"

그러자 여자가 황급히 그의 팔을 잡았다.

데미안은 포기하지 않았다. 그 뒤에 어떤 일이 일어날지 알기 때문에 더욱 포기할 수가 없었다.

"놔요! 안느가, 안느가……!"

"저 아이는 너를 죽이려고 한 극악무도한 천족이다! 그러니까 그만 잊어버려!"

"그건 안느의 잘못이 아닙니다! 안느는 누군가한테 조종당하고 있었던 거라고요!"

"설령 네 말이 사실이라도 달라질 건 없다."

낮고 힘 있는 목소리. 발버둥 치던 데미안을 멈추게 하는 건 물론 주변에 기립하고 있던 자들 모두 고개를 숙이게 만드는 존재.

"저 천족은 죄를 저질렀다. 그건 변하지 않아."

데미안은 어느덧 제 뒤에 다가와 서 있는 남자를 올려다봤다.

빛 한 줌 통과할 것 같지 않은 새카만 눈동자와 새카만 머리카락. 그 뒤로 보이는 새카만 날개.

"……군주님."

그의 이름은 루칸 딘 루시퍼.

마계의 제 4대 군주이자 데미안의 부친이었다.

"원한다면 마지막 인사는 할 수 있게 해주마, 데미안."

루칸은 오만하기 그지없는 얼굴로 데미안을 내려다보며 말했다.

"시간은 그리 길게 못 주겠지만."

"……두려운 거야, 당신은."

데미안은 독기 서린 얼굴로 루칸을 올려다보며 말했다.

"내가 이 힘을 완벽하게 컨트롤할 수 있게 되면, 당신의 자리를 빼앗기 위해 승계 과정에 도전할 테니 그게 두려워서 어떻게든 안느를 없애려고 하는 거야."

"어떻게 생각하든 네 마음이지만 이것 하나만은 알아줬으면 좋겠구나, 데미안."

루칸의 입가에 한껏 비웃음이 걸렸다. 데미안의 독기에도 루칸은 전혀 흔들리지 않고 오만한 목소리로 말했다.

"지금 마계의 군주는 나다. 내 마음에 들지 않는다면 네 목숨 역시 거둘 수 있다는 걸 잊지 말도록 해."

농담이라곤 조금도 섞여 있지 않은 담백한 말에 데미안은 입술을 깨물 수밖에 없었다.

이제 막 태어난 지 100년밖에 되지 않은 그는 500년 넘게 산 루칸에 비해 약했다. 그에게 덤벼서 이길 수 없다는 건 본능적으로 잘 알고 있었다.

"저 여자와 나눌 마지막 말은 없는 모양이군."

데미안은 대답하지 않았지만 제멋대로 확정 지은 루칸이 손을 들었다.

"그럼 시작해라."

"……아, 안 돼!"

사형 시작을 알리는 손짓과 말에 데미안은 여전히 제 팔을 잡고 있는 여자의 손을 뿌리치고 안느에게 달려가려고 했다. 그러나 한 발짝도 움직일 수가 없었다. 루칸이 힘으로 그를 누른 탓이었다.

그사이 안느는 간수들의 손에 이끌려 단두대로 올라갔다. 날카롭고 거대한 날은 그녀의 목을 정확하게 겨냥하고 있었다.

"안느, 안느!"

데미안은 목에 핏대가 설 정도로 안느의 이름을 불렀지만 그의 목소리는 어서 안느를 처형하라는 관중들의 목소리에 묻혔다.

"안느……!"

그럼에도 불구하고 데미안의 목소리를 들은 건지 줄곧 눈을 감고 있던 안느가 눈을 떴다.

수많은 사람들 속에서 정확하게 데미안을 찾은 안느는 옅게 웃으며 입모양으로 말했다. '미안해. 그리고 사랑해, 데미안.'이라고.

서걱—.

그 말이 끝나기 무섭게 단두대의 날카로운 칼날이 안느의 목 위로 떨어졌다. 몸뚱이를 잃은 목은 맥없이 바닥에 굴렀다.

동시에 데미안의 몸은 망부석처럼 굳었다. 눈물조차 멎었다.

"와아아아!"

"비둘기가 죽었다!"

절망하는 데미안과 달리 관중들은 안느의 죽음에 환호했다. 안느가 처형되자 루칸은 미련 없이 돌아섰다.

그 뒤를 데미안을 위로하던 여자를 비롯한 수많은 마족들이 따라갔다. 관중들 역시 자리를 떴다.

썰물 빠져나가듯 순식간에 모두가 사라진 자리에 홀로 남은 데미안은 비척대며 단두대 쪽으로 걸어갔다.

멈췄던 눈물이 다시 뺨을 타고 흘러내렸다. 보라색의 눈동자에 보이는 건 절망뿐이었다.

"안느……."

안느의 몸뚱이와 목은 고운 빛이 되어 사라졌고, 그 자리에 남은 건 푸른 보석뿐이었다.

깨끗하고 맑아야 할 보석에는 탁한 검은색이 섞여 있었다. 마족인 데미안을 반려로 맞이했기 때문이었다.

데미안은 보석을 줍기 위해 손을 뻗었다.

파삭―.

"……!"

데미안의 손이 닿는 순간 보석은 무참하게 부서지면서 차가운 어둠이 그를 덮쳤다. 주변 풍경은 신기루처럼 사라졌다.

마족에게 어둠은 집과 같은 존재였다.

두려워 할 이유가 조금도 없었다.

그럼에도 불구하고 데미안은 저를 둘러싼 어둠이 두렵고 무서워서 벗어나기 위해 발버둥을 쳤다.

그러나 벗어날 수가 없었다.

되레 벗어나려고 하면 할수록 어둠은 더욱 그를 옭아맸다.

―왜 날 지켜주지 않은 거야, 데미안.

그를 더 괴롭게 만든 건 어둠 속에서 들리는 목소리였다.

―내가 원해서 한 일이 아니라는 거, 넌 알고 있었잖아…….

"안느……."

―그런데 어째서, 어째서 날 죽게 내버려둔 거야!

처절하게 울려 퍼지는 안느의 목소리는 날카로운 비수가 되어 데미안의 심장에 박혔다. 그 사이로 붉은 선혈이 뚝뚝 떨어졌다.

실제로 안느는 그를 원망하지 않았지만 그녀를 지켜주지 못했다는 죄책감에 데미안은 안느가 그렇게 죽은 뒤부터 계속 그녀가 자신을 원망하는 꿈을 꾸었다.

그 후 데미안은 잠을 제대로 자지 못한 건 물론 일상생활이 불가능할 정도로 망가졌다.

그래서 스스로의 기억을 봉인했는데 소피아의 등장으로 모든 봉인이 다 풀려버린 것이다.

―날 이렇게 만들었으면서 왜 너 혼자 행복해지려고 해?

"……으……."

―절대, 절대 그렇게 두지 않아. 내가 불행한 만큼, 내가 아팠던 만큼 너도 아파해야 돼.

"……안……느……."

뼈에 사무칠 정도로 강렬한 고통이 느껴졌다. 어둠은 더욱 강하게 그의 목을 졸랐다. 마치 안느가 목을 조르는 것 같았다. 때문에 저항할 의지조차 잃어버린 데미안은 눈물을 쏟아냈다.

"안느……."

새카만 어둠 사이로 어릿하게 그녀의 모습이 보이는 것 같자 데미안은 그녀를 잡기 위해 잘 움직이지 않는 팔을 앞으로 뻗었다. 하지만 환상이었는지 안느는 잡히지 않고 연기처럼 사라졌다.

"구해주지 못해서…… 미안해……."

그 모습에서 또 한 번 안느를 죽인 것 같은 죄책감이 무겁게 마음을 짓눌러 데미안은 두서없이 말을 늘어놨다.

"정말 미안……."

"음, 너무 많이 샀나?"

마침 마트에서 생닭이 세일하길래 삼계탕을 하면 좋을 것 같아 삼계탕 재료까지 샀더니 장바구니가 터질 것 같았다.

낑낑거리며 간신히 짐을 옮긴 시연은 이마에 흐르는 식은땀부터 닦았다.

"……으……."

전복죽을 만들기 위해 일단 쌀부터 불려놓으려던 시연은 어디선가 신음이 들리자 당황하며 그쪽을 돌아봤다.

"……안……느……."

'이 목소리는…… 데미안 씨?'

설마 무슨 문제가 생긴 건가 싶어 시연은 서둘러 데미안이 있는 침실로 향했다.

데미안은 식은땀을 뚝뚝 흘리며 괴로워하고 있었다. 호흡 역시 거칠었다. 열이 있는 건가 싶어 이마를 짚어봤지만 열은커녕 얼음을 올려놓은 듯 차가웠다.

"악몽이라도 꾸는 건가……."

근데 악마도 악몽을 꾸나. 다른 종족에겐 그들이 악몽, 그 자체일 텐데. 그리고 보면 악마도 다른 종족과 별반 다르지 않은 모양이다.

시연은 그런 웃기지도 않은 생각을 하며 데미안의 어깨를 가볍게 흔들었다. 악몽에서 좀처럼 깨어나지 못하는 그를 깨우기 위함이었다.

"데미안 씨, 데미안 씨."

그러나 데미안은 좀처럼 꿈에서 깨지 못했다. 되레 더 괴로워하며 이젠 어느 정도 익숙한 이름을 뱉었다.

"안느……."

"……."

"구해주지 못해서…… 미안해…… 정말 미안."

죄책감과 한이 서려 있는 목소리였다. 도와주고 싶었지만 그는 아무리 흔들어도 일어나지 않았다.

"아, 그거라도 해볼까."

문득 한 가지 방법이 떠오르자 잠시 고민하던 시연은 이내 침대맡에 엉덩이를 걸치고 이불 위에 손을 올렸다.

"χρό, νοςεποχή……."

그리고 고요하고 나지막한 목소리로 노래를 불렀다. 전에 티타아니아의 저택에서 있었던 자선 경매 파티에서 불렀던 노래였다.

시연의 모친은 시연이 악몽을 꾸거나 괴로워할 때 이 노래를 불러주며 그녀를 다독여주었다.

어느 나라 말인지, 그리고 무슨 의미인지는 전혀 알 수 없었지만 이상하게도 시연은 이 노래를 들으면 마음이 차분해지고 괴로운 생각이 사라지는 걸 느꼈다.

그래서 시연은 이 노래를 부른 것이다. 데미안에게 통할지는 의문이었지만 밑져야 본전이었다.

"……."

다행히 데미안에게도 통하는 건지 그의 얼굴이 한결 편해졌다. 호흡 역시 안정적으로 변했고, 식은땀은 더 이상 흐르지 않았다.

'다행이다.'

그제야 시연은 안도하며 자리에서 일어섰다. 데미안이 깨기 전에 음식 준비를 마저 할 생각이었다.

"어디 가는 거지?"

곧장 나가려는데 언제 깨어난 건지, 데미안이 그녀를 불렀다. 시연은 살짝 놀라며 그를 돌아봤다.

"헉!"

그것도 잠시, 실오라기 하나 걸치지 않은 데미안의 상체를 본 시연은 얼굴을 붉히며 고개를 홱 돌렸다. 과하지도, 부족하지도 않은 적당하고 탄탄한 근육과 조각상을 보는 듯 매끄러운 가슴팍은 의도치 않게 자꾸만 눈길을 사로잡았다.

"대놓고 봐도 돼."

그녀가 흘끗흘끗 훔쳐보자 데미안이 픽 웃으며 말했다.

"원한다면 만지게 해줄 수도 있는데."

"돼, 됐거든요!"

놀리는 것이 분명한 말에 시연은 더욱 볼을 붉혔다. 한데 마음은 안정되니 아이러니했다.

그에게 저런 실없는 농담을 듣는 것이 이리 반가워질 거라곤 생각지 못했다. 그동안 가지고 있던 불안감이 저 한마디에 눈 녹듯이 녹아내렸다.

"일어났으면 전 이만 가볼게요. 음식 하다가 왔거든요."

"잠깐."

어느덧 침대 밖으로 나온 데미안이 성급하게 시연의 손목을 잡았다. 시연이 토끼처럼 눈을 동그랗게 뜨고 그를 올려다보자 데미안은 간절하게 시연을 바라보며, 그보다 더 간절한 어조로 말했다

"내가 자는 동안 옆에 있어줘."

담백한 목소리와 달리 뱉는 말은 시연을 당황스럽게 만들었다.

시연은 화들짝 놀라며 그의 손을 뿌리쳤다. 그와 맞닿은 손이 불에 덴 듯 화끈거렸다.

"무, 무슨 말을 하는 거예요? 제가 왜 당신이 자는 동안 곁에 있어야 하는 건데요?"

"그래야 내가 악몽을 꾸지 않고 잘 수 있을 테니까."

나른하게 접히는 눈동자에 만족감이 서렸다.

"악몽을 꾸고도 이렇게 기분 좋게 깬 건 처음이야."

정말이었다. 200년 전에도, 그리고 최근에도 단 한 번도 없었다.

악몽을 꾸고 나면 항상 머리가 지독하게 아프고 죽을 것 같았는데 오늘은 너무나도 개운했다.

모두 시연 덕분이었다.

그녀의 노랫소리가 어둠 속에서 허우적거리던 그에게 한 줄기의 빛처럼 다가와 손을 내밀어준 덕분이었다. 그 말인즉, 그녀가 있으면 편히 잘 수 있을지도 모른다는 의미였다.

"부탁이다."

이 기회를 놓치고 싶지 않은 데미안이 간절하게 말하자 시연의 눈동자가 작게 흔들렸다. 고민하는 기색이 역력했다.

"……좋아요."

곧 마음을 정한 시연은 고개를 끄덕였다.

"대신 제 부탁도 하나 들어주세요."

"부탁?"

'건드리지 말라는 귀여운 요구라도 하려는 걸까?'

데미안의 눈이 매력적으로 휘었다.

"무슨 부탁이지?"

"그 여자, 안느라는 여자에 대해 알려주세요."

시연의 말에 데미안의 눈동자에 차가운 기색이 흘렀다.

"왜 그녀에 대해서 궁금해하는 거지?"

"당신이 나를 미끼로 쓰면서까지 그들을 상대하려는 이유가 그 안느라는 여자 때문인 것 같으니까요. 제 말이 틀린가요?"

꼭 그 이유만 있는 건 아니었지만, 절반 이상은 안느 때문이라고 봐도 무방했기 때문에 데미안은 아무 말도 하지 못했다.

그런 데미안의 행동이 시연의 마음에 그녀도 모르는 상처를 또 남겼다.

"그러니까 알려주세요. 이번 일과 관련된 일이라면 뭐든 알고 싶어요. 그러다 보면 내가 왜 그들의 표적이 된 건지 알 수 있을 테니까."

"그녀에 대해서 알아봤자 그런 건 알 수 없어."

"그건 제가 결정해요. 말 안 해줄 거라면 그냥 나갈 거예요."

퍽이나 건방진 말이었지만 그조차도 귀여워 보이는 건 왜일까.

짐짓 심각한 얼굴을 하고 있던 데미안은 픽 웃으며 시연 쪽으로 제 얼굴을 바짝 들이밀었다.

"네가 거부한다고 해도 달라질 것이 없다는 걸 모르는 건가?"

"아니요. 있어요. 제가 거부한다고 해도 강제로 어찌할 생각, 없으시잖아요. 만약 있었다면 처음부터 그렇게 했겠죠. 이전처럼. 아닌가요?"

정확하게 포인트를 집어내는 말에 데미안은 유쾌하게 웃으며 고개를 끄덕였다.

"그래, 알려주지."

"어, 진짜요?"

"그래."

그냥 한번 생떼를 써본 건데 진짜 알려줄 거라곤 생각지도 못했다. 이럴 줄 알았다면 고민하지 말고 처음부터 직설적으로 물어볼 걸 그랬다.

"대신 내가 깨어날 때까지 옆에 있어야 돼."

"잠들 때까지가 아니라, 깨어날 때까지요?"

"그래."

이건 좀 과한 요구인 것 같은데. 그래서 고민이 됐지만 안느에 대해 들을 수 있는 좋은 기회였기에 시연은 그의 제안을 받아들였다.

"좋아요. 대신 확실히 알려주셔야 돼요."

"약속하지."

시연은 데미안이 침대에 눕자 탁자 의자를 가져가 그 옆에 앉았다.

"거기 말고 여기."

그러자 데미안이 침대맡에 앉으라는 듯 침대를 툭툭 쳤다. 별 의심 없이 자리를 옮긴 시연은 불현듯 데미안이 제 팔을 잡아당기자 짤막한 비명을 질렀다.

"앗!"

시야가 빙글 돌면서 시연은 순식간에 데미안의 품에 안겼다. 그녀의 상체를 옭아맨 단단한 두 팔은 무슨 짓을 해도 풀리지 않을 것처럼 보였다.

그런 데미안의 행동도 당혹스러웠지만 시연을 더욱 당황스럽게 만든 건 금방이라도 입술이 닿을 듯한 그와의 거리였다. 두 사람의 몸은 종이 한 장 들어갈 수 없을 정도로 딱 달라붙었다.

얇은 옷 너머로 그의 맨살이 적나라하게 느껴져 심장이 두근거렸다. 얼굴에도 열이 몰려 붉어졌다.

"이게 무슨 짓이에요! 옆에 있어달라고 하더니……!"

"이것도 옆에 있는 거잖아."

"뭐, 뭐라고요?"

"졸리군."

"연기하지 마요!"

"연기 아닌데. 진짜 졸려. 그러니까 자자."

데미안은 어이없다는 듯 그를 바라보는 시연을 깔끔하게 무시한 채 눈을 감았다. 곧이어 나지막한 숨소리가 울려 퍼졌다.

"진짜 자요?"

"……."

"정말로?"

정말 자는 건지 돌아오는 대답은 없었다. 새근거리는 숨소리가 그가 잠들었다는 것에 신빙성을 더해주었다.

'그럼 나가도 되겠지?'

약속했던 대로 깰 때까지 옆에 있어줄 생각이었지만 이 자세는 아니었다. 그가 완전히 잠든 것처럼 보이자 시연은 나가기 위해 슬쩍 몸을 비틀었다.

"빠져나가면 무효야."

언제 잤느냐는 듯 데미안이 입을 열었다.

"그러니까 얌전히 있도록 해."

잠꼬대를 하는 듯 잠에 취한 목소리였지만 내용은 정확하게 그녀를 겨냥하고 있었기에 시연은 더 이상 움직일 수가 없었다. 상체를 옭아맨 손에 더욱 힘이 들어간 탓이기도 했다.

'어쩔 수 없지.'

안느에 대해선 알고 싶으니까. 시연은 체념하며 그의 품에 가만히 안겨있었다.

멀어졌던 정신이 조금씩 돌아오자 시연은 천천히 눈을 떴다. 아직 잠에서 깨어나지 못한 시야는 조금 뿌옇게 흐렸다. 그래도 바로 눈앞에 있는 데미안의 모습은 잘 보였다.

그는 여전히 깊은 잠에 빠져 있었다. 평온한 표정으로 보아 악몽은 안 꾸는 모양이었다.

'내가 곁에 있으면 진짜 악몽을 안 꾸는 모양이네.'

이유는 알 수 없지만 그가 악몽을 꾸지 않는 것만으로 만족한 시연은 여전히 제 허리에 감겨 있는 데미안의 팔을 풀고 조심스럽게 자리에서 일어섰다. 아까와 달리 데미안에게선 반응이 없었다.

그래도 혹시 모르니 끝까지 조심하며 침대 밖으로 나온 시연은 문 앞에 서 있는 까무잡잡한 피부의 한 소년을 발견하고 멈칫했다.

"누, 누구……?"

"아, 처음 뵙겠습니다, 시연 님. 저는 데미안 님의 5번째 검인 마몬이라고 합니다."

그건 마몬 역시 악마라는 의미였다. 악마를 또 만난 거지만 이상하게도 무섭거나 하지 않았다.

"여기서 이럴 것이 아니라 나가서 이야기하시겠습니까? 데미안 님이 깨시면 큰일이니까요."

"그래요."

시연 역시 데미안이 깨는 걸 원치 않았기에 마몬을 따라 밖으로 나갔다.

시연이 이곳에 찾아온 손님인 마몬에게 차를 대접하기 위해 주방으로 가려는데 마몬이 화들짝 놀라며 그녀를 만류했다.

"어찌 시연 님이 주방에 들어가시려는 겁니까."

"네? 그야 커피라도……."

"그런 건 더미들을 시켜야지요."

마몬은 주변을 둘러보더니 원하는 걸 찾았는지 허리를 숙여 바닥에 있던 무언가를 집어 들었다.

"여기 있구나."

마몬이 집어 든 건 찰흙으로 만들어진 것처럼 보이는 기이한 생명체였다. 정체를 알 순 없었지만 굉장히 기괴하면서도 아이러니하게 귀여웠다.

"그건 뭐죠?"

"네? 설마 더미를 모르시는 겁니까?"

"더미?"

"이놈의 이름입니다. 베르가 부리는 종이지요. 이 집 안 살림은 더미가 하고 있는 걸로 알고 있습니다."

'이 작은 생물체가 살림을 한다고?'

도무지 믿기지가 않아서 시연은 눈을 크게 껌뻑이며 더미를 쳐다봤다. 그러자 더미의 색이 점차 빨갛게 변했다.

그걸 본 마몬은 유쾌하게 웃음을 터뜨렸다.

"이놈, 시연 님이 마음에 든 모양입니다."

"네, 네?"

"더미는 감정 표현을 제 몸 색을 바꾸는 걸로 하거든요. 붉게 변했다는 건 수줍다는 의미입니다. 시연 님이 쳐다보는 것이 부끄럽다는 거죠."

세상에, 감정을 느끼다니. 그녀가 신기해서 빤히 쳐다보자 더미의 몸은 점점 더 붉게 물들었다.

"자, 그럼 커피를 타 오거라."

마몬의 명에 더미는 꾸물꾸물, 마몬의 손에서 벗어나 주방으로 향했다.

저 작고 귀여운 몸으로 어떻게 커피를 만드는 건지 궁금했지만 마몬이 이만 가자고 이끄는 바람에 볼 수가 없었다.

거실로 나온 시연은 소파에 앉았다. 그러나 마몬은 자리에 앉지 않고 멀뚱멀뚱 서 있었다.

"안 앉으세요?"

"검은 감히 주인과 같은 눈높이를 가지지 않습니다."

이해할 수 없는 말에 멀뚱멀뚱 그를 바라보자, 마몬은 더 깊은 미소를 지으며 말을 이었다.

"주인의 허락 없이 자리에 앉을 수 없다는 말입니다."

"제가 주인이라는 말씀이신가요? 왜요?"

"그야 데미안 님의 반려가 되실 분이니까요."

만약 자신이 진짜 반려가 아니라 반려인 '척' 하는 가짜라는 걸 알면 그는 어떤 반응을 보일까.

'분명 매우 실망하겠지.'

그리고 화를 낼 것이다. 지금은 저렇게 호감 가득한 눈으로 바라보고 있지만 손바닥 뒤집듯이 시선이 바뀔 것이 분명했다. 그걸 생각하니 마음이 착잡해졌다.

"앉으세요."

"감사합니다, 시연 님."

마몬이 자리에 앉자 더미가 커피 두 잔이 든 쟁반을 들고 왔다. 제 몸의 10배나 되는 쟁반을 머리처럼 보이는 부위에 이고 있는 더미는 무척이나 귀여웠다.

"우와."

더미가 가져온 커피를 한 모금 마신 시연은 나지막하게 감탄을 터뜨렸다.

"진짜 맛있네요."

"이런 쪽에 특화된 더미니까요."

마몬은 뭘 그리 당연한 걸 말하느냐는 듯 대답하며 커피 잔을 들었다.

"솔직히 말해서 처음 데미안 님이 반려를 들인다는 소문을 들었을 땐 단순히 그놈들을 도발시키기 위함인 줄 알았는데 지금 보니 아니었군요."

"그놈들?"

"아, 모르시는군요. 그럼 잊어주십시오. 괜히 제가 말했다는 걸 알면 데미안 님께서 혼을 내실 테니까요."

윙크를 하며 개구지게 웃는 마몬의 모습이 마치 귀여운 남동생을 보는 것 같아 시연은 웃음이 절로 났다.

"그나저나 베르에게서 분명 데미안 님이 불면증을 앓고 있다고 들었는데,

저리 곤히 주무시다니. 전부 시연 님 덕분이군요."

"아, 아니에요. 제가 한 건 아무것도 없어요."

"아니요. 이건 분명 시연 님 덕분입니다. 이뿐만이 아니죠. 반려를 들이시지 않겠다고 결심하신 데미안 님이 시연 님을 반려로 들이겠다고 결정한 것도 모두 시연 님 덕분이지요."

끊임없는 칭찬에 시연은 고개를 숙였다. 쑥스럽거나 부끄러워서 그런 것이 아니었다. 그를 속인 것이 미안하기 때문이었다.

그래서 시연은 마몬을 똑바로 보지 못하고 애꿎은 커피 잔만 매만졌다. 착잡한 시연의 기분과 달리 커피 잔에 그려진 무늬는 참으로 화려했다.

"저는 시연 님 같은 분이 데미안 님의 반려가 돼서 참으로 다행이라고 생각합니다. 솔직히 전대 반려였던 그 여자는 종족도, 성격도 마음에 들지 않았으니까요."

"그 여자……?"

시연은 그제야 고개를 들어 마몬을 쳐다봤다. 커피 잔을 쥔 손에 작게 힘이 들어갔다.

"그 여자라면…… 안느라는 여자를 말하는 건가요?"

"세상에."

시연이 안느의 이름을 거론하자 마몬의 눈이 커졌다.

"그 이름까지 알고 계실 줄이야. 역시 데미안 님은 시연 님을 진심으로 좋아하시는군요."

"그렇게…… 되는 건가요?"

"네, 당연하죠. 좋아하는 자가 아니라면 어두운 과거를 선뜻 공개할 리가 없으니까요."

시연이 안느에 대해 알고 있다고 생각한 마몬은 묻지도 않은 사실을 마구 늘어놓았다.

"시연 님도 알고 계시겠지만 데미안 님은 그 여자에게 과분한 존재였습니다. 비둘기 주제에 감히 데미안 님을 꼬셔서 그분의 반려 자리를 차지했으니까요."

비둘기라고 하면 천족을 말하는 것일 터. 마족인 데미안의 반려가 천족이었다는 건 조금 의외였다.

'아니, 그것보다 저 남자가 누가 꼬신다고 해서 넘어갈 만한 남자로는 보이지 않는데.'

그럼에도 불구하고 마몬이 그런 생각을 하는 건 그만큼 안느라는 여자가 마음에 들지 않기 때문일 것이다.

"그래서 다들 그 여자가 데미안 님의 반려가 된 것을 불안해했었는데 역시나 일이 터졌죠."

"일이요?"

"어, 모르시는 겁니까?"

마몬이 곤란하다는 듯 눈살을 찌푸렸다. 괜히 말했나 후회하는 것처럼 보였다.

"괜찮으니까 말해주세요."

"하지만 이 이야기는⋯⋯."

"당신의 말대로 전 저 남자⋯⋯ 아니, 데미안 씨의 반려예요. 그 정도는 들을 권리가 있지 않나요?"

평소엔 아니라고 그리 부인하면서도 필요할 땐 써먹는 자신의 행동이 스스로가 생각해도 뻔뻔했지만 시연은 개의치 않고 얼굴에 철판을 깔았다.

"그러니까 말해주세요. 알고 싶어요."

"반려님께서 그리 말씀하신다면, 알겠습니다."

마몬은 크게 숨을 들이마신 뒤, '후' 하고 뱉으며 말을 이었다.

"때는 지금으로부터 약 200년 전입니다. 제3차 천마 전쟁이 일어나기 직전이었죠. 당시 데미안 님에겐 반려가 있었기 때문에 달리 주기를 해결하거나 할 필요가 없었습니다만 일 년에 한 번 오는 발푸르기스의 밤은 조심해야 했습니다."

무슨 말인지 몰랐지만 시연은 알아들은 척 고개를 끄덕였다.

"데미안 님이 발푸르기스의 밤을 무사히 넘기게 하기 위해 마계에선 그분의 힘을 최대한 억제하는 주술을 걸었습니다. 효과는 하루밖에 가지 못하지만 그 하루 동안 데미안 님은 일반 인간들과 다를 바가 없이 매우 약해집니다."

대신 데미안은 불안으로부터 제 몸을 지키기 위해 그 기간 동안은 최측근 외에는 누구도 만나지 않았다. 그 최측근에는 그의 모친도, 그의 부친도 포함되지 않았지만 반려인 안느는 포함되어 있었다.

"그만큼 데미안 님이 그 여자를 믿는다는 의미였지요. 그리고 그건 그날도 다를 바가 없었습니다."

데미안은 그를 만나러 온 안느를 기꺼이 만났다. 할 말이 있으니 주변 이들을 물려달라는 안느의 말도 의심하지 않았다.

"그 믿음에 대한 결과는 배신."

마몬의 눈이 섬뜩하게 빛났다. 200년이나 지났지만 바로 어제 일어난 일처럼 선명하게 기억하는 듯 마몬은 입을 비스듬하게 기울이며 말했다.

"그 여잔 데미안 님이 약해진 틈을 타 죽이기 위해 검을 휘둘렀습니다."

사랑하는 여자가 휘두른 칼에 당한 그의 표정은 처참했다. 제 가슴을 가르는 상처보다 배신으로 인해 다친 가슴의 상처가 더 큰 것처럼 보였다.

"다행스럽게도 때마침 데미안 님을 만나러 간 벨페고르가 그 모습을 발견해 데미안 님이 목숨을 잃는 불행은 없었습니다. 하지만 끔찍한 사고였죠. 조금만 늦었어도 데미안 님은 죽었을 겁니다."

그 자리에서 현행범으로 체포가 된 안느는 특별 감시를 받으며 감옥에 갇혔다.

안느는 데미안의 반려이지만 천족이었기 때문에 이 일은 천족들에게도 알려졌다. 이에 천족의 수장인 신은 이 일을 처리할 수행 사자를 보냈다.

그자가 바로 당시 대천사이자 현재 신인 마르스였다. 데미안과 마르스의 악연은 여기서 시작된 것이었다.

"그래서요? 그 여자는 죽은 건가요?"

"당연하죠. 감히 데미안 님을 해하려고 했던 극악무도한 천족인데 살려 둘 리가 없지 않습니까."

마몬의 말은 틀리지 않았다. 하물며 그녀는 현행범이니 더 의심할 것도 없을 것이다.

'하지만 과연 그 일이, 그녀의 의지로 일어난 일일까?'

소피아의 일을 겪기 전이었다면 의심하지 않았겠지만 그 이후인지라 의심이 됐다.

소피아가 그랬던 것처럼 안느도 누군가의 조종을 당한 불쌍한 희생양이 아닐까, 하는 의심이.

"이미 알고 있겠지만 다른 군주들과 달리 데미안 님은 반려가 꼭 필요하십니다. 그러니……"

"자, 잠시만요! 다른 군주들과 다르다니요? 그 말은 데미안 씨가 군주라는 건가요?"

"그렇습니다만, 무슨 문제라도?"

눈을 깜빡이며 되묻는 마몬의 얼굴에서 거짓을 찾을 순 없었다. 그 말은 데미안이 정말 군주라는 건데, 그가 군주로 군림하고 있을 만한 곳은 단 한 곳밖에 없었다.

'마계의 군주!'

즉, 데미안이 마왕이라는 의미였다.

그가 악마라는 건 알고 있었지만 마왕이라는 사실은 전혀 몰랐던 시연은 무척이나 놀라며 눈을 크게 떴다.

"쓸데없는 말을 지껄이고 있군, 마몬."

시연의 몸이 좀 더 딱딱하게 굳은 건 뒤에서 데미안의 목소리가 들려왔기 때문이었다.

"왔으면 날 깨우지, 쓸데없이 무슨 말을 주절거리고 있는 거지?"

머리가 인식하기도 전에 몸이 그의 목소리에 먼저 반응했다. 시연은 뒤를 돌아봤다.

그러자 막 일어난 듯 부스스한 얼굴로 이쪽으로 걸어오고 있는 데미안이 보였다. 그의 머리는 새집을 지은 것처럼 중구난방 뻗어 있었고, 눈에는 졸음이 가득했다.

"풋."

도저히 마왕이라고는 생각되지 않는 풀어진 모습에 꽉 조이고 있던 긴장감이 풀린 시연은 작게 웃음을 터뜨렸다.

그러자 데미안은 당황한 듯 시연을 쳐다봤고, 마몬은 환하게 웃으며 박수를 짝 쳤다.

"역시 반려님은 다르시군요."

난데없는 말에 데미안과 시연은 그를 돌아봤다.

"보통 인간들은 마계의 군주, 그러니까 마왕을 처음 보면 놀라서 어쩔 줄 몰라 하던데 시연 님은 이 사실을 처음 알았음에도 불구하고 이리 담담하시다니. 역시 사랑의 힘인가요?"

"사, 사랑의 힘?"

"네. 아까 시연 님이 다정한 눈빛으로 데미안 님을⋯⋯."

"아 참!"

마몬이 쓸데없는 말을 늘어놓으려고 하자 시연은 말을 자르며 서둘러 자리에서 일어섰다.

"해야 할 일이 있었는데 깜빡하고 있었네. 전 이만 집에 가볼 테니 이야기들 나누세요."

"어? 집이요? 데미안 님과 같이 사시는 거 아니었습니까?"

"아니에요. 전 아래층에 살아요."

"하긴, 아직 정식 반려인 것도 아닌데 같이 사는 건 보기 좋지 않죠."

"그, 그럼요. 그러니 전 이만……."

혹시 데미안이 붙잡지 않을까 걱정했지만 다행스럽게도 그런 일은 없었다. 그는 그저 물끄러미 떠나가는 시연의 뒷모습을 바라볼 뿐이었다.

집으로 돌아온 시연은 신발도 벗지 않고 그대로 현관에 주저앉았다.

"그 남자가 마왕이라……."

무섭거나 두려운 건 아니었지만 자꾸만 생각이 났다. 전에 이러다 마왕을 만나는 건 아닐까 하고 우스운 생각을 했었는데 진짜 만나게 됐기 때문인 듯했다.

"그나저나 안느라는 여자가 그 남자를 죽이려고 했다니……."

안느가 데미안과 깊은 관계였을 거라는 건 대충 예상하고 있었기 때문에 그녀가 데미안의 반려였다는 사실은 놀랍지 않았다.

안느가 데미안을 죽이려고 했다는 사실도 조금 놀랍긴 했지만 아주 경악할 정도는 아니었다.

단지 모든 일이 소피아 때처럼 누군가의 계략이었을 가능성이 높아 보였기 때문에 데미안이 겪었을 아픔이 걱정되었다.

'악몽을 꾸며 며칠 동안 못 잔 것도 그것 때문이겠지.'

하물며 그는 안느를 그렇게 잃어버린 뒤 200년 넘게 반려도, 부인도 들이지 않았다고 했다. 그 말인즉, 아직 안느라는 여자를 잊지 못했다는 의미였다.

그렇게 많은 시간이 지났음에도 그 이름에 저런 반응을 보이는 것만 봐도 확실히 알 수 있었다.

'한데 그 여자에 관한 악몽을 꾸지 않기 위해서 날 이용하다니.'

그 사실이 조금 짜증이 난 시연은 신경질적으로 신발을 벗으며 자리에서 일어섰다.

예상컨대 그 자리에 자신이 아닌 다른 여자가 있어도 데미안은 옆에 있어 달라고 말했을 것이다.

"다시는 그런 부탁 안 들어줄 거야."

어떤 달콤한 미끼로 유혹해도 절대 들어주지 않으리라. 그리고 그를 걱정하지도 않으리라.

그리 다짐하며 자리에서 일어난 시연은 아랫집이 없는 것을 다행으로 여겨야 할 정도로 쿵쾅거리며 집 안으로 들어갔다.

시연이 떠난 뒤, 마몬은 데미안에게 일종의 교육을 받았다. 쓸데없이 입을 놀리지 않겠다는 정신 교육.

그나마 시연이 무덤덤해서 이 정도로 끝났지, 만약 시연이 기겁하며 도망치려고 했다면 절대 이 정도에서 끝나지 않았을 것이다.

그래도 정신은 조금 피폐해졌다. 조금 전까지 생기발랄했던 모습은 온데간데없이 사라진 마몬은 무척이나 퀭한 모습으로 자신이 이곳에 온 까닭을 보고했다.

"일단 그 이빨에 묻어 있던 독약이 데미안 님께서 말씀하신대로 촉매제인 건 확실합니다."

"하나 어떻게 만들어진 촉매제인지는 아직 확인하지 못했습니다. 하지만 대충 예상하건대 데미안 님의 힘이 들어간 듯합니다."

"내 힘이라……. 제물을 이용한 건가."

"그 가능성이 가장 크다고 봅니다. 죽은 지 얼마 안 된 제물의 몸에는 데미안 님의 힘이 남아 있을 테니까요."

역시 그런가. 마몬의 생각이 자신과 일치한다는 사실에 데미안은 소파 등받이 깊숙이 몸을 묻은 채 턱을 쓰다듬었다.

"라오스에서 제물을 어떻게 처리하는지 알아봐야 할 것 같습니다."

"나도 그렇게 생각해서 벤에게 물어봤지만 알려주지 않더군. 자신들 소관이라면서 말이야."

"확실히 그렇긴 하지요. 아무리 수장님이라고 할지라도 원탁회의 규율상 타 종족의 일에 대해 월권할 수는 없으니까요."

"그러니 다른 방법을 찾아봐야지. 너도 좋은 방법이 생각나면 주저하지 말고 나에게 말하도록 해."

데미안의 명에 마몬은 그리하겠다는 의미로 가슴에 손을 올리고 고개를 숙였다.

대충 이야기가 끝나자 데미안은 길게 하품을 하며 자리에서 일어섰다. 아직 잠이 부족한 탓이었다.

"그럼 저도 다시 조사를 하러 나서겠습니다."

데미안은 알아서 하라는 듯 가볍게 손짓을 한 뒤 방으로 들어갔다.

푹신한 베개에 머리를 눕히고 보드라운 이불을 덮은 뒤 잠을 청하기 위해 눈을 지그시 감았다. 곧 새카만 수마가 그를 향해 득달같이 달려왔다.

─데미안.

"……!"

그러나 그는 얼마 잠들지 못했다. 기다렸다는 듯이 안느가 악몽이 되어 찾아왔기 때문이다.

"하아, 하아⋯⋯."

너무 놀라 상체를 벌떡 일으킨 그의 이마에선 굵은 식은땀이 사정없이 흘러내렸다.

가슴은 끊임없이 오르내리며 거친 숨을 토해내고 있었고 심장은 마라톤을 하듯 뛰고 또 뛰었다. 이 모든 것을 진정시키기 위해선 제법 많은 시간이 필요했다.

"어째서⋯⋯."

데미안은 무척이나 괴로운 듯 미간을 찌푸리며 머리를 감싸 쥐었다.

"어째서 악몽을 꾸는 거지⋯⋯?"

좀 전만 해도 아주 다디단 잠을 자지 않았던가. 악몽은커녕 꿈도 꾸지 않았다. 그래서 이젠 악몽을 꾸지 않을 거라는 생각에 서슴없이 잠에 빠져든 것인데 또 꿈을 꾼 것이다. 그래서 더 놀라웠다.

'역시 그 여자가 있어야 악몽을 꾸지 않는 건가.'

그것 말고는 이 상황을 설명할 수가 없었다. 그녀가 제 품에 있었을 땐 악몽을 꾸지 않고 푹 잤으니까.

'그럼 데리고 와야지.'

시연을 제 품에 안고 잘 생각을 하니 벌써부터 즐거웠다. 다만 한 가지 염려되는 것은 자신이 마왕이라는 사실을 알게 된 그녀가 아까처럼 쉽게 넘어가진 않을 거란 것이었다. 어떻게 하면 시연을 넘어올 수 있게 할지 데미안은 곰곰이 생각하고 또 생각했다.

시연이 마몬을 다시 만난 건 그날, 저녁 식사 때였다.

"어서 앉으세요, 시연 님."

시연은 베르의 손짓에 따라 식탁에 앉았다. 늘 그랬다시피 데미안과 마주 보는 자리였다. 평소에도 부담스러웠지만 오늘따라 더 부담스러운 시연은 애꿎은 음식만 쳐다봤다.

오늘 저녁의 주 메뉴는 삼계탕이었다. 아까 시연이 사 온 닭으로 만든 것이었다.

"이것도 더미가 한 건가요?"

"네?"

베르가 했을 리는 없어서 그냥 순수한 마음에 물었을 뿐인데 베르가 당혹스럽다는 듯 대답하며 그녀를 쳐다봤다.

이에 자신이 뭔가 잘못한 건가 싶어 마몬을 쳐다보자, 마몬이 어색하게 웃으며 뒤통수를 긁적였다.

"아, 미안, 베르. 내가 더미에 대해 말했어."

"마몬 님!"

"뭐, 어때. 시연 님은 데미안 님의 반려가 되실 분이잖아. 어차피 나중에 다 아실 내용인데 좀 일찍 안다고 뭐가 달라져? 안 그렇습니까, 데미안 님?"

"그렇지."

데미안은 느긋하게 웃으며 숟가락을 집어 들었다. 그의 시선은 베르와 마몬을 지나쳐 시연에게 고정됐다.

"내가 마계의 군주라는 사실도 아는데 이 정도쯤이야."

"네?"

"쿨럭."

그 말에 베르가 화들짝 놀라며 시연을 쳐다보자 시연은 헛기침을 하며 그의 시선을 피했다.

초반에 아슬아슬했던 것을 제외하고 저녁 식사 분위기는 나름 화기애애

했다. 분위기를 주도하는 건 마몬이었다. 그는 특유의 유쾌하고 발랄한 성격으로 자칫 우울해질 법한 주제도 유연하게 이끌었다. 확실히 데미안과는 다른 매력이 있었다.

"참, 그리고 당분간 한국에 머물 생각입니다."

먼저 식사를 마친 마몬이 수저를 내려놓으며 말했다.

"아무래도 그들의 행적을 직접 눈으로 관찰하는 것이 좋을 것 같아서요."

마몬이 말하는 '그들'은 가온과 그 일당을 말하는 것일 터. 데미안은 좋을 대로 하라는 의미로 가볍게 고개를 끄덕였다.

"지낼 곳은 구한 건가?"

"아, 원래는 호텔에서 지낼 생각이었습니다만……."

마몬은 말꼬리를 흐리며 베르를 쳐다봤다. 그 시선에 뭔가 불길한 낌새를 느낀 베르는 눈살을 왕창 찌푸리며 고개를 저었다.

"안 됩니다."

"난 아직 아무 말도 안 꺼냈는데, 베르?"

"이곳에 머물게 해달라고 하실 생각 아니십니까."

"빙고!"

마몬이 참 잘했다며 박수를 짝 치자 베르의 얼굴은 좀 더 딱딱하게 굳었다. 그러나 마몬은 개의치 않고 데미안을 돌아봤다.

"안 됩니까, 데미안 님?"

"안 될 건 없지. 그렇게 하도록 해."

"감사합니다."

"하아."

데미안의 허락이 떨어지자 마몬은 싱글벙글 웃었고, 베르는 오만상을 쓰며 애꿎은 닭 뼈만 부러뜨렸다.

뒤처리 담당은 더미였다. 시연에게 더미의 존재가 들키자 베르는 거침없이 더미를 부렸다.

그간 몰랐는데 이 집에는 아까 커피를 탄 더미 외에 다섯 마리의 더미가 더 있었다. 색깔은 비슷했지만 크기는 제각각 달랐다. 주어진 역할에 따라 크기가 다른 거라고 마몬이 설명을 덧붙였다.

"402호를 쓰시면 됩니다."

더미들이 집안일을 하는 동안 마몬이 머물 방을 준비한 베르는 퉁명스레 마몬에게 키를 넘겨주었다.

"짐은 가지고 오셨습니까?"

"아, 호텔 방에 있는데 시종을 시켜서 가져오라고 하면 돼."

"……설마 나오도 온 겁니까?"

"그럼 나 혼자 왔을까 봐?"

마몬이 뭘 그리 당연한 걸 묻느냐는 듯 대답하자 베르는 나지막하게 욕설을 뱉었다.

"시간도 늦었겠다, 볼일도 끝났겠다, 전 이만 물러가겠습니다."

마몬의 말에 베르 역시 물러가겠다고 말했다. 이 타이밍에 같이 나가는 것이 좋을 것 같아 시연 역시 자리에서 일어섰다.

탁―.

그러자 소파에 가만히 앉아 있던 데미안이 시연의 손목을 덜컥 잡았다. 그의 행동에 시연은 물론 마몬과 베르 역시 그를 쳐다봤다.

그러나 데미안은 전혀 개의치 않고 올곧이 시연만을 바라보며 말했다.

"넌 나랑 같이 자야지."

그 말에 당황한 듯 시연이 긴 속눈썹을 껌뻑였다.

둘 사이에 흐르는 묘한 기류에 베르와 마몬은 눈짓으로 대화를 나눴다.

'둘만의 시간을 주자.'

그런 의미의 대화를 말이다.

탁—.

그렇게 몰래 빠져나가려던 베르와 마몬이 그러지 못한 건 시연이 데미안의 손을 뿌리쳤기 때문이었다.

"싫은데요?"

농담이 아니라 정말 싫다는 듯 시연은 눈매를 찌푸리며 차갑게 말했다.

EPISODE 09
열렬히 좋아하는

생각지도 못한 매몰찬 거절에 당황한 데미안은 그저 멍하니 시연을 바라봤다. 마몬과 베르 역시 당황하며 서로를 마주 봤다.

"……안느에 대해 듣고 싶지 않은 건가?"

"그건 원래 알려주셔야 하는 거 아닌가요? 그러기로 약속하셨잖아요?"

"네가 중간에 내 품을 빠져나갔으니 아까는 무효지. 그러니 알고 싶으면 함께 자도록 해."

"아까 마몬 씨한테 들어서 더 안 들어도 상관없어요."

그 말에 찌를 듯한 그의 시선이 마몬에게로 향했다. 마몬은 휘파람을 불며 딴청을 피워댔다.

"그럼 전 이만 가볼게요. 아주 좋은 꿈 꾸세요."

시연은 폭풍우가 휘몰아친 듯 그 자리에 가만히 서 있는 세 남자를 두고 유유히 집을 나갔다.

셋 중 가장 먼저 정신을 차린 베르 역시 이곳에 있으면 안 될 것 같은 느낌을 받고 슬그머니 집을 빠져나왔다.

"악, 데미안 님! 그게……!"

베르의 예감은 정확하게 맞았다. 현관문을 채 닫기도 전에 마몬의 찢어질 듯한 비명이 들렸으니까.

'쌤통이다.'

평소 마몬이 그다지 마음에 들지 않았던 베르는 그를 구해줄 생각은 1%도 하지 않고 콧노래를 부르며 현관문을 닫았다.

"진짜 뻔뻔해도 유분수지. 어떻게 또 같이 자자는 말을 할 수가 있어?"

집으로 돌아온 시연은 씩씩거리며 신발을 벗었다. 그는 분명 자신이 아무것도 모른다고 생각하며 그랬을 것이다. 안느에 대해 알려주겠다며 미끼를 흔든 것만 봐도 확실했다.

"그깟 악몽, 계속 꾸라지."

절대 안 도와줄 거라고 다짐하며 집 안으로 들어선 시연은 문득 머리 위에서 무언가가 떨어지자 위를 올려다봤다.

"……꺄, 꺄아아악!"

그곳엔 인간의 몸을 하고 있으면서도 팔과 다리의 합이 8개인 한 여자가 매달려 있었다. 그녀를 본 시연은 기겁하며 다시 현관 쪽으로 달려갔다.

"시연 님?"

문을 열자 베르가 보였다. 시연은 다급하게 베르의 팔을 잡고 소리쳤다.

"지, 집 안에 웬 이상한 여자가……!"

"네?"

그 말에 베르 역시 퍽이나 당황하며 시연의 뒤를 쳐다봤다.

"아, 뭐야."

어느새 천장에서 내려와 거실 중앙에 서 있는 거미 인간을 본 베르는 짜증스레 눈살을 찌푸리며 말했다.

"나오, 거기서 뭐 하는 거지?"

여자가 베르랑 아는 사이인 것처럼 보이자 시연은 슬쩍 그의 눈치를 살피며 뒤를 돌아봤다.

그곳엔 아까 본 그 여자가 있었지만 여러 개 있던 팔들은 숨긴 건지 지금은 평범한 인간처럼 보였다.

"아니, 도대체 왜 여기 있어서 애먼 사람을 놀라게 만드는 건데."

"여기 마몬 님 방 아니야?"

"여긴 401호고 마몬 님 방은 402호다. 넌 숫자도 읽을 줄 몰라?"

"……내가 야맹중이라서."

"말도 안 되는 개소리 하지 말고 얼른 네 위치로 돌아가."

베르가 딱 잘라 말하자 여자, 나오는 가볍게 혀를 내차며 현관 쪽으로 걸어왔다.

그녀와의 거리가 가까워질수록 시연은 더욱 베르에게 몸을 밀착하며 나오와의 거리를 뒀다.

그런 시연의 반응이 웃긴지 나오는 픽 웃으며 옆집으로 들어갔다.

그녀가 시야에서 완전히 사라진 후에야 안심이 된 시연은 가슴을 쓸어내리며 안도의 한숨을 내쉬었다. 베르는 그런 시연이 귀엽다는 듯 웃었다.

"그리 무서우셨습니까?"

"조금요. 저렇게 이종족 티가 많이 나는 사람은 처음 봐요."

"사람이라는 호칭도 맞지 않지요. 그녀는 거미니까요."

베르는 여전히 웃는 얼굴로 시연의 말을 정정했다.

"한데 남자 접촉 기피증은 고쳐진 모양입니다."

"네? 무슨…… 헉!"

뒤늦게 베르의 맨살을 잡고 있다는 사실을 자각한 시연은 화들짝 놀라며 물러났다.

"죄, 죄송해요! 몸은 괜찮으세요?"

"네, 멀쩡합니다만."

"정말로?"

베르가 고개를 끄덕였지만 도저히 믿기지 않는 시연은 그의 얼굴을 자세히 살폈다. 어디 아파 보이진 않았다. 다리에 힘이 풀리지 않은 것만 봐도 알 수 있었다.

'설마 베르 씨한테도 내 능력이 통하지 않는 건가?'

그건 베르도 자신과 같은 능력을 가지고 있다는 의미일까. 이렇게 갑자기 자신의 능력이 통하지 않는 인물을 둘이나 만나니 당혹스러웠다.

'근데 내 능력이 통하지 않는 자들 둘 다 악마라니.'

이건 우연일까, 아니면 필연일까. 뭔가 꺼림칙한 느낌이 들었다.

"근데 저 여자는 누구예요?"

"아, 나오라고 거미 일족인데 마몬 님의 시종이에요."

아까 말한 나오가 저 여자였던 모양이다.

"근데 무슨 일이세요?"

"아, 이거."

베르가 내민 건 시연의 휴대폰이었다. 그제야 휴대폰이 없어진 사실을 깨달은 시연은 작게 탄성을 뱉으며 휴대폰을 받았다.

"어디 있었어요?"

"식탁 아래 떨어져 있는 걸 더미가 주워 왔어요."

베르의 말에 그의 발치에서 더미 한 마리가 빼꼼 모습을 드러냈다. 수줍다는 듯 몸을 선홍색으로 붉히면서.

"그나저나 큰일이네요."

베르는 퍽이나 난감하다는 듯 눈매를 찌푸리며 말했다.

"데미안 님, 오늘 밤엔 푹 주무셔야 할 텐데. 만약 오늘 밤에도 못 주무신다면 진짜 수면제라도 드시게 해야 할까 봐요. 몸엔 안 좋겠지만."

"……수면제 대신 여자를 데려다놓으면 되잖아요."

줄곧 목에 걸렸던 말이 퉁명스럽게 나왔다. 뒤늦게 시연은 자신이 하지 않아도 될 말을 했다는 걸 깨달았지만 이미 뱉은 말을 주울 순 없었다.

"무슨 의미예요, 그게?"

"아, 아니…… 그냥 한 말이에요. 왜, 남자들이 잠을 못 이루는 이유가…… 요, 욕구 불만 때문이라는 말도 있으니까요."

갑작스럽게 생각해낸 변명인지라 스스로가 생각해도 조잡했다. 그러나 다행스럽게도 통한 건지 베르가 유쾌하게 웃으며 고개를 저었다.

"아하하, 데미안 님이 잠을 못 이루시는 이유는 그 때문이 아니라 악몽 때문인걸요. 뭐, 그 방법을 안 써본 건 아니지만요."

"안…… 써본 것이 아니라고요? 그 말은 데미안 씨의 침실에 여자를 들여본 적이 있다는 말인가요?"

"네. 예전에도 발푸르기스의 밤만 되면 데미안 님이 악몽을 꾸셔서 어떻게 하면 괜찮아지실지 고민하며 이 방법, 저 방법 써봤죠."

당황해하는 시연과 달리 베르는 말갛게 웃으며 말을 이었다.

"하지만 그 어떤 방법도 통하지 않았어요. 시연 님이 말한, 여자를 방에 들이는 방법도요."

잠을 자기 위해 침대에 누웠지만 시연은 좀처럼 잠을 이룰 수가 없었다.

좀 전에 베르가 한 말 때문이었다.

'여자를 방에 들이는 방법도 통하지 않았다니.'

자신이 곁에 있을 땐 데미안이 악몽을 꾸지 않고 푹 잤기 때문에 더욱 이해가 되지 않았고 머릿속이 복잡했다.

'정말 나만 가능한 일이라는 건가?'

다른 의미로 해석하면 자신이 특별하다는 의미였다. 가슴이 간질간질했다. 묘한 감정이었다. 시연은 베개를 꽉 끌어안은 채 몸을 둥글게 말았다.

'어떡하지.'

정말로 자신만이 그의 악몽을 해결해줄 수 있다면 그는 지금 악몽을 꾸고 있을 것이다. 그가 악몽을 꿀 때 얼마나 괴로워하는지 잘 아는 터라 마음이 불편했다.

'지금이라도 가볼까.'

현재 시각 새벽 1시.

조금 늦은 감이 있었지만 그러는 편이 조금이나마 마음이 편해질 것 같아 시연은 조용히 데미안의 집으로 향했다.

그의 침실 문은 닫혀 있었다. 문고리를 잡은 시연은 그대로 멈칫했다.

'지금 내가 뭘 하는 거지? 그의 침실로 가서 뭘 어쩌려고? 아까처럼 그의 품에 안겨 그와 함께 잠이라도 자려고? 미쳤구나, 차시연.'

아무리 상대가 악몽에 괴로워하며 잠을 못 이룬다고 해도 이건 말도 안 되는 일이었다.

괜한 짓 하지 말고 그냥 돌아가자고 생각하며 몸을 돌리려던 시연이 멈칫한 건 굳게 닫힌 문 너머로 그의 자그마한 신음이 들렸기 때문이었다.

"아이, 진짜……."

진짜 미친 거야. 제정신이 아닌 거라고.

작게 중얼거리며 제 머리를 마구 헤집던 시연은 결국 침실 문을 열었다.

예상했던 대로 그는 악몽을 꾸고 있었다. 아까보다 더 지독한 악몽을 꾸는 건지 그의 얼굴은 고통에 잔뜩 일그러져 있었다. 일그러진 얼굴 위론 식은땀이 주르륵 흘러내렸다.

'아까처럼 노래를 불러주면 되나? 아니면 손을 꼭 잡아줘야 하는 걸까?'

어떤 방법을 쓰건 한시라도 빨리 그를 악몽에서 구해주고 싶어 시연이 데미안을 향해 손을 뻗는 순간…….

탁―.

"어……?"

몸이 붕 뜨는 느낌이 들더니 시야가 빙그르르 돌았다. 곧이어 등 뒤에 푹신한 감촉이 느껴졌고, 눈앞을 가득 채운 건 거칠게 오르내리는 누군가의 가슴팍이었다.

그것이 데미안의 가슴팍이라는 것을, 그리고 자신이 지금 데미안의 밑에 깔려 있다는 걸 시연이 자각하기까진 시간이 얼마 걸리지 않았다.

놀란 시연은 토끼처럼 눈을 동그랗게 뜨고 그를 바라봤다.

"하아, 하아……."

방금까지 악몽을 꾸고 있었다는 걸 절실히 보여주기라도 하듯 데미안은 거친 숨을 몰아쉬었다.

불규칙한 호흡은 좀처럼 안정되지 않았다. 그 모습은 마치 털을 잔뜩 세우고 주변을 경계하는 고양이 같았다.

작게 뜨인 눈동자에는 초점이 흐릿했다.

"뭐야, 너였나……."

곧 상대가 시연이라는 걸 알아챈 데미안은 그대로 맥없이 쓰러졌다. 거칠었던 호흡은 차츰 안정이 됐다. 그때까지 가만히 입을 다물고 있던 시연은 그의 호흡이 완전히 안정됐을 무렵 입을 열었다.

"……있어줄게요."

그 말에 데미안이 상체를 들어 시연을 내려다봤다.

"제가 곁에 있는 걸로 악몽을 꾸지 않는다면…… 있어줄게요."

데미안은 여전히 말없이 시연을 쳐다보았다. 시연은 그런 데미안의 시선을 피하지 않았다.

눈싸움이라도 하듯 가만히 서로를 바라보던 중 먼저 움직인 것은 데미안이었다. 다시 시연을 꽉 끌어안은 데미안은 특유의 낮고 허스키한 목소리로 대답했다.

"고맙다."

그 뒤로 언제 잠이 든 건지는 알 수가 없었다.

처음 그의 품에 안겨 잠들었을 때처럼 갑자기 몰려온 수마에 몸을 맡기고 정신없이 잠에 빠져 있던 시연이 눈을 뜬 건 제 몸을 흔드는 손길 때문이었다.

"아, 일어나셨네요."

시연을 깨운 건 베르였다. 그를 멍하니 바라보던 시연은 문득 제 옆자리가 허전하다는 걸 느끼고 옆을 돌아봤다.

그곳에 데미안은 없었다. 그러나 여전히 남아 있는 온기는 그가 떠난 지 얼마 되지 않았다는 걸 알려주었다.

"데미안 님이라면 지금 바깥 욕실에서 씻고 계십니다."

베르가 방긋 웃으며 그녀의 집에서 가져온 것으로 추정되는 옷가지를 내밀었다.

"아침 식사 준비가 다 됐습니다. 씻고 나와서 식사하세요."

"아, 네."

그중에는 자신의 속옷도 있었기에 시연은 황급히 옷을 받았다. 바깥 욕실은 데미안이 쓰고 있다고 하니 시연은 안쪽 욕실로 향했다.

　시연이 욕실로 들어간 뒤 베르는 드레스 룸에서 데미안이 입을 옷을 챙겨 나와 바깥 욕실로 향했다.

　데미안은 샤워 가운 하나만 걸친 채 밖으로 나왔다. 베르는 능숙하게 데미안의 옷시중을 들며 그의 기분을 살폈다. 어제는 기분이 꽤나 나빠 보였는데 오늘은 나름 괜찮아 보였다.

　"혹시 전에 내리신 명령에 대해서 기억하고 계십니까?"

　지금이라면 말을 해도 괜찮지 않을까. 베르는 그의 눈치를 살피며 조심스럽게 물었다.

　"라오스에서 제물들을 어떻게 처리하는지 알아보라고 하신 거 말입니다."

　"그래, 기억한다. 한데 그건 왜 묻지?"

　"혹시 몰라 새봄 정신 병원에 더미를 감시로 붙여놨습니다. 그리고 어젯밤, 더미를 회수하러 갔는데 더미가……."

　"없어졌다는 말이군."

　하려던 말을 빼앗긴 베르는 고개를 끄덕였다. 데미안은 소매 단추를 잠그며 말을 이었다.

　"달리 특이한 점은 없었나?"

　"이한나 씨가 사라졌습니다. 아마 라오스에서 처리하기 위해 데려간 것으로 추정됩니다."

　"그럼 아직 한국에 있을 가능성이 있다는 거군. 김한성과 점심 약속을 잡도록 해."

　김한성은 라오스 한국 지사 본부장이었다. 아무래도 이번 일에 대해 그에게 물어보려는 생각인 듯했다.

　"명목은 뭘로 할까요?"

"그때 그놈이 나한테 도움을 요청한 연쇄 살인 사건, 해결 안 된 걸로 아는데, 맞나?"

"그렇습니다."

"그 일을 도와준다고 해. 그럼 좋다고 달려올 거다. 그 뒤는 내가 알아서 하도록 하지."

베르는 고개를 끄덕이며 넥타이를 집어 들었다. 늘 그랬다시피 그에게 넥타이를 매주기 위함이었다.

"잠깐."

한데 데미안이 막았다. 뭔가 달리 시킬 일이 있나 싶어 그를 빤히 바라보는데 데미안이 베르의 손에 있는 넥타이를 들고 성큼성큼 밖으로 나갔다.

그의 느닷없는 행동에 베르는 잠시 얼빠진 얼굴로 그의 자취를 쫓았다. 데미안이 향한 곳은 막 샤워실에서 나와 머리를 말리고 있는 시연 쪽이었다. 데미안은 들고 있던 넥타이를 시연에게 내밀었다.

"넥타이 매줘."

이건 또 무슨 소리란 말인가.

난데없는 데미안의 말에 시연은 조금 당황하며 그를 올려다봤다. 농담하는 건가 싶었는데 한없이 진지한 얼굴은 결코 그런 것처럼 보이지 않았다.

"저 한 번도 넥타이 매본 적 없는데요?"

"그 말은 매준 적도 없다는 건가?"

"그렇……죠?"

"괜찮군."

뭐가 괜찮은 건지는 모르겠지만 그의 기분이 나빠 보이지 않아 시연은 유연하게 거절하려고 했다.

"내가 매는 걸 보여줄 테니 잘 보고 따라하도록 해."

"아니, 안 그러셔도……."

거절하기도 전에 넥타이가 목에 둘러졌다. 그리고 그와의 거리가 확 가까워지자 시연은 숨을 크게 들이마신 채 눈만 껌뻑였다.

거리가 가까워진 만큼 그의 체취가 물씬 느껴졌다. 샤워 코롱 냄새가 섞인 체취였다.

그 향이 묘하게 심장을 자극해서 심장이 방망이질하듯 두근거렸다. 혹시 그 소리가 데미안에게 들릴세라 시연은 입을 꾹 다물고 있었다.

"여기선 이렇게……."

어쩔 줄 몰라 하는 시연과 달리 데미안은 태연하게 넥타이를 맸다. 보고 배워야 하는데 도무지 집중이 되지 않았다. 너무나도 가까운 그와의 거리가 신경이 쓰였기 때문이다.

"할 수 있겠지?"

"네? 아, 네."

사실 못 할 것 같았지만 얼른 떨어지고 싶은 시연은 크게 고개를 끄덕였다.

"그럼 해봐."

아, 그냥 못 한다고 할걸. 후회가 됐지만 때늦은 후회였다.

넥타이를 건네받은 시연은 어색하게 웃으며 데미안의 목에 넥타이를 둘렀다.

"그러니까……."

거의 기억이 나진 않지만 애써 기억을 더듬으며 시연은 넥타이를 맸다. 그러나 성공할 수 있을 리가 없었다. 어설프기 짝이 없는 솜씨로 계속 헛짓만 했다.

"하루 종일 넥타이만 맬 생각인가?"

"아, 그게 처음 매는 거라……."

"내가 알려줄 테니 다시 한 번 해봐."

그냥 직접 매면 될 것을 이리 불편하게 하는 까닭을 모르겠다. 시연은 속으로 투덜거리면서도 집중해서 데미안이 시키는 대로 했다.

"아!"

데미안이 도와준 덕분에 엉성하긴 하지만 나름 넥타이라는 모양이 갖춰졌다. 생전처음 넥타이를 매봤다는 사실에 시연이 눈을 반짝이며 감탄을 금치 못하자 데미안의 입가에 옅은 미소가 그려졌다.

"그럼 두 분 다 어서 준비를 마치도록 하세요. 이제 곧 출발해야 하니까."

"아, 네."

데미안과 베르는 거의 준비를 끝냈지만 아직 준비를 하지 못한 시연은 거의 흡입하다시피 밥을 먹고 자리에서 일어나 집으로 향했다.

"빨리, 빨리."

화장도 평소보다 몇 배는 빠르게 했다. 허둥지둥 준비를 마치고 위층으로 올라가는데 복도에 서 있는 마몬이 보였다. 그도 이제 막 도착한 것처럼 보였다.

"어라, 마몬 씨 얼굴에……."

그의 얼굴에 커다란 멍이 있는 걸 발견한 시연이 깜짝 놀라며 묻자 마몬이 멋쩍게 웃으며 볼을 긁적였다.

"신경 쓰지 마세요. 그냥 부딪힌 거니까요."

어떻게 부딪쳐야 저렇게 멍이 시퍼렇게 드는 걸까.

아무리 봐도 맞은 것 같았지만 그가 이야기하고 싶어 하지 않는 것 같아 시연은 깊게 묻지 않았다.

"들어가시려는 거죠? 제가 문 열어드릴게요."

"감사합니다."

지이잉―.

문을 막 여는데 벨소리가 들렸다. 마몬의 것이었다. 발신자를 확인한 마몬은 눈살을 작게 찌푸리며 전화를 받았다.

"나다. 응, 응…… 뭐?"

무슨 대단한 소식이라도 들은 건지 마몬의 눈이 커졌다. 짧은 욕설과 함께 전화를 끊은 마몬은 열린 문 앞에 서 있는 시연을 밀쳐내고 다급하게 집 안으로 들어갔다. 신발을 벗는 것도 잊은 채.

"데미안 님, 군주님, 수장님!"

온갖 호칭이 나왔지만 가리키는 건 데미안 한 명이었다. 막 외투를 걸치려던 데미안은 의아하다는 듯 제게로 뛰어오는 마몬을 바라봤다.

"무슨 일이지?"

"그게……!"

"데미안 님!"

마몬이 뭐라 말하려는 순간, 베르가 새하얗게 질린 얼굴로 방문을 벌컥 열고 나와 소리쳤다.

"가브리엘이…… 살해된 채로 발견됐다고 합니다!"

평범한 천족이 죽게 되면 육신은 사라지고 보석만 남지만 대천사와 신은 죽더라도 육신이 남았다. 때문에 가브리엘이 살해됐다는 걸 모두가 알 수 있었다.

"사인은 질식사. 저항한 흔적이 있긴 했지만 주변에 혈흔 자국 같은 건 없었다고 합니다."

그 말에 데미안은 턱을 쓰다듬으며 생각에 잠겼다.

여자이긴 하나 천족, 그것도 대천사인 가브리엘을 힘으로 이길 수 있는 자는 손에 꼽을 수 있을 정도로 적었다. 한데 그녀가 질식사를 당했다면, 그것도 피 한 방울 흘리지 않고 당했다면 그녀보다 강한 놈에게 당했다는 의미였다.

그렇다면 용의자는 확 좁혀진다. 이 세상에 대천사보다 강한 종족은 극히 드무니까. 거기에 현재 한국에 머물고 있는 이종족까지 생각하면 그 수는 한 손에 꼽을 수 있을 만큼 좁아진다.

"베르, 최근 일주일, 가브리엘이 죽기 전에 게이트들이 열린 적이 있나?"

"천계를 잇는 게이트 말곤 열리지 않은 것으로 알고 있습니다. 그 게이트가 열린 것도 가브리엘의 짐을 옮기기 위해 중급, 하급 천사들이 넘어왔을 뿐 대천사들은 단 한 명도 넘어오지 않았습니다."

베르의 말이 사실이라면 게이트를 넘어온 이종족은 없었다는 말이 되니 역시 용의자는 한국에 머물고 있는 놈들 중 가브리엘보다 강한 힘을 가지고 있는 이종족으로 좁혀진다.

"그래서, 그녀가 발견된 곳은 어디지?"

"가평입니다."

"가평? 그곳은 본부랑 멀지 않나?"

"네. 차로 한 시간 정도 떨어져 있습니다. 뭐, 가브리엘이 날아서 갔다면 30분 내로 도착했겠지만……."

"문제는 본부에서 이사 준비를 하고 있어야 할 그녀가 갑자기 왜 가평으로 갔는지가 의문이라는 거군."

할 말을 빼앗긴 베르는 고개를 끄덕였다. 그녀가 왜 살해당했는지에 대해 알아보려면 그것부터 풀어야 할 듯싶었다.

이런저런 이야기를 하는 동안 차는 성당 앞에 멈춰 섰다. 지붕 위의 십자가가 햇빛을 받아 이질적으로 빛났다.

작게 열린 성당 문틈에서는 아름다운 노랫소리가 새어 나오고 있었지만 왠지 몸에 닭살이 돋으며 꺼림칙하게 느껴졌다. 그건 그 노래가 천사의 노래였기 때문이었다. 죽은 가브리엘을 추모하는 노래.

지금이라도 돌아가고 싶은 마음이 굴뚝같았지만 원탁회의 일원이 죽은 지금, 수장으로서 그냥 돌아갈 수는 없었다.

데미안은 움직이지 않는 다리를 억지로 움직여 성당 안으로 들어갔다.

추모식에는 천족을 비롯해서 많은 이종족들이 참여했다. 원탁회의 일원들도 보였다. 그들은 데미안이 들어오자 일제히 자리에서 일어나 고개 숙여 인사했다.

가볍게 고개를 끄덕이는 것으로 대답을 대신한 데미안은 맨 앞으로 걸어갔다. 어느새 추모 노래는 멈췄다.

가브리엘의 육신은 새하얀 꽃으로 가득한 관 속에 누워 있었다.

데미안을 대신해서 베르가 흰 국화꽃을 가브리엘의 관 앞에 내려놓는 순간 문이 열리면서 누군가 들어왔다.

"헉."

"저, 저분은……!"

주변에서 들려오는 탄성 소리에 데미안은 뒤를 돌아봤다. 그곳엔 대천사들을 이끌고 있는 한 남자가 있었다. 온 세상의 빛을 제 발 아래 둔 듯 자애롭고 다정해 보이는 남자였다.

"신이시여."

그는 바로 천족들의 수장인 신, 마르스였다. 데미안은 그가 제 앞까지 다가오자 다소 살갑게 인사를 건넸다.

"오랜만이군, 마르스."

"감히 지금 누구의 성함을……!"

"됐습니다, 우리엘."

우리엘이 발끈하며 나서려고 하자 마르스가 팔을 뻗어 그의 앞을 막았다.

"저희 천사가 실례를 했습니다. 소중한 동료를 잃어서 다들 신경이 예민합니다. 부디 넓은 아량으로 용서해주시길."

"악마에게 아량을 바라다니. 웃긴다고 생각하지 않아?"

"그건 그렇군요."

데미안과 마르스 사이에는 보이지 않는 날카로운 신경전이 벌어졌다. 손을 가져다 대면 베일 것만 같았다.

"그러고 보니 그놈이 보이지 않는군."

"그놈? 아, 가온을 말하는 겁니까? 가온이라면 충격으로 쓰러져서 지금 요양 중입니다. 소중한 동료를 잃었으니까요."

그럴 리가 없었다. 둘의 사이는 좋아 보이지 않았으니까.

'근데 왜 이런 거짓말을 하는 걸까?'

역시 범인이 가온이기 때문에? 아니, 그건 아닐 것이다.

가온보다 가브리엘의 능력이 더 뛰어났다. 그 혼자선 가브리엘에게 상처 하나 입히지 않고 그녀를 질식사시키는 건 무리였다.

'그건 다른 대천사들이나 이종족들도 마찬가지이지만……'

단 한 명, 마르스라면 가능했다. 그러면 손가락 하나 까딱하는 것으로 가브리엘을 죽일 수 있었다.

'하지만 베르의 보고에 따르면 가브리엘이 죽기 전, 마르스는 천계의 게이트를 이용하지 않았어.'

그럼 마르스도 아니라는 의미인데 아무리 생각해도 마르스 말곤 범인이 생각나지 않아 데미안은 그를 유심히 바라봤다. 그런 데미안의 시선을 웃는 얼굴로 맞받아치던 마르스가 문득 생각났다는 듯 입을 열었다.

"그러고 보니 다음 주에 데미안 님의 반려를 소개하는 원탁회의가 있죠."

갑자기 저 이야기는 왜 꺼내는 걸까. 마르스를 바라보는 데미안의 눈매가 얄팍하게 접혔다.

"실례지만 반려를 맞으시는 일, 조금 미뤘으면 하는데 괜찮을까요?"

"실례가 되는 걸 알면서 왜 부탁하는 거지?"

"그야 가브리엘이 살해를 당했으니까요."

마르스의 시린 벽안에 눈물이 고였다. 마르스는 손수건으로 눈물을 닦으며 말을 이었다.

"안타깝게도 아직 가브리엘을 살해한 범인이 누군지 잡지 못했습니다. 그런 뒤숭숭한 상황에서 당신의 반려를 맞이하는 경사스러운 일을 진행하는 건 그다지 좋지 못하다고 봅니다. 주변의 시선은 물론 부정을 탈 가능성도 있으니까요."

"그런 미신 따위를 믿는 건가?"

"물론 전 안 믿지만……."

마르스는 말꼬리를 흐리며 주변을 둘러봤다. 주변의 시선은 그들에게 집중되어 있었다.

마계의 군주와 천계의 수장이 만났으니 당연한 거라고 생각하며 신경 쓰지 않았는데 이제 보니 그들의 시선은 묘하게 자신 쪽을 향해 있었다. 데미안은 눈살을 찌푸렸다.

"데미안 님."

이에 곁에 있던 베르가 언질을 줬다.

"아무래도 이종족들은 가브리엘을 죽인 범인이 데미안 님이라고 생각하는 것 같습니다."

"……뭐?"

이건 또 무슨 말도 안 되는 소리란 말인가. 데미안의 얼굴은 사정없이 구겨졌다.

"내가 무슨 이유로 저 여자를 죽였다는 거지?"

"저 역시 그리 생각합니다."

대답한 건 마르스였다. 베르와 데미안은 그를 쳐다봤다.

"당신이 그런 짓을 했을 리가 없지요, 안 그렇습니까?"

마르스는 진심으로 걱정한다는 듯 가슴에 손을 올리며 말했다.

"하지만 주변에선 그렇게 생각하지 않는 것 같으니 조금 자중하시는 편이 좋을 것 같아 이야기를 드리는 겁니다. 빠른 시일 내에 반드시 진범을 잡을 테니까요."

지금 누가 진범을 잡겠다는 건지. 어이가 없어 실소가 절로 나왔다. 데미안은 코웃음을 치며 고개를 돌렸다.

만약 이런 제안을 하는 자가 베르나 마몬이었다면 한번 곰곰이 생각해봤겠지만 상대가 상대인 만큼 생각할 이유는 없었다.

"그동안 제물은 제공해드리겠습니다."

그래, 저 말만 아니었다면 딱 잘라 거절했을 것이다.

"기다리시는 동안 주기가 오면 큰일이니까요."

"라오스와는 이야기가 된 건가?"

"네. 그들도 기꺼이 돕겠다고 하더군요."

"그래?"

뭔가 꺼림칙한 부분이 있긴 했지만 이건 거의 굴러 들어온 기회나 다름없었다. 이 기회를 놓친다면 그건 바보일 것이다. 잠시 고민하던 데미안은 고개를 끄덕였다.

"그렇다면 어쩔 수 없지. 하지만 제물은 확실히 제공해줘야 한다."

"물론이죠. 벤에게 말해두겠습니다."

친근하게 벤의 이름을 부르는 데서 그들 간의 친분이 엿보였다.

'혹시 마르스가 게이트를 이용한 걸 라오스 측에서 숨긴 건 아닐까?'

문득 드는 생각에 데미안은 고개를 저었다.

무려 신이나 되는 자가 인간계로 넘어왔다면 아무리 숨기려고 해도 소문이 날 것이다. 그리고 게이트를 이용한 기록은 삭제가 되지 않으니 숨기려고 한다고 해서 숨길 수 있는 것이 아니었다.

그럼 가브리엘은 누구에게 살해가 된 걸까. 그걸 알아보려면 가브리엘이 죽은 현장을 가봐야 하는 걸까.

이런저런 일로 골머리가 터질 것 같은데 다시 들려오는 추모 노래는 그의 머리를 더 아프게 만들었다.

거기에 대천사와 신까지 있으니 더는 이곳에 있고 싶지 않아, 그리고 가브리엘이 살해당한 장소에 가보는 것이 좋을 것 같아 데미안은 곧바로 성당을 나왔다.

아침 일찍부터 빼곡하게 잡혀 있던 데미안의 스케줄은 가브리엘의 죽음으로 인해 모두 취소됐다.

베르는 데미안을 따라나섰고, 시연은 회사로 출근했다. 주말이긴 하나 어제 못한 일을 마무리하기 위해 자진해서 출근한 것이다.

그래봤자 서류 정리가 고작이었지만 아직 초보인 시연에겐 그것도 어려운 일이었다. 실수라도 하면 큰일이니 시연은 느리더라도 천천히, 차곡차곡 서류를 정리했다.

'그나저나 가브리엘이라면 천사의 이름 아닌가.'

그 말은 천사가 죽었다는 의미였다. 그렇다면 뉴스에 대문짝만하게 실렸겠지, 확인해보기 위해 시연은 뉴스를 살폈다.

"……응?"

한참 뉴스를 살피던 시연의 눈에 들어온 건 '특종, 신께서 강림하다.'라는 인터넷 뉴스였다. 그 옆에 푸른 눈에 금발을 가진 남자의 모습이 대문짝하게 실려 있었다.

시연은 기사를 눌러 내용을 확인했다.

"……천족의 특징인 푸른 눈에 금발…… 잠깐, 푸른 눈에 금발이 천족의 특징이라고?"

그럼 소피아를 비롯해서 해저 공원에서 만난 이들이 전부 천족이라는 말인가?

"말도 안 돼."

시연의 손을 벗어난 휴대폰이 바닥으로 추락했다. 시연은 넋이 나간 얼굴로 책상만 바라봤다.

"천족이…… 그런 짓을 한다고?"

그렇게 잔혹한 짓을? 제 동족의 심장에 칼을 꽂는 짓을 아무렇지 않게 한다고?

도저히 믿기지가 않았다. 알려진 바에 의하면 천족은 따뜻하고 자애롭고 아주 친절한 종족이었는데 그것이 아니었다니.

똑똑─.

"……."

똑똑똑─.

"……아."

충격적인 사실에 넋을 놓고 있던 시연은 뒤늦게 노크 소리를 듣고 자리에서 일어나 문을 열었다.

"아, 계셨군요."

문을 두드린 건 혜서였다. 그 옆에는 처음 보는 여자가 서 있었다. 단아한 정장 차림에 말끔하게 틀어 올린 머리, 쓰고 있는 뿔테 안경 때문인지 지적인 느낌이 강했다.

"주말인데 출근하셨네요?"

"어제 못 한 일을 하려고요. 혜서 씨야말로 주말인데 출근하셨네요."

"본부장님이 출근했으니까요. 뭐, 쉬어도 되긴 하지만 주말에 출근하면 수당을 두 배로 주니 그냥 했죠. 모름지기 돈이 최고니까요.”

혜서는 가벼운 농담을 하며 옆에 있는 직원을 시연에게 소개했다.

“이쪽은 새로운 비서로 들어온 설현주 씨. 정식 출근은 내일부터지만 하루 먼저 나와 이것저것 배우고 있어요.”

“안녕하세요!”

“아, 네 안녕하세요.”

바짝 기합이 들어가 있는 모습이 마치 자신이 처음 이곳에 출근했을 때를 연상시켜서 시연은 옅게 웃으며 현주의 인사를 받았다.

“누구 밑으로 들어가는 거예요?”

“어머, 시연 씨. 대표님께 아무 말 못 들었어요?”

“네?”

혜서의 말에 불길한 기분이 들었다. 설마 하는 생각에 혜서를 물끄러미 바라보자 그녀의 마음을 읽었다는 듯 혜서가 고개를 끄덕이며 대답했다.

“네, 맞아요. 현주 씨는 대표님의 비서예요.”

“살인 사건이 일어났대요.”

“세상에.”

가브리엘의 시신이 발견된 사건 현장은 라오스와 경찰들이 철통같이 지키고 있었다.

아직 사건이 일어난 지 얼마 되지 않은 탓에 그 주변엔 구경꾼들이 벌 떼같이 모여 저마다 들은 것에 대해 쑥덕거리고 있었다.

“국민들은 알 권리가 있습니다!”

“취재를 허락해주세요!”

특종 냄새를 맡은 기자들은 하이에나처럼 몰려들었다. 이번 사건을 취재하려는 기자들과 그들을 막으려는 라오스 직원, 그리고 경찰들 간에 실랑이가 벌어졌다.

"절대 안 됩니다!"

경찰들은 한 치의 양보도 없이 강경하게 나왔다. 계속 이런 식으로 나오면 공무 집행 방해로 전부 집어넣겠다는 협박 아닌 협박에 약간 주눅이 든 기자들이 주춤하는 찰나…….

끼익―.

좁은 골목에 난데없이 검은 세단이 멈춰 섰다. 경찰들과 기자들은 물론, 그들의 실랑이를 구경하고 있던 구경꾼들 모두 세단을 쳐다봤다.

안쪽에서 사건 현장을 조사하고 있던 라오스 직원은 허겁지겁 세단 쪽으로 달려갔다. 곧이어 다른 직원들이 우르르 나와 바리케이드를 쳤다.

거인 일족 등 덩치가 큰 자들로만 구성되어 있어 고작 바리케이드를 쳤을 뿐인데도 누가 차에서 내린 건지 전혀 보이지 않았다.

"잠시만 얼굴을 보여주십시오!"

"원탁회의 일원입니까? 이번 사건과는 무슨 관련이 있으십니까!"

이에 기자들이 벌 떼처럼 달려들었지만 바리케이드를 뚫을 순 없었다. 직원들의 보호를 받으며 한 남자가 안으로 들어서자, 사건 현장을 지휘하고 있던 중년 남자가 허겁지겁 그에게 달려왔다.

"오셨습니까, 수장님."

"그래."

남자, 데미안은 가볍게 고개를 끄덕이며 대답했다. 그보다 나이가 많아 보임에도 손을 비비며 아부를 하고 있는 중년 남자는 라오스 한국 지사 본부장인 김한성이었다.

"내일 점심을 같이 먹기로 했는데 이렇게 만나게 될 거라곤 생각지도 못했군."

"그러게 말입니다. 저도 이게 무슨 일인지……."

김한성은 호주머니에서 손수건을 꺼내 이마에 흐르는 땀을 닦았다.

"사건 정리 파일은?"

"여기 있습니다."

김한성은 그가 온다고 연락했을 때부터 준비해둔 파일을 재깍 넘겨주었다. 데미안은 무심한 얼굴로 파일을 넘겨봤다. 대부분 아는 내용이었다.

"최초 목격자는 어디 있지?"

"지금 병원에 있습니다."

"병원?"

"네. 원래 심장이 약한 자였는데 시신을 보고 충격을 받아 심장 발작이 왔거든요. 어떻게 저희 쪽에 신고는 했습니다만 그게 전부였던 거지요."

"그럼 자세한 정황은 듣지 못했겠군."

"아, 그건 아닙니다. 병원에 이송되어 응급처치를 받은 뒤 곧 깨어났거든요. 그래서 사건 정황은 들을 수 있었습니다. 그것 역시 파일에 다 적어두었습니다."

그럼 목격자의 증언도 쓸모없다는 이야기였다. 하긴 목격자는 이미 상황이 다 벌어진 뒤에 발견한 것일 테니 쓸모 있을 리가 없었다.

그건 사건 현장을 살펴보는 것도 마찬가지일 것이다. 범인이 천하의 멍청이가 아닌 이상 현장에 제 흔적을 남겨뒀을 리가 없으니까.

실제로 현장에 범인의 흔적은 남아 있지 않았다.

'한데 가브리엘의 시신은 남겨뒀단 말이지.'

왜 범인은 가브리엘의 시신을 확실하게 처리하지 않고 누구든지 쉽게 발견할 수 있는 주택가의 골목에 두고 사라진 걸까?

마치 누군가가 가브리엘의 시신을 발견해주길 바랐던 것 같기도 하지만 마냥 그렇게 생각할 수만은 없는 건 정말 그걸 원했다면 이런 시골이 아니라 서울에 버리는 것이 더 나았을 것이다.

'근데 굳이 가평까지 왔단 말이지.'

여러모로 꺼림칙했다. 혹시 그들이 찾지 못한 증거가 있나 싶어 데미안은 사건 현장을 직접 둘러봤다.

지잉―.

한참을 둘러보고 있는데 주머니에 넣어둔 휴대폰이 울렸다. 발신자를 확인한 데미안은 곧바로 전화를 받았다.

"응."

[아, 저 바쁘세요?]

데미안에게 전화를 건 사람은 시연이었다.

"조금. 무슨 일이지?"

[아, 그게…….]

말하기 어려운 내용인지 시연은 잠시 주저하다가 이내 입을 열었다.

[방금 설현주 씨라는 분이 찾아왔는데요.]

"설현주? 그게 누구지?"

[내일부터 당신…… 아니, 대표님의 비서로 출근한다고…….]

"아, 벌써 온 건가."

마르스에게 제물을 보내겠다는 이야기를 듣긴 했는데 설마 벌써 준비해서 보냈을 줄이야.

'역시 이번 일과 관계가 있는 것 같은데…….'

마르스가 직접 움직였다고 생각진 않았다. 아마 당시에 한국에 있었을 가온을 움직였을 것이다.

'아니면 가브리엘에게 직접 자살을 명령 내렸을 수도 있어.'

만약 그렇다면 무슨 이유 때문일까. 의문이 꼬리에 꼬리를 물고 늘어졌다.

[전화 끊어진 거 아니죠?]

"아, 미안. 그 여자라면 내일부터 출근하는 것이 맞으니 신경 쓰지 않아도 돼."

[그렇……군요.]

갑자기 그녀의 목소리가 풀이 죽은 것처럼 들리는 건 제 착각인 걸까.

"무슨 일이……."

"데미안 님!"

저를 부르는 소리에 데미안은 말을 멈추고 뒤를 돌아봤다. 그러자 한쪽 벽에 서서 심각한 얼굴로 그를 부르는 베르가 보였다.

"잠시 이쪽으로 와보십시오."

"나중에 통화하지."

데미안은 전화를 끊고 베르에게 다가갔다.

"무슨 일이지?"

"이것을."

데미안은 베르가 가리킨 쪽을 쳐다봤다. 그곳엔 벽이 있었다.

벽에 드리워진 그림자 때문에 다른 곳과 달리 그 벽은 조금 어두웠을 뿐 딱히 특별해 보이는 건 없었다.

"여기 뭐가 있다는 거지?"

데미안의 질문에 베르는 말없이 휴대폰 조명을 켜 그가 가리켰던 곳을 비췄다. 그러자 벽돌의 일부가 반짝거리기 시작했다. 마치 무언가를 발라놓은 듯 아주 유난스럽게.

뚜, 뚜―.

끊긴 전화의 신호음이 귓가를 매섭게 파고들었다. 전화가 끊긴 후에도 시연은 좀처럼 휴대폰을 귀에서 떼놓지 못했다.

'그가 비서를 구한 거였어.'

시연은 쓰러지듯 책상에 엎드렸다. 머릿속엔 데미안이 새로운 비서를 구했다는 사실과 더불어 전에 그가 했던 말이 그림자처럼 맴돌았다.

"역시 날 버리려는 건가? 아니지, 그냥 비서만 새로 뽑는 걸 수도 있잖아."

베르 혼자서 수행하기에 일은 터무니없이 많았고 시연은 비서 일에 아직 능숙하지 않아 큰 도움이 되지 않았다.

하물며 3개월밖에 다니지 않는 시한부 비서였으니 그가 새로운 비서를 뽑는 건 생각해보면 당연한 일이었다.

'그래, 날 버리려는 건 아닐 거야. 지켜준다고 약속했잖아. 적어도 나를 노리는 그놈들을 잡을 때까진.'

그러니 아무 문제없을 거라고 생각하면서도 마음이 불안해졌다. 그래서 일이 손에 잡히진 않았지만 제 할 일은 다 해야 할 것 같아 억지로 손을 움직이던 와중, 책상 위에 올려둔 휴대폰이 요란하게 울렸다.

베르였다.

"네, 베르 씨."

[아, 시연 님. 일은 다 끝내셨어요?]

"아직……이요."

다른 비서들이 했다면 오전 중에 끝났을 일이었다. 한데 그 일을 오후가 된 지금도 끝내지 못했다는 것이 부끄러워 시연은 말꼬리를 흐렸다.

[역시 일이 많았던 모양이네요.]

하지만 베르는 그리 생각하지 않는지 밝은 목소리로 시연을 다독여주었다. 그런 베르의 말은 시연을 더 의기소침하게 만들 뿐이었다.

[오늘은 이만 퇴근하셔도 돼요.]

"회사로는 안 돌아오시는 건가요?"

[아, 네. 일이 좀 꼬여서. 저녁도 같이 못 먹을 것 같아요. 그래도 걱정하지 마세요. 시연 님은 마몬 님이 지켜줄 테니까요.]

"마몬 씨가요?"

[네. 아마 지금쯤이면 도착⋯⋯.]

똑똑─.

누군가 창문을 두드리는 소리가 들렸다. 시연은 무심코 그쪽을 돌아봤다.

"꺄아아아악!"

그녀는 창문에 붙어 있는 거미 인간을 보고 화들짝 놀라 비명을 질렀다.

[시연 님? 시연⋯⋯ 괜찮은 건가, 시연?]

베르의 목소리가 점차 멀어지면서 데미안의 목소리가 들렸다. 시연의 비명을 듣고 베르에게서 휴대폰을 빼앗은 모양이었다.

"네, 네. 괜찮아요⋯⋯."

그 와중에도 휴대폰을 떨어뜨리지 않고 되레 세게 움켜쥔 시연은 수화기를 귀에 가져다 댄 채 고개를 끄덕였다.

"아마 저 거미 인간은 마몬 씨의 시종인 것 같으니까⋯⋯."

그건 알겠지만 창문을 열고 들어오는 나오의 모습이 마치 공포 영화에 나오는 괴물처럼 너무 기괴하고 무서워서 시연은 몸을 잘게 떨었다. 그 뒤로 마몬이 등장할 때까지.

"왜 그렇게 놀란 표정이십니까, 반려님?"

"아, 아무것도⋯⋯."

[⋯⋯마몬 바꿔봐.]

데미안이 특유의 낮고 허스키한 목소리로 말했다. 뭔가 화난 것처럼 느껴지기도 해서 시연은 군말 없이 마몬에게 휴대폰을 내밀었다.

"뭐야? 누가 전화⋯⋯ 윽."

마몬은 수화기를 귀에 가져다 대자마자 눈살을 찌푸렸다.

"네, 네."

그것도 잠시, 더할 나위 없이 공손한 자세로 데미안이 하는 말을 경청했다. 그의 얼굴이 울상인 걸로 보아 데미안에게 혼나고 있는 모양이었다.

그동안 시연은 다리인지 팔인지 모를 것을 정리하고 있는 나오를 쳐다봤다. 저 많은 팔을 어디다 숨기는 건지 알 수 없었지만 팔들은 순식간에 사라졌다.

그 모습이 신기해서 계속 바라봤더니, 나오가 의아하다는 듯 그녀를 바라봤다.

"왜 그러시는지?"

"아, 아니에요. 그, 그것보다 나오 씨 맞으시죠? 전 차시연이라고 해요."

"알고 있습니다. 군주님의 반려분을 모를 리가 없으니까요."

이젠 '반려'라는 말만 들어도 어깨가 자동적으로 움츠러들었다. 그들을 속이고 있다는 것에 대한 죄책감 때문이었다.

"자, 이만 집에 가시죠, 반려님."

그런 그녀의 마음을 모르는 마몬은 마냥 해맑게 웃으며 그녀에게 휴대폰을 내밀었다.

"모셔다드리겠습니다."

"안 그러셔도 되는데……."

지이잉—.

마몬의 제안을 거절하려는데 손에 들고 있던 휴대폰이 요란하게 울렸다. 재희였다.

"어, 재희야."

[뭐 해? 집이야?]

"아니, 회사인데."

[뭐어? 이 화창한 주말에 회사?]

찢어질 듯한 재희의 고함이 휴대폰 스피커를 뚫을 듯 울려 퍼졌다. 그 소리에 귀가 먹먹해진 시연은 잠시 휴대폰을 귀에서 뗐다.

[아니, 잠시만. 근데 너 웬 회사? 설마 3개월 동안 카페에 못 나온다는 게 회사 다니느라 그런 거야?]

"어? 아, 아니! 잠시 아는 사람 만나러 왔어!"

재희에게 데미안의 비서로 일한다는 건 여전히 비밀이었기에 시연은 시치미를 잡아뗐다.

[그래서 어딘데?]

"어? 여기 광화문 쪽……."

[그래? 그럼 돌아갈 때 우리 카페로 올래? 오빠가 온대!]

"오빠……? 아, 설마……!"

시연의 입이 함박만 하게 벌어졌고 눈은 별을 박아놓은 듯 초롱초롱 빛났다. 그걸 본 마몬의 눈매가 얄팍하게 접혔다.

"지금 당장 갈게!"

전화를 끊은 시연은 마몬을 쳐다보았다.

"아, 죄송한데 먼저 가시겠어요? 전 친구를 만나러 가야 할 것 같아요."

"아, 친구."

마몬은 "친구 좋죠." 하고 의미심장하게 웃었다.

"어디 있는 친구요?"

"같이 가시게요?"

"말했잖아요. 군주님께 반려님을 지키라는 명을 받았다고."

"그래도……."

썩 내키지 않아 시연이 머뭇거리자 마몬이 가볍게 윙크를 하며 명쾌한 해답을 내놨다.

"이렇게 하죠. 친구분을 어디서 보시든지 간에 저희는 친구분 앞에 모습을 드러내지 않고 멀찍이 떨어져 지켜보기만 하겠습니다. 만약 반려님에게 무슨 일이 터지면 언제든지 달려갈 수 있는 적정 거리 안에서 말이죠."

'뭐, 그런 거라면 괜찮겠지. 재희도, 그리고 오빠한테도.'

"알겠어요. 같이 가요."

시연이 고개를 끄덕이자 마몬은 웃으며 주머니에 손을 넣었다. 그 속에는 휴대폰이 있었다.

"자, 그럼 어서 출발하죠."

말을 하는 와중에도, 시연을 따라 걸어가는 와중에도 주머니 속에 있는 마몬의 손은 부지런히 움직이며 문자를 치고 있었다.

받는 이는 데미안.

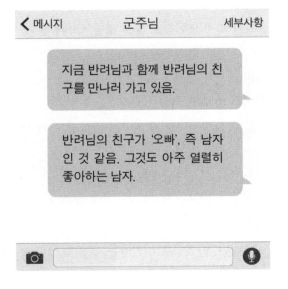

과연 이 문자를 받은 데미안이 어떤 반응을 보일지 너무 궁금해서 웃음이 절로 나왔다.

사건 현장을 떠난 데미안은 줄곧 주머니 속에 넣고 있던 손을 뺐다. 꽉 쥔 주먹을 펴니 미약하지만 반짝거리는 깃털이 보였다.

깃털은 곧 제 할 일을 다했다는 듯 한 줌의 먼지가 되어 사라졌다.

그걸 바라보는 데미안의 눈은 유쾌하게 휘었지만 그 안에 든 새카만 눈동자는 지독할 정도로 차갑게 가라앉아 있었다.

"역시 비둘기의 날개 깃털이군."

데미안은 가볍게 손을 털어 먼지를 떨궈냈다. 운전 중인 베르는 그 모습을 룸미러로 바라보며 물었다.

"가브리엘의 날개에서 떨어진 깃털일까요?"

"글쎄. 거기까진 알 수가 없지. 깃털이 사라져버렸으니까."

천족의 날개에서 떨어진 깃털은 지금처럼 일정 시간이 지나면 사라졌다. 그 시간이 얼마 동안인지는 아무도 알지 못했다. 여태껏 누구도 그 시간을 재본 적이 없기 때문이었다.

"일단 사건 현장을 제일 먼저 발견한 목격자를 만나보도록 하지. 혹시 라오스 놈들이 놓친 진술이 있을 수도 있으니까."

"이미 라오스 측에 입막음을 당했을 가능성도 있습니다."

"그럼 기억을 파고들면 돼. 네 능력을 쓰든, 아니면 계약을 하든."

흔히 인간들 사이에 알려진 것처럼 악마는 계약을 통해 그들이 원하는 것을 이뤄주고 대가를 가지고 갔다.

이종족 간의 화합과 조화를 위해 무분별한 계약은 금지되어 있었지만 특별한 상황에선 라오스의 허락을 받고 계약을 할 수가 있었다. 지금이 바로 그 경우인 듯했다.

'물론 허락을 받을 생각은 없지만.'

무슨 일을 벌이든 안 들키면 되는 것이었고, 그럴 자신은 충분히 있었다.

"목격자가 입원한 병원이 어디인지 알아봐라."

"알겠습니다."

베르는 곧장 더미에게 운전을 맡기고 정보 수집에 들어갔다. 데미안은 그동안 휴대폰을 이용해서 인터넷 뉴스를 확인했다.

가장 먼저 눈에 띄는 신문 기사 제목은 '신의 강림'이었다.

'역시 마르스가 온 것이 만천하에 알려졌군.'

그렇게 요란하게 등장했는데 알려지지 않는 것이 되레 이상했다. 하는 꼴을 봤을 때 마르스는 처음부터 만천하에 알릴 생각으로 작정하고 등장한 것이 분명했다.

'진짜 마르스가 범인이 아닌 걸까? 그가 아니라면 도대체 누구지? 가온인 걸까? 만약 그렇다면 그는 왜 가브리엘을 죽인 걸까?'

풀리지 않는 의문이 실타래처럼 엉켜 머릿속을 복잡하게 만들었다.

곰곰이 생각하며 휴대폰을 바라보고 있는데 휴대폰이 작게 진동했다. 마몬에게서 온 문자였다.

"찾았습니다."

그사이 목격자가 입원한 병원을 찾아낸 베르는 데미안을 돌아보며 보고했다.

"위치는 목동에 위치한 뉴진 병원입니다. 그쪽으로 바로 가겠습니다."

"아니, 그보다 먼저 들를 곳이 있다."

그제야 베르는 데미안의 얼굴이 불만스럽게 일그러진 것을 확인했다. 무엇 때문인지는 알 수 없지만 잡아먹을 듯 휴대폰을 보고 있는 것으로 보아 심상치 않은 내용을 본 모양이었다.

'신과 관련된 건가?'

그것 말고 그의 신경을 거슬릴 만한 일은 없으니 당연히 그럴 거라고 베르는 생각했다. 이럴 땐 무슨 말을 하기보다 가만히 있는 것이 좋다는 걸 오랜 경험을 통해 잘 알고 있는 베르는 아무 말 하지 않고 그의 말을 기다렸다.

"……홍대 쪽으로 가지."

말없이 휴대폰만 뚫어질 듯 바라보던 데미안이 이윽고 입을 열었다.

"홍대 말씀이십니까? 알겠습니다."

마르스는 지금 라오스 본부에 있었다. 그런데 왜 홍대로 가자는 건지 의아했지만 베르는 군말 없이 홍대로 향했다.

EPISODE 10

판도라의 상자

시연은 마몬, 나오와 함께 홍대로 향했다. 카페 바로 앞에 내리기엔 눈치
가 보여 한 블록 떨어진 곳에 차를 세워달라고 부탁한 시연은 내리기 전 마
몬에게 물어보았다.

"언제 올지 모르는데, 정말 기다리실 건가요?"

"네. 언제 오셔도 상관없으니 편히 이야기하다 오세요."

불편하다는 의미로 한 얘기였는데 마몬은 알아듣지 못한 듯했다.

더 말해도 들어줄 것 같지 않아 시연은 그를 설득하는 걸 포기하고 재희
의 카페로 향했다.

카페에 오는 건 정말 오랜만이었다. 과거에 일했던 것이 새록새록 떠오르
며 감회가 남달랐다. 시연은 크게 숨을 들이마신 뒤 카페 안으로 들어갔다.

딸랑—.

익숙한 방울 소리가 정겹게 들렸다.

"어서 오세요."

카운터를 보고 있는 건 처음 보는 남자였다. 시연이 그만두고 들어온 알바생인 듯했다.

시연은 재희를 찾기 위해 주변을 가볍게 둘러보며 카운터로 다가갔다.

"사장님은?"

"아, 잠시 요 앞에 나가셨……."

딸랑―.

호랑이도 제 말 하면 온다더니 재희가 돌아왔다. 시연을 발견한 재희는 함박웃음을 지으며 한걸음에 달려와 시연을 와락 껴안았다.

"꺄악, 오랜만이다, 시연아."

"오랜만은 무슨."

시연은 퉁명스럽게 대꾸하며 재희를 떼어놓았다.

"얼마 전에도 봤잖아."

"에이, 매일 보다가 한 번씩 보는 건데 넌 안 아쉬워?"

"아쉬울 게 뭐 있어. 되레 너무 자주 봐서 지긋지긋했는데."

"씨이, 너 진짜 그럴래?"

재희는 삐졌다는 듯 뾰로통하게 말했지만 오래가진 않았다. 시연이 장난으로 한 말이라는 걸 알고 있기 때문이기도 했고, 그녀에게 전해주고 싶은 소식이 있기 때문이기도 했다.

"진짜 너무한 것 같지 않아?"

재희는 커피를 시연의 앞에 내려놓으며 툴툴거렸다.

"전화 오자마자 가장 처음 한 말이 여보세요,도 아니고 시연이 잘 있지, 라니까? 보통 친동생 안부부터 묻지 않아? 내가 확신하는데, 오빠랑 나는 친남매가 아니야."

"글쎄. 그렇게 생각하기엔 외모가 너무 똑같지 않아?"

"야, 농담이라도 그런 소리 하지 마. 오빠랑 내가 똑같이 생겼다니!"

재희가 질색하자 시연은 말없이 웃었다.

"그래서, 재혁 오빠는 언제 온대?"

시연이 굳이 이곳에 온 건 그를 만나기 위함이었다. 시연의 눈이 유난스럽게 빛이 나자 재희는 어이없다는 듯 실소를 터뜨렸다.

"아무리 생각해도 너랑 오빠랑 남매 사이인 것 같은데."

"이상한 소리 하지 말고. 만약 내가 재혁 오빠랑 남매 사이였으면 이리 안 반겼어. 너처럼 그러지."

"아, 그런가?"

잠시 생각하던 재희는 곧 납득하며 고개를 끄덕였다.

"아무튼, 오빠 만나려면 조금 기다려야 할 것 같아."

"왜? 바로 오는 거 아니었어?"

"원래는 그러려고 했는데 회사에 일이 터졌나 봐. 그래서 잠시 갔다가 온다는데?"

"얼마나 걸린다는 이야기는 없고?"

"응. 자세한 이야기는 없었고, 그냥 되도록 빨리 올 테니 기다리고 있으라고 했어."

그건 금방 돌아오겠다는 의미이기도 했고, 꼭 할 말이 있다는 의미이기도 했다.

'근데 왜 나한테 직접 전화를 안 한 거지?'

의아했지만 깊이 의문을 가지진 않았다. 재혁이 그랬다면 그만한 이유가 있었을 테니까.

그만큼 재혁에 대한 시연의 믿음은 깊었다. 재희만큼 그와 오래 알고 지낸 사이이기 때문이기도 했지만 다른 이유도 있었다.

딸랑―.

"어서 오세요!"

단체 손님의 등장에 재희는 더 이상 시연과 함께하지 못하고 손님을 맞이하러 가야 했다.

손님도 때가 있다는 말이 있듯 한가할 땐 한없이 한가했지만 손님이 몰려들어올 땐 한없이 몰려와 쉴 틈도 없이 바빴다.

하물며 아직 일이 익숙하지 않은 알바생은 크게 도움이 되지 않았다.

"죄송합니다!"

결국 알바생이 실수를 저지르면서 재희가 점점 더 힘들어하는 것이 눈에 보이자, 더 이상 가만히 앉아 있을 수 없어 시연은 두 팔 걷어붙이고 카페 일을 도왔다.

말은 안 했지만 간간이 보내오는 시선에서 재희가 얼마나 고마워하는지 알 수 있었다.

그렇게 정신없이 손님을 맞이하다보니 어느새 한 시간이 훌쩍 지나갔다. 손님이 제법 빠져 아까보단 한가했지만 완전히 여유로운 건 아니었다.

"넌 이만 쉬어."

그래서 더 도와주려고 했는데 재희의 만류에 시연은 하던 일을 놓을 수밖에 없었다.

그렇다고 가만히 있을 수도 없어 테이블 치우는 거라도 도와줘야겠다고 생각하며 주변을 살피던 시연의 눈에 들어온 건 5살 남짓 되어 보이는 남자아이였다.

"오호호, 그래서 말이야……."

아이의 엄마로 보이는 여자는 수다 삼매경에 빠져 아이를 돌보지 않았다. 호기심이 많은 아이는 카페 여기저기를 기웃거리며 아무거나 막 건드렸다.

그중에는 예쁜 컵을 전시해둔 진열장도 있었다. 해외 출장이 잦은 재혁이 동생인 재희를 위해 해외에서 사 온 컬렉션이었다.

"와아."

어른의 눈에 예쁜 것이 아이의 눈에 안 예뻐 보일 리가 없었다.

특히 아이들이 좋아할 법한 캐릭터가 그려진 컵에서 아이는 눈을 떼지 못했다. 앙증맞은 손은 진열장을 향해 계속 뻗고 있었다.

'조금 위험하지 않나? 저러다 잘못 건드리면 진열된 컵들이 떨어질 텐데……'

시연은 불안한 마음으로 아이를 바라봤다.

쿵—.

아니나 다를까, 아이의 몸이 기우뚱하면서 진열장과 세게 부딪치자, 진열된 컵들은 위태롭게 흔들리다가 아이의 위로 일제히 떨어졌다.

더는 생각할 것이 없었다. 아이를 구해야 한다는 생각에 시연은 다급하게 손을 뻗어 아이를 감싸 안았다.

쨍그랑—.

얼마 지나지 않아 거센 파열음과 함께 온몸에 거센 충격이 연달아 느껴졌다.

"꺄, 꺄악. 준휘야!"

그제야 상황 파악을 한 아이의 엄마가 소리를 질렀고, 다른 사람들도 마찬가지였다.

"시연아!"

놀란 재희는 하던 일을 멈추고 황급히 시연에게로 달려왔다.

"괘, 괜찮아? 시연아?"

"아, 응……."

그제야 시연은 고개를 들어 재희를 바라봤다. 머리가 좀 띵하긴 했지만 죽을 만큼 아프거나 한 건 아니었다. 딱히 피도 나지 않았다.

"주, 준휘야!"

"엄마!"

"……!"

머리를 세게 얻어맞은 탓에 잠시 멍하게 있던 시연은 아이가 제 엄마에게 가기 위해 발버둥을 치자 그제야 자신이 이성, 아무리 어리다곤 해도 남자인 아이와 접촉하고 있다는 사실을 깨닫고 화들짝 놀라며 아이를 품에서 떼어놓았다.

"흐어어엉."

그 행동에 더 놀란 아이가 울음을 터뜨렸다. 그러나 어디 아픈 것처럼 보이진 않았다.

"고맙습니다, 정말 고맙습니다."

아이를 끌어안은 아이 엄마가 시연에게 연신 고맙다며 인사를 했고, 주변에서는 대단하다고 박수를 쳤다.

하지만 시연의 시선은 아이에게 고정되어 떨어질 줄을 몰랐다. 기절하기는커녕 너무나도 우렁차게 울고 있는 남자아이에게서 말이다.

'내…… 능력이 통하지 않았다고?'

머리 위에 팔랑이는 강아지 귀나 손등에 문신이 있는 것으로 보아 아이는 이종족, 그것도 견(犬)과인 듯했다.

만약 아이가 악마였다면 단순히 악마에게는 내 능력이 통하지 않는구나, 하고 넘겼겠지만, 견(犬)과에 속한 놈들에게 자신의 능력이 통한다는 건 숱한 경험을 통해 잘 알고 있었기 때문에 의아했다.

'설마 나, 능력이 사라진 건가?'

그것 말곤 이 기이한 현상을 달리 설명할 길이 없어 시연은 근처에 서 있는 알바생의 손을 잡았다. 이에 당황한 듯 알바생이 눈을 크게 떴지만 시연은 신경 쓰지 않았다.

"괜찮아요?"

오히려 다급한 목소리로 알바생에게 물었다. 그러자 당황한 알바생이 눈을 깜빡이며 되물었다.

"아, 저 그러니까 뭐가 괜찮다는 말씀이신지……."

"몸에 힘이 빠지거나 막 어지럽거나, 다리에 힘이 풀린다거나 그런 느낌 없어요?"

"왜 그래, 시연아. 그건 네가 느껴야 하는 거잖아."

누가 봐도 다친 시연이 그런 증상을 보여야 하는 것이 정상이었다. 한데 왜 엄한 알바생에게 묻는 건지 이해하지 못한 재희는 시연의 팔을 잡고 물었다. 알바생 역시 비슷하게 대답했지만 시연은 물러서지 않았다.

"제발 대답해줘요."

"아, 어…… 네. 괜찮아요. 그런 느낌 전혀 없어요."

시연의 간곡하고도 끈질긴 부탁에 알바생은 약간 얼떨떨해하며 고개를 끄덕였다. 말간 얼굴을 봤을 때 거짓말을 하는 것처럼 보이지 않았다.

'그렇다는 건 정말로……'

시연의 눈에 눈물이 차올랐다. 그녀가 아파서 우는 것이라고 생각한 재희는 구급차를 불러야 하는 거 아니냐며 마구 소란을 부렸다.

딸랑—.

그 순간, 문이 열리면서 한 남자가 들어왔다. 멋들어진 화이트 제복은 남자가 라오스의 직원이라는 것을 알려주었다. 키도 훤칠했고 얼굴도 제법 준수했기 때문에 뭇 여성들의 시선을 끌었다.

"이게 무슨 일이야."

귀에 익은 목소리였기 때문에 정신없는 상황에서도 시연의 고개는 저절로 남자가 있는 쪽으로 향했다. 그러자 머리 위로 팔랑이는 귀와 익숙한 얼굴이 보였다.

남자가 누구인지 확인하는 순간, 시연의 눈물샘 수도꼭지는 제어를 벗어나 완전히 풀려버렸다. 눈물이 폭포수처럼 쏟아져 내렸다.

"오빠……."

시연은 한걸음에 남자에게로 달려가 그의 품에 안겼다. 그런 시연의 행동에 당황스럽다는 듯 남자의 눈이 커졌다.

"시, 시연아. 너 이러면 안……."

"안…… 통해."

"뭐?"

"내 능력…… 이제 아무한테도 안 통한다고."

그 말에 시연을 밀어내리던 남자의 손이 거짓말처럼 멈췄다. 시연의 말처럼 정말 그녀의 능력이 통하지 않는다는 걸 확인한 남자의 눈은 아까보다 더 커졌다.

"정말로…… 안 통하잖아. 하하, 하하하하!"

남자는 환하게 웃으며 시연을 꽉 끌어안았다. 웃음소리 역시 꽤나 유쾌하고 호탕했다.

그런 남자의 행동이 답답할 법도 하건만 시연은 그를 거부하지 않았다. 되레 어미 품을 찾는 어린아이처럼 더욱 그의 품을 파고들었다.

그래도 모든 일에는 한계가 있는 법.

조금 숨이 막히기도 하고 그제야 따가운 주변의 시선이 느껴진 시연이 남자의 품에서 벗어나려는 순간…….

딸랑―.

"……이 남자인가?"

정겨운 방울 소리와 더불어 전혀 정겹지 않은 목소리가 들려왔다.

"아주 열렬히 좋아한다는 오빠가 그 남자냐고 물었다."

시연은 황당한 얼굴로 목소리가 들리는 쪽을 쳐다봤다. 그러자 몹시 대단히 못마땅하다는 듯 그녀를 바라보고 있는 데미안이 보였다.

이전에 비슷한 일을 겪은 적이 있었다. 호텔에서 가온과 함께 만났을 때였다.

다른 점이 있다면 제 의지로 그의 품에 안겼다는 것뿐, 데미안에게 이런 모습을 보이고 싶지 않은 마음은 똑같았다.

그래서 시연은 황급하게 남자에게서 떨어졌다. 남자는 그런 시연을 바라보지 않았다.

그의 시선은 데미안이 들어온 순간부터 그에게 고정되어 있었다. 마냥 유쾌했던 눈동자에는 살기가 감돌았다. 당장이라도 뛰어가 데미안의 멱살을 잡을 것 같은 얼굴이었다.

"재혁 오빠?"

재혁이 진짜 그럴까 봐 걱정이 된 시연은 그의 옷깃을 잡아당겼다.

그제야 재혁은 데미안에게서 시선을 떼고 시연을 바라봤다. 여전히 눈동자엔 살기가 깃들어 있었지만 아까보단 덜했다. 시연도 있고 주변에 손님들도 많으니 애써 참는 듯했다.

"이리 와."

그러나 그의 인내심은 성큼 다가온 데미안이 시연의 손을 잡아당기는 것으로 끝이 났다.

데미안이 시연을 데리고 가려고 하자 재혁은 무자비하게 얼굴을 구기며 시연의 반대편 손을 잡았다.

"그 손 놓지."

"당신이야말로 그 손을 놓는 것이 어떻습니까?"

"내가 왜 그래야 하지?"

"그 말 그대로 되돌려주죠. 저 역시 시연의 손을 놓을 이유는 없습니다."

둘은 조금도 물러서지 않고 팽팽하게 맞섰다. 흡사 드라마에서나 볼 법한 장면에 사람들은 흥미롭다는 듯 그들을 바라봤다.

재희까지 말릴 생각은 하지 않고 그저 보고만 있으니 시연은 그야말로 죽을 맛이었다. 원치 않은 주목을 받은데다가 설상가상 그들이 잡은 팔이 아파왔으니까.

"아야……."

그녀가 작게 신음을 뱉자 두 남자 모두 시연의 팔을 잡고 있는 손에서 힘을 풀었다. 그렇다고 시연의 팔을 완전히 놔준 건 아니었다.

"팔 좀 놔주시겠어요?"

아무래도 직접 말하지 않으면 놔주지 않을 것 같아 시연은 단도직입적으로 말했지만 전혀 먹혀들지 않았다. 그들은 그저 죽일 듯이 서로를 바라볼 뿐이었다. 정확히 말해선 재혁이 데미안을 그런 눈으로 바라보고 있었다.

데미안은 그런 재혁을 가소롭다는 듯 쳐다봤다. 마치 고양이가 쥐를 쳐다보듯, 언제든지 사냥할 수 있는 사냥감을 바라보는 듯한 시선이었다.

"데미안 씨."

그 시선이 불안해서 데미안을 불렀더니 재혁이 잡고 있는 팔이 욱신 아파왔다. 재혁이 손에 힘을 준 것이다. 그 탓에 저도 모르게 고개를 돌린 시연은 대단히 못마땅하다는 듯 저를 바라보고 있는 재혁을 발견했다.

"뭐야, 너. 저 자식이랑 아는 사이야?"

험한 표현에 데미안의 미간이 작게 구겨졌다. 이대로 있다간 정말 싸움이 일어날 것 같아 시연은 황급히 그를 말렸다.

"왜 그래, 오빠."

"내가 묻는 말에 대답부터 해. 저 자식이랑 아는 사이냐고."

"그쪽은 누구길래 나한테 '저 자식'이라고 하는 거지?"

한기가 서린 싸늘한 목소리가 카페에 나지막하게 울려 퍼졌다.

아직 날씨가 더움에도 불구하고 살갗을 스치는 한기에 몸이 저절로 떨렸다. 구경꾼들이 슬금슬금 자리를 피할 정도였다.

그제야 이게 구경만 하고 있을 일이 아니라는 걸 깨달은 재희가 재혁에게 다가왔다.

"미쳤어? 왜 애먼 인간한테 시비야?"

"네 눈엔 인간처럼 보이냐?"

"손등에 문신이 없는데 그럼 인간이지 이종족이라는 거야?"

"……그렇네."

재혁의 시선이 데미안의 깨끗한 손등에 꽂혔다. 이종족의 지배층은 손등에 문신이 없다는 건 대부분의 이들이 기본 상식으로 알고 있었지만 만나는 경우는 드물기 때문에 다들 미처 거기까지 생각하지 못하는 것이다.

그렇다 보니 지배층에 속한 이종족들은 자신이 이종족이라는 걸 숨긴 채 태연하게 인간인 척하는 경우가 많았다.

"이 자식은 손등에 문신이 없지."

하물며 데미안은 마계의 군주, 즉 마왕이다 보니 더욱 그 정체를 숨겨야 할 필요가 있었다.

그건 라오스의 직원들도 대부분 모르는 일이었지만 재혁은 그가 누구인지 정확하게 알고 있는 눈치였다. 한데도 저리 말을 험하게 하다니.

"……제물 관리반 쪽인가."

그놈들 말곤 라오스 직원들 중에서 제 정체를 알고 저리 적대심을 가질 놈들이 없다는 생각에 데미안이 말하자, 정곡을 찔렸는지 재혁이 살짝 움찔했다.

"그렇군. 그쪽 놈이었어."

여기까지 알아챘는데 머리가 나쁘지 않은 이상 더 덤비진 못할 것이다. 자신이 이 일을 가지고 라오스에 태클을 걸기라도 하면 그의 입장이 퍽이나 난처해질 테니까.

'뭐, 그럴 생각도 없지만.'

직접 죽이는 거라면 모를까, 다른 놈의 손을 빌리는 건 제 스타일이 아니었다.

"이만 가도록 하지."

"그쪽이 뭔데 시연을 데리고 간다 만다 하는 겁니까!"

조용히 그냥 물러날 생각이었지만 바락바락 대드는 모습을 보니 한번 찍어 누를 필요성이 있어 보였다.

"내가 뭐냐고?"

데미안이 불쑥 손을 뻗어 시연의 팔을 잡고 있는 재혁의 팔을 잡았다. 말릴 틈도 없었다. 감히 흉내 낼 수도 없는 무자비한 힘에 재혁의 입이 저절로 벌어졌다. 손에 힘이 빠진 재혁은 제 의지와 상관없이 시연의 팔을 놨다.

"앗!"

그 틈을 놓치지 않고 데미안은 시연을 온전하게 제 품으로 끌어당겼다. 그러자 재혁이 버럭 소리를 질렀다.

"그 손 당장 놓지 못해!"

"왜 놓아야 하는지 모르겠군."

정말 이해가 되지 않는다는 듯 데미안이 가볍게 어깨를 으쓱이며 말했다.

"내 반려를 내가 끌어안는다는데 뭐가 문제인지 모르겠어."

"……뭐?"

"바, 반려요?"

데미안의 말에 남매 모두 충격을 받은 것 같았지만 그 종류는 다른 듯했다. 재혁의 얼굴은 귀신이라도 본 것처럼 새하얗게 질렸고, 재희의 얼굴은 발그레 붉어졌으니까.

"뭐야, 이 앙큼한 기지배. 그새 남자 친구 생긴 거야? 아니지, 반려면 약혼자인가?"

"어, 어? 그게……."

데미안의 난데없는 폭탄선언에 시연은 그야말로 죽을 맛이었다. 정말로 그의 반려라면 그나마 나았겠지만 가짜 반려이기 때문에, 모든 일이 마무리 되면 헤어질 사이였기 때문에 더욱 난감했다.

"그게 뭐? 맞다는 거야, 아니라는 거야?"

"……맞아."

하지만 아니라고 부정할 수도 없는 입장인지라 시연은 고개를 끄덕였다.

그러자 재희가 "어머나."를 연발하며 박수를 쳤다. 재혁은 여전히 말이 없었다.

"잘됐다. 진짜 잘……."

"잘되긴 뭐가 잘돼!"

카페를 쩌렁쩌렁하게 울리는 소리에 재희는 물론 시연도 당황하며 재혁을 바라봤다.

당황하지 않은 건 데미안이 유일했다. 그는 마치 재혁이 이런 반응을 보일 줄 알았다는 듯 여유만만하게 그를 바라봤다.

"미친 거지, 차시연? 미치지 않고서야 이런 일을 벌였을 리가 없지."

"오빠……."

"세상에. 할 짓이 없어서 이 자식의 반려 노릇을 해? 악마 새끼……!"

딱—.

데미안이 손가락을 가볍게 튕기자 주변의 시간이 정지했다.

'악마'라는 단어에 놀라 데미안을 바라보던 재희도 멈췄고, 막 카페에 들어오던 손님들도 멈췄다.

그 시간 속에 유유히 움직이는 건 데미안과 시연, 재혁, 그리고 언제 들어왔는지 모르는 베르가 전부였다.

데미안은 싸늘하게 웃으며 고작 이 정도 능력에 말문이 막혀버린 재혁을 바라봤다.

"네가 지금 무슨 말을 뱉었는지 알고 있는 건가, 여우?"

그제야 상황 파악이 된 건지 재혁의 얼굴이 좀 전보다 더 새하얗게 질렸다. 핏기 하나 없는 얼굴은 다른 의미로 볼 만했다.

"그 누구보다 내 정체를 숨겨줘야 하는 라오스 직원이 이리 대놓고 까발리다니. 정신이 나가도 한참 나갔군."

데미안이 질책하듯 말하자 재혁이 피가 날 정도로 입술을 지그시 깨물었다. 달싹이는 입술은 무슨 말을 하고 싶은 것처럼 보였지만 데미안의 기세에 눌려 감히 말을 뱉지 못하는 듯했다.

아니, 그렇지 않더라도 지금 재혁이 아무 말하지 못하는 건 당연했다.

데미안이 악마라는 사실을 이렇게 공개적으로 알렸다는 걸 라오스 측에서 알게 된다면 단순히 징계를 먹는 것으로 끝나지 않을 테니까.

최악의 경우 죽을 수도 있을 만큼 데미안이 악마라는 사실을 숨기는 건 매우 중요한 일이었다. 순간 차오르는 분노를 이기지 못하고 그만 실수를 한 것이다.

'그만큼 시연을 아낀다는 의미겠지.'

문득 마몬이 보낸 문자가 떠오른 데미안은 입매를 비틀었다. '아주 열렬히 좋아하는 오빠'라는 얼토당토하지도 않은 문구가 말이다.

시연의 반응을 봤을 때 그 말이 사실인 것 같아 더욱 짜증이 났다. 마음 같아선 눈앞에서 재혁을 치워버리고 싶었지만 어째서인지 그건 또 마음에 걸려 그러지 못했다.

'그녀 때문이겠지.'

이렇게 화가 나는 것도, 그러면서도 그에게 손가락 하나 까딱하지 못하는 것도. 형체가 흐릿했던 마음이 점점 윤곽을 잡아갔다.

"뒤처리를 해야겠군."

데미안이 손을 들자 기다렸다는 듯 베르가 앞으로 나왔다.

"내가 능력을 해제하면 지금 저놈이 한 말을 기억하지 못하도록 여기 있는 놈들의 기억을 조작하도록 해."

"알겠습니다."

"그럼 우린 이만 가지."

"네, 네!"

"가긴 어딜 가!"

재혁과 데미안이 더 이상 충돌하는 걸 원치 않아 냉큼 대답했건만 그런 시연의 노력은 재혁의 외침으로 무산이 됐다.

재혁은 절대 보내지 않겠다는 듯 눈을 이글이글 태우며 시연의 팔을 다시 잡았다.

"시연은 안 됩니다!"

아까와 다른 점이 있다면 이글거리는 눈동자에 분노뿐만 아니라 간절함도 깃들어 있다는 것.

"그녀는 절대 안 됩니다! 무슨 일로 시연을 반려로 맞이하신 건지는 모르겠지만 장난이시라면 제발 그녀를 놔주세요!"

"장난이 아니라면?"

그 말에 간곡히 그를 바라보던 재혁도, 모두에게 최면을 걸기 위해 준비하던 베르도, 그리고 시연도 그를 바라봤다.

"장난이 아니라면 어쩔 거지?"

"뭐……라고요?"

"여우, 넌 장난으로 반려를 들일 수 있을지 모르지만 난 아니야."

시연의 허리를 감은 데미안의 손에 좀 더 힘이 들어갔다. 그러나 전혀 아프거나 고통스럽지 않았다.

되레 자신을 든든하게 받쳐주는 느낌이 들어 심장이 두근거렸다. 볼이 살짝 붉어지는 건 말할 것도 없었다.

"난 진심이다."

데미안은 시연이 무척이나 사랑스럽다는 듯 그녀의 이마에 가볍게 입을 맞추며 말을 이었다.

"처음부터 지금까지 쭉."

"대충 정리가 됐습니다, 마르스 님."

"수고했습니다, 우리엘."

우리엘에게 보고를 받은 마르스는 온화하게 웃으며 자리에서 일어섰다. 그의 움직임 하나하나에 기품이 넘쳐났다. 그건 그의 외모와 평소 보여주는 행동 역시 마찬가지였다.

그러니 마르스야말로 '신'이라는 직위가 참으로 걸맞는 천사라고 우리엘은 생각했다.

"대천사의 공석을 채워야겠군요."

"천계로 돌아가는 즉시 후보 명단을 준비하겠습니다."

"부탁합니다."

우리엘은 가볍게 허리를 숙여 인사한 뒤 방을 나갔다.

문이 닫힌 후에도 한참 동안이나 문을 바라보던 마르스는 이내 창가 쪽으로 걸어갔다.

뜨거운 태양을 가리고 있던 커튼을 걷자 창가에 앉은 작은 새 한 마리가 보였다. 마르스가 창문을 열고 손을 뻗자 새는 마르스의 손등에 날아와 살 포시 앉았다.

새는 마르스의 손에 몸을 비비며 애정을 표현했다. 그런 새를 귀여워하며 머리를 쓰다듬어주던 마르스의 얼굴에 싸늘한 한기가 스쳐 지나간 건 한순 간이었다.

파삭―.

마르스가 손에 힘을 주자 새는 너무나도 쉽게 부서졌다. 꽉 쥔 주먹 사이로 붉은 피가 흘러나왔다.

피가 끈적끈적하게 묻은 깃털이 바닥에 흩어졌다.

"정말이지 처음부터 끝까지 날 귀찮게 하는구나, 넌."

마르스의 입가에 싸늘한 미소가 번졌다. 마르스가 가볍게 손을 쥐었다가 펴자 마치 처음부터 존재하지 않았던 것처럼 그 흔적은 온데간데없이 사라졌다.

마르스가 다른 손을 들어 올리자, 그의 손끝에 빛이 모여들더니 이내 작은 나비가 되었다.

"가온에게 전해라. 일을 서둘러야겠다고."

마르스의 명을 전해 받은 나비는 마르스의 주변을 맴돌다가 사라졌다.

집으로 돌아가는 차 안은 고요했다. 양 문의 끝에 앉아 있는 시연과 데미안은 서로에게 시선 한 번 주지 않고 창밖을 바라보고 있었다.

둘 다 굉장히 복잡한 얼굴을 하고 있었지만 시연의 상태가 더 심해 보였다. 뭔가 심각한 고민에 빠져 있는 모양이었다.

'무슨 의미였을까.'

실제로 시연은 심각하게 고민하고 있었다.

데미안이 남긴 미스터리한 말들.

장난으로 반려를 들인 것이 아니라는 말과 처음부터 지금까지 쭉 진심이었다는 말이 뇌리에 깊숙이 박혀 빠지지 않는 탓이었다.

'그는 무슨 의미로 그런 말을 한 걸까.'

장난으로 들인 것이 아니라는 말만 들었으면 데미안이 자신을 좋아하는 것으로 생각했겠지만, 뒤이은 말로 인해 궁금증만 커졌다.

지금은 어떨지 몰라도 그는 처음엔 자신을 좋아하지 않았으니까.

'아니지, 지금도 나를 좋아하는 건 아닐 거야.'

단순히 좋아하는 척하는 것뿐이었다. 모두를 속이기 위해서 말이다. 그러니 괜한 기대하지 말자고 생각하면서도 혹시나 하는 생각에 마음이 뒤숭숭했다.

'잠시만, 기대?'

문득 드는 생각에 시연의 눈이 약간 커졌다.

'내가 지금 기대를 한다고? 저 남자가 혹시 나를 좋아할지도 모른다고? 왜? 왜 그런 쓸데없는 기대를 하는 거지? 데미안이 날 좋아하면 뭐가 달라진다고?'

달라질 건 아무것도 없었다. 되레 귀찮아질지도 모르는 일이었다. 모든 일이 해결된 뒤 홀홀 털어버리고 떠나야 하는데 괜히 발목을 잡힐 수도 있었으니까.

그가 좋아한다며 진짜 반려가 되어달라고 매달리기라도 하면 어쩐단 말인가.

두근—.

제게 매달리는 데미안의 모습을 떠올리니 갑자기 심장이 주체할 수 없을 정도로 빨리 뛰었다.

마음 깊숙한 곳에 봉인해둔 판도라의 상자가 열리려고 하는 것이었다.

'그것만큼은 안 돼.'

상자가 열리면 더 이상 감당할 수 없을 테니까. 시연은 가쁜 숨을 몰아내쉬며 두근거리는 심장을 진정시키려고 노력했지만 그녀의 통제를 벗어난 심장은 좀처럼 진정되지 않았다.

"왜 그러지?"

그런 그녀를 본 데미안이 걱정스럽게 물었다.

"어디 아픈 건가?"

"아, 아니에요!"

시연은 데미안이 저를 향해 손을 뻗자 당황하며 몸을 최대한 뒤로 뺐다.

닿으면 가까스로 붙잡고 있던 판도라의 상자가 완전히 열려버릴 것 같아서 거부한 건데 어떤 의미로 받아들인 건지 데미안은 낮게 한숨을 내쉬며 고개를 돌렸다.

그걸 마지막으로 집에 도착할 때까지 그들 사이에는 더 이상 대화가 오고 가지 않았다. 집에 도착하자 시연은 튀어나가듯 차에서 내렸다.

마돈이 먼저 온 건지 엘리베이터는 4층에 멈춰 서 있었다. 때문에 데미안보다 먼저 가려던 계획은 보기 좋게 실패했다.

뒤따라온 데미안과 함께 엘리베이터에 올라탄 시연은 줄기차게 뛰는 심장 소리를 숨기기 위해 숨을 크게 들이마셨다. 그와 함께 있는 건 늘 긴장이 되고 어색했지만 오늘따라 그 정도가 더 심한 것 같았다.

엘리베이터를 타고 4층까지 가는 시간이 천릿길이라도 가는 듯 멀게만 느껴졌다. 시연은 초조하게 숫자가 올라가는 번호판을 바라봤다.

층수를 표시하는 번호판의 숫자가 2에서 3으로 바뀌었을 때였다.

지이잉―.

주머니에 넣어둔 휴대폰이 요란하게 울렸다. 재혁이었다.

이름을 확인한 시연은 데미안의 눈치를 살피며 바로 전화를 받지 않았다. 집에 돌아가서 그에게 전화를 할 생각이었다.

그런 시연의 마음을 전혀 모르는 재혁은 눈치 없이 계속 전화를 했다. 진동 소리가 밖으로 새어 나갈세라 휴대폰을 꽉 움켜쥔 시연은 4층에 도착한 엘리베이터 문이 열리자마자 내리려고 했다.

탁―.

하나 데미안이 팔을 잡아끈 탓에 내릴 수가 없었다. 엘리베이터 문은 다시 닫혔고 5층을 향해 올라갔다.

뭔가 할 말이 있으니 잡은 것이 분명할 텐데 어째서인지 데미안은 말이 없었다. 그저 금방이라도 폭발할 것 같은 열기가 가득한 눈으로 시연을 물끄러미 바라볼 뿐이었다.

그사이 엘리베이터는 5층에서 멈췄다.

"안…… 내릴 건가요?"

진짜 궁금하기도 했고, 어색한 분위기를 해결하고 싶어 물었는데 뭐가 웃긴지 데미안이 픽 웃음을 흘렸다.

"내가 왜 그곳에 갔는지 궁금하지 않아?"

궁금했지만 미처 물어보지 못한 말이었다. 시연이 고개를 끄덕이자 데미안이 입가에 가벼운 미소를 띠며 말을 이었다.

"마몬에게서 문자를 받았다. 네가 열렬히 좋아하는 '오빠'를 만나러 간다고 말이야."

"열렬히 좋아하는 오빠요?"

이건 또 무슨 소리? 재혁을 좋아하는 건 맞지만 열렬히 좋아하는 건 아니었다.

오해의 소지가 다분한 말에 시연이 눈살을 찌푸리자, 데미안의 입가에 핀 미소가 더욱 깊어졌다. 미묘하게 만족스러워하는 것 같았다.

"아닌가?"

"아니에요."

"그럼 나는 어떻게 생각하지?"

벼락처럼 떨어진 말에 시연의 눈이 커졌다.

이런 상황에서 남자가 여자에게 저런 걸 물어본다는 건 단 한 가지 이유밖에 없었다.

"절……"

시연의 입술이 떨렸다. 스스로 소심하다고 생각해본 적은 없는데 이상하게도 데미안의 앞에만 서면 소심해졌다.

"좋아……하세요?"

좋아한다. 그건 몇 번이고 들어도, 입 안에서 굴려도 낯간지러운 말이었지만 이보다 냉랭했던 심장을 뜨겁게 녹여주는 말은 없었다. 200여 년 만에 찾아온 감정은 그 어느 때보다 뜨겁게 불타올랐다.

"그렇다면?"

데미안은 시연 쪽으로 한 발 더 가까이 다가갔다. 반사적으로 뒤로 물러선 시연은 벽에 등이 닿자 더욱 놀라며 눈동자를 굴렸다. 어떻게든 이 상황을 모면하고자 머리를 굴리는 소리가 여기까지 들리는 것 같았다.

"몇 번이고 생각했어. 가짜 반려가 아닌 진짜 반려로 들이고 싶다고."

데미안은 그녀가 생각할 틈을 주지 않고 밀어붙였다.

"그건 지독한 내 욕심인 것 같아 참았지만…… 이제 더 이상 참지 않을 거다."

데미안은 손을 뻗어 시연의 뺨을 스치듯 훑어 내렸다.

그 낯선 감각에 시연의 몸이 가늘게 떨렸다.

"외면하고 도망칠 생각은 하지 마라."

뺨을 스친 손은 그녀의 손을 잡았다. 데미안은 그 손을 자신의 왼쪽 가슴 위에 가져다 댔다. 그녀와 마주한 순간부터 미칠 듯이 뛰는 심장 위에.

"굳게 닫혀 있던 여길 두드린 건 바로 너니까."

"아……"

"좋아한다."

고요히, 그리고 나지막하게 그의 음성이 울려 퍼졌다.

"내가 너를 좋아해."

심장이 미친 듯이 뛰었다. 저 깊숙한 곳에 숨겨두었던 감정이 데미안의 말에 반응을 하며 자신을 꺼내달라고 미친 듯이 마음의 문을 두드렸다.

그럴 일은 없겠지만 혹시 그 소리가 들릴세라 시연은 말을 하는 건 물론이고 숨을 쉬는 것조차 조심할 수밖에 없었다.

"넌 어떻지?"

그래서 아무 말도 하지 못하고 있는데 데미안이 은근한 목소리로 그녀를 재촉했다.

안 그래도 매혹적인 목소리인데 좁은 엘리베이터 안에서 들으니 더욱 크게 다가왔다.

"나를 어떻게 생각하지?"

시연은 곧바로 대답하는 대신 떨리는 두 손을 마주 잡았다. 입이 바짝바짝 말랐다.

바로 거절하는 것이 맞는데 그러지 못하는 건 어느 순간부터 그녀 역시 데미안을 마음에 품었기 때문이었다.

'하지만 그의 마음을 받아줄 순 없어! 그 이유는 왜냐하면……'

"내가 싫은 건가?"

"그, 그건 아니에요!"

시연의 대답에 약간 슬프게 젖어 있던 데미안의 얼굴에 화색이 돌았다.

"그럼 내가 좋다는 말인가?"

"그, 그건……."

"그만 애 태우고 말해주지 그래."

데미안의 차가운 손이 뺨에 닿았다. 괴롭다는 듯 그의 얼굴이 작게 일그러졌다.

"애가 타서 죽어버릴 것 같으니까, 이만 네 진심을 말해줘."

"저는……."

덜컹ㅡ.

애달픈 모습에 저도 모르게 진심을 토해내려는 순간, 돌연 엘리베이터가 멈추는 소리가 들리더니 문이 열렸다. 5층에 있던 엘리베이터가 어느덧 지하 1층에 도착한 것이다.

"어라? 두 분……."

주차를 한 뒤 엘리베이터를 기다리고 있던 베르가 의아하다는 듯 그들을 바라봤다.

"어디 가시는 겁니까?"

그거 말고 그들이 엘리베이터 안에 있을 이유가 없다고 생각한 베르가 순진무구하게 묻자 시연의 얼굴이 불에 덴 듯 확 달아올랐다. 시연은 여전히 제 앞에 서 있는 데미안을 확 밀쳐낸 뒤 부리나케 도망쳤다.

"혹시 시연 님과 또 싸우신 건가요?"

"……글쎄."

시연은 도대체 무슨 말을 하려고 했던 것일까. 가브리엘을 죽인 범인이 누구인지보다 이것이 더 궁금했다. 데미안은 닭 쫓던 개처럼 시연이 사라진 방향을 바라봤다.

"데미안 님?"

그 시선은 재차 그를 부르는 베르에게로 옮겨졌다. 데미안의 시선을 정면에서 마주한 베르는 흠칫 놀라며 뒤로 물러났다.

"앞으론 좀 더 늦게 차를 대도록 해."

왜 저렇게 살벌하게 노려보는 건가 싶었는데, 한다는 말이 참으로 뜬금없었다.

"엘리베이터도 타지 마."

전혀 이해할 수 없는 명령이었지만 베르의 입장에선 그러겠노라고 대답할 수밖에 없었다.

베르의 대답을 들은 데미안은 엘리베이터 버튼을 눌렀다. 무심코 올라타려던 베르는 그의 명을 상기하고 엘리베이터에 타지 않았다.

"……아까 한 말, 농담이다."

그러자 데미안이 살벌한 어조로 또 말을 던졌다. 전혀 농담처럼 들리지 않았기 때문에, 되레 지금 하는 말이 더 농담 같아 우물쭈물하자 데미안이 미간을 찌푸리며 말했다.

"내 농담이 웃기지 않다는 건가?"

"아, 하하하……."

저리 말한다면 웃기지 않아도 억지로라도 웃어야 하는 것이 시종으로서의 도리일 것이다.

"정말 웃기네요, 데미안 님."

베르는 전혀 웃기지도 않은 농담에 맞장구치며 확신했다. 뭔지는 모르겠지만 자신이 데미안에게 아주 큰 잘못을 했다는 것을.

"하아, 하아."

마라톤이라도 하듯 쉬지 않고 달리던 시연이 멈춘 건, 데미안의 오피스텔에서 어느 정도 멀리 떨어진 어느 거리였다.

"아후, 죽겠다."

날도 더운데 열심히 뛰었더니 땀이 주르륵 흘렀다. 시연은 거리에 마련된 벤치에 털썩, 주저앉으며 얼굴에 흐르는 땀을 닦았다.

앉아서 쉬니 거칠었던 호흡은 진정됐지만 여전히 심장은 미친 듯이 쿵쾅거렸다. 모두 데미안 때문이었다.

'설마 그에게 좋아한다는 말을 들을 줄이야.'

꿈에도 상상하지 못했다. 아니, 상상할 수 있을 리가 없었다. 데미안이 그녀에게 보인 행동은 전혀 좋아하는 여자를 대하는 것처럼 보이지 않았다.

가끔 이상한 행동을 하긴 했지만 그건 단순히 사랑하는 사이인 것처럼 보이기 위한 연기라고 생각했었다.

한데 그 모든 것이 연기가 아니라 진짜였다면, 정말 자신을 좋아해서 그런 행동들을 한 거라면?

"미치겠다……."

단순히 상상한 것만으로도 얼굴이 불에 덴 듯 뜨거워졌다. 시연은 얼굴에 오른 열을 식히기 위해 열심히 손부채질을 했지만 큰 효과는 없었다. 손만 아플 뿐이었다.

'도대체 언제부터 그를 좋아하게 된 거지?'

그와 보냈던 날들의 기억을 찬찬히 되새겼지만 쓸모없는 짓이었다.

가랑비에 옷이 젖어드는 줄 모르듯, 그녀도 모르는 사이 그에 대한 마음이 커져버렸으니까.

―내가 너를 좋아해.

"우앗."

되레 그가 한 말이 떠올라서 얼굴에 열이 더 올랐다. 여기서 더 열이 오르면 정말 큰일 날 것 같아 시연은 생각을 멈췄다.

그러나 그의 말은 뇌리에 박혀 좀처럼 빠지지 않았고 머릿속은 더욱 혼란스러워졌다.

지이잉―.

불현듯 주머니에 넣어둔 휴대폰이 울렸다. 베르였다.

전화를 받을지 말지 고민하던 시연은 전화가 거의 끊길 무렵 조심스럽게 전화를 받았다.

"여보……세요?"

[아, 시연 님, 어디세요? 위험하게 그리 말도 없이 나가면 어떡해요?]

"아, 죄송해요. 너무 정신이 없어서 그랬어요."

마몬을 보내면서까지 자신의 안전을 걱정했던 그들이었다. 그러니 이렇게 말도 없이 나온 건 분명 잘못된 행동이었고, 시연은 순순히 인정했다.

[뭐, 데미안 님이랑 싸워서 그런 것 같으니 이해는 하지만…….]

"제가 데미안 씨랑 싸웠다고요?"

[네. 아니에요? 데미안 님의 반응을 보면 맞는 것 같은데.]

영문 모를 말의 연속이었다. 베르의 말을 이해하지 못한 시연이 가만히 있자, 베르가 말을 덧붙였다.

[아까부터 데미안 님, 굉장히 기분이 나쁘다는 기색을 풀풀 풍기면서 이상한 말을 중얼거리고 계세요.]

"이상한 말이요?"

[네. 뭐더라…… 아, 분명 '왜 대답하지 않고 간 거야. 설마 거절하는 건가.'였어요.]

그 말에 심장이 쿵, 하고 내려앉았다.

'내가 거절한 거라고 오해하고 있구나.'

차라리 잘된 일인지도 모른다. 이대로 가만히 내버려두면 그는 자신이 거절한 거라고 철썩같이 믿을 테니까.

굳이 제 입으로 그의 마음을 거절할 필요가 없을 테니 이대로 내버려두는 것도 괜찮겠다는 생각이 들었지만 그건 잠깐이었다.

곧 그가 제게 거절 받았다고 오해하며 괴로워하는 모습을 떠올린 시연은 입술을 지그시 깨물었다.

'말하자.'

아직 그의 마음을 받아줄지 말지는 결정하지 못했지만 적어도 그가 오해하게 내버려두고 싶지는 않았다.

그러니까 말하는 거다. 사실 나도 그를 좋아한다고. 근데 그의 진짜 반려가 되는 건 아직 고민 중이라고. 그러니까 조금만 기다려달라고.

모두 솔직하게 말하는 거다.

[그래서 언제 돌아오실 건가요, 시연 님?]

"아, 바로 돌아갈게요."

마음을 먹은 지금, 바로 실천하는 것이 좋을 것 같아 시연은 자리에서 일어섰다.

[그럼 어디신지 말씀해주시면 마중 나가도록 하죠.]

"아, 아니요! 괜찮아요. 그럴 필요……."

타악—.

그럴 필요 없다고 말하려는데 누군가 소리 소문도 없이 나타나 들고 있던 휴대폰을 가져갔다.

이에 깜짝 놀라 뒤를 돌아본 시연은 상대방을 확인하고 더 크게 놀라며 눈을 동그랗게 떴다.

"오빠?"

시연의 휴대폰을 가져간 건 재혁이었다. 그는 제멋대로 전화를 끊었다.

"지금 이게 뭐 하는 짓이야? 아니, 그것보다 왜 오빠가 여기 있어?"

"혹시 모를 사태에 대비해서 네 몸속에 칩 심어놨잖아. 그거 추적해서 따라왔지."

그 말에 시연은 흠칫 놀라며 목덜미를 손으로 가렸다. 그곳엔 재혁의 말대로 칩이 심어져 있었다. GPS로 그녀의 위치를 알려주는 칩이.

"왜 오빠 멋대로 그걸 추적해? 내가 이러려고 오빠한테 이 사실을 알려준

줄 알아? 이건 말했다시피 혹시 모를 사태에 대비해서……!"

"지금 나한텐 이게 혹시 모를 사태야!"

버럭 내지르는 소리에 하고자 했던 말이 쏙 들어갔다. 깜짝 놀란 시연은 눈을 깜빡이는 것도 잊은 채 멍하니 그를 바라봤다.

"아, 젠장. 미안하다."

재혁은 무척이나 괴롭다는 듯 손으로 얼굴을 가리며 욕설 섞인 사과를 했다.

"화를 내려던 건 아니었는데, 답답한 마음에 그만……."

"……데미안 씨를 왜 그렇게 경계하는 거야?"

그가 이리도 화를 낼 만한 이유가 그것밖에 떠오르지 않아 물었는데 정곡을 찔렸는지 불만스럽게 접힌 재혁의 눈매가 살짝 떨렸다.

"그가 악마라서 그래? 그래서 그를 경계하는 거야?"

"그놈이 단순한 악마였다면 이리 경계하진 않았어."

재혁은 그리 말하며 이를 악물었다. 뭔가 할 말이 더 있어 보이는데 미처 하지 못하는 것 같았다.

"그가 마왕이라는 걸 말하고 싶은 거라면 이미 알고 있으니 말해도 돼."

"……그게 아니야. 그놈은……."

재혁은 또 말을 다 잇지 못하고 입을 다물었다. 할 말이 있으면 속 시원하게 하면 될 것을, 왜 저렇게 주춤하는 건지 시연은 도무지 이해할 수가 없었다.

"……설마 진짜 믿는 건 아니지?"

그러더니 얼굴을 구기며 시연의 양어깨를 잡았다. 평소였다면 그녀와 접촉하는 걸 꺼렸을 그인데, 그녀의 능력이 사라졌다는 걸 알기 때문인지 아니면 너무 화가 나서 눈에 보이는 것이 없기 때문인지 행동에 거침이 없었다.

"그가 정말 널 좋아해서 반려로 들인 거라고 믿고 있는 건 아니겠지?"

"믿어."

시연이 바로 대답하자 재혁의 얼굴이 더욱 무참히 일그러졌다.

"악마가 하는 말 따위를 믿는다고? 미쳤구나. 설마 너, 그 남자를 좋아하는 건 아니지?"

그가 말한 대로 데미안을, 악마를 좋아하는 건 미친 짓이었다. 하나 이미 줘버린 마음을 어떻게 할 수는 없었다.

그가 설령 질 나쁜 마왕일지라도 그를 좋아했다. 아니, 사랑했다. 그 마음을 더 이상 숨길 생각이 없는 시연은 재혁을 똑바로 바라보며 분명한 목소리로 말했다.

"나, 그 남자를…… 데미안 씨를 좋아해."

"너, 미쳤어? 그 남자가 마왕인 걸 알면서도 좋아한다고?"

"딱히 상관없잖아. 나한테 해를 끼치는 것도 아니고."

되레 날 지켜줬는걸. 그 말은 입안에 맴돌았다가 사라졌다. 의문의 적에게 습격당했다는 사실은 제아무리 재혁일지라도 말해줄 수가 없었다.

괜히 그를 걱정시킬까 우려되기도 했고, 여러 방면에서 봤을 때 이 일은 떠벌리지 않는 것이 좋을 것 같았기 때문이다.

"끼리끼리 논다더니……"

재혁이 작은 목소리로 중얼거렸다. 속으로 생각한 걸 저도 모르게 중얼거린 것 같았다.

"무슨 소리야? 끼리끼리 논다니?"

다분히 안 좋은 의미가 담긴 것 같은 말에 놀란 시연이 되묻자 재혁은 눈에 띄게 놀라며 고개를 저었다.

"별 뜻 없어. 그냥 한 말이야."

"아닌 것 같은데? 무슨 의미가 있는 거 맞……"

"시연아."

어깨를 잡은 재혁의 손에 힘이 들어갔다.

"오빠, 아파⋯⋯."

"그 일, 그 남자도 알고 있어?"

그 말에 재혁의 손에서 벗어나려던 시연의 몸이 멈칫했다. 그녀의 눈동자가 작게 흔들렸다.

"그렇지. 모르겠지. 네가 말할 수 있을 리가 없지."

고개 숙인 시연을 바라보는 재혁의 눈이 꺼림칙하게 반짝였지만 불행히도 시연은 보지 못했다.

"물론 네 이상한 능력이 사라진 걸로 봐서 그 일도 그냥 넘길 가능성이 있지만, 만약 아니라면 어떻게 될지 너도 알고 있지?"

그걸 기회로 삼기라도 한 듯 재혁은 입꼬리를 매끄럽게 말아 올리며 말을 이었다.

"과연 그 남자는 모든 걸 다 알고도 널 반려로 맞이하려고 할까?"

재혁이 떠난 후에도 시연은 우두커니 그 자리에 앉아 있었다. 초점이 없는 눈동자는 멍하니 허공을 응시할 뿐이었다. 빨갛게 변한 눈동자에는 눈물이 그렁그렁 고여 있었다.

"시연 님!"

그런 시연이 정신을 차린 건 베르가 찾아왔을 때였다. 황급히 눈가에 묻은 눈물을 닦아낸 시연은 아무렇지 않은 얼굴로 베르를 맞이했다.

"베르 씨."

"어라, 시연 님 우셨어요?"

하나 베르에겐 통하지 않았다. 바로 그녀가 울었다는 걸 알아본 베르가 깜짝 놀라며 묻자 시연은 고개를 저었다.

"안 울었어요. 그냥 눈에 뭐가 들어가서 그래요."

"아닌 것 같……."

"아, 아! 배고프네. 어서 돌아가요."

시연은 평소 보이지 않던 과장된 행동을 보이며 성큼성큼 걸어갔다.

역시 그녀에게 무슨 일이 있었던 것이 분명했다. 그게 무슨 일인지는 모르겠지만 그녀가 갑자기 전화를 끊은 것과 관련이 있는 것이 분명하다고 베르는 확신했다.

그러나 시연의 상태가 영 안 좋아 보였기 때문에 끝내 묻지 못했다. 베르와 헤어지고 집으로 들어온 시연은 씻지도, 옷을 갈아입지도 않은 채 침대에 누웠다.

―과연 그 남자는 모든 걸 다 알고도 널 반려로 맞이하려고 할까?

조금 전엔 데미안이 시연의 머릿속을 복잡하게 만들었다면 지금 시연의 머릿속을 복잡하게 만드는 건 재혁이었다.

물론 느끼는 감정은 완전히 달랐다. 데미안에 대해서 고민할 땐 머릿속이 복잡하긴 해도 행복했다면, 지금은 괴로운 감정밖에 남지 않았다. 너무 괴로워서 숨을 쉬는 것조차 힘들었다.

불과 반 시간 전만 해도 데미안에게 고백을 받아서 행복했었는데. 당황스럽긴 해도 그렇게 기뻤었는데.

'벌 받는 건가.'

제 주제를 파악하지 못하고 감히 탐하지 말아야 할 것을 탐한 벌. 행복해할 자격이 없는데 행복해지려고 했던 것에 대한 벌.

만약 그렇다면 너무나도 잔혹한 벌이었다. 마음은 자신이 마음대로 할 수 있는 것이 아니었으니까.

'그나마 실낱같은 희망이 있다는 것이 다행이긴 한데……'

과연 그 희망은 자신을 구원해주는 동아줄이 될 것인가, 아니면 나락으로 떨어뜨리는 썩은 동아줄이 될 것인가.

그 모든 결과는 곧 다가올 그날 밝혀질 것이다. 아무도 모르는, 몇 명만 알고 있는 그날.

딩동―.

조용한 집 안에 초인종 소리가 울려 퍼졌다. 움직일 힘조차 없어 시연은 아무것도 하지 않고 침대에 가만히 누워 있었다. 응답이 없으면 알아서 떠나겠지 하고 생각한 것이다.

딩동, 딩동―.

그러나 상대도 꽤나 집요했다. 시연이 나올 때까지 계속 누를 것처럼 초인종 소리는 계속 울려 퍼졌다.

어쩔 수 없이 자리에서 일어난 시연은 비척비척 현관 쪽으로 다가갔다.

철컥―.

"아."

문을 열자마자 보이는 건 데미안이었다. 그를 보는 순간, 그녀의 머릿속은 새하얗게 변했다. 그녀가 가만히 서 있자 데미안이 걱정스러운 어조로 물었다.

"괜찮은 건가?"

"아, 네."

귓속을 파고드는 음성에 그제야 정신을 차린 시연은 희미하게 웃으며 고개를 끄덕였다.

"괜찮아요. 무슨 일이세요?"

"반려를 소개하는 원탁회의가 미뤄졌다."

"네? 어째서요?"

"원탁회 일원 중에 한 명이 죽었거든. 아마 범인을 찾을 때까진 열리지 않을 것 같아."

"혹시 그 가브리엘이라는 여자분, 이전에 해저 공원에서 봤던 그 여자인가요?"

"맞아."

"세상에."

그 여자가 죽었다니. 죽어 마땅한 인물이긴 했지만 그래도 충격적인지라 시연은 경악을 금치 못했다.

"그럼 이제 어떻게 되는 거죠? 그 여자가 죽었으니 다 해결된 건가요?"

"아니, 아직. 그 여자는 궁극적인 적이 아니었으니까."

"더 큰 적이 있다는 말이에요? 혹시 그 가온이라는 남자인가요?"

"글쎄. 거기까진 알 수 없지만 확실한 건 아직 마음을 놓을 때가 아니라는 거지."

시연의 얼굴이 어두워지는 것을 본 데미안은 황급히 말을 덧붙였다.

"그래도 네가 걱정할 필요는 전혀 없다. 전에 약속했다시피 이 싸움, 반드시 내가 이길 테니까."

여전히 자신만만한 말투였다. 그것이 아니더라도 시연은 그가 질 거라고 생각지 않았다. 그만큼 그를 믿고 있기 때문이었다. 그러면 반드시 자신을 지켜줄 거라고.

그래서 더 괴로웠다. 그를 향한 믿음이 견고한 만큼 그에게 마음이 있다는 의미였기 때문에 너무나도 괴로워서 심장이 욱신거렸다.

당장이라도 눈물이 왈칵 쏟아질 것 같았지만 그의 앞에서 꼴사납게 울고 싶지 않아 시연은 애써 참았다. 억지로 삼킨 화만큼 속이 썩어갔다.

"하실 이야기는 끝난 건가요?"

그를 마주 보고 있는 이 순간이 좋으면서도 괴로웠다. 지금은 후자의 감정이 더 컸기 때문에 시연은 이 자리를 피하는 걸 선택했다.

"끝났으면 이만 들어가고 싶은데."

데미안은 대답하지 않았지만 제멋대로 그걸 긍정으로 받아들인 시연은 짤막한 인사와 함께 문을 닫으려고 했다.

탁―.

문이 거의 닫히기 직전, 손이 불쑥 들어와 현관문이 닫히는 걸 막았다.

"내가 지금 조급해하고 있다는 건 알아."

데미안은 제멋대로 들어와 시연의 팔을 잡았다.

"하지만 듣고 싶어."

"……."

"네 마음이 어떤지, 듣고 싶다."

심장이 쿵, 하고 절벽 아래로 떨어졌다.

이미 활짝 열려버린 판도라의 상자에서 나온 감정은 어서 솔직하게 말하라고, 나 역시 그를 좋아한다고 말하라고 소리쳤다.

하지만 재혁과의 만남 이후 깨어난 그녀의 이성은 감정이 입을 지배하는 걸 철저하게 막고 있었다. 지금 말하면 안 된다고.

"……눈치가 빠른 줄 알았는데 생각보다 느리신 모양이네요."

감정의 지배를 벗어나 이성의 지배 아래 놓인 입은 차가운 말을 뱉었다. 뱉은 말만큼이나 시연의 얼굴은 딱딱하게 굳었다.

"제가 왜 이렇게 대답을 피하는 건지, 아직 모르겠어요?"

"……거절한다는 말인가?"

"네. 거절해요. 저는 당신의 마음을 받아줄 생각이 없어요."

적어도 모든 일이 확실해질 때까진 받아줄 수가 없었다. 데미안의 얼굴은 고통스럽다는 듯 일그러졌다.

그런 그의 모습을 보는 건 괴로웠지만 시연은 독하게 마음을 먹었다. 여기서 흔들린다면 죽도 밥도 되지 않을 테니까. 이러는 것이 자신이 아닌 그를 위해서 좋았다.

"그럼 왜 진작 거절하지 않았지?"

시연의 팔을 잡은 데미안의 손에 힘이 들어갔다. 강한 힘에 신음이 터져나왔지만 그녀는 애써 삼켰다.

"아깐 왜 거절하지 않은 거지?"

"그거야 난 아직 당신의 보호가 필요하니까. 괜히 거절했다가 당신이 절 죽이려고 하거나 절 더 이상 보호하지 않는다고 하면 큰일이잖아요?"

"거짓말."

데미안은 단호하게 시연의 말을 부정했다.

"그렇게 귀를 붉히면서 거짓말을 하는데 그 말을 어떻게 믿지?"

"……더 이상 당신과 말하고 싶지 않아요. 이만 돌아가주세요."

이미 거짓말이 탄로 난 상태에서 그와 이야기를 나눈다면 모든 걸 솔직하게 털어놓을 것 같은 불길한 기분이 들어 시연은 그를 밀쳐냈다.

하지만 그는 밀려나지 않았다. 되레 시연의 허리를 두 팔로 가득 잡더니 그대로 그녀를 품 안으로 끌어당겼다.

"지금 뭐 하는……!"

"미안하다."

그의 행동에 당황한 시연은 작게 소리를 지르며 데미안의 품을 벗어나려고 했지만, 뒤이어 떨어지는 말에 아무것도 할 수가 없었다.

"미안해."

왜 그가 사과를 하는 걸까. 이 상황에서 사과할 사람은 자신인데.

흔들리는 눈동자에 눈물이 차올랐다. 시연은 어떻게든 울지 않으려고 입술을 지그시 깨물었다.

"이렇게 조급하게 굴면 안 됐는데. 인간인 너에겐 아주 중요한 일일 텐데 내 마음이 급했어. 그러니까 기다리겠다."

"……."

"마음을 확실히 정할 때까지 기다릴 테니까 너무 늦지 않게만 왔으면 해."

그가 자신을 얼마나 좋아하는지 진심이 확 느껴져 마음이 뭉클해짐과 동시에 무거워졌다.

"나한테 도움을 요청하면 더 좋고. 좋아하는 여자가 괴로워하는 걸 지켜보는 건 무척이나 괴로운 일이거든."

"……흐으윽……."

시연은 결국 울음을 참지 못하고 펑펑 흘리며 그의 품에 안겼다. 데미안은 그런 시연을 말없이 꼭 안아주었다.

세간에 사람에겐 누구나 평생 세 번의 기회가 찾아온다는 말이 있었다.

그렇다면 부디 그 기회가 이번에 찾아오길.

그래서 마음 편히 그의 마음을 받아줄 수 있게 되길.

그의 마음에 보답할 수 있게 되길.

시연은 간절히 바라고 또 바라며 하염없이 눈물을 쏟아냈다.

EPISODE 11

좋아하는 여자를 믿는다는 것

늘 그렇듯 누구보다 먼저 일어나 모든 준비를 마친 베르는 더미에게 아침 식사와 커피를 준비하라고 시킨 뒤 데미안의 침실로 들어갔다. 이제 씻으러 들어가려는 듯 데미안은 옷을 벗고 있었다. 피곤해 보이는 얼굴은 그가 잠을 제대로 자지 못했다는 걸 보여주고 있었다.

"커피 좀 더 진하게 타 와."

데미안은 베르에게 짤막한 명령을 내린 뒤 샤워실로 들어갔다. 베르가 커피와 함께 그가 갈아입을 옷을 준비하고 있는데 현관문이 열렸다.

"아, 시연 님."

문을 열고 들어온 건 시연이었다. 그녀 역시 무척 피곤해 보였다.

"아침 식사 준비 다 됐어요. 어서 들어오세요."

"아…… 그게, 오늘은 아침 따로 먹을게요."

그 말에 베르는 두 사람 사이에 무슨 일이 있다는 걸 바로 직감했다. 무슨 일인지 궁금했지만 묻진 않았다. 물어서 좋을 것이 없다는 걸 오랜 경험을 통해 잘 알고 있었기 때문이었다.

"알았어요. 더미에게 따로 준비하라고 말해둘게요. 아래층에 내려가서서 드실 거죠?"

"네. 그리고……."

문득 시연의 시선이 옆으로 옮겨졌다. 그곳엔 데미안이 마실 커피를 타온 더미가 있었다.

구태여 이곳까지 가져올 필요가 없는데 가져온 걸 보면 시연이 보고 싶은 모양이었다. 수줍게 몸을 붉힌 더미의 색이 그걸 증명해주었다.

"커피 향이 평소보다 진하네요."

"이게 구별되시나 봐요?"

"아, 이쪽 계통에서 오래 일하다 보니까요. 근데 데미안 씨, 이렇게 진한 커피는 별로 안 좋아하신 걸로 기억하는데……."

"특별 요청하신 거예요. 어젯밤에도 잠을 못 주무신 것 같더라고요."

"그……래요?"

시연의 안색이 어두워진 것을 본 베르는 서둘러 걱정하지 말라는 말을 덧붙였지만 시연의 안색은 나아지지 않았다.

"근데 하실 말씀이 있으셨던 거 아니에요?"

"아, 아무것도 아니에요. 이만 가볼게요."

시연은 더미가 준비해 온 아침을 가지고 서둘러 아래층으로 내려갔다. 그런 시연의 모습은 충분히 이상했지만 원래 부부 싸움엔 끼어드는 것이 아니기 때문에 베르는 구태여 입을 떼지 않았다.

아니, 그러려고 했는데 누군가를 찾는 듯 두리번거리는 데미안을 보니 그럴 수가 없었다.

"시연 님은 같이 아침을 안 드신대요."

역시 찾는 인물이 시연이었던 건지 데미안의 눈매가 좁쌀만큼 좁아졌다.

"왜?"

"그거야 제가 어떻게 알겠습니까?"

달리 아는 사람이 있겠지요. 그 의미를 듬뿍 담아 데미안을 흘겨봤더니 숟가락이 날아와 베르의 이마를 정통으로 때렸다.

"악!"

"이상한 소리 하지 말고, 나오를 불러와."

"마몬 님이 아니라 나오요?"

베르는 시큰하게 아파오는 이마를 매만지며 되물었다.

"나오는 왜요?"

되돌아온 질문에 데미안은 말없이 숟가락을 집어 들었다. 한마디 더 하면 또 숟가락이 날아올 것 같아서 베르는 서둘러 고개를 끄덕였다.

"네! 당장 데리고 오겠습니다!"

그들과 같이 아침 식사를 하지 않은 건 그와 마주 보고 앉는 자리가 불편했기 때문이었다. 같은 차를 타고 출근하는 것 역시 마찬가지였다.

그래서 오늘은 따로 가겠다고 말했더니 데미안은 마몬과 나오를 붙여주었다. 괜히 그들을 귀찮게 하는 것 같아 거절하려고 했지만 그녀의 안전 때문이라는 말에 시연은 어쩔 수 없이 그들과 함께 출근을 했다.

"처음 뵙겠습니다, 대표님! 설현주라고 합니다!"

출근을 한 그녀를 기다리고 있는 건 명랑하게 웃고 있는 현주였다.

그녀를 보니 안 좋았던 기분이 더 나빠졌다.

"그럼 현주 씨도 오피스텔로 들어오겠네요?"

베르와 같이 엘리베이터를 타고 내려가는 길, 현주를 본 순간부터 의아했던 걸 물으니 베르가 가볍게 웃으며 고개를 저었다.

"그건 아니에요."

"예? 아니라고요? 현주 씨도 비서인데?"

"음, 그렇긴 한데 상황이 여러모로 안 좋아서 외부인을 들이는 건 일단 자제하려고요."

사실, 시연이 특별한 경우였던 거지만 그걸 말할 수는 없어 베르는 적당한 다른 이유를 댔다. 상황이 안 좋은 건 맞으니 새빨간 거짓말은 아니었고 시연도 별 의심 없이 믿고 넘어갔다.

"그럼 부탁할게요, 현주 씨."

"네!"

경력이 있어서 그런지 현주는 굉장히 일을 잘했다. 들어온 지 얼마 되지 않았는데 업무를 처리하는 속도가 시연보다 훨씬 빨랐다.

거기다 얼굴도 제법 예쁘게 생겼고 성격도 싹싹해서 현주를 만난 이들 중 그녀를 싫어하는 이는 없었다. 전부 그녀를 좋아했다.

그러나 시연은 현주가 그다지 달갑지 않았다.

"대표님! 이것 좀 봐주세요!"

현주가 일을 한다는 핑계로 조금 지나치다는 생각이 들 정도로 데미안에게 붙어 있으려고 했기 때문이었다. 마치 데미안을 유혹하려는 듯.

그 생각 때문인지 시연은 현주를 볼 때마다 저도 모르게 얼굴이 차갑게 굳어졌다. 퉁명스럽게 대하지 않으려고 했지만 자꾸만 말이 퉁명스럽게 나갔다.

"시연 씨! 같이 가요!"

한데 현주는 전혀 개의치 않고 시연에게도 싹싹하고 다정하게 굴었다.

"점심 먹으러 가는 거죠? 저도 같이 가요."

"다른 사람이랑 같이 먹는 거 아니었어요?"

"그러려고 했는데 거절했어요. 시연 씨랑 같이 먹고 싶어서."

이런 성격의 현주가 이미 임자가 있다고 소문난 남자를 유혹할 리가 없었다. 그러니 자신이 잘못 생각한 거라고, 데미안의 일로 감정이 격해져서 괜히 혼자 오버한 거라고 생각하며 시연은 고개를 끄덕였다.

"그래요."

현주와 함께 구내식당에 도착하니 다른 직원들이 보였다. 그들과 동석해서 밥을 먹던 시연은 결국 몇 숟가락 뜨지 못하고 자리에서 일어섰다.

"어라, 시연 씨. 그거밖에 안 먹어요? 설마 다이어트?"

"아니에요. 그냥 속이 좀 안 좋아서요."

그냥 한 말이 아니라 사실이었다. 정말 속이 좋지 않았다.

데미안에게 고백을 받은 그날 이후, 잠을 제대로 자지 못한 탓이기도 했지만 데미안 역시 잠을 못 잤다는 것을 알기 때문이기도 했다. 사실 후자의 이유가 가장 컸다.

얼핏 보니 아까 점심도 먹으러 가지 않는 것 같던데, 지금도 만약 자리에 그대로 있으면 로비에 있는 카페에서 샌드위치라도 사 올 생각이었다.

"역시 각별한 사이라서 빼기는 건가……."

"그걸 빌미로 일도 다 현주 씨한테 넘겨준다잖아요. 웃겨, 정말."

서둘러 구내식당을 나가는 시연을 보며 남아 있는 직원들이 수군거렸다. 어색하게 웃고 있는 현주를 가엾게 쳐다보며.

그 사정을 전혀 모른 채 대표실에 도착한 시연은 노크를 하지 않은 채 문을 살짝 열어 안쪽을 염탐했다.

'조용하네.'

그새 점심을 먹으러 나간 건가. 그렇다면 다행이었다.

안심하고 문을 닫으려는데 시연의 눈에 소파에 길게 누워서 자고 있는 데미안이 들어왔다.

"으윽……"

그는 이따금씩 괴로운 듯 몸을 뒤척이며 신음을 뱉었다. 악몽을 꾸고 있는 모양이었다.

'어떡하지.'

머리로는 어떻게 해야 할지 고민하면서도 몸은 어느덧 문을 열고 대표실 안으로 들어가고 있었다.

발소리가 들리지 않게 조심스럽게 데미안의 곁으로 다가간 시연은 몸을 숙여 데미안의 손을 잡았다.

"괜찮아요."

그리고 다른 손으로는 식은땀으로 축축한 그의 이마를 매만졌다.

"곁에 있어줄 테니까, 괴로워하지 말고 푹 자요."

이것도 효과가 있는지 데미안의 표정이 차츰 안정이 됐다. 그걸 다행으로 여기며 시연은 데미안의 손을 잡은 손에 더욱 힘을 주었다. 굉장히 아련한 눈으로 그를 바라보면서.

데미안이 눈을 뜬 건 점심시간이 조금 지났을 무렵이었다.

요 며칠 잠을 제대로 자지 못한 탓에 너무 피곤해 잠시 눈을 붙인 건데 생각보다 괜찮게 잠을 잤다. 몸이 한층 개운했다. 점심도 거르고 낮잠을 잔 것이 신의 한수라고 생각하며 몸을 일으키려는데 무언가 툭, 떨어졌다.

그건 담요였다. 베르가 덮어둔 건가 싶어 떨어진 담요를 집던 데미안의 눈에 문득 들어온 건 탁자 위에 있는 샌드위치와 생과일주스였다.

생과일주스는 그의 취향이 아니었다. 단걸 좋아하지 않기 때문이기도 하고 과일 특유의 신맛을 싫어하기 때문이기도 했다.

그러니 이걸 사 온 사람은 데미안의 취향을 아는 베르가 아닐 것이다. 그럼 누가 사 온 건가 싶어 샌드위치를 집어 든 데미안의 눈이 커졌다.

'설마.'

데미안은 샌드위치를 다시 자리에 내려놓고 자리에서 일어섰다.

"아, 대표님."

대표실을 나오자 현주가 반갑게 그를 맞이했다. 자리를 비운 건지 시연은 보이지 않았다.

"차 비서는 어디 갔습니까?"

"시연 씨요? 글쎄요. 화장실 간 것 같은데요."

"그래요?"

한시라도 빨리 그녀를 보고 싶은 마음에 시연을 찾아야겠다고 생각한 데미안이 막 걸음을 옮기려는 찰나…….

"대표님, 샌드위치는 맛있게 드셨나요?"

그 말에 데미안은 내딛으려던 걸음을 거두고 그녀를 돌아봤다.

"샌드위치…… 설 비서가 준비했습니까?"

"네. 어, 혹시 마음에 안 드셨나요?"

걱정스럽다는 듯 되돌아온 질문에 데미안의 표정이 오묘하게 변했다.

"참, 아까 DS에서 전화가 왔었는…… 어맛!"

서류를 들고 데미안에게 다가오던 현주의 몸이 크게 흔들렸다. 데미안은 반사적으로 손을 뻗어 넘어지는 현주의 팔을 잡았다.

"아."

그때였다. 뒤에서 작은 탄성이 들린 건.

뒤를 돌아보니 당황한 듯 눈만 껌뻑이고 있는 시연이 보였다. 그녀의 시선은 현주를 부축하고 있는 데미안의 손에 고정되어 있었다.

이에 데미안 역시 살짝 당황하며 현주를 부축하던 손을 뗐다. 그러자 현주가 작게 신음을 토해내며 발목을 움켜쥐었다.

"아야."

그러더니 애절한 눈으로 데미안을 바라보았다.

"아무래도 병원에 가봐야 할 것 같아요."

단순히 데미안에게 허락을 구하기 위해 말하는 건 아닌 것 같은 느낌이 들었다. 아니, 확실했다. 현주는 데미안을 유혹하려는 것이다.

그간 그녀가 보여준 행동과 더불어 지금 데미안을 바라보는 그녀의 시선에서 확신을 얻은 시연은 성큼성큼 현주에게 다가가 그녀를 부축했다.

"가요, 병원."

"어, 시연 씨가 절 부축하겠다고요? 무리일 것 같은데요."

"왜 무리라고 생각하시죠? 저 보기보다 힘세요."

"아니, 그게…… 시연 씨는 해야 할 일이 있잖아요? 바쁘지 않아요?"

"저보다 대표님이 더욱 바쁘시죠. 그러니 마땅히 제가 하는 것이 맞지 않겠어요?"

하는 말마다 족족 받아치니 현주는 낭패라는 듯 입술을 지그시 깨물었다.

죽어도 시연과 가고 싶진 않았는지 현주는 퇴근하고 알아서 가겠다고 말하며 시연의 제안을 거절했다.

'역시 데미안 씨를 유혹하려고 생각하고 있었구나.'

어떻게 임자가 있는 사람을 유혹하려고 할 수 있는 거지. 그것도 그 임자가 빤히 보고 있는데.

화가 났지만 현주에게 뭐라 말할 수는 없었다. 자신은 그의 진짜 연인이 아니었으며 그의 마음을 거절했으니까.

그저 세수를 하며 차오르는 화를 삭일 뿐이었다. 세수를 하고 나니 기껏 했던 화장이 다 지워졌다. 시연은 화장을 고치기 위해 화장실 안쪽에 마련된 파우더 룸으로 들어갔다.

"진짜 이상한 여자네요."

의자에 앉아 거울을 보며 한참 화장을 고치고 있는데 밖에서 수군거리는 소리가 들렸다. 목소리가 익숙한 걸로 보아 비서실 직원인 모양이었다.

"그냥 도와달라고 했을 뿐인데 그걸 나쁜 년으로 몰다니. 하, 나 참. 기가 막혀서."

"개뿔도 일할 줄 모르고 능력도 없는데 대표님 비서 자리 꿰찬 거 보면 몰라? 남자 하나 잘 물었다고 믿고 설치는 거지."

이름은 언급되지 않았지만 대화 내용을 봤을 때 자신의 험담을 하는 것 같았다. 그래서 시연은 나가지 못하고 파우더 룸에 숨어 있었다.

'근데 나쁜 년으로 몰다니……?'

능력이 없는 것도 맞고 개뿔도 일할 줄 모르는 것도 맞지만 누군가를 나쁜 년으로 본 기억은 없었다. 이 오해는 푸는 것이 좋을 것 같아 나서려는데 다른 목소리가 들렸다.

"그러지 마세요."

바로 현주였다. 그녀의 목소리를 듣는 순간 영 좋지 않은 기분이 들어 시연은 내디뎠던 발을 다시 거뒀다.

"시연 씨는 그냥 순수하게 저를 도와주고 싶었을 뿐이에요."

"그게 어딜 봐서 순수한 거예요? 괜히 질투심만 강한 거지."

"맞아. 하물며 도깨비 일족은 일부다처제잖아요? 대표님이 마음에 들면 얼마든지 다른 여자를 들일 수 있는 건데, 괜히 현주 씨한테 대표님 빼앗길까 봐 걱정돼서 그런 거예요. 어딜 보나 그 여자보단 현주 씨가 더 나으니까."

"아, 아니에요! 시연 씨가 훨씬 예쁘죠!"

화들짝 놀라며 소리치는 목소리에선 진심은 느껴지지 않았다. 그걸 느낀 건 시연밖에 없는지 다른 여자들은 꺄르륵 웃으며 현주가 너무 착하다고 칭찬했다.

'어쩐지 요즘 다른 직원들이 이상한 눈으로 쳐다본다고 생각했는데, 저 여자가 이상한 소문을 퍼뜨렸구나.'

마음 같아선 당장 나가 현주에게 한마디 하고 싶었지만 그랬다간 괜히 데미안에게까지 피해가 갈 수 있기 때문에 쉽사리 발이 떨어지지 않았다.

"듣자하니까 시연 씨, 홀어머니 가정이라던데요?"

"어머, 진짜? 어쩐지, 가정교육 못 받은 티가 확 나더라."

그냥 넘어가려고 했는데 뒤이은 말에 시연은 주먹을 불끈 쥐었다.

"이래서 근본 없는 여자는 안 된다니……."

"홀어머니 가정이면 가정교육을 못 받은 거예요?"

더 이상 참을 수가 없어 시연은 파우더 룸을 나섰다. 설마 그녀가 있을 거라곤 생각지 못했는지 그들은 화들짝 놀라며 그녀를 쳐다봤다.

"홀어머니 가정이면 근본이 없는 거예요?"

"시, 시연 씨, 그게……."

"뒤에선 그렇게 말 잘하더니 왜 내 얼굴 보곤 아무 말도 못 해요? 물었잖아요. 홀어머니 가정이면 근본이 없고, 가정교육을 못 받은 건지!"

"틀린 말 한 건 아니잖아요!"

제 잘못을 인정하고 사과를 했다면 큰 소란 없이 넘어갔을 텐데 그들은 끝까지 제 잘못을 인정하지 않았다.

"솔직히 전 처음부터 시연 씨가 들어온 거 마음에 안 들었어요! 고졸에 경력도 없고, 그렇다고 딱히 능력이 뛰어난 것도 아닌데 대표님과 실장님 빽으로 들어오다니! 우린 여기 들어오기 위해서 얼마나 열심히 노력했는데……!"

"그건 인정해요. 여러분 말대로 전 경력도 없고 뛰어난 능력도 없지만 대표님과 베르 씨 추천으로 이 자리를 꿰찼죠. 낙하산인 절 여러분이 싫어하는 건 당연해요."

시연이 너무 쉽게 인정하자 다른 의미로 당황한 그들은 다시 입을 다물었다.

"허나 그런 걸로 이런 심한 욕을 들을 이유는 없는 것 같은데요?"

"그것만이 아니니까 욕을 하죠."

무리 중 한 명이 입매를 비틀며 말했다.

"순수한 마음에 그저 시연 씨랑 친해지려고 한 현주 씨를 매몰차게 대했다면서요?"

순수한 마음? 저 여자가?

"그뿐인가요? 어젠 발목을 접질러서 어쩔 수 없이 대표님 도움을 받으려했는데 완전 불여우처럼 몰아세웠다면서요?"

"그런 적 없어요."

"없다고요? 그럼 현주 씨가 거짓말을 했다는 건가요?"

"그건 당사자한테 직접 묻죠. 제가 정말 그랬는지."

시연은 직원들을 앞세워 뒤에 숨어 있는 현주를 쳐다봤다.

"그게…… 흐윽, 죄송해요."

뜻밖의 상황에 당황한 듯 눈동자를 데굴데굴 굴리던 현주는 이내 굵은 눈물을 뚝뚝 흘리며 소리쳤다.

"정말 죄송해요! 제가 말을 잘못해서 괜한 오해를……!"

"뭐지?"

"무슨 일이야?"

화장실을 벗어난 소란스러운 울음소리에 지나가던 직원들의 이목이 집중됐다.

상황만 보면 시연이 현주를 몰아세우는 것처럼 보였고, 안 그래도 사내에 시연에 대한 안 좋은 소문이 돌고 있는지라 그들은 하나같이 시연이 또 현주를 괴롭힌 거라고 수군거렸다.

"무슨 일이지?"

설상가상 데미안까지 등장했다. 시연이 관련되어 있다는 말에 데미안은 여자 화장실이라는 것도 개의치 않고 안으로 들어왔다.

"그게 말이죠, 대표님!"

현주를 달래던 그들은 참새처럼 쨱쨱거리며 이 모든 것이 시연의 잘못이라고 몰아붙였다. 그 와중에도 현주는 계속 울고 있었다.

죄를 짓지 않았더라도 많은 사람들이 몰아붙이면 없던 죄도 생기는 법이었다. 시연이 아무 말도 하지 않고 침묵을 지키고 있으니 여론은 더욱 시연이 잘못한 쪽으로 흘러갔다.

"그만."

나지막하게 울리는 목소리에 모두들 일제히 입을 다물었다. 좀 더 안쪽으로 들어온 데미안은 죄인처럼 가장 안쪽에 서 있는 시연을 바라봤다.

"차시연."

데미안이 불렀지만 시연은 그의 얼굴을 똑바로 바라보지 못했다. 참지 못하고 그를 난처하게 만든 것이 부끄러웠기 때문이다. 그냥 참았더라면 이런 일은 없었을 테니까.

"하나만 묻지. 넌 네가 잘못했다고 생각하나?"

"……네?"

이들이 말이 사실인지 묻는 것이 아니라 내가 잘못했다고 생각하느냐고? 뜬금없는 말에 시연은 그제야 데미안을 바라봤다. 그건 다른 직원들도 마찬가지였다. 누가 봐도 시연이 잘못한 상황인데, 그녀에게 잘못했느냐고 묻다니. 질문 자체가 어이없을 뿐더러 시연이 인정할 거라고는 그 누구도 생각지 않았다.

"아니요."

"그래? 그럼 이만 가도록 하지."

데미안의 말에 주변이 술렁였다. 다들 시연이 데미안의 애인이기 때문에 그가 그녀를 감싸주려고 하는 거라고 수군거렸다.

'나 때문에 괜히……'

역시 가만히 있을 걸 그랬다. 괜히 참지 못하고 나서서 일을 이렇게 만든 걸 후회하며 입술을 지그시 깨무는데 불쑥 손이 튀어나와 입술을 매만졌다.

"예쁜 입술 망가진다고 깨물지 말라고 했잖아."

"데미안 씨, 전……."

"괜찮다."

입술을 매만지는 손길은 곧 뺨으로 옮겨졌다. 그는 부드럽게 시연의 뺨을 매만지며 설핏 눈웃음을 지었다.

"네가 잘못했다고 생각하지 않았다면 그걸로 됐어."

"데미안 씨……."

"네가 이렇게 한 것엔 모두 이유가 있겠지. 가령……."

데미안의 시선이 여태까지 울고 있는 현주에게 닿았다.

싸늘하고 차가운 시선에 현주는 눈물을 그치는 건 물론 그의 얼굴을 똑바로 보지 못하고 고개를 숙였다. 뭔가 잘못되고 있다는 것을 본능적으로 느낀 듯했다.

데미안은 그런 현주에게 시선을 고정한 채 천천히 말했다.

"다른 사람이 준비한 샌드위치를 마치 자신이 준비했다는 듯 태연하게 거짓말을 하는 여자가 또 거짓말을 했다거나."

한데 샌드위치라니.

'혹시 내가 어제 데미안 씨 먹으라고 사 온 거? 근데 그걸 자기가 사 왔다고 말했다고?'

데미안의 말을 직역하자면 그런 의미가 되니 황망하기만 한 시연은 현주를 바라봤다. 그건 다른 직원들 역시 마찬가지였다. 그러자 현주는 얼굴을 붉히며 소리쳤다.

"무, 무슨 소리를 하는지 모르겠네요, 대표님. 어제 드신 샌드위치 말씀하시는 거라면 그건 분명 제가 사 온 거예요."

"그럼 그게 무슨 샌드위치인지 정도는 알고 있겠지?"

"무, 물론이죠! 햄 에그 샌드위치였잖아요!"

"……아니, 그건 베이컨 에그 샌드위치였어요."

시연이 대답하자 현주는 어이없다는 듯 픽 웃으며 시연을 돌아봤다.

"무슨 헛소리를 하는 거죠? 라벨에도 분명 햄 에그 샌드위치라고……."

"카페 직원분께서 베이컨 에그 샌드위치 라벨이 부족해서 그걸 붙여놨다고 했어요. 어차피 같은 가격이니까 정산하기 위해서 바코드가 있는 라벨만 붙어 있으면 된다고, 말이죠."

"그, 그런 말도 안 되는……!"

"못 믿겠다면 카페 직원분께 물어봐요. 라벨이 잘못 붙은 샌드위치는 그거 하나밖에 없었고, 전 분명 그걸 사 왔으니까요."

쐐기를 박는 말에 할 말을 잃은 현주는 입을 다물었다. 이에 구경꾼들은 다시 웅성거렸다.

"뭐야, 그럼. 현주 씨, 시연 씨가 사 온 샌드위치를 자기가 사 온 거라고 대표님에게 거짓말을 했다는 거야?"

"그 말은 다른 것도 거짓말일 수 있다는 거잖아?"

여론 몰이라는 건 참으로 쉬웠다. 고작 한마디에 손바닥 뒤집듯 이렇게 바뀌었으니까.

조금 전만 해도 현주에게 유리하게 돌아갔던 상황은 완전히 역전됐다.

시연을 욕하던 직원들은 현주를 욕했고, 그녀를 옹호하던 무리는 자기는 아무것도 몰랐다며, 현주에게 속았다고 소리쳤다.

"시끄럽군."

소란스럽던 주변이 물을 끼얹은 듯 조용해진 건 데미안이 짜증스레 한마디를 던진 후였다.

"가지."

데미안은 시연의 팔을 잡아끌며 성큼성큼 화장실을 나왔다. 한참을 걷던 데미안이 걸음을 멈춘 건 대표실에 도착했을 때였다.

"나다."

그제야 시연의 팔을 놔준 데미안은 어딘가로 전화를 걸었다.

"설현주, 지금 당장 짐 정리해서 내보낼. 라오스에 연락하고."

일이 이렇게 됐으니 현주를 내보낼 거라는 건 예상했지만 왜 라오스에 연락하라는 걸까. 이해가 되지 않았지만 깊게 묻진 않았다.

"고마워요."

시연의 인사에 통화를 끝낸 데미안이 무슨 의미인지 묻는 듯 그녀를 바라봤다.

"아니, 그게…… 절 믿어주셨잖아요."

물론 현주가 거짓말을 한다는 걸 알고 있어서 그 상황에서도 그녀를 믿은 것일 테지만 그래도 믿어줬다는 건 변함없었다.

"정말 고마워요."

그 마음을 듬뿍 담아 말했더니 데미안이 픽 웃으며 시연에게 다가와 큰 손으로 그녀의 머리를 쓰다듬었다.

"너무나도 당연한 걸 고마워하는군."

"예?"

"좋아하는 여자를 믿는 건 당연하잖아."

그 말은 그를 밀어내기 위해 냉혹하게 굴었던 시연의 마음에 불을 지폈다.

그에게 당당히 고백하고 싶었다. 그래서 그에게 꼬리치려는 여자들에게 당당하게 제 남자라고 말하고 싶었다.

"저기……!"

한 번 타오른 마음은 좀처럼 가라앉지 않았다. 아직 확실해진 건 아무것도 없는데, 그 일이 확실해질 때까지 이러면 안 된다는 걸 알면서도 제멋대로 입이 움직였다.

"데미안 씨, 전……!"

그때였다. 데미안의 옷깃을 잡기 위해 뻗은 손목에 있는 이상한 무늬를 발견한 건.

그걸 본 시연의 눈이 커졌다. 시연은 누가 그 무늬를 볼세라 황급히 손목을 감싸며 손을 가슴께로 잡아당겼다.

"왜 그러지?"

"아, 아니. 아무것도 아니에요."

시연은 눈에 띄게 당황하며 뒤로 물러섰다.

"아, 아까 화장실을 제대로 못 가서 지금이라도 가야겠어요. 그럼 이만."

그러곤 부리나케 대표실을 나왔다. 곧장 비상구 계단 쪽으로 향한 시연은 벽에 기대 선 채 그대로 주저앉았다.

"……역시 이건 없어지지 않았어."

시연은 손목에 있는 이상한 무늬를 쓸어 올렸다.

아직은 자세히 보지 않으면 알아채지 못할 만큼 흐릿했지만 곧 뚜렷해질 것이다. 보름이 되면.

어지간히도 창피한지 현주는 베르가 내쫓기도 전에 바로 짐을 싸서 회사를 나갔다.

이걸로 시연에 대한 안 좋은 소문들은 대부분 사라졌지만 직원들과 시연의 사이는 여전히 어색했다. 직원들이 시연을 피했다.

'뭐, 귀찮지 않아서 좋지. 괜히 용서해달라며 달라붙는 것보단 나으니까.'

지금은 혼자인 것이 더욱 마음이 편했다.

"아, 베르 씨."

베르에게 조르르 달려간 시연은 잠시 주저하다가 입을 열었다.

"이번 주 금요일에 쉴 수 있을까요?"

"이번 주 금요일이요? 실례가 안 된다면 무슨 일인지 물어봐도 될까요?"

질문에 대답하는 대신 멋쩍게 웃는 걸 보니 대답하기 힘든 모양이었다. 더 깊게 물어봐선 안 될 것 같아 베르는 고개를 끄덕였다.

"알겠어요. 데미안 님께 여쭤보고 말씀드릴게요."

"고마워요."

"별 말씀을요."

시연과 헤어진 베르는 보고 겸 시연의 월차에 대해 말하기 위해 대표실 안으로 들어갔다.

"시연 님께서 이번 주 금요일에 쉬고 싶다고 말씀하셨습니다."

그에게 보고할 건 많았지만 이게 가장 우선인 것 같아 베르는 그것부터 보고했다.

"무슨 일로?"

"이유는 말씀해주시지 않으셨습니다. 개인적인 사정인 것 같더군요."

개인적인 사정이면 묻지 않는 것이 도리이니 깊게 묻지 않았지만 데미안이 명을 내린다면 뒷조사를 할 생각은 있었다. 데미안의 성정이라면 분명 뒷조사를 하라고 할 것이다.

"그래, 알았다."

한데 뜻밖에도 데미안은 뒷조사를 하라는 명령을 내리지 않았다. 그저 더 이상 이 이야기를 하고 싶지 않다는 듯 고개를 끄덕일 뿐이었다.

'두 분, 아직 화해를 안 하신 건가?'

도대체 언제쯤이면 화해하려는 건지. 좀처럼 붙을 기미가 보이지 않는 둘 사이가 답답하기만 한 베르는 속으로 깊은 한숨을 내쉬었다.

목요일 저녁, 스케줄 마지막에 찾아온 손님은 라오스 정복을 입고 있는 남자였다. 하는 행동으로 보아 직급이 제법 높은 모양이었다.

"시연 씨는 이만 퇴근하셔도 좋아요."

밖에서는 보는 눈이 있어 베르는 '시연 님'이 아닌 '시연 씨'로 불렀다.

라오스에서 온 남자가 대표실로 들어가자마자 베르는 시연에게 퇴근해도 좋다고 말했다.

아무래도 방금 찾아온 손님과 데미안이 나누는 대화를 들려주고 싶지 않은 모양이었다.

평소였다면 무슨 일인지 궁금했겠지만 지금은 그런 걸 궁금해할 여유가 없었다. 시연은 곧장 퇴근 준비를 해서 회사를 나왔다.

"하이, 반려님."

그런 시연의 앞을 가로막은 건 마몬이었다.

요 며칠, 데미안을 피하면서 마몬과 함께 다녔기 때문에 그의 등장은 새삼스럽지 않았다.

그는 특유의 유쾌한 표정으로 인사하며 시연에게 작은 귀고리를 내밀었다. 거미 모양의 귀고리였다.

"이게 뭔가요?"

"부적입니다."

"부적이요?"

"내일 하루, 저나 베르, 그리고 군주님의 보호 없이 홀로 움직이시기로 하셨으니 반려님 스스로 몸을 지킬 수 있게 부적을 만들었습니다. 시연 님이 위험에 빠지신다면 이 귀고리가 시연 님을 지켜줄 겁니다."

이 작은 귀고리에 그런 능력이 있다니. 신기하면서도 의아했다. 시연은 마몬이 내민 귀고리를 받아 챙겼다.

"그럼 집에 모셔다드릴게요."

"아, 괜찮아요. 저 다른 곳에 가봐야 해서요."

"네? 하지만……."

"이 귀고리가 절 지켜준다면서요."

시연은 보란 듯이 귀고리를 꼈다. 다행스럽게도 예전에 뚫어둔 구멍이 막히지 않아 귀고리를 끼는 건 수월했다.

"이러면 되는 거죠?"

"음……, 뭐. 그래요."

마몬은 잠시 생각하더니 이내 고개를 끄덕였다.

"그게 있으면 확실히 안전할 테니까요. 대신 절대 빼지 말아요."

"물론이죠. 그럼 토요일에 봐요, 마몬 씨."

"네. 토요일 날 봐요, 반려님."

시연은 마몬과 헤어진 뒤 마트로 향했다. 퇴근 시간이라서 그런지 마트는 사람들로 북적였다. 곧장 정육 코너로 향한 시연은 진열된 고기들을 쭉 훑어본 뒤 말했다.

"아저씨, 이거 다 주세요."

"정말 감사합니다."

데미안을 찾아온 김한성은 과할 정도로 허리를 숙이며 그에게 인사를 했다.

"안 그래도 이 일 때문에 저희 라오스 한국 지사의 체면이 말이 아니었는데 수장님께서 도와주신다고 하시니 이걸로 한시름 덜었습니다."

"도와주는 대신 한 가지 부탁하고 싶은 것이 있는데."

"부탁……이요?"

전화에선 언급하지 않았던 말이 나오자 김한성은 작게 당황하며 눈동자를 굴렸다. 데미안이 무슨 부탁을 할지 걱정되었기 때문이었다.

"실례가 안 된다면 무슨 부탁인지 물어봐도 될까요?"

"어려운 부탁은 아니야. 내 제물들이 어떻게 처리되는지 알려달라는 것뿐이니까."

"갑자기 그건 왜……."

"거기까진 네가 알 필요가 없지."

데미안은 묘하게 웃으며 소파 등받이 깊숙이 몸을 기댔다.

"넌 단지 그걸 말해주면 돼. 그럼 범인을 잡는 걸 도와주도록 하지. 아니, 확실히 잡을 수 있도록 해주겠다."

데미안의 제안은 확실히 끌렸지만 데미안이 요구한 건 쉬이 말해줄 수 없는 일급비밀이었기 때문에 김한성은 고민하며 땀이 홍건한 손을 바지춤에 닦았다.

"고민하는 걸 보니 그리 다급하지 않은 모양이군."

이럴수록 상대가 깊게 생각할 수 없도록 몰아붙이는 것이 효과적이었기 때문에 데미안은 쉴 틈 없이 그를 몰아붙였다.

"그럼 이 이야기는 없던 걸로 하지."

데미안의 말이 떨어지기 무섭게 문이 열렸다. 이에 마음이 조급해진 김한성은 고개를 격하게 저으며 황급히 입을 열었다.

"그, 그럴 리가 있겠습니까! 당연히 알려드리겠습니다."

"그래?"

걸려들었다. 데미안은 회심의 미소를 뒤로 숨기며 다시 문을 닫았다.

"나에게 거짓을 말하면 어떻게 되는지 알고 있겠지?"

"네, 네. 물론입니다."

"좋아. 그럼 네 사건부터 해결해보도록 할까."

김한성은 기다렸다는 듯 준비해온 자료를 내밀었다. 데미안은 말없이 자료를 살폈다.

"서류를 보시면 아시겠지만 이번 사건은 지금까지 총 8번 일어났습니다."

"8번? 내가 아는 건 4번인데."

"그게…… 시민들의 불안을 조금이나마 잠재우고자 굳이 언론에 알릴 필요가 없는 사실은 알리지 않았습니다."

"시민들의 불안을 잠재우는 것이 아니라 라오스의 위상을 떨어뜨리고 싶지 않아서겠지."

데미안이 정곡을 찌르자 김한성의 얼굴은 잘 익은 홍당무처럼 붉어졌다.

"아, 아무튼 저희는 이번 사건을 해결하기 위해 노력했고, 그 과정에서 이번 사건의 범인은 특정한 목적을 가지고 범죄를 저지르는 것이라는 걸 확인했습니다."

"목적을 가지고 있다?"

"네. 저희 역시 처음에는 무차별 살인인 줄 알았는데 피해자들의 신상을 분석한 결과 그것이 아니라는 결론이 나왔습니다."

데미안은 서류를 뒤적이며 고개를 끄덕였다. 계속 말해보라는 의미였다.

"우선 피해자들은 전부 인간 여성이며 나이는 27살입니다."

그 말에 데미안은 시연을 떠올렸다. 그녀 역시 27살이고 인간 여성이었다. 우연치고는 참 기가 막힌 우연이었다.

"그리고 모두 신월동에 있는 사랑 산부인과에서 태어났습니다."

"사랑 산부인과?"

어디서 본 것 같은 느낌이 들었지만 바로 기억나지 않는 걸 보면 중요한 건 아닌 모양이다.

"특이하게도 이종족과 인간의 아이를 모두 낳을 수 있는 곳입니다. 지금은 규모가 제법 크지만 20여 년 전만 해도 의사 한 명만 있는 작은 병원이었고요."

"근데 그 곳에서 태어난 27살 여자들이 다 죽은 건가."

"그렇습니다. 그것 말고는 피해자들 사이에 연결 고리는 없습니다."

김한성이 말대로 피해자들의 다른 공통점은 없었다.

태어난 년도만 같을 뿐, 월과 일은 달랐다.

생김새는 물론 사는 곳도, 자라온 환경도 전혀 달랐으며 그들이 발견된 위치 역시 전부 달랐다.

사건 현장은 공사 현장이나 컨테이너 박스 등 인기척이 드문 장소였다. 때문에 사건의 목격자는 단 한 명도 없었다.

"그런데 범인이 늑대인간이라는 건 어떻게 알아냈지?"

"3번째 사건과 6번째 사건에서 늑대인간의 것으로 추정되는 털과 손톱이 발견됐습니다. 손톱과 피해자의 몸에 난 손톱자국이 일치했고요."

3번째 사건과 6번째 사건이 일어난 간격은 고작 한 달. 그 사이에 털과 손톱이 발견됐다면 나오는 결론은 하나.

"일부러 가짜 증거를 남겼군."

"예? 그게 무슨 말씀이십니까?"

"범인이 늑대인간이 아니라는 의미다."

"하, 하지만 현장에서 털과 손톱이라는 명확한 증거들이 나왔습니다."

"순혈이 아닌 이상 늑대인간이 수인의 모습으로 변하는 건 보름달이 뜬

날뿐이다. 하지만 사건은 보름에 일어나지 않았어. 즉, 털이 빠질 일은 없다는 거지."

"수, 순혈일 가능성도……."

"정말로 순혈이 이런 짓을 했을 거라고 생각하나?"

되돌아온 질문에 김한성은 잠시 고민하더니 고개를 저었다.

"그리고 손톱이 있다는 것도 말이 안 되지. 늑대인간이 손톱 갈이를 하는 건 석 달에 한 번뿐이니까."

조곤조곤 내뱉는 말마다 정곡을 쿡쿡 찔렀다. 그의 말이 맞다면 사건은 다시 미궁 속으로 빠지게 된다.

김한성은 낮게 신음하며 머리를 짚었다.

"그럼 도대체 범인은 누구일까요? 혹시 늑대인간을 싫어하는 다른 종족일까요?"

"그거야 나도 모르지. 네놈이 가져온 이 엉터리 자료를 가지고 어떻게 범인을 찾겠어?"

데미안이 시니컬하게 웃으며 서류를 툭툭 건드렸다. 바보 취급을 당한 김한성은 얼굴을 붉히며 고개를 숙였다.

"죄, 죄송합니다. 다시 자료를 수집해서 가져오겠습니다."

"그럴 필요 없어. 내가 직접 움직일 테니까."

"그래 주시면 저희 입장에선 더 바랄 것이 없죠!"

파리가 손바닥을 비비듯 굽실거리며 김한성은 아부의 끝을 보여주었다. 한시라도 이번 사건을 빨리 해결하고 싶은 마음이 엿보이는 행동이었다.

"그래서 말인데, 피해자들의 시신을 보고 싶군."

"6번째 피해자까진 이미 장례를 치러 시신이 없지만, 7번째 피해자와 8번째 피해자는 보여드릴 수 있습니다."

"그거면 충분해. 내일 중으로 베르를 통해 다시 연락을 넣도록 하지."

이만 나가라는 의미였다.

김한성은 잘 부탁한다는 의미로 몇 번 고개 숙여 인사한 뒤 대표실을 나갔다. 그 뒤로 베르가 들어오자 데미안은 자리에서 일어섰다.

"내일 김한성과 연락해서 새로 약속을 잡도록 해."

"네. 그리고 신의 귀환 날짜가 정해졌습니다."

가브리엘이 죽은 지 일주일 가까이 흘렀건만 마르스는 여태 천계로 돌아가지 않았다.

뭐 주워 먹을 것이 있다고 여태 버티고 있는 건지 알 수는 없지만 무슨 꿍꿍이가 있는 건 확실해, 데미안은 줄곧 그를 주시하고 있었다.

"내일 모레 돌아간다고 합니다."

"그동안 그놈이 딱히 한 건 없지?"

"네. 달리 눈에 띄는 행동은 하지 않았습니다."

그럼 도대체 왜 그동안 인간 세상에 머물고 있었던 걸까. 가브리엘의 장례식은 하루 만에 끝이 났는데.

의아했지만 증거도 없이 놈을 붙잡고 추궁할 수는 없는 노릇이었다.

데미안은 알겠다는 의미로 가볍게 고개를 끄덕이며 자리에서 일어섰다.

"저, 그리고……."

아직 할 말이 있다는 듯 운을 뗀 베르는 조심스럽게 말을 이었다.

"시연 님은 정말 이대로 두셔도 괜찮으시겠습니까?"

"……."

"혹시 무슨 일이라도 당하신다면……."

"마몬이 귀고리를 줬으니까 괜찮을 거다."

데미안은 물끄러미 창밖을 내려다봤다.

환한 태양이 높은 하늘에 둥그러니 떠 있었고, 찌를 듯한 햇빛이 창을 통해 한껏 들어왔다.

"기다리기로 약속했어."

작게 인상을 쓴 데미안의 얼굴에 서글픔이 묻어났다.

데미안은 티끌 하나 없이 깨끗한 유리창을 가볍게 쓸어내리며 중얼거리듯 말했다.

"그러니까 보고 싶어도 가면 안 되는 거겠지."

EPISODE 12
찾았다

안 그래도 바쁜 일정에 라오스의 일까지 떠맡은 데미안은 잠시도 쉬지 못하고 정신없이 일을 해야 했다. 이 상태로는 아마 며칠 동안 철야를 해도 시간이 부족할 듯싶었다.

그런 데미안을 안쓰럽게 여기며 베르는 책상 위에 커피를 올려놓았다. 말없이 커피를 마신 데미안은 작게 눈살을 찌푸리며 커피 잔을 내려놓았다.

"다시 타 올까요?"

베르가 걱정스레 묻자, 데미안은 고개를 저었다. 다시 타 와도 똑같을 거라는 걸 알기 때문이었다. 시연이 없어진 지 하루밖에 되지 않았는데 벌써 그녀가 타준 커피가 먹고 싶어졌다.

"시연이 지금 어디 있는지는 확인했나?"

"네. 원래 사시던 집에 계십니다."

"무슨 문제는 없겠지?"

"그럼요. 문제가 있었다면 귀고리가 발동했을 테니까요."

그건 그랬다. 데미안은 그제야 조금이나마 안심할 수 있었다.

베르가 물러난 뒤, 계속 서류를 보던 데미안은 낮게 한숨을 내쉬며 뻐근하게 아파오는 눈덩이를 지그시 눌렀다.

데미안은 여전히 시연이 없으면 잠을 이루지 못했다. 어떻게든 자려고 노력하고, 수면제를 먹어도 마찬가지였다.

예전과 다른 점이 있다면 악몽 속의 주인공이 안느가 아닌 시연으로 바뀌었다는 것.

데미안은 거의 매일 밤 그녀가 자신을 거부하는 꿈을 꿨다. 그때마다 숨을 헐떡이며 잠에서 깨어났고, 한 번 깬 잠은 다시 이룰 수가 없었다. 그러길 벌써 며칠째니 피곤하지 않으면 그게 이상한 일이었다.

"베르, 들어와."

이 피곤함을 더 견딜 자신이 없어 데미안은 인터폰으로 베르를 불렀다.

"부르셨습니까, 대표님."

"오늘 저녁 스케줄, 전부 취소하도록 해."

"네? 그리 하면 내일 일정이 힘들어질 텐데요."

"상관없어. 오늘은 더 이상 일을 못할 것 같으니까."

데미안은 짤막하게 대꾸하며 자리에서 일어섰다.

"데, 데미안 님!"

곧장 집으로 가려는데 문자를 확인한 베르가 당황하며 그를 불렀다. 언제 왔는지 모르는 마몬 역시 당황하며 달려왔다.

"뭐지?"

"원, 원탁회 소집입니다."

"뭐?"

이건 또 무슨 개소리야. 난데없는 말에 데미안은 작게 미간을 찌푸리며 베르를 돌아봤다.

"누가 원탁회 소집을 했다는 거지?"

"가온입니다."

"하, 그놈이 정신이 나갔군."

가온도 원탁회 일원이니 원탁회를 소집할 수 있는 권한이 있긴 했지만 신참이 원탁회를 소집하는 경우는 거의 없었다.

"이유가 뭐지?"

만약 얼토당토않은 이유라면 이 기회에 그를 원탁회 일원에서 끌어내리리라. 그리 생각하며 물었는데 돌아온 대답은 참으로 의외였다.

"그게…… 가브리엘을 죽인 범인을 알 수 있는 증거를 찾았다고 합니다."

"……뭐?"

"그 증거를 원탁회의에서 말하겠다는데…… 어떻게 하시겠습니까?"

베르의 질문에 데미안은 쉬이 대답하지 못하고 입을 다물었다.

다른 이유였다면 고민할 필요 없이 바로 가지 않겠다고 말했겠지만, 소집 이유가 무려 그토록 찾던 가브리엘을 죽인 범인을 찾아냈다는 것이니 망설여지는 것이었다.

하물며 현재 가브리엘을 죽인 범인으로 데미안이 지목 받고 있는 상황이었기에 더 그랬다. 물론 그가 죽인 건 아니었지만 비열한 그놈들이 어떤 조잡한 수를 써서 증거를 만들었을지 모를 뿐더러, 이런 상황에서 소집에 가지 않는다면 아마 두고두고 말을 들을 것이다.

단, 시연이 걱정되었다. 한 번 소집에 들어가면 쉽게 빠져나올 수 없으니 시연에게 무슨 일이 생겨도 바로 빠져나오지 못할 가능성이 높았다.

"일단 원탁회 소집에 가시는 것이 어떻습니까."

그가 고민하자, 마몬이 한마디 거들었다.

"반려님에겐 귀고리도 있고 나오도 있으니까요. 그러니 일단 원탁회 소집부터 처리하는 것이 좋을 것 같습니다."

"저도 그렇게 생각합니다, 데미안 님. 시연 님에겐 아무 일도 일어나지 않을 거예요."

여전히 불안하긴 했지만 확신에 찬 두 악마의 말에 결국 넘어간 데미안은 그들의 의견을 따르기로 했다.

집을 오래 비워뒀더니 이곳저곳에 먼지가 수북했다. 점심이 다 됐을 무렵 눈을 뜬 시연은 가장 먼저 청소부터 했다. 그다음엔 냉장고에서 어제 사 온 생고기들을 꺼내 철문이 있는 방으로 옮겼다.

모든 일을 끝냈을 땐 어느덧 창밖에는 석양이 지고 어둠이 몰려오고 있었다.

'조금 있으면 재혁 오빠 오겠네.'

시연은 제 손목에 있는 이상한 무늬를 쳐다봤다. 며칠 전만 해도 흐릿했던 무늬는 이제 완전히 선명해졌다.

"하아, 모르겠다."

그 무늬를 한참 보던 시연은 짜증스레 한숨을 내쉬며 욕실로 들어갔다. 간단하게 샤워를 한 뒤 머리를 말리기 위해 거울 앞에 선 시연은 문득 귀고리를 발견하고 만지작거렸다.

'내가 위험에 빠지면 귀고리가 날 구해준단 말이지? 어떻게 구해준다는 걸까. 혹시 데미안을 짜잔, 하고 소환이라도 해주는 걸까?'

무슨 일이 일어나는지는 짐작할 수 없지만 마음은 든든했다. 마치 그가 항상 자신을 지켜주는 것 같은 느낌이 들었다.

'데미안 씨뿐만이 아니지.'

마몬과 베르도 항상 그녀를 지켜주기 위해 노력했다. 그 부분에 대해 다시 한 번 감사하는 마음을 가지며 시연은 욕실을 나왔다.

딩동—.

옷을 갈아입고 방을 나서는데 초인종이 울렸다. 재혁이었다.

"자."

재혁은 들어오자마자 편의점 봉투를 내밀었다. 안에는 맥주 두 캔과 마른 오징어가 들어 있었다.

"뭐야, 웬 맥주?"

"일 시작하기 전에 한잔하자는 거지. 왜, 싫어?"

"아니, 싫은 건 아니지만……."

시원한 맥주를 보니 없던 갈증도 생기는 것 같아 시연은 캔을 따 벌컥벌컥 들이켰다.

"근데 못 보던 귀고리 끼고 있네?"

뒤늦게 시연이 끼고 있는 귀고리를 발견한 재혁이 의아하다는 듯 고개를 갸웃거렸다.

"웬일이래? 너 귀고리 걸리적거려서 귀찮다고 잘 안 끼잖아?"

"아, 이거."

시연은 옅게 웃으며 캔을 쥐지 않은 손으로 귀고리를 만지작거렸다.

"데미안 씨가 준 거야. 나를 지켜주는 부적이라고 말이지."

"그딴 헛소리를 믿어?"

"오빠."

다소 거친 언사에 시연은 얼굴을 딱딱하게 굳히며 말했다.

"오빠가 왜 그렇게 데미안 씨를 싫어하는지는 모르겠지만 나에게 그는 은인이나 다름없어. 하물며 내가 좋아하는 남자이기도 하고. 그러니까 그런 말은 하지 않았으면 좋겠어."

"하, 알게 된 지 얼마 안 된 놈 때문에 10년 넘게 본 나한테 그딴 소리를 하는 거냐?"

"오빠."

"쯧, 이래서 내가 그런 거야."

재혁의 얼굴은 순식간에 짜증으로 뒤덮였다. 오랜 시간 그와 알고 지냈지만 처음 보는 얼굴이었다.

"다 너 때문이라고. 자업자득이야. 그러니까 내 원망하지 마."

"무슨…… 어……?"

시연은 갑자기 머리가 핑 돌며 현기증이 나는 걸 느꼈다. 의식이 희미해졌다. 그녀가 들고 있던 맥주는 바닥으로 떨어졌고, 축축하게 바닥을 적시는 맥주 위로 시연은 맥없이 쓰러졌다.

갑작스러운 원탁회 소집에도 불구하고 데미안을 비롯한 일원들은 전부 모였다. 가장 상석은 당연히 데미안의 몫이었고, 데미안이 앉은 뒤 일원들은 차례로 자리에 착석했다. 마몬은 데미안의 왼쪽 자리에 앉았다.

"다 오셨군요."

모두가 자리에 착석하자 마르스가 나타났다.

신의 등장에 마몬과 데미안을 제외한 원탁회 일원들은 일제히 자리에서 일어섰다.

"정말로 기쁩니다."

마르스는 두 손을 공손히 가슴께로 모으며 말했다.

"이곳을 떠나기 전에 가브리엘을 죽인 범인에 대한 결정적인 단서를 찾아서 말이죠."

"서론이 길군, 마르스."

데미안은 뻐딱하게 앉아 마르스를 쏘아봤다.

"바로 본론을 말했으면 좋겠는데."

"정말이지, 마족은 성격이 너무 급하다니까요."

마르스는 어쩔 도리가 없다는 듯 가볍게 어깨를 으쓱이며 그를 따라온 우리엘을 돌아봤다. 그러자 우리엘이 한 발 앞으로 나와 품에 있는 것을 꺼냈다.

"……그, 그건……!"

"말도 안 돼!"

우리엘이 꺼낸 것을 본 일원들은 일제히 경악하며 소리쳤지만 데미안은 고요하게 그 물건을 바라봤다.

"내 눈이 잘못됐을 리도, 이런 중요한 자리에서 네놈들이 잘못된 물건을 꺼냈을 리도 없지만 확인차 묻도록 하지."

자리에서 일어선 데미안은 성큼성큼 마르스 쪽으로 다가갔다.

"저놈이 꺼낸 저 물건."

마르스도 키가 큰 편에 속했지만 데미안은 그보다 더 컸기 때문에 그는 마르스를 내려다보며 말했다.

"네놈들이 죽을 때 나오는 보석으로 보이는데 맞나?"

"네, 맞습니다."

"하."

마르스가 맑게 웃으며 고개를 끄덕이자 데미안은 혀를 찼다.

'도대체 이 녀석들, 무슨 속셈이지.'

천족의 보석을 증거로 가지고 나오다니. 그 말은 그들이 범인이라고 자백하는 것이나 다름없었다. 그러니 데미안을 비롯해서 보석을 본 일원들이 일제히 놀란 것이다.

하물며 다른 증거도 아닌 보석을 가지고 나왔다는 건…….

"범인이 죽었다고 말하고 싶은 건가?"

"그럴 리가요. 범인은 아직 살아 있을 겁니다. 제가 가지고 나온 이 보석은 다른 천사의 것이거든요."

다른 천사의 것이라고? 데미안은 우리엘이 내민 보석을 쳐다봤다. 하지만 그냥 보기엔 알 수가 없었다. 천족의 보석은 다 똑같이 생겼으니까.

"무슨 이야기를 하고 싶은 거지?"

"가브리엘의 보석이 여태까지 발견되지 않았습니다."

"네놈들이 발견하지 못한 거 아닌가?"

"아닙니다. 혹시나 해서 사건 현장과 근처를 다 뒤져봤지만 그 어디에도 가브리엘의 보석은 없었습니다. 즉, 누군가 들고 갔다는 의미지요."

"범인이 들고 갔다고 말하고 싶은 모양이군."

"아마도요. 첫 번째 신고자는 들고 가지 않았고, 만약 다른 놈이 들고 갔다면 당장에 팔았을 테니까요. 하지만 계속 기다려도 시중에 천족의 보석은 나오지 않았습니다. 그건 아직 범인이 보석을 들고 있다는 말이 되지요."

마르스는 그리 말하며 좌중을 훑어봤다. 그와 눈이 마주친 일원들은 하나같이 고개를 돌렸다. 시선을 피하는 것이다. 혹시 마르스의 의심을 살까 봐 두려워서.

"근데 왜 처음부터 그 이야기를 꺼내지 않았지?"

"보다시피 시간이 필요한 증거인지라 기다렸습니다. 미리 말했더라면 범인이 보석을 미리 처리해버렸을 수도 있으니까요."

"그건 지금도 마찬가지잖아?"

"그럼 들고 가지 않았겠지요. 그러니 아마 아직 가지고 있을 거라고 생각합니다. 그래서 말인데, 일원들의 집을 조사하고 싶습니다."

이게 본론이었군. 무례하기 짝이 없는 요구에 데미안의 미간이 곱게 일그러졌다.

"허락합니다."

"저 역시 허락합니다. 숨길 것이 없으니까요."

반면 원탁회 일원들은 누명을 벗기 위해 흔쾌히 손을 들었다. 여론이 허락하는 쪽으로 돌아가자 난처해진 건 데미안이었다. 여기서 혼자 반대한다고 하면 꼼짝없이 범인으로 몰릴 판이었다. 물증은 없더라도 심증이 있으니까. 정황상의 증거도 데미안을 가리키고 있었기 때문에 더욱 거절하기가 애매했다.

'하는 수 없지. 조금 귀찮긴 하겠지만 허락할까?'

뒤져도 아무것도 나오지 않는다는 걸 증명한 뒤 저놈의 멱살을 잡고 흔들어야겠다고 생각하며 입을 여는 순간…….

쾅―.

"데, 데미안 님!"

베르가 문을 열고 들어왔다. 꽤나 다급해 보이는 얼굴이었다. 뭔가 안 좋은 일이 터진 것이 분명한 모습에 데미안은 그를 돌아보며 물었다.

"무슨 일이지?"

"그, 그게 시연 님이……."

"……폭발했습니다."

대답이 들려온 건 마몬 쪽이었다. 줄곧 앉아 있던 마몬은 자리에서 일어서며 말했다.

책상을 짚은 두 팔은 부질없이 떨리고 있었고, 얼굴은 핏기 하나 없이 새하얗게 질렸다. 그러나 마몬은 그보다 더 흔들리는 눈동자로 데미안을 바라보며 말했다.

"약 2분 전, 반려님의 집이 폭발했습니다……."

"뭐?"

갑자기 집이 폭발하다니. 참으로 뜬금없는 소리였지만 저들이 놀라는 이유는 단 하나일 터.

"설마…… 그 집에 시연이 있었던 건가?"

"……네."

"젠장!"

데미안은 낮게 욕설을 읊조리며 다급하게 문 쪽으로 걸어갔다. 그런 그의 앞을 어느덧 들어온 대천사들이 막아섰다.

"비켜!"

"소집은 아직 안 끝났습니다, 데미안."

"개소리 집어치워라!"

데미안의 주변으로 검은 어둠이 몰려들었다. 그의 분노에 어둠이 응답한 것이다.

"이딴 개소리나 하는 소집보단 난 내 반려를 구하는 것이 중요해!"

"지금 가봤자 구하지 못할 텐데요."

"……네놈 짓이군."

쿵─.

마르스의 멱살을 잡고 그대로 벽 쪽으로 밀친 데미안은 짐승이 울 듯 낮은 목소리로 으르렁거리며 말했다.

"네놈의 짓이었어!"

"무슨 말씀을 하는지 모르겠군요."

다른 이종족이었다면 입도 제대로 못 열었을 만큼 데미안은 무시무시한 위압감을 내뿜었지만 역시 신이라서 그런지 마르스의 표정은 평온했다.

"뭐가 제 짓이라는 거죠?"

"네놈이 시연의 집을 폭발시킨 거지? 그렇지 않고서야 그렇게 말할 리가 없지!"

"왜 말을 못합니까? 2분 전에 폭발이 일어났다면 이미 늦었다는 건 모두가 다 아는 사실 아닌가요?"

"닥쳐!"

데미안이 좀 더 힘을 주자 마르스가 등을 대고 있던 벽이 움푹 파였다. 때문에 파편이 이곳저곳으로 튀었지만 데미안에게도, 마르스에게도 상처를 주지 못했다.

"잘 들어라, 마르스. 만약 시연에게 무슨 문제라도 생겼다면…… 그땐 천마 전쟁을 할 각오를 해야 할 거다."

"……!"

"그러니까 그녀가 무사하길 빌도록 해."

데미안은 마르스의 멱살을 놓고 한 발짝 뒤로 물러섰다. 그러자 어둠은 발끝부터 시작해서 데미안의 몸을 감싸고 올라왔다. 어둠에 잠식된 그의 몸은 조금씩 사라졌다. 그보다 더 짙은 어둠이 서린 입가엔 싸늘한 미소가 걸렸다.

완전히 사라지기 직전, 데미안은 온기라곤 한 줌도 묻어 있지 않은 싸늘한 눈으로 마르스를 바라보며 말했다.

"아니면 모두 다 죽게 될 테니까."

모습을 감췄던 데미안이 다시 등장한 곳은 시연의 집 앞이었다. 라오스 한국 지사에서 이곳까지 오는 데는 불과 5분도 채 걸리지 않았다.

그러나 시연에게 무슨 일이 생기기엔 충분한 시간이었다. 그래서 최대한 빨리 오려고 했지만 이게 한계였다.

데미안은 제 앞에 있는 건물을 쳐다봤다. 보고받은 것처럼 폭발이라도 일어난 건지 건물이 조금 붕괴되어 있었지만 정말 조금이었다. 딱히 무너지거나 한 곳은 없었다.

　한데 그들이 그리 놀라며 보고한 건 아마 폭발이라는 말만 들었기 때문일 것이다.

　"군주님!"

　마몬에게 미리 연락을 받은 나오가 달려왔다.

　"어떻게 된 거지?"

　"그게 저도 잘 모르겠습니다. 안엔 들어가지 않고 입구를 지키고 있었는데 갑자기 '펑' 하는 소리가 나더니 웬 괴물이 튀어나왔습니다."

　"괴물? 무슨 말이지? 이종족이라는 건가?"

　"아마 그럴 겁니다. 어둡기도 하고 거리가 있어서 잘 보진 못했지만 특이한 날개를 펄럭이며 날아갔으니까요."

　인간이 날개를 가지고 있을 리는 없으니 그건 이종족이 확실할 터.

　하물며 날개를 가진 이종족은 그리 많지 않았다. 그러니 용의자를 확 좁힐 수 있었다.

　"시연은 단 한 번도 밖에 나오지 않은 건가?"

　"제가 알기론 그렇습니다."

　"그럼 시연이 무사한지부터 확인하지."

　밖에 시연이 없다는 걸 확인한 데미안은 서둘러 건물 안으로 들어갔다. 원래는 경찰과 라오스가 막고 있어 들어갈 수 없었지만 그의 앞을 막을 수 있는 이는 아무도 없었다.

　순조롭게 시연의 집 앞에 도착한 데미안은 연달아 초인종을 눌렀다.

　딩동, 딩동, 쾅, 쾅.

　"시연!"

　초인종을 누르는 것도 모자라 현관문을 세게 두드렸지만 돌아오는 응답은 없었다. 이에 데미안은 강제로 현관문을 열고 시연의 집으로 들어갔다.

그러나 시연은 집에 없었다. 그녀를 찾기 위해 이곳저곳 돌아다니던 데미안은 몇 가지 이상한 점을 발견했다.

첫 번째는 바닥에 아무렇게나 나뒹굴고 있는 맥주 캔이었다. 거기서 흘러나온 맥주가 축축하게 바닥을 적시고 있었다. 평소 깔끔한 성격인 그녀가 그걸 방치해두다니 이상했다.

두 번째는 철문 안쪽에 있는 생고기였고, 세 번째로 이상한 건 테이블 위에 있는 지갑과 휴대폰이었다. 나오가 잠시 한눈판 사이 집을 나갔다고 해도 저 중 하나도 챙기고 나가지 않은 것이 이상했다.

'무슨 일이 생긴 건 아닐 텐데……'

만약 무슨 일이 생겼다면, 그래서 시연이 다치기라도 했다면 귀고리가 반응했을 것이다.

시연이 집에서 나오는 걸 나오가 실수로 놓쳤을 가능성도 있으니 CCTV까지 확인해봤지만 시연이 나오는 장면은 찍히지 않았다.

'응?'

그래도 혹시 몰라 계속 돌려보던 데미안의 눈에 한 남자가 띄었다.

갈색의 여우 귀. 바로 재혁이었다.

목적은 굳이 확인하지 않아도 뻔했다. 시연을 만나기 위해서일 것이다.

'문제가 생기기 20분 전에 온 건가.'

하지만 그가 나가는 모습은 찍히지 않았다. 다시 확인해봐도 마찬가지였다. 한데 시연의 집에 그는 없었고, 혹시나 해서 다른 곳도 확인해봤지만 마찬가지였다.

시연과 재혁, 둘 다 사라진 것이다. 아무래도 이번 일에 재혁이 관련되어 있는 것 같았다. 아니면 재수 없게 같이 말려들었거나.

"너희들은 시연을 찾아봐라."

데미안의 명을 받은 어둠들은 충실히 움직였다. 해가 지고 밤이 찾아왔으니 어둠이 활동하는 데 부족함은 없었다.

단지 문제가 있다면 잠을 제대로 자지 못한 것과, 이제 곧 주기가 다가올 시기인지라 고작 이 정도 힘을 쓰는 데 손이 덜덜 떨린다는 것이었다.

아까 원탁회에서 힘을 쓴 것도 영향을 끼쳤다.

'그렇다고 힘을 쓰는 걸 멈출 순 없어.'

시연이 무슨 일을 당하기 전에 찾아야 했다. 귀고리가 있긴 하지만 만약의 경우를 배제할 수는 없었다. 그리 생각하니 마음이 조급해져 능력을 더 사용하면 안 된다는 걸 알면서도 사용할 수밖에 없었다.

나오를 내버려둔 채 어둠 속에 녹아든 데미안이 향한 곳은 시연이 아르바이트를 한 곳, 그러니까 그녀의 친구가 운영 중인 카페였다. 시연이 그곳에 있을 거라곤 생각지 않았지만 그녀의 친구이자 재혁의 동생인 재회라면 재혁이 왜 시연을 찾아갔는지 알 것 같아서였다. 그리고 운이 좋으면 그들이 있는 위치도 알아낼 수 있을 것이다.

딸랑—.

"어서 오세…… 어머."

데미안을 발견한 재회의 눈동자가 반짝였다.

"시연이 남자 친구 분, 맞죠? 아, 반려라고 해야 하나?"

"데미안이라고 합니다."

데미안은 품에서 명함을 꺼내 재회에게 내밀었다.

명함에 적힌 '더 뉴'와 '대표 이사'를 본 재회는 화들짝 놀라며 입을 쩍 벌렸다.

"어, 어머머! '더 뉴'의 대표 이사세요?"

"네, 맞습니다."

"세상에!"

얼굴에 이런 거물을 어디서 문 건지 부러워 죽겠다는 표정이었다. 하지만 추악한 질투심은 보이지 않았다. 되레 잘됐다는 얼굴이었다.

"근데 여기까진 무슨 일이신가요?"

"아 별건 아니고 물어볼 것이 있어 왔습니다. 혹시 당신의 오빠, 그러니까 한재혁 씨가 어디 갔는지 아십니까?"

"네? 왜요? 설마 며칠 전 그 일 때문에……."

시연이 아닌 재혁을 찾으니 재희의 얼굴에 작은 경계가 서렸다. 재희가 경계를 해서 아는 정보도 숨기면 곤란하니 데미안은 황급히 말을 덧붙였다.

"그냥 몇 가지 물어볼 것이 있어서 그렇습니다. 어디 있는지 아십니까?"

"글쎄요. 아마 회사에서 일하고…… 아, 잠시만요."

재희는 말을 하다 말고 카운터에서 휴대폰을 가져와 달력을 확인했다.

"역시."

날짜를 본 재희는 납득했다는 듯 고개를 끄덕였다. 그리고 어딘가로 전화를 걸었다.

"이상하네. 시연이는 그렇다 치고 왜 오빠도 전화를 안 받지."

"무슨 소리죠? 시연이는 그렇다 치고?"

"어라, 모르세요? 음력 보름마다 시연이, 전화도 안 받고 잠수 타잖아요."

처음 듣는 이야기였다. 그래서 아무 말 하지 않고 있었더니 재희가 "어머, 모르셨어요?" 하고 되물었다.

"저도 이유는 잘 모르지만 오래전부터 그랬어요. 어, 그러니까 아줌마가 계셨을 때부터요."

"아줌마라면 시연의 모친을 말하는 건가요?"

"네. 맞아요. 저도 왜 그런 건지 알고 싶었지만 도통 안 가르쳐주더라고요. 치사하게 오빠한텐 알려주면서."

"그 말은 당신의 오빠는 시연이 왜 오늘 연락이 안 되는지 알고 있다는 말이군요."

"알기만 하겠어요? 이날, 시연이가 연락하는 건 오빠 말고 없어요. 뭐, 아줌마가 계셨을 땐 아니었지만요."

그건 시연의 모친이 실종된 후부터 시연이 재혁에게 연락을 했다는 말이었다.

'뭔가 도움이 필요한 건가?'

혼자 힘으로는 할 수 없는, 그래서 다른 사람의 힘을 빌려야 하지만 설령 제 혈육에게도 비밀을 누설하지 않는 그런 사람이 필요해서 재혁을 선택한 모양이다.

그만큼 재혁과 시연이 친하다는 의미이니 영 기분이 언짢았다. 전에 시연이 재혁의 품에 덥석 안길 때부터 알아봤어야 했다.

'아니, 그것보다 시연은 왜 보름마다 연락이 안 되는 거지?'

대체 무슨 특별한 이유가 있어서 그런 것일까. 오늘 그녀가 연락이 안 되는 것도 이것과 관련이 있는 것일까?

"그래도 오빠는 항상 연락이 됐는데, 오늘은 이상하게 연락이 안 되네요. 아무래도 일 때문에 바쁜 것 같은데 나중에 오빠한테서 연락 오면 여기 명함에 적힌 번호로 알려드릴까요?"

"부탁드립니다."

재희와 인사를 나눈 뒤 카페를 나선 데미안은 다시 시연의 집으로 향했다. 더 이상 능력을 쓰는 건 무리인지라 택시를 이용했다.

[한재혁이라는 직원 말씀하시는 겁니까?]

가는 동안 데미안은 김한성에게 전화를 해서 재혁의 행방을 물었다.

[제물 담당반에 확인해 알아본 결과 한재혁 씨는 오늘 휴가를 냈다고 합니다.]

"휴가?"

[네. 항상 이때쯤 휴가를 낸다고 하는군요. 아니면 반차를 내거나요.]

재희의 말로 미뤄봤을 때 재혁이 쉰 건 역시 시연 때문인 것 같았다.

'도대체 뭘 숨기는 거냐.'

데미안은 시연이 숨기는 게 뭔지 심히 궁금했다. 그걸 재혁이 알고 있다면 더더욱. 그는 알고 있고 자신은 모른다고 생각하니 굉장히 기분이 나빴다.

재희의 말에 따르면 시연은 음력 보름이 지나면 다시 연락이 된다고 하니 밤 12시가 넘으면 연락이 될 수도 있었지만, 이번엔 재혁도 연락이 되지 않는다는 말이 마음에 걸려 가만히 있을 수가 없었다. 이젠 귀고리도 믿을 수 없었다. 시연이 무사한지 두 눈으로 확인하기 전까진 안심할 수가 없었다.

집에 도착한 데미안은 가장 먼저 철문이 있는 방으로 들어갔다. 그녀의 집에서 이곳이 가장 수상했으니까.

벽부터 바닥, 천장까지 전부 두드려봤지만 딱히 이상한 곳은 없었다.

'역시 여긴 아닌가.'

그럼 여긴 왜 만든 거지. 다른 집도 이런 방이 있는지 확인했지만 이런 방이 있는 건 시연의 집뿐이었다. 시연이 특별한 이유로 만들었다는 의미였다.

'보름과 관련이 있는 건가.'

보름. 철창이 있는 문. 밖에서 잠그는 장치. 연락 두절. 그리고 생고기.

'설마……'

문득 떠오르는 생각에 데미안은 고개를 저었다. 절대 그럴 리가 없다고.

다시 한 번 집을 둘러봤지만 특별한 건 보이지 않았다.

시연이 갈 만한 다른 곳을 가봐야겠다고 생각하며 집을 나서는데 그가 보낸 어둠이 돌아왔다.

어둠은 시연의 흔적이 가평 근처에서 끊겼다고 말했다.

'가평이라면 가브리엘이 발견된 곳이잖아.'

두 장소가 비슷한 것은 우연의 일치일까. 어느 쪽인지 알 수 없었지만 일단 가평에 가는 것이 중요했다.

'자동차를 타고 가는 건 늦어.'

그렇다고 어둠을 이용해서 이동하기엔 몸 상태가 좋지 않았다. 그럼 날아서 가는 수밖에. 다른 놈들의 눈에 띌 가능성이 있었지만 지금은 그런 걸 걱정할 때가 아니었다.

데미안은 곧장 날개를 펼쳐 하늘 높이 비상했다.

—시연아.

반쯤 정신을 놓고 있던 시연은 저를 부르는 상냥하고 다정한 목소리에 고개를 들었다.

다정한 얼굴로 저를 바라보고 있는 엄마가 보인다.

한데 엄마의 얼굴이 제법 멀었다. 왜 이렇게 먼 건가 싶었는데, 곧 시연은 자신이 어려졌다는 사실을 자각했다.

—시연아, 엄마랑 약속 하나만 하자.
—약속이요?
—그래, 약속. 시연이는 엄마 말 잘 듣는 아이니까, 엄마랑 약속한 거 지킬 수 있지?

어린 시연은 고개를 끄덕였다. 그러자 그녀는 금방이라도 울 것 같은 얼굴로 어린 시연을 꽉 안아주었다.

—……나가지…….

목소리가 잘 들리지 않았다. 제대로 들으려 귀를 기울여도 마찬가지였다.

—그렇지 않으면 더 무서운 일이 벌어질 테니까…….

뺨에 툭, 하고 무언가 떨어지자 어린 시연은 그녀를 올려다봤다. 그녀는 어느새 눈물을 뚝뚝 흘리고 있었다.

—네, 그럴게요.

그녀가 무슨 말을 하는 건지는 알아듣지 못했지만 우는 것이 너무 가슴이 아픈 어린 시연은 고개를 크게 주억거렸다.

—엄마 말대로 할게요. 그러니까 울지 마세요, 엄마.

약속한다고 했음에도 불구하고 그녀는 쉬이 눈물을 그치지 못했다. 어린 시연은 그녀의 눈물을 닦아주려고 했지만 팔이 움직이지 않았다.

그뿐만 아니라 온몸이 아팠다. 무언가에 얻어맞은 것 같은 느낌이었다. 소리를 지르려고 해도 비명조차 나오지 않았다.

정신이 흐릿해지고 눈앞이 뿌옇게 흐려졌다. 곧이어 새카만 어둠이 그녀를 덮쳤다.

'싫어!'

시연은 어둠 속에서 벗어나기 위해 발버둥 쳤다. 그러나 그녀의 몸을 휘감은 어둠은 좀처럼 물러나지 않았다. 파도에 휩쓸린 듯 시연은 맥없이 어둠에 휩쓸렸다. 그래도 포기하지 않고 마구 발버둥을 치고 있는데 느닷없이 눈이 번쩍 뜨였다.

"하아, 하아."

거친 숨이 터져 나왔다. 눈을 뜨자마자 가장 먼저 보이는 건 새카만 밤하늘. 곧 자신이 누워 있는 곳이 주택가의 골목길이라는 걸 알아챈 시연은 천천히 몸을 일으켰다.

"아……."

그런 그녀의 눈에 들어온 건 온몸에 묻어 있는 피였다. 몸에 상처가 많긴 했지만 이렇게 많은 피를 흘릴 만큼 다친 건 아니었다. 즉, 다른 사람의 피라는 의미였다.

"도대체 나 무슨 짓을 한 거야……."

이렇게 몸에 피가 많이 묻은 걸 보면 아주 엄청난 일을 저지른 것 같은데 전혀 기억나지 않았다. 머리를 쥐어뜯으며 기억하려고 노력해도 마찬가지였다. 마지막으로 기억하는 건 전구가 나간 듯 머릿속이 팟, 하고 꺼졌다는 것뿐. 그건 아마 재혁 때문일 것이다. 정신이 완전히 나가기 전 어렴풋이 본 그는 웃고 있었으니까.

'재혁 오빠가 날 배신하다니.'

꿈에도 상상하지 못했다. 7년 전, 엄마가 실종된 이후로 줄곧 자신을 돌봐주었던 그였으니까.

"흐윽."

믿었던 사람에게 배신을 당한 만큼 충격은 컸다. 시연은 두 손으로 얼굴을 가린 채 하염없이 눈물을 흘렸다.

투둑―.

그런 그녀의 마음을 하늘이 알아준 걸까. 갑작스레 하늘에서 비가 쏟아졌다.

몸이 흠뻑 젖었지만 시연은 꿈쩍도 하지 않았다. 두 무릎을 끌어안고 그 사이에 얼굴을 묻고 있을 뿐이었다.

'보고 싶어요.'

이런 심각한 와중에도 데미안이 너무나도 보고 싶었다. 이래선 안 된다는 걸 알면서도 도저히 이 마음을, 이 생각을 지울 수가 없었다. 그를 가득 끌어안고 한껏 울음을 토해내고 싶었다.

"미안해요……."

이 얼마나 이기적인 마음이란 말인가. 그의 옆에 있을 자격이 없는데도 그를 찾는 자신이 너무 한심해서 시연은 눈을 질끈 감은 채 하염없이 눈물을 토해냈다.

"정말로…… 정말로 미안해요…… 데미안 씨."

그에게 사과하면 사과할수록 귓불이 불에 덴 것처럼 뜨거워졌다. 동시에 현기증이 나면서 속이 울렁거리고 구역질이 났다. 점점 정신이 희미해지는 것을 느끼며 시연은 천천히 눈을 감았다.

가평까지 날아가려고 했지만 얼마 가지 못하고 데미안은 옥상에 불시착을 해야 했다. 거리에 내려앉은 어둠보다 더 짙은 어둠이 데미안의 주변을 맴돌았다.

"하아, 하아……."

데미안은 거친 숨을 몰아 내쉬며 가슴을 쥐어뜯었다. 온몸이 금방이라도 타오를 것처럼 뜨거웠다. 힘이 제멋대로 요동친 탓이었다.

시연을 찾기 위해 계속 힘을 썼으니 힘이 폭주하는 건 당연했다. 하물며 시연을 잃을지도 모른다는 불안감에 힘을 더욱 제어할 수 없었다.

'어쩔 수 없지. 제물을 통해 힘을 배출하는 수밖에.'

제물로 지정된 인간이 아닌 자를 제물로 사용한다면 라오스 측에서 뭐라고 하겠지만 위기 상황인 만큼 어쩔 도리가 없었다. 데미안은 가장 먼저 눈에 띄는 인간 여자에게로 다가갔다.

"꺄, 꺄아아악!"

갑작스러운 데미안의 등장에 여자는 비명을 지르며 자리에 주저앉았다. 두려움에 얼굴이 새하얗게 질렸다.

"죽을 정도론 하지 않겠다."

말을 뱉을 때마다 뜨거운 입김이 쏟아져 나왔다. 바로 앞에 있는 여자의 얼굴이 보이지 않을 정도로 눈앞이 흐렸다.

"조금만 도와주면 돼."

데미안에게서 악마 특유의 매혹적인 향이 뿜어져 나왔다. 그 향에 매혹된 여자는 도망칠 생각도, 반항할 생각도 하지 못했다.

접촉한 부위가 은밀할수록 많은 힘을 빨리 건네줄 수 있으니 입을 맞추는 편이 가장 좋았지만 그건 내키지 않아 데미안은 여자의 손을 잡았다. 그러자 그의 주변에 부유했던 검은 기운들이 조금씩 여자의 몸속으로 들어갔다.

"……!"

그것도 잠시, 기운들이 다시 튕겨져 나왔다. 거부 반응이었다.

거부 당한 기운들은 아까보다 더 심하게 요동쳤고, 그만큼 데미안의 몸에 충격이 왔다.

"쿨럭―."

데미안은 피를 토하며 자리에 주저앉았다. 불안하게 요동치는 기운들은 제멋대로 날뛰며 주변의 모든 것들을 파괴했다. 집도, 도로도, 건물도.

그나마 살아 있는 생명체는 죽이지 않았지만 이대로 있다간 정말 큰일 날 것 같아 데미안은 자리를 피하기 위해 하늘로 날아올랐다.

하지만 제멋대로 요동치는 기운 때문에 나는 것도 쉽지 않았다. 설상가상 점점 정신이 아득해졌다. 폭주하려는 것이다.

'안 돼.'

이대로 정신을 놓을 순 없었다. 어떻게든 정신을 붙잡기 위해 데미안은 제 몸에 상처를 내는 짓도 서슴지 않았다. 그러나 그건 임시방편일 뿐, 큰 효과를 보지 못했다. 얼마 지나지 않아 한계가 찾아왔다.

'……시연.'

이 와중에도 시연이 보고 싶었다. 완전히 폭주하기 전에, 그래서 자신이 자신이 아니기 전에 딱 한 번이라도 좋으니 그녀를 보고 싶다고 생각하며 데미안은 하늘을 올려다봤다.

그런 데미안의 눈에 한 여자가 들어왔다. 여자는 시린 달빛을 온몸으로 받으며 꽃잎처럼 떨어지고 있었다.

"시……연?"

곧 그 여자가 시연이라는 걸 알아챈 데미안은 양팔을 위로 뻗었다. 그러자 기다렸다는 듯 시연이 폭하니 그의 품에 안겼다.

그녀와 닿는 순간 불안하게 요동쳤던 기운들은 일제히 시연의 몸 안으로 들어갔다. 거부 반응도 없었고, 흡수하는 속도도 굉장히 빨랐다.

시연이 기운을 흡수하는 만큼 데미안은 빠르게 안정을 되찾았다.

"하."

하물며 시연이 무사하다는 걸 확인하면서 마음까지 안정되니 모든 것은 금방 제자리를 찾았다.

시연이 왜 하늘에서 떨어진 건지 궁금했는데 그 의문은 그녀가 끼고 있는 귀고리를 보고 해소됐다.

본디 새카만 색이었던 거미 귀고리가 새하얗게 변해 있었으니까.

"이제야 제 효력을 발휘한 건가."

귀고리의 능력은 시연이 위험에 빠졌을 때 그의 곁으로 이동시키는 것.

하필 날고 있어서 허공으로 이동된 모양이다. 그때까지만 해도 두 눈을 꼭 감고 있던 시연은 데미안의 목소리를 듣고 눈을 떴다.

"데, 데미안 씨……? 아니, 그것보다 이건……."

그제야 자신이 데미안의 품에 안겨 하늘을 날고 있다는 사실을 깨달은 시연은 당황하며 주변을 둘러봤다.

꽤나 높았다. 고소공포증이 있는 건 아니었지만 이런 높이에서 내려다보는 건 꽤나 무서웠다. 그래서 데미안의 옷깃을 꽉 잡았더니 데미안이 옅게 웃으며 천천히 아래로 내려갔다.

어느 건물 옥상에 도착하자마자 시연은 데미안의 품에서 내려왔다. 땅에 발을 붙이니 불안했던 마음이 안심이 됐다.

아니, 데미안이 곁에 있다는 것이 안심이 되었다. 그의 존재가 이리도 안심이 될 줄이야.

"아……."

그 안도감은 옷에 묻은 피를 보는 순간 사라졌다. 쏟아지는 빗물에 몸에 묻은 피는 씻겨 내려갔지만 옷에 묻은 피는 사라지지 않았다.

온몸에 피를 흠뻑 뒤집어쓸 정도로 나쁜 짓을 했다는 죄책감과 더불어 이 사실을 데미안이 알게 된다면 그가 자신을 얼마나 경멸할지 무섭고 두려웠다.

그러니 어서 도망쳐야 된다고 생각하면서도 다리가 후들거려 한 발도 뗄 수가 없었다. 몇 발자국 뒤로 물러서는 것이 고작이었다.

하물며 도망친다고 해서 달라질 건 없었다. 그는 이미 옷에 묻은 피를 봤으니까.

시연은 차마 데미안의 얼굴을 제대로 보지 못하고 고개를 숙였다.

얼마 지나지 않아 고개 숙인 시연의 눈에 데미안의 신발이 들어왔다. 데미안이 다가온 것이다.

그가 무슨 말을 할지 두려워 시연은 눈을 질끈 감았다. 한데 아무리 시간이 지나도 데미안은 아무 말도 하지 않았다.

조심스레 눈을 뜨니 여전히 그 자리에 있는 데미안이 보였다. 자신을 향해 내민 그의 손과 함께.

"돌아가자."

"……아무것도 묻지 않는 거예요?"

시연은 그를 물끄러미 바라보며 말을 이었다.

"지금 내 모습을 보고도…… 아무것도 묻지 않는 거예요?"

"물어봤으면 좋겠어?"

그건 아니었다. 되도록 숨기고 싶었으니까.

고개를 젓자 데미안이 고개를 끄덕였다.

"그럼 됐다."

됐다고? 정말로?

"만약 네가 크게 다쳤다면 원하지 않는다고 해도 물었겠지만, 그게 아니니 난 네가 무사히 돌아온 것만으로도 만족해. 원하지 않는 걸 억지로 물을 생각은 없어."

"어떻게…… 그럴 수가 있죠?"

멈췄던 눈물이 다시 흘러내렸다. 도저히 데미안의 반응을 이해할 수가 없어 시연은 가볍게 몸을 떨며 소리쳤다.

"이 모습을 보고도 어떻게 아무것도 묻지 않을 수 있는 거예요?"

"널 믿으니까. 네가 어떤 상황이든, 어떤 모습을 하고 있든 널 믿고 있으니까."

"……!"

"전에도 이런 말을 한 것 같은데."

그렇긴 하지만 그때와 지금은 상황이 달랐다. 이 피를 보고도 아무것도 묻지 않는 건 아무리 생각해도 이해가 되지 않았다.

좋아한다는 말로도 설명할 수 없었다. 반대 입장이었다면 자신은 그러지 못했을 테니까.

그러니 뭔가 다른 이유가 있을 거라고, 혹시 자신의 비밀에 대해서 알게 된 건 아닐까 하고 생각한 시연이 물어보려는 그때…….

"반려님!"

"시연 님!"

멀지 않은 곳에서 그녀를 찾는 목소리가 들렸다. 마몬과 베르였다.

"그럼 이만 가지."

시연은 하고자 했던 말을 삼키며 데미안이 내민 손을 잡았다. 그러자 깊은 어둠이 그들을 덮쳤다. 아무것도 보이지 않고 아무것도 들리지 않았지만 데미안이 옆에 있는 건 알 수 있었다. 손을 계속 잡고 있었기 때문이었다.

어둠이 사라지면서 다시 앞이 보이게 됐을 때, 그들은 집에 도착했다. 마치 텔레포트 같았다.

"혹시 제가 갑자기 당신 곁으로 이동된 것도 이 능력 때문인가요?"

"그래. 귀고리에 그런 능력을 담아두었지. 네가 위험에 처하면 내 곁으로 오도록 말이야."

여전히 이해가 되지 않았다. 그에게 오기 전, 위험에 처한 적이 없었기 때문이었다. 한데 왜 귀고리가 발동한 건지 조금 의아했다.

"그럼 씻고 오도록 해."

"4층에 가서 씻고 와도 될까요?"

옷이 거기에 있기도 하고, 아직 보름이 다 지나지 않아 불안해서 물어봤는데 데미안은 흔쾌히 고개를 끄덕였다.

보금자리로 돌아온 시연은 가장 먼저 손목을 확인했다.

'없어.'

기억이 끊기기 전만 해도 선명하게 있던 무늬가 보이지 않았다. 그건 더 이상 '그 일'은 일어나지 않는다는 의미였다.

그건 다행이었지만 제 옷에 묻은 피를 보니 마냥 안도하며 웃을 수도 없었다. 시연은 옷에 묻은 피를 물끄러미 바라봤다.

'설마 재혁 오빠의 피는 아니겠지.'

불안한 생각에 심장이 쿵쾅거렸다. 그건 아닐 거라고, 괜찮을 거라고 애써 스스로를 다독이며 시연은 옷을 벗어 수건으로 잘 감싼 뒤 쓰레기봉투에 버렸다.

뜨거운 물에 샤워를 하니 피곤에 젖었던 몸이 노곤하게 녹으면서 졸음이 쏟아졌다. 오늘 하루 많은 일이 있었고, 시간도 늦었으니 잠이 오는 것도 무리는 아니었다.

'자면 안 되는데.'

아직 해야 할 일이 남아 있었다. 특히 재혁이 어떻게 됐는지 반드시 알아봐야 했다.

어떻게든 버티려고 뺨을 가볍게 때리거나 찬물을 마시는 등 노력을 했지만 쏟아지는 졸음은 좀처럼 사라지지 않았다.

결국 시연은 소파에 앉은 채 깊은 잠에 빠져들었다.

시연이 씻으러 간 동안 데미안 역시 씻고 나왔다.

대충 옷을 걸치고 젖은 머리를 아무렇게나 털며 욕실을 나서는데 현관문이 벌컥 열리면서 베르와 마몬이 들어왔다.

"너무하십니다!"

마몬은 들어오자마자 불만을 토로했다. 고요했던 집 안은 금세 소란스러워졌다.

"우리가 거의 다 왔다는 걸 아셨으면서 바로 가시다니!"

"그래서 묻는 건데 어떻게 시연이 그곳에 있다는 걸 알았지?"

"아, 그건 이걸 보고 추적했습니다."

마몬이 꺼낸 건 휴대폰이었다. 액정은 보기 흉하게 깨져 있었지만 화면을 못 알아볼 정도는 아니었다. 꽤나 험하게 쓴 건지 액정 말고도 스크래치가 많이 보였다.

"뭐지, 그건?"

"한재혁이라는 남자의 휴대폰입니다."

"뭐?"

"군주님의 흔적을 쫓아가는 길목에 발견했습니다. 이 휴대폰과 더불어 피투성이가 된 채 길바닥에 버려져 있는 한재혁을 말이죠."

피투성이라는 다소 무서운 말에도 데미안의 표정에는 큰 변화가 없었다. 그저 성가시다는 듯 살짝 눈살을 찌푸릴 뿐이었다.

"그 말은 한재혁이 죽었다는 말인가?"

"네. 그래서 말인데, 반려님은 무사하시죠?"

데미안이 고개를 끄덕이자 그제야 안심한 그들은 가슴을 쓸어내렸다.

'한재혁이 죽었다니.'

그건 한재혁이 재수 없게 시연의 일에 말린 피해자라는 의미일까? 아니면, 다른 비밀이 숨어 있는 걸까. 어느 쪽인지는 한재혁의 시신을 보면 알 수 있을 터.

"시신은 수습했나?"

"아니요. 라오스 놈들이 이미 현장에 와 있어서 시신은 수습하지 못했습니다."

그 말은 일이 성가시게 돌아갈지도 모른다는 의미였다. 데미안은 가볍게 혀를 내찼다. 다른 건 둘째치고 시연이 엮일까 봐 걱정이 됐다.

'이미 관련이 있는 것 같기도 하고.'

두 사람이 같은 장소에 있다가 같이 사라졌으니까. 시연의 옷에 묻어 있던 피도 거슬렸다.

"한데 그 휴대폰과 시연의 위치가 무슨 관계가 있다는 거지?"

데미안의 질문에 마몬은 곧장 대답하는 대신 능숙하게 휴대폰을 조작했다. 그러자 화면에 지도와 함께 빨간 점이 표시됐다.

빨간 점이 가리키고 있는 건 데미안의 집이었다.

"이게 뭐지?"

"이 점은 반려님의 위치를 알려주고 있습니다."

"뭐?"

"도심에서 멀어지면 멀어질수록 약간의 오차가 있습니다만 거의 정확하다고 봐도 무방합니다. 이것 덕분에 반려님이 있는 곳을 알 수 있었습니다. 아무래도 한재혁은 평소 반려님을 GPS로 추적하고 있었던 모양입니다."

마몬의 말에 데미안은 인상을 팍 찌푸렸다. 처음 만났을 때부터 한재혁, 그놈이 마음에 들지 않았지만 하는 짓은 더 마음에 들지 않았다.

"시연은 아무것도 들고 있지 않았으니 휴대폰이나 지갑에 GPS 장치를 넣어둔 건 아닐 테고. 설마 그녀의 몸에 직접 심은 건가?"

"만약 그렇다면 반려님이 이 사실을 알고 있다는 의미겠죠. GPS 장치를 몸에 직접 심을 땐 당사자의 동의가 있어야 하니까요."

"기절을 시켜서 심었을 수도 있지."

"설마요."

마몬은 말도 안 된다는 어투로 대답했지만 작게 찌푸린 미간은 그럴 가능성도 생각하고 있는 듯했다.

"근데 반려님 정말 무사하신 거 맞죠? 안 보이시는데……."

"4층에서 씻고 있다. 그러고 보니 조금 늦는군."

이 집에서 무슨 일이 일어날 가능성은 귀고리가 발동하지 않을 가능성보다 더 적었지만 혹시 모르는 일이었다.

만약의 가능성에 마음이 조급해진 데미안은 서둘러 시연의 집으로 향했고, 마몬과 베르가 그 뒤를 말없이 따랐다.

시연의 집 앞에 도착한 데미안은 초인종이 아닌 비밀번호를 눌렀다. 그 모습을 보며 마몬과 베르가 수군거렸다.

"뭐지? 반려님이 군주님에게 집 비밀번호를 알려준 건가."

"장담하건대, 아닐 겁니다."

"그럼 군주님이 비밀번호를 어떻게 아는 건데?"

"글쎄요……."

마몬과 베르가 덤앤더머처럼 떠들었지만 데미안은 전혀 신경 쓰지 않고 집안으로 들어갔다.

신발을 벗고 들어설 때까지만 해도 걱정이 가득했는데, 그 걱정은 거실 소파에서 자고 있는 시연을 보는 순간 말끔히 사라졌다.

"하아."

그녀에게 아무 일도 없는 건 다행이었지만 이리도 태평한 모습을 보니 다른 의미로 맥이 풀려 데미안은 깊은 숨을 뱉었다.

"주무시고 계시는군요."

어느새 뒤따라 들어온 마몬이 시연을 보며 옅게 웃었다. 베르 역시 안도하며 웃었다.

"……나가."

그것도 잠시, 갑자기 자신들을 쫓아내는 데미안의 거친 손길에 마몬과 베르는 떠밀리듯 집을 나서야만 했다. 그들을 현관 밖까지 내쫓은 데미안은 매정하게 현관문을 닫고 거실로 돌아왔다.

그러나 시연을 똑바로 보지 못했다. 그녀의 머리에서 흘러나온 물기에 축축하게 젖은 옷 때문에 속옷이 고스란히 비쳤기 때문이었다.

데미안이 베르와 마몬을 쫓아낸 것도 이 때문이었다. 차마 시연을 보지 못하고 고개를 돌린 데미안의 얼굴은 약간 붉었다.

"정말이지……."

조금 마음에 들지 않는다는 듯 가볍게 혀를 내차며 데미안은 시연을 들어 안고 그녀의 침실로 들어갔다.

깨지기 쉬운 유리를 다루듯 조심스럽게 시연을 침대에 눕힌 데미안은 그녀를 똑바로 보지 못하고 곁눈질로 흘끗거리며 이불을 덮어주었다.

데미안이 시연을 똑바로 쳐다본 건 이불을 목까지 덮어줬을 때였다.

세간에 잠은 전염된다는 말이 있었다. 옆사람이 자면 덩달아 졸음이 온다는 말이었는데 그 말이 사실인지 잠이 쏟아졌다.

하물며 요 며칠 제대로 자지 못하기도 했고 시연을 찾느라 이래저래 힘을 많이 써서 피곤하기도 했다.

거기에 그녀가 곁에 있으면 악몽을 꾸지 않고 깊게 잠들 수 있다는 사실이 달콤하게 그를 유혹했다. 그 달콤한 유혹을 도저히 뿌리칠 수가 없어 데미안은 그녀의 곁에서 잠시 쉬어가는 쪽을 선택했다.

두 명이 눕기엔 조금은 좁아 보이는 침대.

고이 잠든 시연의 손을 꼭 잡고 그녀의 옆에 나란히 누운 데미안의 얼굴은 그 어느 때보다 평온했다.

홀가분해지다

"으음."

잠결에 몸을 뒤척이던 시연은 무언가 제 몸을 누르는 것 같아 천천히 눈을 떴다. 그러자 평온하게 잠들어 있는 데미안의 얼굴이 보였다. 그것도 바로 코앞에서.

"……!"

비정상적으로 가까운 거리에 놀라서 비명을 지를 뻔한 시연은 황급히 비명을 삼켰다. 그가 비명을 듣고 깨기라도 하면 큰일이니까. 이 상태로 그와 정면에서 시선을 마주하는 건 더 당황스러웠다.

'소파에 잠들어 있던 나를 침대로 옮긴 건가?'

근데 집에는 어떻게 들어온 거지? 비밀번호를 알려준 적이 없는데.

그리고 이 좁은 침대에 왜 같이 누워 있는지도 궁금했지만 곤히 자고 있는 그를 깨워서 물어볼 수는 없는 노릇이었다.

무겁다고 느꼈던 건 그의 팔이었다. 시연은 조심스레 그의 팔을 치우고 침대를 나왔다.

'배고프다.'

지독한 허기였다. 하긴 반나절 넘게 굶기도 했고 '그날'도 있었으니 이토록 허기가 느껴지는 것도 무리는 아니었다. 시연은 허기진 배를 매만지며 냉장고로 향했다.

'먹을 게 없네.'

마트에 가기엔 너무 늦은 시간이었고 편의점에 가거나 배달이라도 시킬까 싶었지만 그런 일을 겪은 상황에서 밖에 나가거나 외부인을 만나는 건 좀 꺼려졌다.

그렇다고 아침을 먹기까지 계속 굶고 있기엔 너무 고팠다. 이제 겨우 새벽 4시였으니까.

'데미안 씨 냉장고에 가면 뭔가 먹을 것이 있을 텐데.'

그의 집에 가서 음식을 가져오는 편이 좋을 것 같아 시연은 준비를 하고 집을 나섰다.

데미안의 집 비밀번호는 이미 알고 있으니 초인종을 누를 필요는 없었다. 문을 열고 들어가니 고요한 정적만이 그녀를 반겼다.

'베르 씨는 없는 건가.'

혹시 만나면 뭐라고 말해야 하나 걱정했는데, 잘된 일이었다. 주방 기구는 4층에도 다 있으니 재료만 챙기면 됐다. 시연은 곧바로 주방으로 가 냉장고 문을 열었다.

"음, 만둣국을 먹을까."

간단하고 배를 채우기도 딱 좋으니 괜찮을 것 같았다. 시연은 계란과 파를 꺼냈다.

"보자, 만두는 냉동실에…… 어라?"

냉동실 문을 열자마자 보이는 건 샌드위치였다. 샌드위치를 냉동 보관하고 있다는 것도 이상했지만 더 이상한 건 포장도 뜯지 않은 샌드위치에 붙어 있는 라벨이었다.

"이건……."

라벨에 적혀 있는 햄 에그 샌드위치. 그리고 익숙한 카페 로고.

전에 데미안에게 사다준 샌드위치였다.

이게 왜 여기 있는지, 그리고 샌드위치를 먹지 않았으면서 그가 어떻게 이 샌드위치가 햄 에그 샌드위치가 아닌 베이컨 샌드위치라는 걸 알아챈 건지 의아했다.

'아니야. 그걸 말한 건 나였어.'

그건 그때까지 그는 이 샌드위치가 베이컨 샌드위치라는 걸 몰랐다는 말이 된다.

한데 어떻게 이 샌드위치를 준 사람이 현주가 아니라는 걸 알고 있었던 것일까?

"어라? 여기서 뭐 하세요, 시연 님?"

꼬리를 물고 길게 늘어지는 의문에 이런저런 생각을 하던 시연은 저를 부르는 소리에 뒤를 돌아봤다.

그러자 의아한 얼굴로 이쪽을 바라보고 있는 베르가 보였다. 서재 문이 열려 있는 걸 보니 거기서 나온 모양이었다.

"뭐 드시게요? 말씀하시지, 더미들이 만들어줬을 텐데."

"아니에요. 제가 만들어 먹을 수 있어요."

말을 하면서도 시연은 흘끗 샌드위치를 쳐다봤다. 샌드위치가 자꾸 신경이 쓰였기 때문이다.

"시연 님이 저 샌드위치 주셨다면서요?"

그걸 알아챈 베르가 옅게 웃으며 말했다.

"데미안 님, 먹기 아까우시다면서 그날 바로 냉동실에 넣으셨어요."

"네에?"

만들어준 것도 아니고 사다준 샌드위치를 먹기 아깝다고 냉동실에 넣어두었다고?

아니, 그것보다 그건 그가 처음부터 저 샌드위치를 준 사람이 자신이라는 걸 알고 있었다는 의미였다.

"도대체 어떻게……."

"냄새."

"……!"

대답을 한 건 베르가 아니었다.

귀에 익은 목소리에 시연은 살짝 놀라며 뒤를 돌아봤다. 그러자 막 잠에서 깬 듯 부스스한 모습을 하고 있는 데미안이 보였다.

"샌드위치에서 네 특유의 냄새가 났어."

"냄……새요?"

이건 또 무슨 말이란 말인가. 의미 모를 말에 그녀가 얼떨떨한 표정으로 되묻자 그걸 냄새라는 표현이 싫다는 걸로 받아들인 건지 데미안이 말을 덧붙였다.

"그래. 냄새라는 표현이 싫다면 향기라고 해줄게."

"아, 그런 의미로 물은 게 아니라 냄새로 절 알아봤다는 게 신기해서……."

"네 냄새는 특별하거든."

데미안은 눈을 가늘게 뜨고 만족스러운 미소를 지었다.

"마치 초콜릿처럼 아주 달콤하고 중독성이 강한 냄새지."

태어나서 처음 듣는 이야기였다. 어째 고백을 받은 듯 기분이 묘해져서 시연은 얼굴을 붉히며 고개를 숙였다.

그런 시연을 바라보는 데미안의 눈빛은 따뜻하고 부드러웠다. 둘 사이의 분위기는 따뜻하고 온화했다.

"후후."

베르는 흐뭇하게 웃으며 데미안과 시연을 바라봤다. 역시 부부 싸움은 칼로 물 베기라고 생각하면서.

"그럼 야식을 준비해볼게요. 시연 님은 당연히 드실 거고, 데미안 님도 드실 건가요?"

"아니, 난 좀 더 자야 할 것 같아. 아직 잠이 부족하거든."

정말 졸리다는 듯 데미안은 작게 하품하며 말했다.

"그래요? 그럼 시연 님 것만 준비할게요."

"아, 제 음식은 제가 만들게요."

"그럴 수는 없죠."

음식을 만드는 일로 투닥거리는 둘을 물끄러미 바라보던 데미안은 이내 침실로 들어갔다.

시연이 없으니 잠을 못 이룰 수도 있을 거라고 생각했는데 뜻밖에도 베개에 머리를 대자마자 잠이 쏟아졌다.

"역시 제가 먹을 음식이니 제가 만드는 것이 좋을 것 같아요."

그건 살짝 벌어진 문틈으로 들리는 그녀의 목소리 덕분인 것 같았다.

"아니에요. 저와 더미들이 할게요. 이건 원래부터 저희 일이었으니까요."

"그래도 제가 먹을 건데 제가 해야죠!"

그녀의 목소리가 마치 자장가처럼 들렸다. 그 목소리를 꿈나라로 넘어가는 다리로 삼아 데미안은 깊은 잠에 빠져들었다.

결국 음식을 만든 건 더미였다. 간단하게 만둣국을 먹을 생각이었는데 때 아닌 진수성찬이 벌어졌다.

새벽에 먹을 만한 음식들은 아니었다. 속에서 받아줄지가 의문이었다.

"어서 드세요."

"감사히 잘 먹겠습니다."

그러나 그들의 정성을 무시할 수는 없어 시연은 수저를 들었다. 속에서 안 받아줄 거라고 생각했는데 생각 외로 음식은 잘 들어갔다.

시연은 밥 한 공기를 뚝딱 비워내는 건 물론 한 공기를 더 먹었다.

"초콜릿 하니까 생각났는데요. 이거."

더미가 가져온 커피까지 마시며 부른 배를 두드리고 있는데 베르가 검은색의 긴 상자를 가지고 왔다.

상자의 표면에는 'Witch Chocolate'이라고 적혀 있었다.

"마녀의 초콜릿?"

"네. 아시다시피 마녀들이 이런 쪽에 유능하잖아요. 특히 마녀의 초콜릿 공장이 유명하죠. 이 초콜릿은 거기서 만든 거예요."

그러고 보니 상자에 있는 로고가 눈에 익숙했다.

단 음식을 즐겨 먹지 않아 돈 주고 사 먹어본 적은 거의 없지만 재희가 종종 사 왔었다.

'그러고 보니 나 뭐 하고 있는 거지. 재혁 오빠를 찾아야 하는데.'

뒤늦게 잊고 있었던 일이 떠오른 시연은 자리에서 벌떡 일어섰다.

"왜 그러세요?"

"아, 아무것도 아니에요. 그보다 혹시 저 원래 집에 잠시 다녀올 수 있을까요? 휴대폰을 좀 가져…… 어라?"

"이거 찾으세요?"

베르가 불쑥 휴대폰을 내밀었다. 시연의 휴대폰이었다.

"어떻게 이걸……."

"시연 님을 찾으러 갔다가 발견했죠. 혹시 몰라 가지고 있었는데, 실례가 됐다면 죄송해요."

"아니에요. 괜찮아요."

다른 때라면 제멋대로 자신의 물건을 가져간 베르의 행동에 화가 났겠지만 지금은 아니었다. 덕분에 그 위험한 집에 가지 않아도 됐으니까.

"그럼 전 4층에 내려가 있을게요."

어서 집으로 돌아가 재혁에게 연락해보고 싶어 시연은 서둘러 움직였다.

"아, 이것도 들고 가세요."

베르는 시연의 품에 초콜릿 상자를 안겨주었다.

"나오에게 받은 건데 데미안 님도 저도 초콜릿은 별로 안 좋아하거든요. 그러니 시연 님이 드세요."

"아, 감사합니다."

시연 역시 딱히 좋아하는 편은 아니었지만 주는 걸 거부하긴 뭐해서 초콜릿을 챙겨 집을 나섰다.

"어라."

냉장고 문을 연 마몬은 머리를 긁적이며 옆에서 커피를 타고 있는 나오를 쳐다봤다.

"나오, 초콜릿 못 봤어?"

"초콜릿이요?"

"얼마 전에 리사에게 받은 마녀 초콜릿 말이야."

마몬의 질문에 나오는 잠시 생각하더니 '아'하고 탄성을 뱉으며 말을 이어나갔다.

"그거 유통기한이 아슬아슬하길래 베르 먹으라고 줬는데 그러면 안 되는 거였나요?"

"안 될 건 없지만, 조금 걱정되긴 하네. 그 초콜릿 평범한 초콜릿이 아니라 특별한 초콜릿이거든."

특별한 초콜릿이라니? 이해 못할 말에 고개를 갸웃거리며 나오가 "네?" 하고 되묻자 마몬이 말을 덧붙였다.

"그거 욕망을 증폭시켜주는 초콜릿이야."

"욕망이요?"

"응. 리사가 서로 제 마음을 고백하지 못하고 머뭇거리는 멍청한 연인들을 위해 만든 거라고 했거든. 한데 자칫 베르가 그걸 먹고 군주님에게 한풀이라도 하면 큰일이잖아. 자기 부인들이 보고 싶다면서 말이야."

"그건 그렇네요."

그제야 베르가 좀 걱정되는지 나오는 작게 눈살을 찌푸렸다.

"뭐, 너무 걱정하지는 마. 베르는 초콜릿을 안 좋아하니 아마 먹지 않을 거야."

"그래도……."

"뭐, 만약의 가능성이 있으니 일단 가서 가져올까."

"번거롭게 해서 죄송합니다."

"아니야. 어차피 베르에게도 할 말이 있으니까 잠시 다녀오지 뭐."

현관문을 열고 집을 나선 마몬이 멈칫한 건 엘리베이터 문이 열리면서 시연이 내렸을 때…….

"반려……."

아까 데미안이 내쫓아서 시연과 제대로 인사를 못한 마몬은 그녀에게 인사를 하려고 했지만 그러지 못한 건 그녀의 손에 있는 초콜릿 상자를 봤기 때문이었다.

로고나 상자에 적힌 이름을 봤을 때 분명 리사가 준 초콜릿 상자였다.

그게 왜 시연의 손에 있는지는 어렵지 않게 짐작할 수 있었다. 분명 베르가 줬을 것이다.

'어떡하지.'

자칫 저 초콜릿을 시연이 먹기라도 하면 큰일인데.

'아니지, 이게 기회일 수도 있잖아?'

되레 일이 잘 풀릴 수도 있었다. 예를 들면 지금까지 서먹했던 둘 사이가 좋아진다거나.

'일단 지켜볼까.'

만약 일이 커질 것 같으면 그때 자신이 나서서 말리면 되는 일이었다. 그러기로 결정한 마몬은 조용히 현관문을 닫고 다시 집 안으로 들어갔다.

곧장 4층의 제 보금자리로 내려온 시연은 초콜릿 상자를 테이블에 올려놓고 재혁에게 전화를 걸었다. 하지만 그는 전화를 받지 않았다. 몇 번을 해도 마찬가지였다.

'설마 무슨 일이 생긴 건 아니겠지.'

배신을 당했을지도 모르는데 계속 그를 걱정하는 스스로가 너무 한심했지만 정이라는 것이 뭔지 계속 걱정이 됐다.

특히 제 몸에 묻은 피가 그의 피일지도 모른다는 끔찍한 생각이 들어 더욱 멈출 수가 없었다.

"어라."

혹시 그에게서 전화가 왔을지도 모른다는 생각에 통화 목록을 확인하던 시연은 뒤늦게 부재중 전화가 왔다는 것을 확인했다.

재혁이었다.

시간은 약 3시간 전. 집에 돌아온 후 얼마 지나지 않아서였다.

'무슨 일을 당하진 않은 모양이네.'

자신의 옷에 묻어 있던 피는 재혁의 것이 아니었던 모양이다. 시연은 그제야 안심하며 가슴을 쓸어내렸다.

그럼 왜 전화를 받지 않는 걸까.

그것보다 부재중 전화가 고작 한 통으로 끝이 났다는 것이 의아했다.

재혁의 성격을 봤을 때 그는 몇 번이고 했을 테니까.

'재희한테 한번 해볼까.'

그러기엔 시간이 너무 일렀다. 지금 그녀는 한창 꿈나라일 테니까.

'조금 기다렸다가 낮에 해봐야겠다.'

혹시 재희가 깨어 있을 수도 있으니 재희에게 이걸 보면 바로 전화를 해달라는 문자를 남기고 재혁에게도 마찬가지로 문자를 남겼다.

'근데 진짜 재혁 오빠가 날 배신한 것이 맞는 걸까?'

만약 맞다면 왜 자신을 그런 곳에 버리고 간 걸까. 그리고 자신은 왜 피를 뒤집어쓰고 있었던 것일까.

기껏 잊고 있었던 것들이 다시 떠오르면서 머릿속이 복잡해졌다. 만약 정말로 재혁이 자신을 배신한 거라면 어떻게 하면 좋을까.

'아무도 믿을 수가 없어.'

그렇게 오래 알고 지낸 재혁도 배신을 하는데 다른 사람이라고 배신을 하지 않으리라는 보장이 없었다.

그것이 너무나도 괴로워 시연은 작게 숨을 토해내며 쓰러지듯 소파에 앉았다. 이 각박한 세상에서 아무도 믿지 않고 살아간다는 건 매우 힘든 일이었다. 하물며 자신에겐 '그 일'도 있으니 믿고 맡길 사람이 필요했다.

'이제 누굴 믿으면 좋지……'

—널 믿으니까. 네가 어떤 상황이든, 어떤 모습을 하고 있든 널 믿고 있으니까.

불현듯 어느 건물 옥상에서 데미안이 했던 말이 떠올랐다. 피가 잔뜩 묻은 옷을 입고 있는 그녀를 보고도 아무 말 없이 넘어가주던 그의 모습과 더불어.

그라면…… 모든 걸 알고도 나를 믿어주지 않을까? 그를 믿어도 되지 않을까?

그라면, 어떤 상황에서도 자신을 믿어준 그라면 절대 배신하지 않을 것 같은데.

"하아, 모르겠다."

계속 생각해봤자 나오는 결론은 없었다. 머리가 복잡하니 단 게 확 당겨서 시연은 베르가 준 마녀의 초콜릿 상자를 열었다.

"와아."

상자 안에 든 초콜릿은 마치 보석처럼 형형색색으로 반짝거렸다. 먹기 아까울 정도로 정말 예뻤다. 시연은 초콜릿을 하나 꺼내 입안에 넣었다.

"맛있다!"

지금까지 먹어본 초콜릿들 중 단연 최고였다. 이렇게 달면서도 뒷맛이 깔끔한 초콜릿은 처음이었다.

하나만 먹을 생각이었는데 너무 맛있어서 자꾸 손이 갔다. 한참 정신없이 먹던 시연이 문득 정신을 차리고 손을 멈췄을 땐 상자는 거의 텅 비었다.

"딸꾹."

그리고 시연의 얼굴은 술에 취한 것처럼 빨갛게 달아올랐다. 시연은 딸꾹질을 하며 빨간 볼을 감쌌다.

'말하고 싶어.'

데미안에게 모든 것을, 자신의 비밀부터 솔직한 마음까지 전부 털어놓고 싶다는 생각이 머릿속을 가득 채우면서 욕망을 키웠다. 어느새 커져버린 욕망은 이성을 완전히 집어삼켰다.

금방이라도 쓰러질 듯 아슬아슬하게 자리에서 일어선 시연은 집을 나서서 곧장 5층으로 향해 데미안의 집 현관문 비밀번호를 눌렀다.

띠, 띠, 띠—.

몇 번이고 눌렀는데 계속 틀렸다는 음성만 들릴 뿐, 문이 열리지 않았다. 이에 화가 난 시연이 현관문을 발로 차자 경보음이 울렸다.

"……뭐야."

경보음 때문에 잠에서 깬 데미안은 짜증 섞인 얼굴로 현관문을 열었다.

"시연?"

곧 문 앞에 서 있는 이가 시연이라는 걸 알게 된 데미안의 얼굴은 황망함으로 물들었다. 그녀의 행동도 행동이지만 그녀에게서 옅은 알코올 냄새가 났기 때문이었다.

"술을 먹은 건가?"

"술? 아니요. 전 초콜릿을 먹었는데요. 그것보다……."

데미안은 갑자기 시연이 제 옷깃을 확 잡아당기자 깜짝 놀라며 그녀를 쳐다봤다.

숨결이 닿을 만큼 가까운 거리였다. 립글로스라도 바른 듯 촉촉한 입술이 눈앞에서 오물거리니 짙은 갈등이 일어났다. 특히 아까 말했던 중독성 강한 달콤한 냄새가 너무나도 적나라하게 느껴져 더욱 미칠 것 같았다.

'이대로 데리고 들어갈까. 아니야, 술에 취한 여자를 데리고 뭘 하려고.'

데미안이 이성과 감정 사이에서 고민하는 사이…….

"할 말이 있어요!"

어느덧 데미안을 벽 쪽으로 밀친 시연이 굳은 의지가 서린 눈을 반짝이며 말했다.

무슨 말을 하려는 건지는 알 수 없었지만 묘한 시연의 상태에 저도 모르게 긴장이 된 데미안은 마른침을 삼켰다.

"할 말이 뭐지?"

"그 전에 하나만 물어봐도 돼요?"

데미안이 고개를 끄덕이자 시연은 크게 숨을 들이마시며 말을 이었다.

"전에 한 말, 사실이에요? 내가 어떤 상황이든, 어떤 모습을 하고 있든 날 믿는다는 말…… 사실이에요?"

"그래."

데미안은 1초도 고민하지 않고 단답형으로 대답했다. 그러자 순간 시연의 눈동자가 더할 나위 없이 커졌다가 초승달처럼 접혔다. 굉장히 만족스러워하는 얼굴이었다.

"그럼…… 저도 믿을게요."

시연은 데미안의 가슴에 기대며 말을 이었다.

"나도 당신을 좋아하니까. 당신의 말을 믿을게요."

"……!"

벼락처럼 떨어진 말에 데미안의 눈이 커졌다.

시연이 자신에게 마음이 있다는 건 어렴풋이 알고 있었지만 머리로 알고 있는 것과 입으로 직접 듣는 건 굉장한 차이가 있었다.

심장이 쿵쿵 뛰고 손끝이 저릿했다. 뭐라 말로 형용할 수 없는 기분이 벅차오르면서 눈앞에 있는 모든 것들이 아름답게 보였다.

"다시……."

그중 가장 아름다운 건 바로 시연이었다. 이 세상이 그녀를 중심으로 돌아가고 있었다.

"다시 말해봐. 뭐라고?"

"······당신을 좋아한다고요."

"하."

도대체 무슨 심경의 변화가 생겨 이런 기특한 짓을 할 생각을 한 건지는 알 수 없지만 확실한 건 이 상황이 너무 좋다는 것이었다.

"나도."

데미안은 시연의 뺨을 부드럽게 감싸며 말했다.

"나도 좋아한다."

그러자 시연이 배시시 웃으며 그를 유혹했다. 너무나도 아름다운 미소였다. 더 이상 참을 수가 없는 데미안은 눈앞에 있는 달콤한 과실을 덥석 베어 물었다.

평소에도 그녀는 지독하게 달았지만 오늘은 더 단 것 같았다. 데미안은 그녀가 뱉는 숨결 하나하나 놓치지 않겠다는 듯 집요하게 파고들었다.

평소였다면 거부 반응을 보이거나 어쩔 줄 몰라 했을 그녀인데, 오늘따라 적극적으로 데미안에게 매달렸다.

키스에 중독된 사람처럼 서로를 탐색하던 두 사람이 떨어진 건 한참 뒤였다. 그러나 아직 욕망을 다 해소하지 못한 데미안은 여전히 열기가 가득한 눈으로 시연을 바라봤다.

그녀를 원하는 마음은 이 정도로 해결되지 않았다. 아니, 그녀를 완전히 집어삼킨다고 해도 해결할 수 있을지가 의문이었다. 아마 영원히 사라지지 않을 갈증일 것이다. 그렇다면 계속 탐하는 수밖에.

다시 시연의 입술로 다가가려던 데미안은 그 사이를 가로막는 손 때문에 그러지 못했다.

그 손의 주인은 바로 시연이었다.

"아직 할 말이 남아 있어요."

데미안을 바라보는 시연의 눈동자는 아까보다 더 단호하게 굳어 있었다.

잠시 주저하던 시연은 크게 숨을 뱉으며 말을 이었다.

"사실 전……."

쿵, 쿵ㅡ.

그때였다. 어디선가 문을 거세게 두드리는 소리가 들린 건.

"……아!"

그제야 정신이 든 시연은 화들짝 놀라며 한 발짝 물러섰다. 데미안은 작게 눈살을 찌푸리며 소리가 들리는 쪽을 쳐다봤다. 베르와 마몬 역시 그 소리를 듣고 밖으로 나왔다.

"베르, 확인해봐."

데미안의 명에 베르는 곧장 1층으로 내려갔고, 그 뒤를 마몬이 따라갔다.

'미쳤어, 미쳤어!'

그 와중에도 시연의 머릿속에는 오로지 한 가지 생각뿐이었다.

'어쩌자고 그런 짓을!'

데미안에게 제 마음을 고백하다니! 그것도 모자라 모든 걸 말하려고 하다니!

정신이 나가도 단단히 나간 것이 틀림없었다. 갑자기 왜 그런 쓸데없는 용기가 치솟은 건지 모르겠다.

한 거라곤 초콜릿을 먹은 것뿐인데. 설마 초콜릿에 이상한 약이라도 들어 있었던 것일까?

"데, 데미안 님!"

잠시 후, 베르가 아연실색하며 올라왔다.

"입구에서 문을 두드린 건 라오스 놈들입니다!"

"라오스?"

"네. 아까 원탁회의에서 나온 안건을 지금 수행 중이라며 이제 남은 집은 이곳밖에 없다고 합니다."

자신이 없는 사이 그 일이 진행된 모양이다. 아무리 살인 사건을 해결하기 위해서라곤 하지만 수장인 데미안의 허락 없이 수색이 진행되다니.

이건 엄연히 데미안에 대한 도전이었다.

"그래서 수색을 허락해달라고 하는데…… 어쩌시겠습니까."

가브리엘의 죽음에 관해선 걸리는 것이 없으니 그것에 대해 수색을 허락하는 건 문제가 될 것이 없었다.

문제는 시연이 입고 있던 피 묻은 옷이었다. 그 옷을 라오스 놈들에게 들키면 여러모로 일이 복잡해질 터였다.

"시연."

"네, 네?"

그때까지 다른 생각에 잠겨 있던 시연은 데미안이 저를 부르는 소리에 화들짝 놀라며 그를 쳐다봤다.

"피 묻은 옷, 어디 뒀지?"

"피 묻은 옷이요? 수건에 싸서 쓰레기통에 버렸어요."

"그럼 당장 그 옷을……."

"당장 그 옷을 어떻게 하시려는 겁니까?"

시연의 말을 자르고 대답한 건 벤이었다. 데미안은 라오스 직원들을 데리고 이곳에 온 벤을 매섭게 노려봤다.

"난 네놈들이 들어오는 걸 허락한 적이 없는데 왜 여기 있는 거지?"

"마르스 님에게 신의 권한을 부여받았습니다."

벤이 손을 펼치자 그 위로 금색의 문양이 생겼다. 신의 권한을 부여받았다는 증거였다.

신의 권한. 그건 창조주가 신이 된 자에게 마음대로 할 수 있는 기회를 3번 준 것을 의미했다. 마계의 군주에게도 같은 권한이 주어졌다.

타인의 생명을 빼앗는 등 극악무도한 죄를 저지르는 게 아니라면 신은 원할 때 신의 권한을 행사할 수 있었고, 그건 창조주조차 거부할 수가 없었다.

'근데 그 권한을 고작 이런 일에 쓴다고?'

다른 놈들의 눈엔 그만큼 마르스가 가브리엘을 죽인 범인을 찾고 싶어 하는 것처럼 보이겠지만 데미안은 그렇게 생각하지 않았다. 필시 뭔가 다른 꿍꿍이가 있는 것이다.

"그러니 수색에 협조해주시지요, 수장님."

"협조가 아니라 강제겠지."

데미안이 비아냥거리며 대답하자 벤은 말없이 웃었다.

"하는 수 없지."

자신 역시 권한을 행사한다면 신의 권한을 거부할 수 있겠지만, 그렇게 한다면 그들의 의심을 살 테니 수색에 동의할 수밖에 없었다.

"대신 내 집과 마몬의 집뿐이다. 그녀의 집은 건들지 마."

"그럴 순 없습니다."

"그럴 수 없다? 네놈은 내 반려가 가브리엘을 죽일 수 있다고 생각하는 건가?"

벤은 대답하지 않았다.

"한데 용의자도 아닌 자의 집을 조사하겠다고? 그럼 나 역시 권한을 사용하는 수밖에."

데미안이 강경하게 나오자 벤은 어쩔 수 없다는 듯 고개를 끄덕였다.

"알겠습니다. 그럼 수장님의 집과 마몬 님의 집만 조사하는 걸로 하겠습니다."

수색하는 걸로 결론이 나자 벤과 라오스 직원들은 분주하게 움직였다.

"넌 집으로 돌아가."

데미안은 시연을 돌아보며 말했다.

"돌아가서 저놈들이 떠날 때까지 절대 집 밖으로 나오지 마."

"네."

"나오, 시연의 곁에 붙어 있어라."

시연 혼자 두기엔 불안해서 데미안은 나오를 붙였다. 나오는 시연을 호위하듯 데리고 4층 집으로 돌아갔다.

데미안은 제 집을 뒤지고 있는 라오스 직원들을 쳐다봤다. 그들은 서랍을 다 열어보거나 침대 시트를 들어보는 등 작은 것도 놓치지 않고 구석구석 조사했다. 곁에 따라다니던 베르가 혀를 내두를 정도였다.

마몬의 집까지 조사를 마치고 온 직원들에게 아무것도 발견되지 않았다는 보고를 들은 벤은 고개를 끄덕였다.

"이거 실례가 많았습니다. 그만큼 마르스 님께서 가브리엘 님을 죽인 범인을 찾고 싶다는 의미이니 부디 양해 부탁드립니다."

양해는 무슨. 데미안은 코웃음을 치며 고개를 돌렸다.

수색은 이것으로 끝났지만 어째서인지 불안한 예감은 사라지지 않았다. 그래서 데미안은 긴장의 끈을 놓지 않고 그들을 주시했다.

"국장님."

불쑥 등장한 라오스 직원이 벤에게 작은 목소리로 보고했다.

"뭐?"

보고를 다 들은 벤은 크게 놀라며 직원을 돌아봤다.

"그게 사실인가?"

"그렇습니다."

"하, 이런 일이."

벤은 깊게 통탄하며 데미안을 돌아봤다.

"송구합니다만, 수장님. 반려님 집을 조사해야겠습니다."

"같은 말을 반복해야 하는 건가? 그녀는 용의자가 아니라고 내가 분명히 말했을 텐데?"

"확실히 가브리엘 님 사건에 대한 용의자는 아니지만 한재혁 사건에 대한 용의자는 맞지 않습니까."

뒤이은 벤의 말에 데미안은 짤막하게 혀를 내찼다. 벌써 이 일이 벤의 귀에 들어갈 줄이야. 생각보다 사건 처리 속도가 빨랐다. 연쇄 살인범을 찾지 못해 그에게 도움을 청하는 놈들과 같다는 생각이 들지 않을 정도로.

"그리고 아까 얼핏 들은 바에 의하면 피 묻은 옷이라는 말이 나온 것 같은데, 맞습니까?"

"……"

"그 옷을 확인해보고 싶군요."

옷에 묻은 피가 한재혁의 피인지 확인하려는 것이다. 만약 그 피가 한재혁의 피라는 것이 확인된다면 그들은 분명 시연을 살인자로 몰고 갈 터.

그러니 권한을 사용해서 거부하는 편이 좋을 것 같았지만, 그렇게 한다면 오히려 의심이 눈덩이처럼 더욱 불어날 것이다.

차후 그녀를 반려로 들이기 위해 원탁회의를 열었을 때 이 일이 거론되면 문제가 될 수도 있었다. 그러니 그녀가 한재혁을 죽인 것이 아니라는 걸 증명해야 했다. 만약 맞더라도 무조건 아니라고 증명해야 했다.

'하지만 어떻게?'

가짜 증거를 만들기엔 시간이 부족했고, 그렇다고 그들이 시연의 집을 조사하는 걸 허락할 수도 없었다. 그 옷을 치워버리기 전엔 말이다.

'어쩔 수 없지.'

일단 권한을 써서 거부를 한 뒤 시간을 벌어야겠다고 생각하며 입을 열려는 찰나…….

"조사하세요!"

당찬 목소리가 들렸다.

"원하신다면 얼마든지 조사해요!"

바로 시연이었다. 시연의 당찬 행동에 모두가 놀라며 그녀를 바라봤지만 가장 놀란 건 데미안이었다.

나오와 함께 집에 있어야 할 그녀가 이곳에 있는 것만으로도 놀라운데 저런 소리를 하다니.

"시연……."

"괜찮습니다."

당황한 데미안이 시연을 말리려는데 어느덧 곁에 등장한 나오가 되레 그를 말렸다.

"이 일은 반려님에게 맡기셔도 될 겁니다, 군주님."

"무슨 소리지? 제대로 설명을 해봐."

"제가 설명하는 것보다 직접 보시는 것이 나으실 겁니다."

영문을 알 수 없는 말의 연속이었다. 하물며 괜찮다고, 믿고 기다리라는 것치고 나오의 표정이 굉장히 초조해 보여서 정말 괜찮은 건지 묻고 싶었다. 하지만 그러지 못한 건 시연이 또다시 입을 열었기 때문이었다.

"그 전에 하나 물어봐도 될까요, 음…… 실례지만, 뭐라고 불러야 하죠?"

"아, 편하게 벤이라고 부르면 됩니다."

"그래요, 벤. 그럼 제 집을 수색하기 전에 제가 누굴 죽였다고 의심하는지 물어봐도 될까요?"

"이름은 한재혁."

곧바로 떨어진 이름에 꽉 마주 잡은 시연의 손에 힘이 들어갔다. 딱딱하게 굳은 얼굴엔 긴장한 기색이 역력했다.

"그렇네요."

그것도 잠시, 시연은 담담하게 고개를 끄덕였다.

"너무 익숙한 이름이네요. 제가 아는 재혁 오빠가 맞는지는 모르겠지만요."

아니, 담담한 척하는 거였다. 그녀의 몸은 작게 떨리고 있었으니까. 눈물을 참으려는 듯 색이 짙은 긴 속눈썹이 연신 깜빡거렸다.

"맞을 겁니다. 이미 관계 조사는 끝났으니까요."

"그럼 제가 재혁 오빠랑 사이가 무척이나 좋았다는 것도 알고 있겠네요. 오빠를 죽일 이유가 없다는 것도."

"조사한 바에 의하면 그렇습니다만 실제로 어떨지는 모르는 거지요."

모르는 사람보다 아는 사람에게 당하는 경우가 더 많은 세상이었다. 그러니 벤이 그리 생각하는 것도 무리는 아니었다.

"그래서 제가 범인이라고 생각하는 이유는요? 단순히 심증만 가지고 그러는 건 아니겠죠?"

"제스."

벤이 부르자 뒤에 있던 한 직원이 그에게 서류를 건네주었다. 벤은 그 서류를 보며 말했다.

"어제 약 18시 47분경, 피해자가 당신의 집으로 들어간 것으로 확인됐는데, 맞습니까?"

"네. 시간은 정확하게 모르겠지만 그쯤 온 것 같아요."

"그리고 19시 20분경, 그 건물에 작은 폭발 사고가 일어났고요."

처음 듣는 이야기였다. 그 전에 재혁이 준 수면제가 든 맥주를 먹고 깊은 꿈나라에 빠져 있었으니까 알 턱이 없었다.

그래서 대답하지 않았는데 그걸 긍정으로 받아들인 건지 벤이 다음 말을 이어나갔다.

"솔직히 말해 이 부분부터 의아한 점이 한두 가지가 아닙니다. 당신과 한재혁이 그 건물에서 빠져나온 흔적이 없는데 두 분 모두 다른 곳에 있었으니까요."

이 역시 처음 듣는 이야기였다. 여태까지 재혁이 자신을 집에서 데리고 나온 줄만 알고 있었던 시연은 작게 당황하며 눈을 깜빡였다.

"어떻게 그 건물을 빠져나가신 겁니까?"

"기억이 안 나요. 전 재혁 오빠가 준 맥주를 먹고 바로 잠들었거든요."

서류를 확인한 벤은 놀란 기색 없이 고개를 끄덕였다. 시연의 말이 서류에 기록되어 있는 모양이었다.

"그 말은 피해자가 당신의 맥주에 수면제를 탔다는 의미입니까?"

"그건 잘 모르겠어요. 수면제를 먹은 건지, 아니면 다른 이유가 있었던 건진 모르겠지만 전 깊은 잠에 빠졌었고, 다시 눈을 떴을 땐 어느 주택 골목 길에 쓰러져 있었어요."

"그게 몇 시쯤입니까?"

"시계가 없어 잘 모르겠지만 달이 높이 떠 있는 걸로 보아 한밤중이었던 것 같아요. 그 뒤에 데미안 씨가 저를 데리러 왔죠."

그 말에 벤은 데미안을 쳐다봤다.

"어디서 반려를 찾은 건지 물어봐도 되겠습니까?"

"하늘에서 뚝 떨어졌지."

"수장님, 지금 전 장난을 치는 것이 아닙니다."

"그건 나 역시 마찬가지다. 그녀는 정말 하늘에서 뚝 떨어졌어."

"아무 이유도 없이 갑자기 말입니까?"

"물론 아무 이유가 없는 건 아니야. 그녀가 하늘에서 떨어진 건 내가 하늘에 있는 상태에서 귀고리의 능력이 발동했기 때문이니까. 그녀에게 위험한 일이 닥치면 내 쪽으로 오도록 능력을 설정해놨거든."

지금 생각해봐도 그건 기적 같은 일이었다. 그녀에게도, 자신에게도 위험한 순간 능력이 발동돼서 마법처럼 그녀가 제 곁으로 왔으니까.

"그 말씀은 반려께 위험한 일이 생겼었다는 말이군요. 실례가 되지 않는다면 무슨 일인지 물어봐도 될까요?"

"그게…… 아무 일도 없었어요."

"아무 일도 없었다고?"

놀라며 되물은 건 벤이 아닌 데미안이었다. 그녀의 말을 믿지 못하는 건 아니었지만 믿기지가 않았기 때문이었다. 아무 일도 없었다면 귀고리가 발동되지 않았을 테니까.

"정말로 아무 일도 없었나?"

"네. 진짜 아무 일도 없었어요. 굳이 하나 말하자면, 데미안 씨에게 정말 미안하다고 생각했다는 것 정도……?"

"그럼 발동하는 게 맞아요."

마몬의 대답에 모두의 시선이 그에게로 향했다. 데미안도 처음 듣는 이야기인 듯했다.

"귀고리가 발동되는 조건에 반려님이 그런 마음을 가지는 것도 포함되어 있으니까."

"예? 어째서요?"

"그야 반려님이라면 위험에 처했을 때 자신보다 남을 먼저 생각할 것 같았으니까요."

참으로 어처구니없는 이유였지만 시연을 잘 아는 사람이라면 고개를 끄덕일 만한 이유였다. 하물며 그 덕분에 시연이 무사히 데미안의 품으로 돌아왔으니 뭐라 할 말도 없었다.

"뭐……, 상황이 어떻게 된 건지는 알겠습니다."

그리 말하면서도 얼떨떨한지 벤은 머리를 긁적였다.

"그럼 그 당시 입고 있었던 옷을 보여주셨으면 합니다."

벤은 데미안에겐 피 묻은 옷을 보여달라고 하더니 시연에겐 그 당시 입고 있었던 옷을 보여달라고 말했다.

'빠져나갈 구멍을 막으려는 거군.'

철두철미한 벤의 성격에 데미안은 혀를 내둘렀다.

"그 옷만 보여주면 되는 건가요?"

"필요에 따라 집 조사를 할 생각도 있습니다. 하지만 지금은 그 옷을 보는 것이 우선인 것 같군요."

"좋을 대로 하세요."

시연은 가볍게 고개를 끄덕이며 돌아섰다. 그 뒤를 벤과 라오스 직원은 물론 데미안 일행도 따라갔다.

"이거예요."

먼저 집으로 들어선 시연은 쓰레기통에서 옷을 꺼내 그들에게 보여주었다. 색이 이상하게 번진 옷은 원래의 형태를 거의 알아볼 수가 없었다.

"혹시 피를 뺄 수 있을까 싶어 락스랑 세제를 푼 물에 넣어봤는데 안 되길래 그냥 버렸어요."

하긴 이 정도로 물들었으면 세탁할 수 있을 리가 없었다. 벤이 눈짓을 주자 뒤에 있던 직원이 시연에게서 옷을 건네받아 이리저리 꼼꼼하게 확인했다.

"맞는 것 같습니다."

잠시 후, 직원의 보고에 벤은 고개를 끄덕였다.

'시연이 그 당시 입었던 옷을 알아낸 건가.'

CCTV에 시연이 집에서 나온 기록은 없었다. 한데 그걸 알아냈다는 건 시연을 본 목격자를 찾아냈거나 다른 기록을 발견했다는 의미였다.

그게 뭔지 알아볼 필요성은 있었다. 자칫 시연에게 불리하게 작용할 가능성이 있으니까.

"그럼 이 옷에 묻은 피를 조사하고 돌려드리도록 하겠습니다."

"들고 가지 말고 여기서 하세요."

"……네?"

"당신들을 못 믿겠으니까, 여기서 하시라고요. 당신들 사기꾼이잖아요."

"저희가 사기꾼이라고요?"

벤이 어처구니없다는 듯 되묻자 시연은 고개를 끄덕였다.

"뭐 때문에 그리 생각하시는지는 모르지만 아닙니다."

"아니긴, 맞으면서. 말로는 매번 라오스는 약자들의 편이라고 하면서 실제론 권력 많고 돈 많은 놈들의 편만 들잖아요."

비스듬하게 올라간 시연의 입매는 벤의 말을 전면으로 부정하고 있었다. 그가 무슨 말을 해도 믿지 않을 기색이었다.

"그러니까 여기서 확인하세요. 제가 보는 앞에서."

"저희가 증거를 조작할 거라고 생각하시는군요."

"아니라곤 말하지 않을게요. 한 번 당한 것이 있어서."

시연은 재치 있게 벤이 했던 말을 인용해서 대답했다. 벤은 깊은 한숨을 내쉬며 말을 이었다.

"반려께서 원하시는 것이 뭔지는 알겠습니다만, 여기는 장비가 없어 확인하기가 힘듭니다."

"그럼 마몬 씨를 데리고 가서 그가 보는 앞에서 확인하면 될 것 같네요. 그렇게 해줄 거죠, 마몬 씨?"

"물론입니다."

그녀가 라오스보다 악마인 자신을 믿는다는 것에 마몬은 살짝 감동하며 고개를 끄덕였다.

"알겠습니다. 그럼 그렇게 하도록 하죠."

벤은 적절히 타협을 할 줄 아는 자였고, 그 협상은 여기서도 유감없이 발휘됐다.

마몬이 입회하는 걸로 이야기가 마무리되자, 벤과 라오스 직원들은 철수했고 마몬은 시연의 명을 수행하기 위해 그들을 따라갔다.

"하아."

그들이 시야에서 완전히 사라지자, 시연은 팔을 감싸며 그대로 자리에 주저앉았다.

"반려님!"

나오는 마치 시연이 그럴 줄 알았다는 듯 달려가 그녀를 부축했다.

"괜찮으십니까?"

"괜찮……아요."

어눌하게 떨어지는 목소리는 당당하게 벤과 맞서던 조금 전과 완전히 달랐다.

그뿐일까. 아까까지만 해도 혈색 좋던 시연의 안색은 파리하게 변했다. 바짝 마른 입술은 달달 떨렸고 이마에선 식은땀이 주르륵 흘러내렸다.

"무슨 일이지?"

결코 정상적이지 않은 모습에 데미안이 작게 당황하며 묻자, 나오는 눈을 질끈 감고 작은 목소리로 말했다.

"팔을…… 다치셨습니다."

그 말에 데미안은 거침없이 시연이 감싸고 있는 부분의 팔소매를 쭉 찢었다. 그러자 길게 그어진 자상(刺傷)이 보였다.

"하?"

아까는 보지 못했던 처음 보는 상처였다. 생긴 지 얼마 안 된 것처럼 보이는 상처에선 아직도 피가 흘러나오고 있었다.

한데 옷에 전혀 묻지 않은 건 그 위에 덕지덕지 붙어 있는 거미줄 덕분이었다. 나오가 연관되어 있는 것이다.

"이게 어떻게 된 일인지 당장 설명해."

데미안은 죽일 듯이 나오를 노려보았다. 나오는 대역죄를 저지른 사람처럼 아무 말도 하지 않고 고개를 푹 숙였다.

"……나오 씨 잘못이 아니에요."

시연은 아무 말도 하지 않는 나오를 대신해서 대답했다.

"내가 하자는 대로 한 것뿐이니까…… 하아."

더 말하기 힘든지 시연은 말을 채 잊지 못하고 눈을 감았다. 작게 벌어진 입술 사이에선 거친 숨소리가 연신 흘러나왔다.

"당장 병원에 가자."

"안 돼요! 병원에…… 갈 수는 없어요!"

"고집 부릴 걸 부려. 이런 상처를 가지고 있으면서 병원에 가지 않으면 어쩌자는 거야!"

"지금 병원에 가면 들킬 테니까!"

데미안이 언성을 높인 만큼 시연 역시 언성을 높였다. 보기 드문 모습에 데미안은 작게 당황했다.

"기껏 가짜 옷을 만들었는데…… 병원에 가면 다 들키잖아요."

영문을 알 수 없는 말이었다. 그가 나오를 쳐다보자, 나오는 고개를 푹 숙인 채 더듬더듬 이야기했다.

"그게…… 사실 그 상처는 제가 낸 겁니다. 제가 반려님의 팔을 손톱으로…… 컥!"

나오는 제 멱살을 틀어쥔 데미안 때문에 말을 잇지 못했다.

"다시 한 번 말해봐."

데미안의 눈에 불꽃이 튀었다. 멱살을 쥔 손에는 시퍼런 힘줄이 섰다.

"지금 누가 누구를 벴다고?"

"커어억……."

"나오의 잘못이 아니에요!"

시연은 황급히 데미안의 팔을 잡으며 소리쳤다. 깃털이 내려앉듯 작은 몸짓이었지만 데미안에겐 그 무엇보다 크게 작용했다.

"내가, 내가 그렇게 해달라고 부탁했어요! 그래야 그들을 속일 수 있을 테니까."

"그게…… 무슨 소리지?"

"제가 원래 입고 있던 옷에 묻어 있던 피, 재혁…… 오빠의 것일지도 모르잖아요."

말을 뱉는 목소리에서 아픔이 느껴졌다.

"그걸 들키면 안 되니까…… 그러니까 원래 옷은 나오 씨한테 부탁해서 숨기고 똑같은 옷에 제 피를 묻혔어요."

입고 있던 옷이 흔히 볼 수 있는 흰색 면티였다는 건 천운이었다.

"그렇게 하면 그자들에게 들키지 않을 테니까."

거미줄을 붙였던 건 피가 옷에 묻지 않게 하기 위함이었다. 몇 시간 전에 다친 상처를 아직까지 치료하지 않았다는 건 말이 되지 않았으니까.

병원에 가면 진찰 기록이 남을 거고, 혹 나오가 했다는 걸 들킬 수도 있으니 그걸 걱정해 이 상태인데도 병원에 가지 않고 참으려는 것이었다.

"하."

그 사실을 알게 된 데미안은 혀를 차며 눈을 질끈 감았다. 조금 무모하긴 했지만 시연의 계획은 확실히 좋았다. 만약 그 옷에 재혁의 피가 묻어 있었다면 진범이든 아니든 무조건 그녀가 범인으로 몰렸을 테니까.

이것만 해결된다면 그녀는 더 이상 의심받지 않을 것이다. 그러니 분명 잘된 일인데 이리도 마음이 불편한 건 그녀가 다쳤기 때문이었다.

"일단 상처부터 치료하자."

그녀에게 한 소리 하고 싶은 마음은 굴뚝같았지만 지금은 상처를 치료하는 것이 우선이었다.

데미안은 시연을 가볍게 안아 들어 침실로 향했다. 눈치가 빠른 베르와 나오는 약을 가지고 오겠다며 자리를 비켰다.

시연을 침대 위에 내려놓은 데미안은 그녀의 상처를 살폈다. 시연의 상처를 막고 있던 거미줄은 이미 제 기능을 잃은 지 오래였기 때문에 피가 흘러내리고 있었다.

그 피를 닦아내기 위해 데미안은 수건을 물에 적셔 가져왔다. 피를 닦아내니 상처가 적나라하게 보였다. 생각보다 깊은 상처였다.

'무척 아팠을 텐데.'

한데 내색 한 번 하지 않고 태연하게 벤과 맞선 그녀가 너무 대견하면서도 미련스러워서 화가 났다.

동시에 그녀가 이런 극단적인 선택을 할 만큼 자신이 무능력하다는 사실이 뼈저리게 다가와 너무나도 괴로웠다.

"미안하다."

그래, 이건 모두 자신의 잘못이었다. 자신이 그녀를 잘 지켰다면 이런 일은 없었을 테니까.

그의 사과에 시연이 파리하게 질린 얼굴에 옅은 미소를 지으며 고개를 저었다.

"데미안 씨가 미안할 것이 뭐가 있어요. 다 제가 한 짓인데."

"……."

"그것보다…… 재혁 오빠가 죽은 건 확실한 건가요?"

데미안이 말없이 고개를 끄덕이자 시연은 작게 탄식하며 고개를 떨어뜨렸다.

어깨가 작게 떨렸다. 아까 쏟아내지 못한 슬픔을 이제야 쏟아내는 모양이었다. 그녀를 어떻게 위로하면 좋을지 몰라 데미안은 아무것도 하지 못하고 시연을 바라보기만 했다.

"내가…… 죽였을지도 몰라요."

시연은 울분을 토해내는 듯한 목소리로 말했다. 이불을 쥔 손엔 힘이 잔뜩 들어갔다.

"아니, 내가 죽였을 거예요. 분명해요."

"아직 확실한 건 아니니 그리 확정 짓지 않아도 된다."

"만약 확실하면요?"

시연은 눈물 젖은 얼굴로 제 앞에 서 있는 데미안을 바라보며 물었다.

"내가 재혁 오빠를 죽인 게 확실하면…… 그땐 어떻게 해요? 난 살인자가 되는 건데……."

"그렇다고 해도 네가 죄책감을 가질 필요는 없다. 만약 네가 정말 그 남자를 죽였다면 그만한 이유가 있었을 테니까."

"이런 상황에서도 절 믿는 건가요?"

"당연한 걸 묻는군."

데미안은 조금도 망설이지 않고 대답하며 여전히 눈물이 흐르는 시연의 눈 위에 가볍게 입을 맞췄다.

"널 향한 내 마음은 언제나 진행형이다."

몇 번이고 들은 말이었지만 들을 때마다 심장이 뛰었다. 기분 좋은 울림은 격해졌던 마음을 조금이나마 차분하게 가라앉혔다.

"구급상자 가지고 왔습니다!"

잠시 후, 베르가 구급상자를 들고 등장했다. 곧이어 나오 역시 구급상자를 들고 왔다.

"이리 줘."

"직접 하시게요?"

"그래."

베르에게서 구급상자를 건네받은 데미안은 소독약을 비롯해서 시연의 상처를 치료할 약품들을 꺼냈다.

"이건 어떻게 쓰는 거지?"

"그냥 제가 하는 것이 낫지 않을까요?"

"시끄러워."

한마디로 베르를 조용히 시킨 데미안은 유심히 소독약 설명서를 읽었다.

제약 회사 대표가 의약품을 사용하지 못해 설명서를 읽는 모습은 참으로 웃겼다. 데미안의 표정이 더할 나위 없이 진지해서 더 유쾌했다.

"그건 그냥 바르면 돼요."

보다 못한 시연이 한마디 하자 데미안이 고개를 갸웃거리며 되물었다.

"적정량은?"

"소독약은 딱히 적정량이……."

"적정량이 없는 약품이라니."

어이없다는 듯 혀를 내차면서도 데미안은 시연이 시키는 대로 솜에 소독약을 묻혀 시연의 상처에 발랐다.

"아야."

뿌연 거품과 함께 느껴지는 따끔한 고통에 눈살이 저절로 찌푸려졌다.

소독약을 바르면 당연히 나오는 반응이었지만 데미안은 마치 그가 잘못한 것처럼 더욱 조심스럽게 소독약을 발랐다.

"아무리 봐도 꿰매야 할 것 같은데요, 역시 병원에 가는 편이 낫지 않을까요?"

"날이 밝는 대로 리사를 부르도록 하지."

"그것도 나쁘지 않네요."

의사에게 가더라도 치료는 마저 하는 것이 좋으니 데미안은 꼼꼼하게 약을 바르고 붕대까지 감았다. 태어나서 처음 하는 일인 만큼 그의 붕대 감는 솜씨는 퍽이나 엉성했다.

"그럼 너희들은 이만 나가."

"어, 잠시……."

베르와 나오를 침실 밖으로 내쫓은 것도 모자라 아예 집 밖으로 내쫓은 데미안은 안전 고리까지 꼼꼼히 잠그고 다시 침실로 돌아왔다.

"그럼 아까 못한 이야기를 다시 하도록 하지."

데미안은 놀라 저를 바라보는 시연의 옆에 앉으며 말했다.

"다음 주 있을 정기 원탁회의에서 널 반려로 맞이하겠다고 정식으로 말할 생각이다."

"아, 그렇…… 네?"

한 박자 늦게 데미안의 말을 알아들은 시연의 눈이 커졌다.

"아, 그러니까 전에 말했던 그거 말씀하시는 건가요?"

"같지만 달라. 그때 말한 건 가짜 반려였고, 지금 내가 말하는 건 진짜 반려니까."

데미안의 눈매가 부드럽게 휘었다.

"서로의 마음을 확인했으니 더 이상 가짜 반려는 필요 없어."

데미안은 멍하니 저를 바라보는 시연의 뺨을 부드럽게 어루만졌다. 그의 엄지가 마지막에 도착한 곳은 시연의 입술이었다.

"널 진짜 반려로 맞이해서 내 옆에 둘 생각이다."

머리가 멍해졌다. 단순히 좋아한다는 말을 들었을 때와는 차원이 달랐다. 이건 거의 결혼하자는 프러포즈와 다름없었다.

"반지 없는 프러포즈……."

무심코 튀어나온 말에 시연은 화들짝 놀라며 손으로 입을 막았다. 그저 단순히 생각만 하려던 것이 입 밖으로 튀어나온 것이다.

"아, 반지."

그러고 보니 인간들은 그런 걸 챙겼던 것 같았다. 데미안은 수긍하며 자리에서 일어섰다.

"필요하다면 지금 당장 사 오지."

"아, 아니에요!"

그런 의미로 말한 것이 아닌데! 시연은 황급히 데미안의 옷깃을 잡았다.

"그냥 한 말이었어요. 이 상황이 마치 프러포즈 같아서……."

"맞아, 프러포즈."

데미안은 한쪽 무릎을 꿇고 앉아 시연의 손을 살포시 잡았다.

"네 평생을 달라고 말하고 있는 중이니까."

그의 입술은 마주 잡은 손등 위에 나비처럼 가볍게 내려앉았다가 사라졌다. 시연의 얼굴은 사과처럼 붉게 물들었다.

"그래서 대답은?"

"……제가 싫다고 하면 물러설 건가요?"

"그럴 리가."

새카만 머리칼과 달리 새하얗게 빛나는 이가 매력적이었다.

"내 평생을 바쳐서라도 설득해야지. 열 번 찍어 안 넘어가는 나무 없다고 했으니까."

오르지 못할 나무는 쳐다보지 말라는 말도 있는데. 그 말이 문득 떠올랐지만 굳이 말하지는 않았다.

"설마 거절할 생각인가? 아깐 그리 열렬하게 고백하더니, 금세 마음이 식은 거야?"

"제, 제가 언제 열렬하게 고백했다고……."

"했잖아. 날 좋아하니까 믿겠다고 말이야."

분명 그런 말을 하긴 했었다. 그래서 그의 말을 부정하지 못하고 우물쭈물하자 데미안이 그녀의 이마에 가볍게 입을 맞췄다.

"그렇게 말해줘서 너무 기뻤다."

초승달처럼 눈을 휘며 웃는 모습에 그녀의 심장이 멈춰버렸다.

"정말 기뻤어. 너와 내가 같은 마음이라는 것이."

뱉는 말마다 너무 달콤해서 온몸에 전율이 흘렀다. 당장이라도 그의 목을 끌어안고 자신 역시 기쁘다고 말하고 싶었다.

"그래도…… 이건 너무 빠른 것 같아요."

하지만 아직 해결되지 않은 커다란 문제가 거대한 산처럼 우두커니 버티고 서서 그녀가 그에게 다가가는 걸 막았다.

"만난 지 얼마 안 됐는데 이런 이야기를 나누는 건 너무 이른 것 같기도 하고……."

"사랑에 빠지는 건 시간과 관계없지."

"무, 무엇보다 서로에 대해 잘 모르잖아요!"

"데미안 딘 루시퍼."

시연의 말에 데미안은 곧바로 말을 늘어놓았다.

"나이는 300살 남짓 됐으며 50여 년 전 마계의 군주가 됐고 원탁회의 수장 자리를 맡은 건 이제 30년 남짓 됐다. 가족 관계는 위로 이복형 하나와 아래로 이복동생이 셋 있지. 부모님은 모두 돌아가셨다. 아니, 정확히는 내가 죽였지. 군주의 자리에 오르려면 승계 과정을 거쳐야 하는데 그 과정이 바로 군주였던 아버지를 죽이는 거였거든."

그래서 데미안은 당시 군주이자 제 아버지였던 루칸을 죽였다. 승계 과정은 피하고 싶다고 피할 수 있는 것이 아니었을 뿐더러 승계 과정에서 지면 죽게 되니 살기 위해선 어쩔 수 없는 선택이었다.

"아버지가 죽고 난 뒤 얼마 지나지 않아 어머니는 목을 매달아 자살을 했지. 현명한 선택이었어. 살아 있었다면 결국 내 손에 죽었을 테니까."

"……."

"왜 그런 표정이지?"

시연의 얼굴이 작게 일그러진 것을 본 데미안이 픽 웃으며 물었다.

"설마 내가 무서워진 건가?"

"……아니요. 그냥 그 당시 당신의 마음이 어땠을지 이해가 돼서 가여워서요."

"가엽다고?"

전혀 예상치 못한 대답에 얼떨떨해하며 되묻자 시연은 고개를 끄덕였다.

"자신의 가족을 제 손으로 죽여야 했잖아요. 그게 너무…… 가여워서요."

물기 젖은 목소리는 애틋했다. 시연은 데미안의 손을 만지작거리며 말을 이었다.

"저도 그랬거든요."

계속 말해도 되는 걸까.

"저도…… 엄마를 죽이려고 했어요. 물론 미수에 그쳤지만……."

어디까지 말해도 되는 걸까. 머리론 계속 고민하면서도 입은 주절주절 말을 뱉으니 참으로 아이러니했다. 하지만 이제 와서 멈출 수도 없었고, 멈추고 싶지도 않았다.

"혹시 제 집에 있는 철문이 있는 방, 보셨나요?"

"그래."

"그거 엄마가 만든 거예요. 저를 가두기 위해서."

무언가를 가두기 위해 만든 거라는 건 짐작하고 있었지만 그게 설마 시연일 줄이야.

뜻밖의 이야기를 들은 데미안의 눈매가 일그러졌다. 시연은 그럴 줄 알았다는 듯 희미하게 웃었다.

"저요, 음력 보름 밤마다 정신을 잃어요. 해가 지고 보름달이 뜬 밤부터 시작해서 자정이 지나기 전까지요. 완전히 정신을 잃었다가 자정이 지난 후에야 정신을 차리죠."

그래서 음력 보름에는 연락이 안 됐던 건가. 데미안은 그제야 재희가 한 말을 이해했다.

"처음에는 그냥 단순히 정신만 잃는 줄 알았어요. 아무것도 하지 않고 단순히 정신을 잃는 거라고만 생각했지만…… 그게 아니었어요."

그걸 알게 된 건 약 7살 무렵이었다. 여느 때처럼 해가 지고 달이 뜨자마자 시연은 정신을 잃었지만 그날은 다른 점이 하나 있었다.

"처음으로 자정이 지나기 전에 정신을 차렸어요. 그건 참 좋았지만 기뻐할 순 없었죠. 눈앞에 피투성이가 된 엄마가 쓰러져 있었으니까."

아직도 눈을 감으면 그날의 일이 선명했다. 피투성이가 된 엄마의 모습과 그 피를 흠뻑 뒤집어쓰고 있는 자신의 모습이.

아직 사고가 어렸지만 시연은 그 피가 엄마의 피라는 걸, 엄마를 저렇게 만든 것이 자신이라는 걸 바로 알아챘다.

"그리고 깨달았죠. 그날, 난 괴물이 된다는 걸."

자정이 되기 전에 정신이 든 건 피 맛을 봤기 때문이었다. 처음에는 반신반의했는데 몇 번 사고가 일어나면서 그때마다 일찍 정신을 차리는 제 모습을 보고 시연은 확실하게 깨달았다.

"그래서 엄마는 그런 방을 만든 거예요. 내가 다른 사람들을 해치지 못하도록. 밖에서 문을 단단히 걸었다가 자정이 지나면 열어줬어요. 엄마가 실종된 뒤에는 그 역할을 재혁 오빠가 대신해줬죠."

그러나 재혁마저 죽고 말았다. 그것도 자신의 손으로 죽였을지 모른다는 사실이 너무나도 끔찍해서 시연은 몸을 잘게 떨며 두 손을 꼭 마주 잡았다.

그녀의 불안을 눈치챈 데미안은 그녀의 손을 마주 잡으며 말했다.

"확실한 건 조사해봐야 알 거야. 하지만 아마 그 남자를 죽인 건 네가 아닐 거다."

"예? 어째서요?"

"아까 얼핏 그놈이 가진 서류를 봤거든. 살인 현장에서 날카로운 손톱과 털이 발견……."

잠깐, 이 이야기 어디서 본 것 같은데.

'거기다.'

분명 김한성이 들고 온 서류에 적혀 있었다. 연쇄 살인 현장에 날카로운 손톱과 털이 있었다고.

다른 점이 있다면 피해자가 27살 인간 여자가 아닌 그보다 나이가 많은 남자, 그것도 이종족이라는 것뿐.

'아마 그들이 노린 건 시연이겠지.'

시연은 27살 인간 여자였으니까. 한데 무슨 이유로 그 계획이 틀어져서 재혁을 죽인 것이 틀림없었다.

"왜 말을 하다 말아요?"

"아니, 아무것도 아니다. 확실한 건 그 남자를 죽인 것이 네가 아닐 가능성이 높다는 거다. 그러니까 걱정하지 마."

"네."

좀 더 확실해질 때까지 이 일은 시연이 모르는 것이 좋을 것 같아 데미안은 유연하게 말을 돌렸고 시연은 별 의심 없이 넘어갔다.

"그것보다 음력 보름마다 정신을 잃고 이상하게 변한다고?"

"네. 어떻게 변하는 건지는 단 한 번도 본 적 없지만 아마 평범하진 않을 거예요."

그러니 모친은 시연을 음력 보름 밤마다 가둔 것이다. 이것으로 철문이 있는 방에 대한 의문과 음력 보름에 대한 의문이 완전히 풀렸지만 여전히 풀리지 않는 의문이 있었다.

"넌 인간이잖아."

데미안은 시연의 손등을 재차 확인했다. 손등엔 아무것도 없었다. 그녀가 인간이라는 증거였다.

물론 원탁회의 일원을 비롯해서 이종족 지배층들은 손등에 문신이 없었지만 그녀는 그 어디에도 속하지 않았다. 만약 그녀가 어딘가에 속해 있다면 그가 몰랐을 리가 없었다.

"근데 그런 일을 겪는다니."

"이해가 안 되죠?"

시연은 데미안의 반응을 이해할 수 있었다.

"저도 이해가 안 돼요. 분명 난 인간인데, 몇 번이고 이종족 검사를 해봤지만 매번 인간으로 나왔는데 왜 그런 일이 일어나는 건지……."

모든 종족들은 태어나서 성인이 되는 20살까지 5년에 한 번, 총 4번에 걸친 이종족 검사를 받는 것이 의무였다. 인간과 이종족의 혼혈인 하프들이 많아지면서 태어날 때는 인간이었지만, 성장하면서 이종족이 되는 경우도 많아졌기 때문이었다.

물론 20살이 넘어서 이종족이 되는 경우도 있었지만 그건 지극히 극소수였다. 뒤늦게라도 자신이 이종족인 걸 알았다면 다시 검사를 받고 문장을 찍으면 되니 문제가 될 건 없었다.

'근데 어릴 때부터 그런 이상 능력이 있었는데 이종족 검사에서 매번 인간으로 나왔다고?'

이해가 되지 않았다. 오래 살아온 만큼 지금까지 수많은 경우를 봤지만 시연 같은 경우는 처음이었다.

이종족 검사가 잘못됐으리라곤 생각하지 않았다. 한 번은 실수로 검사가 잘못 나올 수도 있지만 4번 모두 잘못 나오는 건 말이 되지 않았으니까.

"혹시 모친이 이종족인 건?"

"엄마의 손등에는 문신이 없었어요."

"그럼 부친 쪽은?"

"아버지는 한 번도 본 적이 없어서 잘 모르겠지만…… 아마 아닐 거예요. 엄마한테 그런 이야기를 한 번도 들은 적이 없거든요."

그럼 부친이 이종족이 아닐 가능성이 높을 뿐더러 만약 맞다고 해도 달라질 건 없었다. 어쨌거나 이종족 검사에서 시연은 인간으로 나왔으니까.

'한번 알아봐야겠군.'

과거 이런 경우가 있었는지 말이다. 정말이지, 해결된 건 아무것도 없는데 해야 할 건 계속해서 쌓여갔다.

"마음…… 변한 거 아니죠?"

비밀을 다 털어놓은 건 후련했지만 혹시 그가 마음이 변했을까 봐 두려웠다. 그래서 그의 옷깃을 잡고 조심스럽게 묻자 데미안이 가벼운 웃음을 터뜨리며 시연의 머리를 마구 헝클어뜨렸다.

"뭘 믿고 이리 사랑스러운 건지 모르겠군."

"네?"

"걱정하지 마라. 조금도 변하지 않았으니까."

웃고 있는 얼굴은 거짓말을 하는 것처럼 보이지 않았다. 그제야 시연은 안도하며 배시시 웃었다.

그 모습이 너무 사랑스러워 당장이라도 와락 껴안고 이것저것 하고 싶은 욕심이 치솟았지만 그녀는 휴식이 필요한 환자였으니 그럴 수는 없었다.

"나머진 다음에 이야기하고 일단 자도록 해. 리사가 오면 깨워주지."

"회사는 안 가도 되는 건가요?"

"이런 일을 당했는데 회사는 무슨. 내일은 쉬도록 하지."

머리를 쓰다듬는 손길이 퍽이나 다정했다. 시연을 바라보는 시선 역시 마찬가지였다.

"그럼 푹 쉬도록 해."

데미안은 시연의 이마에 가볍게 입을 맞춘 뒤 방을 나갔다.

그는 떠났지만 그가 남긴 감촉이 이마에 고스란히 남아 마음을 간지럽혔다. 시연은 볼을 발그레 붉히며 그의 감촉이 남은 이마를 매만졌다.

"역시 말하길 잘했어."

이렇게 마음이 홀가분해졌으니까.

음력 보름, 그 일이 있고 난 뒤에는 며칠간 악몽을 꿨었는데 오늘은 악몽을 꾸지 않을 것 같은 좋은 예감이 들었다.

집으로 돌아온 데미안은 곧장 서재로 가 시연에 대해 조사한 자료들과 김한성에게 받은 자료들을 살폈다.

'있다.'

시연이 태어난 산부인과 역시 신월동에 있는 사랑 산부인과였다.

'역시 그놈들의 목적은 시연이었군.'

아니, 시연이 아닐 수도 있었다. 단순히 사랑 산부인과에서 태어난 27살 여자를 찾다가 그 리스트에 시연이 걸렸을 가능성도 있으니까.

'설마 한재혁이 그들의 손에서 시연을 구하다가 죽은 건가?'

그것이 아니고서야 살해 현장에 그들이 흔적을 남길 이유는 없었다. 흔적이 없었다면 꼼짝없이 시연이 범인으로 몰렸을 테니까. 물론 시연이 이런 무모한 짓을 할 거라곤 전혀 예상하지 못했을 것이다.

'만약 그렇다면 그 남자는 왜 시연에게 수면제를 탄 맥주를 먹인 거지?'

이제 와서 음력 보름이 뜨는 밤, 시연이 이상하게 변하는 것이 무서워서 수면제를 먹여 잠재웠을 리는 없을 텐데.

그리고 인간인 그녀는 왜 음력 보름 밤마다 의식을 잃고 이상하게 변하는 걸까. 도대체 어떤 모습으로 변하는 걸까?

'모르겠군.'

생각하면 할수록 머리가 아프고 의문만 깊어졌다. 해결해야 할 문제는 산더미처럼 많은데 해결 방법이 도통 떠오르지 않았다.

'서두르지 말고 처음부터 차근차근 조사해봐야겠어.'

조급해한다고 좋을 건 하나도 없었다. 오히려 성급하게 움직였다가 일을 그르칠 수도 있었다. 그러니 가장 처음으로 돌아가 하나씩 조사해보는 것이 좋을 것 같았다.

전에 시연이 천족에게 쫓긴 것과 가브리엘이 갑자기 죽은 것, 의문의 괴한이 연쇄 살인을 일으킨 것, 시연이 음력 보름마다 이상한 모습으로 변하는 것까지 전부 관련이 있는 것 같으니까.

'그 뒤에는 마르스, 그 자식이 있겠지.'

난데없이 가브리엘이 죽은 것도 이상했고, 그 범인을 찾겠다며 마르스가 신의 권한까지 써서 설친 것도 이상했다. 그러니 뼛속까지 파헤칠 생각이었다. 겉은 새하얗지만 안은 그 누구보다 음흉한 그놈의 속내를.

EPISODE 14

정식 반려

예상했던 대로 악몽을 꾸지 않고 푹 자고 일어난 시연은 기지개를 켜며 욕실로 향했다. 개운하게 샤워를 하고 싶었지만 팔의 상처 때문에 그럴 수 없었다.

"근데 진짜 못 감았다."

엉성하게 감긴 붕대를 보며 킥킥 웃으면서도 시연은 붕대를 풀지 않았다.

팔의 상처 때문에 씻는 데 시간이 평소보다 오래 걸렸다. 힘들게 씻고 나온 시연은 옷장 문을 열었다.

"아, 어쩌지."

데미안에게 정식으로 고백을 받아서일까.

"이건 또 왜 이래."

아니면 그의 마음을 받아주기로 결심했기 때문일까.

"아, 이럴 줄 알았으면 쇼핑 좀 할걸!"

아무리 옷장을 뒤져도 마음에 드는 옷이 보이지 않았다. 대부분의 옷은 원래 집에 있었고, 이곳에 가져온 옷은 회사에 입고 갈 정장과 집에서 입을 트레이닝복이 전부였으니 당연했다.

출근하는 것이 아니니 정장 스타일로 입고 싶진 않았지만 아무리 뒤져봐도 블라우스 말곤 마땅히 입을 것이 없어 결국 블라우스를 입었다. 밑에는 플레어스커트를 입었는데 그리 입으니 정장 느낌보다 교복 느낌이 났다.

느낌은 조금 이상했지만 달리 선택 사항도 없었기에 시연은 마음을 편안하게 먹고 5층으로 향했다.

"어서 오세요."

"안녕하세요, 베르 씨."

살갑게 저를 맞이하는 베르와 인사를 하며 시연은 거실을 둘러봤다. 데미안은 아직 일어나지 않은 건지, 아니면 씻는 중인 건지 보이지 않았다.

"상처는 어떠세요?"

"괜찮아요."

"다행이네요. 그래도 리사 님이 오시면 치료를 받도록 하세요."

"그렇게 하긴 할 건데 그 리사라는 분, 누구예요?"

데미안은 리사라고 부르고 베르는 리사 님이라고 부르는 걸 보면 마몬처럼 직급이 높은 악마가 아닐까?

"아, 그분은……."

딩동―.

베르가 뭐라 말하려는 순간 초인종이 울렸다.

딩동, 딩동, 딩동―.

어지간히도 성미가 급한 사람인지 상대는 연달아 초인종을 눌렀다.

"네, 네. 갑니다."

그 시끄러운 소리에 베르가 움직이는 건 물론 서재에 있던 데미안이 나왔다. 안 보이길래 아직 일어나지 않았거나 씻는 중인 줄 알았는데 서재에서 뭔가를 하고 있었던 모양이었다.

"왔군."

"아, 네."

왠지 그를 똑바로 보는 것이 쑥스러워 시연은 데미안의 얼굴을 똑바로 보지 못하고 약간 고개를 숙인 채 대답했다.

데미안은 그런 시연을 다정한 눈빛으로 바라봤고, 둘 사이엔 온화하고 따뜻한 기류가 오갔다.

"꺄악! 있다!"

고개를 숙이고 있던 시연은 소프라노의 목소리가 들리자 고개를 돌렸다.

"있어, 있어, 있어!"

그러자 분홍색의 머리칼을 양 갈래로 곱게 땋은 소녀가 시연의 품속으로 냅다 달려들었다. 돌진하는 힘과 무게를 이기지 못한 시연은 그대로 엉덩방아를 찧었다.

"리사 님!"

뒤따라온 베르가 아연실색하며 시연의 품에 안긴 소녀에게 소리쳤다.

"시연 님에게 그 무슨 무례한 행동입니까!"

"뭐, 어때."

베르의 타박에 소녀, 리사는 입을 삐죽이며 베르를 향해 눈을 흘겼다.

"좀 안는다고 닳는 것도 아니고. 그렇죠, 군주님?"

"그렇지."

데미안은 짤막하게 대답하며 시연과 리사를 떼어놓았다.

"만약 닳았다면 네 목이 붙어 있지 못했을 테니까."

"아하하, 농담도."

유쾌하게 웃고 있는 입과 달리 눈매는 겁에 질린 듯 축 늘어졌다.

"자. 제 손 잡고 일어나세요, 시연 님."

"아, 네. 감사합니다."

베르가 내민 손을 잡고 일어선 시연은 리사를 전체적으로 훑어봤다.

'저 소녀가 리사구나.'

중세 고딕풍의 옷을 입고 있는 그녀는 마몬의 또래처럼 보였다. 많이 쳐줘야 15살 남짓이라고 할까.

하지만 진짜 15살은 아닐 것이다. 마몬이 그랬던 것처럼 그보다 훨씬, 자신이 상상할 수 없을 정도로 많을 가능성이 높았다.

도대체 몇 살인지 궁금해서 그녀를 물끄러미 바라보고 있던 시연은 문득 고개를 돌린 리사와 눈이 마주쳤다.

"아, 제 소개를 제대로 해야겠네요."

리사는 생긋 웃으며 치맛자락을 부드럽게 잡고 무릎을 가볍게 굽혔다.

"제 이름은 리사 아디아. 만나서 반갑습니다, 군주님의 반려시여."

"아, 만나서 반가워요. 리사 씨."

정중한 리사의 행동에 시연이 반사적으로 고개 숙여 인사하자 리사의 눈매가 보기 좋게 접혔다.

"편하게 리사라고 부르시면 됩니다. 군주님의 반려시면 제 주인이 되시기도 하니까요."

"그럼 리사 씨, 아니 리사도 악마인가요?"

"아니요. 마계의 주민이긴 하지만 저는 악마가 아니라 마녀입니다. 보면 딱 마녀 티가 나지 않나요?"

리사는 잘 보라는 듯 치맛자락을 펄럭이며 빙그르르 돌았다. 듣고 보니 그런 것 같아 시연은 고개를 끄덕였다.

"자, 그럼 상처를 치료해야죠."

리사는 시연의 팔을 잡아 끌어 그녀를 소파에 앉혔다. 그 옆에 나오가 가지고 온 가방을 내려놓았다.

"오면서 대충 듣긴 했는데 팔을 다치셨다고 하던데 한 번 봐도 될까요?"

치료를 하기 위해선 당연히 보여줘야 했지만 문제가 있었다. 다친 부위가 팔 위쪽인데 블라우스 소매가 달라붙은 탓에 소매를 걷기가 힘들다는 것이었다.

"아이 참."

그래도 어떻게든 보여주기 위해 낑낑대며 노력하고 있는데 리사가 미련하다는 듯 혀를 내차며 시연의 옷깃을 쥐고 그녀에게만 들릴 정도로 작은 목소리로 말했다.

"그냥 블라우스를 벗으면 되잖아요."

"네, 네?"

이거 벗으면 안에 민소매 한 장 입고 있는데?

같은 여자인 리사에게 보여주는 건 괜찮았지만 문제는 뒤에 서 있는 베르와 데미안이었다. 그들에게 보여주는 것이 부끄러워 얼굴을 붉히며 옷깃을 꽉 움켜쥐자 리사가 묘하게 웃었다.

"뭘 그리 부끄러워해요? 베르야 그렇다 쳐도 군주님은 반려인데. 이미 볼 거 다 본 사이 아니에요?"

볼 거 다 본 사이?

"어, 뭐야. 반응을 보니 아직 아닌 모양이네. 하긴, 그렇겠다. 만약 우리 군주님이랑 잤다면 이렇게 멀쩡히 걸어 다닐……."

"작작해라, 리사."

제 어깨를 잡는 손길에 리사가 고개를 확 돌리자 언제 왔는지 마몬이 보였다.

다크서클이 짙게 내려앉은 얼굴은 꽤나 피곤해 보였다. 마몬은 데미안에게 꾸벅 인사했다.

"다녀왔습니다, 군주님."

"일은?"

"잘 해결됐습니다. 그러니 아무 걱정하실 필요 없습니다."

라오스에 갔던 일이 잘 해결됐다는 의미일 것이다. 혹시 걸리면 어쩌나 걱정했는데 다행스럽게도 잘 풀린 모양이었다.

"피곤했을 텐데 고마워요, 마몬 씨."

"뭘요. 반려님을 위해서라면 이 정도쯤이야."

마몬은 특유의 유쾌한 웃음을 지으며 시연에게 대답했다.

"뭐야, 뭐야?"

혼자만 무슨 일인지 몰라 어리둥절하던 리사는 불쑥 끼어들었다.

"뭐가 해결된 건데?"

"넌 몰라도 되는 일이니까 신경 꺼."

시연에게 말할 때와는 확연한 온도 차이가 났다. 리사도 그걸 느꼈는지 그녀는 눈살을 찌푸리며 버럭 소리를 내질렀다.

"나도 너한테 물은 거 아니거든? 베르랑 나오한테 물은 거야!"

"누가 뭐래? 쓸데없는 거에 관심 가지지 말고 치료나 해."

"네가 말 안 해도 할 거다!"

도대체 이 둘은 사이가 좋은 건지, 아니면 나쁜 건지.

리사는 툴툴거리며 가방을 열었다. 안에는 웬만한 의약품들은 다 들어 있었다. 걸어 다니는 약국이라고 해도 믿을 정도였다.

"그럼 옷 벗……."

"너 미쳤어? 지금 누구보고 옷을 벗으래?"

리사가 한 마디 채 뱉기도 전에 마몬이 무섭게 치고 들어왔다.

"그럼 이 상태로 치료하라고? 상처가 보이지도 않는데?"

"그렇다고 옷을 벗기려고 하냐? 너 변태야?"

"변태라니! 엄연히 순수한 치료 목적이거늘! 그럼 병원에서 진찰하는 의사들은 다 변태야?"

"그거랑 이거랑 같아?"

"자, 자, 그만."

리사와 마몬이 또 말다툼을 벌이려고 하자 베르가 중재하고 나섰다.

"두 분 다 그만하세요. 군주님과 반려님이 계시는 곳에서 뭐 하시는 겁니까?"

틀린 것 하나 없는 말에 둘은 툴툴거리면서도 순순히 수긍했다. 다른 건 몰라도 데미안의 앞에서 싸웠다가 그의 성미를 건드리기라도 하면 목이 날아갈 테니 자제하는 것이다.

"그럼 어떡하죠? 그냥 팔소매를 찢을까요?"

"방에 들어가서 치료하면 안 되나요?"

"안 돼."

데미안은 무슨 말도 안 되는 소리를 하느냐는 듯 단호하게 말했다.

"여기서 해. 어디 외간 남자랑 단둘이 있으려고."

"……네? 외간 남자요?"

누가? 설마 저기 중세 고딕풍의 드레스를 입고 머리를 귀엽게 양 갈래로 땋고 있는 리사가?

사고가 정지됐다. 말도 안 된다고 생각하면서도 설마 하는 생각에 리사를 쳐다보자, 리사가 부끄럽다는 듯 얼굴을 붉히며 수줍게 웃었다.

그 모습은 아무리 봐도 귀여운 소녀였다.

"그러니까 이딴 옷 입고 다니지 말라니까."

지금 보니 가슴이 좀 빈약한 것 같기도 하고.

"나한테 가장 어울리는 옷을 입고 다니는데 뭐가 문제야?"

목소리가 소녀치곤 조금 굵은 것 같기도 한데…….

"지, 진짜 남자?"

시연은 깜짝 놀라며 데미안을 바라봤다. 그러자 데미안이 고개를 끄덕였다. 시연을 놀라게 했다는 사실에 만족하며 허리춤에 손을 올리고 뻔뻔하게 웃고 있는 리사를 몹시 어이없다는 눈으로 바라보면서.

리사 아디아.

마녀 일족인 그녀, 아니 그는 마몬의 이부동생으로, 여자보다 더 귀엽고 사랑스러운 외모를 활용해서 평소 여장을 하고 다닌다고 베르는 말했다.

"이름을 리사라고 지은 건 모친 분께서 딸을 원했기 때문이래요. 첫째는 마몬 님이 나왔으니까요."

"그 말은 어머니가 같다는 말인가요?"

"네. 두 분은 모친이 같고 부친이 달라요. 마몬 님의 부친께선 선대 7인의 검 중 한 분이셨고 리사 님의 부친은 모친과 같은 마녀 일족이었죠."

마녀보단 마족의 피가 더 짙기 때문에 마몬은 마족으로 태어났다.

마몬의 모친은 그를 낳고 얼마 지나지 않아 마몬의 부친과 이혼을 했고, 그로부터 약 5년 뒤 같은 일족의 남자와 재혼을 해서 리사를 낳은 것이다.

"그런데 진짜 놀랐어요. 전 영락없는 여자인 줄 알았거든요."

"아하하, 리사 님을 처음 본 분들은 다들 그렇게 오해해요. 리사 님도 그 편이 더 좋다고 하시고요."

"에? 왜요?"

"마녀 하면 흔히 여자를 떠올리잖아요. 한데 남자가 마녀 일족이라고 하면 이래저래 질문이 많이 들어오나 봐요. 마녀 일족 중에 남자가 흔치 않기도 하고요."

자신 역시 그리 생각했었기 때문에 시연은 베르의 말에 백번 공감했다.

"그리고 여장을 하는 편이……."

"주변에서 예쁘게 봐주거든요."

대답을 한 건 리사였다. 상처를 치료한 뒤 손을 씻기 위해 화장실에 갔다가 돌아온 것이다.

"멍청한 남자 놈들이 내가 남자인지도 모르고 조금만 애교 떨면 사르르 녹아서 제가 해달라는 대로 다 해줘요. 그게 편해서 이렇게 하고 다녀요."

"아, 그렇군요."

웃픈 이야기였다. 웃기도 애매하고 그렇다고 슬퍼하기도 애매한 그런 이야기 말이다.

"제가 할 수 있는 선에선 최대한 손을 봤지만 의사는 아닌지라 백 프로 괜찮아질 거라곤 장담 못 드려요."

"그건 의사들도 못하는걸요."

"뭐, 그건 그렇죠."

배시시 웃는 얼굴은 정말이지 너무나도 귀여웠다. 시연은 이렇게 귀여운 그가 남자라는 사실이 여전히 믿기지 않았다.

"그래도 혹시 상처가 덧나거나 하면 그땐 바로 병원에 가세요. 뭐, 군주님에게도 당부를 해놨으니 알아서 해주실 테지만요."

"네. 명심할게요. 그리고 여기까지 와줘서 고마워요, 리사."

"별말씀을요. 저야말로 마계에서 그 누구보다 유명한 군주님의 반려를 뵙게 되어 영광인 걸요."

"제가 유명하다고요?"

처음 듣는 이야기에 시연이 눈을 동그랗게 뜨고 묻자 리사가 고개를 끄덕였다.

"당연히 유명하죠. 군주님이 장장 200년 만에 맞이하시는 반려시니까요. 그래서 묻는 건데, 언제 마계로 가시나요?"

이건 또 무슨 소리지? 언제 마계로 가냐니?

"리사 님. 아직 거기까진 이야기가 진행되지 않았습니다."

"어라, 그래? 이상하네."

리사는 의아하다는 듯 고개를 갸웃거리며 말했다.

"그럼 나보고 왜 드레스를 준비하라고 한 거지?"

"드레스요?"

"네. 조금 전에 화장실 가는 길에 군주님을 만나서 잠시 이야기를 나눴는데요."

닫혔던 방문이 열리면서 누군가 들어왔다.

데미안이었다.

방문을 바라보는 쪽에 앉아 있던 베르와 시연은 그의 등장을 알아챘지만 문을 등지고 있는 탓에 전혀 알아차리지 못한 리사는 계속 말을 주절주절 늘어놓았다.

"드레스가 준비되는 대로 반려식을 올릴 테니 하루라도 빨리 드레스를 준비하라던데요."

뒤에서 데미안이 그녀를 흉흉하게 바라보고 있다는 사실은 전혀 눈치채지 못한 채.

"리사."

"히익."

서늘하게 떨어진 음성에 그제야 데미안이 온 걸 안 리사는 새하얗게 질린 얼굴로 뒤를 돌아봤다. 그러자 매서운 얼굴로 그를 내려다보고 있는 데미안이 보였다.

"구, 군주님."

"쓸데없는 걸 주절주절 떠들고 있군."

"그게…… 아하하하."

어색하게 웃으며 자리에서 일어선 리사는 냅다 도망쳤다. 날벼락이 떨어지기 전에 피신하려는 것이다.

"그럼 저도……."

베르 역시 데미안의 눈치를 살피며 후다닥 도망쳤다. 때문에 방에 남은 건 데미안과 시연, 단둘뿐이었다.

"상처 치료는 다 한 모양이지."

"네."

시연은 제 팔에 감긴 붕대를 쳐다봤다. 현재 시연은 반팔 티를 입고 있었다. 데미안의 것이었다.

상처를 치료해야 하는데 블라우스를 벗을 순 없고, 옷을 갈아입는 편이 좋으니 데미안의 옷을 빌린 것이다.

그에겐 반팔이었을 옷은 시연에겐 7부처럼 컸다. 신장 차이가 나니 어쩔 수 없었다. 그래도 통이 넓어 소매를 쉽게 걷을 수 있으니 치료하긴 수월했다.

"근데 드레스 이야긴 뭐예요? 리사 말로는 드레스가 준비되는 대로 반려식을 올린다던데……."

"말 그대로다. 드레스가 준비될 쯤엔 상처도 다 나을 테니 바로 반려식을 올릴 생각이야."

"예에? 진짜요?"

"뭘 그리 놀라? 새벽에 말했잖아. 널 반려로 맞이하겠다고 말이야."

분명 그렇게 말하긴 했었다. 단지 이렇게 빨리 진행할 거라곤 생각지 못했을 뿐.

"혹시 프러포즈를 받아야 하는 거라면……."

"아, 아니에요! 그런 의미로 말한 게 아니라…… 재혁 오빠 일도 그렇고, 저를 습격한 적에 대한 것도 그렇고, 아무것도 해결되지 않았는데 이러는 건 아닌 것 같아서……."

"그래서 더욱 빨리 너를 반려로 맞이하려는 거야."

시연 쪽으로 허리를 숙인 데미안은 손을 뻗어 그녀의 긴 머리칼을 가볍게 쥐었다.

"정식으로 내 반려가 된다면 그 누구도 너를 건드리지 못할 테니까."

그 손은 시연이 여전히 끼고 있는 귀고리로 내려왔다.

"이런 귀고리보다 더 확실한 방법이지."

귀고리를 만지는 손도 손이지만 확 가까워진 그와의 거리가 신경 쓰였다.

꺼림칙해서가 아닌, 부끄럽고 쑥스러웠다. 그의 체취가 머릿속 깊이 파고들어 정신을 혼미하게 만들었다.

하물며 그 이야기를 듣고도 반려 일을 진행하는 게 그가 마음이 변하지 않았다는 확실한 증거라고 생각하니 콧망울이 시큰해졌다.

역시 그에게 솔직하게 털어놓길 잘했다는 생각이 마구 샘솟았다.

"그, 근데 제가 당신의 반려가 되면 마계로 가야 하나요?"

"가야겠지. 더 이상 인간계에 있을 이유가 없으니까."

"예? 그럼 '더 뉴'는 어쩌고요?"

대답하기 곤란한지, 아니면 다른 이유가 있는 건지 데미안은 말없이 웃으며 굽혔던 허리를 펴고 자연스럽게 이야기를 돌렸다.

"조금 있다 원래 네 집에 갈 거다."

"예? 왜요?"

"네 짐을 챙겨 와야 하니까. 그리고 그곳은 이제 위험하니 정리하도록 해."

그의 말은 분명 틀리지 않았지만 그래도 선뜻 그러겠다고 대답할 수 없는 건 그곳에 철문이 있는 방이 있기 때문이었다. 그곳이 없으면 음력 보름에 머물 곳이 없어졌다.

"음력 보름날이라면 걱정하지 마."

시연의 마음을 들여다본 듯 데미안이 말을 덧붙였다.

"어차피 마계에 가게 되면 필요 없을 뿐더러 보름이 되면 내가 알아서 할 테니까."

"어떻게요?"

"글쎄. 정신을 잃는 순간부터 다시 정신을 차릴 때까지 품에 안고 있을까."

"농담하지 마세요."

"진심인데."

초승달처럼 휜 눈꼬리엔 장난기가 가득했지만 데미안이라면 정말 그럴 것 같아 조금은 무서워졌다. 역시 그 집은 아직 처분할 때가 아니었다.

"같이 갈 거지?"

"물론이죠."

자신의 집에 가는 건데 같이 가지 않을 이유는 없었다. 시연의 대답에 데 미안은 그럴 줄 알았다는 듯 고개를 끄덕였다.

"집이 조금 엉망이라도 놀라지 마라. 라오스 놈들이 뒤지고 갔거든."

"그럼 철문이 있는 방도 봤겠네요?"

그 방은 웬만하면 아무한테도 보여주고 싶지 않은데.

"그건 걱정하지 마."

염려스러운 시연의 말에 데미안은 태연하게 웃었다.

"알아서 해결해놨으니까."

"해결해놨다고요? 어떻게요?"

"뭐, 그건 가서 보면 되겠지. 가서 옷 갈아입고 와. 그 차림새로 나갈 수 는 없으니까."

"네."

곧장 방을 나선 시연은 4층으로 향했다. 그 뒤를 따라 거실로 나온 데미 안에게 베르가 다가왔다.

"김한성에게서 전화가 왔습니다."

"무슨 일로?"

"연쇄 살인 피해자들의 시신을 언제 보여주면 되겠냐고 묻는데요."

아, 그러고 보니 김한성과 그런 약속을 했었다. 자신의 제물들이 어떻게 처리되는 건지 알아내기 위해서.

시연의 일만 터지지 않았다면 바로 알아보려고 했겠지만 지금은 그것보다 시연의 일이 우선이었다.

"나중에……."

그러니 나중에 약속을 잡으라고 말하려던 데미안은 문득 드는 생각에 멈칫했다.

'그러고 보니 이번 일도 연쇄 살인과 관련이 있었지.'

그러면 먼저 피해자들을 보는 것이 낫지 않을까. 보는 김에 재혁의 시신도 보는 것이 좋을 것 같았다. 라오스 놈들이 재혁의 시신을 제멋대로 처리하기 전에 봐야 하니 서둘러야 했다.

"지금 바로 약속을 잡아라."

베르에게 명을 내린 데미안은 아직 떠나지 않고 거실에 앉아 있는 리사를 돌아봤다.

"리사, 오늘 하루 시연과 함께 다니도록 해."

"보디가드가 되라는 말씀이십니까?"

"그래. 원래라면 마몬을 붙여두겠지만 그놈, 지금 자고 있으니까 네가 대신해. 네가 있으면 그나마 안전할 테니까."

"어머, 저를 그렇게 생각하셨다니. 이 리사, 무척이나 감동했습니다."

'그나마'라고 말했는데 그 부분은 전혀 듣지 못한 모양이다.

"근데 반려님 어디 나가시나요? 집에만 있는 거라면 보디가드는 필요 없잖아요?"

"원래 살던 집에 가서 짐을 챙겨 오기로 했다. 갔다가 곧장 집으로 돌아오면 돼."

"알겠습니다."

"데미안 님, 한 시간 뒤 라오스 한국 지사에서 보기로 약속을 잡았습니다."

김한성과 약속을 잡은 베르가 데미안에게 보고했다. 동시에 현관문이 열리면서 외출 준비를 마친 시연이 들어왔다.

"미안하지만 리사와 함께 움직여야겠다."

"네? 데미안 씨는요?"

"급한 일이 생겨서 가봐야 돼. 괜찮겠지?"

데미안이 함께 가지 않는 건 아쉬웠지만 바쁜 그의 발목을 잡을 생각은 없었다.

"네, 괜찮아요."

"리사, 다시 한 번 말하지만 네 임무는 무슨 일이 있어도 시연을 지키는 거다."

베르가 가져온 외투를 걸치며 데미안이 말했다.

"설령 네 목숨을 잃는 한이 있더라도 말이야."

"물론입니다."

일말의 망설임도 없는 대답에 시연은 깜짝 놀라며 리사를 돌아봤다. 그는 보기 드문 진지한 얼굴을 하고 있었다.

"무슨 일이 있어도 반려님을 지키겠습니다."

가슴이 답답했다. 그들이 자신을 소중하게 여겨주는 건 고마웠지만 목숨을 걸고서라도 지켜준다는 건 불편했다. 자신 때문에 누군가 희생당하는 건 썩 달갑지 않았다.

"그럼 이만 가도록 하지. 나중에 보자, 시연."

라오스는 여기서 차로 한 시간 가까이 걸리니 지금 출발해야 겨우 시간을 맞출 수 있을 것이다. 그래서 데미안은 서둘러 움직였고, 그 뒤를 베르가 따라갔다.

"자. 그럼 우리도 움직일까요, 반려님?"

"네, 그래요. 택시를 부르면 될까요?"

"음? 웬 택시요? 지하 주차장에 놀고 있는 차가 몇 대인데 택시를 왜 타요."

"하지만 허락도 안 받았고, 차 키도 없는데……."

"차 키라면 여기."

리사가 가볍게 손을 쥐었다가 펴자 그 안에는 차 키가 들어 있었다. 마술 같은 장면이었다.

"허락이라면 받을 필요가 있나요? 군주님의 것은 곧 반려님의 것인데."

"그럴 리가 없잖아요."

"그럴 리가 있어요. 자, 어서 가요."

리사는 시연의 손을 덥석 잡고 지하 주차장으로 향했다. 시연은 리사가 잡은 손을 물끄러미 바라봤다.

'이상한 능력이 정말 사라졌구나.'

이미 알고 있던 사실을 다시 한 번 더 확인하는 거지만 기분이 묘했다. 동시에 언젠가 음력 보름에 괴물로 변하는 '그 일'도 사라지지 않을까 하는 일말의 희망이 생겼다.

리사의 말대로 지하 주차장에는 놀고 있는 차가 많았다. 그중 리사가 고른 건 새빨간 스포츠 카.

"자, 어서 타요."

리사는 운전석에 앉으며 말했다. 조수석에 앉은 시연은 안전벨트를 매며 물었다.

"리사, 운전할 줄 알아요?"

"당연하죠. 운전 경력 10년 차인걸요. 봐요. 면허도 있어요."

리사는 지갑에서 운전 면허증을 꺼내 보여주었다. 찍혀 있는 사진은 확실히 리사였고 그 옆에 적혀 있는 성별은 남자라고 되어 있었다.

'진짜 남자였네.'

모두 리사가 남자라고 말했고 본인도 스스로가 남자라고 했지만 약간의 의심이 남아 있었는데 이걸로 그 의심마저 완전히 사라졌다.

"네비에 집 주소 찍어주세요. 주차는 할 수 있죠?"

"아, 주차는 근처 공용 주차장에 해야 돼요. 그곳의 주소를 찍을게요."

"그래요."

공용 주차장의 주소를 찍자 리사는 운전대를 잡았다. 평일 오전의 도로는 한산했고 차는 막힘없이 도로를 질주했다.

지이잉ㅡ.

집에 거의 도착했을 무렵 전화가 왔다.

재희였다.

재희의 이름을 보니 잠시 잊고 있었던 재혁의 일이 떠올랐다. 그녀가 재혁의 일 때문에 전화했으면 어쩌나 걱정이 돼서 선뜻 전화를 받을 수가 없었다.

그사이 주차를 한 리사가 의아하다는 듯 그녀를 쳐다봤다.

"전화 안 받아요?"

"바, 받아요."

그래, 재희를 평생 피해 다닐 것도 아니고, 두렵긴 하지만 전화를 받는 편이 좋을 것 같았다. 시연은 마음을 단단히 먹고 통화 버튼을 눌렀다.

"여보……세요?"

마음을 단단히 먹은 것치고 목소리가 떨렸다.

[뭐 한다고 전화를 이렇게 안 받아?]

반면 재희의 목소리는 굉장히 쾌활했다. 재혁의 죽음을 알고 있다면 나올 수 없는 반응이었다. 아무래도 그녀는 재혁이 죽었다는 사실을 모르는 것 같았다.

[그래서 무슨 일이야? 뭔데 새벽부터 부재중 전화에 일어나자마자 전화를 하라고 남겨?]

"그게……."

말을 안 꺼내는 게 좋지 않을까. 아니면 먼저 알려줘야 하는 걸까. 고민하고 있는데 재회가 문득 생각났다는 듯 말했다.

[아, 맞다. 너한테도 연락 왔어? 재혁 오빠, 또 해외 출장 간다는 거.]

"뭐?"

죽은 사람이 해외 출장이라고?

[아침에 문자 왔던데? 자느라 이제 봤지만.]

"그게 몇 시쯤인데?"

[어, 잠시만…… 아침 8시야. 지금 공항이라고 연락 왔어.]

그 시간이면 이미 재혁이 죽었을 시간이었다. 한데 문자가 왔다니.

'라오스에서 보낸 건가.'

재혁의 시신을 수습하면서 휴대폰도 수습했을 테니 가능성은 높았다. 단지 그들이 왜 재회에게 재혁의 죽음을 알리지 않고 출장 간 것으로 속인 건지 의아했다.

'그러고 보니 재혁 오빠, 나한테도 전화가 왔었는데.'

그건 진짜 재혁이 건 걸까, 아니면 라오스 측에서 건 것일까.

전자라면 그때까지 재혁이 살아 있었다는 의미이니 그를 죽인 건 시연이 아니라는 말이 된다.

'하지만 라오스에서 나를 범인이라고 생각한 걸 보면 그건 아닐 거야? 그럼 그 전화는 누가 건 거지?'

그것도 라오스에서 한 것일까. 그럼 도대체 재혁은 언제 살해당한 걸까.

의문이 꼬리를 물고 길게 늘어졌다.

'나중에 데미안 씨 오면 물어봐야겠다.'

아니면 마몬에게. 마몬은 집에서 자고 있으니 아마 그쪽에 묻는 것이 더 빠를 것이다.

[너, 내 말 듣고 있어?]

"아, 미안. 무슨 이야기했지?"

[나 참, 정신을 어디 두고 있는 거야?]

재희는 조금 성가시다는 어조로 말을 이었다.

[오빠가 너한테 아무 말 안 했냐고. 오빠랑 너, 음력 보름밤에는 항상 같이 있었잖아.]

"아아, 뭐……."

[뭐야, 그 반응은? 같이 안 있었어?]

"같이 있었어. 저녁까지는……."

그 뒤는 잠이 든 탓에 알지 못했다. 그와 같이 있었는지, 아니면 재혁이 자신을 버리고 간 건지.

[그래? 항상 새벽까지 같이 있더니 별일이네. 그럼 이 오빠는 왜 하루 종일 전화를 안 받다가 갑자기 그런 문자를 남긴 거야? 지금 전화해도 안 받고. 뭐, 미국에 간다고 했으니 아직 비행기를 타고 있겠지만.]

재희가 투덜거리는 동안 시연은 한마디도 할 수가 없었다. 어떻게 말하겠는가. 사실은 재혁이 죽었다고.

[근데 진짜 재혁 오빠가 너한테 아무 말도 안 했어?]

"응? 아, 응."

[그래? 그것도 별일이네. 나한텐 말 안 해도 너한텐 꼭 말하고 어디 가던 놈인데.]

"놈이라니……."

[뭐, 원래 해외 출장 자주 갔으니까 이번에도 그런 거겠지. 미국 도착하면 연락 올 테니까 걱정하지 마.]

"……응."

그럴 일은 없을 거라는 말이 목구멍까지 차올랐지만 할 수가 없었다.

시연은 결국 재혁이 죽었다는 소식을 재희에게 알리지 못하고 전화를 끊었다. 이런 자신이 너무 답답해 시연은 나지막히 한숨을 내쉬었다.

"자, 그럼 통화 끝났으면 갈까요?"

"그래요."

시연의 집이 있는 건물은 아직 경찰들이 지키고 있었지만 사람들의 출입을 제한하진 않았다. 이상한 폭발 사건이 있다 보니 혹시나 하는 마음에 지키고만 있을 뿐이었다.

"여기서 잠시만 기다려주시겠어요?"

철문이 있는 방을 보여주고 싶지 않아 시연은 리사를 현관에 세워두고 서둘러 집 안으로 들어갔다.

누군가 집을 뒤지기라도 한 건지 집은 난장판이었다. 그건 개의치 않고 곧장 철문이 있는 방으로 달려간 시연은 그 앞에서 멈칫했다.

"뭐, 뭐야. 이게!"

방문이 통째로 사라지고 흔적도 남아 있지 않았다. 마치 처음부터 없었던 것처럼.

"무슨 일 있어요?"

"예? 아무것도 아니에요."

이래서 데미안이 걱정할 필요가 없다고 말했던 걸까.

"들어오세요."

철문이 사라졌다면 리사를 들이지 않을 이유가 없었다. 시연이 허락하자 그제야 리사는 집 안으로 들어왔다.

"헤에, 이곳에서 쭉 사신 거예요?"

"아니요. 7년 전에 이사 왔어요."

"7년 전이요?"

"네. 그때부터 지금까지 살고 있어요."

벽을 만지는 시연의 눈빛이 아련하게 젖어 들어갔다. 뭔가 있는 것 같았지만 깊게 묻는 건 실례인 것 같아 리사는 말을 아꼈다.

"그럼 짐을 챙기죠. 필요하다면 도와드릴게요."

"아니에요. 혼자 할 수 있어요."

리사의 도움을 거절하고 시연은 짐을 챙겼다. 적어도 다음 음력 보름까지는 오지 않을 것 같으니 가을 옷부터 시작해서 이것저것 챙겼다.

그렇게 마구잡이로 챙기다보니 짐은 생각 이상으로 많아졌다. 시간도 제법 걸렸다.

"점심시간이 훌쩍 지나버렸군요."

시간을 확인한 리사가 볼멘소리로 말하며 소파에 드러누웠다.

"아, 배고프다. 아침도 안 먹었는데."

"안 드셨어요?"

"네. 눈 뜨자마자 나오한테 납치를 당했거든요."

나오가 리사를 납치한 이유가 모두 자신 때문이라는 것을 아는 시연은 어색하게 웃으며 지갑을 꺼냈다.

"좀 늦지만 점심 먹고 출발해요. 뭐 드시고 싶은 거 있으세요? 배달시키려는데."

"음, 글쎄요. 이 근처 음식점은 잘 모르니 반려님이 맛있는 걸로 골라서 시켜주세요. 저 생선 말고는 다 잘 먹거든요."

"그럼 중국집에 시켜요. 여기 탕수육 맛있거든요."

시연은 배달 책자에서 중국집 전화번호를 찾아 전화를 걸었다.

주문하는 시연의 모습을 물끄러미 바라보던 리사는 그녀가 전화를 끊고 돌아보자 씩 웃었다.

"반려님은 상냥하시군요. 그러니 차갑게 얼어 있던 군주님의 마음을 따뜻하게 녹인 거겠죠."

"그런 거 아니에요."

"아니긴요, 맞는 것 같은데. 아아, 기대된다. 군주님과 반려님 사이에 나올 아이가."

"예에?"

이건 또 무슨 소리란 말인가. 아이라니. 시연은 깜짝 놀라며 눈을 크게 떴다.

"뭘 그리 놀라요? 결혼하면 아이를 낳는 건 당연하잖아요? 뭐, 전에 있던 반려는 그러지 못했지만."

"전에 있던 반려라면…… 안느라는 분을 말하는 건가요?"

"어라, 그 여자에 대해 알고 있어요?"

시연이 고개를 끄덕이자 리사는 '헤에.' 하고 이상한 소리를 내며 웃었다.

"역시 군주님이 반려님을 많이 좋아하시는군요. 그 여자에 대해서 말해 주다니."

그 때문에 알게 된 건 아니었지만 시연은 굳이 그것에 대해 설명하지 않았다.

"근데 전에 있던 반려는 그러지 못했다는 건 무슨 말이에요?"

"아, 그거요. 별건 아니고 그 여자가 천족이라는 건 알고 있죠?"

시연은 말없이 고개를 끄덕였다.

"천족과 마족이 이어질 수 없다는 건요? 아니, 정확히는 이어져선 안 된다는 거겠죠?"

"무슨 말이에요? 데미안 씨는 안느라는 분을 반려로 맞이했잖아요?"

"그거야 그 당시에 군주님에겐 달리 선택 사항이 없었으니까요."

선택 사항이 없었다고? 이건 무슨 말이지?

"그래서 어쩔 수 없이 천족을 반려로 맞이하긴 했지만 생각보다 둘 사이가 좋았나 봐요. 뭐, 그렇게 몸을 섞었는데 마음이 통하지 않으면 그게 더 이상한 거겠죠."

심장이 욱신거렸다.

자신이 태어나기도 훨씬 전에 일어난 일이었고, 반려가 있었다면 당연히 벌어졌을 일이었지만 그래도 가슴이 아팠다.

"아, 죄송해요."

그래서 작게 인상을 쓰고 있었더니 리사가 손을 휘휘 저으며 말을 덧붙였다.

"반려님을 신경 쓰게 만들려고 한 말은 아닌데."

"아니에요. 그래서요? 왜 천족과 마족이 이어지면 안 된다는 거예요? 단순히 둘 사이가 나빠서?"

"뭐, 그것도 이유 중 하나지만 가장 큰 이유는 '아이'를 낳을 수 없기 때문이에요. 정확히는 낳으면 안 된다, 겠지만요."

"낳으면 안 된다?"

그건 태어날 수 있는데, 태어나게 해선 안 된다는 건가?

"이유는 저도 잘 모르겠지만 예전부터 금기였대요."

초인종이 울렸다. 배달 음식이 온 것이다.

하지만 시연은 한 발짝도 떼지 못했다. 그 이유는 뒤이은 안느에 대한 이야기 때문이었다.

"그래서 그 여자는 어떤 약을 먹고 무슨 일이 있어도 군주님의 아이를 가질 수 없도록 만들었대요."

너무나도 잔혹한 말이 귓가를 파고들었다.

한재혁의 시신을 확인할 생각으로 서둘러 왔건만 그가 들은 건 터무니없는 대답이었다.

"한재혁의 시신이 사라졌다고?"

"예에……."

김한성은 면목 없다며 고개를 숙이고 대답했다.

"좀 전에 수장님의 연락을 받고 한재혁의 시신을 미리 준비해두려고 영안실에 내려갔는데 시신이 사라졌다고 합니다."

"마지막으로 시신을 확인한 건 언제지?"

"그러니까…… 마몬 님이 다녀간 뒤인 것 같습니다."

그리 오래되지는 않았다는 의미였다. 그렇다면 시신을 훔친 범인이 아직 이곳에 있을 가능성이 높았다.

"CCTV는 확인해봤나?"

"물론 확인해봤습니다만 이상한 점은 보이지 않았습니다. 그곳을 지키고 있던 경비원들에게 물어봐도 마찬가지고요."

"그놈들이 범인일 가능성은?"

"없습니다. 만약 그자들이 범인이라면 그 근처에서 한재혁의 시신이 발견되어야 하는데 전혀 발견되지 않았으니까요."

김한성의 말에 따르면 그 경비들은 출근을 해서부터 지금까지 단 한 번도 영안실이 있는 지하 4층을 벗어나지 않았다고 했다. 그러니 그의 말대로 그들이 시신을 가져갔을 가능성은 매우 적었다.

"내 눈으로 직접 확인하지."

"이쪽으로 오십시오."

데미안은 김한성을 따라 지하 4층으로 내려갔다. 엘리베이터는 직원 카드가 없으면 작동하지 않는 시스템이었다. 4층에 내려 들어갈 때도 특수한 카드와 비밀번호, 그리고 홍채 인식이 필요했다.

그건 나갈 때도 마찬가지였으니 허가받지 않은 사람은 들어올 수도, 나갈 수도 없었다. 만약 나갔다고 해도 감시 카메라에 모습이 찍히는 건 물론 기록이 남았다.

"출입한 사람들의 기록을 보고 싶군."

"알겠습니다. 윤 비서, 보안실에 가서 기록을 가지고 오게."

김한성의 명을 받은 비서는 총총 걸음으로 사라졌다. 데미안은 김한성을 따라 영안실로 들어갔다.

"여기가 한재혁의 시신이 있었던 칸입니다."

칸에는 확실히 한재혁의 이름이 붙어 있었지만 시신은 없었다. 아니, 시신이 있었던 흔적조차 없었다.

하나 김한성이 거짓말하는 것처럼 보이진 않았고 마몬에게 확인한 결과 분명히 그곳에 시신이 있었다고 하니 이상한 일이었다.

그 외 다른 건 다 있었다. 원래 보기로 했던 연쇄 살인 피해자들의 시신 역시.

없어진 건 한재혁의 시신뿐이었다.

'도대체 누가 한재혁의 시신을 들고 간 거지?'

만약 그를 죽인 자들이 회수해 간 거라면 애초에 버리지 말았으면 되는 거니 그건 아닐 것이다.

그럼 다른 놈의 소행이라는 의미인데 도대체 무슨 목적으로 시신을 들고 간 건지 가늠이 되지 않았다.

데미안은 혹시 다른 출입구가 있나 싶어 지하 4층을 전부 확인해봤다. 비상구가 있긴 했지만 철저하게 잠겨 있었다. 평상시엔 잠겨 있다가 비상사태가 되면 자동으로 열리는 시스템인 모양이다.

'그래도 혹시 모르니 확인은 해봐야겠지.'

데미안은 비상구 문을 감시하고 있는 CCTV를 쳐다봤다. 출입 기록에서 이상한 점이 발견되지 않는다면 저 CCTV를 확인해보는 것이 좋을 것 같았다.

"출입 기록 가지고 왔습니다."

잠시 후, 비서가 가지고 온 기록은 김한성의 손을 거쳐 데미안에게 전해졌다.

데미안은 그 자리에 서서 출입 기록을 꼼꼼히 확인했다. 마몬이 다녀간 뒤 자신이 오기까지 이곳에 출입한 자는 총 6명.

"……하?"

그중 마르스의 이름이 있는 걸 본 데미안은 눈살을 찌푸렸다. 같은 시각에 김한성의 비서 이름이 찍힌 걸 보니 같이 온 모양이었다.

"마르스가 이곳에 왜 온 거지?"

"아, 그거라면 연쇄 살인 때문입니다."

"연쇄 살인?"

"네. 신께서 연쇄 살인 소식을 듣고 깊게 한탄하며 자기가 도울 수 있는 일은 돕겠다고 하셨거든요."

착한 척하기 좋아하는 그놈이라면 충분히 가능성이 있는 행동이었지만 뭔가 석연치 않았다.

"그놈이 나갈 때 뭔가 들고 나가진 않았나?"

"아무것도요."

데미안의 질문에 윤 비서는 고개를 저었다.

"빈손으로 들어오셨다가 빈손으로 나가셨습니다."

"그래?"

그럼 마르스는 아닌 걸까. 달리 수상한 이름은 보이지 않았고 혹시 몰라 비상구를 감시하는 CCTV부터 지하 4층에 있는 모든 CCTV는 다 돌려봤지만 달리 특별한 점은 찾지 못했다.

"잠깐."

아니, 한 가지 이상한 점이 있었다.

"5분 전으로 돌려봐."

데미안의 지시에 따라 직원은 재생하고 있던 동영상을 앞으로 돌렸다. 마르스가 영안실로 들어가는 장면이었다.

"왜 마르스 혼자 영안실로 들어갔지?"

"신께서 그러시길 원하셨습니다. 그리고 보셔서 아시겠지만 신께선 영안실에서 아무것도 가지고 나오지 않으셨습니다."

"그건 그렇지."

말을 하는 와중에도 데미안의 시선은 화면에 고정되어 있었다.

"그놈이 능력을 사용하지 않았다면 말이야."

한재혁의 시신이 있는 곳을 손으로 훑고 지나가는 마르스에게 말이다.

안느에 대한 조금 충격적인 소식을 듣긴 했지만 그 외 특별한 건 없었다.

리사 특유의 발랄함 덕분에 조금 우울할 뻔했던 분위기는 금방 유쾌해졌고 나쁘지 않은 분위기 속에서 식사를 마쳤다.

"아, N 호텔의 케이크가 그렇게 맛있다던데."

탕수육을 거의 혼자서 다 먹고도 그는 후식을 뭘 먹을지 고민했다.

"집에 돌아가는 길에 들러서 사갈까요?"

"단 거 좋아하시나 봐요."

"물론이죠. 제 원래 직업이 초콜릿을 만드는 일인걸요."

그 말에 시연은 베르가 준 초콜릿을 떠올렸다. 분명 마녀의 초콜릿이었다.

베르가 나오가 준 초콜릿이라고 했으니 그와 관련 있는 것 같아 물어봤
는데 역시 관련이 있었는지 리사가 화들짝 놀라며 시연을 바라봤다.

"그거 반려님이 드셨어요?"

"네, 뭐……."

"이 마족 놈이 미쳤네. 내가 분명 다른 놈, 특히 인간은 주지 말라고 신신
당부했었는데."

리사는 작게 눈살을 찌푸리며 욕설을 읊조렸다. 저 앙증맞은 얼굴에서
저리도 심한 욕이 나오니 뭔가 아이러니한 느낌이었다.

"그래서요? 무슨 일 없었어요?"

아주 큰일이 있었지만 말할 수가 없어 시연은 어색하게 웃었다. 그것만으
로도 시연에게 무슨 일이 있었는지 대충 짐작이 되는지 리사가 고개를 끄덕
였다.

"군주님이랑 일이 있으셨군요."

"티…… 나요?"

저렇게 바로 알 정도로 티가 나는 건가. 시연은 머쓱한 얼굴을 하며 손으
로 뺨을 쓸었다.

"티가 나는 것도 있지만 그 초콜릿을 만든 사람이 바로 저니 당연히 초콜
릿을 먹으면 무슨 일이 일어나는지 알죠."

"무슨 일이 일어나는데요?"

"에이, 이미 겪었으면서 뭘 물어요?"

리사는 짓궂게 웃으며 윙크를 날렸다. 리사의 행동에 괜히 그때의 일이
떠올라 부끄러워진 시연은 얼굴을 붉혔다.

"그럼 차를 가지고 와야겠네요. 짐을 주차장까지 옮기는 것보다 그게 편
리하니까요."

"그냥 들고 가면 되지 않나요?"

"네? 하지만 무거…… 헉."

리사는 시연이 아무렇지도 않게 캐리어 두 개를 번쩍 들자 화들짝 놀라며 그녀를 쳐다봤다.

그도 그럴 것이 저 캐리어는 남자인 그도 들기 힘들 정도로 무거웠으니까. 한데 인간인 그녀가 저리도 아무렇지 않게 드는 건 말이 되지 않았다.

'군주님의 힘인가?'

그녀는 지속적으로 데미안의 힘을 몸에 받아들이고 있으니까.

그 힘 때문이라면 가능성은 있었지만 문제는 그녀가 정식 반려가 아니라는 것.

정식 반려가 되지 않은 상태에서 힘을 활용하려고 하면 연약하기 그지없는 인간의 몸은 강력한 악마의 힘을 이기지 못하고 부서져버릴 것이다.

물론 시연이 평범한 인간이 아닌 데미안의 힘을 지속적으로 받고도 견디는 특별한 인간이라는 건 알고 있었지만 이건 경우가 달랐다.

'그런데도 저런 힘이 나온다는 건……'

"왜 그러세요?"

"아니, 아무것도 아니에요."

가볍게 고개를 저으며 자리에서 일어선 리사는 시연에게로 다가갔다.

"그럼 캐리어 하나는 제가 들죠."

"예? 괜찮아요. 제 물건이니까 제가 들게요. 그다지 무겁지도 않고요."

"그래도 남자인 제가…… 윽."

억지로 뺏자마자 느껴지는 압도적인 무게에 리사는 저도 모르게 신음을 흘렸다. 시연은 그것 보라는 듯 웃으며 다시 캐리어를 가져갔다.

"그럼 가요."

그러곤 씩씩하게 걸어갔다. 욱신거리는 손목을 매만지며 그 뒤를 따르는 리사의 눈이 묘하게 빛났다.

'역시 알아봐야겠어. 저 특이한 반려에 대해서.'

마녀 일족 특유의 호기심이 발동되는 순간이었다.

가브리엘의 시신은 천계로 가져가기로 결정했다. 수명을 다한 대천사들을 묻는 성스러운 장소에 묻어두기 위함이었다.

원래는 천족의 보석도 같이 묻어야 하지만 가브리엘의 보석은 현재 행방 불명 상태였다. 그 보석을 찾기 위해 긴급 원탁회의를 벌이고 새벽에 그 난 동을 피웠지만 결국 찾지 못했다.

"도대체 보석은 어디로 간 걸까요. 경매장에 나온 물건도 없다던데."

"그러게 말이야."

천족의 보석도 없이 대천사를 묻는 건 이번이 처음이었다. 천마 전쟁 같은 큰 전쟁이 일어나지 않았는데 대천사가 죽은 것 역시 이번이 처음이었다.

"진짜 그놈이 가브리엘을 죽인 범인이 아닐까요? 아무리 생각해도 그놈밖 에 없는데."

대천사 중 한 명인 라파엘이 우리엘을 보며 물었다. 우리엘은 한숨을 쉬 며 가볍게 고개를 끄덕였다.

"나도 그렇게 생각하긴 하지만 증거가 없으니."

"가온, 넌 뭔가 이상한 거 느낀 거 없어? 그때 가브리엘이랑 같이 인간계 에 있었잖아."

"글쎄요. 같은 인간계에 있었던 건 맞지만 같은 장소에 있었던 건 아닌지 라 모르겠네요."

"그래?"

라파엘은 퍽이나 안타깝다는 듯 혀를 내찼다.

"그래서, 신께선 아무런 말씀이 없으신가?"

"네. 그냥 시름에 잠겨 계십니다."

"그럴 수밖에 없지. 신의 권한을 사용하면서까지 범인을 찾으려고 했지만 실패했으니까."

무의미하게 신의 권한을 날려버렸으니 그럴 만하다고 가온을 제외한 대천사들은 수군거렸다.

"근데 말입니다, 아까부터 이상한 냄새가 나는 것 같지 않습니까? 꼭 쓰레기봉투나 뒤지고 다니는 까마귀 냄새가 나는 것 같군요."

"같은 게 아니라 진짜 나는 거죠."

라파엘은 입매를 비틀며 고개를 돌렸다.

"진짜 까마귀가 와 있으니까."

라파엘의 시선이 향한 곳에는 삐딱하게 소파에 앉아서 서류를 보고 있는 데미안이 있었다. 그 옆에 공손히 서 있는 베르까지.

"저놈이 왜 여기 와 있는 거죠? 설마 우리를 배웅하기 위함은 아닐 테고."

"아까 직원에게 물어보니 그분을 보고 싶다고 했다더군요."

"하, 무슨 낯짝으로? 설마 가브리엘을 죽인 것처럼 그분도 죽이려고?"

"만약 조금이라도 그런 움직임을 보인다면 절대 가만히 못 있죠."

"그건 저 역시 동감합니다."

라파엘의 말에 또 다른 대천사 사리엘이 격하게 고개를 끄덕였다. 가온은 웃음기라곤 전혀 없는 얼굴로 그런 그들을 물끄러미 바라봤다.

"그러고 보니 가온, 이제 곧이지? '엘'의 칭호를 받는 것이."

우리엘, 가브리엘, 라파엘 등 대천사들은 이름의 끝에 '엘'이 붙는데 이는 태어날 때부터가 아니라 대천사가 되어 자질이 충분하다고 증명되면 받을 수 있었다. '엘'의 칭호를 받으면 이름이 완전히 바뀌게 됐다.

그래서 여태까지 가온은 '엘'의 칭호가 아닌 본래 이름을 쓰고 있었던 것이다.

"칭호를 받는 날 축배를 들어야지."

"당연하죠. 정식으로 대천사가 되는 건데요."

"그런 거 안 해주셔도 되는데요."

"무슨 소리야. 당연히 해야지. 무조건 할 거니까 그렇게 알고 있어."

"네, 알겠습니다."

저리도 진지한 얼굴로 말하니 차마 우리엘의 말을 거역할 수가 없어 가온은 고개를 끄덕였다.

"가브리엘이 살아 있었다면 참 좋았을 텐데요."

라파엘이 나지막한 한숨을 내쉬며 말했다.

"가온을 아끼던 그녀라면 가온이 '엘'의 칭호를 받는 걸 누구보다 좋아했을 테니까요."

"그러게 말이야."

다들 침울해하며 가브리엘의 죽음을 애도했다.

그중 고개 숙인 채 얼굴을 가린 손 틈 사이로 보이는 가온의 눈빛은 조금도 슬픔에 젖어 있지 않았다.

대천사들은 이야기를 나누면서도 데미안을 주시했다. 혹시 그가 이상한 행동을 보이진 않을까 하고 우려하면서.

"시선이 따갑군요."

베르는 자신들을 뚫어져라 바라보고 있는 대천사들 쪽을 흘끗 쳐다봤다.

"그나저나 연쇄 살인범, 찾으실 수 있겠습니까?"

"글쎄."

데미안은 서류를 뒤적이며 대답했다.

"범인을 찾는 건 어렵지 않겠지만 그 배후를 찾는 건 힘들 것 같아. 아니, 찾는 건 쉽겠지만 그놈이 배후라는 걸 증명하는 것이 어렵겠지."

"그건 역시 배후가 신이기 때문이겠죠?"

베르가 그에게만 들릴 정도로 작은 목소리로 묻자 데미안은 말없이 웃었다. 긍정의 의미였다.

"그럼 한재혁을 죽인 것도 신의 지시일까요?"

"아마 그건 아닐 거다. 그 녀석의 지시라고 보기엔 마무리가 엉성하거든. 뒤늦게 한재혁의 시신을 가져간 것도 그렇고, 그의 지시를 받은 놈들이 우발적으로 벌인 일일 가능성이 높아."

뭔가로 인해 계획이 틀어진 놈들이 당황해서 재혁을 죽였고, 그걸 뒤늦게 알게 된 마르스가 몰래 재혁의 시신을 빼돌렸을 가능성이 매우 높았다.

'역시 가브리엘을 죽인 것도 마르스겠지.'

어떻게 죽였는지는 중요하지 않았다. 중요한 건 왜 죽였느냐는 것.

마르스가 가브리엘을 죽인 이유는 확신하건대 그녀가 뭔가를 눈치챘기 때문일 것이다.

그게 뭔지 알아내면 수수께끼를 푸는 데 좀 더 도움이 될 것 같은데 알 방도가 없으니 답답할 뿐이었다.

"그나저나 짐은 이게 다인가?"

"아무래도 그런 것 같습니다."

"그래?"

데미안이 의자 등받이 깊숙이 몸을 기대자 그의 주변으로 어둠이 넘실거렸다. 그의 명을 기다리는 것이었다.

데미안은 말없이 눈짓으로만 명령을 내렸고, 어둠은 아무도 모르게 은밀하게 퍼져나가며 게이트 대기실에 쌓여 있는 짐을 체크했다. 마르스가 가져갔을 것으로 추정되는 한재혁의 시신을 찾는 것이었다.

"어떻습니까?"

"없는 것 같군."

대기실에 있는 짐의 80% 이상 확인해봤지만 그 어디에도 한재혁의 시신은 보이지 않았다.

남은 건 시신이 들어갈 수 없을 정도로 작은 상자들뿐이니, 아마 저건 확인해보지 않아도 될 것이다. 한재혁의 시신을 토막 내지 않은 이상.

"그럼 신이 범인이 아니라는 건가요?"

"아직 그렇게 단정하기엔 이르지. 한 군데 더 확인해봐야 하니까."

"네? 어디요?"

남은 상자를 전부 확인하려는 건가? 베르가 의아하다는 듯 묻자 데미안은 말없이 어딘가를 쳐다봤다.

그 시선을 따라 고개를 돌리니 대천사들과 이야기를 나누고 있는 가온이 보였다.

"천계로 가지고 가는 것이 아니라면 공범의 품에 숨겨놨겠지."

차분하게 가라앉은 눈동자엔 살기가 번뜩였다. 입가에 핀 미소 역시 섬뜩했다.

"내 예상이 맞다면 조만간 시신을 처리하기 위해 어떤 움직임을 보일 거다. 그러니까 저놈을 예의 주시해봐."

"알겠습니다."

"그리고 한재혁이 발견된 현장을 직접 봐야겠다. 현장은 아직 보존되어 있겠지?"

"그렇긴 합니다만, 그럼 '더 뉴'의 일은 어떻게 하시겠습니까?"

여기 온 것도 있는 스케줄을 미루고 온 것이었다. 더 이상 스케줄을 미루는 건 무리였다.

"밑에 놈들에게 분산시켜."

"예? 하지만……."

"슬슬 넘겨줘야겠지. 이제 곧 마계로 가야 하니까."

그 의미였구나! 그제야 데미안이 의도한 바를 깨달은 베르는 더 이상 대꾸하지 않고 고개를 끄덕였다.

"왔습니다, 데미안 님."

마르스를 본 베르가 데미안에게 언질을 했다.

이제 슬슬 떠나자는 의미로 한 말이었는데 다른 의미로 받아들인 건지 데미안은 부리던 어둠을 거두고 자리에서 일어섰다. 그리고 곧장 마르스에게로 다가갔다.

그의 접근에 대천사들은 기겁하며 그의 앞을 가로막았다.

"괜찮습니다, 여러분."

"하지만, 신이시여……."

"이러니 자꾸만 마족과 천족이 사이가 안 좋다는 말이 나오는 겁니다. 그러니 모두 비켜주세요."

구역질이 나오는 가식이었다. 그걸 느낀 건 데미안과 베르뿐이었는지 모두들 황송하다는 얼굴로 물러섰다.

"무슨 일입니까, 데미안. 이곳에서 굳이 저를 기다린 이유가."

"호오, 난 널 기다렸다고 한마디도 하지 않았는데 그런 말을 한다는 건 내가 기다리고 있었다는 걸 알고 있었나 보군."

생각보다 나한테 관심이 많은 모양이야. 그런 시답지도 않은 말을 덧붙였더니 마르스의 얼굴이 작게 일그러졌다.

물론 아주 작은 변화였기 때문에 데미안 말곤 누구도 그런 마르스의 변화를 전혀 눈치채지 못했다.

"그야 물론 알고 있었지요."

언제 그랬느냐는 듯 마르스는 온화한 미소를 지으며 말했다.

"여기 직원이 알려주었거든요."

"그런데도 이렇게 늦게 나온 건가? 심보가 생각보다 고약한데."

"……무슨 말이 하고 싶으신 겁니까."

데미안이 계속 빈정대니 착한 척 연기하는 것도 힘든지 마르스가 입가에 그린 웃음을 거두며 말했다.

"무슨 목적으로 그런 말을 계속 하시는 건지 모르겠군요."

"특별한 목적이 있는 건 아니야. 그저……."

데미안이 한 발 더 앞으로 나서자 대천사들은 바짝 긴장하며 그를 쳐다 봤다. 마르스 역시 긴장한 얼굴이었다.

데미안은 그런 그들을 속으로 열렬히 비웃어주며 말을 이었다.

"조만간 정식으로 반려를 맞이할 생각이거든. 그러니 부디 그때 놀러 오 라는 말을 하고 싶었을 뿐이야."

EPISODE 15

못해도 열 번

가브리엘의 현장에서 단서를 발견한 것처럼 한재혁의 살해 현장에서도 무언가를 발견할 수 있을지도 모른다고 생각했는데 그건 착각이었다. 힘을 사용하면서까지 샅샅이 뒤졌지만 아무것도 발견할 수가 없었다. 헛수고였던 것이다.

'뭐, 아예 수확이 없는 건 아니지만.'

집으로 돌아가는 차 안.

데미안은 차창 밖을 바라보며 얻은 정보들을 머릿속으로 차근차근 정리했다.

'한재혁의 시신을 마르스가 가져간 건 분명해.'

그 말고 시신을 가져갈 수 있는 자는 없었다. 그러니 그건 분명할 것이다.

원래는 천계로 가져가려고 했는데 자신이 게이트 대기실에 있다는 말을 듣고 빼돌렸을 가능성이 높았다.

'그 공범은 가온이겠지.'

아직 '엘'의 칭호도 받지 못한 가온이 천족의 대표가 된 것만 봐도 예상할 수 있었다.

마르스가 한재혁의 시신을 가져간 이유는 아무리 생각해도 단 하나였다.

'시신에 단서가 있는 거야. 다른 연쇄 살인 피해자의 몸에선 발견할 수 없는 증거가.'

그걸 알아내기 위해선 무조건 한재혁의 시신을 찾아야만 했다. 더불어 한재혁을 죽인 용의자, 연쇄 살인범도 말이다.

그들이 노리는 것이 정말 시연인지는 알 수 없었지만 그들이 가진 정보, 사랑 산부인과에서 태어난 27살 여자라는 것에 시연이 적합하다는 건 확실했다.

'그 말은 마르스가 원하는 것이 사랑 산부인과에서 태어난 27살 인간 여자라는 건데…….'

마르스는 무슨 이유로 그런 조건에 부합하는 인간 여자를 원하는 걸까. 제물이 필요한 거라면 그를 광적으로 모시는 신도들에게 계시랍시고 말 한마디 툭, 던져주면 되는 것을.

'이걸 파헤치면 답이 나올 것 같군.'

그리고 시연이 음력 보름에 이상하게 변하는 것 역시 알아볼 필요성이 있었다. 이 두 사건에는 연관 관계가 있는 것 같았으니까.

"베르 혹시 인간인데 이종족의 힘을 가지고 있는 자를 본 적이 있나?"

데미안의 물음에 베르가 의아하다는 듯 룸미러를 통해 그를 바라봤다.

"하프 말씀하시는 겁니까?"

"하프는 인간이 아니잖아."

"어, 그럼…… 잘 모르겠는데요."

알 거라고 기대하고 물어본 건 아닌지라 데미안은 별 감흥 없이 고개를 끄덕였다. 이런저런 생각을 하는 사이 어느덧 집에 도착했다.

리사에게 미리 보고를 받아 시연이 집에 도착했다는 건 알고 있었다. 마몬이 일어난 것 역시.

'그러고 보니 슬슬 그걸 알아볼 때가 됐군.'

베르는 다른 일로 바쁘니 이 일은 마몬이 적합할 것 같았다.

마몬에게 저녁 7시쯤 올라오라는 문자를 보내고 데미안은 현관문을 열었다.

"자, 잠시만요! 이건 좀 아닌 것 같은데요."

문을 열자마자 들리는 건 당황한 시연의 목소리.

"아이 참, 그냥 포기하고 오세요."

그 뒤로 유쾌한 리사의 목소리가 들리는 걸로 보아 또 무슨 장난을 치는 모양이었다.

"치수를 재야 드레스를 만들지요!"

"그, 그래도 옷을 벗으라는 건……."

아아, 그런 거였나. 그제야 시연이 이리 난감해하는 까닭을 알게 된 데미안은 옅게 웃음을 흘렸다.

굳이 보지 않아도 시연이 어떤 얼굴을 하고 있을지 눈에 훤했다. 분명 사랑스러울 것이다.

그 모습을 실제로 보고픈 마음에 데미안은 걸음을 서둘렀다.

"그냥 옷 입은 채로 재면 안 돼요?"

"무슨 소리를 하는 거예요! 드레스는 몸에 딱 맞아야 하는데 옷을 입은 채 재면 붕 뜬단 말이에요! 1mm도 안 맞는 건 절대 용납 못해요!"

"아무리 그래도 옷을 벗는 건……!"

"그래, 말도 안 되는 일이지."

리사와 실랑이를 하던 시연은 그제야 데미안이 왔다는 걸 깨닫고 그를 돌아봤다.

그건 리사 역시 마찬가지였지만 다른 점이 있다면 성가시게 됐다는 듯 가볍게 혀를 내차는 것이었다. 데미안이라면 분명 시연이 옷을 벗고 치수를 재는 걸 반대할 테니까.

"하지만 이번에는 절대 물러서지 않을 겁니다!"

리사는 두 주먹을 불끈 쥐고 소리쳤다.

"저에게 드레스를 맡긴 이상 전 반려님의 정확한 몸 치수를 알아야겠습니다!"

"그거라면 내가 해결해주지."

"예?"

"여기 적힌 것만 알면 되는 거지?"

데미안은 테이블 위에 있는 노트를 보며 물었다. 리사가 고개를 끄덕이자 데미안은 노트와 펜을 집어 들고 무언가를 적기 시작했다.

"이거면 되겠지."

"그러니까…… 헉!"

얼떨결에 데미안이 내민 노트를 받은 리사는 자신이 원하는 것이 모두 노트에 적혀 있다는 사실에 눈을 크게 떴다. 뒤에 서 있던 시연도 당황하며 입을 쩍 벌렸다.

'말도 안 돼.'

노트에 적힌 건 분명 자신의 치수였다. 다른 건 몰라도 가슴 치수와 허리 치수는 정확했다.

데미안이 제 치수를, 그것도 가슴 치수를 정확하게 알고 있다는 사실에 얼굴이 불에 덴 듯 화르륵 달아올랐다. 도대체 언제 자신의 가슴 치수를 쟀단 말인가!

"이거 정확한 거 맞죠? 조금이라도 오차 있으면 안 돼요."

"나를 의심하는 건가, 리사?"

"당연히 그건 아닙니다!"

감히 군주를 의심하다니! 리사는 격하게 부정하며 손을 흔들었다.

"그저 만약의 가능성이 있을 수가 있으니 혹시나 해서 물어본 겁니다."

"뭐, 그럼 다시 한 번 확인해보면 되겠지."

영문 모를 말과 함께 데미안은 시연의 허리를 휘어잡았다.

"꺄악!"

시연은 작게 비명을 지르며 뒤에서 백허그를 하는 데미안을 돌아봤다.

"지, 지금 뭐 하시는 거예요!"

"그냥 치수가 맞는지 확인해보려는 건데."

"뭐, 뭐라고요?"

"다른 곳은 다 맞는 것 같은데 허리 부분은 조금 수정해야겠군."

당황한 시연과 달리 데미안은 아무렇지 않게 손을 떼며 말했다.

"0.3cm 정도. 전보다 살이 찐 것 같아."

"뭐, 뭐라고요? 지금 무슨 말을 하는 거예요!"

이 얼마나 무엄한 말이란 말인가.

데미안이 제 허리를 휘어 감았을 때보다 더 당황한 시연은 빽 소리를 질렀다.

그러자 이해가 안 된다는 듯 데미안이 그녀를 쳐다봤다.

"사실을 말했을 뿐인데 왜 그리 소리를 지르는 거지?"

"이, 이……!"

"자, 자, 허리는 그냥 해도 될 것 같아요."

어째 싸움이 크게 번질 것 같자 리사는 서둘러 중재에 나섰다.

"허리 부근에 살이 붙은 건 밥 먹은 지 얼마 안 돼서 그런 거니까."

어쨌거나 허리에 살이 붙었다는 의미였다.

배가 나왔다는 의미로도 해석이 되니 시연은 배에 힘을 꽉 주며 손으로 배를 감쌌다. 배가 나온 것처럼 보이지 않게 하기 위해서.

"갈래요!"

그래도 이곳에 있는 건 부끄러워 시연은 버럭 소리를 지르고 돌아섰다.

시연이 왜 저러는지 전혀 몰라 의아해하며 고개를 갸웃거리던 데미안은 옆에서 작게 혀를 내차는 소리가 들리자 리사를 돌아봤다.

"왜 그러지?"

"아니요. 그냥요. 군주님은 세월이 지나도 참 변하지 않는다 싶어서요."

"뭐?"

"아무것도 아닙니다. 아무것도 아니에요."

차마 여전히 눈치가 없다는 말을 할 수가 없는 리사는 어색하게 웃으며 뒷걸음질 쳤다.

도망치려고 한 행동이었지만 데미안에게 붙잡히는 바람에 도망치지 못하고 결국 리사는 데미안에게 모든 걸 다 털어놔야 했다.

시연의 집에 있는 가전제품과 가구들은 모두 베르가 사다놓은 것이었다. 눈앞에 있는 체중계 역시.

"……."

베르는 체중계를 왜 사서 자신을 이런 고민에 빠지게 만드는 건지 그가 원망스러웠다.

1g이라도 적게 나오게 하기 위해 속옷만 입고 체중계 앞에 선 시연은 마른침을 꼴깍 삼켰다.

'괜찮아. 리사가 말한 대로 그저 밥을 먹은 지 얼마 안 돼서 배가 나온 것뿐일 거야.'

그러니 살이 찐 건 절대 아닐 거라고 생각하면서도 긴장이 되는 건 어쩔 수가 없었다. 좋아하는 남자에게 살쪘다는 이야기를 들었는데 어찌 긴장이 안 되겠는가.

시연은 주변에서 흔히 재수 없다고 말하는, 아무리 먹어도 살 안 찌는 부류였다. 칼로리가 높은 걸 먹어도, 아무리 많이 먹어도 몸무게는 늘 똑같았고, 안 먹으면 몸무게는 줄어들었다.

안 그래도 평균 이하 체중인데 거기서 더 줄어들면 보기 흉해져서 시연은 항상 대식가처럼 많이 먹었다.

그래도 살이 찌지 않는 그녀를 주변에선 많이 부러워했고, 남들 다 하는 다이어트 걱정은 단 한 번도 해본 적이 없었다.

'근데 살이 쪘다니!'

태어나서 처음 듣는 말은 신선한 충격을 가져다주었다. 하물며 데미안을 만난 뒤로는 예전보다 훨씬 적게 먹었는데 살이 쪘다니.

'확인해봐야겠어.'

직접 눈으로 확인하지 않는 이상 이 불안한 마음이 가라앉지 않을 것 같았다.

만약 살이 쪘다면 그건 그거대로 충격이겠지만 여태껏 그런 적이 없으니 애써 불안한 마음을 다독이며 시연은 체중계에 올라갔다.

디지털 체중계는 잠시 틈을 뒀다가 시연의 몸무게를 화면에 표시했다.

"⋯⋯말도 안 돼."

몸무게를 확인한 시연은 눈을 질끈 감으며 혀를 찼다.

"살이 쪘잖아!"

그것도 무려 3kg이나! 이건 절대 밥을 먹어서 일시적으로 찐 살이 아니었다. 20살 이후로 단 한 번도 변하지 않았던 몸무게가 데미안을 만나고 처음으로 증가한 것이다.

'이대론 안 돼.'

특단의 조치가 필요했다. 좋아하는 남자에게 살이 쪘다는 소리를 계속 들을 수는 없으니까.

다이어트를 해야겠다고 시연은 두 주먹을 불끈 쥐고 결심을 했다.

단 한 번도 다이어트를 해본 적은 없었지만 주변에서 이것저것 많이 들어 어떻게 하는 건지는 알고 있었다.

'가장 중요한 건 식단 조절이지.'

운동을 아무리 열심히 한다고 해도 식단 조절을 하지 않는다면 건강한 돼지가 될 뿐이니까.

그러니 오늘부터 식단 조절을 열심히 해야겠다고 마음을 먹었는데 이럴 땐 항상 방해꾼이 나타났다.

"자요, 반려님."

시연의 결심을 전혀 모르는 리사는 해맑은 얼굴로 먹음직스러운 초코 케이크를 내밀었다.

"이건 반려님 몫으로 샀으니 드세요."

"아니에요. 괜찮으니까 부디 들고 가세요……."

괜히 초코 케이크를 눈앞에 두고 희망 고문당할 생각이 없는 시연은 거절했지만 리사는 포기하지 않고 케이크를 더욱 시연 쪽으로 들이밀었다.

"왜요? 이 초콜릿 케이크, 얼마나 맛있는데. 한입 먹으면 절대 멈추지 못할걸요?"

"그게 더 큰 문제인데……."

"네? 뭐라고요?"

"아니, 아무것도 아니에요. 아무튼 전 초콜릿 케이크 못 먹어요. 다이어트 해야 하거든요."

"왜요? 아, 설마 군주님이 살쪘다고 해서 그래요?"

정곡을 찔린 시연이 아무 말 하지 못하고 어색하게 웃자 리사는 가볍게 혀를 내찼다.

"에이, 다이어트 안 하셔도 돼요. 반려님은 지금이 딱 보기 좋으니까. 오히려 여기서 더 빠지면 옷맵시가 안 날걸요?"

진심으로 하는 말인지 단순히 자신을 위로하기 위해서 하는 말인지는 알 수 없지만 확실한 건 그래도 다이어트 결심을 굽힐 생각이 없다는 것이다.

"조금만 뺄 거니까 괜찮아요. 드레스는 언제 완성돼요?"

"원단을 뽑고 보석을 가공하면 2주는 걸릴 거예요."

2주라면 3kg은 충분히 뺄 수 있을 것이다. 식단 조절과 운동을 열심히 한다는 조건하에.

그래서 기껏 달콤한 초코 케이크의 유혹을 뿌리쳤건만 시련은 거기서 끝나지 않았다.

"많이 드세요, 시연 님."

평소에도 음식이 많은 편이었지만 오늘은 정도가 더 심했다. 전부 시연을 위한 것이었다.

"잘 먹어야 빨리 나으니까요."

그건 잘 알고 있었지만 이건 정도가 좀 심한 것 같았다. 평소 잘 먹던 그녀라도 다 못 먹을 정도로 많은 양이었으니까.

'거기다 난 지금 다이어트 중인데.'

그야말로 그림의 떡이었다.

베르의 성의를 봐서 조금만 먹고 그만두려고 했지만 그 마음은 빛깔 좋은 갈비를 입에 넣자마자 무너졌다.

'마, 맛있어.'

맛있는 건 갈비뿐만이 아니었다. 다른 반찬 역시 맛있었다. 심지어 밥마저 윤기가 돌고 입에 착착 달라붙으니 수저를 멈추려고 해도 멈출 수가 없었다.

"헉."

한참 정신없이 먹던 시연이 멈췄을 땐 이미 밥을 두 공기나 비운 후였다.

다이어트를 한다고 해놓고 반나절도 되지 않아 정신없이 먹은 스스로의 한심함을 비웃으며 맥없이 고개를 떨어뜨리는데 눈앞에 불쑥 잘 익은 갈비 한 조각이 들어왔다.

"먹어."

시연의 그릇에 갈비를 놓은 건 데미안이었다. 그는 무심하게 갈비를 주면서 그보다 더 무심한 목소리로 말했다.

"전보다 지금이 더 보기 좋으니까 다이어트 같은 거 하지 말고 맘껏 먹어도 돼."

"……."

"난 너무 마른 여자는 싫거든. 보기도 안 좋고."

리사도 비슷한 말을 했지만 느낌은 확 달랐다. 다이어트하기로 결심했던 마음이 흔들렸으니까.

하지만 그 마음은 다시 굳혀졌다. 뒤이은 데미안의 말 때문이었다.

"조금 살이 잡히는 것도 귀엽고 말이야."

탁—.

"……잘 먹었습니다!"

시연은 소리 나게 수저를 내려놓고 자리에서 일어섰다. 쿵쿵거리는 발걸음 소리는 그녀의 기분을 대변해주고 있었다. 쾅, 하고 닫히는 현관문 소리 역시.

'또 저러는군.'

리사가 언질해준 대로 잘한 것 같은데 도대체 뭐가 문제인 거지.

데미안은 턱을 괸 채 곰곰이 생각했지만 떠오르는 건 없었다. 그렇다면 리사가 잘못 알려줬다는 의미였다.

"정말이지, 데미안 님은 예전과 똑같군요."

그래서 리사에게 전화하려는데 베르가 난색을 표하며 리사와 같은 말을 했다.

아까는 그 말이 무슨 의미였는지 몰랐지만 리사에게 설명을 들어 그 말이 자신이 눈치 없다는 뜻임을 알고 있었기에 데미안은 작게 눈살을 찌푸리며 베르를 돌아봤다.

"내가 눈치 없다고?"

"예, 예? 아니, 꼭 그런 의미로 말한 것이 아니라……."

설마 데미안이 그걸 알고 있을 줄이야. 리사와 데미안이 이미 비슷한 대화를 나눴다는 걸 전혀 모르는 베르는 당황하며 손을 휘휘 내저었다.

"그, 그냥 여자 마음을 잘 모르는 것 같다고 말하고 싶었어요. 여자한텐 살 이야기는 금물이거든요."

"리사는 다이어트 같은 건 하지 않아도 된다고 말하라고 하던데."

"어, 물론 처음 말은 좋았는데 그…… 조금 살이 잡히는 것이 귀엽다는 말은 안 하시는 것이 좋았을 것 같아요."

"사실 그대로를 말했는데 문제가 된다는 건가?"

의아하다는 듯 기울어지는 고개는 진심이었다. 데미안은 정말로 자신이 뭘 잘못했는지 모르는 것 같았다.

"하아."

어디서부터 손을 대야 할지 감이 오지 않아 베르는 한숨을 푹 내쉬었다. 다른 곳엔 눈치가 빠르면서 왜 이런 쪽에는 전혀 눈치가 늘지 않는 건지 의아했다.

"저 왔습니다, 군주님."

마몬이 등장하면서 이야기의 주제는 바뀌었다. 베르는 전화 통화를 하느라 자리를 비웠다.

"조사는?"

"해봤습니다만 역시 허탕입니다."

마몬은 허탈하게 웃으며 어깨를 으쓱였다.

"설현주는 아무 이상 없이 잘 돌아다니고 있습니다. 주변에 달리 수상한 놈들도 보이지 않고요."

"라오스 측에선 설현주를 처리하지 않을 생각인가."

"아마도 그런 것 같습니다. 뭐, 무리도 아니지요. 설현주는 단 한 번도 제물로 쓰인 적이 없으니까요."

"그래도 혹시 모르니 계속 주시해."

"네. 안 그래도 나오의 거미를 붙여놨습니다. 그들이 설현주에게 무슨 짓을 하면 바로 알 수 있게요. 만약 거미의 존재를 알아채고 떼어낸다고 해도 바로 알 수 있을 겁니다."

데미안은 알겠다는 의미로 고개를 끄덕였다. 그 사이 통화를 마친 베르가 데미안에게 다가와 보고했다.

"시연 님이 그동안 연락한 사람들이 누군지 알아냈습니다."

시연의 휴대폰을 습득한 베르는 시연이 그동안 연락한 사람들에 대해 조사했다. 그녀의 휴대폰을 조사한 결과 주기적으로 누군가와 연락하고 있다는 것을 알게 된 데미안의 명령이었다.

"전부 흥신소였습니다."

"흥신소?"

"네. 7년 전, 사라진 모친을 찾기 위해 의뢰를 넣었다는군요."

그러고 보니 시연이 여전히 모친을 찾는 걸 포기하지 않았다는 이야기를 들은 기억이 있었다. 벌써 7년이나 흘렀는데도 말이다.

'하지만 못 찾겠지.'

베르도 하지 못한 일을 흥신소에서 해낼 리가 없었다.

하물며 7년이나 지났으면 이미 잘못됐을 가능성이 매우 높기 때문에 시연이 하고 있는 건 헛짓이나 다름없었다.

"어떻게 할까요?"

하지만 그게 그녀에겐 마지막 희망일 것이다. 모친을 찾을 수 있을지도 모른다는 희망.

"내버려둬."

그걸 부수고 싶지 않은 데미안은 그리 명을 내렸고, 베르는 그럴 줄 알았다는 듯 말없이 고개를 숙였다.

그날 저녁뿐만 아니라 베르는 계속 시연의 몸보신을 위해 음식을 한껏 차렸다. 진짜 이러다간 다이어트는 커녕 살이 더 찔 것만 같아 눈앞이 아찔해졌다.

"데미안 님은 조금 늦으시니 먼저 드세요, 시연 님."

"아, 네……."

이번만큼은 적당량만 먹으리라. 그리 다짐하며 숟가락을 들었지만 음식을 입에 넣는 순간 다짐은 한없이 흔들렸다. 계속 먹고 싶은 충동이 너무나도 크게 들었다. 식탐을 참기 위해 시연은 애꿎은 허벅지를 꼬집었다.

"아, 그러고 보니 베르 씨. 궁금한 게 있는데요."

"네, 말씀하세요."

"재혁 오빠가 죽은 거…… 재희는 모르던데, 어떻게 된 건가요?"

"아, 그거요. 라오스 측에서 먼저 비밀로 붙이자고 했습니다."

조심스레 물어본 시연과 달리 베르는 거침없이 대답했다.

"안 그래도 연쇄 살인 때문에 라오스의 이미지가 여러모로 타격을 입고 있는데 라오스 직원이 누군가에게 살해를 당했다는 것까지 알려지면 라오스의 위신이 떨어질 테니까요."

한 생명이 죽었는데 위신 때문에 비밀에 부친다고?

"뭐, 시연 님이 관련되어 있는 일이니 저희도 그러는 편이 좋을 것 같아 그러자고 했습니다. 아마 적당한 때를 봐서 다른 사고로 위장해 발표할 것 같아요."

"그렇군요."

라오스의 행동은 이해되지 않았지만 데미안의 입장은 어느 정도 이해할 수 있었다. 그래도 밥맛이 떨어진 시연은 나지막하게 한숨을 내쉬며 젓가락을 내려놓았다.

데미안이 나온 건 그 무렵이었다. 출근할 시간이 다 됐는데 그의 차림새는 자유로웠다. 젖은 머리는 말리지도 않은 상태였다. 늦잠을 잔 건가 싶었지만 내딛는 걸음걸이가 매우 느긋해 그것도 아닌 것 같았다.

'오늘 분명 아침에 스케줄이 있는데.'

혹시 취소된 걸까? 그럴 가능성도 있어 베르에게 물어보려고 했는데 그보다 앞서 데미안이 입을 열었다.

"왜 정장 차림이지? 오늘 출근 안 하는데."

항상 스케줄로 바쁜 데미안이 출근을 안 할 리는 없으니 그 말에 해당되는 사람은 자신일 거라고 생각한 시연은 눈을 크게 깜빡였다.

"혹시 팔 때문에 그런 거라면 괜찮아요. 출근할 수 있어요."

"그게 아니라 더 이상 출근하실 필요가 없다고 말씀하시는 겁니다."

베르가 대신해서 대답했다.

"이제 '더 뉴'를 정리할 거니까요. 드레스가 준비되고 반려식을 치르면 마계로 가게 될 테니 정리하는 것이 맞지요."

"아직 시간이 많이 남았는데 벌써 정리하는 건가요?"

"조금씩 인수인계하는 거죠. 그러니 더 이상 시연 님은 출근하실 필요가 없습니다. 그 편이 안전하기도 하고요."

"그럼 전 집에서 뭘 하면 좋죠?"

"마계에 대해 공부하도록 해."

데미안이 식탁 의자에 앉으며 말했다.

"이제 넌 군주의 반려가 될 테니까."

군주의 반려. 그러고 보니 그랬다. 그는 마계의 군주였으니까 그의 반려가 된다는 건 군주의 반려, 즉 마계를 통치하는 마왕의 비가 된다는 의미였다.

데미안이라는 한 남자를 좋아해서 그의 신부가 되려는 것뿐인데 더불어 따라오는 자리는 감히 감당하기 힘들 정도로 너무나도 컸다. 과연 자신이 잘할 수 있을지 심히 걱정이 됐다.

'그렇다고 도망칠 생각은 없지만.'

일어나지도 않은 일에 지레 겁먹고 도망치는 건 바보 같은 행동이기도 했고, 그만큼 데미안을 좋아하기 때문이기도 했다.

"마계에 대해 공부하려면 어떻게 하면 되죠? 도서관에 가서 책을 빌려 보면 되나요?"

"제가 가져다드리겠습니다."

베르는 데미안과 그녀의 앞에 커피를 내려놓으며 말했다.

블랙 커피였다.

"책을 보시다 궁금한 것이 있으면 언제든지 물어보셔도 돼요."

"그럴게요."

블랙커피는 다이어트에 좋다는 말을 본 기억이 있어 시연은 부담 없이 커피를 마셨다.

그녀가 커피를 거의 다 마셨을 무렵 베르가 서재에서 책을 몇 권 가지고 왔다. 마계에 관한 책들이었다.

"4층에 가져다 놓겠습니다."

"아, 제가 할게요."

"아니요. 무거우니까 제가 가져다드릴게요."

괜찮다고 해도 베르는 막무가내였다. 그렇다고 그를 혼자 보낼 수 없을 뿐더러 정장을 갈아입고 싶은 시연은 베르와 함께 자리를 떴고, 그들이 나간 집 안은 고요한 정적에 휩싸였다.

더미들은 옹기종기 모여 커피를 마시고 있는 데미안의 눈치를 살폈다.

커피를 다 마신 데미안은 자리에서 일어나 서재로 향했다. 그리고 아직 해결하지 못한 수수께끼를 풀기 위해 씨름했다.

하지만 좀처럼 자료를 찾을 수가 없었다. 책에서도, 인터넷 자료에서도.

똑똑―.

그 순간 작게 노크 소리가 들리더니 문이 열렸다. 베르였다.

"데미안 님, 라오스에서 전화가 왔습니다."

"김한성인가?"

"아니요. 벤입니다."

"벤이? 무슨 일이지?"

그에게 연락 올 만한 일이 있었던가? 자신이 알기로는 없었다. 그래서 의아함을 품고 물었더니 베르가 조심스레 말문을 이었다.

"그게…… 새로운 비서가 필요하지 않냐고 전화가 왔습니다. 설현주를 내쫓았으니 아무래도 그 일로 전화한 것 같은데요."

설현주를 내쫓은 것이 언제인데 이제 와서 묻는 것이 어이가 없었다. 뒤늦게 자신의 주기가 오진 않을지 걱정된 모양이었다. 시연이 곁에 있으니 크게 걱정하진 않았겠지만.

'그러고 보니 이번엔 시연이 쓰러지지 않았군.'

피를 토했을 때보다 몇 배는 많은 양을 삼켰는데도 그녀는 멀쩡했다. 그녀를 위해 마르스의 제안을 받아들여 설현주를 비서로 들인 것이 무색할 정도로 말이다.

그리고 이상한 점은 하나 더 있었다.

'그때 분명 거부 반응이 일어났었지.'

음력 보름, 시연을 찾으러 나섰을 때 임시방편으로 사용하려고 했던 제물은 분명 거부 반응을 일으켰다. 이런 경우는 지금껏 단 한 번도 없었다.

그만큼 이상한 일이었지만 다른 고민거리 때문에 여태껏 까맣게 잊고 있었다.

'문제가 하나 더 늘었군.'

차라리 몰랐으면 좋았을 것을. 아니, 적어도 문제가 좀 해결된 뒤에 자각했으면 좋았을 것을.

'일단 확인해볼까?'

그래야 다음 주기가 오는 걸 대비할 수 있었다. 반려식까진 아무리 빨라도 2주가 남았고, 지금까지의 상황으로 봤을 때 주기는 못해도 한 번은 더올 테니 미리 확인해보고 대처를 해야 했다.

만약 정말로 시연만 제물로 사용할 수 있고 다른 인간들은 제물로 사용할 수 없다면 그건 큰 문제였다.

이번엔 다행스럽게도 시연에게 큰 문제가 일어나지 않고 그냥 넘어갔다곤 하지만 그 행운이 언제까지 이어질지는 알 수 없었으니까. 한 번 피를 토한 전적까지 있으니 더욱 불안했다.

"지금 당장 라오스에 전화해서 제물을 한 명 보내라고 해."

그러니 바로 알아보자는 생각에 데미안은 베르에게 명을 내렸다. 주기가 오지도 않았는데 제물을 찾는 것이 의아했지만 베르는 그러겠노라고 대답했다.

"한데 뭘 찾고 계셨습니까?"

책장을 벗어난 책들이 책상 위에 어지럽게 쌓여 있었고, 노트북 화면에는 인터넷 창이 여러 개 떠있다.

"그냥 찾아볼 게 있어서."

베르에겐 말해줄 수 없는 내용이기에 데미안은 대충 말을 얼버무리며 노트북을 닫았다. 그가 베르나 마몬의 손을 빌리지 않고 직접 알아보는 이유도 그 때문이었다.

"이만 나가봐. 제물이 오면 바로 데리고 오고."

"알겠습니다."

베르가 나가자 데미안은 다시 자료 찾기에 열중했다. 그러나 아까 나오지 않은 자료가 갑자기 나타날 리가 없었다. 그래도 포기하지 않고 찾던 데미안의 눈에 문득 기사 하나가 들어왔다.

저주의 폐해, 한 인간의 삶을 망치다.

+크게 | -작게 | 인쇄 | URL줄이기 | 스크랩

평소였다면 눈길조차 주지 않았을 기사였지만 왠지 시선이 갔다.

네덜란드에 사는 인간 소녀가 마녀의 저주를 받아 마기가 강해지는 그믐달이 뜨는 밤마다 몽유병에 걸린 환자처럼 돌아다니게 됐다고 한다.

이 저주는 해가 뜰 때까지 계속 됐고, 라오스 당국은 가여운 인간 소녀를 구하기 위해 소녀에게 저주를 건 상대를 무던히 찾고 있으며……

시연의 이야기와 비슷했다. 다른 점이 있다면 시연은 음력 보름, 즉 보름 달이 뜨는 밤 이상하게 변한다는 것이었다.

그건 그녀 역시 이 기사에 나오는 소녀처럼 저주를 받은 걸까.

'혹시 그 저주를 건 놈이 마르스인 건가?'

그렇게 생각하면 지금까지 일어난 일들이 모두 들어맞았다.

시연은 무슨 이유 때문에 마르스에게 저주를 받았고, 그 저주 때문에 인간이지만 음력 보름마다 정신을 잃고 이상하게 변하는 것이다.

만약 시연의 모친이 철문이 있는 방에 가두는 등 대처를 잘하지 않았다면 시연은 이미 오래전에 라오스나 다른 놈들의 손에 죽었을 것이다.

그런데 죽지 않고 지금껏 살아남았다는 걸 뒤늦게 알게 된 마르스가 그녀를 찾아다니는 것이다.

신이 인간에게 저주를 걸었다는 것이 세상에 알려지게 되면 여러모로 창피를 당할 테니까.

하나 마르스가 가지고 있는 단서는 사랑 산부인과에서 태어난 27살 여자라는 것뿐. 직접 나서면 눈에 띌 테니 마르스는 청탁 살인을 의뢰했고, 연쇄 살인범들은 그 정보를 가지고 연쇄 살인을 일으켰다.

'하지만 가온이 인간계에 온 이후론 연쇄 살인이 일어나지 않았어.'

그러다가 최근에 다시 사건이 일어났다.

물론 죽은 놈은 사랑 산부인과에서 태어난 27살 여자가 아니었기 때문에 라오스와 경찰 측에선 연쇄 살인과 상관없다고 여기고 있지만 정황을 아는 데미안은 아니었다.

'확실해.'

복잡했던 머릿속이 말끔하게 정리됐다. 흩어져 있던 대부분의 퍼즐 조각들이 맞춰진 것이다.

'그들이 노리는 건 확실히 시연이다.'

시연이 무슨 이유로 마르스에게 저주를 받은 건지는 알 수 없지만 그건 아마 그녀의 모친과 관련되어 있을 것이다. 막 태어난 아기가 저주받는 경우는 보통 부모의 잘못 때문이니까.

시연의 모친이 7년 전 사라진 것도 이와 관련되어 있을 가능성이 높았다. 마르스가 손을 썼으니 시연이 그토록 애타게 찾아도 찾지 못하는 것이다.

'그녀의 모친은 이미 죽었겠지.'

일단 이 소식은 시연에게 알려주지 않는 것이 좋을 것 같았다.

확실한 것도 아니고, 안 그래도 한재혁의 죽음으로 충격을 받은 시연에게 또다시 충격을 주는 건 여러모로 위험했으니까.

'마르스가 건 저주라면 내가 해결해줄 수 있으니 문제가 없어.'

반려가 없는 지금은 힘을 마음대로 다루지 못해 불가능했지만 그녀를 반려로 맞이하고 마계로 데려가면 충분히 해결해줄 수 있었다. 그러니 그건 크게 걱정하지 않았다.

마르스가 가온까지 보내며 일을 급박하게 처리하려는 건 시연이 자신과 얽히고 있기 때문일 것이다.

하물며 반려로 들이겠다고 했으니 마음이 조급하지 않을 리가 없었다. 이대로 시연을 마계로 데려간다면 그녀를 처리할 기회를 영영 잃어버리게 될 테니 말이다.

'그런 거였어.'

지금까지 머리 아프게 계속 고민했던 문제의 답이 조금씩 보이기 시작하니 줄곧 답답했던 마음이 조금이나마 뻥 뚫렸다.

여전히 풀리지 않는 의문은 몇 개 남아 있었지만 이 정도로도 충분했다.

'마르스, 절대 네놈 뜻대론 되지 않을 거다. 시연을 넘겨주는 일 따위는 절대 없을 테니까.'

데미안은 입가에 호기로운 미소를 그리며 노트북을 닫았다.

시연이 가장 먼저 공부한 건 마계의 역사였다. 태초에 마계가 어떻게 생겼는지부터 시작해서 마계의 군주가 되는 방법 등, 기본 상식부터 노트에 정리하며 차근차근 머릿속에 담았다.

"으아, 죽겠다."

고등학교 때도 이렇게 열심히 공부하지 않았는데 오랜만에 하려니 머리에 쥐가 나는 것 같았다. 시연은 펜을 내려놓고 등받이에 늘어지게 몸을 기댔다.

"그나저나 사실이었구나."

데미안이 군주가 되기 위해 부친을 죽였다는 것이.

믿지 않는 건 아니었지만 그래도 제 손으로 직접 죽이진 않았을 거라고 생각했는데, 책에 적힌 정보로 미뤄봤을 때 데미안이 직접 부친을 죽인 것이 확실했다.

그것이 승계의 규칙이었다. 군주는 승계에 도전하는 도전자의 결투 신청을 무조건 받아들여야 했고, 이 싸움은 둘 중 하나가 죽어야만 끝이 났다.

만약 군주가 이긴다면 도전자만 목숨을 잃지만 도전자가 이긴다면 군주를 비롯해서 그의 반려 역시 목숨을 잃었다.

군주의 반려에겐 군주의 힘을 사용할 수 있는 권한이 있으니 괜한 트러블이 일어나는 걸 방지하기 위함이었다.

그래서 데미안의 모친은 제 남편이자 데미안의 부친이 승계의 결투에서 졌다는 소식을 듣고 아들의 손에 죽고 싶지 않아 스스로 목숨을 끊은 것이다.

'뭔가 굉장히 씁쓸하네.'

군주의 자리에 오르기 위해선 꼭 그런 승계 과정을 거쳐야 하는 걸까? 데미안은 왜 제 부모를 죽이면서까지 군주가 되려고 했을까?

이 승계 과정은 태초에 마계가 생겨났을 때부터 존재했다고 하니 그들에 겐 당연한 절차일지도 모르지만 시연에겐 아니었다.

그녀의 입장에서 승계 과정은 굉장히 쓸쓸하고 가슴 아픈 일이었다.

'만약 나와 데미안 씨의 아이가 승계 과정에 도전한다면……'

아직 벌어지지도 않은 먼 미래의 일이었지만 그의 반려가 되기로 한 이상 생각하지 않을 수가 없었다.

그런 일이 벌어질지도 모른다고 생각하니 벌써부터 심장이 지끈거렸다.

'그러고 보니 데미안 씨의 전 반려였던 안느라는 여자, 아이를 낳을 수 없 는 몸이 됐다고 했지?'

그 이유는 천족과 마족의 혼혈이 태어나면 안 되기 때문이라고 리사는 말했다. 정확한 이유는 그도 알지 못했지만 말이다.

문득 그것에 대해 궁금해진 시연은 가지고 있던 책을 다 뒤져봤다. 하지 만 그 어디에서도 정확한 이유를 찾아볼 수가 없었다.

'베르 씨는 알고 있지 않을까.'

궁금한 것이 있으면 언제든지 물어보라고 했으니 베르에게 물어봐야겠다 고 생각한 시연은 그에게 전화를 걸었다. 그러나 베르는 전화를 받지 않았다.

'어디 나간 건가?'

확인해보는 것이 좋을 것 같아 시연은 5층으로 향했다. 비밀번호를 알고 있으니 굳이 초인종을 누를 이유는 없었다. 시연은 바로 비밀번호를 누르고 현관문을 열었다.

"……구두?"

현관에 가지런히 놓여 있는 구두를 본 시연은 우두커니 서서 눈을 껌뻑 였다.

처음 보는 구두였다.

눈에 띄는 빨간색 구두는 그녀의 것이 아니었다. 하물며 리사의 것으로도 보이지 않았다. 데미안이 이런 구두를 가지고 있을 이유는 더욱 없었다.

'누가 온 건가?'

이렇게 빨간 구두를 신고 왔다는 건 여자라는 의미였다. 아니, 리사처럼 여장한 남자일 수도 있었다.

볼일이 있어 불렀겠지만 그 볼일이라는 것이 뭔지 궁금하기도 하고 왠지 모를 불길한 예감이 들어 시연은 조심스레 신발을 벗고 집 안으로 들어갔다.

거실로 들어서는 현관 복도는 조용했다. 청소하는 더미는 물론 베르도 보이지 않았다. 보통 이쯤 되면 기척을 느끼고 나타나 먼저 인사했을 텐데 말이다.

'역시 없는 건가.'

평소였다면 그냥 나갔겠지만 빨간 구두가 눈에 밟혀 그럴 수가 없었다.

아무도 없는 집에 손님 혼자 있을 리는 없고, 베르든 데미안이든 누군가는 있을 텐데 베르가 보이지 않는다는 건 데미안이 있다는 의미였다.

'빨간 구두의 주인인 여자와 함께 말이지.'

그 사실이 매우 마음에 들지 않은 시연은 눈매를 딱딱하게 굳히며 주변을 둘러봤다.

일단 거실과 주방에는 아무도 없었다. 그건 굳게 문이 닫혀 있는 저 수많은 방 중 한 곳에 있다는 의미였다.

'여자와 방에 단둘이 있다니. 나한텐 외간 남자랑 단둘이 있지 말라고 해 놓고.'

시연은 작게 입매를 비틀며 가장 가까이 있는 문을 열었다.

손님방이었다.

덩그러니 놓인 침대와 차가운 공기는 방 안에 아무도 없다는 걸 보여주었다. 다른 손님방도 마찬가지였다.

'설마 둘 다 침실에 있는 건……'

순간 머릿속을 가득 채우는 애먼 생각에 시연의 얼굴은 새하얗게 변했다. 시연은 아연실색하며 데미안의 침실 문을 열었다.

"하아, 다행이다."

침실에는 아무도 없었다.

혹시나 하는 마음에 연결된 드레스 룸과 욕실까지 전부 확인해봤지만 그 어디에도 데미안은 보이지 않았다. 그렇다면 남은 건 서재뿐.

시연은 까치발을 들고 살금살금 서재로 다가갔다.

멀리 있었을 땐 몰랐는데 서재 문 앞에 바로 서니 안에서 작지만 무슨 소리가 들렸다. 아무래도 데미안은 이곳에 있는 것 같았다.

시연은 곧바로 문을 여는 대신 문에 귀를 가져다 대고 소리를 엿들었다.

"······곤란하게······."

들리는 목소리는 데미안의 것뿐이었다. 여자의 목소리는 들리지 않았다. 베르 역시 마찬가지였다.

그럼 그 빨간 구두의 주인은 없는 걸까.

눈으로 직접 확인하는 편이 좋을 것 같아 시연은 가볍게 노크를 하고 문을 열었지만 들어가진 못했다.

그 이유는 바로 예상한 것처럼 서재에서 데미안을 발견했기 때문이었다.

"······시연?"

벽과 그 사이에 여자를 가둔 채 여자의 손목을 잡고 있는 데미안을 말이다.

처음에는 당황해서 멍하니 서 있던 시연은 이내 정신을 차리고 데미안과 여자를 강제로 떼어냈다. 여자는 종잇장처럼 맥없이 바닥에 쓰러졌다.

"지금 이게 뭐 하는 거예요?"

시연은 여자는 전혀 신경 쓰지 않고 데미안을 매섭게 쏘아봤다. 그러자 뭐가 그리 웃긴지 데미안은 유쾌하게 웃음을 터뜨렸다.

"지금 뭘 잘했다고 웃어요?"

"그럼 울까?"

"그런 의미로 말한 게 아니잖아요? 이 여자, 뭐예요?"

"그러게. 누구지, 이 여자?"

거짓말은 아니었다. 라오스에서 보낸 제물이라는 것 외에 이 여자에 대해서 아는 건 아무것도 없었으니까.

"허, 그걸 왜 나한테 물어요! 그리고 이런 식으로 얼렁뚱땅 넘길 생각하지 말아요!"

진심으로 말했지만 상황을 모르는 시연에게 그 말이 먹힐 리가 없었다.

시연은 매섭게 눈을 치켜뜨고 나름 화를 냈지만 데미안의 눈에는 그 모습조차 너무나도 사랑스럽고 예뻤다.

그래서 데미안은 시연의 허리를 가볍게 휘어잡고 입을 맞추려고 했지만 방해꾼의 등장으로 무산이 됐다.

"어라, 멀쩡하…… 시연 님?"

방해꾼은 베르였다. 뒤에 마몬도 보였다.

"시연 님이 왜 여기 계…… 우악."

"눈치 없긴."

마몬은 혀를 끌끌 내차며 베르의 뒷덜미를 잡아당겼다. 그리고 다른 손으론 여전히 바닥에 엎어져 있는 자를 잡았다.

"조금 이따가 다시 오겠습니다, 군주님. 아니지, 그냥 용무가 다 끝나시면 불러주세요."

마몬의 얼굴에 얄궂은 미소가 걸렸다. 말은 데미안을 향하고 있지만 시선은 시연을 향하고 있었다.

이에 시연의 얼굴이 확 붉어졌다. 그가 무슨 의미로 저런 말을 한 건지 눈치챈 탓이었다.

아니라고 변명하고 싶었지만 입을 떼기도 전에 마몬은 베르와 여자를 데리고 부리나케 사라졌다. 살포시 닫히는 문은 옵션이었다.

"눈치가 빠르네."

데미안이 만족스럽게 웃으며 시연의 머리에 턱을 괴었다.

"그들이 배려도 해줬는데 계속해도 될까."

"계속하긴 뭘 해요!"

시연은 버럭 소리를 지르며 데미안을 쭉 밀어냈다.

말은 그렇게 해도 실제로 그럴 생각은 없었는지, 아니면 다른 이유가 있는지 데미안은 순순히 물러났다.

"아직 그 여자가 누군지 제대로 설명해주지도 않고!"

데미안이 바람을 폈다곤 생각지 않았다. 그렇게 생각하기엔 여자를 바라보는 데미안의 시선이 너무나도 차가웠으니까.

그러니 다른 이유가 있을 거라고 생각하면서도 기분은 그리 좋지 않았다. 데미안과 여자가 취하고 있던 자세가 굉장히 묘했기 때문이다.

자신이 들어오지 않았다면 그들 사이에서 무슨 일이 벌어졌을지 감히 상상하고 싶지 않았다.

이건 그를 믿는 것과 별개의 문제였다.

"그 여자, 누구예요? 왜 그런 자세로 있었던 건데요?"

그래서 뾰족하게 성질을 내며 묻자 데미안은 별일 아니라는 듯 가볍게 어깨를 으쓱이며 대답했다.

"여자의 이름을 묻는 거라면 나도 몰라. 내가 아는 건 라오스에서 보낸 제물이라는 것뿐이다."

"제물……이요?"

단어에서부터 불길한 기운이 풀풀 풍겼다. 상대가 악마이니 더더욱 불길하게 느껴졌다.

"그러니까, 제가 아는 제물이 맞나요? 뭔가 목적을 위해 바치는 거……."

"비슷하지."

"대체 왜요? 무슨 일로 바친 건데요?"

시연의 목소리에는 아까보다 더 날이 서 있었다. 데미안이 아닌 라오스를 향한 분노인 것 같았다.

그러고 보니 전에 벤을 상대할 때도 그랬었다. 그녀는 라오스를 향해 남다른 적대감을 표출했고, 믿지 못하겠다는 말을 서슴없이 했다.

단순히 마몬을 붙이기 위해 연기를 하는 것처럼 보이진 않았다.

"빨리 말해요! 저들이 뭘 부탁한 거죠?"

"별건 아니니 그리 흥분하지 마, 시연."

데미안은 재차 손을 뻗어 시연의 뺨을 부드럽게 쓸었다.

"특별한 일이 있어서가 아닌 내 주기 때문에 제물을 보낸 거야."

"주기?"

"아, 말을 안 했던가."

어리둥절해하는 시연의 모습에 데미안은 그제야 자신이 주기에 대해선 아무것도 말하지 않았다는 걸 깨달았다.

반려가 될 그녀에게 말 못 할 이유는 없었다. 하물며 그녀가 위험해질 수도 있었으니 말하는 편이 더욱 좋았다.

"전부 말해줄 테니까 소파에 앉도록 해."

사뭇 진지해 보이는 데미안의 모습에 시연은 작게 긴장하며 소파에 앉았다. 데미안은 그녀의 맞은편에 앉았다.

눈치 있는 더미들이 커피를 가지고 왔다.

"어디서부터 이야기해야 할까."

데미안은 소파 등받이에 몸을 깊숙이 기대며 말했다.

"우선 내가 인간계에 있는 이유부터 설명해야겠군."

"예? 거기에도 이유가 있나요?"

"있지. 마족이 이유 없이 인간계에 머무는 건 금지거든."

처음 듣는 이야기였다. 악마인 그가 제약 회사를 운영하는 것에 대해선 의문을 가진 적이 있지만 그가 인간계에 머무는 것에 대해선 단 한 번도 의문을 가지지 않았다.

"하물며 난 마계의 군주이니 더욱 인간계가 아닌 마계에 머무르는 것이 맞지."

"그러고 보니……."

저렇게 콕 집어 말하니 조금 의아했다.

"내가 인간계에 온 건 100년 전이다. 그 전까지는 오고 가는 생활을 했지만 그 이후로는 마계에 오래 머물 수가 없었어. 기껏해야 고작 일주일 정도였지."

"마족인데도요?"

"그래. 모두 이 저주받은 몸뚱이 때문이지. 아니, 힘 때문인가."

설핏 웃음 짓는 얼굴이 처연하게 가라앉았다. 쓸쓸해 보이기도 했다.

"난 태어날 때부터 육체가 감당하지 못할 만큼 강한 힘을 가지고 태어난 탓에 주기적으로 힘을 배출해줘야 한다. 그렇지 않으면 몸이 견디지 못하고 터지거든. 그래서 주기적으로 제물을 이용하여 몸의 힘을 밖으로 배출……."

"자, 잠시만요!"

이제부터 본격적인 이야기를 시작하려는데 시연이 자리에서 벌떡 일어서며 소리쳤다.

"힘을 흡수하는 것이 아니라 배출해야 한다고요?"

"뭐?"

이건 또 무슨 소리란 말인가. 놀라거나 어떤 반응을 보일 거라곤 예상했지만 이건 전혀 뜻밖의 반응이었다.

"내가 힘을 흡수한다고? 왜 그런 생각을 한 거지?"

"예? 어, 그러니까……."

아, 이걸 말하려고 한 건 아니었는데.

얼떨결에 속으로만 생각하고 있던 것을 털어놓은 시연은 당황하며 눈을 데굴데굴 굴렸다.

이 이야기를 하려면 자신이 이상한 능력을 가지고 있었다는 것까지 말해야 하니 선뜻 말하기가 망설여졌다.

'아니지, 말 못 할 이유가 뭐가 있어?'

음력 보름에 일어나는 일에 대해서도 다 말했는데 이 정도는 아무것도 아니지.

하물며 앞으로 평생을 함께할 그에게 비밀을 만드는 건 옳지 못한 것 같아 시연은 입을 열었다.

"사실은요……."

시연은 접촉한 이성의 에너지를 빼앗는 이상한 능력부터 시작해서, 이성 접촉 기피증이 생긴 이유까지 전부 솔직하게 말했다.

"……그래서 당신도 저랑 같은 능력을 가지고 있다고 생각했어요. 그게 아니고서야 당신에게만 제 능력이 안 통하는 것이 이해가 되지 않았으니까."

하지만 그건 전부 그녀의 착각이었다. 그에게 힘이 통하지 않았던 건 단순히 그의 힘이 그녀가 흡수하고도 넘칠 만큼 많았기 때문이었다.

"그래서 지금은 그 이상한 능력이 없어졌다고?"

"네."

"언제부터지?"

"어, 그건 잘 모르겠지만 제가 알게 된 건 전에 카페에서 재혁 오빠를 만났을 때예요. 데미안 씨도 함께 봤던 그때요."

생각보다 그리 오래되진 않았다는 의미였다.

'이것도 마르스가 건 저주랑 관련이 있는 건가.'

도대체 무슨 저주를 걸었길래 음력 보름마다 이상하게 변하고 접촉한 이성의 생명 에너지를 빼앗는 건지.

'아니, 그것보다 갑자기 그 능력이 사라진 것이 신경 쓰여.'

둘 다 마르스가 건 저주라면 사라질 때 같이 사라지는 것이 맞는데 하나만 사라졌다고 하니 신경이 안 쓰일 수가 없었다.

"그래서요?"

"어?"

마르스가 도대체 무슨 수를 썼을지 곰곰이 생각하던 데미안은 불쑥 제 앞으로 고개를 들이미는 시연의 행동에 생각에서 깨어났다.

"그 여자가 데미안 씨의 주기를 해결하기 위해 라오스에서 보낸 제물인 건 알겠는데 그게 그 여자와 그런 이상한 자세를 하고 있었던 것과 무슨 관계가 있는 거죠?"

"접촉을 해야 힘을 배출할 수 있거든."

"접촉이요? 설마 잠자리를 해야 한다거나 뭐 그런 건……."

"아, 그런 건 아니야."

시연의 망상이 점점 커지자 데미안은 황급히 대답했다.

"물론 그렇게 하면 힘을 빨리 배출할 수 있겠지만 손을 잡거나 하는 작은 접촉만으로도 힘을 배출할 수가 있어. 시간은 많이 걸리겠지만 제물들에겐 그 편이 안전하지. 한 번에 힘을 많이 받으면 쇼크사할 수도 있으니까."

"그 말은 설마, 전에 제가 쓰러지거나 한 것도 그 때문이에요?"

"어, 뭐……."

"세상에……!"

기함하며 소리치는 시연을 똑바로 볼 면목이 없어 데미안은 슬쩍 고개를 돌렸다.

그때는 시연에게 아무런 감정이 없었으니 양심의 가책을 조금도 느끼지 않았지만 지금은 아니었다. 마음이 무겁고 양심이 따끔거렸다.

"이제 그럴 일은 없을 거다."

그녀를 반려로 들이면 제물은 더 이상 필요 없으니 당연히 그런 일은 더 이상 일어나지 않을 것이다.

반려식을 치르기 전에 그녀를 제물로 사용해야 할 일이 생길 가능성은 높았지만 그녀의 목숨이 위태로울지도 모르는 일을 할 생각은 없었다.

"그러니까 아무 걱정하지 마."

"하지만 주기적으로 힘을 배출해야 한다면서요. 이제 그러지 않아도 되는 건가요?"

"반려를 들인다면."

"그럼 반려를 들이기 전에는 어떻게 하는데요?"

시연은 매섭게 눈을 치켜떴다.

"방금과 같은 일을 또 하는 건가요?"

"그럴 수 있다면."

하지만 그러지 못할 가능성이 매우 높았다. 조금 전, 라오스에서 보낸 제물에게도 거부반응이 일어났으니까. 그래서 곤란하던 차에 시연이 들이닥친 것이었다.

반려식을 치르기 전에 한 번 이상은 주기가 찾아올 것이다. 그때 시연에게 부담을 주지 않고 해결할 수 있는 방법이 있다면 그럴 거라는 말을 한 건데 그걸 어떻게 받아들인 건지 시연은 혀를 차며 데미안의 양 뺨을 감싸 쥐었다.

"그럼 그냥 절 이용하세요."

그러더니 너무나도 진지한 얼굴로 황망한 소리를 뱉는다.

"전처럼 쓰러져도 좋으니까 절 이용해요."

"그러다가 잘못될 수도 있어."

"데미안 씨라면 절대 제가 잘못되게 두지 않을 거잖아요."

신뢰가 가득한 말에 데미안의 눈동자가 크게 흔들렸다.

"그리고 데미안 씨가 다른 여자랑 살을 맞대는 걸 알면서도 참고 내버려 두는 것보다 차라리 쓰러지는 것이 나으니까 그냥 저를 이용해주세요."

말도 안 되는 소리였다. 위험천만하다는 걸 알면서도 어떻게 그런 짓을 하겠는가.

그러니 거부해야 한다는 걸 알면서도 그럴 수가 없는 건 시연이 너무나도 사랑스럽게 질투하며 부탁했기 때문이다. 하물며 그녀 말곤 주기를 해결할 수가 없기에 데미안은 고개를 끄덕였다.

"그래, 네 말대로 하지."

"정말요?"

그제야 시연은 환하게 웃었다. 정말 기뻐하는 얼굴이었다. 잘못될 수도 있다고 말했는데 어떻게 저리 기뻐할 수 있는지 의문이었다.

정말이지 하나부터 열까지 이해가 되지 않는 여자였다. 그런 그녀를 마음에 담아버린 자신은 더욱 이해가 되지 않았지만 말이다.

"각오는 되어 있겠지?"

"물론이죠!"

시연은 두 손을 암팡지게 쥐며 말했다.

너무나도 사랑스러운 그 모습에 데미안은 더 이상 참지 못하고 그녀의 입술 위에 가볍게 입을 맞췄다. 그러자 시연이 토끼처럼 눈을 동그랗게 떴다.

"갑자기 무슨……."

"갑자기는 아니지. 각오는 되어 있냐고 물었으니까."

"네에?"

"말했잖아. 주기를 해결하기 위해선 접촉을 해야 한다고. 그리고 위험 부담을 줄이기 위해선 자주 접촉을 해서 힘을 조금씩 빼놓는 것이 좋지. 그러니까……."

또 한 번의 쪽!

어미 새가 아기 새에게 모이를 주듯 가벼운 입맞춤이었지만 시연의 볼은 감당할 수 없을 만큼 붉어졌다.

반면 데미안의 입가에 핀 미소는 깊어졌다.

그는 다시 한 번 더 시연의 입에 가볍게 입을 맞추며 말했다.

"하루에 못해도 10번은 입을 맞추도록 하지."

데미안은 마르스에게 선전포고를 한 것을 시작으로 반려식을 빠르게 추진했다. 그래도 두 달 이상은 걸릴 거라고 모두들 생각했는데, 데미안은 모두의 예상을 뒤집어엎었다.

"네? 다음 주 금요일이요?"

다음 주 금요일까지 남은 시간은 고작 일주일 남짓.

"괜찮으시겠습니까? 준비하는 기간이 너무 짧은데요."

"짧아도 해야지. 무조건 할 거다."

확고한 데미안의 말에 원탁회 일원들은 일제히 베르를 쳐다봤다. 베르는 굉장히 힘들다는 얼굴로 깊은 한숨을 내쉬었다. 그 모습에서 이 결정이 데미안의 독단이라는 것을 알 수 있었다.

"반려식을 치르는 장소는 어디로 선택하셨습니까?"

수장의 반려식을 치르는 데 도움을 주는 건 일족으로서 대단한 영광.

"우리 가문에서 소유한 호텔에서 할 겁니다. 이미 준비 중에 있습니다."

영광을 얻을 기회를 엿보고 있던 각 일족의 수장은 리암 가의 수장이자 도깨비 일족의 대표인 케인의 대답에 실망감을 감추지 못했다.

"그, 그럼 반려님께서 착용하실 보석은 저희 쪽에서 해드리겠습니다!"

그렇다고 포기하기엔 일렀다. 요정 일족의 대표인 디안은 그의 일족이 가진 장점을 제안했다.

"저희 일족이 가진 보석 중에서도 가장 좋은 걸로 선별해드리겠습니다."

예로부터 요정 일족이 만드는 보석은 최고로 뽑혔다. 한데 그중에서도 가장 좋은 걸 선별해서 준다고 하니 다들 놀라며 작게 수군거렸다. 역대 군주의 반려는 물론 신의 반려들도 가지지 못한 호사였다. 이것만 봐도 데미안이 가진 영향력이 얼마나 큰지 단편적으로 알 수 있었다.

"그럼 그 보석은 저희 쪽에서 가공하겠습니다."

"반려님이 입으실 드레스는 저희가……."

그동안 있었던 일을 보고하고 문제점을 토론해야 할 정기 원탁회의는 반려식을 준비하는 회의로 탈바꿈했다. 저마다 가진 특기를 내밀며 반려식에 어떻게든 발을 걸치려고 했다.

"좋아, 그렇게 하지."

그들이 순수한 마음에서 그러는 것이 아니라는 것을 알면서도 데미안은 그 모든 것을 받아들였다.

이에 죽을상이던 베르의 얼굴이 환해졌다. 일족이 일거리를 가져간 만큼 그의 일거리가 줄어들기 때문이었다.

회의를 끝내고 밖으로 나왔을 땐 새벽녘의 기운이 거의 가시면서 동쪽 하늘에서 해가 떠오르고 있었다. 차에 올라탄 데미안은 마르스에 관한 서류를 면밀하게 살폈다.

'27년 전에는 내려온 적이 없군.'

천계에서 인간계로 넘어오려면 무조건 게이트를 사용해야 했고, 게이트를 사용한 기록은 아무리 오래된 기록이라도 명백하게 남았다. 한데 기록이 없다는 건 마르스가 내려오지 않았다는 의미였다.

근데 어떻게 시연 혹은 시연의 모친에게 저주를 건 건지 이해가 되지 않았다. 인간은 천계로 갈 수 없으니 시연 혹은 시연의 모친이 천계로 갔을 가능성은 아예 배제했다.

"그건 어떻게 됐지?"

아무리 서류를 살펴보아도 마르스와 시연의 모친에 대한 접점을 찾지 못한 데미안은 일단 다른 것부터 확인하기로 했다.

"여기 있습니다."

서류의 앞면에는 '이종족 검사 보고서'라고 적혀 있었다. 검사 대상자는 시연이었다. 그녀가 인간이라는 건 99.9%가 확실했지만 혹시 몰라 재검사 신청을 한 것이다.

데미안은 새로 받은 서류를 펄럭였다. 여러 잡다한 말이 있었지만 다른 건 볼 필요가 없었다. 그가 원하는 건 단 하나, 검사 결과였다.

이종족 검사 보고서

검사 대상자	차 시 연
검사 결과	이종족이 아님.

가장 마지막 장에 적힌 단 한 줄은 서류에 적힌 모든 것을 말해주었다. 데미안은 길게 한숨을 내쉬며 서류를 내려놓았다.

'역시 아니었나.'

이로써 일말의 의심조차 완전히 사라졌다.

역시 시연은 인간이었고, 그녀가 그런 이상한 일을 겪는 건 저주에 걸린 것이 틀림없었다.

당시 인간계에 내려오지도 않은 마르스가 시연에게 어떻게 저주를 걸었는지는 여전히 의문이었지만.

"그리고 그 일에 관한 목격자를 발견했습니다."

베르가 말하는 '그 일'은 시연이 습격을 당하고 재혁이 죽은 음력 보름의 사건을 말했다. 라오스의 부탁도 있었지만 시연과도 관련된 일이라 데미안은 계속 그 일을 추적하고 있었다.

"라오스에서도 발견한 목격자인가?"

"네, 맞습니다."

그렇다면 만날 필요는 없었다. 이미 라오스에서 조사를 했을 테고 그에 관한 건 서류에 다 기록됐을 테니까. 그 사실을 모를 리가 없는데 베르가 말을 꺼냈다는 건 뭔가 있다는 의미였다.

"하지만 라오스 측에선 그 목격자의 증언을 그냥 넘긴 것 같습니다. 무리도 아니죠. 그 목격자, 정신병이 있어 정신이 오락가락하는 데다가 실어증까지 있어 말을 못하거든요."

말을 못하는 정신병자에게 목격담을 들어봤자 그 내용이 제대로일 리가 없다고 생각한 라오스는 목격자의 증언을 그냥 넘긴 것이다.

그건 베르 역시 마찬가지였다. 그렇다고 해서 정신병자에게 제대로 된 증언을 얻어낼 능력은 없었다. 최면술도 정신이 온전해야 통하는 것이었으니까.

"그러니 데미안 님이 한번 만나보시는 것이 어떻겠습니까?"

하지만 데미안이라면 가능했다. 계약한 상대의 영혼을 빼앗아 그 기억을 읽을 수 있는 그라면 말이다.

"지금 당장 만나……."

데미안이 고개를 끄덕이는 순간 갑자기 진동이 울렸다.

데미안의 휴대폰이었다.

전화를 건 상대방을 확인한 데미안의 얼굴에 부드러운 미소가 그려졌다.

그 미소만 보고도 베르는 누가 그에게 전화를 걸었는지 알 수 있었다.

분명 시연일 것이다. 데미안을 저렇게 웃게 만들 수 있는 건 그녀밖에 없었으니까.

"응."

[바쁘세요?]

베르의 예상대로 데미안에게 전화를 건 이는 시연이었다.

"별로. 무슨 일이지?"

[아, 별일이 있는 건 아니고…… 일어났는데 안 계시길래요. 아침은 드셨어요?]

기특하게도 그녀는 그와 함께 아침을 먹고 싶은 모양이었다.

"아니."

데미안은 목격자의 집으로 이동하기 위해 내비게이션에 주소를 찍는 베르에게 그만두라는 손짓을 했다.

그 이유는 모두 시연과 함께 아침을 먹기 위함이었다.

"지금 바로 갈게."

현재 데미안에겐 시연과 관련된 일이 그 무엇보다 가장 중요했다.

〈2권에 계속〉

악마를 탐하다

①

초판 1쇄 인쇄 2018년 2월 13일
초판 1쇄 발행 2018년 2월 28일

지은이 신지은 ㅣ 펴낸이 강성욱 ㅣ 책임 기획 전주예 ㅣ 기획 편집 송진아 고은결 ㅣ 기획 디자인 탁영건
일러스트 몽글이 ㅣ 로고 김미현 ㅣ 교정 서진영 류혜선
펴낸곳 테라스북 ㅣ 등록 제25100-2013-000012호
주소 (04019) 서울특별시 마포구 회우정로5길 29 2층 202호
전화 070-4794-5826 ㅣ 팩스 0505-911-5826
블로그 http://terracebook.blog.me ㅣ 전자우편 terracebook@naver.com
ISBN 978-89-94300-81-8 (04810)
ISBN 978-89-94300-80-1 (SET)

이 도서의 국립중앙도서관 출판시도서목록(CIP)은 서지정보유통지원시스템 홈페이지(http://www.seoji.nl.go.kr)와
국가자료공동목록시스템(http://www.nl.go.kr/kolisnet)에서 이용하실 수 있습니다. (CIP제어번호: CIP2018002653)